蜀之恋

陈诚 著

群众出版社·北京

图书在版编目（CIP）数据

蜀之恋 / 陈诚著 .—北京：群众出版社，2023.3

ISBN 978-7-5014-6263-6

Ⅰ.①蜀…　Ⅱ.①陈…　Ⅲ.①长篇小说—中国—当代　Ⅳ.①I247.5

中国版本图书馆 CIP 数据核字（2022）第 205143 号

蜀之恋

陈诚　著

出版发行：群众出版社
地　　址：北京市丰台区方庄芳星园三区 15 号楼
邮政编码：100078
经　　销：新华书店
印　　刷：北京市科星印刷有限责任公司

版　　次：2023 年 3 月第 1 版
印　　次：2023 年 3 月第 1 次
印　　张：17.5
开　　本：880 毫米×1230 毫米　1/32
字　　数：471 千字

书　　号：ISBN 978-7-5014-6263-6
定　　价：59.00 元

网　　址：www.qzcbs.com
电子邮箱：qzcbs@sohu.com

营销中心电话：010-83903991
读者服务部电话（门市）：010-83903257
警官读者俱乐部电话（网购、邮购）：010-83901775
文艺分社电话：010-83901330　　010-83903973

时光如流，逝而不返，以此怀念过去的岁月和曾经的城市。

——题记

目　录

第一章　为了一间房

起初的日子过得风平浪静，展望以后那更是幸福花儿开、愉快歌声飞，但现状和将来都因一间房的事情发生了改变。

因为报社要在集体宿舍这块地皮上修建职工宿舍楼，孟雨涛和那帮与自己一样的单身同事便作鸟兽散，各自寻找栖身之地。

无奈之下，他又回到了父母家，与那个老实巴交的哥哥孟晓光同住一间屋。

这让孟晓光急得像热锅上的蚂蚁，“唉——小涛，不是说好了这间是我的婚房，你看我马上就要结婚了，这、这咋整啊?”他说，着急得眼泪都要掉下来了。

对这一突变，父母也发了愁，愁得日夜不安。手心手背都是肉，老两口不忍心做出这房该谁住的决断。实在无法，他们只有抹下脸面，三番五次地去找单位领导，恳求再分一间住房。即使他们把情况述说得咋特殊、脸上的表情咋焦急，但每每都是失望而归。

领导的解释也合情合理：那么多职工的住房都没着落，要是先给你老的娃娃解决了，那些职工还不把我的办公桌给掀了？这个口子实在不能开啊！

实在无奈，一向有苦往肚子里咽、有难不求人的母亲又试探地问孟雨涛："报社那边，你能不能再想想办法？"母亲的声音很柔和，表情也很平静，但这带有哀求和怀着一线希望的意味，孟雨涛还是品得出来。

他明白，房子的事还真把母亲难住了。

孟雨涛很清楚报社的住房情况，职工宿舍是十多年前修建的三层通道式红砖楼房，每户都是两间房，没有客厅、厨房、卫生间，烧水煮饭的蜂窝煤炉子就放在门旁过道上，屙屎屙尿要到大院角落的公共旱厕。就是这样的房子，住的还都是部门主任、工龄很长的老职工，有的老职工还只能住在临时搭建的平板房里。这些老职工个个都是拖家带口，屋里挤得一塌糊涂。像他这样才来报社工作几年的青沟子、嫩娃儿，早就知道目前对住房那是不能去奢望的，但过个一两年希望就大大的有，因为报社的发展势头喜人。再说了，这个时候住房紧张不仅是报社，几乎所有单位都一样。

尽管心里清楚要在报社找房绝对没戏，但面对母亲的目光，孟雨涛不可能说出推卸的话，只能装出轻松的样子宽慰道："我去想办法，你们先不要急，咋个都不会耽误晓光的婚事。"

他将双手搭在母亲肩上逗她开心："我们是年轻人，希望当然要寄托在我们身上，面包会有的，房子当然也是会有的。"

像是对孟雨涛有充分的信任，母亲的脸上露出了一丝久违的笑容。

快到下班时间，母亲忙着进厨房做晚饭，她不让孟雨涛帮忙，孟雨涛便心神不定地走出家门，来到住家大院外附近的小池塘边，这是小时候他最爱来玩的地方。

已近傍晚，天色还那么透亮，浅蓝的天空中飘着朵朵白云，几个小孩在池塘边嬉笑着玩水，秋蝉躲在茂密的绿叶后歇斯底里地叫着，平日喜欢的蝉鸣声此时却噪得让他心烦。

想起自己在母亲面前表情装得那么轻松自如、回答得那么信誓旦旦，他一脸愁容地开始叫苦不迭，甚至悔不该如此。哎，我是吃错了啥子药喔，居然把这么大的事往自己身上揽，你以为你是谁啊，你又不叫摆得平、搞得定、没有法的嘛，我看你娃娃简直是说得轻巧吃根灯草、日不拢耸猫钻灶孔。

狠狠地骂完自己，他双手抱住后脑勺，躺在草地上开始寻思解决办法，抽了好几根烟，脑子里还是一片空白。

没有想出一条可行之策，他叹息复叹息后又埋怨孟晓光的无能，真是邪了门，你咋个变成今天这副屎样让全家人为你操心嘛！

但怨气转瞬即逝，涌上心来的是阵阵锥心之痛。造化弄人啊，要是十年前那晚不去看那场坝坝电影，孟晓光怎么也不至于变成今天这个衰样。

那是一个不堪回首的夏天傍晚，快要上初中的孟雨涛在饭桌上就心急火燎起来，因为住家附近晚上有场坝坝电影，尽管放映的是一部看个无数遍的样板戏《沙家浜》，但他还是非常想去看。看到不时有邻居提着板凳喜笑颜开地从窗外经过，他就更加哭嚷着要父母让他去看电影。

已上高中的孟晓光见弟弟委屈得可怜，几下刨完碗中的饭后说：我带你去看，这点小事都要哭，太没出息了。

见父母不吭声地默许了，孟雨涛这才破涕为笑。

夜幕降临后电影开演，坐在人堆里的孟雨涛神情专注地看着银幕，电影里新四军伤员躲进了芦苇荡，在乌云密布、狂风大作背景下枪声四起，日本鬼子烧杀抢掠之后，胡传魁带着忠义救国军进驻了沙家浜……

突然，孟雨涛摸着头发出一声惊叫，他的脑壳被后面扔来的小石头打中了，一旁的孟晓光赶紧查看弟弟的中弹处，用手一摸，头没出血，但鼓起了一个包。

孟晓光站起来，朝后面黑压压的人群大声骂着，银幕上胡司令正挺着大肚子、双手叉腰地在唱“想当初，老子的队伍才开张……”孟晓光气不过弟弟无缘无故头上被打个青头包吊起，就对孟雨涛谎称要去屙尿，他弓着身子离开了座位，不料这一去竟惹出一场大祸。

他站在看电影的人后面仔细观察他们的举动，他铁了心要揪出这个“打黑枪”的人。他还果然发现了正朝前面人群扔石子的人，他走过去找到他们理论。

那三个小混混看孟晓光就一个人，不仅不道歉还站起来对他推推搡搡、挥起了坨子。

“打架了、打架了！”周围的观众赶紧站起来躲避。

挨了打的孟晓光一股热血涌上头，摸出裤兜的刀子就捅了过去，只听一声惨叫，一个小混混当即倒在地上。

“杀人了！杀人了……”四周顿时像炸开了锅，躁动的人群发出恐慌的惊叫，与荧幕上传来的密集鼓锣声交织混杂在一起，场面甚是混乱，胆小的人提起板凳慌忙往远处躲，生怕血溅到身上，胆大的则兴致颇高地往前挤，生怕错过了一场好戏，他们想看清楚现场到底甩翻了几个摆起。

孟晓光这猛力的一刀，把那人捅成重伤落下了残疾，他也由此被抓进了公安局。

孟雨涛怎么也没想到，此前他还非常喜欢、羡慕的这把刀子，今晚却瞬间变成了可怕的杀人凶器。这把有锐利刀尖、既能削又能戳的刀子，孟晓光一直随时带在身上，他曾用它做出了逼真的木头手枪以及红缨枪、弹弓、陀螺等，用它在木头上雕刻出栩栩如生的花鸟虫鱼……哎，都怪这把既爱又恨的刀子啊！

孟晓光从监狱出来时，孟雨涛已大学毕业在报社当了记者。

出来后的孟晓光不仅对发生巨变的社会感到十分陌生、惊奇和茫然，他也完全变成了另外一个人，原本机灵活泼的他，变得老实呆滞、沉默寡言和胆小怕事，在外面做什么都蹑手蹑脚的，生怕惹出一点麻烦。

后来他到一家街办家具厂上班，能做一手好木工活的他，在厂里只顾埋头干活，不爱与人摆谈深交，回到家也很少出门，就爱待在家里做木器活，还给家里做了几件漂亮的家具。他结识的人没几个，更别提能要上什么女朋友。看他岁数不小了，父母暗自着急四处为他张罗对象，那些女娃子一听他进去过那里，自然连见他一面的机会都不给。

恐怕他要打一辈子光棍了，父母有些绝望地为他担忧起来。

孟雨涛也一直为那晚发生的悲剧深感后悔和自责。如果自己不嚷着去看那场电影，如果晓光不主动陪他去，如果自己脑壳没有被石块打个包，如果晓得哥哥不是去屙尿而把他劝住，如果他身上没有揣那把刀子……那这一悲剧就不会发生了。

妈哟，哪有这么多如果喔！世界上啥子水果都有卖的，就没得如果卖。

看到如今被褪了神光的孟晓光，孟雨涛感慨地想：啥子浪子回头金不换喔，我倒情愿拿金子换回原来的晓光。

没多久，一个天大的惊喜从天而降，家具厂一个姑娘温映竹偏偏就喜欢上了孟晓光，主要是看上他本分实在、能做一手好木工活，而且喜欢得态度很坚决，一点都不在乎他的过去。

父母见了那姑娘大为惊叹，没想到一个街办小厂还藏着金凤凰，虽然温映竹有一点儿小毛病——走路时脚稍微有点跛，那是小时候害病留下的，但人家长相居然那么乖巧清秀，性格那么文静温顺。父母不由得直感慨：电影里演的那些好姑娘，现实中还真的有啊。

经过一年多的交往，孟晓光与温映竹的关系发展到了分不开、扯不脱的地步，两人于是敲定了谈婚论嫁的日子。可节骨眼儿上，晓光的婚房成了问题，这咋不让父母、孟晓光焦虑发愁。

过去的事俱往矣，房子成了大问题，现在孟雨涛真的感到焦眉烂眼了，哪个喊他把找房的事往自己身上揽呢。

“我日！”他烦躁地骂了一句脏话，“噌”地一下坐起身来，摸到身边的一块鹅卵石，用力将其投向水池中央，只听“咚”的一声，水面便冒出一朵大水花，一圈一圈的波纹迅速地向周边扩散……

“我就晓得你在这儿，饭煮好了，妈喊你回去吃饭。”孟晓光静静地出现在身旁。

他顿了一下，又怯怯且夹带着一丝欣喜地说：“听妈说，你要在报社找房子，谢谢你了。”

孟雨涛仰头望着一脸憨笑、不停搓着手掌心的孟晓光，他心里无奈地说，事已如此，现在只有你来肩扛大任了。

他“嚯”地站起身来，展开双臂做了几个扩胸动作后说：“车到山前必有路，柳暗花明又一村，会有办法的，你的婚礼肯定会如期举行。”

他将一只手搭在孟晓光肩上，表情轻松地说：“走，回家吃饭。”

报社是指望不上了，孟雨涛萌生了调动工作的想法，只要那个单位能给自己一间房或能提供单身宿舍，不管单位再差，他都愿意。

起初，他打听到有几个好单位能满足这一条件，于是兴冲冲地带着简历、记者证、刊发有自己文章的报纸上门毛遂自荐，得到的回答都是单位编制已满，目前不需要人。

哎，人家的门槛你都迈不进，你还做梦要房子，我看你硬是矮子过河不知深浅，不知自己有几斤几两哟。

几家单位跑下来，孟雨涛心里凉凉地泄了气：房啊房，你真是让人想烂脑壳把神伤，没了你，恩爱鸳鸯哪儿去圆洞房……

一天，孟雨涛在办公室闲翻报纸，偶然看到蜀江文学杂志社招聘编辑的广告，他决定到那去试试。尽管招聘名额只有两个，待遇也不是很好，但来杂志社的应聘大学生还不少。

轮到孟雨涛应聘时，人事部门的招聘人员在看他的简历和几张有他报道的报纸时，频频点头。孟雨涛明白那是很满意的意思。

果然人家笑着下了结论：“你的条件不错。”

孟雨涛也笑了，并借机麻起胆子开出条件："能不能分给我一间房？旧点小点都可以，工资给我少一点也无所谓。"

话刚说完，招聘人员诧异地面露难色："我们单位实在没有房子，这不好办呐，不好办。"他的脑壳摇得像个拨浪鼓。

这时，一个五十多岁的男子走了进来，招聘人员一下站起来喊了声："张总。"

张总编正好进来看看招聘情况，他拿起孟雨涛的资料翻看了一下，接着转过头来问："你就是孟雨涛？你们报纸办得不错，现在很有影响力，就是广告多了些，你的有些报道我也拜读过，有印象。"

继而他有些不解地问："你们报社各方面待遇都比杂志社好多了，当记者挺好的嘛，咋个想转行当编辑了呢？"

与张总编第一次见面，孟雨涛就对他印象非常好。他两鬓斑白，精神矍铄，相貌端庄威严，一看就是个一身正气的人。

孟雨涛略做思考后恭敬回答："其实我更喜欢文学，更适合当编辑。记者一天到晚都要往外跑，写的好多东西没什么意思，被人请吃请喝也烦，有些浪费时间和精力。现在我想多接触些文学作品，以后也想搞搞创作。"

这个回答如此冠冕堂皇，完全把自己粉饰成了很纯粹、有志向、鄙视物欲、追求精神的高尚文学青年了。对自己的真实动机避而不谈，这倒不是他存心想隐瞒，他美其名曰的那些以前也的确想过，没说要房子的事，他只是觉得此时不好意思开口。即便如此，他心里还是暗骂自己有点虚伪、有点龌龊。

张总长长地"呃！"了一声，脸上露出笑意，样子很亲切、很慈祥。

那个招聘人员在张总耳边低声说了房子的事。

孟雨涛顿时脸上发烫，不禁有些汗颜起来。

张总严肃地陷入思考，良久不语。

这次应聘没有明确的结果，只有"你先回去等通知"的模糊回答。孟雨涛就这样忐忑地离去。

骑上自行车，他还在纠结对张总说的那些话，总觉得是把自己粉饰过头了，哎，你不是这样一个人的嘛，咋个能对那么好一个总编辑不说真话呢。算了，懒球得想那么多，再说人家给不给房子还悬得很，有啥子心虚愧疚的嘛。历来君子都是做大事的，目前房子的事为大，说白了就是为此而来又如何？他想着想着稍微安心了些。

没想到第二天，杂志社就来了电话，说有间旧房让孟雨涛去看看。

这简直是意想不到的结果，孟雨涛放下电话后，满心欢喜地直奔杂志社。

那房子在杂志社后面的小院里，是砖木结构的旧瓦房，其中一间已有人住了。孟雨涛看的这间是存放杂物的地方，里面堆放着不少缺胳膊断腿的旧木桌椅、一摞摞铺满灰尘的旧杂志、报刊等，顶棚是发黄的竹篾席，墙角结着蜘蛛网，木窗上有块玻璃也被打烂了……

“实在没有其他房了，你觉得行不行？行的话，我们就按照张总的吩咐，马上腾出房子里的东西，该修理的修理、该打扫的打扫……”带孟雨涛看房的招聘人员面无表情地说。

孟雨涛不等那人把话说完，握拳往木门上一砸，颇有魄力地说：“就它了！”

从父母家搬出来独居的这一天上午，孟雨涛早早就把自己的物品打包装箱堆放在一起，只等柳亮前来搬运东西。

“来了，来了！”柳亮骑着人力三轮车一进大院，就朝站在楼房单元门口的孟雨涛大声叫喊着。

不就是搬走点家私吗，孟雨涛没想到动静搞得有点大，居然惊动了邻居。他们有的从不同楼层的窗户探出身来查看，有的围拢过来询问情况。

这主要怪随后赶来的邱军太夸张，你来就来嘛，耀武扬威地骑辆三轮摩托不说，还非嚷嚷得人尽皆知，好像发生了了不得的大事，这让孟雨涛有点哭笑不得：“你是来帮忙还是来添乱喔？晓得的人呢知道你我是同学，不晓得的呢以为我犯了啥子事。”

邱军听了孟雨涛的埋怨，一脸嬉笑：“我是好心好意来给你扎起、打台面，随便咋个都比骑‘趴耳朵’来有面子噻。”

“趴耳朵”的叫法有点难听，成都人都懂得起，指怕老婆的男人，这里说的是一种交通工具，就是自行车右边安装个有靠背椅子的偏斗，起初是居家好男人搭载家人的专车，后来有人骑着它在街上拉客挣钱，有人又给它取了个上档次的称呼——偏的，要乘坐它的人招呼它时口气之亲切。成都人就这么诙谐、这么好耍。

孟雨涛对邱军开玩笑：“你要打台面就该打高点嘛，至少给我整个‘红旗’车队来噻。”

母亲在家里看见只有柳亮进进出出搬东西，她便出来看看情况，一见孟雨涛正与邱军嘻嘻哈哈相谈甚欢，心里不由来了气。

她顾不得回应邱军恭敬的问候，当即训斥孟雨涛：“你当甩手掌柜当惯了嗦？咋个躲在一边看你同学帮你搬东西，只晓得遇事梭边边，还是小亮踏实。”

柳亮将几捆书放到三轮车上，用手背揩着额头上密集的汗珠子，憨笑地直说：“没事，忙他的，就我一个人搬。”

邱军才可气哟，居然站在摩托车旁不知是表扬还是嘲讽地说：“他其他方面不行，就是有使不完的劲，现在正是他显身手的时候，搬这点东西对他简直就是小菜一碟。”

“小涛，你这是离家出走还是单位给你分房了？”

“是不是找了个有房的对象要倒插门？”

“咋个最近报纸上都看不到你的文章呢？”

……

邻居们你一句我一句地问孟雨涛。

孟雨涛笑嘻嘻跟母亲说：“你看邻居们这么关心我，我要一一回答他们的提问啊。”

他随即站在摩托车挎斗上，站直身子、提高嗓门地说：“我的婆婆大爷、叔叔孃孃们，你们的提问都很好，现在我就一一作答，首先我要澄清一点，那就是倒插门是绝对没有的事，我结婚不晓得要等到哪个猴年哪个马月。”

在大家的笑声停住后，他继续说：“其次我没在报社当记者了，现在调到杂志社当编辑，开始投入编辑这一崇高而光荣的事业中了。”

周遭响起“喔”的长长惊讶声，还夹杂着什么可惜了、还是记者好啊云云。

孟雨涛得意地停顿片刻，环顾四周，随后竖起右手食指继续演讲：“最重要、最值得高兴的是——杂志社分给了我一间大大的房子，我很满意，更重要的是……我搬走后，我哥终于有房可以结婚了！”

这一宣布竟然赢得了噼里哗啦的掌声。

邱军面露微笑地看着这场面，两个电影里的场景随即在他头脑里闪现——八路军撤离乡村时，一个连长站在村口大树下举着拳头坚定地说：乡亲们，我们很快会打回来的……另一个是列宁同志站在米黑尔索那工厂车间的高处，左手叉在腰间右手伸向前方发表演讲：工人同志们，我们只有一条路，那就是胜利……

想到这，邱军摇着头心里说，你娃儿一高兴就忘乎所以，还真把自己当个人物了。随后他想起自己该做点什么事了，他对柳亮喊道：“哎，亮娃，还有好多要搬的？要不要我来搭把手？”

有个孃孃问孟母：“小涛懂事又孝顺，你这个宝贝儿子离开家，你舍得啊？”

孟母装出生气的样子说：“他懂啥子事喔，在家里尽让人生气，搬出去好，眼不见心不烦，早就该卷起铺盖滚蛋了。”

她这番违心话，邻居自然不信。

柳亮搬出最后一袋东西，邱军手里提着一把吉他，他用几根手指胡乱扫了下琴弦，将其立放在摩托车挎斗座椅上，然后对还意犹未尽、兴致勃勃与邻居摆谈的孟雨涛说：“你的家产装车完毕，可以出发了。”

他走到摩托车旁拧拧插在车上的钥匙，用一只脚使劲蹬踩几下启动了摩托车，然后潇洒地跨上坐骑，一手拧动着油门，摩托车就呜呜地叫着，排气管向外直冒黑烟。

孟雨涛坐上摩托车，将那把吉他抱在胸前，抬起一只手潇洒地朝母亲、邻居道别。

“你不要搬出去住就放敞了耍，要注意身体，有空经常回家，还有岁数也不小了……”

母亲后面几句叮咛被摩托车的轰鸣声淹没了，孟雨涛更没看到母亲已经湿润的双眼。就这样，孟雨涛在众目睽睽、光天化日之下搬出了母亲家，但不是卷着铺盖灰溜溜地离去不知归宿，而是前有摩托车开道、后有三轮拉行李，一路风光地驰向他那大大的房子。

摩托车喔喔地叫着驶向大院门口，柳亮赶紧蹬着满载的三轮紧随而去，但很快就被摩托车拉开了距离。

孟雨涛扬扬自得当众宣布的那间房大是有点大，但那是几十年前的瓦房，破旧得不知还能经得起多少年的风和雨，这更是以他不当记者为代价换来的。

这些他当然要对邻居有所保留，人嘛，多少还是要给自己留点小小的面子。房子不管它再破再烂，它还是叫房子噻，只要有瓦能遮雨、有墙可挡风就足矣，在这个属于自己的小天地里，你关起门来可以随便咋个疯咋个整都没人来管你，生活不就图个逍遥图个自在嘛。再说了，你晓不晓得有间房是啥子概念？它紧缺得就像稀有动物，跟大熊猫一样宝贵，你要是有了房，立马乌鸦变凤凰、丑男变国王，走在大街上不晓得有好多美女排长队追你喔。

孟雨涛飘飘然地胡思乱想，分明把他那间破屋已然当成了金銮殿。这就太夸张、太搞笑了，不至于嘛。但他偏要把它看得如此之重要、如此之值钱。

对邱军不屑地嘲笑他把这间破屋当成了故宫，孟雨涛只淡淡地说：过经过脉的东西你们晓得啥子喔。

住进杂志社第二天，孟雨涛就感受到了浓浓的人情味，让他感到浑身上下暖暖的，比秋日火辣辣的太阳烤在身上还要暖和。

这天中午，孟雨涛没想到张总编和几个社领导居然到陋室来看他。他们一再歉意地说，目前单位就这条件，让他住这样的旧房他们心里有些不安，还说如果生活上有什么要求尽管提出来，能解决的一定尽力解决，如此之类的。

领导们这么深入基层体恤民情，说着这么诚恳的温情话语，这让早已受宠若惊的孟雨涛有点手足无措，他一个劲地说，哪里哪里，非常感谢。

他恭恭敬敬地把领导们送出门后，回到房间，他张开双臂极度舒适地仰躺在床上，细细品味和感受领导的关爱之情，脸上自然洋溢着愉悦的笑容。

“小涛，我们来瞅瞅你的房间。”屋外传来一个女性柔软甜甜的声音。

一听那纯正的普通话，孟雨涛就知道她是编辑部同事周兮倩。她面容姣好、端庄贤淑、身材匀称，一头乌发向后梳理在脑后盘成一个好看的髻，更显额头饱满光洁、脖颈细长白皙，是个颇有风韵、气质的中年女性。

到编辑部上班第一天，孟雨涛就对她印象深刻、颇有好感，不仅仅是因为她漂亮，还有她开朗直爽的性格。

那天，张总编亲自带着孟雨涛去编辑部与同事见面，当介绍到周兮倩时，孟雨涛礼貌地喊她周老师，没想到她却不依这个叫法，还笑盈盈地纠正道：应该叫大姐。她一口标准的普通话，声音很好听。

孟雨涛一下愣住了，有些茫然地看了看周围的人，他们都笑嘻嘻地看他怎么办。他只得略显羞涩地改口重新称她，大姐。

"哎——!"她这才大声地回应道，笑得更开心了。她这一举动使编辑部的气氛轻松活跃起来，也让孟雨涛对她没了距离感，开启了他俩亲如姐弟般关系的序幕。

整个编辑部就你小倩调皮，这么大岁数了还喜欢逗人找乐。张总编的口吻就像慈祥的父亲嗔怪自己的女儿。

张总，您甭把我说得那么老行不行?周兮倩假装委屈地埋怨说……

看见这个"见面熟"的大姐和同事也来参观陋室，孟雨涛赶忙起身。

刚刚双脚落地，同事们已来到了门口。他赶紧将他们请进屋，"烂房子，烂房子，条件简陋，大家随便参观。哎，坐的地方都没得，请大家多多包涵。"

同事们在房内东看看西瞅瞅，这儿摸摸那儿拍拍，像这房内藏着什么秘密，又像是上门来检查卫生。

"小涛，你和张总啥关系呀?看上去他怎么格外关心你呢。"周兮倩直率地问。

孟雨涛坦诚地说："没有半分钱的关系，我也有些摸不到火门。"

周兮倩站在靠窗摆放的书桌边，一脸迷惑地问："啥叫火门?"

"就是脑壳、头，项上之物。"同事谭立闻指着自己的头抢先作答。

孟雪涛补充道："就是门道、头绪的意思。"

潭立闻走到孟雨涛身边，用手遮挡住嘴悄声说："她从北京来成都也不久，对我们地道的成都话还搞不醒豁，以后我们可以好好地洗起她耍。"他还不怀好意地对孟雨涛眨了几下鬼眼。

"你这个'谭虾虾'使啥子坏喔，不要以为我听不懂哈。"周兮倩这次是用四川话说的，只是发音不太正宗，说得有点慢。

"谭虾虾"这外号取得太形象、太贴切了，四十来岁的他，个子高挑、身材单薄，总爱弓着背、脑壳向前搭耸，瘦瘦的脸上戴着高度数的眼镜，厚厚镜片后那双小眼睛不时一眨一眨，更滑稽的是鼻子下还留着稀疏的长胡须，他骑车时弯腰弓背的样子就像端上桌的基围虾。孟雨涛越看他越觉得滑稽好笑。

王老是个快到退休年龄的资深老编辑，他站在一排书柜前仔细浏览里面的书，还不时取出感兴趣的书翻看几下，“小涛你的存书还不少，许多都值得一读”。

孟雨涛不经意地说：“我啥子都不多，就是书有点多。”

王老兴趣颇高地说：“多看书好，少些浮躁，尤其是对现在社会的年轻人更为重要。”

孟雨涛说道：“我初中老师说过这样的话——无书之室犹如空巢。我也觉得房里只要有张床，有书桌，有几柜书，就知足了，我很早就渴望自己能有一间房，要是有个小院就更好了，一个人在房里、院里清静地喝茶读书写作，那一直是我向往的生活。”

周兮倩神情很专注地听着孟雨涛的这些话，眼睛一下亮了，眼角也含着笑意。

王老有些惊喜地转过头看着孟雨涛：“看来你老师很喜欢读书，很有学问。”

“王老，请你不要现在交流读书心得。小涛，你也甭再搭理他，一提起书，他的话就没完没了，我们可领教过他的谆谆教诲。”

孟雨涛暗想：这个大姐还真是心直口快、口无遮拦，王老这么一把年纪了，她也不给人家留点面子，当过兵的女人难道都这样直率？

周兮倩话题一转对孟雨涛说：“房子有点大、家具少，显得空了些，还可以增加衣柜什么的。”

“所言极是，我一进来就觉得这屋空荡荡的，给人冷清寂寥之感。”谭立闻摇头晃脑、文绉绉地附和。

老王随即又把话题往书上扯：“清净正适合看书、写东西。”

但这次周兮倩没有再驳他，而是感兴趣地对孟雨涛说：“一个人住是孤寂了些，你有女朋友了吗？”

“这又说到点子上了，这才是问题的关键所在！”谭立闻喜形于色地不禁拍掌叫好。

"谭虾虾"你眉飞色舞地干啥子，我有没有朋友关你个屁事，兴奋点也太低了嘛。孟雨涛心里发笑，本来想再故意逗逗他，但看到周兮倩正表情认真地等待回答，于是实话实说："目前有一个。"

嗨，这回答分明在显摆自己有能耐嘛，话外之音好像他还会再有两个三个似的。

周兮倩笑了："哪天把她叫来让我们瞅瞅，肯定忒漂亮。"

"对头对头，赶紧喊来让我们一睹芳容噻。"谭立闻露出一副急不可耐的馋相。

"她在外地开会，等她回来再说。"

当大家说说笑笑离开时，周兮倩想起什么突然说："你住了进来，我们应该给你送个礼表示表示。"

谭立闻表情有些不情愿地说："这又不是搬新家、结婚，大家都熟人熟事的，送礼是不是有点太讲礼、有点俗了。"

孟雨涛十分赞同："就是就是，千万不要送，不然俗了。"

周兮倩只得不再说什么，默默与同事离去。

第二天一早，周兮倩提前来到杂志社，她端着一盆盆景来到孟雨涛的房间，她将盆景放在书桌上，对孟雨涛笑道："这总不俗嘛。"

这是一盆川派盆景，有山有水，假山石缝的泥土上还栽着几竿芊芊细竹。

孟雨涛很喜欢这盆盆景，连忙道谢收下。

周兮倩离开时，特意叮嘱道："这事可要保密喔。"

第二章　五天解决战斗

孟雨涛的女朋友叫杨怡秋，是一家口腔医院的牙科医生，他们的相识颇有戏剧性。

两年前，孟雨涛一颗牙齿松动了，疼得他一天到晚龇牙咧嘴地直叫唤，他忍不住了只得去医院拔牙，给他拔牙的正是杨怡秋。

她穿着白大褂戴着口罩，坐在他身边将头靠近他的脸专注地给他治疗，她身上散发出淡淡香气。仰躺在治疗椅上的孟雨涛闭着眼享受地嗅着这醉人的芳香，闻着闻着，他不由睁开了双眼，映入眼帘的是口罩上方她那双明亮又妩媚的眼睛以及清秀的双眉，她好看的双眼皮时而眨眨，美睫也随之轻微地耸动，比蝴蝶扇动的美丽之翼还动人，他的心脏也随之砰砰砰地剧烈跳动。

这一看顿让他心旌摇曳、魂飞魄散，这双像太阳一样明亮的眼睛，于是这样照进了他的心上，以至于治疗完了他还不想这么快离去，为能再多看看这双眉眼，他甚至愿意让她再多拔几颗牙。但牙齿咬着止血纱布后，他被告知可以走人了，他只有若有所失地离开。

一路上，那双眼睛还不住地在他眼前扑闪，闪得他像把魂丢在了她那里。戴着口罩的她更有韵味更有神秘感，也更激起了他的无限遐想，甚至开始想象她的脸蛋、鼻子、嘴唇、下巴长得啥样子。

不行，今天必须再去找她，不然回去后会茶饭不香，日夜难眠。

孟雨涛毅然返回原路，还在路边一个小卖部前停了下来，向店主借来纸笔写着什么。

写毕，他小心翼翼地把纸张折叠成方块状，将其放在嘴上吻吻后贴在胸前，嘴上还同时念叨着，然后迈开大步朝医院走去。

走进治疗室，杨怡秋正与一个医生闲聊，虽然摘掉了口罩，孟雨涛还是一眼就认出了她，她的长相果然也美。

他大胆地走到她面前，用一根手指指着自己的嘴。

她很惊讶地看着他，也认出了他就是刚才那个患者。

她轻声细语地问："牙又怎么了？"

他摇摇头不语。

她朱唇轻启："你可以吐掉纱布了。"

他这才将一直咬着的纱布掏出来，上面没什么血迹。

她看了一眼纱布后说："都正常嘛。"

随后她与另一个医生相视一笑，像是在讥笑这个人是不是哪里不正常。她不再搭理他，该下班了，她边脱白大褂边往外走。

不能再犹豫了，机不可失时不再来，他心一横紧跟上去，将一直拿到手上的那张纸塞到她手上。

她大吃一惊，正要开口，他已头也不回地疾步而去，应该是惊慌而逃，逃到楼梯口，他更是小跑起来，生怕被她再看见或追上来。

杨怡秋被他的这一突然举动惊懵了，一直站在原地，看到他消失无影才回过神来。

她赶紧打开折叠的纸张，越看越生气，胸部剧烈起伏着。

那纸上原来写的是：我已被你迷得不可自拔，如果你还没有要朋友，请在五天时间内给我来电。他还留下了自己的姓名和电话号码。

这个神经病！她气得一脸通红，狠狠地将这张纸揉成一团，随手扔进过道里的垃圾桶，然后疾步而去。

孟雨涛出了医院大门，站在路边直喘粗气，仿佛仍惊魂未定。

他在想，自己的举动是不是太鲁莽，太草率，太冲动，太轻浮，太可笑，太荒唐……管它的，做都做了就顺其自然。

他仰头闭眼祈祷起来：万能的上帝，渡人苦难的观音菩萨，爱神阿芙洛狄忒啊，求你们保佑我这颗虔诚脆弱的心脏吧！

这天，孟雨涛是魂不守舍了。

在一条小巷里的路边茶铺，他向邱军、柳亮讲起了他的艳遇，以及惊人之举。

柳亮简直听呆了，仿佛听了一个迷人的神话，一个劲地说，那女的肯定很漂亮，不然你不可能向她发起进攻。

邱军则嘲笑他吃了迷魂药，干出丢人现眼的糗事，还对他陶醉样子所描绘的杨怡秋如何如何表示怀疑。

这就大大打击了孟雨涛的智商和眼力，他一定要带邱军、柳亮去眼见为实。

第二天，他们便在下班前赶到医院大门附近，躲在树丛后等待杨怡秋的出现，鬼鬼祟祟像在打一场伏击战。

他们还真等到了目标出现。当杨怡秋骑车快接近大门时，孟雨涛赶忙弓着身子，在树丛后只露出上半个头，一个劲地悄悄说：你们看，就是骑过来的那个女的，那个穿蓝色连衣裙的！

我的妈呀，你的眼睛果然有毒，巴适巴适！邱军小声地发出赞叹。

柳亮张着嘴，眼睛直直地看着她从眼前经过。

直到杨怡秋骑出了大门，他们才从树丛后面站起身来。

邱军对孟雨涛说：看上了这个女娃儿，你就大胆地去追噻，等人家主动来找你，还限定五天时间，哼，你做梦吗，你太把自己看成个人物了，你不果断出击错过了的话，肯定要后悔的哈。

孟雨涛听了有点心动了，但嘴上却依然坚决："就给她五天，我倒要看看她是不是有眼无珠。"

柳亮好奇地问："为啥子就限定五天呢？"

孟雨涛自信地笑道："这是我的幸运数。"

柳亮接着问："要是五天过去她没来找你呢？"

孟雨涛没好气地拍着他的头："你咋这么笨呢，那再等五天噻。"

柳亮像明白了似的直点头："也是，也是。"

看到他憨憨的样子，孟雨涛和邱军忍俊不禁。

这是限定时间的最后一天，今天等不到她的电话就真的算球了，就当没那天、没那个人、没那回事，孟雨涛做好了最坏打算。

本来已不抱希望的他，仍坚持在办公室期待着奇迹的出现。每当电话铃声一响，他都要激动地祈祷是她打来的，但一次次都让他大失所望。

下午快要下班了，他还不忍离开，心里一个劲地说再等最后一个电话，如不是她打的，坚决走人。

接到走前的最后一个电话，他一阵狂喜，她终于还是打来了！

电话里他们聊得很融洽，结果更令人满意，虽然她先嘲笑他有点怪异，有点疯，但表示他还是有点意思，有点好耍。最后他们居然还约定了何时、何地见面。

放下电话，孟雨涛的心简直在飞。

走在路上，他看到的每个人都觉得很亲切，甚至想去拥抱他们。人们啊！你们太可爱了，我太爱你们，世界啊！太美好了，我要拥抱世界……

后来杨怡秋告诉他，当她看到那张纸上的内容时，当场是又惊又气，把他当成了一个神经病，但她自己后来也不晓得咋个想的，居然又鬼使神差地返回去，从垃圾桶里找到那纸团后，惊慌地将其揣在衣兜里，好像做贼似的怕被人看到。

讲到这里，她假装后悔地责怪道："唉，当时不晓得我被你的啥子迷魂药弄昏了，你说我是不是上了你的当？"

孟雨涛装出为难的样子叹息："唉，漂亮女人都这毛病，在街上被男人多瞄几眼呢，就会高傲地将脸转向一边，心里还会骂人家饿痨、饿虾是个色鬼，如果没一个男人看她呢，她心里又会失落地想，我长得这么可以，咋就没人欣赏我呢？"

这番话呛得杨怡秋哭笑不得，她装嗔地抬起粉拳就擂他，嗔怒道："你这是在变相说我，太坏了！"

邱军在派出所接到孟雨涛的报喜电话时，惊奇得久久看着握在手中的话筒，怀疑是不是自己的耳朵听错了。这太不可思议！简直让人怀疑人生嘛。

柳亮听说这事，更是直呼太神奇、太神奇，还不相信地直摇脑壳：你是不是在哄我们耍喔。

这两个哥们都对此事大打问号，孟雨涛心里有点不了然了，你们这完全是怀疑我的魅力嘛，看我哪天把她约出来，让你们眼见为实才晓得我是不是在扯把子，到时你们不要惊得眼珠子掉下来就行。

没过几天，孟雨涛就约杨怡秋到南河边上的南虹游泳池茶园见面。

当杨怡秋出现在茶园门口四处张望时，孟雨涛得意地在茶位上站起来朝她挥手。

杨怡秋看见他后，便款款地朝这边走来。

一些喝茶、下棋的人，纷纷抬头打量着这个漂亮女子。邱军、柳亮当然也是惊得目瞪口呆地彻底信服了。

在杨怡秋还没走过来时，邱军不得不叹服地说，荒唐之举居然收到奇效，你这方面有一手。

孟雨涛更是得意地说，对有些事就不能按老套路出牌，要出怪招才能出奇制胜，这是兵家之道懂不懂？以后我教你哈。

四人喝完茶走出茶园来到河边，孟雨涛当着邱军、柳亮的面，又秀了一下他与杨怡秋之间的关系。他突然将杨怡秋抱起来转了几个圈，把她羞得满面通红地直嚷："你是不是疯了?! 快放我下来……"

邱军在旁夸张地大呼："这儿是中国，不是在外国哈。"

孟雨涛得意地说："我的浪漫你哪懂得起喔。"

看到孟雨涛坐等抱得美人归，柳亮对孟雨涛佩服得五体投地。

他事后问孟雨涛："你咋个晓得你的幸运数是几呢?"

孟雨涛故作神秘地说："我懂八卦，掐指一算就晓得。"说完得意地一笑。

柳亮说："那你算算我的幸运数。"

孟雨涛脱口而出："六。"

没想到柳亮还信以为真，后来买彩票什么的，每次选字数都离不开六。当他屡次不中后就问孟雨涛，你说的幸运数咋不灵验呢?

听了柳亮是咋个选的号后，孟雨涛当场喷饭，他哭笑不得地说："柳亮啊柳亮，让我咋个说你喔，你单纯得傻得也太可爱了嘛。"

"五天之内解决战斗!"这成了孟雨涛谈恋爱的经典之作，也是他后来常常自鸣得意挂在嘴上的一句口头禅。之后每每提起此事，他还会意犹未尽地再感叹一句，简直传奇得很喔!

前几天为房子、工作调动的事忙得不可开交，眼见现在一切问题都解决妥当，孟雨涛决定该把现在的情况如实告诉杨怡秋了，此时她正在杭州参加学术研讨会。

晚上，孟雨涛在编辑部里拨通了她所住宾馆房间的电话，接电话的正是杨怡秋。她刚洗完澡从浴室出来。

一听到孟雨涛的声音，她喜悦地娇嗔道："我明天晚上就要回去了，现在才想起给我打电话，这几天你干啥子去了? 是不是又天天打牌喝酒或干了其他见不得人的事，老实交代，不许撒谎。"

"你看你，我在你心目中是这样的人吗? 玩笑话就不说了，这期间你还好吗?"

"还可以，就是整天都泡在会上，屁股都坐痛了，还好今天去游览了西湖，那里景色真的很美，你来看了才晓得。”杨怡秋坐在沙发上，一手持话筒，一手用毛巾捋着湿漉漉的头发，一脸灿烂的笑容。

“尽开会咋个要得喔，是该安排出去观观光、散散心，西湖是巴适，你去三潭印月、白堤、灵隐寺没有？还有该去楼外楼品尝一下西湖醋鱼、龙井虾仁、宋嫂鱼羹、西湖莼菜汤……”

两人在电话里东拉西扯一阵后，孟雨涛又对该不该提他离开报社的事犹豫起来。

“你今天说话咋有点吞吞吐吐？是不是发生了什么事？喂！喂！你说话呀，急死人了……”杨怡秋敏感地觉得他有些异样，不由得收敛笑容露出着急的神色。

等了片刻，听筒里才传来孟雨涛的声音——“是这样，我现在没在报社上班了，已调到《蜀江文学》当编辑，还在杂志社后院要了一间住房……”

“啊？怎么会这样？我看你简直太糊涂！”杨怡秋脸色红红的，不知是因刚洗了澡还是给气的。

看到同住一间房的同事诧异地看着自己，她察觉到了自己的失态，于是按捺住本想发的火，吞声忍气地听孟雨涛说，不管电话里他态度如何之好地解释、如何把那间房子吹嘘得天花乱坠、如何夸大杂志社领导怎么器重自己，但她通通听不进去，毫不为之心动。

实在不想再听下去了，她冷漠地撂下一句：“回来再说！”便气咻咻地砸断了电话。

第二天傍晚，杨怡秋回到成都后，打车直奔孟雨涛的新巢。

一路上她仍怒气未消，好个雨涛，就一周时间，为了解决你哥的结婚房子，你居然瞒着我硬是把工作换了，之前我明确告诫过你调动工作的事要慎之又慎，千万不要离开报社，可你完全把我的话当耳边风、先斩后奏，根本没把我当回事……

杨怡秋到了杂志社大门口，门卫李大爷将她引到孟雨涛的住房前，孟雨涛喜出望外地赶忙出门迎接。

李大爷离开后，杨怡秋仍站在门口打量着房子和小院。

孟雨涛忙接过她的提箱放进屋里，然后笑着对她做了个请的手势：“坐了几小时飞机肯定累了，快进屋休息。”

杨怡秋阴着脸，刚一进屋，孟雨涛便上前欲给她来个拥抱，但她躲开了，走到屋中央将整个屋子扫视一遍后，冷笑道：“我还以为是啥子豪华房呢，不就是……值不值得吗！”

“有点不值，暂时先住到嘛。”孟雨涛态度和语气都相当温和，还恭敬地奉上茶水，并借机想抱杨怡秋。她却一闪，走到置有蚊帐的床边坐下。刚取下肩上的挎包，她的目光随即盯着书桌上玻璃瓶里插着的一束鲜花，那是黄色的秋菊，散发出淡淡的清香。

“我猜你今天肯定要来，下午特地去青石桥花市买的，我一个大男人的房间咋个可能插那玩意儿。”他笑嘻嘻地说，也在杨怡秋旁边坐了下来。

这次她没再躲，只是将屁股移了移挪开一点距离。

她面无表情、沉默不语地又盯着书桌上的那盆盆景，好像房间里只有这两样能吸引她的目光。

“这是编辑部一个大姐送的，她太讲礼，热情得让人不好拒绝。”

见杨怡秋仍把脸扭向一边不作声，孟雨涛又说：“我们编辑部有个‘谭虾虾’，那人长得之喜剧，你要是见了肯定要笑三天。”

孟雨涛说完这话，还露出自己已被逗笑的样子。

杨怡秋根本不为所动，裙摆下裸露的小腿可能是被蚊子叮咬了一下，她秀眉微皱地用手去拍打。

“这屋其他都可以，就是蚊子有点多，讨厌得很。”

孟雨涛赶紧拿起一把折叠扇，对着她裸露的小腿不停地扇，以驱赶这些不懂事的蚊子。即便他如此殷勤体贴，但杨怡秋没有一点被感动的迹象，脸上依然挂着冰霜。

“我知道这次是我不对，没有高度重视和坚决贯彻你的指示，完全是犯了路线错误，该深刻检讨，接受批判。”孟雨涛装出一副沉痛状，想把她逗笑。

“现在才晓得，晚了。”

杨怡秋的语气虽然冷冰生硬，但她总算开了口。孟雨涛还察觉到了她嘴角隐约漾出了一丝笑意，即使转瞬即逝。

这就对了噻，孟雨涛暗自欣喜，决定来个趁热打铁，给她描绘一下美好未来。他站起来指着一堵墙：“那儿可以放彩电、茶几和一个长沙发。”随后手指其他地方，“那儿准备放个衣柜……这窗前的书桌我最满意，紧接着我将认认真真开始伏案写作大业。嗯，房间里该有的也差不多了。”

他又走到门口，摇头晃脑、自我陶醉地说：“这个小院也不错，相当于自己的私人庭院，以后再种点花草，夏天晚上可以坐在外边乘凉赏月、观花闻香，啧啧，想想我们将来的小日子就美……”

“我才不会住在这！”

杨怡秋不想再听下去，起身将包挎在肩上，拖着小提箱就往外走。

“欸，你咋个要走呢？”孟雨涛不解地拦着她，刚才分明已有好转的征兆嘛，这又咋个啰。

“饿了，回家吃东西。”

“唉，我咋个搞忘问你吃没吃晚饭，飞机上那盒饭咋个吃得好嘛，人命关天，吃饭为先，你要是饿出了一点问题，那性质就严重多了。”

孟雨涛使劲拍了一下脑壳：“想吃啥子？火锅？对头！这是从外地刚回来人的必选，走，我陪你去吃！”

说完，他赶紧从她手上接过小提箱。杨怡秋没拒绝，还说要选一家上档次的地方才行。

“嗯，就去狮子楼，那是必须的。”孟雨涛顿都不打一下果断说。

他心情变得大好，此前他已做好了应对她发泄不满的种种心理准备，制定出了一套应对策略，甚至猜想到了最坏的结果，那就是她会火冒三丈地前来大吵大闹，把他骂得狗血淋头后愤愤离去，并发誓不再往来。他呢，决不采取以硬碰硬的方式使关系进一步恶化，而是要采用怀柔手段去化解危机。大不了再发起一场忍辱负重、笑脸相陪、有点丢面子的“战斗”，相信五天之内还是能圆满结束战斗的。

结果这场“战斗”还没怎么打，就这样悄无声息地结束了。他暗笑是自己误判了敌情，把形势估计得过于严重了。

哈哈，热战的没有，冷战的也没有，世界还是和平祥和的，你我还是相好如初的。虽然这个杨怡秋起初给我马起个脸，但她还是明大理讲大义的，最终不会把我咋个的。我们的未来嘛，那当然也是前景大好的。

孟雨涛又高兴得有些飘飘然了。

成都的秋天就这样，暴热之后又是绵绵细雨，一下就是几天不歇气，就像扯不断的线。这天下午，连续几天的秋雨停了不说，不晓得躲到哪去的太阳也终于露了脸，蜀江文学杂志社四合院里便出现了难得的欢声笑语。

谭立闻站在院中央水池旁，他一手端着茶杯、一手叉腰抬头望着天空，刺眼的光线射得他眼镜片后的双眼几乎眯成了一条缝。他摇头晃脑自言自语：“我就说过嘛，久阴必晴，再寒冷的冬天也有出太阳的时候。”然后朝院旁一扇窗户高声喊道：“哎！雨涛，还看啥子稿子嘛，该出来晒晒霉气了，这么巴适的太阳哪儿去找喔！”

不等孟雨涛回答，他又扯起烟锅巴嗓子亢奋地吼了起来：“太阳出来啰喂，喜洋洋那个啰喂……蓝蓝的天上白云飘，白云下面马儿……”结果“跑”还没唱出来声音骤停，原来他的喉咙被痰卡住了，他咳了两声随即吐出一叭黏痰，院内顿时响起一阵爆笑。

孟雨涛摇头暗笑，这老兄思维也太活跃了嘛，出个太阳，他就从川西平原一下唱到内蒙古大草原，要不是噎着这口痰，说不定他还要一口气唱到喜马拉雅山、唱到撒哈拉大沙漠。

一个坐在二楼回廊上看书的女编辑将书一合，起身靠在木栏杆上发出抗议：“‘谭虾虾’你还想不想让我们活啊？你这‘莎士比亚’加‘左拉’，完全是噪声污染，要罚款的哈！”

谭立闻仰头朝那女编辑摊摊手、耸耸肩，嬉笑道：“你就不打体育、不懂音乐了嘛，我的声音这么有磁性、有魅力，完全和歌星有一拼，我再为你献唱一首怎样？不要忘了掌声哈。”

对谭立闻如此得寸进尺，女编辑赶忙双手捂耳求饶：“你的脸皮咋个比城墙还要厚喔，千万别唱！我服了你行了吧。”

谭立闻笑笑，清了清喉咙依然扯起了嗓子：“请把我的歌带回你的家，请把你的微笑留下……”只不过这次不是唱，而是用椒盐普通话念的。院里响起的不是掌声而是笑声。

这是个味道有点长的人，有他在你要想不乐都很难。你看有点阳光他就灿烂成这样，要是天上真掉馅饼或是大把大把的钞票以及一个林妹妹什么的，那他还不天天笑得合不拢嘴、天天把歌唱啊，好在这样的事不会发生，不然他恐怕早就要笑进精神病院了。

孟雨涛戏谑地想，还是没见个大世面、内心修炼不够的人呐，不管四海咋个翻腾，五洲咋个震荡，不管天上咋个阴晴圆缺，气候咋个风狂雨雪，你我都该冷眼向洋看世界，内心始终保持岿然不动噻。不过他说的“人活着开心最重要”还是对的，管他是富开心穷开心，还是真欢喜假欢喜，你总不能打击人家的快乐噻，不然太没道理了，对不对？

孟雨涛骑着一辆“飞鸽”自行车出了杂志社，他要去有些日子没去的柳亮家，因为那里晚上有场好朋友的聚会。在一路经过的大街、广场、河边……都有许多人在晒太阳，个个都是那么心情舒畅的样子，看来大家都和“谭虾虾”一样——见到阳光就灿烂、遇到星光就浪漫。

嗯，这将是愉快美好的一天。

孟雨涛一路吹着口哨骑至老南门大桥桥头，接着拐进两旁低矮瓦房相连、地面是石板路的柳荫街，骑过一段不长的下坡路就是临河的金沙坝小院。像往常一样，一到通往小院的通道口，他就不停地按车铃，院内立即响起“汪、汪、汪”的狗叫，很快，一条黄毛大狗跑到通道口，张嘴摇尾地前来迎接。

孟雨涛在狗面前刹住车，开心地说：“哈哈，‘黄虎’又来迎驾了，等下有赏，赐你五块卤排骨外加鸡爪爪！”“黄虎”尾巴摇得更欢，跟在孟雨涛身后进了院坝。

在河边一棵合抱粗的黄桷树下，一个短发齐肩、清秀伶俐的姑娘正坐在石桌旁看书，看见孟雨涛进来，她起身俏皮地说：“无冕之王来了嘛，狗啊猫啊的哪个敢不恭候主子。”接着发出一串银铃般的笑声，嘴角两边漾出浅浅的酒窝。

她是柳亮的妹妹柳雪，已读大四的她正在家准备毕业论文。她脸庞圆润、肌肤白皙、双眉清秀、眼眸明亮、嘴唇丰腴，一双大大的双眼皮更具妩媚，苗条的身材和丰满的胸部散发出青春的活力与魅力。这妹儿是越来越水灵、成熟了。

孟雨涛暗自赞叹后随即告诫自己，她永远是自己清纯的小妹儿，你可不能心生龌龊念头喔。

他装出威严像呵道：“又和我调皮，你今天吃了龙心还是豹子胆？居然敢对哥冷嘲热讽，还不搬上龙椅、呈上御茶！”

柳雪嘻嘻一笑，露出洁白整齐好看的牙齿：“莫生气哈，千万别伤了龙体。”说着将一张竹椅搬到孟雨涛面前，恭敬地说：“龙椅来了，皇上息怒、请坐！”

孟雨涛心安理得地往椅上一坐：“哈哈，这还差不多，算你懂事！”他跷起二郎腿得寸进尺支使道：“御茶呢？还不赶快呈上！”

“马上就上。”柳雪转身进屋泡茶前对他做了个鬼脸，“还真把自己当康熙、乾隆了，你就慢慢臭美去吧。”

柳雪将茶杯放在孟雨涛旁边的石桌上，心情愉悦地说：“很久没见怡秋姐了，真高兴她要来。喔，我该煮饭做菜了，哥你先一个人喝茶哈。”

望着她去厨房的背影，孟雨涛又感慨，真是个单纯善良懂事的妹儿。

“黄虎”趴在树下眯眼睡觉，院内变得安静起来。

这个小院住着柳亮一家人外，还有唐婆婆、蹬客运三轮车的李三哥、下岗职工孙大哥等人家。

孟雨涛惬意地坐在树下望着眼前熟悉的河流——它从城南弯弯曲曲穿过，在这里正好拐了一个弯。秋阳洒在河面上波光粼粼，两岸河床裸露出大片淤泥、鹅卵石。此时的河水没了夏天激浪奔涌的气势，而是平平缓缓、软软绵绵地流着，似刚刚晨起露出慵倦之态的少妇。河对岸是一排高高低低，错落有致的吊脚楼，黑黢黢的房瓦鳞次栉比，临河窗户里不时有人影晃动，在高高低低房屋后面的远处，矗立着一个红砖砌成的高大烟囱……

哦，对了，柳亮的父亲就在河对面吊脚楼经营着一家茶铺。读小学时，孟雨涛就经常放学后到这里来玩耍，不是爬到黄桷树上粘蝉，就是到河里游泳，那时小院河边经常停泊着一条捞沙船，他们喜欢从被太阳晒得散发出浓浓桐油味的船上跳入水中……

临近傍晚，夕阳将西边的天空涂抹成艳丽的橘红色。下游不远处的老南门大桥上，汽车和自行车来来往往，汽车喇叭声、自行车铃声交织在一起。院内住户这时也陆陆续续回了家，院里响起了锅碗瓢盆、人呼狗叫的交响乐，河两岸瓦房上的烟囱升起袅袅炊烟，空气中不时飘来诱人的菜香。

杨怡秋下班后骑着自行车来了，柳雪欢喜地出来迎接，两人拉着手亲热地说着亲近的话，进了厨房还边做事边亲热地聊个没完。

小院连接小巷的红砂石通道上响起重重的脚步声，不用说是柳亮回来了。

一听他的脚步声，“黄虎”一下像吃了兴奋剂，撒欢地奔过去扑在他身上，伸出红红的长舌对着柳亮一阵猛舔。柳亮也眉开眼笑地抱着它的头摇过去摇过来，还露出难得的柔情直叫：“乖、乖!”看上去简直比搂着自己的儿子还亲热。这么一说，这娃娃现在连女朋友的影影都没得。

“妈哟，硬是对狗比对人还好。”孟雨涛假装吃醋地说。

“不存在，都一样的好哈。”柳亮放开“黄虎”，一脸憨笑地走过来问，“二哥还没来?”他指的是邱军。

没过多久，一辆“长安”微型警车在院外过道口停下，邱军披着西服、一手拿着对讲机走进院来，两只空荡荡的衣袖甩来甩去。还没走近，邱军便笑容满面地抬手致意，走近了不是亲热地握握这个手就是拍拍那个肩。

柳雪、杨怡秋端着做好的菜出来，邱军笑嘻嘻地与她俩打招呼、寒暄，柳亮不善言辞，只对杨怡秋说了句“姐，你来了”，然后溜进厨房去干活。

大树下的石桌上摆满丰盛的菜肴，见酒已满杯人已到位，孟雨涛端起酒杯说：“开筵!”于是大家欢笑着一起举杯相碰，晚宴就这样开始了。

两杯啤酒下肚，邱军坐在竹椅上环顾四周，很是感慨地说，“还是在这和兄弟姐妹一起吃饭喝酒有意思，本来今晚有个饭局，但我推了，天天酒桌上应酬，烦!”

“你高档酒楼进惯了，山珍海味吃腻了，是该常到这儿来喝点小酒，吃点小菜换换口味。”孟雨涛给邱军边斟酒边笑着说。

“你把我们说得太腐败了嘛，没对哦。干警察这行的辛苦你又不是不晓得，你当记者那阵子与我们同过甘共过苦，笔下给我们生了好多花喔。”

杨怡秋有些不悦地瞅着孟雨涛：“你的酒量都是他们给灌出来的。”

孟雨涛对邱军说：“今天我们不说这些，尽兴叙旧、喝酒好不好。”

柳雪站起身来说：“哥姐，你们吃着，我要给老爸送饭去了。”

杨怡秋拉了一下柳雪的手，不舍地说：“快点回来啊，我就想和你摆龙门阵。”

柳雪乖巧地点点头离去。

“多懂事的女孩啊，我要有你这么一个妹妹就好了，你有福气啊！”邱军十分羡慕地对柳亮说，并给他递上一支烟。

“我仨是兄弟，小雪不就是大家的妹儿吗？你还不知足？”孟雨涛调侃道。

“大哥说得对。”柳亮立即高兴地应和。

杨怡秋看着他憨憨的样子不禁莞尔一笑：“柳亮，你看上去这么凶，说话却这么腼腆，简直对不上号嘛。”

大家把目光聚焦在柳亮身上，他剃着平头，一脸横肉，魁梧彪悍，加上喝了酒脸红筋胀，看上去的确像个“凶神”，要是他脖上再挂根粗项链、脸上戴副大墨镜往街上一走，路人肯定以为黑老大来了。

听了杨怡秋的话，孟雨涛立即想起了一个往事，他对杨怡秋说：“读小学时，一个不知好歹的男生曾好奇地问柳亮，你长得这么吓人，你妹妹却那么好看，你们是不是一个妈生的喔？就这一问便招来了横祸，柳亮勃然大怒，随即对那男生脸上就是一拳，打得他嘴唇破裂、门牙脱落，当场疼得他哇哇大哭。当然了，这一拳也让柳亮吃了苦头——除赔付医疗费外，一顿‘竹笋烧肉’也是免不了的，屁股被他爸用竹篾片打得红印密布，惨不忍睹，他第二天来上学，走路都是屁股撅起的，屁股一挨板凳，就疼得他龇牙咧嘴地呼而嗨哟直叫唤，那个惨哟！啧啧啧……”

孟雨涛边说边装出一副痛不欲生的模样。

邱军听了拍手大笑：“确有此事！”

杨怡秋一脸惊讶：“这也太暴力了！”

柳亮有点不好意思地端杯喝酒，又将一块排骨递到蹲在身后的“黄虎”嘴边，狗儿叼着排骨跑到一边，趴在地上美滋滋地啃着排骨。

柳雪返回时天已擦黑，河两岸的窗户里透出昏黄的灯光，倒映在河面上的灯影随着水流荡荡漾漾。小院里餐桌上方树枝上吊着的一个大灯泡也亮了，把小院照得一片通明。

“小雪快来坐，吃点东西。”杨怡秋指了指旁边的椅子。

“老远就听见你们欢声笑语，在摆啥子笑人的话喔？”柳雪刚落座就喜滋滋地问。

邱军：“你哥小时候把人牙齿打掉，你爸把他屁股打肿的事你晓得不？”

柳雪：“喔，我记得到，那次他是挨打了，把我吓得直哭。哎，都怪他那时到处惹事，被爸打的次数简直数不胜数。”

孟雨涛：“我的妹儿呀，你这是在怨你哥还是怨你爸哟？”

大家哈哈大笑，柳雪知道自己表达不准确，立即有些难为情地吐吐舌头。

半天不吭声的柳亮站起身，他端着酒杯，憨笑地说：“你们都说我的事，我也说一件高兴的，就是祝贺大哥调到杂志社、有了房子，这杯我干了！”说完豪爽地一饮而尽。

邱军、柳雪拍手叫好，孟雨涛却沉默不语，假装没听见似的埋头去拈菜。

杨怡秋脸色突变，不屑地说：“哼，这算啥子好事，好好的报社不待，却去不咋个的杂志社，不晓得有些人咋个想的，人往高处走，水往低处流的道理都不懂，毫无追求，胸无大志，人又不是水，更不能同流合污。”

杨怡秋这番话立即让刚刚还气氛热烈欢快的酒桌冷寂下来，大家面面相觑、不知所措。

孟雨涛知道那件事还在她心里恨起的，她是借机发泄也是指桑骂槐。柳亮你这个猪头呀，我好不容易才按平此事，你现在哪壶不开提哪壶，这不是又点燃火药桶挑起战端嘛。怡秋啊怡秋，我晓得你看不惯没文化、层次低、长得蛮的柳亮，但我给你讲过，他是个憨厚重义的好人的嘛，我当年在河里学游泳时被淹到，是他救过我一命，这些你咋个都忘了呢？今天你这样当众洗刷我兄弟是绝对不行的，对不起，我只能大义灭亲了，哪怕再来一次“五天解决的战斗”，也在所不惜。

他立即表情严肃地反击杨怡秋：“你这样说就没道理了，你怎么知道我没追求、没大志？更不能以你的标准来要求别人，你说我可以，但不能说我兄弟，晓得不？”

孟雨涛这一席话把杨怡秋说懵了。

她红着脸不服气地正要开腔，柳雪却拉住她的手，柔声相劝：“秋姐别生气，他是喝多了打胡乱说，别理他。”

邱军放在桌上的对讲机传出惊喳喳的呼叫，他借机拿起对讲机走到一边去通话。

杨怡秋可能也意识到了自己不该讲那些话，再加上柳雪相劝，她便忍住了不再开口。酒桌上一下又鸦雀无声。这时，邻居李三哥端着一碗面边吃边走过来，他笑嘻嘻说：“今天来的人多，孟记者，等下我们打下小麻将哇。”

邱军通完话后坐回原位，他扭过头瞪眼作势怪李三哥：“没有看到我们正处理国家大事嗦，你这人咋这么不醒眼呢，一边去！”

李三哥这才察觉气氛没对，赶紧知趣地走开。

柳雪拉着杨怡秋的手：“姐，他们喝酒抽烟烦死了，等他们在这醉生梦死，你到我房间去坐坐。”

杨怡秋虽然对柳亮没什么好感，但喜欢柳雪。待她俩一走，孟雨涛立即若无其事地打圆场：“没事没事，来来，大家酒都斟起继续喝起，我们摆个痛快，喝个痛快！”

院内他们三人又有说有笑喝开了。

杨怡秋随柳雪登上有些陡的木楼梯，她一进柳雪房间就赞道：“你这小屋好温馨！还可以观赏河景……”说着就欣喜地奔到窗前倚窗而望。

柳雪不以为然地说：“没什么可看的，外面黑漆漆的。”

“你是看惯了，我一直很喜欢临河的房间。在这窗前读书多有意境，你听这水声，枕涛入梦，梦也一定会很甜蜜。”杨怡秋遐想着兴奋地说。

柳雪嘻嘻笑出声来："你把这想象得过于美好了。"她拿出一本影集给杨怡秋看，两人坐在床边，一边指点某张照片一边说笑。

杨怡秋说："小雪你小时长得就很乖、很讨人喜欢。"

"哪喔，我现在一看原来的照片，觉得自己那时胖得傻乎乎的，丑小鸭一个。"柳雪直率地说。

"你看，到你读书后你越发水灵、漂亮了，依我看，在你们班上女生中，就数你最漂亮。"杨怡秋像评委似的点评道。

柳雪羞赧地说："秋姐真会奉承人。"

"不是奉承，是实话实说。"杨怡秋说着打量起柳雪来，看了好一会发出赞叹，"你真是个俊俏姑娘，越看越讨人喜欢，我要是男人也会对你动心。"

柳雪被杨怡秋说得很不好意思起来，忙捂着发烫的脸颊娇嗔道："你再说我就要晕过去了。"

杨怡秋被柳雪这娇羞的可爱样逗笑了。

一番嬉笑逗乐后，两人走到窗前静静地望着河水，河面灯光倒影，波光粼粼，能听见哗哗的流水声，清凉的河风吹拂着她俩的秀发、脸庞。

杨怡秋双手支撑着窗台喃喃道："夜色里的南河真美啊！"随后侧过头望着柳雪问："你这么入神地在想啥子？"

柳雪转过脸认真地看着杨怡秋，声音有些怯怯地说："秋姐，你还会生雨涛哥的气吗？"

"咦，你怎么问这个？这咋说呢，气是有一些，不过现在不气了。"

"那就好，刚才我生怕你们吵起来，都是我哥那张臭嘴惹的事。"

杨怡秋拂了一下额前的头发，歉意地说："不怪他，是我把话说重了刺激了雨涛，不该说他没大志什么的，你晓得不？他现在正挑灯夜战地发奋创作呢。"

"是吗？"柳雪的眼里闪现一丝惊喜的光亮。

“小雪你有男朋友了吗?”

“没有，没遇到喜欢的坚决不要。”

见柳雪表情如此毅然，杨怡秋好奇地笑问：“那你喜欢什么样的人?”

柳雪有些茫然地如实回答：“我也说不清。”然后双手托腮望着窗外的河水发愣。

“喔。”杨怡秋沉吟了一下说，“等你明确了喜欢啥样的男人告诉姐，姐一定帮你物色一个超级优秀的。”

“哦，不用！不用!”柳雪含羞地捂住脸颊慌忙答道。

杨怡秋亲昵地用食指在柳雪脸颊轻轻一抹：“哈哈哈……读大学了还这么腼腆，你这可爱的模样也太惹人喜欢了，简直想象不出你以后会找一个什么样的男朋友。”

第三章　杂志社形势不妙

孟雨涛昨晚酒喝多了，第二天早上九点多钟了，他还在杂志社宿舍酣睡。一阵敲窗声，高喊声才将他惊醒。“哪个？半夜三更敲啥子门，吃饱了哇……”他闭着眼在迷迷糊糊、昏昏沉沉状态中自言自语。

“是我，大姐。”门外响起一个女性柔柔的声音。周兮倩拿着收拢的雨伞站在窗帘紧闭的屋檐下，她停止了敲窗，表情有些焦虑。

“喔——”孟雨涛有点清醒了，用手揉着眼睛仍不想起床。

屋里又没了动静，周兮倩担心他继续睡下去，忙又走到门前用力拍门，不料门没反锁，“吱——”的一声门就被推开了，果然看见孟雨涛还躺在蚊帐里一动不动，“小涛快起来！十点张总要到编辑部开会”。

“喔——什么？”孟雨涛猛然醒悟身在何处，赶紧撩开蚊帐探出身来，他头昏脑涨地看着床旁桌上的闹钟，“啊？九点半了。”看见周兮倩站在门口正笑吟吟地看着自己，他突然发觉自己还裸着上半身，忙惊慌地缩进蚊帐，“你先走，我马上就到。”

他边穿衣边纳闷，昨晚睡觉时怎么没有锁门呢？

“赶紧，甭迟到了。”周兮倩再次叮嘱，然后拉上了门但没立即走开，而是站在门外将耳贴在门缝边听了一会儿，直到确认他已起来了才撑着雨伞离去。

孟雨涛肩搭毛巾、手拿漱口杯走出房门，这才发觉外面正秋雨淅沥，院里一株芭蕉树硕大的叶片随风摇曳，被雨水淋洗得更加碧绿葱翠，地上已积起了一摊摊亮晃晃的雨水。

“啥子怪天气喔，昨天还阳光灿烂，今天又愁眉苦脸了。”孟雨涛抬头埋怨天气。在小院露天的自来水龙头处刷牙时，他又纳闷地想，这雨啥时开始下的？我昨晚是咋个回来的呢？……

此时他还有些昏头昏脑，努力回忆昨晚的场景，依稀记得离开柳亮家时还没下雨，对了，是和杨怡秋坐一辆“夏利”出租车走的，上了车以后呢……

哎，他实在想不起后来的经过，没法，酒喝多了脑子断片儿了。

想到“夏利”，他一下又想到了自己的“飞鸽”。咦，我的自行车呢？他有些慌神地环顾着小院，但小院里没有他的“飞鸽”。

“糟了！我的自行车是不是丢了？”他心里咯噔一下，随即又努力回想昨晚的情景，终于想起了由于“夏利”出租车没得屁儿（后备厢）放不下自行车，他便将“飞鸽”放在了柳亮家。

“飞鸽”没有“飞”走，他心里踏实了。他舍不得这辆“飞鸽”，因为它毕竟是他参加工作后置办的第一件值钱的家产。前几年，像自行车、彩电、电冰箱等都是紧俏货，如果仅有钱而没关系搞到购物券，那还是对不起——你有钱也买不到。好在大学同学钟毅在北京是个专跑商业口的记者，他搞到票后在北京买了辆“飞鸽”，然后办理航空托运“寄”到成都。

在孟雨涛眼里，这不是一辆普通的自行车，而是千里之外雪中送炭的宝贵同学情谊。对这辆坐飞机来的“座骑”，他是倍加珍惜爱护，一有空总要把车擦得铿亮，边擦边还要心情舒畅地唱：“啊！——‘飞鸽’，你像一只蝴蝶飞进我的窗口……”

匆匆洗漱完毕，孟雨涛顺着屋檐来到前院，这是一个不大的四合院，四周是砖木结构的两层旧楼房，院中央有个圆形水池，池里耸着一个假山，上面布满青苔并长出几竿芊芊翠竹，竹枝在风雨中摇曳，密集的雨点轻打着漂浮在水池里的钱荷，使之有节奏地不停浮动。

不要说阴雨天气，就是晴天，院内房间的光线也较暗，上班时都要开灯。此时院内所有的房间灯火通明。

还没走进编辑部，孟雨涛就听见里面有说有笑，他知道张总肯定还没到，心里也就放松下来。他在办公桌前刚坐下，发现桌上放着一个煮熟的鸡蛋和一个面包，他知道是谁给自己准备的，不由抬头去看斜对面正对自己而坐的周兮倩，此时她也正望着他，她将手放在嘴边、张开嘴做出让他赶紧吃的示意动作，他感激地朝她点头一笑。

“还是你哥子过得滋润，一觉睡到自然醒，还有人给你送早餐，幸福的人儿喔。”办公桌对面的谭立闻手捧茶杯，羡慕地对孟雨涛说，语气有点酸。

“虾哥，心里不平衡哇？”孟雨涛把鸡蛋往桌上轻轻一砸，有点得意地想气气他。

“那是相当的受刺激。”谭立闻脾气也是相当的好，不管别人怎样讥笑打击，他也从不发火，反而跟着一起笑。他常常爱说这样一句话：“能让大家一乐自己一乐，何不乐而为之？”你说，这个研究中国古汉语的老兄是不是有点滑稽可笑。

“小倩呀，你不要太厚此薄彼嘛，说老实话，雨涛也比我帅不到哪去，最多就是占了年轻一点的优势。你看我们瘦得风都吹得倒，你该多体贴关心我们才对。”谭立闻转身看着周兮倩，装出可怜巴巴的样子。

“既然弱不禁风就少干点那事，你老婆才该多体贴、多照顾才对啊。”周兮倩嘴上毫不留情，引起大家哄堂大笑。

坐在远处角落埋头看稿的王老抬起头笑道：“‘谭虾虾’你哪是小周的对手呀，还不闭嘴休战。”

“老远就听到你们笑翻了天，是不是‘谭虾虾’又出啥子惊人之语了？”张总一手拿着保温杯、一手拿着笔记本，笑呵呵地走进编辑部。

“是我遭他们调戏了。”谭立闻边说边将一张藤椅搬到屋中间请张总坐。

“是不是喔？”张总走到藤椅前环顾了一下室内的人，然后将保温杯放在旁边的桌上，面带笑容地说：“人都在，今天我们就开个小会，大家都坐拢一点。”

于是所有人都把椅子朝他身边移。

见大家都围坐了过来，张总拿起杯子喝了口水润润喉咙，稍加思索开始讲话：“刚才大家瞎扯得很开心，我要讲的就不那么令人高兴了。同志们，目前我们的工作、我们的杂志面临的形势严峻啊！也可以说让人生忧！不知大家意识到没有？”说到这他停顿下来，神情严肃地将目光从每一个人的脸上扫过。

室内烟雾缭绕，大家若有所思地等着下文。

张总紧拧着眉头吸了一口烟，忧心忡忡地继续往下说：“《蜀江文学》在全国算得上有影响的杂志，曾发表过不少名篇佳作，深受读者喜爱，但辉煌已经过去，如今它正走向生死存亡的关头。从目前收集的情况来看，前景不容乐观啊，除订购数量下滑外，零售数量也大为减少。失去了读者也就意味着杂志没有了生命，这不是危言耸听。当然咯，全国几乎所有的杂志都面临同样的情况，这有多方面的原因，大家说说看。”张总缓和了一下情绪，停顿下来看了看在座的人，端起杯子喝着水等大家发言。

室内寂然无声。

孟雨涛将目光移向周兮倩，她正用手在鼻前扇着呛人的烟味，还盯着他手中的香烟皱了皱眉，表示讨厌他也跟着一起不停地吞云吐雾。

孟雨涛不加理会，将烟又放在嘴里抽着，她便有些气恼地向他举起了拳头。也许是今天气氛沉闷、话题凝重的缘故，她忍着没有吭声，要是平常她早就向这儿竿“烟枪”发火了。

随后，大家你一言我一语、深有感触地分析目前杂志走下坡路的多种原因，归纳起来就是——社会正向市场经济转型，人们更注重经济利益，许多人对文学的激情不再，大多考虑的是怎样挣钱，不少文人也下海经商，写作品投稿、看文学的人少了；随着电视、电影等娱乐方式的多样化，报刊发展迅猛以及许多报纸辟出副刊版面刊登小说连载、散文等，人们的阅读手段已不再单一地选择杂志……

听着大家情绪激昂的分析，张总不时点头表示认同。他最后感慨总结道：“如今经商浪潮汹涌澎湃，这使人们的观念发生了很大变化。发展经济、提高物质生活水平这固然重要，但提高精神生活也不可缺失，否则将是一个民族的悲哀。至于传播多元化这是好事，它能丰富群众的文化生活，竞争激烈了，读者的阅读选择权我们也不能左右，我们能做的就是如何发展优秀的作者队伍、刊登更多更好的优秀作品……”

“啪、啪、啪”，王老率先鼓起了掌，紧接着其他人也跟着如此这般。

张总环视一下在座的人后，说：“我今天先给大家吹吹风，在这种形势下，杂志社可能会遇到前所未有的困难，大家的经济利益也会受影响，但我希望各位不要丧失信心，让我们共同努力、同舟共济来守住这一精神阵地！”当然又是热烈的掌声响起来。

散会后，大家不再有说有笑，都默默地各自坐在办公桌前想着什么，仿佛还没从会上凝重的气氛中摆脱出来，毕竟杂志的盛衰事关每个人的切身利益和未来。

孟雨涛更是感到有些茫然和失落：我才来没多久，杂志社咋个就这么快出现衰势。嗯，这事可不能让杨怡秋知道，否则还不更加理直气壮地骂我鼠目寸光、自毁前程，到那时我哪还有雄起的底气。他有些心烦地侧头凝视着窗外绵绵的秋雨，脑里出现“秋雨滴梧桐”“雨打芭蕉”等语句。

“不在挣扎中灭亡，就在挣扎中新生。大家不要悲观，该干什么干什么，喔，要放学了，我该去接娃娃了。”谭立闻自言自语地站起身，然后拿起挂在门后的雨衣走出了编辑部。

孟雨涛出神地望着秋雨，突然一个纸团打在他的头上随后落在地上，他猛然回过头，只见周兮倩一手托腮正笑望着他，另一只手则指指地上的纸团。

他忙从地上捡起纸团打开看，上面写着：“怎么心事重重、无精打采的样子?”

他不自然地笑笑：这个大姐真会揣度人的心思。周兮倩就是这样，严肃起来时显得神圣不可侵犯，活跃时做出的一些举动又像个活泼调皮的少女。

孟雨涛朝周兮倩笑笑，拿笔在这张纸上写了起来，然后将纸张揉成团朝她扔去。

早有准备的周兮倩伸出双手接住纸团，随即展开看了起来，孟雨涛写的是：“杂志社前景堪忧，你我的稀饭快凉了。”

周兮倩看完忍不住笑出声来，王老闻声抬起头来，他用手扶着眼镜架望望周兮倩，又看看装着若无其事的孟雨涛，最后不得其解地摇摇头又埋头看稿。

“走走走，吃饭去!”周兮倩对孟雨涛说，她站起身来，拿起桌上的挎包往肩上一挎，又转身邀请老王：“老革命别埋头工作了，和我们一起去吃吧。”

“谢谢，谢谢！我家不远，我回去吃，你们去。”王老拱拱手笑着推辞。

雨还没停，孟雨涛要回宿舍拿雨伞，周兮倩说：“雨不大，用我这把伞就行了。”

出了杂志社大门，两人合撑着一把伞走进细雨蒙蒙的小巷。小巷一侧有一堵历经岁月的青灰砖墙，墙上已布满不少青苔，墙头上长着蓬蓬杂草和小树，这些小草小树经过雨淋更显得翠绿和生机勃勃。

在小巷临近大街的拐弯处有一家“老味道川菜”餐馆，杂志社中午不回家的人都爱在这里用餐。餐馆一楼坐满了食客，人声鼎沸、饭菜飘香。熟人见他俩进来热情地打招呼。一个跑堂的过来说，二楼还有空位。他俩沿着陡而窄的木梯上楼，身后是众人羡慕的目光。

孟雨涛、周兮倩在临窗的一张桌前坐下点菜。等着上热菜时，孟雨涛突然又想喝酒。周兮倩有些惊讶：“你昨晚不是喝醉了吗?还喝?”

孟雨涛也惊讶地问：“你怎么知道?”

周兮倩没有直接回答，而是故作神秘地说：“回来时喝得偏偏倒倒、酒话连天，还是一个姑娘把你搀扶回来的，是不是?”

孟雨涛更吃惊了：“你怎么知道?我都不晓得咋个回来的。”

周兮倩嫣然一笑：“你喝醉了当然不知道，这是门卫李大爷告诉我的，那姑娘是不是你相好?”

孟雨涛点点头。

周兮倩很正经地说：“什么时候把她带到编辑部，一定要让我们瞧瞧。你说要喝酒，我也想喝点。”于是她又点了油酥花生米、拌兔丁两个凉菜。

啤酒斟满杯后，周兮倩端起酒杯说：“干了!”碰杯之后她一饮而尽。

孟雨涛知道她很有酒量，遂一点也不惊异地也喝了。

“今天是不是有什么心事?”周兮倩边斟酒边问。

“我也不知道，只是觉得有点烦。”在周兮倩面前，孟雨涛总像个小弟弟，毫不掩饰自己的心情，他早已把她视为可信任的知心大姐，觉得有什么烦恼事只要讲给她听，她就会以成熟女性特有的善解人意与温言暖语带给他安抚和慰藉。

“就因为张总讲的那些事?”

“大姐，你说我是不是不该调到杂志社来?”

孟雨涛盯着周兮倩有些懊恼地问，不等她回答又自怨自艾地说：“现在报社发展势头多好啊，每天上门打广告的排成长队，邀请记者采访的单位络绎不绝，当记者既有名声又有实惠。哎，我记者干得好好的，怎么想起到杂志社来当编辑?更没想到的是才来没多久，杂志就开始走下坡路，你说我脑子是不是进了水、是不是太倒霉了?哎，都是为了要间房子啊。”

“是啊，当记者多好啊，你没听说过这样的顺口溜吗?无冕之王吃香喝辣，大名一签红包笑纳，嘴巴一抹还洗桑拿。”周兮倩说完便笑出了声。

孟雨涛苦恼一笑：“我怎么没听过，是你自己编的吧?”

“是不是这样?”周兮倩笑吟吟地追问。

“我正烦着呢，你别哪壶不开提哪壶。”孟雨涛没好气地说，然后望着窗外飘飘洒洒的雨，叹道：“我现在真有点不知路在何方了。说老实话，我到杂志社有两个原因：一是我哥要结婚没有房子，为了将家里我和他同住的房间让给他，我就得另找能提供宿舍的单位；二是我喜欢文学，也不想一天到晚去采访报道那些没意思的新闻。原来想杂志社应该是我比较满意的选择了，可哪想到人算不如天算……”

周兮倩收敛笑容，想了想说：“你后悔了?依我看，当记者固然好，不过一个人选择自己喜爱的事做最重要，你说呢?”

“理想中没错，但现实中好像不对，别人现在都很识时务，不是谋仕途就是去求财，而我还在做文学梦，说来真是有点可笑。”

“但我不这样认为。”周兮倩眼神特别地看着他。她喜欢、欣赏的就是他在如今人心浮躁的现实中还保持着这纯净的心。

热菜早已摆上了桌，但孟雨涛只顾喝酒说话没动一下筷子。

“你别只喝酒不吃菜呀。”周兮倩体贴地说并夹起菜放在他的碗里。其实其间她也很少吃菜，在听他讲述时也频频地端杯自饮。她白皙的脸颊已泛出红晕，更显妩媚动人，以至于孟雨涛不敢把目光长时间地停留在她脸上。

与她在一起，孟雨涛总能从她的话语与细微举动中，体会到别样的温情与享受。看着窗外飘着的丝丝细雨，他心里有了暖意，此前的压抑和苦闷顿然消失，不管怎样，在杂志社能遇到这样一个既漂亮又心好的大姐，也算是自己此生的一件幸事了。

“你最近弹唱《闪亮的日子》这首歌没有？”周兮倩突然问孟雨涛，接着低声轻唱起来，“是否你还记得，过去的梦想，那充满希望灿烂的岁月。你我为了理想，历尽了艰苦，我们曾经哭泣，也曾共同欢笑……”

孟雨涛没想到她居然在这大庭广众唱起歌来，虽然声音不大，但附近的吃客还是被她这悦耳的歌声吸引住了，纷纷停箸朝这桌看，尤其是邻桌那几个男人，目光更是放肆地盯着周兮倩。

周兮倩对此毫不在意，孟雨涛反而觉得有些不好意思了，心里直怨周兮倩：我的好大姐啊，你是不是酒喝多了这么张扬，你本来就够吸引人的了，再这么大大方方地一唱，这不是更招人瞩目嘛，你没发现那些男人正虎视眈眈地盯着你，个个眼睛都看得发绿了。

他忍不住了想打断她：“大姐别唱了……”

周兮倩明白孟雨涛的意思，朝他莞尔一笑，毫不理会地依旧投入地唱着。

看着眼前的周兮倩，孟雨涛觉得这个大姐开朗活泼得有点好耍。的确，他们在一起时根本没有年龄上的差距，总是那么无拘无束、心照不宣、非常愉悦。

周兮倩在唱着歌，孟雨涛则在想起她最近学说四川话的事，在编辑部里，孟雨涛与谭立闻经常嘻哈打笑地对掐，周兮倩非常喜欢听他俩说的那些话，觉得他们说的话很有意思、很有趣。对他们说的四川话，她基本能听懂，虽然有些四川方言和口头语还搞不太醒豁，但大概还是晓得啥子意思，听后她总爱说你们真逗。

孟雨涛就借此教她四川话咋个表达：你说的真逗，四川话应该这样说：你这人之好耍、之醒豁；如说吹牛呢，我们就说冲壳子、日白。孟雨涛与谭立闻说笑时，她也时不时地加入说些四川话，但说得不流利，发音也不太标准。

后来周兮倩又要孟雨涛教她一些骂人的话，孟雨涛很惊异地说，你这么气质高雅，学那些话干啥子，这有损你的形象，还是不学这些为好。

周兮倩则执意地说，要学喔，如果以后遇到有人骂我，如果我听不懂还对人家笑嘻嘻的，那我不是太傻、太丢人了嘛，所以为了避免以上情况发生，我有必要学。见周兮倩说得头头是道，孟雨涛点点头说，也是，那我就教你一些脏话。

他想了想后硬着头皮随即说出锤子、龟儿子、日你先人板板、你挨球等，教她说这些怪话时，孟雨涛脸上有些发红，周兮倩却落落大方、有板有眼地逐字逐句地跟着说，然后嬉笑着问他这些话啥子意思，孟雨涛立即面呈难色，他喏喏地说，说不出口，总之非常不好听，只可意会就行了……

想到这些，孟雨涛不禁摇摇头，他太佩服她的直率与勇气了，觉得这个大姐有时很好耍、很有趣，跟一个天真的少女似的。

周兮倩还在轻声地唱着，她的坦然自若让孟雨涛也镇定下来。

他心里得意地嘲笑那几个看傻眼的男子：你们这几个傻瓜盯着看啥子嘛，不晓得有句话叫看得到摸不到、心头如刀绞嗦。

受她歌声的感染，他不禁也跟着周兮倩的音调轻和起来，歌声一止，两人不由相视一笑，默契地端起酒杯轻轻一碰，然后同时一饮而尽。

孟雨涛虽然离开了报社，但他还是非常有报社情结，每天他都要看看曾经刊发过自己无数报道的报纸，除了从报上了解国内外以及本地发生了啥子惊天动地、稀奇古怪的事情外，还喜欢关注那帮曾经的同事又捣鼓出些啥子新闻。

平常每天早上，他到编辑部把茶泡好后，就要找来当天的报纸，然后跷着二郎腿、点起烟悠闲地翻看，时不时还要端起架子，对一些报道评头论足一番，就像他是报社总编辑，对写得好的，就夸张地摇头晃脑大加赞叹，嗯，小赵这篇报道不错，点子抓得好、写得有深度……哎，老肖这篇报道就太邋遢了，一看就晓得是收了红封封，分明是给人家打广告嘛，这是要不得的，简直有损报纸的品位，此风不可长……

今天他刚拿起当天的报纸，头版头条的报道立即引起了他的注意，他聚精会神地看完了整篇报道，该报道的主要内容是，昨日是报社创刊三十年的大喜日子，市委书记、市长等领导亲临报社表示祝贺，领导们对报社宣传工作以及经济效益等方面取得的巨大成就表示充分肯定，对报社的发展前景更加看好，相信报社一定会更上层楼云云，还说庆祝大会后，市领导到报社新办公大楼及职工宿舍建筑工地，兴致勃勃地视察了建设进展情况。

看完报道，孟雨涛没了往日谈笑风生、评头论足的兴致，而是生出莫名的惆怅，他默默地抽烟发愣，心里五味杂陈。愣了会儿，他又心不在焉地随手翻看后面几版，对报道的啥子专家建言：为改善交通拥挤状况，可将一条流经城内的小河上加盖成路、将一条历史悠久的小巷两边的桂花树移走改栽银杏、某女因失恋去跳府南河等社会新闻漠然无视，要是以往，他早就会大发一通这样的瘪言：这些专家简直是吃饱了莫得名堂、那个女娃子就是神经短路、瓜兮兮的自毁人生嘛……

一上午他都有些心不在焉，吃完午饭后，他有点坐不住了，想去报社看看。

他骑车来到报社大门时又不想进去了，甚至怕遇见熟人，要是再听着他们把报社的发展说得油爆爆的，炫耀现在他们过得多么滋润，那不就是往自己伤口上撒盐、自找不痛快嘛。

于是他在大门对面街上路边停了下来，双脚踩地坐在车上，目光呆呆地望着对面。报社门口不时有人和车辆进进出出，门内发行报纸的地方现在清静了下来，那是凌晨最热闹繁忙的地方，报纸刚从印刷车间一出来，许多报刊发行人员与报贩早已在此等候，他们争先恐后地将一摞摞报纸捆在自行车后座上，在此起彼伏的车铃声中，一辆辆自行车飞快地骑出大门，他们要赶紧将报纸送至各个单位、报刊零售点或沿街叫卖。此时虽是中午，广告部的窗前仍是人群成堆，挤满前来办理广告的人，大门外旁边的一排阅报栏前也有不少人在看报。

“你在这偷偷摸摸望啥子?”一个骑车人突然刹住车，出现在孟雨涛身边喊道，他回头一看，喔，是原同部门同事刘志。他满脸和脖子都是红红的，嘴里散发出浓浓的酒气，他的自行车龙头上还挂着一袋礼品。不用说，这家伙肯定是去采访被人请吃请喝后刚回来。

“你又是酒足饭饱、大有收获喔。”孟雨涛笑着与他打趣。

“人家的盛情难却嘛，你又不是不晓得。走，到办公室坐坐。”

“不去了，我还有重要事要去办，一天到晚忙得很，我只是刚刚路过这里顺便看看。”孟雨涛说着就要离开的样子。

“慌啥子嘛，摆几句再走，抽根烟也耽误不了你的国家大事。”

两人将车停在路边，站着抽烟继续聊。

“听说你离开报社就是因为没房子，你也太没远见、太目光短浅了，你看现在报社宿舍大楼正如火如荼地开建，一年多后就修起来了，虽然那时我们这些嫩沟子新房子住不到，但那些腾出来的老宿舍还是有住的。”

“我可等不到那一天。”

“有啥子十万火急的事这么急，喔，我懂了，以我抓新闻的敏锐嗅觉来分析，你娃肯定是把女朋友的肚子搞大了，要急着奉子成婚是不是?”

“你是狗鼻子嗦，完全是胡说八道，太假了!”

“就算我开玩笑说要的，你不要急嘛。说句老实话，你离开报社真的有点失算、有些可惜，报社现在的发展势头多好啊，报社创刊三十年，前几天刚给每人发了手表等纪念品，记者、编辑都配发了 BP 机，很快还要配备小哥小，就是相当于现在老板用的大哥大电话……”

“报社发展好就对，你们以后就慢慢享受好日子哈。”

孟雨涛装出波澜不惊、毫不羡慕的样子说，其实心里还是有点酸。

“对了，你在杂志社过得如何？”

“好啊，各方面都顺心如意，我非常满意。”

孟雨涛装出得意的神情说，分明是在打肿脸充胖子。

他不想再这样摆下去了，要是再听到报社不久还要给记者发辆采访车、每人一间办公室之类的话，那他不就更受刺激、更加尴尬了，于是慌忙找借口匆匆离去。

与刘志分手后，孟雨涛骑着车心里有点不是滋味，但很快又开始自我宽慰：报社好嘛是应该的，再好也和我没得一分钱的关系，离开了报社，我身上也没掉下几斤肉来，有啥子想不通、好纠结的嘛，猫有猫道鼠有鼠道，我又没堕落到水深火热的地步嘛。

这样想着，他的心情居然好了起来。走，到我曾经工作和生活过的故地去看看，我也要像领导们一样，去视察视察一下宿舍楼建设进展情况。

骑至报社大门后面的一条街上，他看见原来的旧办公楼及单身宿舍已不复存在，那一大片地方已成了热火朝天的建设工地。

他在路边架好自行车，走到施工围栏边视察起来，房子已修到了两层楼高，建设进度还真的快呢，简直就是深圳速度，一年后建好看来一点不成问题。

他正感慨着，突然听见有人叫他的名字，他转身朝街上左右环顾，都没发现是哪个在喊自己。

就在孟雨涛摸不着头脑时，一辆黑色桑塔纳在前边的路边停了下来，后座车窗里伸出一个头来，笑嘻嘻地看着他。

妈哟，这不是黄天伟嘛，孟雨涛一眼就认出了大学同学，他赶紧朝车走去。黄天伟也打开车门拱出了车，手里还握着个大哥大。

两人亲热地来了个战友久别重逢般的拥抱。

孟雨涛惊喜地说："你龟儿子消失了好长一段时间，不晓得咋个又从哪个旮旯突然冒出来了。"

黄天伟笑着说："你说得太难听了嘛，好像我是见不得人的老鼠，一直躲在阴沟里一样，我可是顺应时代潮流的弄潮儿。"

孟雨涛说："早就听说你从单位辞职后到广东下海去了，看你这副踌躇满志的样子，晓得你没被淹死还发大了，你咋个又回来了？不在广东大显身手了？"

"在外闯荡一下就可以了，还是回到家乡发展得心应手些。"

他对坐在副驾驶位上的年轻女子说："汉娜，把我的名片给我。"

孟雨涛心里发笑，这个女的明明就是地道的中国人，居然取了这么个洋名，假洋鬼子一个嘛，看来这世界真的是变化快喔，快得有人连自己的真名真姓都不要了，与世界接轨也不是这种接法噻。他最看不起那种浅薄、虚荣心极强的女人，当场就给她取了个名——歪汉娜。

孟雨涛接过黄天伟递上的名片，看见上面写的头衔是：成都荣兴泡菜厂厂长。

他忍不住笑了："原来你是做泡菜生意，泡菜好啊，虽是一碟小菜，可它是解油腻的佳肴，现在人们肚里的油水多了，是要多吃点泡菜。"

黄天伟有些尴尬地愣了愣后笑答："这只是我经商的其中一家企业，你可不要看不起，它也是很来钱的。"

他随即别过头，表情有些不悦地说："汉娜，把另一张名片给我。"

于是又一张名片落到孟雨涛手上，这个名片上他的身份变了——世通外贸投资有限公司总经理。

"你的生意做得有点杂喔，又是泡菜又是外贸，土洋结合、中西合璧，可以可以。"

孟雨涛装出佩服的样子发出赞叹，又走到车旁摸摸车顶，他朝车内瞄瞄后对黄天伟说："有专车有女秘有司机，看得出来发展得真的不是一般化。"

黄天伟谦虚地说："一般一般。喔对了，有件事我正要找你帮忙，我的泡菜厂准备搞下宣传，除了在电视上打广告，也要在你们报纸上打半个版的广告，但在你们报社打广告的太多了，听说广告安排都排在了一个月后才能刊登出来，哎，给你们送钱上门还要排队求人，我说你们印刷厂哪是在印报纸，分明印的就是人民币嘛。"

"我现在没在报社了，现在《蜀江文学》当编辑。"

"唵？你咋个好好的记者不当去那个地方？难道还在做你的文学梦？应该不会，现在没几个人对文学感兴趣了，你是不是犯了啥子错误，被报社踢出来了？"黄天伟大感惊奇地问。

"我能犯啥子错喔，你龟儿子的瞎球想。"

"不外乎就女人或经济上的事噻，现在是啥子时代了？改开搞活、放开胆子的时代，话说回来，就是沾上那点事也算个毛，男人嘛。"黄天伟说完露出一副玩世不恭的淫荡相。

"你才会犯那些事，你再乱说老子要毛了。"

"黄总，时间差不多了。"

那个歪汉娜从车窗里伸出手腕，指指手表提醒黄天伟。

"好了好了，不提不提。我这马上要去洽谈业务，现在就不多摆了，只要接上线以后有的是时间，改天我约你，我们好好叙叙旧，我先行一步了。"黄天伟说完招招手，钻进了桑塔纳。

望着桑塔纳渐行渐远，孟雨涛心里感慨：这个龟儿子还真闯出一片广阔天地了，真是花有百样红人与人不同，有人走上阳光道有人偏走独木桥，成功路有千万条，莫说有钱就风流。

嗯，那个走独木桥的人好像是我，这又爪子嘛，只要我喜欢我快乐。

第四章　恋人去了美国

孟雨涛没有想到，杨怡秋去美国攻读博士学位的愿望很快变成了现实。

当她喜悦地把这个消息告诉孟雨涛时，他既替她感到高兴同时心里又有些失落，尽管对即将远去的杨怡秋依依不舍，但他不可能劝她放弃美国之行。他对这个问题还是有正确的认识：人家有远大理想、追求上进，这是天经地义的事，你没有进取之心也就罢了，总不能让她也跟你一样甘于平凡噻，这点道理我还是懂的，再说了她又不是不回来，她信誓旦旦地说了，拿到博士学位回来后我们就结婚。时间如流水，几年时间也不长，弹指一挥间，嗯，未来还是美好的、非常值得期待的，不是谁谁说过等待也是一种幸福、久别胜新婚嘛。

孟雨涛这样想着安慰自己，于是表面上也和杨怡秋一样心里充满阳光和欢乐。

杨怡秋去美国这天，孟雨涛与她的父母去机场送别，杨怡秋眼噙泪水对他说："你要好好地等着我学成归来喔，不准另觅新欢。"

孟雨涛装出男儿有泪不轻弹的样子潇洒作答："不是有首歌这样唱的——只要哥哥你耐心地等待哟，你心上的人儿就会飞回来。但如果要等到姑娘成了老太婆，那我可没这耐心了哈。"

送别杨怡秋后，孟雨涛心里空荡荡的，回到杂志社后院自己的房间，他本来想继续写小说《南河往事》，但坐在书桌前，他脑里思绪混乱，提笔半天都不知写啥子。

唉，今天是写不出一个字来了，他无奈地将笔往桌上一扔，仰躺在床上想念起杨怡秋来，越想心里越寂寥。他需要出去找人喝酒散散心，想到的地方自然是南河边柳亮家。

嗯，有些日子没与这傻瓜见面了，不晓得他最近又做了些啥子好笑的蠢事没有。

金沙坝院内异常安静，只有李三哥的父亲坐在门口打瞌睡，手里还拿着一管长烟杆。孟雨涛走到柳亮家门口敲门时，"黄虎"才警觉地从门旁的窝里钻了出来，它一看是孟雨涛又放松下来，张大嘴打了一个呵欠，懒洋洋地走到他的身边。

"今天真是怪了，我心情不好，怎么你也是一副萎靡不振的熊样。"他看着"黄虎"不禁苦笑了一下，蹲下身拍着"黄虎"的头问："你娃娃今天咋也这么蔫兮兮的，你平常不是之威风、之霸道，不是爱要人来疯，就是在院坝里把鸡猫撵得四处逃窜的嘛，你今天是不是也受到啥子打击了？要不得了相思病？唵？"

"黄虎"转动着两只大眼珠盯着孟雨涛，没一点反应，他继续逗它："哎，我看你也是有一肚子苦水，有苦说不出喔。"他握着"黄虎"的一只前脚将其抬起来，笑着说："你我是好朋友，来，握个手……"

李大爷醒了，见孟雨涛与"黄虎"说个不停，颇觉好笑地提醒道："它是狗不是人，你咋个和它说话嘛。"

废话，你当我是傻瓜，不知道它是一条狗啊？你这个老头哪懂得起幽默喔。孟雨涛想要逗逗他，遂故意装糊涂地大声对李大爷说："它是狗嗦？你不说我还真不晓得呢。"说完大声地发笑。

李大爷这才明白孟雨涛在拿他开心，他不高兴地又闭上了眼继续养神。"黄虎"也像嗅出了今天的无趣，一摇一摆地走到河边，打了一个长长的哈欠后趴在地上，卷曲着身子也闭上了眼睛。看着李大爷和"黄虎"如此这般模样，孟雨涛觉得非常好笑：今天这两副颜色怎么都像吃了安眠药，你们是在比哪个的瞌睡大嗦，简直安逸得很。

柳雪在她房间听见了孟雨涛的声音，她赶紧下楼出屋与他打招呼："哥，今天怎么突然来了？"

"怡秋今天去美国攻读博士学位，刚把她送到机场后回来，一个人闲着没事，就来看看你们最近过得好不好。"

"秋姐真了不起！你们离别时场面肯定特别难分难舍。"柳雪表情夸张地说。

"咋个可能嘛，我们只是潇洒地挥挥衣袖、互道珍重而已，咦，那个'凶神'还没回来？"

"还没下班哩。"

孟雨涛想象着这个闷头懵脑的家伙此时的可笑样——头戴一顶灰色大檐帽、身着灰色保安制服、腰上扎条宽皮带、屁股后面吊根电警棍，磨皮擦痒地站在毛纺厂门口，傻望着街上的过往车辆、行人，目光直直地盯着进进出出的女工……

看见孟雨涛暗暗发笑，柳雪奇怪地问："你一个人傻笑什么呀？瓜兮兮的。"

"你现在真的是越来越放肆了，缺乏管教呐。"

孟雨涛假装遗憾地说，他想到有些时间没见柳亮父亲了，于是想到河对岸的茶铺去坐坐，他对柳雪说："亮娃回来后，喊他到你爸茶铺找我，我在那等他。"

柳雪："那我晚上给你们准备好酒菜，到时记着回来用膳喔。"

看着神气活现的柳雪，孟雨涛心里美滋滋的："嘿，你这个妹儿硬是要我当皇上嗦，行啊，到时你和'黄虎'都要出来接驾哈，朕这就动身到‘锦春茶铺’微服私访去也。”

走到小院通道口，孟雨涛还听见柳雪开心的笑声。

到河对岸要过不远处的老南门大桥，这是一座五孔石桥。当年诸葛亮就是在此送费祎出使东吴，好像还说了句啥子“万里之行，始于足下”。杜甫那句“窗含西岭千秋雪，门泊东吴万里船”好像也是写的这里。走上大桥，孟雨涛凭栏西望，河水蜿蜒而来，两岸瓦舍相连，可惜天气阴沉，看不到西岭雪山，但唐朝诗人张籍描绘的“万里桥头多酒家，游人爱向酒家宿”的景象依然可见，大桥两头饭馆、旅店等一家挨一家，店幡飘拂。桥头一家饭馆的玻璃橱窗里吊挂着一只只黄酥酥、油浸浸的烟熏鸭子，散发出诱人的香味。令孟雨涛遗憾的是，桥头当年有名的“枕江楼”餐馆已不复存在，据说张大千、徐悲鸿、老舍等文化名流都曾光顾过这里，该餐馆的特色菜是醋烧五柳鱼、醉虾……

他不明白这些颇有历史的餐饮店怎么这么快就消失了，也对自己再也品尝不到名人大快朵颐过的名菜而感遗憾。

走过这座历史悠久、充满文化底蕴的大桥，孟雨涛拐进一条小街，街道两边铺面有饭馆、粮油店、茶铺、干杂店、猪肉铺、水果店、理发店等，街上则是以街为市的农贸市场，活鸡活鸭活兔活鱼、各种蔬菜瓜果等摆在路边，整条街上熙熙攘攘、人声喧哗，好不热闹。

孟雨涛去“锦春茶铺”途经喧哗热闹的菜市场时，突然听见有人在喊：“孟记者！孟记者！”

孟雨涛忙回头循声望去，只见路边一辆三轮车后，一个卖鱼的小伙子正惊喜地朝他挥手。他不禁愣住了：没错，是他在叫我，可我不认识这人啊。就在他还琢磨对方是谁时，那个小伙子又大声道：“孟记者，我是田旺！南丰村养鱼的田大伯你忘了？”

经这么一提醒，孟雨涛一下想起他是田大伯的儿子田旺，以前去采访田大伯承包鱼塘致富的新闻时见过他。孟雨涛走到田旺面前："一年多不见，你简直长变了，你不说你爸，我还真认不出你了。"

田旺笑嘻嘻地说："我一眼就认出你了。"

孟雨涛看着三轮车四周用铝皮围成水池里游动的鱼："你爸还在养鱼？他身体还好吧？"

"是，还好，他经常念记着你。"

孟雨涛说："你家鱼塘边做的火锅鱼味道真鲜啊，哪天有机会要再去钓鱼、品尝。"

田旺说："那你一定要来喔，我爸很欢迎你随时去。"

简单聊了几句后，孟雨涛将现在杂志社上班以及单位的电话号码告诉了田旺。在孟雨涛要离开时，田旺捞上几条又肥又大的鱼装在塑料袋里，执意要送给他，但孟雨涛坚决不要，提起塑料袋又将鱼倒进了水里。

别过田旺，孟雨涛来到"锦春茶铺"门前，只见里面坐着不少茶客，门旁老虎灶上放着十来个铜茶壶，细长的壶嘴"扑哧、扑哧"地吐着热气。茶铺堂子虽然不是很大，倒也具备了成都老茶馆的四大特色："长嘴铜壶篾竹椅，矮脚方桌盖碗茶。"

柳亮父亲正在给茶客续水，一见孟雨涛站在门口，他忙笑眯眯地迎上去打招呼："小涛，快进来坐！"

"伯父，好久没来看你了，身体还好？"

"还好，还好。"柳亮父亲笑着将孟雨涛引到一张临河靠窗的茶桌前，取下搭在肩上的毛巾擦了擦桌子后说："你先坐，我去给你泡茶。"

茶铺里烟雾袅绕，弥漫着浓浓的叶子烟的味道。孟雨涛坐在竹椅上打量着茶铺里的茶客，一个戴着厚厚眼镜片的大爷拿着放大镜专注地在看报；一个肥胖的中年男子将头仰在竹椅靠背上打瞌睡，鼾声时断时续；一个菜农手持一管长烟杆使劲叭着叶子烟；一个瘦瘦的小伙子将手伸进衣里抠完痒，又弯曲着小手指去挖鼻屎；茶铺中间一桌，几个老头兴致勃勃地谈天说地，说者表情夸张，听者聚精会神……

柳亮父亲在柜台后拿出一套新茶具，抓了一撮最好的特花茶叶放进茶碗里，然后一手提壶、一手持着茶碗、茶盖、茶船“三件头”走到孟雨涛的桌前。他刚将茶具放在桌上，一手则高高地提起茶壶将水迅速注入茶碗，最后抬腕一收，滴水不溢。孟雨涛见状赞叹道：“伯父掺茶手艺真好！”

“过奖、过奖！我这算啥子手艺，真正的掺茶大师手中那活才叫绝。”柳亮父亲在对面坐下来，谦虚地说。

孟雨涛给他递上烟并用打火机给他点燃，接着感兴趣地问：“掺茶也有绝活？”

“当然有了，人民公园鹤鸣茶社有个吴登方你晓得不？”见孟雨涛摇摇头，柳亮父亲吐出一口烟雾，绘声绘色讲起来：“先说他的拿手好戏‘霸王抱柱’，他双手可以抱起二十五套茶碗疾走，你想这碗摞起来有多高？”

说到这，他站起来高高举起手臂比画着，还仰头看着手尖，“至少有这么高，但他走起来时茶碗仍稳稳当当。”柳亮父亲坐下来接着说：“再说‘手托宝塔’，他一只手可以托起十套盖好掺上水的茶碗。啧啧，这功夫不得了啊，你说厉害不厉害？”

“简直不可想象！”

“喝茶的学问还多，以后慢慢给你摆。”见有茶客进门，柳亮父亲忙起身去迎客。

茶铺里喧哗依旧。孟雨涛将目光移向茶铺中间摆龙门阵的那一桌，几个大爷正在摆窗外的南河，一个头发花白的大爷无不惋惜地说：“现在的河水又脏又臭，哪能和当年比啊，过去河水又清亮又干净，不仅可以淘米洗菜洗衣，还能当作生活用水。张大爷你记得不，四十多年前，老南门大桥边还有个取水的大筒车？”

“咋不晓得，那时挑夫走街串巷，担着从河里抽上来的清水卖，我们那时喝的就是这里的河水嘛。”

一个瘦老头接着说：“那阵河里鱼也多得很，随便撒一网上来都有鱼虾泥鳅，搬开河里的石头还能捉到螃蟹。”

……

听着老人们的讲述，孟雨涛的眼前浮现出一幅幅已远去消失的老南河风情画：妇女蹲在伸向水里的青石条上挽袖浣衣洗菜，孩童在河里开心嬉水游泳；渔船漂浮在清波荡漾的水面，渔夫站立船头抛撒渔网，鱼鹰扎入水中捕捉鱼儿；艄翁撑着长长的竹竿将渡船缓缓驶向对岸……

柳亮父亲走过来，看见孟雨涛凝神地听着老人讲南河，笑容满面地说：“你们读书时最爱到河里游泳，那时你们胆子大喔，涨大水时还敢游。有一次我还将你们放在我家的衣服裤儿藏了起来，你们几个找不到穿的吓慌了，还记得到不？哈哈哈……”说起往事，柳亮父亲也很开心，“有次你们游完泳偷喝我的江津白酒，怕酒少了被我发现，不晓得你们哪个出的馊主意，居然给老子往酒瓶里掺自来水，我一喝就觉得不对头，当场气得要吐血。你说，兑了水的酒水夸夸的，咋个喝得下去嘛……”

柳亮父亲说起这事，仍旧觉得很可气、很好笑。

孟雨涛笑了，他不好意思地说：“记得，这是我出的主意，那时我们太贪耍、太调皮了。”

“你不一样，”柳亮父亲口气坚决地说，“你耍归耍，可也爱学习，哪像亮娃一天到晚只晓得耍、撞笨事，这个没出息的家伙。”提到自己的儿子，他有些情绪低落。

“其实柳亮人不错，憨厚耿直，就是脾气大些、做事鲁莽些，不过现在懂事、规矩多了。这么多年他能在厂里好好上班已很不容易了。”孟雨涛深有感触地说。

柳亮父亲承认地点点头，他有些动情地说：“这也得感谢你，我很高兴你能和他交朋友，近朱者赤近墨者黑，要不是你经常开导他，天晓得他现在是啥样子。”

突然，茶铺外的街上骚动起来，传来阵阵惊吼声“抓贼娃子！抓贼娃子！”……喝茶的人纷纷离座涌到街边看热闹，孟雨涛和柳父也连忙起身到门口观望，看见路中间有个小伙子一手攥着一个挎包、一手挥舞着刀子在狂奔，他边跑边还穷凶极恶地嚷道："闪开！快闪开！……哪个敢上来！"后面不远处一个中年妇女哭嚷着紧紧追赶："抓到他！抓到他！"

见周围的人都纷纷避闪，孟雨涛不由热血涌上脑门，一股冲动使他不禁拔腿要去追贼，但手却被柳亮父亲一把拉住："雨涛，你不要去管，这些贼天天都在菜市上逛，他们有的身上还揣着刀，急了真的要捅人！"

孟雨涛看了看街道尽头乱哄哄的人群，遂听了柳父的相劝，转身进茶铺继续喝茶。

眼看贼娃子就要跑出菜市场，茶铺门前观望的人群中有人叹息："哎，咋个没有人帮到抓啊？"

就在大家都以为贼娃子跑脱无疑之时，意想不到的场景出现了——一个小伙子突然从路边操起一根扁担将贼打倒在地，一条狗也凶猛地扑上去死死咬住贼的裤子，小伙子紧接着扑上去将其死死按住……

"逮到了！逮到了！"人群中爆发出一阵欢呼声。

"打贼娃子！打贼娃子！"

"朝死里打！把他打成龟背！"

……

群情激愤的人们围拢过去对贼拳打脚踢，打得那贼呼儿嗨哟直叫唤。

警笛声由远而近，一辆警车闪着警灯驶进菜市场，拥挤的人们赶忙让出道来。警车抵达现场后刚停下，两名着制服的警察下车后大声喊道："都让开！都让开！"

人们停止了打贼，围站在一边，乱哄哄的场面一下安静下来。贼娃子痛苦地蜷缩在地上呻吟，此时他已被打得鼻青脸肿、头破血流。

一个年轻警察俯身看了看贼，又直起身望着周围的人："咋个回事?”

“他抢我的包包!”被抢妇女拿着追回的挎包惊魂未定地说。

“他还拿刀威胁!”旁边有人愤愤补充道，并将地上的刀子递给民警。

“光天化日之下持刀抢劫，你娃娃胆子不小喔。”那民警掂掂手中的刀子，用脚踢了一下贼喊道：“站起来!”见贼躺着不动，他大声吼道：“听到没有? 起来! 龟儿子的装死嗦!”

那贼用手揩着脸上的血，慢腾腾地爬起来，他缩着头胆怯又带着哭腔地对民警说：“幸亏你们来了，不然我都要遭他们打死了。”

贼被戴上手铐押上了警车。民警问旁人：“哪个抓到的?”

这时人们才想起抡扁担的小伙子，大家四处张望寻找——“欸，那个抓贼的小伙子呢?”“他咋个走了呢? 要不是他贼娃子肯定跑了”……

听着人群中发出的议论声，那个民警笑了：“见义勇为不留名，好市民啊，不过你们抓到贼了，也不要黑起屁儿朝死里打嘛。”

警车响着警笛开走了，围观人群散去，看完热闹的茶客返回茶铺继续喝茶，兴高采烈地又摆了起来：“前天，一个卖鸡鸭的农二哥钱包被偷了，哭得造孽兮了，人家好不容易挣点辛苦钱，结果……唉，你说这些贼娃子可恨不可恨?”“今天那个贼娃子是挨惨了，打得好，不然这些贼也太嚣张了，那咋个行!”

……

“各位——”一个看来有点文化的大爷站起来，他左右环顾了一下说，“今天很兴奋、很激动，我特意作了一首诗，算是有感而发，现在念给大家听要得不?”室内老茶客鼓掌欢迎。

他清清喉咙，然后看着写在一张纸烟盒背面上的诗，摇头晃脑、抑扬顿挫地吟道：“古有武松打猛虎，今有勇士挺身出。蓉城自有正气在，岂容蟊贼逞猖狂!”

“好! 好!”喝茶的人拍掌喝彩。孟雨涛虽觉这诗不怎样，但他还是拍了拍掌。

喝了一会儿茶后，柳亮走了进来，身后还跟着“黄虎”。他在孟雨涛身边刚一坐下，孟雨涛兴奋地说：“可惜你来晚了，没有看见刚才抓贼的一出好戏，太精彩了！”

但柳亮对此好像不感兴趣，他情绪有些低落地说：“工厂整不起走，快要垮杆了，我们就要回家耍了。”

“啊？这么快？”尽管此前孟雨涛知道毛纺厂亏损严重，也知道已有不少企业走上了这条路，但他听后还是吃惊不小。他有些纳闷，今天到底咋个的呢？我们两个心情都不爽，今天又不是万圣节，咋个都像撞到了鬼？

这时两个菜农在旁边一桌刚坐下，其中一人盯着柳亮大声嚷道：“刚才不是你把贼打翻在地的吗？”

喝茶的人纷纷将目光投向柳亮，还朝他鼓起掌来。柳亮不好意思地将手捂着脑门，转过头望着窗外的河水。

孟雨涛擂他一拳，佩服地说：“原来是你挺身而出！你是个人物喔，刚才有个老头还为你赋诗一首，称你是当今梁山泊好汉武松，哈哈哈……”

柳亮面无表情地看看茶铺里的茶客，埋怨道：“你说老爸子开这么一个破茶铺干啥子？一天从早到晚能挣几个钱？你看嘛，来这喝茶的不是老头就是农民，有的一杯茶坐一天，茶都喝白了还不走，一道水二道茶三道喝了就该爬都不晓得。”

旁桌一个大爷听了柳亮的话，显得很不高兴的样子说：“亮娃，你说这些就没对头了，你老头开这个茶铺这么多年从不说这些话，他就喜欢我们在这坐一天。”

“他脑壳有毛病，要是我，早就关了把它开成饭馆球啰，到时看你们还敢不敢天天进来高消费。”柳亮气气鼓鼓地说。

孟雨涛默默地端起茶碗喝茶，饶有兴味地听着他们的对话。

大爷哼了一声不再搭理柳亮，他拢了拢胸前又旧又脏的黑色呢子大衣前襟，然后问同桌喝茶的农民：“你们咋个还种菜卖菜呢？这能挣几个钱？”

菜农说：“有地不种粮种菜种啥？我们又没得其他啥子本事，只有靠天靠地吃饭噻。”

孟雨涛插话道：“听说农村现在富得冒油的人不少。”

菜农摇摇头说：“没几个，只有办乡镇企业、搞承包的人才真正有钱，我们村有个人开了家制鞋厂，家里盖了独家小院楼房，开的是‘桑塔纳’。”

孟雨涛又感兴趣地问：“听说近郊农民地被征用后也得了不少钱。”

菜农：“人家位置好，有企业看上了那块地，才在那买地建厂。我们那个旮旮太偏僻，莫搞，只能种地。”

大爷喝了口茶又埋怨道：“现在你们种菜都用农药，喂的猪啊养的鸡啊鱼啊都是化学饲料催出来的，吃起来不放心不说，也没过去吃起来那么香了。”

菜农听后不再言语地吸起叶子烟。

大爷意犹未尽地说：“以前种菜都用农家肥，城里的粪便都是宝，有次两个农二哥拉着装粪车到厕所淘粪，还为争粪用粪铛铛打起架来，还有以前你们喂猪也要进城舀潲水……现在你们哪个还用这些。”

该回去用膳了，柳亮、孟雨涛起身离开茶铺，“黄虎”也像是在茶铺里憋久了，一出茶铺门，便撒欢儿似的跑在前面威风凛凛地开路，一旁的路人见之无不惊慌避之。

孟雨涛觉得很好笑，柳亮要是这样与“黄虎”在春熙路或人民南路招摇过市，非被路人当成地主恶霸被打得满街鼠窜不可。

杨怡秋到了美国后一切安好。这天午后，孟雨涛在编辑部又接到她的来电，两人在电话里又是情意绵绵地述说一番思恋之情，结束通话前，她照例给他来了个响亮的飞吻声。放下电话，孟雨涛还沉浸在甜蜜的喜悦之中时，突然又接到在北京的大学同学钟毅打来的电话。

“你们编辑部的电话咋个一直占线喔？好不容易才给你打通。”钟毅开口就对孟雨涛直报怨。

孟雨涛喜出望外，刚想与他叙说久没见面的心情，钟毅却心急火燎、心情沉重地说：“刚刚接到我姐打来的电话，说我妈家房子被烧了……”

孟雨涛大吃一惊，随即也着急起来：“唵？咋个的呢？烧得凶不凶？家人没事吧？”

“听说房子都被烧光了，还好人没事。”

孟雨涛这才松了口气：“人没遭就好，万幸万幸！”

钟毅的口气也缓和了说：“就是，听我姐说我爸妈很伤心，你去帮我看看呢。”

“好，我马上就去！你也不要太着急，有啥子情况我随后告诉你。”

挂断电话，孟雨涛骑上“飞鸽”离开了编辑部。

刚到钟毅父母家附近的一个路口，他看见火灾现场路边站着不少人围观。

到了火灾现场，孟雨涛赶紧停放好自行车挤到人群前面，看见那里已拉起了警戒线，钟毅父母及紧邻的房子都被烧光了，原来二层楼的旧木瓦房已经垮塌，只剩断垣残壁，几根被烧得漆黑的房木柱还冒着细烟……

烧得真惨啦！孟雨涛心情沉重地直叹。

他向两边张望寻找钟毅父母，看见他们在不远处正与人说话，他连忙走过去。坐在木板凳上的钟毅母亲看见他过来，一下站起身来打招呼，一手还不停地抹着已经哭红的眼睛。孟雨涛一边宽慰一边忙问火灾起因。

钟毅姐姐搀扶着母亲说：“就是隔壁那家饭馆烟囱道积油过多引起的，幸好是白天，家里人都没事，但家里东西好多都被烧光了。”她指指旁边乱七八糟堆放的被子、风扇、几张桌椅等说：“就抢出了这点东西。”

钟毅父亲望着被烧的房子对孟雨涛说："今天真险啊，幸好消防车来得快，不然这排老房子可能就要火烧连营了，那个李副支队长除了果断指挥灭火，还冲进起火的屋里，把隔壁的王婆婆背了出来。"

在得知钟毅父母只能暂时住在女儿家等情况后，孟雨涛又宽慰了他们几句方才离去。

孟雨涛早想好了，接下来的事就是跑遍城里东南西北，他要将钟毅父母家遭火灾、损失惨重的情况告诉同学，让他们都献献爱心捐点款。那些同学听说此事后都很积极地响应。嗯，同学们都很重情谊，还是同学好啊！孟雨涛为有这些同学深感自豪。

就在他急匆匆地赶往另一个同学工作单位时，在一个路口突遇黄灯亮了，他心存侥幸地往前冲了过去，但被路口对面站着的一个年轻交警逮了个正着："喂，那个骑车的，你下来，下来！"

孟雨涛只得老老实实赶紧下车，心里有点发怵地看着交警。

"把自行车停到路边等到！"交警口气之严厉、表情之威严。他随后不再理睬孟雨涛，又继续尽职尽责地巡视着路口的交通状况。

孟雨涛心想这样等下去可不是办法，于是走到交警身边点头哈腰、一脸谄笑："警官抽烟！"

"不抽！少来这套！"交警头都不回地说。

"警官懂得起的噻。"

交警感到有些莫名其妙，他回过身看着孟雨涛："我懂得起啥子喔？"

"就这点小事，你懂噻。"孟雨涛依旧一副嬉皮笑脸地套近乎。

"还小事？"交警有点火了，"你胆子大喔，在我眼皮底下也敢闯红灯，你晓不晓得现在正是交通安全宣传月？哼，你这是明目张胆往枪口上撞！"

"是的是的，是我眼睛瞎了，下次一定不敢撞你枪口了。警官同志，你看该咋办就咋办，你能不能几下处理了我好走嘛。"

"慌啥子，你的态度很不端正，完全没有意识到遵守交通法规的重要性，今天我得好好给你上一堂课，一定要让你印象深刻。”

妈哟，上一课这得好长时间喔，孟雨涛叫苦不迭，他抬腕看看手表，已快到下班时间了，心里不由暗暗着急，如果真要等到下班时自行车车流高峰到来，这个交警就要忙着去疏导交通，他更不会理睬我了，我不是要长时间地被晾在这吗？这就简直太惨了。

路过的不少行人这时已开始围拢过来看热闹。

成都人好像有围堆堆看热闹的习惯，有人夸张地这样形容：只要有个人久久地盯着地上的一口痰看，路过的人就会停下脚来也跟着看，直到最后来看的人都围成了圈，外围不知究竟的人以为有啥子稀奇，还会更加好奇地想挤进去看个明白。这当然是个笑话，这对成都人太好奇、闲得太无聊传得太过分。

其实成都人爱围堆看热闹也有好的一面，比如，两口子在路上吵架过孽了，围观者听清了缘由便七嘴八舌地好言相劝：小伙子你是男人，这点小事你就该大度点让着婆娘，夫妻间伤了感情不好。再比如街上有人发生纠纷打架，围观者看不下去了就会严肃地指出后果：有啥子话好好说嘛，动手动脚把哪个丢翻了都不好。还有如果是抓到了偷摸抢的坏人，围观者纷纷咬牙切齿地说该打、活该。如一个外地人在路边向一个本地人问路，本地人会很热情地说，你先拉伸走，然后抵拢倒拐又倒拐，问路人听了一头雾水，立即就会有更多路人围过来支招，你说这些外地人咋个听得懂嘛，他应该沿着这条路先走到底，然后左转然后……旁人叽叽喳喳地都在指路，外地人还是有点懵，一个人干脆地说，我顺便要经过那，我带你去算了……

这些都充分体现出成都人对事不冷漠、热心肠、有人情味、明辨是非、爱憎分明的良好素质，总比街上发生了什么事无人去管、无人过问、都冷漠地躲避得远远的好得多，是不是？

但此时孟雨涛对那些看热闹的人有些烦，我着急走呢，你们却悠闲地想看我出洋相，这就有点不对了嘛，他于是有些恼火了：“有啥子好看的嘛，我又不是动物园跑出来的大猩猩，大街上漂亮女人那么多，要看嘛去看她们才过瘾噻。”

围观人开心地笑起来，那个交警也笑了。

这是个好苗头，我得继续活跃气氛给他把釉子上够，把他捧来飘起。

孟雨涛表情诚恳地说：“警官刚才讲得多好啊，以后你们违反了交通法规，也要像我这样态度端正，要好好与警察交流思想、汇报工作，这样警民关系才能真正融洽嘛。”

交警还真的被逗乐了，他觉得孟雨涛这个人又有点好耍，也想逗逗他：“你还很会讲嘛，我说你这么毛躁地冲红灯，是你家房子起火了还是有人追杀你?”他还夸张地环顾了一下路口，没发现什么异样后笑道：“这些都没得嘛。”

交警的话一下提醒了孟雨涛：“警官，你真是明察秋毫，这事还真的被你说端了。”他指着路口一个方向，“中午那条老街上是不是发生了一起火灾?”

交警和围观者都点头，有个围观者还当起了证人：“那火烧得凶喔，我去现场看了，把几家人的房子都烧成了光架架。”

孟雨涛做出悲痛状：“哎，我一个同学父母家就遭殃了，家里烧得那个惨喔，他父母之悲伤。同学家遭了难，我们不能视而不见，能帮上忙的就是挨个找同学捐款献点爱心。”说着他掏出用纸包裹着的一叠钱，指着纸上写的捐款人姓名及捐款数说：“你们看，已有这么多人捐了，还有几个我正要去找他们，因为心里想着这事，所以就忽视了红绿灯，然后就被交警同志逮了个正着。”

“喔，你这是在做好事啊，情有可原，那你可以走了。”交警连忙放行，就在孟雨涛道谢后匆匆欲骑车离去时，他又在后边喊道，“注意交通安全哈!”

这一句话居然让孟雨涛心里有了暖意，虽然违章被他截住挨了训、耽误了些时间，但结局让他觉得愉快，他还肃然起敬地向那个交警做了个不标准的敬礼动作。

第五章　怪异的梦

黄天伟还真主动来约孟雨涛了。他打电话要孟雨涛下午在杂志社等着，他要先来编辑部感受一下文学芬芳的气息，然后共进晚餐，还说晚餐地点已订在蜀都大厦旋转餐厅。

孟雨涛知道那是本市高档时尚的场所，不少老板都爱开着“桑塔纳”“皇冠”等高档轿车去那消费。

他对黄天伟说：“没必要去那种地方吃吧，你我随便简单吃啥都行，吃啥子不重要，谈啥子才重要。”

黄天伟不容争执地说：“那咋个可能？你我难得见面，听我安排，听我安排。”

孟雨涛只得依他：“行，随你咋个张扬，反正吃你我不心痛。”

黄天伟哈哈一笑：“我会心痛？笑话，这一点点还是吃不垮我的，就这样定了，OK。”

妈哟，这个黄天伟居然想起来编辑部，还美其名曰来闻闻文学的芬芳，不就是想来看现在文学咋个已经垮塌，以及我等还执迷不悟的笑话嘛。

同窗四年，孟雨涛对他的这点心思还是看得出来的。来就来嘛，两兄弟好啊，酒喝起啊。嗨，最后他居然想到划拳上了。

离下班时间还有半个小时左右，黄天伟出现在了编辑部门口，他头发梳得油滑光亮、西装革履、一手拿着大哥大。

孟雨涛赶紧起身过去迎接，笑着打趣道："你我不就是吃顿便餐嘛，也不是和我洽谈业务，咋个穿得这么周吴郑王的。"

黄天伟一脸正经地说："我不是因为见你才穿得这么正儿八经，来到神圣的文学殿堂必须庄重，我是对文学和文化人表达敬意。"

"喔，你太虔诚、太纯洁了！"孟雨涛忍住笑奉承道，本来想说他太假太假，但没说，然后笑着给同事做介绍，"这是我的大学同学黄天伟，当年也是文学青年，不过现在弃笔经商了，喔，现在是乡镇企业家、做外贸生意的总经理——黄总。"

编辑部同事都很有礼貌地站起来，他们向黄天伟点点头后方才坐下。

孟雨涛搬来一张椅子放在自己的办公桌旁："黄总请坐，编辑部简陋寒酸了些，望请谅解。"说着又去给他泡茶。

"喊黄总没对哈，你我是同学，直呼其名亲切些。"黄天伟把大哥大立放在办公桌上，心情极好地开始扫视编辑部，目光对埋头看稿的周兮倩很停留了点时间，又对一直带笑看着自己的谭立闻笑笑点点头，他很有意味地看了谭立闻一会儿，拿出一包软中华，掏出一支递过去，"抽烟。"随后自己也抽了起来。

孟雨涛将茶杯放在黄天伟面前，然后坐在自己的座位上。黄天伟把放在桌上的烟推到孟雨涛面前："你也抽噻。欸，那位老同志抽不抽烟？"他朝被一叠书刊遮挡住半个头的王老问道。

孟雨涛赶紧替为回答："王老不会。"

"那位女编辑呢？"黄天伟又朝周兮倩看看问道。

"更不会，我们摆我们的，别管他们。"孟雨涛又代替作答并转移话题，"你最近生意怎样？"

“马马虎虎，看样子你们很忙、很充实嘛。”黄天伟笑着说，顺手拿起一本杂志随意翻起来。

孟雨涛看见周兮倩这时也抬起头来望着这边，还朝黄天伟努嘴后又捂着嘴笑笑。

孟雨涛想她此举可能是觉得黄天伟这人很有趣。其实不然，后来周兮倩用四川话对孟雨涛说：“那人太假打。”孟雨涛听了还替黄天伟辩解，他没假打喔，人家是实打实的企业家。

周兮倩说：“我指的是他装模作样崇敬文学的样子，反正觉得他心口不一，有点油头滑脑，相比之下，你这人太实了。”

谭立闻也深有同感地说：“你那个同学是有点得呀嗟米花糖的，啥子过场都做焦了，不过人还是大气，一点都不坤。”

孟雨涛笑道：“抽了人家一杆软中，你就对人家有好印象了，简直有点掉价。”

“哪有你黄总充实有为啊，我这个曰腐之人完全虚度光阴，无聊得很。”孟雨涛笑着说。

“你这样喊我就疏远了，有为谈不上，瞎忙瞎忙，我到很羡慕你与书为伴、与文为友的高雅清闲人生啊。”黄天伟表情很认真地说，然后放下杂志、呷了口茶。

“虚伪！那你怎么弃笔经商、摇身一变成了老板？”

“迫不得已、形势所逼、环境使然。”黄天伟说话总爱连贯表达，他用手抹了抹耳旁油光可鉴的鬓发，感触颇深地说，“说老实话，我很怀念我们在大学校园里那段美好时光。”

的确，那时他和孟雨涛都对文学产生了浓厚的兴趣，他俩满怀激情与冲动，将跨入神圣的文学殿堂作为自己的追求与梦想，经常在寝室熄灯后还躺在床上兴致不减地谈诗论文……

在孟雨涛与黄天伟要离开编辑部时，黄天伟掏出一盒名片，然后走到其他人面前一一呈上，还热情地发出邀请：“今天我先和雨涛就餐，下次我请各位大编辑聚聚，务请光临。”

孟雨涛看见他发的不是泡菜厂那张名片，不禁暗笑，耶，你还是晓得做泡菜生意有点拿不出手嗦。他故意问黄天伟："你那张泡菜厂长的名片呢?"

黄天伟笑笑："没带在身上。"

他的桑塔纳停在杂志社大门旁的路边，坐在副驾上的还是那个歪汉娜。

黄天伟与孟雨涛上车坐在后排座位上后，黄天伟介绍歪汉娜名叫刘芸。

车行途中，黄天伟的"大哥大"响了，他拿起电话："喂——胡台长啊，你好，你好！我是小黄，你讲，你讲……"

从他们通话中，孟雨涛听出他们在谈关于在电视上搞什么活动请模特儿的事。说了好一阵通话才结束，黄天伟双手一摊、一副无奈的表情；"你看事情就这么多，没办法啊。"

到了蜀都大厦楼下，他们乘坐观景电梯上了大厦旋转餐厅。站立门旁的一个迎宾小姐笑容可掬、微微颔首："黄总，您好！请!"然后走在前面带路。

身着旗袍的她身材高挑、曲线优美，走路时两瓣绷得滚圆的屁股左右摇摆，旗袍腿侧开得很高的衩露出她白皙的大腿。身材矮胖的黄天伟紧跟其后，他的两只手大幅度地摆动着，像一只笨拙、滑稽的企鹅。

迎宾小姐将他们引到一个靠窗的桌位上落座后，含笑询问黄天伟："黄总，今天想吃些什么?"

黄天伟将"大哥大"摆在桌上，仰头微笑道："让小刘点。"他然后环顾了一下四周，像是在巡视有没有熟人，右手食指弯曲着不停地敲着桌面，像在嘀嘀嗒嗒发报。

随着餐厅缓缓转动，城市景色尽收眼底，灰扑扑的天空下，远处的高楼隐约可见，在近处一片房瓦的上空，一群鸽子盘旋飞翔，大厦楼下的路上车如模型人如蚁……

在刘芸翻着菜谱点菜之时，黄天伟、孟雨涛边观景边闲聊。

“可惜今天没得太阳，要是天气晴朗，东边的龙泉山、西边的西岭雪山都依稀可见。”黄天伟略显遗憾地说。

“成都就是这样的天气，朦胧也是一种美。”

“深受朦胧诗的影响。”黄天伟用手指点点孟雨涛，“我记得你当初最喜欢戴望舒的那首《雨巷》。”接着他缓缓地背了起来：“雨巷，撑着油纸伞，独自彷徨在悠长、悠长，又寂寥的雨巷，我希望逢着一个丁香一样地，结着愁怨的姑娘……”

“黄总记忆真好！”刘芸将头从菜单上抬起头，一脸媚笑地说。

菜摆上了桌，黄天伟说吃海鲜喝红酒好，于是点了瓶多少多少年的法国红葡萄酒。酒斟上后，黄天伟端着高脚酒杯站起来，刘芸也连忙端杯起身，孟雨涛不得不也如此这般，他四处望望：“咦，你的司机小王呢？”

“我的司机一般不上桌，来，老同学，我还记得毕业时你给我的临别赠言——‘别后即使天涯，再会无论何日，默契在心里，在微笑和泪水的深处。’来，这杯先敬你，切儿斯！”

切儿斯之后，黄天伟将一个蒸得红通通的鲜虾夹到孟雨涛盘里：“吃虾，吃虾！”

看着盘里卷曲的虾子，孟雨涛一下想起了谭立闻，不禁笑出声来应道：“好，今天就吃‘谭虾虾’！”

“啥子‘谭虾虾’喔？”黄天伟迷惑不解地问。

“没啥。”孟雨涛不想解释，拿起虾子剥起壳来。

席间，孟雨涛、黄天伟愉快地回忆着大学时的经历，讨论着都喜欢的北岛、顾城、舒婷等人的诗，刘芸则见缝插针地不时端杯给孟雨涛敬酒。

“天伟，你还记不记得刚参加工作不久，我们在一个大雪天围着火盆谈理想？”

“咋不记得。”黄天伟用湿巾揩了下嘴，愉快地回忆道，“那天真是漫天飞雪、大地一片银白，我们在一个破旧瓦房的馆子里吃午饭，一边烤着钢碳火盆，一边饺子下酒，还发出了要创作一部惊世之作的豪言壮语，那时真是心比天高啊。”他说完觉得当初之言实在有些好笑，又用食指不停地敲着桌面。

“大慈寺也是我们常去的地方，那时聚在一起喝茶谈论文学的人还真不少。”

“今非昔比，今非昔比，喝一个。”黄天伟又端起了酒杯。

“还是那时好啊，虽然生活比不上现在，但精神多充实、多有激情。”

“没错！”黄天伟点点头，又侧头对身旁的刘芸说，“你不晓得我们读大学时吃的啥子喔，天天早上不是稀饭、馒头就是面条，食堂的菜几乎都是大白菜，里面的那点肉连牙缝都不够塞，那个馋啊！有时晚上能用‘热得快’煮碗方便面吃，那都是很知足、很享受的事喽……我们那时的物质生活你想都想不出来，但我们精神充实啊。”

“与你们相比，我们读书时的生活条件好多了，黄总的忆苦思甜我很受教育。”刘芸含笑地拍马屁。

“喔，对了，你知道我这位同学的座右铭是什么吗？”黄天伟问刘芸。

刘芸瞧了一眼孟雨涛，然后怔怔地望着黄天伟摇摇头。

“‘物我两忘’！”黄天伟一语道出，然后身体往后一靠笑着说，“怎样？高境界吧？这是你我凡人做不到的。”

刘芸赶紧用佩服的口气说：“孟编辑与人不同，看得出来。”

“嘿，你们这是在讥笑我还是在夸我呢？”

“当然是夸你了，当时在我们班上，就你我最看得上眼，有才华又与世无争、宠辱不惊，现在还坚守在文学这个神圣纯洁的家园，这份淡定、执着，我是做不到的。”黄天伟的眼里闪着真诚和敬佩。

“你太高抬我了，与你相比，我现在有很大的落差感，听你这话，我咋个有伤口上被人撒盐的感觉呢，你知不知道杂志社现在日子不好过，我正考虑是不是到你那找碗饭吃呢。”孟雨涛笑道。

“算了吧，我这庙门太小，容不了你这尊大佛呐。”黄天伟的话既带开玩笑又有划水的意思。

“你看你这人？刚才还口口声声说我们是最好的同学，现在我落难了，你居然也不主动拉兄弟一把，虚伪透顶。”孟雨涛装出寒心的样子说。

“我是这样的人吗？”黄天伟有些不自然地笑笑。

刘芸察觉出黄天伟此时的尴尬，忙转移话题问孟雨涛：“才子配佳人，孟编辑的那位肯定很漂亮吧？”

黄天伟立即有了兴趣，他关切地接上话：“对了，说了半天还没说最重要的事，你目前是什么一种状况？”

孟雨涛坦然地说：“要了一个女朋友，牙科医生，现在在美国读博。你呢？还是大学里比我们低两个年级的那个……啥子燕？”

黄天伟迟疑不答，又用手指敲桌面，刘芸见状立即懂事地借口去上洗手间。

刘芸离开后，黄天伟这才如实相告：“早吹了，现在和一个酒厂老板的女儿结婚了，住在郊外她家的一幢别墅里。”

孟雨涛听了有些吃惊，记得黄天伟和那个燕当时关系很好、天天甜蜜相处，毕业后两人还在交往嘛，咋个说吹就吹了呢，搞不懂。

黄天伟看出了孟雨涛的疑惑，他神情轻松地说：“那时谈恋爱比较冲动、不成熟，自然关系也就不稳定，婚姻不就那么回事，还是现实点好，找个对自己想做的事有帮助的人结婚，这才是重要的。”

孟雨涛有些感慨地说：“大学时的生活与踏上社会后的生活是不一样，我们在校园里好向往感情纯真、美好的爱情，听着邓丽君一首首打动人心的情歌，我们简直如痴如醉，感觉爱情应该像歌里唱的那样才能幸福美好。”

黄天伟笑了：“那是唱得好听，歌词与现实两回事，你老兄对爱情还怀着当初的想法？幼稚啊，我告诉你，生活中哪去找美好的爱情喔。”

孟雨涛压低声音嬉笑着问：“你和那个刘芸是啥子关系？”

黄天伟瞅了瞅餐厅大门，看见刘芸还没进来，便一脸坏笑地说：“她听话嘛就科甲巷，不听话就只有包家巷了，就这种关系噻，嘿嘿。”

他这一说只有老成都人懂得起，因为科甲巷现在有很多高档时装店，包家巷呢有一家产院，这句话潜藏的意思如果你还不懂，那就算球了。

孟雨涛用手指点着黄天伟：“你现在变得够坏的哈。”

刘芸很会拿捏火候，估计他俩该摆的话都差不多了，这才返回酒桌。

饭局结束前，黄天伟对刘芸说：“我和雨涛是大学里最好的同学，是睡上下铺的好兄弟。”

刘芸端起最后一杯酒说：“你们的友谊看得出来不一般，我敬你们一杯！”

黄天伟意犹未尽地对孟雨涛说：“虽然我目前在生意场上混得还将就，但说真的，我还是很喜欢、留恋单纯真挚的人际交往，你要晓得生意圈有的人比狼还狠、比狐狸还狡猾，我可能在这个圈子里有些变了，但我有条原则，那就是对真正的朋友绝对要仁尽义至，不论今后世界咋个四海翻腾、天翻地覆，不管你我高堂白马、茅屋秋风，我们都会天长地久对不对？我之烦、之恨势利小人！”

听了黄天伟这番讲述，孟雨涛心想黄天伟虽然经了商，但感觉出他本质上还是与原来差不多。通过这个晚餐，他也对这个歪汉娜印象深刻，她虽然年轻，但察言观色、能说会道的本事可谓老到，这个女人不寻常呐。

黄天伟本来还要孟雨涛一起去卡拉 OK 放松高兴一下，孟雨涛谎称还有事推辞了。

这个酒局下来，孟雨涛有了写作灵感，很久没摸笔的他要回去赶写小说。

孟雨涛昨晚做了一个怪异的梦，醒来之后他还清晰地记得这个梦境——漆黑的夜晚，一辆轿车在弯弯曲曲的山间公路上行驶，他和杨怡秋坐在轿车后座位上，是谁在开车很模糊。车行至转弯处时，他突感尿胀得慌，实在憋不住了，他赶紧叫停车，就在他下车靠近山壁痛痛快快方便时，停住的汽车开始向前移动，像是被风吹走似的悄无声息。他转过身来已不见汽车的影，于是着急、慌张地沿着山路猛追，紧追一阵后，终于看见了前方黑暗中闪烁的汽车尾灯，他挥手不停地高声大喊：等等我！等等我！……但汽车又突然加速，很快消失在了夜色中，将他一人孤单单地留在了半山腰公路上，四周漆黑一片、寂然无声……

虽然知道这不过是一场梦，孟雨涛心里却有了不详的预感，因为最近一个月也没接到杨怡秋打来的一个电话了，不安和烦躁开始笼罩着他。

上午在编辑部里，他显得心神不定，完全没了往日说笑的兴致，不管谭立闻说些怎样可笑的话以及大家摆谈怎样感兴趣的话题，他都充耳不闻似的保持沉默，偶尔报以应付的一笑。

见孟雨涛如此反常，周兮倩感到奇怪地问他：“你怎么今天看上去神情恍惚，是不是有什么心事?”

“有啥子心事喔，只是牙痛不想说话。”孟雨涛撒谎道。

“我还以为你装深沉呢，你不是这样的人噻。”谭立闻嬉笑道。

“牙痛不是病，痛起来要命，小涛，你还是去看看吧。”周兮倩关心地说。

“唔、唔。”孟雨涛含糊地应道。

与往常一样，午饭后，另一个编辑部的老廖端着围棋盘走了进来：“来，雨涛，我们两个杀几盘!”

“来就来。”正感无聊的孟雨涛慨然应战。不知是不是受那个梦的影响，他今天下棋的感觉非常之差、完全不在状态，第一盘很快就败下阵来。第二盘下到中盘时他又面临绝境，他的一条大龙被白子四面包围，到了全盘皆输的危险境地。

旁观者无不悲观地做出分析："四面已是铁壁合围，想突围那是不可能了。""里面要做活两个眼也难，没得希望了。"……

听着旁人的判断，老廖也摆出一副大局已定、稳操胜券的神情，悠然地吸着烟，还得意地哼起了日本电影《追捕》里的歌："啦啦啦，啦呀啦呀啦啦啦……"哼完后又说起了台词："杜丘你倒是走啊，一直走下去，你就会融化在蓝天里……"

孟雨涛虽心已绝望、心烦至极，但他仍不愿拒绝投子认输。

此时周兮倩走进屋，她不知孟雨涛此时的心情，仍像过去那样悄悄走到他的背后，突然双手蒙住他的双眼。要是过去，孟雨涛总会非常惬意地猜道："我晓得是你，大姐。"

但今天她这大家都习以为常的举动，却使孟雨涛大为不快，他反感地用手使劲将她的手掰开，还气咻咻地说："讨厌！别来烦人！"

对孟雨涛的这一反常举动，周兮倩完全没有想到，惊得霎时秀眉一拧、脸色泛红。她想肯定是孟雨涛又要输棋了心里憋着火，于是没把他的言话不逊放在心里，她又开玩笑地对老廖说："你比他大，就让他赢一盘好了。"

不料此言更是火上加油，孟雨涛毫不领情地回头瞪了周兮倩一眼，气呼呼地说："谁要他让？乌鸦嘴！"

对孟雨涛这番毫无道理的骂人，旁人大为吃惊，因为单位从来没人敢这样说周兮倩。

他们惊讶地看着周兮倩，以为她必会动怒地还以颜色，但出乎意料的是她没有发作，而是抿着嘴唇走到自己的办公桌前，表情冷冷地瞟了一眼孟雨涛，然后目光直视前方，语气平和地说："至于发这么大火吗？心里有什么不快就说出来。"

周兮倩不愠不恼的态度反让孟雨涛不知如何是好，他将手中的棋子朝棋盘上一扔："不下了！"说完就往外走。

老廖莫名其妙地摇了摇头，他又去讨好周兮倩："这娃娃今天不晓得吃了啥子药，居然对你发脾气，真是不识好人心哟。"

“你们都走吧。”周兮倩面无表情地说。

热脸贴上冷屁股，老廖和看棋的人面面相觑，只得收拾棋子棋盘悻悻而去。

房间里一下安静下来，周兮倩坐在桌前微皱眉头、咬着嘴唇，双手抱臂地在想：小涛今天怎么了？

一出杂志社，孟雨涛就对自己刚才的冲动后悔不已，他真不明白当时怎么会对周兮倩发那么大的火。她是什么人呐，人家一直对你那么关心、那么照顾，以致不少人对此羡慕得心里发痒、嫉妒得酸醋直冒，可你今天却无缘无故地当众骂她，人家有哪点对不住你了？你居然大动肝火地狗急乱咬人，你以为你是谁啊？你真是个有眼不识好人心、身在福中不知福、忘恩负义的小人、混蛋……

孟雨涛越想越在心里狠狠地骂着自己，还不解恨似的抬手扇了自己一个嘴巴。

一路人见状惊异地看着他，估计是在想这人是不是脑子有毛病？

孟雨涛真想返回去向周兮倩道歉，可一时又拉不下脸面，只得漫无目的、心烦气躁地继续沿街走下去。看到一家干杂店门前有部公用电话，他灵机一动：何不先给她打个电话道个歉。

拨通编辑部电话后，那边正好是周兮倩接电话，他嗫嚅地说：“大姐，是我……刚才我不该向你发脾气……”

不料对方回答很简单：“没什么，还有事吗？”

听她不冷不热的语气，孟雨涛心一凉，刚说完没事后就听对方挂断了电话。

他放下话筒沮丧地想，完了，我今天算是彻底把人家得罪了。

孟雨涛心情极其糟糕，一时不知该往哪走，只能在街上漫无目的地溜达，阳光将他孤寂的身影投射到地上，身影被扭曲得又短又粗。

“羞答答的玫瑰静悄悄地开……”商店里传出甜甜的歌声，这歌他很熟悉很喜欢。歌声飘荡在耳，他的思绪也随之在飘，飘向了浩瀚太平洋那边遥远的美国，飘向了他心中的玫瑰杨怡秋——玫瑰玫瑰我爱你，你可知道我多想你，久没联系的你在异国他乡还好吗？你还在想你爱吃的火锅和麻辣烫？你是否习惯了老外的面包火腿肠？此时你是不是也在明媚的阳光下把我想？我在家乡挺好的，你就不要对我放心不下，只要感情深千里共婵娟……

他思绪混乱、天马行空、漫无边际地胡思乱想着，很快心酸地嘲笑自己——妈哟，你时差概念都没得了，在这浪费表情地抒啥子情喔，这个时候该是她的深夜，人家早就进入了甜蜜的梦乡。哎，就不知她的梦里有没有我了……

不知不觉中，孟雨涛走到了柳亮家附近的一个巷口，突然看见“黄虎”居然待在路边神不守舍地东张西望，见到孟雨涛也没一点兴奋感。咦，它怎么跑到这来了？难道柳亮也在这附近？

他目光扫视着街上，却不见柳亮的影子。他走过去蹲下身来抚摸着“黄虎”头：“你的主人呢？”

“黄虎”水汪汪的眼睛盯着孟雨涛，嘴里发出“呜呜呜”的叫唤，表情哀伤，像是受了极大的委屈。

“怪了哈。看你这可怜兮兮的样子，简直就像一条丧家之犬，难道是那个家伙狠心把你抛弃了？走，跟我回家去，看我咋个收拾他。”孟雨涛说完拔腿就走，他走了几步回头一看，“黄虎”仍待在原地可怜巴巴地望着街上。

咃，你今天的状况有些没对喔。孟雨涛返回去走到它面前，有些好笑地逗它：“你是不是还在和那个家伙赌气啊？”

“哪是这回事喔。”一个坐在家门口喝茶的小伙子乐呵呵地说。

孟雨涛闻声回头看着他：“那是咋个的呢？”

小伙子走到孟雨涛身边嬉笑道：“它是在这等它的女朋友，已经等了好长时间了，可那条狗一直没来，没想到它就这么痴心还在等，简直好耍得很。”

“是这样？”孟雨涛大感吃惊。

“真的，前几天有个人牵着一条纯白色母狗从这经过，它一看那母狗就喜欢上了，欢天喜地地就扑过去和那条狗耍起来，还老是把鼻子凑到那狗的屁儿上闻，那个狗的主人可能不喜欢它，赶紧将自己的狗牵走，可它还是不死心地跟着那狗走，还是亮娃发毛了追上去才拦住了它。有了这次相遇后，它最近这个时候都要跑到这来等那条狗，但那狗一直没出现，它简直之痴心、之失望。”

孟雨涛听后有些哭笑不得，他同情地望着“黄虎”说：“你这是单相思喔，哎，想不到你这狗对爱情还忠贞得很。”

他又问那个小伙子：“那它要等到啥子时候呢？”

“天一黑它觉得没戏了，就会失望地回家，但明天这个时候保准又会在这瓜等。”

“哎，‘黄虎’，我劝你还是死了这条心，早点结束这没有结果的等待。”孟雨涛知道自己劝不走它，只得在离开时无奈地感叹道。

孟雨涛走进金沙坝院里，看见柳雪正蹲在黄桷树树下烧纸钱，石桌上一台录放机正放着忧伤的歌曲《橄榄树》——“不要问我从哪里来，我的故乡在远方，为什么流浪，流浪远方，流浪……”

咦，这个小雪在给谁烧纸钱呢？今天不是她母亲的忌日嘛，离清明节也还远嘛。他走过去问柳雪怎么回事，柳雪抬起泪痕犹存的脸，神情忧伤地说：“哥，三毛死了。”

啊？孟雨涛深感震惊，忙问三毛咋个死的。

柳雪声音低低地说：“上吊。”

孟雨涛知道柳雪看了很多三毛的书，三毛是她很喜欢、很崇拜的偶像。

他蹲下身来也开始烧纸钱，一边烧纸一边很遗憾地直叹息：“这个三毛太有才华太有个性，咋个会去自寻短见呢？哎，简直想不到想不到……”

柳亮披着军大衣从屋里出来，看样子是刚起床，他睡眼惺忪、懵懵懂懂地嘀咕着：“听你们在说三毛死了，哪个三毛喔？是《三毛流浪记》那个头上只有三根头发的流浪小娃？他不是漫画里头的人嘛。”

孟雨涛哭笑不得："你这个文盲晓得啥子喔，她是台湾一个很有名的女作家，你还是去关心你的'黄虎'哈，它还在那瓜等女朋友呢。"

柳亮一听乐了："它今天又跑去了嗦，狗日的这条瓜狗，等下看我咋个教训它!"

柳雪想不通地问孟雨涛："哥，三毛这么一个坚强乐观的人，她咋会选择去死呢?"

对这个问题，孟雨涛也回答不出来。

第六章　被抓进派出所

漂亮成熟的女人一旦翻脸不认人，往往显得神圣不可侵犯、拒人于千里之外，这点孟雨涛算是彻底领略了。

对自己无端冒犯周兮倩，孟雨涛很是自责，也想过该怎样弥合与她的关系。他原来想的是，只要她像过去那样冲自己一笑，或脸色不那么难看，他就会找时机向她道歉赔罪，哪怕被她骂得瓜兮兮的也毫无怨言，可这只是他的一厢情愿。

第二天上午，周兮倩一进编辑部就一脸严肃，看也不看孟雨涛一眼，就像房间里根本就没他这个人。

上班期间，孟雨涛多次偷偷瞄她一眼，希望她也把目光投过来，不管脸上是什么表情，但她始终头也不抬地专注做着自己的事。

见她如此不给自己下台阶的机会，孟雨涛心里慢慢地很不了然起来，不就说了你两句嘛，你咋这么小气、怀恨在心，何况我也向你道了歉，你还这样做脸做色，至于吗？你自尊心强，我还不是一样，看我们今后哪个理哪个。

他赌气地再也不去看她，还装着很开心的样子吹起了口哨。

“你啥子事喔这么高兴?”桌对面的谭立闻抬起头来惊异地问道。

“我能有啥子好事，但心态好噻。”孟雨涛这样说其实想暗讽周兮倩肚量太小。他掏出一包高档烟，用中指在烟盒底部弹出一支，潇洒地甩给谭立闻：“虾哥，抽烟!”

谭立闻接过烟看了看惊叫道：“你哥子尽抽好烟，看得出来有的是 money。”

孟雨涛故意不屑地大声说：“money 倒没有多少，我哪买得起这烟啊，是人家给的。”

尽管周兮倩目不斜视、一言不发，但完全知道孟雨涛这番言行是在故意气她，对此她仍面无表情地保持沉默。

谭立闻抽着烟突然像品出了什么味，他看看孟雨涛又瞅瞅一直冷漠严肃的周兮倩，故意一语双关地说：“味道不对呀。”

“你说烟味道不对？是假烟哇?”孟雨涛明知谭立闻说的不是烟的问题而是另有所指，但他还是故意不解地问。

“绝对有问题!”从孟雨涛和周兮倩两人互不搭理的反常表现中，谭立闻嗅出了他俩之间发生了什么不愉快，但他没有主动去道破此事，而是含含糊糊地说。在孟雨涛和周兮倩关系微妙的时候，谭立闻这回学聪明了，他暗想管你俩孰对孰非、是冷是热，反正我不会再多嘴去引火烧身、自找虱子往身上爬了。这方面谭立闻是有教训的。

此前，杂志社曾有人对孟雨涛与周兮倩的关系想入非非，不相信这两个以姐弟相称的人会纯洁得没一点点那方面的事，想到谭立闻与他俩同在一个编辑部，对他俩有没有暧昧、传情之类的举动应该是掌握得一清二楚，于是私下向他打探。

谭立闻本来就是个醒醒豁豁、说话随便的人，他便如实相告：据本人长时间密切观察，他俩打情骂俏是没有的，但关系不是一般化那是肯定的。那些人听了很不过瘾，说这些都是大家晓得的，你就不能说说周兮倩为何对孟雨涛这么好。其实对这事谭立闻也不得其解，但他却故弄玄虚，皱起眉头颇费思量地想了想，然后模仿电影《南征北战》敌军参谋长那副高深莫测的表情和声调说：这里面必定大有文章！就他这么开玩笑随口而说的一句话，听者自然就相信他俩该是有那么回事了。此事一传十、十传百，有关孟雨涛和周兮倩的流言蜚语便在杂志社传开了。

蒙冤的孟雨涛、周兮倩对此怒不可遏，强烈要求杂志社追查造谣者以还自己的清白。追根溯源，罪魁祸首就是谭立闻的那句“大有文章”。谭立闻为此被孟雨涛、周兮倩骂了个狗血淋头，他不得不诚恳地再三道歉并为自己深感委屈，我完全是说耍的嘛。孟雨涛、周兮倩知道谭立闻的性格，后来当然原谅了他……

有了这一前车之鉴，谭立闻这次晓得少说为妙了。

谭立闻不再吱声，孟雨涛又主动问：“是不是喔？要是假烟的话，我就把它扔了。”

“扔了可惜，你不抽的话给我。”

“行啊。”孟雨涛大方地将这包烟扔到了谭立闻的桌上。

孟雨涛这番表演无疑刺痛了周兮倩，因为这烟就是她送给他的。

前段时间她关心地劝他少抽点烟，说人家是文章酒中出，你呢全靠烟来熏。他却笑嘻嘻地说：“宁可不吃饭，不可不抽烟。”

第二天，编辑部只有他俩时，她将几包好烟放到他桌上。他惊讶地问：这么高档呀！哪来的？她笑道：“你抽就是了，管它哪来的，反正不是偷的、买的。”从这以后，她时不时地会悄悄将几包高档烟放在他的抽屉里……

想起往事，周兮倩心里暗暗骂道：“好啊，你这个没良心的家伙，没想到你竟这样故意气我，你难道还不了解我吗？我怎么会对你真生气呢，只不过是想逗逗你、治治你的性子，没想到你居然变本加厉地把我当仇人，行，我看你还会做出什么鬼花样。”

虽然心里有些隐隐作痛，但有涵养的她没有当场发泄心中的恼怒，而是咬着嘴唇克制着自己的情绪，她拿起笔在纸上急速地乱划一气，胸部随着急促的呼吸起伏不已。这是她强忍怒火时的习惯性身体语言。

孟雨涛虽然表面嘻嘻哈哈，其实内心也相当烦躁。周兮倩的沉默以对让他甚感无趣，还不到下班时间，他坐不住了，起身离开编辑部，回到宿舍倒床而卧。

想着刚才自己的无聊举动，他又开始骂自己：你心情不好就随随便便地把怨气发泄到人家头上，人家不与你一般见识已算给足了你面子，你倒好，见人家不搭理你，你居然阴阳怪气地还去刺激人家，你说你这算啥能耐，你有本事该去找那个惹你不快的人去发泄，你不能因为一棵树就失去整个森林噻。你郁闷、你烦恼、你生气完全都是自找的，活该!

久等不到杨怡秋的电话，孟雨涛实在忍不住了，只得去她父母家打探情况。从他们没有以前热情的态度以及有些诧兮兮的样子，孟雨涛感觉到了大事不妙。

当他问及杨怡秋的近况时，其父母开始支支吾吾地打起了太极。孟雨涛心里就更凉了，但他沉住气，装出很淡定的样子说："不管风云咋个变化，我都能从容面对，只是这样不明不白的音讯全无，我无法接受。"

杨母见他今天是铁了心要问出个所以然才会走，只好如实相告："上次小秋来电话时说她会给你写封信，具体情况她会在信中告诉你，估计你很快就会收到信了，你们之间的事我们不好多说啥子。"她说完后不再开腔。

孟雨涛还是不满意，非要他们告诉杨怡秋现在的电话号码，理由是耍朋友这么长时间了，要分手也要面对面告个别，并保证自己绝不会为难她。见孟雨涛信誓旦旦、情绪正常，他们只得依了他的要求。

离开杨怡秋父母家，孟雨涛心里倍感苦涩。杨怡秋啊杨怡秋，你就是变了心也该明确表个态噻，我又不是承受不住打击的男人，你怕我死死纠缠你不放嗦？我是这样的人吗？如果你这样想就大错特错、根本不懂我的心了，你这样不理不睬、拖起的态度是不对的，你就是要我死，也要让我死得痛快点嘛，长痛不如短痛、快刀斩乱麻、壮士断臂的决心我还是有的，有啥子我们就当面说清楚，来个痛快了结，这样我们大家都早解脱早好是不是，你这样何必呢……

他慷慨激昂地这样想着，眼泪却不争气地溢出了眼眶。

编辑部的电话不能打国际长途，孟雨涛只得到人民南路广场旁的电报大楼打电话。

当天晚上，他来到电报大楼，大厅里等候着不少打国际长话、发电报的人。电报大楼的钟声敲响十点以后，孟雨涛进了长途电话间，尽管他此前一再告诫自己要沉住气，但在拨电话号码时，他心里还是有些紧张。

长音响了好一阵，那边才提起话筒，还没等孟雨涛开口，听筒里先传来一句英语，孟雨涛一下就懵了，一时不知说啥好，这倒不是他听不懂这句话，翻译过来不就是“你好，请问你找谁”。问题是接电话的是个男人。

就在孟雨涛惊异之际，听筒里又清晰地传来一个女人的声音：“谁打来的？”虽然声音不大，但这声音孟雨涛再熟悉不过，一听就知她是杨怡秋。随后他又听接电话的男人用蹩脚的普通话说：“对方不讲话，莫名其妙。”

孟雨涛一听这口音，就知对方是福建、广东一带的人。就在对方要挂电话之前，孟雨涛猛然醒悟似的忙说：“你是哪个？喊杨怡秋接电话！”

对方好像听不懂孟雨涛说的四川话，这样回应道：“你说什么话啦？我听不懂啦。”

听他这啦啦的腔调，孟雨涛心头一下来了气，他用川味特浓的普通话大声吼道："我说的是资格中国话，你听不懂嗦？听不懂就叫她接电话，少跟我在这啦啦啦的，你啦个球喔！"

不料听筒里没了声音，对方像是用手捂住了话筒，但很快又传来这样的回答："她不在！"随即就挂断了电话。

听着听筒里"嘟、嘟、嘟"的声音，孟雨涛气得直喘粗气，他简直没想到会遇到这样的情况——一个男人清晨出现在她的房间，她也躲着自己不接电话，这意味着什么再清楚不过了。

他愤怒地再次拨打过去，但那边一直没人再接听，他久久拿着电话，一动不动地失神发呆，心里一阵刺痛，泪水漫出了眼眶，过了好一会儿，他才精神恍惚地走出电报大楼……

外面寒风瑟瑟，还下起了稀疏的冬雨，孟雨涛迎着风雨，茫然地疾步而行。

回到杂志社宿舍，他心情低落地躺在床上，开始一支烟接一支地抽着，室内烟雾弥漫，床边地上散落着无数烟头。此时的他已没有泪水，只有烦躁和愤怒。

窗外的雨声越来越密集，雨点打在屋瓦上、芭蕉叶上、地上，奏出天籁的混响之声。像这样的雨夜，平时他都会静静地听着这雨声看书、遐想，沉浸在一种悠然而有情调的气氛之中，但今晚的雨声却让他心烦意乱，一个意念重复着在他脑海里出现——杨怡秋有了另一个男人！

他苦闷地反复想象着打电话时对方的情景，想象中的情景如利箭穿心，使他忍不住愤怒大声吼道："婊子！婊子！"

窗外风雨潇潇，吼声在寂静的深夜格外响亮。

宣泄之后，孟雨涛慢慢地平静下来，他越想越痛苦，恨不能当面就向杨怡秋问个清清楚楚、明明白白，但残酷的现实、遥远的距离又使他无可奈何。人家现在远在万里之外的美国，这可不是他想去就能去的地方，不要说望洋兴叹，就连这个洋的边边他都望不到。哎，要是她不出国就好了，在中国随便哪个地方都好说，即使那里不通飞机、火车、汽车，就是跋山涉水，他也可以明天就动身去找她。问题在于她在异国他乡，这就真的没法整了。

妈哟，自己又不晓得攥在手里的这根线牢靠不牢靠，居然轻易地将这只风筝放得那么高、那么远，放到了千山之外、太平洋彼岸，它不断线飞走才怪，哎，当初真不该让她跑出自己鞭长莫及、无法控制的鬼地方！

他开始后悔地骂着自己。在烦躁与痛苦之中，孟雨涛不知不觉地迷迷糊糊睡去。

凌晨雨小了些，孟雨涛也醒了，看着还是漆黑的窗外，无法再入睡的他起了床，一心想探个究竟的他又前往电报大楼去打长途电话，但打了多次都无人接听。

怀着无奈与失望，他垂头丧气地走出电报大楼，一脸茫然地走到了人民南路广场。

此时天还是灰蒙蒙，路上行人稀少。他落魄地坐在广场塑像前湿润的石阶上，淋着细雨，失神地望着空旷的大街、广场发呆。

暗淡的路灯下，路中间有个岗警台，时间还早，那个“蓉城雕塑”还没来站在上面指挥交通。一阵寒风吹来，孟雨涛打了个寒噤，感觉到身上冷飕飕的，他忙把风衣往身上裹紧些。

一辆洒水车响着“叮叮当，叮叮当，铃儿响叮当……”的音乐，喷洒着水帘徐徐从广场前开过……真是的，天还在下雨就开出来冲洗马路，你们是不是还嫌路上不够湿？成都的自来水多得不晓得咋个用了嗦？简直乱球整！他无聊地发着牢骚，觉得这很日怪。听到这《铃儿响叮当》的曲调，他一下想起这是西方人过圣诞节放的乐曲。哟，这真惹老子生气，人家老外听这首曲时欢天喜地的节日，你放这曲子凑啥子热闹嘛，没看到我孤苦伶仃地正在受折磨吗？你该放啥子《苦菜花》之类的歌才符合我此时的心情，哎，这洒水车也和我过不去哟。

他看着洒水车胡思乱想，零零星星骑车上早班的人也同样好奇地看他——这个傻瓜一大早孤孤单单坐在那发什么神经？是无家可归的流浪汉还是等着看升国旗、奏国歌？今天又不是十一噻。

天渐渐发亮，雨也停了，路上行人多了起来，孟雨涛感到再在这瓜兮兮坐下去，真的要被人家当猴看了，说不定警察也会走过来进行盘问。对了，上班高峰时间快要到了，那时浩浩荡荡的自行车车流就会从广场经过，我可没兴趣检阅这些上班大军。

他于是起身漫无目的地往南走，一直走到锦江大桥上才停下来。他依着桥栏望着平缓的河水，情绪也逐渐趋于平静。

经过一路的思考，他已不再那么沮丧，反而心生洒脱和豪迈——不要再去想这个远在天边的女人，管她移情他人还是一夜风流，一切顺其自然，就如桥下这远去的河水，该流走的你挡也挡不住，“天要下雨，娘要嫁人”，这是谁也莫得办法的事。这个女人才和自己结识交往两年多时间，她要远走高飞另栖他枝，这就根本算不了什么大事嘛。人往高处走、水往低处流，人家志存高远，想飞上天去看星星看月亮，你还不是只能眼巴巴把人家望到，总不能拽到人家不许她飞噻，既然你我不是同命鸟，不到大难临头也要各自飞，从今以后你这只断了线的风筝爱飞哪就飞哪，我是不会再痛苦地把你牵挂，再说了我是这样脆弱、再也找不到女人的傻瓜吗？不是嘛！

已做好最坏打算的他想到这里，不由得对自己的豪迈有点感动了，他对着河水发出响亮的笑声，引得路人又是惊异地看着他。

杨怡秋变了心，孟雨涛对此确信无疑，尽管内心满是伤痕，但他脸上不露痕迹，每天依然强装无事地上班。

“太平洋那边来信了，雨涛，这下你又该请客了吧？”谭立闻将一封信往孟雨涛桌上一放，满面笑容地期待孟雨涛的表态。

周兮倩此时也在座位上看着孟雨涛，这是与他赌气以来，她首次这样久久注视他，她想起了孟雨涛收到杨怡秋到美国后写来第一封信时的情景，当时那封信是她从收发室领取的，她走进编辑部后没有立即将信交给他，而是坐到自己的办公桌前，将那封信拿到眼前晃来晃去，还装着十分不解的样子自言自语地说：“咦，这是美国来的信，我没有熟人在那啊，我们部里也好像没有，嗯，这封信肯定是投错了，我把它退回去。”

孟雨涛知道是杨怡秋来信了，赶紧兴高采烈地走过去：“这是写给我的，快给我！”看着他急于看信的样子，周兮倩笑眯眯地将信在他面前晃了晃：“你说该怎样表示？不然不给你。”

孟雨涛说：“我请大家吃饭行不行？”

在谭立闻的叫好声中，周兮倩这才将信给了他。

孟雨涛这次接到信后，没了往日那种兴奋与喜悦，他将信拿到手里没有立即拆开，而是心情复杂地久久凝视着信封上那熟悉的字迹，看了会儿，他将信往裤兜里一塞，装着无事般地默默离开了编辑部。

他的这一反常举动被周兮倩看在眼里，她像猜想到了什么事，心里骤然一紧地替孟雨涛担忧起来。

谭立闻也察觉出了孟雨涛情绪没对头，他诧异地对周兮倩说：“他今天咋个泡都不冒一个就走了？简直奇了大怪。”

孟雨涛回到房间，躺在床上打开信看了起来，最后目光久久地盯着信中“我已打算留在美国，我们不得不分手了”这句话上，直至这些字被眼里浮动的泪水变得模糊不清，尽管早有心理准备，此时他还是控制不住内心的悲痛，面目狰狞地将信撕成碎片，然后往床旁奋力一抛，接着哈哈哈地笑了起来，笑毕却发出一声悲号：“情比纸薄啊！”……

泪水夺眶而出，他紧咬着牙闭上了双眼。这段时间的情感折磨让他早已疲惫不堪、心力交瘁，此时他像一条被钩住落入网中无力再挣扎的鱼。静静趟了会儿，他擦干脸上的泪痕，穿上一件米黄色风衣出了门。

孟雨涛去了南郊公园的一片树林里，这是他与杨怡秋第一次约会的地方。他在当年与她并肩而坐的石凳上坐下，抽起烟打量着周围的树，忆起那时正是紫薇花开正艳的时候，他告诉她这树也叫痒痒树，如果用手指抠树干，树枝就会颤动。她照此一试，看见树枝果然如此，脸上顿时露出天真的欢颜，那时他还在石凳前的石桌上，用瓦片刻下了“初次相约，真爱永远”的字样。看着眼前石桌上仍然可辨的字迹，他心酸地用石头将这些字迹一一涂抹掉。

此时紫薇花、树叶早已凋零，麻雀叽叽喳喳地在光秃的树枝间穿梭、跳跃。一对年轻情侣走进树林，在不远处的一张石凳上背对孟雨涛相偎而坐。

望着他们亲热缠绵的背影，再看看已被涂抹掉字样的石桌，孟雨涛心里苦笑着说：现在你们这样甜蜜火热，但愿以后不要落得像我这样的下场。

他祭奠完自己逝去的一段恋情，然后起身昂首离去，大有“风萧萧兮易水寒，壮士一去兮不复还”的悲壮意味。

遇到心情不好或有好事，孟雨涛往往要借酒消愁或把酒言欢，但近来喝酒多属于前者。

这天傍晚，他与柳亮又去老南门桥头附近一家火锅店借酒消愁。

店老板罗茹是个四十来岁的重庆人，颇有少妇韵味，性格很豪爽，擅与各种吃客打交道，加之火锅味道也不错，生意自然红火。由于经常来此光顾，孟雨涛、柳亮已与罗茹成了熟人。对这两个熟客，罗茹也很热情，不仅暗自让小工上菜的分量比其他桌子分量多，一有空闲还要陪他俩喝酒聊天。

但今天她没过来，一是生意好有些忙，再是看见他俩表情凝重地低声摆谈不便去打扰，她偶尔还能听到柳亮气呼呼的骂声。

一辆旧“长安”面包车在火锅店门前停下，一个胖胖的男子和一个花枝招展的年轻女子走下车来，他俩一进火锅店，孟雨涛旁桌一个吃着火锅的男子忙起身打招呼：“梁总，你终于来了，我们没等你先吃了。”

“不用等，我这不刚从锦江宾馆酒楼一个饭局赶过来，”那个梁总指着身边的女子介绍道，“这是我的秘书——丽丽。”

这几人坐下后，胖男子看了看桌上的菜："就点了这几样啊？今天我买单，大家随便吃。"随即抬起头喊道："老板娘，把菜单拿过来，加菜！"

孟雨涛、柳亮本来心情就不好，虽然心烦那人的显摆样，但都忍住没有吱声，只是沉闷无语地喝着酒不时看看他。

过了会儿，已喝得二麻二麻的胖男子朝罗茹喊道："老板娘，给我下碗面，你下面好吃！"说完还流里流气地嬉笑起来，同桌的几人也不怀好意地跟着笑。

这太黄色的话分明是在耍流氓、调戏罗茹嘛，孟雨涛实在忍不住了，他站起来正要发火，忽听罗茹一脸怒气地回敬道："你妈下面才好吃！你要吃该回切找她嘛。"

"哈哈哈……"孟雨涛高兴地大笑起来，柳亮也开心地跟着笑。

那男子被罗茹的猛烈回击已经显得十分冒火和尴尬，见孟雨涛、柳亮如此嘲笑自己，于是把怒火转移到了他俩身上："你们两个笑个锤子！"

他骂完拿起啤酒杯就扔了过去，杯子打在孟雨涛身上，啤酒溅湿了他的衣服。

"打！"

孟雨涛再也忍不住了，冲过去对着那男子脸上就是一拳。

那桌另两个男的见状，也起身朝孟雨涛动起了手脚。柳亮早就想打一架了，他嗷嗷叫着冲上前，抡起拳头就狠狠地朝他们挥去……

火锅店里顿时打作一团，店外面很快就聚集着不少看热闹的人，罗茹站在一边吓得不知如何是好。

这时一辆警车正好从店外经过，警车在路边还没停稳，两个警察跳下警车冲进了火锅店，制止打斗后，警察经过简单询问，将打架的人统统带回了派出所。

在派出所院内，孟雨涛、柳亮及那伙人被勒令背靠墙站成一排，孟雨涛伸出头去看那几个人，被孟雨涛一拳击中的胖男子已成了熊猫眼，另两人都表情痛苦地或捂着头或揉着胸，孟雨涛见状不禁偷偷发笑，柳亮则不停地活动着手腕，像是还没打过瘾。

对自己因打架被警察逮进派出所，这是孟雨涛从来没想到的事，以前他还告诫过柳亮千万不要做坏事被关起来。

那是孟晓光持刀伤人前不久的事，那天他放学回家经过一个民兵联防指挥部所在地，看见二十多个贼被分别捆在院里的树上，这是他第一次看到这么多贼，心里十分震撼，随后这些贼前前后后站在一根又长又粗的绳子两边，每人的一只手都被捆在绳子上，真正成了一根绳上的蚂蚱，两个背着步枪的民兵一前一后，将这些绳上的“蚂蚱”押往派出所。看到这些场景，孟雨涛猛然想到柳亮说过想去人民商场摸包包，他一下紧张起来，慌忙跑去柳亮家找他，将刚才看见的情景告诉了柳亮，并警告他无论如何也不能当贼，否则从此一刀两断，直至柳亮做出了保证，孟雨涛才放心地离去。

回忆往事，想到自己现在被抓进了派出所，孟雨涛感到不可思议，无奈地露出一丝苦笑，但他对此并不感到一点害怕，甚至心里还涌出快意恩仇的感觉。

罗茹完成询问从房间里出来，民警站在房门口，指着孟雨涛、柳亮：“你们两个进来!”

可能已经从罗茹那儿问清楚了打架起因等情况，民警望着站在办公桌对面的孟雨涛、柳亮：“说嘛，你们咋个打起来的?”

孟雨涛如实讲了经过。

“虽是这样，动手打架还是要不得的，你们还是应该懂法，懂不懂?”

“他们公然调戏、侮辱良家妇女，说得之黄色、之下流，警官，我们是见义勇为喔。”孟雨涛理直气壮地说。

民警笑了：“狗日的，那个老儿的话是太下作了，任何人听了都会气不过，不过以后遇到这种情况还是要冷静、克制……”

被民警教育了一番后，孟雨涛、柳亮走出了派出所。

等在门外的罗茹高兴地问：“你们没事?”

柳亮回答：“我们咋个会有事，我们是见义勇为嘛。”

罗茹说了些感激的话后走了。

孟雨涛对柳亮说："走，我们再去一个派出所。"

柳亮有些困惑地问："还没解气？要去再打一架？"

孟雨涛擂他一拳："打你个头，说起打架就来劲，今天还没打够嗦？去喝茶。"

他们要去的是邱军所在的望月桥派出所。

邱军听了孟雨涛讲述今天发生的事后，满脸惊异之色："你说啥子呢？人家到了美国一脚把你蹬了，好久发生的事？怪球不得你今天居然敢打架，简直要长了，喔，脸上还受了点伤，光彩得很嘛。"

"蹬就蹬嘛，这算啥子好大的事，看你这表情也太夸张了，你以为我会为此伤心得茶饭不思、彻夜难眠？笑话！我的心又不是玻璃心，早就结了厚厚的茧巴，不可能为这小小的打击而心碎。"孟雨涛摸着脸上的擦伤，故作潇洒地说。

"男人就要提得起放得下。"邱军佩服道，而后又深有体会似的说，"依我的经验，对女人就是不能看得太重，否则受伤的后果很严重。前天有个小伙子因为女朋友要与他分手，这个瓜娃居然想不开，爬到十多层的楼顶坐在栏杆上，声称他女朋友如果不来见他就要跳楼。楼底下聚集了好多人看热闹。我们上去无论怎样劝，他都不下来，还威胁说再过两个小时女朋友没来，他真的就要跳下去。我们只好想办法把他女朋友找来，这个傻瓜这才哭哭啼啼地下来了。哎，遇到这点事就要死要活的，你说他是不是个瓜娃子？"

"老子最看不起这些瓜娃子。"柳亮瓮声瓮气地说，看到院里又抓回来了几个贼，他对邱军说："二哥，还是你给他好好讲讲，我说球不好。"

孟雨涛默然无语地想，世界上就有这么一些傻瓜，遇到情感打击就脑壳短路、进水，非要扭死扭活地在一棵树上吊死，不是苦苦哀求又流鼻涕又抹泪的死缠烂打，就是痛不欲生地要跳楼要跳河或爬高压线，还有更狠毒的施出泼硫酸、刀片划脸等手段，非要把对方毁得个惨不忍睹、没人敢要了他才解气、高兴，更有甚者身捆炸药抱住对方要同归于尽……嗨，这些人哪像个人嘛！咋个强扭的瓜不甜、捆绑成不了夫妻这些起码的道理都不懂，殊不知即使勉强结合了，煮熟的鸭子明天也要飞、红杏迟早要出墙，他们以为失去了她（他），天就要崩地就要裂，世界的末日就要到似的，哪晓得世界的丰富多彩、生活的道路多宽广、树林的鸟儿和路边的野花有好多，真是井底之蛙、鼠目寸光，可怜喔！你看我们这些人受了打击咋整的？虽然流过泪、伤过心，但很快就擦干眼泪、伸出双手拥抱世界，欢喜地迎接有滋有味的新生活了。我该给这些人好好上堂生活与生命这门课……

孟雨涛在静静地思考人生，邱军则在教训柳亮："只有打架是你的强项是不是？你如果不改变你这火暴脾气，总有一天要惹出事来的。"

柳亮耸耸肩不以为然地说："会惹出啥子事喔，今天这架不是我先出手的哈。"他说完走出屋来到院里。

刚抓获的几个人有的单手被手铐铐在自行车上，有的双手被反铐在树上。

柳亮背着双手，逐一走到那几人面前厉声问道："你咋个进来的？你呢？"

那几人如实回答：摸包包、入室盗窃、卖黄色录像带……

那个扒手乞求柳亮："警官，能不能给杆烟抽？"

一声"警官"把柳亮喊高兴了，他掏出一支烟塞到那人嘴里，还用打火机帮他点燃烟，然后挺直腰杆对着那些人训起话来："你们不学好才有今天……都要老实交代、改邪归正才有出路……啊……"柳亮啊了一阵不知咋讲了，说了声"锤子"后背着手转身回到房间。

孟雨涛、邱军透过打开的窗子，把柳亮的言行看得清清楚楚、听得真真切切，两人都忍住笑看着他的表演。

邱军嘲笑道："这娃娃装模作样、有板有眼的，过场太多了。"

孟雨涛则默默地沉思着。

"你又爪子了？咋个一副低沉失落的样子？是瓜了还是假装思想者？刚才还表扬你受到打击，脸上没写着痛苦和忧伤，咋个一下就想不通了，不至于你也要去学那个傻瓜想跳楼吧？我有言在先，如你要跳楼我不会拦你，还要劝你早点跳，但千万不要在我辖区跳，不想跳楼也可以去跳河，南门大河没得盖盖你随便跳，不过现在水有点浅淹不到你。"邱军对孟雨涛打趣道。

"老子的幸福生活还没开始，要跳楼要跳河，也要把你拽到一起跳。"孟雨涛苦笑着说。

邱军陪孟雨涛、柳亮走到院里，柳亮又神气活现地教训那几个贼："你们都给老子老实交代哈！"

"是，所长！"那个摸包包的人高声回答，把院里的两个民警逗乐了。

就在他们说说笑笑时，孟雨涛不知道有个人却心急地在等他。

周兮倩自看见孟雨涛收到信后的异常反应，当场就明白了他与杨怡秋的关系出了问题，她感到不能再与他赌气地互不理睬下去了，决定主动打破僵局去关心他。

她见孟雨涛久没返回编辑部，便到后院他的房间去找他。她在房门前喊了会儿，屋里没有回应，见房门没锁，便推开了房门。但屋里没人，她走进去拉开电灯观察室内情况，室内还残存着浓浓的烟味，床上的被子也没叠，地上散落着无数碎纸片，一个墙角处堆放着不少歪歪倒倒的空啤酒瓶，挂在墙上的吉他也积满灰尘……看来房间很久没打扫卫生了。眼前情景更让周兮倩心里沉重起来，这段时间他生活得如此颓废消沉啊，她不由得感到有些难过。

下班后，她毫不顾忌别人怎么看，又到孟雨涛的房间打扫卫生。隔壁住的食堂厨师老苏见状说："周编辑，还是你关心他，他现在颓废得很喔。"

周兮倩忙问，何以见得。

老苏叹口气说：“这个小孟最近像变了一个人，原来回来跟我们有说有笑，不是伏在窗前写作看书，就是又弹又唱的，愉快得很，现在不这样了，他难得待在房里，经常半夜喝得二麻二麻地才回来，有天半夜还听到他在吼叫啥子，把我们都吵醒了，吓了我们一大跳……哎，不晓得最近他遇到啥子过不去的坎了，他一个年轻人独自在这工作、生活还真不容易，现在看他有点造孽，这么好的一个人千万不要出啥子问题喔。”

听了老苏的话，周兮倩更觉得问题比她想象的还要严重，她决定今天要等他回来好好和他谈谈，于是给家里打电话，以加班为由待在编辑部等孟雨涛，可等到晚上十点过钟仍不见他回来，她只能心里带着牵挂地回家了。

明天，无论该如何明天也要与他好好谈谈。离开杂志社大门时，她心里暗暗叮嘱自己。

当孟雨涛深夜回来打开房门时，看到整洁卫生的房间惊讶不已，他简直猜不出是谁把他的房间收拾得这么干净。今天经历了太多事，他现在真的累了乏了，也懒得去想是谁来做的清洁，他衣服也不脱，倒在床上很快就睡着了。

第七章　人间真情

上午上班时间早就过了，孟雨涛还没睡醒，仍在做梦，睡梦中一个女人时断时续地闯了进来——“张大嘴，不要紧张。”耳畔传来柔和的声音，他仰躺在治疗椅上睁开眼，女医生的脸近在眼前，白口罩上方是妩媚的双眼和弯弯的秀眉，睫毛随着眨眼轻盈颤动。她在他脑后俯着身，神情专注地用牙钳检查着他的牙齿，她丰满的胸部不时触碰着他的头，他感到那里既柔软又温暖，他就这么舒适地凝视着这双眼睛……

“小涛、小涛……”又一个女人轻柔的声音响起，但这次不是梦里，而是近在身边。

他睁开沉重的眼皮，脸上还带着睡梦中的笑意，直至看清周兮倩一脸忧虑地站在床边时，他才猛然清醒地坐起身来：“几点了？”

“早过上班时间了，快起来吃点东西。”周兮倩指着书桌上的一个鸡蛋、一盒牛奶、一个面包，微笑着对还瞌睡兮兮的孟雨涛说。

孟雨涛不好意思地擦了擦眼睛，随后迷惑地问：“你怎么进来的?”

“我还要问你呢，怎么睡觉门都不关门呀?”

原来上午上班时，周兮倩见孟雨涛久久不来编辑部，便急匆匆来宿舍找他，房门没锁虚掩着，她轻敲了几下门，屋里仍没动静，她只得推门而进，见孟雨涛一动不动地躺在床上，她赶紧上前将他喊醒。

“原来我没关门。”孟雨涛淡淡地说后低下了头，心里惭愧得不敢再看周兮倩。

“你还在生我的气?”

“没有。”孟雨涛的语气有气无力。

“那就必须听我的，不然这次我可真的要生气了!”周兮倩不容置疑地厉声说道，然后走到窗前拉开窗帘、推开窗户。

见孟雨涛还坐着不动，她上前一把抓住他的手将他拉起来:“有什么话，我们中午一起吃饭再聊，赶紧洗漱吃早餐，我在办公室等你。”周兮倩说完转身离去。

对周兮倩不计较自己的不是，还这样主动关心自己，孟雨涛心里顿时涌起一阵感动和温暖，眼里一下潮湿了。

中午，当杂志社的人看见周兮倩、孟雨涛一起走出杂志社大门时，一些人脸上呈现出惊愕之色，这两人怎么又突然和好了?

吃饭时，在周兮倩的逼问下，孟雨涛向她讲了杨怡秋与他分手的事，并为此前自己因心情不好向她发火、故意气她的举动道歉。

周兮倩却自责道:“该道歉的是我，都怪我没主动关心你，没想到近来你一直为这事难过……你也真是，怎么能把姐当外人呢，你该早告诉我呀，至少我可以安慰你、帮你减轻些痛苦……可我也像个小孩一样与你赌气，我也够粗心、任性的……”

“怎能怪你呢?”孟雨涛不安地说。

“我是大姐啊!”

沉默了片刻，周兮倩对孟雨涛说:“现在好好吃饭，等下我们到茶楼去坐坐，我们再好好聊聊。”

吃完饭后，他俩来到附近一家茶楼，选了一个安静的角落坐下。

看着萎靡不振的孟雨涛，周兮倩柔声问："心里还难受？"

孟雨涛默默不答，掏出烟苦闷地抽了起来。

"也给我一支。"周兮倩突然说，这让孟雨涛很意外，因为他从没见过她抽烟。就在他迟疑之时，周兮倩自己拿起了桌上的烟和打火机。她猛吸一口烟后被呛得咳了起来，眼泪也随之流了出来。

"大姐，你这是何苦呢？"孟雨涛有些心疼地说。

"自找罪受是不是？没事，第二口下去感觉好多了。"周兮倩微微一笑，接着忧心忡忡地说，"我知道你对她的感情，但到了这一步，你就必须勇敢地面对现实，要坚强地从打击中摆脱出来，如果一蹶不振颓废下去，这真让人不放心呐。"

孟雨涛喃喃道："我不会有事的。"

"那就好，我就知道你不会破罐子破摔。"周兮倩表情松弛了下来。

"什么？你说我是破罐子？"孟雨涛睁大眼睛惊异地问。

"呃，怪我用词不当。"周兮倩露出歉意的笑容。

面对周兮倩温暖的体贴关心、动人的一颦一笑，孟雨涛心情逐渐好转，他微笑着对周兮倩发誓保证："我的好大姐，你就放心好了，我是不会悲观消沉的。"说完他用右手食指轻敲着茶杯口沿，自言自语地念叨着："轻轻敲醒受伤的心灵，慢慢睁开流泪的眼睛，噩梦醒来是早晨，太阳照常会升起，万里长城永不倒，幸福花儿处处开，过了今天有明天，明天必将更美好……"

孟雨涛这番东拼西凑一连串的话，把周兮倩逗乐了，笑过之后，她看着孟雨涛问道："知道我为什么喜欢你吗？"

没想到她会突然抛出这个问题，孟雨涛一时不知该怎样回答。

他坦白地说："不晓得，其实我也早就想问你，大姐你为什么对我这么好？"

周兮倩轻轻"唔"了一声，没有直接回答这个问题，她仰头想了想后说："我给你讲一件我当兵时难忘的事，你就会知道答案了。"

接着她深情地讲述起了往事："1979 年中越自卫反击战打响后，我作为军区报记者到云南前线采访，那时我不到二十五岁。一次在后方医院，我见到了一个年轻战士，他的双眼缠着绷带躺在病床上，伤口的剧烈疼痛使他咬破了自己的嘴唇。当医生告诉我他的双眼被炸伤将永远失明时，我难过地流下了泪水。我走到他床边，握住他的手鼓励他要坚强。他听到我的声音时，脸上露出了笑容，艰难而坚定地对我说：姐姐，我会的。我问他需要什么帮助，他恳求我给他读段小说。他摸索着从枕边拿过一本《钢铁是怎样炼成的》递给我，还说他的梦想就是当个作家。我翻开书含泪给他轻声朗读时，他就这么一直静静地听着，脸上是那样安详。从病房出来，我再也控制不住地哭了起来……"

周兮倩讲到这里流下了泪水，她掏出手绢轻轻抹去眼泪，接着有点哽咽地说："这是多么可爱勇敢的年轻战士啊，他才不到二十岁，可残酷的战争却夺去了他的眼睛，他的将来又会是怎样的人生呢？我没想到精神的力量这样巨大……"

孟雨涛被深深震动了，眼噙热泪地凝视着动容的她。

他觉得此时的她比平常更美了，自然地又去想她当兵时穿着一身军装的样子，她那时年轻、漂亮、活泼、干练，肯定是飒爽英姿、非常迷人，说不定还是很多士兵心中的女神和梦中情人。

一阵伤感之后，周兮倩问孟雨涛："你知道那时我怎么想的吗？"

孟雨涛回过神来摇摇头。

"我告诉你，当时我竟产生了想和他结婚，然后照顾他一辈子的想法。"

"啊？"孟雨涛惊讶得张大了嘴。

"真的是这样。"周兮倩略带忧伤、淡定地说。

"那只是一时冲动，这不可能嘛。"孟雨涛觉得她的想法不可思议、太感情用事，同时也更真切感受到了她不仅人美，更有一颗善良的心。

周兮倩喃喃道："我承认是这样，不过特殊环境下萌发的感情最真实、最纯真，也最让人难忘。"

看着周兮倩真挚而深情留恋往昔的表情，孟雨涛内心受到极大震动。

沉默了一会儿，他用恳求的目光对周兮倩说："你能给我讲讲你的婚姻吗?"

周兮倩用手抹了抹光洁的头发，平静地回忆说："我下乡插队时与一个在一起的干部子弟谈了恋爱，他父亲重新出来工作后，他很快就回了城，不久就与我断了关系。我到部队当兵时，不少上级都要给我介绍对象，有部队军长、师长的儿子，但我面都不见就回绝了。复员后，我认识了一个在机关工作的一般干部，他人很好，我就和他结了婚。"

其实周兮倩也是干部子女，只是他父亲平反、恢复工作时间晚些。当然了，这是孟雨涛后来才知道的。

"哦。"孟雨涛轻轻应道，然后默默不语地抽烟，此时心里竟生出一丝遗憾地痴想，要是我早很多年认识她就好了……

"你明白我喜欢你的原因了吧?"

孟雨涛脸上一阵发烧，他有些惊慌地说："什么? 唔，好像明白，又好像不明白。"

"你傻呀!"周兮倩见他这个窘样，不禁嗔道："你自己去好好想想吧，以后再告诉我。"不知是受刚才提起伤感往事的影响还是忧虑别的什么，她今天没了以往活泼说笑的兴致。她默默握住玻璃茶杯，目光专注地盯着杯中绿绿的茶叶，眼睛清纯而明亮。

看着眼前的周兮倩，孟雨涛想到曾经读过的一篇文章，说成熟女性的魅力，除了身体的丰润、善解人意、宽容、体贴外，还表现在说话处事往往留有余味、让人遐想等。此时的她不正是这样吗?

"该回去上班了。"周兮倩看看手表对孟雨涛说，起身前还叮嘱孟雨涛，“希望你尽快忘掉不愉快的往事，像过去那样充满活力、朝气，好不好?”

“我会的。”孟雨涛点头应道。

周兮倩的脸上随即露出欣慰的笑容。

编辑部的人惊奇地发现，孟雨涛同周兮倩回来后，他完全变了样，又成了那个说说笑笑的人，他们不知道她给他吃了啥子灵丹妙药。

谭立闻装出愁眉苦脸的样子对孟雨涛说：“看样子你又要弹起心爱的土琵琶，唱起那动人的歌谣了，哎，我吃醋的时代又降临了，我的命咋这么苦哟。”

孟雨涛进一步打击他：“这叫命中注定，‘谭虾虾’你早就该认命了，千万不要有啥子奢望喔。”

编辑部顿时响起久违的欢笑声。

余老师是孟雨涛小学、初中时的班主任，两年前已退休，孟雨涛对这个恩师一直念念不忘，两人之间既是师生又如父子，孟雨涛时不时地总要去看望他。

这天上午，孟雨涛刚到编辑部，余老师就打来电话，口气严厉地责怪孟雨涛最近怎么不去看他，是不是忘了这个老师，还下了一个死命令——下午下班后来家陪他喝几杯，作为惩罚必须带上一瓶江津老白干。

嘿，这个余老师是不是活迷糊了，你退休时间也不长、年龄也不太大嘛，咋个忘了我前不久才来看望过你老人家噻，嗯，看来你是太想我、太想让我来陪你喝酒闲聊了。

孟雨涛自得地笑着摇头这样猜想。

一下班，孟雨涛骑着“飞鸽”前往余老师家，骑进一个老院坝，余老师正坐在窗前的花台边喝茶等着，小木桌上已摆放着刚给孟雨涛泡好的茶。

余老师看看手表，将手里握着的一把折叠扇往另一只手的手心上一拍：“我就知道你小子该来了。”

孟雨涛大声笑道：“余老，学生给您老请安了。”

架好自行车，他将两瓶“全兴大曲”往桌上一放：“余老，今天我们不喝老白干了，改喝上档次的。”

余老师没有露出惊喜之色，眼镜后的那双眼睛直直地盯着孟雨涛的脸，看得孟雨涛感到莫名其妙。

余老师老伴闻声后笑着出屋招呼孟雨涛，孟雨涛赶紧向师母问好，还疑惑地问：“今天老师遇到啥子不顺心的事了，咋个今天脸绷得这么紧，有点吓人，以前都是笑眯眯的嘛。”

师母依旧笑嘻嘻地说：“没得事没得事，小涛，你先陪老余喝茶，饭菜做好了我喊你们。”

师母进屋后，余老师用折叠扇指着对面的小木椅：“坐。”

他的表情依然严肃、目光严厉。上学时班上同学都怕他这样看人的目光。

孟雨涛嗫嚅地说：“老师真的是因为我最近没来看你还在生气?”

“哗——”的一声，余老师一下展开折叠扇缓缓地扇着，扇面上写着两行遒劲的行书：“心静自有清风，品正何计名利”。这把扇不知跟了他多少年，反正孟雨涛上学时就看到了它。现在已是冬天，余老师还这样扇，这倒不是他怕热，而是他多年的习惯，一年四季他总是扇不离手。

余老师停止摇扇，将扇面合拢放在桌上，表情缓和了下来，目光也慈祥了：“记得上次你是和小秋来看的我，咦，今天咋个不把她也带来?”

孟雨涛笑了：“余老你记错了，那是上上次，上次是我和邱军、柳亮来的，还告诉过你她到美国读博去了嘛。”

余老师笑着拍拍额头：“喔喔，是我记混了，对了，她现在还好吧?”

孟雨涛说：“还好。”

余老师“腾”地一下猛然站起来，生气地说：“好个屁！你小子居然蒙起老师来了，长本事了是不是？人家已经把你一脚踹了！”

孟雨涛大吃一惊：“老师，你咋个晓得的呢？”

余老师仍没消气地说：“本来好好的一对嘛，唉，没缘分啊。”

看到孟雨涛疑惑的脸色，余老师接着告诉他这是邱军讲的。

原来那天邱军见孟雨涛因失恋打架后，他担心孟雨涛不能从痛苦中解脱出来，于是让余老师来开导孟雨涛，因为孟雨涛很崇敬余老师、也很听余老师的话。

孟雨涛这才恍然大悟，笑嘻嘻地说：“原来是有人通风报信，老师再厉害也不可能未卜先知噻。”他的心里感到一阵温暖。

可能是观察孟雨涛已从失恋打击中走了出来，余老师的心也放了下来，他重新坐下，用扇子指指茶杯，和蔼地说：“先喝几口茶，等下我们好好喝几杯。”他拿起一瓶酒边看边开心地说：“今天心情不错，是该喝喝好酒，我去看看老婆子菜做得怎样了。”

望着余老师进屋的背影，孟雨涛心里感慨有幸遇到这么一个好老师，没有他的关心和指引，我绝对考不上大学。

感慨之余，往事涌上心头。读初中前，孟雨涛一直与柳亮、邱军耍得最好，几乎天天都在一起耍。柳亮那时是个啥人啊，完全就是个不安分守己的捣乱分子，上课时他不是突然猛拽前排女同学的头发，就是抬肘猛击同桌女同学无意伸过中线的手臂，她们发出夸张的惊叫声，扰得老师常常不得不中断讲课，并恼怒地责令他在教室后面背靠墙壁站着，即使如此，他也不会规矩老实，时不时地还要装疯卖傻地发出几声怪叫，逗得同学哄然大笑、气得老师浑身打抖。课间休息时，这家伙更是大搞恶作剧，手提石缝中捉到的蜈蚣，径直冲向操场上扎堆的女同学，吓得这些女生花容失色地一窝蜂往女厕所跑，他则提着蜈蚣嬉笑着在后面直追。对男同学他也爱出损招，夏天时趁哪个同学没注意，他突然猛地一下拽下人家的松紧带短裤，然后嬉笑着跑开……

这样一个人学习成绩每学期“吆鸭子”非他莫属，他一天不在学校里闹出个动静来，好像就不能显示他的存在，完全是个提到他老师头大、女生怕的“凶神”。

邱军那时属于典型的“中庸”人物，不显山不露水，平庸得在班上毫不起眼，以至于很多同学毕业很多年后听说他的名字，总要歪起脑壳想半天才依稀记得他是啥样子。

恢复高考那年，刚上初中的一天下午放学后，孟雨涛被班主任余老师喊进了办公室，这次余老师没有让他站着，而是抬来一把椅子让他坐下，表情严肃地说要好好和他谈谈心，这一谈就是好长时间。

余老师缓慢摇起折叠扇，语重心长、言之切切地娓娓道来：“现在国家逐步走向正轨、形势越来越好，中断十年的高考也恢复了，你们赶上了读书有为的好时期，你们将来的前途一片光明呐，现在是你们发奋读书的时候了，千万不能再像以前那样读耍耍书、浑浑噩噩地虚度光阴了，只要你现在把心思、将精力用在学习上，我相信你一定会考上好高中、考上好大学。”

孟雨涛不以为然地笑笑：“你对我这么有信心？”

余老师将扇一收，有些激动地说：“那当然，你有很多优势，如聪明、爱看书写字、喜欢思考、学习有些基础，你父母也是知识分子，你也是静得下来的人，我说得对不对？”

孟雨涛想了想，点点头。

余老师继续说：“那个柳亮是啥子人啊，你还不清楚？呆头呆脑没有学习天赋不说，完全就是烂泥扶不上墙、害群之马、一颗老鼠屎打烂一锅汤，他学习上是完全没指望的，孺子不可教但你可教，你和他从根本上完全不同，所以从现在起你要远离他，不要因他而影响你的前程。”

孟雨涛低头不语，一只脚在地上画着圈圈。

余老师看出了孟雨涛的心思，他缓和了口气继续循循善诱地说：“我知道他在河里救过你，记情感恩是应该的，我并不是要你和他一刀两断，只是要尽量疏远些，把握好结交的分寸，我要你这么做，完全是为你的前途着想，你想想，哪个老师不是巴心巴肝地希望自己的学生将来有出息，我们真的是恨铁不成钢啊。”

孟雨涛小声嘀咕道：“本来铁就是铁、钢就是钢，铁咋能变成钢嘛，搞不懂。”

余老师怔了怔，随后将扇在桌上一敲，笑道：“也是，但你应该能成钢能成才！”

孟雨涛看见他眼镜片后的眼睛里闪烁着兴奋与激情的光亮，这束光亮让孟雨涛豁然开朗，他想到了现实生活中出现的崭新变化，周围的人们心情都变得愉悦和振奋，商场的物资供应越来越丰富，外国电影、电视剧陆续上映，从未听过的我国香港、台湾地区的歌曲广为流传，人们在新华书店门外排长队购买再版发行的中外名著，街上人们的穿着样式和色彩争奇斗艳，锦江宾馆进进出出的老外多得再也不稀奇，邻居家一旦有人考上大学那就是天大的喜事，成为大家羡慕和称赞的对象……这一切都这么新鲜充满活力，让人对未来更加充满了希望和憧憬。耳闻目睹这些巨变，孟雨涛真切地感到现在社会真的不同以往了，自己也不能稀里糊涂地这么耍下去了。

听了余老师这一番苦口婆心、言之谆谆的开导教诲，孟雨涛深受震动和感化，他当即向余老师表态：“我向毛主席保证，从此一定刻苦学习！但我也有个要求，就是我不能不理柳亮。”

余老师当即高兴表态：“一言为定！”

走出办公室，孟雨涛仿佛已经看清了自己前面的人生道路，他的精神一下振作起来。

看见孟雨涛出来，在操场上等得百无聊赖的柳亮立即上前问：“说了这么久，他骂了你啥子?”

孟雨涛平静地说：“没挨骂，哎柳亮，我们现在是该认真读书了，不然以后……”

柳亮为难地说：“你认真读可以，我不行，以后我绝不影响你学习，不拖你的后腿，你要好好学喔，以后你有本事了，我们也能沾你的光。”

……

“小涛，这么专注又在想啥子？该进屋喝酒了。”余老师走到房门口喜滋滋地说，打断了孟雨涛的回忆。

“好的、好的。”孟雨涛起身应道，他正要进屋，邱军、柳亮骑车进了院坝，两人嘻嘻哈哈地嚷着：“余老师，我们来喝酒了！”

“你们还真会掐时间，刚要吃饭你们就来吃现成。”孟雨涛高兴地打趣道。

余老师走到门口，喜形于色地说：“来得正是时候，快进屋。”

饭桌上，孟雨涛给余老师、柳亮斟上酒后，故意不给邱军面前的杯子斟酒，还开玩笑地说：“今天这酒，叛徒、告密者是不能喝的，我最讨厌叛徒和小人。”

邱军说：“我和余老师本来就是一伙的，为了把你从痛苦中拯救出来，我们煞费苦心才商定了这场酒局，你咋个这么不识好人心喔，你该好好感谢我才对，斟酒！”

余老师赞同道：“邱军说得对，小涛，快给他掺起。”

“遵命！”

孟雨涛斟完酒后对余老师说：“喝酒之前，老师先做几句重要讲话哇。”

余老师端起酒杯、感慨地说：“今天看到你们三个还保持这么真挚的友谊，我心里由衷地为你们感到高兴，还有小涛虽然经历了失恋的打击，但他没有倒下，这也可喜可贺，来，我们一起把这杯酒干了！”

“干！”孟雨涛、邱军、柳亮豪爽地响应，都把杯中的酒一口喝下。

孟雨涛等三个学生分别敬完余老师、师母后，大家喜笑颜开地边吃喝边聊。

余老师：“你们三个当年就像穿一条裤子搅和在一起，我就纳闷了，这三人性格完全不同，咋个会要在一起呢？就像莲花白一样裹得绑紧，嗯，好像你们三个还拜了把子？”

孟雨涛看看邱军、柳亮，然后说：“我们也弄不清楚咋个要到一起的，可能那时都贪耍、臭味相投、同流合污吧，至于拜把子嘛，是有这么一回事，高中毕业那年，我收到大学录取通知书后，没几天就和邱军去柳亮家找他，他娃娃那时工作还没着落，邱军当时考上了警校。那天我们去找柳亮时，他正坐在河边看着河水，失落地咬着手指发呆，一看见我和邱军进了院坝，他惊喜万分，还说以为我们毕业后不理他了。随后我们三个去武侯祠耍，看了刘备、关羽、张飞的塑像后，我想到了《三国演义》里的‘桃园结义’，就提议我们也效仿刘关张结为兄弟，他们两个积极响应，我们就按年龄大小，排定了谁是老大老二老三，然后在刘备大殿前相互抱拳示礼，结拜礼仪一点都不正规，没得啥子换帖子、喝鸡血酒，等等，就这么口头一说便成了兄弟。”

余老师淡淡一笑，拿起扇子在脸边挥动：“喔，是这样子的嗦，你们会选地方嘛，‘丞相祠堂何处寻，锦官城外柏森森’……小涛，你来接后面几句。”

“‘映阶碧草自春色，隔叶黄鹂空好音。三顾频烦天下计，两朝开济老臣心……’”孟雨涛吟到此故意停了下来，他知道余老最喜欢吟诵最后一句，故将此留给他来道出。

果然，余老师情不自禁地摇头晃脑、抑扬顿挫地吟道：“‘出师未捷身先死，长使英雄泪满襟。’啊！”

他饱含感情地独自念完最后一句诗后，满意地夸奖孟雨涛：“好记性！邱军、柳亮，你们两个这方面也该好好学学大哥，从武侯祠出来后你们又爪子咯呢?”

邱军：“我来说接下来的事，我们从武侯祠出来后，晚上就在一个小餐馆喝酒，那晚我们都喝多了，个个喝得左脚打右脚，从餐馆出来的路上，我们三个尿胀得忍不住了，看见小巷里没啥子人，我们就对着路边的电灯杆屙了起来，旁边住户可能听到了唰唰唰的水响，打开房门看见我们在他门前屙尿，马上恼羞成怒地对我们破口大骂，吓得我们赶紧收起家伙就开跑，一边跑一边还哈哈大笑……"

余老师得意地说："我就猜到你们那天肯定不醉不归。"

柳亮记忆犹新地大为感叹："那晚那酒喝得之舒服。"

余老师哈哈大笑后说："这些举动你们做得出来，你们读书时那些调皮捣蛋的事没少做。"

孟雨涛歉意地说："当年我们三个是没让老师少操心。"

余老师说："你和邱军还算本分，就是柳亮无法无天、没法管，以前我几乎天天都要训他，简直拿他没办法，不过他这人本质上还是老实善良的，没啥子心机，一根肠子通到底。"

师母说："柳亮就是踏实，你看我们家里有个啥子体力活，他都要主动来帮忙，邱军也时不时地要来看望，有啥子事也是很积极，小涛就不说了，他是你的得意门生，总之你们三个学生都不错。"

余老师也遥想当年，缓缓摇着扇感叹地说："你们上初中那年，我为了让小涛专注学习，担心他受柳亮的影响，还曾劝小涛远离柳亮，好在你们没有听我的话，不然你们还能不能像现在这样成为好朋友，真的要打问号了。"

孟雨涛说："老师这样做都是为学生好，我们理解老师的良苦用心，我对老师的开导一直心存感念，要不是余老当年你及时教育挽救，我肯定还在人生的路上苦苦探索，你是我革命的引路人啊。"

邱军说："嗯，是火炬、是灯塔。"

余老师说："你们两个一唱一和给我戴高帽子，肯定没安好心，我看出来了，今天你们是想把我灌醉。"

师母说："你高兴起来本来就想喝醉，你是求之不得哟。小涛，你是他最为得意的学生，你就多陪他喝几杯，满足他的酒瘾。"

孟雨涛叹息一声："我又没啥子出息，其实不值得老师这样高看。"

余老师将折叠扇往桌上一拍："错！什么叫出息？官场上混个一官半职、当上大款老板腰缠万贯，这就是有出息啦？我看不是。"

他打开扇面指着上面的字，提高了声音：“一个人能真正做到心静、品正，这才是人生的最高境界，做一个真正的人，这才是最大的出息!”

孟雨涛、邱军、柳亮默默听着悟着这番话，屋内一下沉寂下来。

师母批评余老师：“你这老余，现在你已经不是老师了，咋又端起架子这么严肃教训人了。”

孟雨涛说：“老师永远都是老师，这席话教训得太好了，学生当一辈子铭记在心。”

余老师表情不再严肃地笑了：“我刚才有些激动，不讲那些枯燥的话题了，摆摆以前你们之间的事让我听听。”

孟雨涛看看邱军、柳亮后想起了一件事：“记得读小学一次课间休息时，邱军、柳亮和我等同学在操场上打篮球，邱军无意将球扔在了一个高年级男生头上，那男生大怒地冲向邱军，二话不说就扇了他一记响亮的耳光，胆怯的邱军只能委屈地捂着脸不吱声，一旁的柳亮见邱军挨了打，‘嗷’的一声扑过去，朝那男生就是几拳，两人于是扭打起来，还是体育老师赶来后才将两人拉开……”

邱军说：“确有此事，但我也没你说得那么懦弱哈。”

孟雨涛说：“你可以喔，从这以后你就认准了柳亮这个靠山，上学时常常带来连环画讨好柳亮。”

邱军解释道：“这说明我这个人知恩图报嘛。”

孟雨涛感慨道：“我一直很佩服柳亮的义气。”顿了顿，他充满感情地回忆道：“那时我们三人裹得好紧啊，我放学后在学校训练排球时，你们两个简直成了铁杆球迷，总要在一旁观看，等我训练结束，其间还乐颠颠地主动替我捡球……哈哈，想起当时你们那个傻乎乎的样子没有……”

邱军乐了：“柳亮才会讨好人，他家离学校很近，时间晚了，他有时还要跑回家给我们拿来馒头花卷包子，这个闷头懵脑的家伙那时还是很懂事的哈，他也很搞笑，跑步时总是偏起脑壳、脖子伸得硬邦邦的，我们跑步两手都是一前一后，他呢？两只手朝两边摆。”他边说边还学着柳亮当初的跑步样子，把大家逗得哈哈大笑。

柳亮不服气地予以回击：“你还不是笑人，底下尽说那个那个女同学长得乖，还让雨涛帮你写情书，还有，现在有的人晚上开车还要戴墨镜，不晓得装酷给哪个看。”

孟雨涛回忆道：“我们还贴过大字报造余老师的反，批他师道尊严什么的，真的太幼稚、太对不起余老师了。”

余老师说：“这根本算不上一回事，那个混乱年代就这样，我看了你们写的，内容我记不得了，但我只对你的毛笔字感兴趣，我知道你毛笔字写得还不错，那时班上的决心书、挑战书之类，都是我让你写的嘛。”他说完笑了笑，将手中的折叠扇打开缓缓扇动着，然后感慨地说：“你们这批学生经历的时代真的令人难忘，那时除了上课学习，你们还参加了很多社会活动，如去农村学农、去工厂学工、去部队学军，课余还要布置你们去捡拾鸡粪、废旧钢铁支援国家建设，还有去孤寡老人家帮助打扫卫生，等等，你们身上还是留下了很多时代的烙印，好在你们刚上初中时‘文化大革命’结束了，你们没有去上山下乡，这也改变了你们的命运，所以你们更应珍惜这个好时代、更应发奋有为……”

就在这时，余老师的儿子余刚推着自行车出现在门口，车后架上驮着一大包东西，他一见孟雨涛等人，高兴地说：“我在院门口听到屋里有说有笑，听声音就晓得你们几个哥老倌来了。”

孟雨涛等人连忙喊余刚快来喝酒。

师母站起来：“小刚今天下班这么晚啊，我把饭菜给你留着呢。”

余刚：“妈，把饭菜端出来，我和涛哥他们一起吃。”他随即推车到隔壁自己住的房间去放东西。

在饭桌上，余刚向孟雨涛、邱军、柳亮摆了春节后自己要结婚的事，并邀请他们到时来凑凑热闹。

孟雨涛等当即表示：“肯定要到场热烈祝贺也沾沾喜气。”

喝酒间，孟雨涛得知余刚接新娘的婚车是辆“长安”微型面包车时，他总觉得用面包车接新娘有些不太体面，他想了想后说：“结婚这么重大的事可不能这么马虎，我们一定要给余刚小兄弟扎起、打打台面，其他方面不行，找辆高档点的婚车还是办得到的。”

邱军也赞同此举：“这个应该有。”

孟雨涛对邱军开玩笑说：“考虑到影响和老师也不喜欢讲场面，这次也就不需要你骑警三轮开道了。”

余老师听了连忙摆手：“这可千万要不得，要不得。”他也不同意孟雨涛另找婚车。

孟雨涛却执意坚持：“虽然余刚小兄弟是个工人阶级，但接新娘的车还是不能将就，再说了小刚是你的独苗苗，他娶老婆还是应该尽量办得体面风光些，不能让女方家把工人阶级看扁了噻，找婚车的事就包在我身上，高档的车找不到，至少桑塔纳还是没问题的。”

余老师、小刚听了孟雨涛的话后沉默不语，师母只得代为做主表态：“这是学生的一片真心实意，老余，我看这次就按小涛说的办。”

余老师只得默默点点头，表示认可。

第八章　深埋的情感被激活

离春节还有二十多天，过年的气氛已在这座城市弥漫开来，但今年孟雨涛明显感到“庭前冷落车马稀”。

当记者时这正是他“春风得意马蹄急”的时候，每天像走马灯似的赶赴什么新春团拜会、迎春联谊会、新春座谈会、年终总结会之类的活动，心头漾起的是欢欢喜喜过个年的幸福感。今昔相比，他真切体会到了什么叫此一时彼一时、不可同日而语。

尽管现在商店里都有现成的汤圆粉子、心子卖，但柳亮父亲还是要按照过去的习惯去准备，喜欢自己用石磨推汤圆粉子、自做红糖馅、芝麻馅等汤圆心子。孟雨涛小时家里过年之前也是这样。

得知下午柳亮家要推汤圆粉子，他便赶来体验这一原来都市里常见的习俗。虽然孟雨涛感觉不到往年过年前的喜气，但金沙坝院内的情景让他感受到了浓浓的年味，每家每户的屋檐下、窗前，都挂着一排排香肠、腊肉、腌肉、酱肉、烟熏猪头、猪耳、猪舌等，在干涸的河床上，有人还烧着锯木屑、柏桠枝、花生壳，以此来熏吊在架子上用报纸包裹着的腊肉……腊肉是春节期间家家户户餐桌上必须有的佳肴，那些年有人还编了这么一首歌：“菜板上切腊肉，有肥又有瘦，你一片我一片，还没上桌就吃完……”

柳亮已在黄桷树下将石磨准备好了，石磨旁放着一个盛米浆的大铁锅。“黄虎”围着石磨摇着尾巴转来转去。

系着围裙的柳雪端着一大锑锅泡好的糯米走出屋，她笑嘻嘻地对孟雨涛说：“哥，你今天怎么有兴致来推磨啊？”

“闲得无聊找事做噻，把你的围腰给我，我来推磨、你来舀米。”孟雨涛乐呵呵地说。

“那我哥可又偷懒了。”柳雪调皮地瞄了一眼柳亮说。

“让他一边待着去。”孟雨涛系好围裙、挽起袖子，迫不及待地坐在石磨架上，他握住石磨推手，兴高采烈地对柳雪说：“加米，开始推磨。”

随着石磨吱吱吱地转动，柳雪坐在一边适时地用勺将米和适当的水舀入石磨孔中，石磨碾出的洁白米浆不断滴入下面的大铁锅中……

“哥，你推磨还熟练嘛。”柳雪望着孟雨涛表扬道。

“以前年年都要推，好久没摸过了，感觉还可以，很新鲜。”孟雨涛边推边说。

“不错，你们两个配合得还可以，一直推下去哈。”柳亮站在一边抽着烟、悠闲地说。

“不行！等一下你来换哥！”柳雪不满地说。

柳亮嬉皮笑脸地说：“喔唷，你就这么护着他？有没有搞错，我才是你资格的哥喔。”红晕浮上柳雪的脸颊，她装着气恼地向柳亮挥了挥勺子，柳亮笑嘻嘻地往旁边一闪，缩着头说：“算了，我惹不起，还是躲远点为好。”

孟雨涛一边推磨一边与柳亮、柳雪聊天，不一会儿他就推得浑身发热起来，额头上也沁出了汗珠，他抬起左手背要去揩汗时，柳雪已将纸巾伸到了他的额前要帮他擦汗，他不好意思地将头一偏：

“我自己擦。”

柳雪不高兴地嘟嘟嘴：“我帮你嘛。”见她撒娇，孟雨涛只得停止推磨，将头稍稍向她伸过去。“就是啰。”见孟雨涛乖乖地顺从自己，柳雪得意地露出笑颜为他拭去额上的汗珠，随后体贴地说：“你去休息一下，让我哥来推。”

“小雪就是关心人。”唐婆婆在一边看见这一情景，乐呵呵地说。

“可就是对我不好。”柳亮假装吃醋地说。

“去！”柳雪朝柳亮扮了个鬼脸。

孟雨涛侧过头对柳亮说：“该你推了，我的腰都有点酸了，哎，上了年纪就是不行了。”说完他双手捶着腰。

柳雪一听乐了：“哥，你现在有多老啊？”

孟雨涛：“总比你老。”

“还是我来推，千万不能把你累倒了，不然有人又要怪我。”柳亮笑着看了一眼柳雪，赶紧挽起袖子走了过来。

“嘿，你这个娃娃才安逸呢，在一边清闲地说了半天风凉话，茶都没给我这个苦力泡一杯。”孟雨涛责备柳亮。

“是我忘了，对不起。”柳雪歉意地说，连忙放下手中的勺子起身去泡茶。

“哪个喊你一来就推磨，我也忘了，你渴了就先喝我那杯。”柳亮嬉皮笑脸地对孟雨涛说。

“哪个喝你喝过的喔，我要喝妹儿亲自给我泡的。”孟雨涛得意地说，然后坐下来跷起二郎腿点燃一根烟，美美地吐出一口烟雾后，他呵斥柳亮：“赶紧推磨，不要乘机偷懒！”

柳雪将茶杯放在孟雨涛旁边的石桌上，又要去给石磨舀米。

孟雨涛说：“妹儿你也累了，坐下休息，让他一个人推、一个人舀。”

柳雪站住迟疑了一下，转身在孟雨涛旁边坐下，一张红扑扑的脸蛋对着柳亮直笑，笑脸上漾出两个好看的小酒窝。

“我的哥呀，你这不是报复我吗？”柳亮哭丧着脸叫起冤来。

“少说这些，快点推起来！”孟雨涛厉声说。

“就欺负我老实人。”柳亮无奈地甩甩头，苦笑着说，他只得一手推磨、一手拿着勺子往石磨孔中舀米。

见他这副模样，孟雨涛与柳雪不由得相视一笑。

坐了一会儿，孟雨涛问柳雪为啥不想考研究生，她说没啥意思，还是想早点找个单位工作。孟雨涛认为还是读了研究生对她的前途要好些，但她却反问他，你不是也没读吗？孟雨涛说，我怕再读把我读臼了，你可不要学我没有进取心。柳雪调皮一笑，就要学你，反正我不读。孟雨涛无奈地摇摇头取笑道，还真倔，真是个平庸无能之辈啊。柳雪头一仰：“我愿意。”

一大锅糯米推完后，柳雪走到唐婆婆家门口大声喊道：“婆婆，粉子推好了，你拿个米口袋来，我给你装。”

柳雪将铁锅里的米浆舀进两个米口袋，孟雨涛和柳亮将口袋匝紧后，将其吊在树枝上等它沥水。

“我是出了力的喔，过年时我可要来吃你煮的汤圆。”孟雨涛一边洗手一边对柳雪开玩笑。

“说话要算数，不来的是小狗。”

“可你会不会包喔？我很怀疑。”

“你太小看人了，小时候我就会包，不信你问我哥——”柳雪有点急了，说着就要喊柳亮过来当面作证，但她忘了柳亮早已出去买酒去了。

孟雨涛笑着说：“我信，我信，到时不要露馅就行，还有到时不要忘了呈上御饮。”

唐婆婆坐在自家门前的矮板凳上纳鞋垫，她突然冒出一句：“孟记者，小雪可不是你的丫鬟喔。”

对这个平时不爱说话但对人和蔼善良的唐婆婆，孟雨涛总觉得她有些神秘，她一人独自生活不说，还很信佛，每天早晚都要在屋里供着的佛龛前念经拜佛，平时走路都是小心翼翼地看着脚下，好像生怕踩着蚂蚁什么的，附近街上哪家有人去世了，也要请她去做法事。孟雨涛读小学时，尤其对她为啥不结婚感到不解与好奇。

孟雨涛转身大大咧咧地说："唐婆婆，我给你说过的嘛，我现在不是记者了，是给人家做嫁妆的裁缝，嗯，就和你现在做的差不多，还有，不是我估倒小雪伺候我，完全是她心甘情愿的哈。"

"鬼才心甘情愿。"柳雪在石桌边坐下来，装着不高兴地噘着嘴去看河面，河风轻拂着她额前耳鬓蓬松的秀发。不一会儿，她笑嘻嘻地对唐婆婆说："婆婆，我倒很愿意给你当丫鬟伺候你。"她的声音甜甜的。

唐婆婆听了笑得合不拢嘴，心里像是吃了蜜。

"哟，嘴巴这么甜，你别把唐婆婆当成慈禧老佛爷了，你也就当个人家的乖孙女还差不多。"孟雨涛把矛头又指向柳雪。

"本来就是嘛，咋了？"柳雪摇晃着身子调皮地说，神态与语气带有明显的挑衅。

"你们两个怎么就像一对冤家，一见面就要顶嘴，你们不斗嘴心里就不舒服是不是？"唐婆婆笑着说。

她说得一点不错，孟雨涛每次见到柳雪，两人都要先开心地逗乐一番，这似乎成了他与柳雪之间的一种默契，仿佛两人都能从这默契中感受某种乐趣。

孟雨涛解释道："是她这个小丫头点起的战火，她想和我斗嘴，那是赚不到一点便宜的。"

柳雪将头别向河面，鼻子一哼："不理你了。"

"生气了？不要小气嘛，小姑娘就是经不起考验哦。"孟雨涛看着柳雪继续逗她。

"我才不小气哩，哼，我可不喜欢有人把我当小娃娃！"柳雪绷着脸，继续假装生气地说。

"对头、对头。"唐婆婆捶着腰缓缓地边走边说，"小雪可是个讨人喜欢的大姑娘，只有没长眼、不长心的人才看不出来。"

一听这话，柳雪双颊一下泛红，明净清澈的眸子透出一丝羞涩，她有些撒娇地说：“婆婆，你又拿人取笑了。”

唐婆婆慈祥地轻抚着柳雪的头，满是怜爱地说：“好、好，婆婆不说了。”

孟雨涛品出了唐婆婆的话，他有点不悦地说：“你是说我有眼无珠吧？”

柳雪连忙瞪一眼孟雨涛：“婆婆随便一说你就当真了，还说别人小气哩。”

唐婆婆呵呵笑了，她看了一眼孟雨涛后，转身朝自家门口走去，嘴里还自言自语地念叨着：“看世间好多事，不是的却像是，真的反不是。真是还是假是，真假从来说不清。此一时彼一时，莫到后来终成空。”

听着这让人云里雾里、非诗非词、还有点文绉绉的话，孟雨涛疑惑地看着柳雪，轻声嘀咕道：“啥意思？这太婆今天脑壳哪根筋短路了？阴阳怪气的。”

柳雪低声警告道：“你可别说婆婆的坏话，我要去买菜了。”

看见柳雪要出门，“黄虎”赶紧摇着尾巴紧跟上去。柳雪回头说道：“你就乖乖地待在这陪你的主子，千万不要惹他生气哦。”

“黄虎”像听懂了似的停了下来，目光呆呆地望着柳雪，两只耳朵不停地耸动着，看见柳雪走出小院后，它才无奈地慢悠悠走到河边，无精打采地东张西望一阵，没发现什么有趣的，于是趴在地上眯眼睡觉。

“这么早就跑来坐起了，今天是不是要整‘三元会’？”李三哥蹬着客三轮回到院里，一见孟雨涛就眉飞色舞。他高兴地以为今天又有牌局了，兴奋之情仿佛自摸了一把“带根清一色”，其余三家正面带痛苦状地把一张张票子数给他。

“三元会”是麻将术语，指和的是大牌，这里是打麻将的意思。李三哥绝对算得上是个牌打得臭但牌瘾极大的人，他两天不摸牌心头就发慌、手上就发痒，但可悲的是难得能赢一回，成了经常被人刮得血淋淋的一根“鲜兔”，但他依然痴心不改、斗志旺盛。当然了，他这个档次的人物只能打打略带刺激的小麻将，纯粹以娱乐为主。他的日常生活用他的口头禅来概括，就是“打点小麻将、吃点麻辣烫、看点歪录像”。不过歪录像他是不敢看的，因为他老婆最怕他沾色，在这方面那是把他盯得非常之紧，决不允许他有任何非分之想。有天晚上，李三哥和老婆在家看电视，荧屏上突然播出一个什么沐浴液的广告，一个姿色娇媚的女人躺在浴盆里洗澡，接着出现的是一只向上抬起的光滑湿润的小腿，特写镜头慢慢下移至更加诱人的大腿……随着镜头的下移，李三哥按捺不住伸长脖子、身体前倾地看着屏幕，眼睛鼓得像牛眼一样大，但他看到的是女人的身体被满池泡沫所遮掩，就在他大感失望之时，一记巴掌重重打在他的脑后，他老婆怒不可遏地问：“你色眯眯地想看啥子？一条大腿就把你看得坐不住了？”

你看，李三哥就如饥似渴地看了看如此颜色浅得不能再浅的镜头，竟遭老婆如此理抹，你说他活得窝不窝囊、悲不悲哀。

“李三哥，你提前收工不挣稀饭钱了，你还敢打麻将，小心老婆喊你跪一晚上搓衣板。”孟雨涛戏谑道。

因牌桌上十打九输，李三哥经常被老婆骂得狗血淋头不敢吭声，老婆甚至发出这样的通牒：如不戒掉麻将，以后上床就不准碰她。李三哥对此非常为难，因为两者都是他喜欢的。老婆鼻子一哼：二减一这么简单一道题就被考住了？啥子脑壳喔，快点选！李三哥只得哭丧着脸，装出可怜兮兮的样子求饶：“我的王母娘娘啊，你纯粹是给我出难题，你叫我咋个选嘛，我的王母娘娘，我的慈禧太后喔，我不喝酒又不出去晃，唯一的爱好就是打点小麻将，你不能再剥夺我这点点喜好了，不然我活起来还有啥子意思嘛。”

看在他干家务事还卖力以及眼前一副痛不欲生状，老婆也就心软了，从此对他打牌睁只眼闭只眼。

其实他老婆最怕的还是男人在外拈花惹草。男人现在外面的世界有多精彩，她还是有所耳闻、有所目睹的。在她经常路过的一条小街上有几家发廊、按摩房，那些眼圈描得像熊猫、嘴唇涂得像猴子屁股、穿着又短又露的年轻女子站在门里，对着路过的男人又抛媚眼又勾手指："大哥进来耍一下嘛，包你满意……"

看见这些摆姿弄骚、露骨色诱的女人，她就憎恶地在心里直骂："不要脸的婊子、骚货！"这些赤裸裸的勾引，让李三哥的老婆对男人又多了几许担忧，权衡利弊，她终于想通了，相比之下，让男人在自己眼皮底下打打麻将，总比他在外头晃好得多、放心得多。

"她敢！"李三哥嘴硬地说，好像他从来就是不怕老婆的雄鸡公。

见孟雨涛笑而不语，他又颇有些自得地说："人民南路广场有个'雕塑警察'你晓得不，他对我都之尊敬。刚才我拉客冲红灯被他拦了下来，我想这下糟了，肯定要戳脱几张票子，没想到人家给我端端正正地敬了个礼，一分钱不罚不说，还亲热地和我摆龙门阵，总之态度之好、之不摆。"

那个警察，孟雨涛当然知道，成都人民好多也都晓得，不就是那个站在广场塑像前指挥交通，身子站得和塑像一样笔挺伸展的交警嘛。

孟雨涛也知道，李三哥所说的人家和他摆龙门阵，那就是吹牛了，他老兄肯定被人家训得瓜兮兮的，说不定还被罚了点款。孟雨涛想象着他在"雕塑"面前大气不敢出、服服帖帖的尿样，不禁笑了。为了给他留点面子，孟雨涛故而只笑不去揭穿他。

"家头还有一大堆事，我现在赶紧去做完，不然婆娘回来有意见。说好了，今天晚上摸几圈。"李三哥走到自家门口，还念念不忘地转过身来提醒孟雨涛，"一言为定喔！"

由于天气冷，晚饭摆在柳亮家里。

饭桌上，柳雪突然问孟雨涛："哥，怡秋姐在美国还好吧？"

孟雨涛愣了愣，又看看柳亮："那事你还没告诉妹儿？"

柳亮摇摇头："你没让我讲啊。"

柳雪惊讶地望着他俩，惊异地问："你们什么事瞒着我呀？"

孟雨涛喝了口酒，然后平静地讲了与杨怡秋分手的事。

柳雪震惊得张大了嘴，半天才喃喃地说："这么会这样呢？"

孟雨涛又讲了之前做的那个梦，叹道："这个梦还真应验了，看来这是天意。"

"做梦屙泡尿就煮熟的鸭子飞了，哪个喊你下车去屙尿嘛，你要是憋到不就没这事了。"柳亮傻乎乎地说。

柳雪要是平时听了他这愚不可及的话，非笑破肚皮不可，但今天她却笑不出来，她着急地埋怨道："哎呀，这哪是屙不屙尿的问题嘛！真是……"她轻咬嘴唇、默默无语，眉宇间露出一丝忧虑。

柳亮气呼呼地骂了起来："这个女人太无情无义了！你对她那么好，她居然这样把你甩了，也太不地道了！"

见兄妹俩都愤愤不已，孟雨涛笑着宽慰道："这事早已过去了，没必要再生气，"他又问柳雪，"妹儿，你觉得美国有什么好？"

"我没去过，说不上。"柳雪心不在焉地回答。

"那有啥子好的嘛，我觉得还是我们这边好，说吃的，他们吃的啥子汉堡、沙拉、牛排……这些是啥玩意？哪有我们这的火锅、串串、卤菜、烧菜吃起来对胃口，那边是开放世界，男女只要对上了眼，就可以随便上床……"孟雨涛很有体会似的说。

柳亮惊异地问："你去过美国啊？"

孟雨涛没好气地说："我们几爷子经常在一起，你看我啥时悄悄飞过去又飞回来？你咋个明知故问呢，说话一点不用脑子。"

柳雪不满地用脚尖蹬了一下柳亮的腿："就是，不该问的少问。"

孟雨涛笑了："我是没去过，主要原因还是那远了点，坐飞机都要坐好久喔，把人的屁股都要坐肿，我可没兴趣在云上飞来飞去，还有，那个美国的治安也不好，走在街上能有安全感？出门随时都有可能毙命街头啊。"

"你说的就像真的一样。"柳亮怀疑地说。

"不是真的还是假的？都怪你美国电影、小说看少了，孤陋寡闻，今后要多读点书。"孟雨涛装模作样地教训了柳亮后又往下说，

"就这么一个国家，我简直搞不懂，为啥还有那么多人为之朝思暮想，你看他们为了拿到签证，可以在美领馆外通宵排队，在外冷得啊又是搓手又是跺脚，这样遭罪至于吗？反正那个地方我不去。"

"是不是喔？"柳亮表情很认真地问道。

对面前有说有笑的孟雨涛，柳雪纳闷地想：他遇到这样的打击，怎么还如此开心呢？该不会是受到刺激、神经出了问题吧？

于是她关心地问："哥，你怎么有些胡思乱想、张口胡说呢？"

孟雨涛笑了笑，其实他心里也在取笑自己在胡编乱说，自己的女朋友不回来，有人家美国啥子事嘛，你居然把人家说得之黑暗、之凶险、之不是人待的地方，你娃娃也太狭隘了。但他还是笑着问柳亮："我不去，你呢？"

"我更不去了，老美又听不懂我的四川话，交流起来好麻烦喔。可我还是搞不懂，为啥子漂亮女的都喜欢往美国跑？"柳亮望着孟雨涛天真地问。

孟雨涛乐了，他拍拍柳亮的肩膀："这个问题问得有水平，我的看法是这样的：其一，并不是所有漂亮的女人都这样，像妹儿这样的一大批优秀女青年就没有嘛，她们还是心系祖国、身在祖国嘛。其二，出去长洋嘛，狗日的也怪哈，一些老外就喜欢娇小、皮肤细腻的中国女人，他们也知道欣赏东方美，看来他们也想换下口味。所以这些女人去了那很容易嫁给老外，这一嫁自然身份就变了，摇身一变也就成了老外。"

"喔，是这样的嗦。"柳亮端起酒杯若有所悟地说。

孟雨涛和柳亮还在喝酒胡侃闲聊，柳雪不像往常那样坐在一旁陪他俩，她借口还要复习功课，回到了阁楼上自己的房间。

孟雨涛、柳亮丝毫没察觉她心里荡起的阵阵涟漪。

柳雪在房间里显得心神不定，她和衣在床上躺了会儿，又起身坐在书桌前，痴望着插在花瓶里的腊梅，枝上的腊梅有的含苞待放、有的开得正繁，房间里浮动着淡淡幽香。她从书架上随意抽出一本书翻看起来，但很快又合上了，将头仰靠在椅背上凝眸沉思。

孟雨涛与杨怡秋的情感破裂搅得她思绪混乱、心潮起伏，一种莫名的复杂情感纠缠着她，心里说不出是喜还是忧。怔怔地想了会儿，她放下书走到窗前，倚窗托腮望着黑夜中灯光倒映的河面。

此时，一直深埋在柳雪心中的情感被激活了，许多往事又历历在目。

在她刚上小学时，柳亮就经常在家中提孟雨涛的名字，说班上同学孟雨涛咋个人不错、咋个和他关系之好，每次念叨起这些，柳亮的神情得意之至，柳雪起初根本不信，就你这落后分子人家会与你好？哼，吹牛！在学校读书期间，她果然看见课间、放学后，柳亮经常与孟雨涛等待在一起，他们放学后还喜欢跑到金沙坝院里、河边耍。

这件事让她现在想起来也不觉怦然心动、脸上发烫。那是一个炎热的盛夏下午，当她放学回家推开房门时，看到一幕意想不到的情景，让她惊讶得羞红了脸并发出一声尖叫，原来孟雨涛、邱军还有他哥脱光了衣服在穿游泳裤，他们三人见柳雪突然出现在门口，一个个也惊慌地胡乱抓起衣物遮挡下身并转过身去，她心里咚咚直跳地慌忙扭头就跑，跑了很远才停了下来，过了很长时间她也不敢回家，心里一直像怀揣着蹦跳的小兔，漫无目的地在街上溜达，直到吃晚饭时才回家，自此以后很长一段时间，她都怕看见孟雨涛，仿佛自己做了什么见不得人的事……

楼下不时传来孟雨涛与柳亮的笑声，但这仍没打断柳雪对往事的回忆。

一天在放学回家的路上，她被几个高年级的男生拦住，他们流里流气地要她答应与他们耍朋友，否则就不放她走。她坚决不答应但又无法脱身，只能急得直抹眼泪。就在这时，孟雨涛、邱军、柳亮和几个同学正好走过来，他们一见柳雪被这几个人围住纠缠，立即愤怒地冲过去与那几人打起架来，打架中，孟雨涛的眼角挨了一拳红肿起来，回家时他对父母谎称是自己走路时看书不小心撞到了树上……

一年暑假，她跟随孟雨涛等去杜甫草堂游玩，走到途中见河堤下围着不少人，一问才知原来是漂了一具死尸摆在那里，孟雨涛、柳亮、邱军好奇地跑下河堤去看死尸，她则胆小地站在堤上远远地看着。他们上堤后，柳亮故意夸张地给她讲死尸的模样，吓得她捂住耳朵不停地说：“我不听！我不听！”身子还不由得往孟雨涛身上靠。见她被吓成这副模样，孟雨涛立即阻止柳亮再讲下去：“妹儿胆小，你就别吓她了……”再后来她上初中时，班主任正是教过孟雨涛的余老师，从余老师经常在课堂上得意地提及孟雨涛后，她也逐渐把他记在了心上。

想起这些往事，柳雪脸上不禁漾起甜蜜、幸福的微笑。

是啊，多少年来，孟雨涛一直像亲哥哥一样照顾她这个小妹妹，他们的关系一直这么纯净、美好。在孟雨涛到外地读大学期间，她总要时不时地给他寄去他喜欢喝的绿茶，还谎称这是父亲、哥哥要她寄的。青春萌动的她已朦朦胧胧滋生了爱恋之情，但还是少女的她哪能向他表白这羞涩的情怀呢。

当她得知孟雨涛与杨怡秋恋爱时，她的心被刺得发痛，不知偷偷躲在房里哭了多少回，后来她才慢慢平静下来，不再有非分之想，心存与之能保持这样的兄妹关系已知足的念想，并将这情感一直深藏于心。

今天听了孟雨涛与杨怡秋分手的事后，她深感震惊，一方面为他感到难过，另一方面这又搅动了她原本平静的心，唤醒了她已沉睡多年的情感。

面对曾经失去的机缘如今又出现在自己面前，她一点也不感到欣喜与激动，甚至对自己的这种麻木产生了怀疑——难道曾经狂热的痴恋真的已经湮没、远去？难道曾经为爱受伤的心就熄灭了爱的火焰？难道我对他仅剩兄妹一样的纯洁感情了？她感到一阵茫然。

心烦意乱间，她打开录放机听她喜欢的邓丽君唱的《千言万语》，“不知道为了什么，忧愁它围绕着我……”她倚着窗台望着河水，静静地听着这幽怨甜美的歌声，阵阵凉风迎面吹来，她感觉脸上有些湿漉漉的冰凉，用手一摸才意识到自己流下了眼泪。

过了好一会儿，心潮起伏的柳雪才渐渐平静下来，突然她又想到了这个问题——孟雨涛谈及情变时依然言谈风趣、神情自然，看不出他受了多大打击似的，可他是个很看重感情的人，对杨怡秋也很在意啊。

以柳雪对孟雨涛的了解，她知道他一定为此事伤心过，但又是什么原因使他如此快地摆脱这一打击的呢？柳雪紧绷双唇、暗暗思忖着。

柳雪在楼上心思浮动，楼下孟雨涛与柳亮酒酣直言。

孟雨涛有些醉意地说："我现在真的不相信感情了，你想当初她来信、打电话咋个说的？那些尽是甜言蜜语啊，现在看来都是假的，以后你也不要相信女人呐，女人心比海深。"

"开始你不该让她出国，要么你先把她的肚皮整大，有了娃娃看她还回不回来。"柳亮没头没脑地说。

"你娃娃真的是头脑简单喔，人心是管不住的，你懂不懂？再说有了娃娃我就更惨了，她走了，娃娃还不是落在我身上，到时我过的日子那真是暗无天日了。"

"那也是，我咋没想到这后果呢。"柳亮恍然大悟似的拍拍头。

愣了会儿，他看着孟雨涛说："不过你也别太难过，旧的不去新的不来，你是啥子人喔，我敢拍胸坎说，随便哪都找得到比她好的。"

"又说错了，你以为这是进商场买东西随便挑嗦？我给你说，这事还真是最不容易的，晓得不？"

柳亮默默无语，突然他想到了以前爱慕孟雨涛的妹妹，心里顿时一阵惊喜：嘿，这不是凑巧有戏了吗！他忙兴奋地说："小雪怎么……"可话刚说到嘴边，他又犹豫地把下面的话吞了回去，本来他是想说你觉得小雪怎么样。

柳亮话没说完又沉默起来，孟雨涛觉得奇怪地问："你说小雪什么？"

“唔……”柳亮四顾一下支吾道，“她到哪去了？咋个不来掺水？”

“嗨，你这人咋突发神经，人家早回房间看书去了，你还喊她服啥子务嘛，自己动手。”

“呃，是说咋个看不到人影影。”柳亮尴尬地说。他之所以话到嘴边又吞了回去，是因为有这么一些顾虑突然冒了出来。

邱军这小子不知从啥时候起就喜欢上了柳雪，小雪考上大学后不久，他再也忍不住地向柳亮吐露真心，说他如何如何喜欢柳雪，并希望得到柳亮的认可与支持。

这事当时很让柳亮为难，因为他很早就察觉到妹妹心里敬慕、爱恋的人是孟雨涛，他也非常希望孟雨涛能喜欢、爱上妹妹，但可气和无奈的是孟雨涛没有一点这方面的想法，他一直把柳雪当成小妹妹。

邱军对此当然毫不知情。对邱军如此大胆地向自己透露心迹，柳亮当时遗憾地想：哎，要是雨涛这样说该多好啊！对此，他既不好明说柳雪心里另有他人，又不能驳邱军的情面说不同意，只能含含糊糊地说，你去问小雪愿不愿意。

当邱军信心满满地向柳雪表达爱意时，哪知“襄王有意，神女无心”，一脸惊讶的柳雪不等他说完就婉言回绝了，这让邱军很是尴尬、失落了一段时间。

对这件事，柳亮、柳雪从没向任何人提及。

邱军不久就结识了一个女教师，并于一年前结了婚。除了顾虑此事外，柳亮也觉得此话说不出口，他想的是一旦孟雨涛的回答令人失望，那岂不是让他俩都很难堪吗？以后这兄弟还咋相处啊！更何况他现在也不知道柳雪的想法有没有变化……要是再遇到邱军那样的结局，兄弟家就真的不好要了。

想到此，他无奈地长长叹了口气：“恋爱这东西太说球不清了。”

孟雨涛以为自己说的话柳亮终于理解了，又深有感触地说：“你没经历过感情这些事，以后你才晓得世间情为何物。”

“何物？怪物！一物降一物！”柳亮不假思索地脱口而出。

“咦——”一听此话，孟雨涛惊奇地看着柳亮，“看不出来、看不出来，你娃娃有时说话还是很有哲理嘛。”

大年三十这天下午，孟雨涛回到父母家与家人团年。

在晚上的团年饭桌上，母亲突然说：“要是小秋没去美国，也该和我们在一起团年了。”

孟雨涛“嗯嗯”地支吾着。

可能是母亲察觉出了异样，她盯着孟雨涛严肃地问：“你们之间是不是出了啥子事？嗯，肯定有问题！这段时间回家，你也从不给我们提杨怡秋的事，这不对呀，老孟，你觉得是不是不对头？”

孟父也突然大悟似的点头，然后对孟雨涛说：“有啥子事就说出来，不要藏在肚子里生蛆。”

孟晓光和嫂子温映竹也停下筷子，神情关切地望着孟雨涛。

看样子，这事今天是不好再瞒下去了，反正迟早都要挑明的。孟雨涛只得轻描淡写地讲了他已与杨怡秋分手的事。

原本热闹喜庆的团年饭一下变得冷清下来，家人们都被这意外消息感到震惊不已，孟雨涛却一脸平静、若无其事地说：“这没得啥子，我们还是高高兴兴地团我们的年。”

母亲又惊又恼地说：“她怎么会是这种女人呢？”

父亲无奈地说：“分就分了，从头再来。”

孟晓光遗憾地说：“哎，本来我还想给你们做几件好点的家具。”

“这简直就是儿戏嘛！”母亲还是想不通地嘟囔着。

孟雨涛笑着安慰母亲：“失去这棵树算啥子，我的面前还有一大片森林。”

嫂子也忙劝母亲：“妈，小涛说得对，你就别再为这事生气了。”

“现在的年轻人怎么这么草率！”父亲离开饭桌站起来，背着双手在房里踱步。

“爸，人家到了美国那个自由世界，想法自然多了，她要追求更好的生活，你能拦住人家？”嫂子似乎很理解这事。

父亲不满地瞪了一眼温映竹：“你觉得她是应该的？”

“爸，我可没这意思。”温映竹委屈地小声辩解道。

“人不讲感情，还算是人吗。”母亲忿忿不平地自言自语。

“现在感情值几个钱啊，好了好了，你们就不必为这样的女人生气了，不值得嘛。”孟雨涛不想再为这事让一家人不开心，他慷慨激昂地说，“少了她，我的世界同样精彩，天下好女人多的是。”

“就是，我们小涛是什么人啊，随便找一个也不比她差。”嫂子笑着附和道。

“你们一个个说的比唱的还好听，好，那我就看他啥时能找个更好的。”母亲无奈地说完又皱着眉头喃喃自语，“我这心里咋老不是个滋味，你说好好的一个人，怎么一出去就这样面也不见就结束了呢？”

“难道还要等她回来正式举行个欢送仪式？”孟雨涛笑嘻嘻地逗母亲。

母亲听了不由笑了：“就你心态好。”

这时她已冷静了下来，知道真正难过、失意的应是自己的儿子，他都能承受住这样的打击而坦然笑对，自己何必再在他的伤口上撒盐呢，更何况她对自己的儿子历来都有信心：“不过你要尽快再找一个，你这个年纪也不能拖久了。”

母亲心情有了好转，孟雨涛故作轻松地大声应道：“没问题，你就等着瞧好吧，不过这事还是不能太急，就像吃筵席，大菜一般最后才上桌，就像大家说的那样——不急不急还有甲鱼，不慌不慌还有鸡汤。”

他这话把大家逗得哈哈大笑，孟母嗔道：“你就会耍嘴皮子。”

饭桌上终于再现了喜庆的气氛。

吃完团年饭后，一家人坐在电视机前看年年相似的春节联欢晚会，孟雨涛对此不感兴趣，看了会后称想回去睡了便离开了父母家。其实他并不是想回住处感受孤寂冷清，而是想去柳亮家喝酒，那里要热闹好耍些。

骑行在张灯结彩、人车稀少的街上，寒风将他的脸和双手吹得冰冷。夜空里不时响起的鞭炮声和绽放的礼花，更增添了他心里的空虚和寂寞。别人都开开心心、欢天喜地地在过年，我也不能冷清清地过噻。妈哟，今天我也要好好欢喜一下。他到路口的一个烟花爆竹零售点，买了一挂大爆竹以及冲天炮、魔术弹等烟花，准备在柳亮家的河边放个痛快。

一进金沙坝院内，各家温暖的灯光从开着的门和窗户映射到院内，门两边还挂着红灯笼、贴着对联，屋内人们的说笑声与电视机里的欢庆声传了出来。

柳亮家的门开着，孟雨涛还在院门口就听到了柳亮的大嗓门，这娃娃肯定喝得正尽兴。还是“黄虎”灵敏，他还没到柳家门口，它就从屋里窜了出来，随后出来的是柳雪。

一见孟雨涛，她立即面露惊喜：“哥，没想到是你来了。”

“不欢迎啊？”

柳雪还没来得及回答，柳亮已兴奋地大声嚷了起来：“是大哥哇？快点进来！”他边说边拿着筷子走到了门口。

孟雨涛一进房间，柳亮父亲起身高兴地说：“小涛，我们正念起你你就来了，好，进屋喝酒！”

坐在柳亮父亲旁的唐婆婆也乐呵呵地说：“小涛来了，这下就更热闹了。”

屋里弥漫着暖意和酒菜的飘香，房间里摆放着一盆烧得正旺的木炭。因为喝了酒和有火盆的原因，每个人的脸色都是红润润的。

大家围桌坐下，柳雪已将一副新碗筷、酒杯摆放到了孟雨涛的面前。孟雨涛感慨地对身边的柳亮父亲说：“伯父，还是你家团年热闹。”

“你不在家团年，跑出来，你爸妈不说你啊？”柳亮父亲关心地问。

“在家吃了团年饭就可以了，待在家里没意思。”孟雨涛不在乎地说。

“现在过年没过去那么讲究了，特别是年轻人。”唐婆婆感慨地说。

孟雨涛端起杯子敬了柳亮父亲、唐婆婆后，又斟满一杯酒去敬柳雪。

“哥，你先吃点菜、慢慢喝嘛。”柳雪怕孟雨涛喝急了，她脸颊泛着红晕，清澈明亮的眼睛，看上去格外调皮可爱。

“没事，我在家吃了饭垫了底的，我的酒量你又不是不晓得。”孟雨涛摆出一副很能喝的架势。

一桌人边饮边聊，气氛热烈。柳父、唐婆婆由于不能多喝酒，就提前下桌，在一旁喝茶吃炒花生、炒瓜子、看电视，柳雪则陪着孟雨涛、柳亮喝酒。

“小涛一来，屋里热闹多了。”唐婆婆慈祥地看着孟雨涛说。

“那当然喽，没得我在，就亮娃那嘴巴能给大家带来啥子欢乐。”孟雨涛沾沾自喜地说。

“大哥，”柳亮端起一杯酒，表情认真地说，“大哥，你记到——爱情诚可贵，友情价更高，你不要才出虎口又入狼窝、旧恨未除又添新愁……再找女人，你可要找对人喔。”

“哥，你喝醉了？乱七八糟说的啥子话喔。”柳雪走过去要夺下他手中的酒杯。

但柳亮攥着酒杯不松手还一个劲地说：“我离醉还差得远，刚刚才润了润嘴皮，我今天兴奋……高兴！”

孟雨涛说：“没事，妹儿别管他，让他尽兴地发泄出来才好。”

柳雪听孟雨涛这样说，只得半信半疑地坐回了原位。

柳亮笑了：“来，端起！让我们一次喝个够。”他将酒杯与孟雨涛一碰一口干了，又继续念叨着：“来来来，喝了这杯穷人的酒，点点滴滴在心头……君不见长江之水天上来，但愿南河化成酒，你一口我一口……呃”说到这儿他不禁打了一个酒饱嗝，逗得大家哈哈哈大笑。

笑过之后，孟雨涛大声说：“嘿，你们发现没有，酒这东西还真能开发智力，像亮娃这没文化的人喝了酒，脑壳一下就开窍了，思维也活跃了，不仅诗背得烂熟，居然还能妙语生花。”

这又引起大家开心大笑。

柳亮憨憨地说：“我前头说的那些，都是听你以前说过的。”

孟雨涛装懵地说：“啊，我啥时说过？我咋想不起来呢，不过酒就是给人灵感，怪不得李白斗酒诗百篇，不然也写不出那样张狂的诗句来。”

“说得好！说得好！”柳亮大笑。

“大哥，你今天怎么也说起疯疯癫癫的话来了？”柳雪笑着问。

“人太清醒了说的话不真实，也不好听，还是喝得二晕二晕的、想怎样说就怎样说才好。”孟雨涛眼神有些迷茫、复杂地说。

“你们喝得太爽感了嘛，喝得差不多了，我们摸几圈哇？”李三哥进屋来充满期盼地说。

“好，大哥我们不喝了，打牌怎样？等下我去把邻居张二娃喊来。”柳亮征询孟雨涛的意见。

“可以，我们先到河边放鞭炮。”孟雨涛说着就站起身来，见柳雪要收拾桌子，他对她说：

“妹儿，等下再收，把礼花拿到，你来放。伯父、唐婆婆，你们也出来看嘛，快过年了，大家热闹热闹。”

“好！”众人积极响应，纷纷起身往外走。

李三哥欢喜地走到院内，一边搓着双手一边雄赳赳气昂昂地唱到：“再见吧妈妈，再见吧妈妈，军号已吹响，钢枪已擦亮，子弹已备好，马上打麻将……”

看见李三哥一副进入了麻将大战前的亢奋状态，孟雨涛拍拍他的肩，打趣道：“子弹要备足哈，不要像往常揣点钱就想来木船打军舰、空手套白狼，今天我们郫县到灌县——现过现。”

“哎，你哥子说到哪去了，洗白了嘛暂时差到，以后我的客三轮你随便坐，拉再远也不收你一分钱。”李三哥笑嘻嘻地说。

“算了，满城那么多三轮，我在街上从来就没遇到过你。”

孟雨涛只是随便这么一说，之前李三哥牌桌上已不知欠了几次钱，事后孟雨涛都忘了。

在孟雨涛心目中，李三哥这个人还是多对的，大学毕业时，孟雨涛的几大箱书籍、行李要搬回家，柳亮一喊，人家客都不拉了，帮他把东西从火车北站运回了家，还乐颠颠地当起了搬运工。孟雨涛要给他运费时，人家死活都不收，还板起脸说：“跑这点腿收钱好笑人喔，简直把人看扁了，你我两个要说钱就不亲热、就俗了。”

他那义气凛然的样子让孟雨涛心里很佩服，多朴实、多有觉悟、多讲感情的劳动人民啊，他们耿直起来根本不把钱放在眼里，难怪伟大领袖曾经这样教育我们，要与劳动人民打成一片。孟雨涛连忙说：“好好，不俗不俗。”

远远近近的鞭炮声此起彼伏，黑夜中，南河的上空不时绽放着一束束五颜六色的烟花。站在院外的河堤边，柳亮点燃挂在树枝上的一长串大鞭炮，院内随即响起震耳欲聋的“噼噼啪啪”声，空气中弥漫着浓浓的火药味……

柳父、唐婆婆等院内的人站得远远地看着，柳雪还用手掌捂住了双耳，“黄虎”也被这一连串巨响惊吓得窜出老远才停住，还紧张地观望着做好了随时又跑的准备。

鞭炮放完后，孟雨涛、柳亮又将各自手上的冲天炮点燃射向河面上空，一枚枚冲天炮呼啸着窜上夜空炸响，柳雪则拿着长长的魔术弹对着河面上空燃放，随着一声声爆响，缤纷的礼花在夜色中绚丽绽放，映衬着抬头观望的人们一张张笑脸……

放完烟花爆竹，柳亮将张二娃喊来后，孟雨涛等人便开始打起了麻将。

李三哥今晚手气不错，率先和了牌后总要离开位置去看别人的牌，还时不时地在旁帮别人思忖该出什么牌，专注得像他自己坐在桌上打一样，一圈打完后，他还要像高手般点评某某不该出什么牌。

柳亮取笑李三哥："你今天手气顺，看来最近没和你老婆做那些事，该你赢。"

柳雪不高兴地瞪着柳亮："我呸呸呸，狗嘴里长不出象牙。"

"你说话注意点，这里还有小妹妹哈。"孟雨涛笑着提醒柳亮。

柳雪坐在孟雨涛侧后看他打牌，她不禁握拳擂了一下他的背嗔道："以后不许再说我小！"然后起身去给他们掺茶。

孟雨涛边打牌边与柳亮商量春节放假期间的安排，说到凌晨去文殊院烧香的事时，柳雪立即说她也要去。

柳亮嘴一撇："你一个女娃娃去烧啥子香？你是个大女娃子了，还跟到我们男人一起耍啥子，小时候就是个跟屁虫，甩都甩不掉，讨厌。"

"我就要去！"柳雪赌气地说，然后推推孟雨涛的肩，撒娇道："你是大哥，你同不同意我去呀。"

孟雨涛见她缠住了自己，不由笑了笑说："我没意见，随你。看你要跟到我们屁股后面耍好久，我不信你以后有了男朋友还要跟到我们。"

"就一直跟到你们，又怎样？"柳雪调皮地说。

孟雨涛嬉笑道："真拿你没办法，欸，有一句话你听过没有——跟到人家学鸡脚脚、跟到人家撵不要脸。"

柳雪又气又急地说："哎呀，哥你简直说得太讨厌了，哼，我就不要脸看你这么办。"

"那好啊，到时看你男朋友怎样收拾你。"孟雨涛只得无奈地说。

大家听了看着柳雪直笑，笑得她有点不好意思了："我不理你们了。"

随后她走到唐婆婆旁边坐下，微红着脸默默地看着电视。

唐婆婆抚摩着柳雪的秀发，亲昵地说："我是看着小雪长大的，多乖、多懂事的女孩啊，看今后哪个敢欺负我们小雪。"

唐婆婆又转过头看着孟雨涛，责怪道："小涛，你怎么总是欺负小雪呀?”

“我哪欺负她了嘛?唐婆婆,你咋个总是这么护着她,这么爱说我的不是呢?看嘛,你一说把我都说霉了,一不小心就点了一个‘清一色’。”孟雨涛装出一副蒙了多大冤、受了多大屈的样子说。

“嘻嘻嘻……”柳雪瞥了一眼孟雨涛,捂住嘴偷偷乐了起来。

“那个卖新疆牛肉串的光头出来时喊我们哈,就他演的节目还可以看。”柳亮一边拿牌一边对柳雪说。

“我想起来了,前几天我从报上看到一篇散文,说南河下游有个黄龙溪古镇很有特色,不仅临河,还有古街古寺古榕树,风景幽美,哪天我们骑车去看看怎样?”孟雨涛提议道。

“好啊,我要去!”柳雪颇有兴趣地第一个站出来响应。

而她身边的唐婆婆猛地怔住了,脸上的笑容倏地消失,还难受似的用手捂住胸口,双眼发呆似的盯着电视荧屏一动不动。

细心的柳雪看到她这神色,惊慌地问:“婆婆,你怎么了?是不是身体不舒服?”众人闻言也立即将目光转向唐婆婆。

“喔……没事。”唐婆婆回过神来,慌忙站起来说,“我该去睡了。”

柳亮父亲和柳雪也跟着站起来,再三关切地问唐婆婆身体真的有没有不舒服的地方,唐婆婆摇摇头说只是有点累。

柳雪只好搀扶着将她送回了家。

过了会儿,柳雪回到家中,孟雨涛问她:“唐婆婆真的没事?”

柳雪说:“没事了,不过,婆婆刚才的神情有点奇怪。”

“没事就好,可能是人老了都有点怪。”孟雨涛猜测道。

离新年钟声敲响还有半个小时,他们结束打牌,走路去文殊院烧香。一路上,远远近近的烟花爆竹声此起彼伏,缤纷的烟花在夜空中绽放。柳雪穿着一件红色羽绒服,脖上围着红围巾,脸上洋溢着兴奋与喜悦,显得清纯活泼。她双手叉在衣兜里紧紧挨着孟雨涛走着,不时抬头仰望空中燃放的烟花,还欢喜地叫道:“真好看!”眼里闪烁出惊喜。

孟雨涛顺着她手指的方向，仰望着五彩缤纷的烟花："不错！不错！"

柳亮在身后边走边放着鞭炮，不时发出嬉笑声。

"妹儿，你去烧香想许什么愿？"孟雨涛问。

柳雪想了想调皮地说："这个嘛？——我不告诉你。"

孟雨涛懊恼自己问了个傻问题，不由得拍着头说："唉，我怎么问这个，祈愿是不能说出来的，说出来就不灵了。"

柳雪一下快走几步跳到孟雨涛前面，然后倒退着走了几步并开心地说："哈哈，晓得自己不该问了哇。"

"你们说啥子这么开心？"柳亮放了一个鞭炮后，从后面紧跟上来好奇地大声问。

"这个嘛——我告诉你。"孟雨涛学着柳雪的腔调回答。

"真讨厌！不准学人家！"柳雪装出恼怒地说，然后又忍不住笑了。

这时，远远近近的鞭炮声密集地响了起来，无数的烟花也升向空中，把城市的夜空映照得格外绚丽多彩。他们知道此时已临近新年的钟声敲响。

"新年到了！新年到了！"孟雨涛等人在路上又蹦又跳地兴奋欢呼起来。

他们刚走到文殊院附近的一条小街路口，这里已是人流如潮、喧嚷热闹。街两边有不少算卦看相、缺臂断腿要钱的残疾人，寺院门口更是人潮拥挤。孟雨涛将排队买到的门票和香分到两人手上说："等下各烧各的香、各拜各的佛，不要走散了。"

排队进入寺院大门时，在人流的冲挤下，柳雪被挤得身体紧紧贴着孟雨涛，她的手无意碰到了孟雨涛的手，于是顺势一把握住。

她的手很柔很暖，孟雨涛心里不由猛地一跳，他本来想挣脱她的手，但转念一想，她可能是怕被挤散的缘故才这样。此时的她的确需要有人护着，孟雨涛便任她牵着他的手，并用身体挡住后面的人以尽量不要挤着她。

他的这一举动让柳雪心里涌上一阵暖意，娇美的脸上漾着甜蜜的笑容，她还时不时故意将头靠在他的肩膀上。对此孟雨涛只是笑笑，任她撒娇。

挤入寺院后，第一个大殿前的两个大香炉里烈火汹汹，巨大的浓烟在寺院上空升腾，香炉四周的地下湿淋淋的，堆积着许多没扔进香炉的香。由于烧香的人太多，警察在离香炉前一米多处设置了警戒线，人们只能挨着涌上前，然后将香扔进炉里了事。

“这算哪门子烧香喔。”挤在前面的柳亮回过头对孟雨涛说。

“哪个晓得人这么多呢。”孟雨涛大声说。

寺院里的各大殿大门紧闭，寺院里人头攒动，几乎没有落脚之地。香客们只能人挤人地随着人流向前移动。

由于手一直被柳雪握着，孟雨涛的手心已汗津津的，他便挣脱松开柳雪的手，可刚松开，柳雪又握住了他的手，他不由笑她：“你这么怕丢了啊?”

“那当然。”柳雪仰着头看着孟雨涛笑道，还越发使劲地捏了一下他的手。

“哎哟！你轻点行不行?”孟雨涛表情夸张地说。

一旁的柳亮奇怪地看着他俩，忽然明白怎么回事了，心里顿时一阵欢喜——看来他俩不用自己撮合了！

他看着排成长队的人流，高兴地问孟雨涛：“我们去摸‘福’字和麒麟怎么样?”

“好啊，尤其是妹儿要好好摸摸麒麟这个吉兽，它能保佑你事事顺心、一生幸福。”孟雨涛赞同道。

他们挤出寺院已是凌晨两点，但前来烧香许愿的人流还在不断涌来。

第九章　古寺奇遇

大年初二一早，孟雨涛与柳亮兄妹从锦江大桥出发，骑车前往南河下游的黄龙溪古镇。邱军和妻子宁宛青要中午才出发，因为他们开“奥拓”车去。他们约好了下午在古镇河边吊桥旁的那棵古榕树下碰面。

他们先沿着河边公路骑行，很快就经过新南门、九眼桥出了城。看到郊外的河边有渡船，孟雨涛饶有兴致地提议坐渡船过河。

柳雪担忧地说：“河对岸没有公路，我们会不会走错路?”

“不会，只要沿河顺流而下就能到达古镇。”孟雨涛自信地说。

他们离开公路，推着自行车到了河边，从架在河岸与船之间的木板上登上了渡船。这里的河面比城里宽了许多，水也清亮了许多。

“没想到这里还有渡船。”孟雨涛一边欣赏两岸景色一边惊喜地说。

柳亮说：“以前城里也有，就在我家上游不远的渣滓坝那个地方，现在没有了，那儿修了一个吊桥。”

不一会儿，木板撤去，船主站立船尾，将一根长长的竹竿使劲往河岸一撑，渡船便缓缓驶离岸边、顺水向河对岸移动。

上岸后，他们沿着河边的机耕道骑行，清新的河风拂面而来。他们一会骑行在河与绿油油的农田之间，一会又穿过一片片竹林、农家茅草院落，猪圈里浓浓的粪便味不时飘来。尽管个个骑得喘着粗气、浑身发热地脱了外套，但他们还是心情舒畅地一路说笑不停。

“还有好远喔，咋个骑了这么久还没到?”柳亮气喘吁吁地问孟雨涛。

“骑不动了哇？还说我不行哩。”柳雪得意地嘲笑道。

靠着一路打听和走走歇歇，临近傍晚，他们终于远远地看到了河对岸的一排吊脚楼、古榕树。

“到了！到了!”柳雪兴奋地指着前方叫了起来。

邱军夫妇早在吊桥旁榕树下喝茶等着，邱军看见河对岸三人后，对正在翻看报纸的宁宛青说：“他们终于到了。”

他起身走到河边向他们挥手，然后走上桥头等候迎接。一碰头邱军便说：“总算把你们盼来了，我们等得脖子都伸长了。”

“你娃娃坐到悠闲地喝茶赏景，哪晓得我们的辛苦喔。”孟雨涛喘着粗气说。

满头是汗、两颊红润的柳雪一个劲地说：“累死我了，累死我了。”

柳亮则直嚷：“饿腾了，先开饭、先开饭!”

“你们自找苦吃，现在晓得了哇?”邱军看着他们的狼狈样，笑着挖苦道。

他们来到邱军早已选好的一家临河酒家，刚围坐在窗前的一张木圆桌旁，一盘盘油炸河虾、河蟹、猫猫鱼以及农家自制腊肉、香肠等下酒菜就端上了桌，众人吃着都说香。水煮麻辣野生黄辣丁、石爬鱼，以及灰灰菜、折耳根等特色菜更是让人食欲大增。窗外河面上渔船往来、远山绵延，室内酒菜飘香、笑声不断。

酒足饭饱之后，一行人先到邱军预订好的一家客栈，他们放好自行车、看完客房后，沿着青石板铺成的窄窄街道游览古镇。宁宛青和柳雪挽着手走在前面，亲热地嘀嘀咕咕聊着，孟雨涛等三人并排着跟在后面。

“我那老婆就是敏感、小气，饭桌上我不就说了句要给小雪过生，她就抱怨我没给她过个生，这滴点大的事都要计较，烦！还是你们两个单身汉洒脱。”邱军发出感叹。

“那你说话就要注意，不要口无遮拦，免得引起大家不愉快。”孟雨涛提醒邱军。

“所以我懒得找女人。”柳亮瓮声瓮气地说。

“那你一辈子都不要找。”邱军故意激他。

“不找就不找!”柳亮较上了劲。

“你有毛病嗦？这事都要赌气，我看你酒喝多了，你姓啥子恐怕都不晓得了。”孟雨涛笑着数落柳亮。

“哈哈哈……”邱军大笑不已地说，“他娃娃有时硬是瓜得可爱。”

前面的两个女人停住脚步回过头来，柳雪好奇地问：“你们说啥子这么开心哦?”

“你下来问你哥。”邱军大声回答。

“小雪，别理他们，这三个酒疯子能说啥子好听的话。”宁宛青扯扯柳雪的衣袖。

当晚他们又在住宿的客栈小院里喝酒聊天。喝酒时孟雨涛给大家讲了一个段子：“鸟市上有个人卖三只鹦鹉，一只会唱歌的鹦鹉喊价二十元，一只会说英语的喊价五十元，另一只啥子都不会，还是只哑的却要卖一百元。你们猜为啥子?”

柳亮脱口而答：“那是只公的。”

“你只晓得公母。”邱军笑着揶揄道。

“因为那只好看。”柳雪想了想说。

“都不对。”

“那是为啥子呢?”众人感兴趣地望着孟雨涛。

见大家都回答不出来，孟雨涛笑着说：“因为那两只鹦鹉都喊它大哥嘛。”

“哈哈哈……”大家听后开心地笑了起来。

“你这个又会说又会唱的大哥值多少钱呀?”柳雪调皮地看着孟雨涛问。

话音刚落，众人又是一阵笑声。

“好啊，你居然拿我开涮。”孟雨涛笑着站起来，举起筷子假装要敲柳雪的头。

“你哥子讲的这个笑话有点安逸呢。”正在给他们上菜的客栈老板乐呵呵地说。

“还是你们这个地方安逸。”孟雨涛给他递上一支烟后，大夸这个古镇有特色有味道，很有旅游开发潜力。

老板自豪地说：“那是，这古镇已有三百多年历史，房子都是明朝时的建筑。这儿的水码头当年才热闹繁华，出川进川的商船、客船都要在这停泊。前几年演的几部武打片都是在这拍的。”他还给他们介绍了镇上的古寺、要火龙、彩龙、水龙，以及一直保持下来的晚上每两小时打一次更的习俗等。

“过不了多久，到这里来要的人肯定多。”孟雨涛分析道。

“就看啥子时候能热闹起来，好了，你们慢用，有啥子事喊一声。”客栈老板笑眯眯地说完又去厨房忙了。

锣鼓声、唢呐声从外边传了过来，柳雪对大家说：“要舞火龙了，我们去看吧?”

“要去你去，我们还要喝酒。”柳亮不感兴趣地说。

“小雪，我们两个去，别管他们。”宁宛青说完牵着柳雪的手，两人像姐妹似的朝小院门口走去。

“我到云南抓毒贩的故事精彩喔，你们不听嗦?”邱军转过头大声说。

“讲给他们听吧。”宁宛青头也不回地说，接着响起她俩清脆的笑声。

“只晓得看热闹。”少了两个女听众，邱军不无遗憾地摇摇头说。

“我想听，你慢慢讲。”柳亮给邱军斟上酒后讨好地说。他这个人就喜欢警匪、打打杀杀之类的事，很多年前电视里播放《加里森敢死队》《上海滩》，他是一集不落地看得如痴如醉，第二天总要对昨晚所演的内容大摆特摆，还感叹地对孟雨涛说：我们是生不逢时啊，要是我们现在也能像过去那样闯荡江湖，你当老大，我带一帮小兄弟去拼杀，肯定能闯个名堂出来，哎，我如今是虎落平原、英雄无用武之地啊！

孟雨涛讥笑他：现在啥子社会、啥子时代了，你以为还是当年的上海滩嗦？哎，这么多年了，你娃娃还是像没长醒，怪不得有人说你只配当马仔。

“我告诉你们，上次去云南抓毒贩子之惊险，我差点就当烈士见不到你们了，完全可以说是从死亡边缘上回来的人。”邱军呷了口酒说道。

“哪有那么悬喔，你不要太夸张。”孟雨涛不以为然地说。

“咋个的呢？”喝得眼皮已有点下垂的柳亮却瞪大了眼。

“绝对不是吹的，你们听了就晓得是不是真的惊险。”邱军接着讲了起来，“根据另一个被抓获的毒贩交代，这个贩毒团伙的主犯在云南畹丁，并提供了该人的照片以及住址。我与分局刑警队的几个刑警驾车到了畹丁，我们在那人的住处周围蹲点守候了三天，但都没见这个人回来。就在我们有些泄气的时候，真是赶得早不如赶得巧。一天中午，我和另两个刑警出去吃饭，走到路口一个简陋厕所时，我进去屙尿，另两人在外等我。当我掏出‘枪’来正要放水时，突然听到身后有响声，我无意间回头一看，只见一个瘦高的小伙子屙完屎，正从大便蹲位里出来。这一看我的心一下就提紧了，他正是照片上我们要抓的那个人……”

“真是踩到狗屎运了。”孟雨涛笑着插话。

“不要打断，惊险的在后头。”邱军神情严肃地又继续说，“我忙回过头假装继续屙尿，心里又激动又紧张。我感觉得到那人从我身后经过时，还警觉地看了我一眼。就在他刚出厕所时，我立即从腰间掏出真枪、打开保险追了出去……”讲到这里，邱军拿起桌上的烟叼在嘴里，柳亮懂事地用打火机给他点燃烟并追问道，“接下来呢?”

邱军吐出一口烟雾后继续讲下去：“我走出厕所时，那人正站在厕所门外点烟，一见我提起枪出来，他慌忙摔掉烟要从腰间掏东西。不好，那人要掏枪，我赶忙猛扑上去将他扑倒在地。旁边两个刑警反应也快，一下就明白是怎么回事了，马上跑过来按住他的双手。事后我们才晓得之悬，那个人身上带有一把子弹上了膛的‘六四’手枪，还有一个地瓜手雷。如果他拉响了手雷，我就同他一起哦豁了。你们说悬不悬?”邱军讲到这里还有些后怕。

“你娃动作晚一点，可能硬是糟了!”孟雨涛也心有余悸地说。

“你该用枪先给他比起，如他要反抗，你就先开枪丢翻他噻。”柳亮装着一副老练的样子说。

“我的举动是有点冒险，主要是事发突然，来不及多想。”邱军冷静地总结道。

“有惊无险，与死神擦肩而过，庆幸！这下你也该立功了。来我们先祝贺、祝贺!”孟雨涛举起了酒杯。

“邱军，你从小就是当警察的料。”孟雨涛认真地说。

“此话怎讲?”邱军感兴趣地问。

孟雨涛边回忆边说：“你还记不记得上小学时的一件事？有天下午我们在河边耍，看到河堤中间有个没水的下水道，你娃娃就疑神疑鬼、警惕性颇高地说，里面肯定藏着特务。你这一说，我们头脑里的阶级斗争那根弦立即绷紧了，那时我们看的电影里面都有企图搞破坏的特务、坏蛋，于是紧张地猜想特务肯定躲藏在洞里睡觉，因为他们只有晚上才敢出来，我们还想象着洞里一定还有发报机、外国罐头、香烟之类的东西。我们几个守在洞口既紧张又兴奋地小声议论该咋办。最后，我们点燃树枝当火把，麻起胆子爬了进去，还喊一个同学去派出所报告。结果里面啥子都没得，我们一身脏兮兮、脸上熏得黑黢黢地爬出来时失望之极……你说我们当时可笑不可笑?”

“赶来的民警还表扬了我们警惕性高。”柳亮也想起了这事补充道。

“这是我提出来的吗？我咋记不起了。”邱军摸着头笑了起来。

孟雨涛又说：“这事你该不会忘嘹，上初中时我收到一封情书，不晓得是哪个女生写的，你娃灵机一动说你有办法查清楚，一次下课后收语文作业本时，你就主动帮语文课代表去收，收了后我们把作业本拿到僻静的地方，一一翻开女生的作业本对笔迹，虽然没有查找出来，但这也足以证明你会搞侦查，是干公安的这块料。”

邱军点点头：“这倒是有这么一回事，当时主要是那些笔迹都差不多，实在不好判断。”

古镇的夜晚格外宁静。柳雪和宁宛青躺在床上，轻言细语地摆谈着。这样的环境、这样的夜晚，好像特别适宜女人想心事、摆知心话。

当宁宛青问柳雪咋个现在还没要男朋友时，柳雪说，没遇到合适的坚决不要。

柳雪想起了此前孟雨涛也与她谈过这个话题——那时她刚上大学二年级，孟雨涛问她有没有男朋友，她羞涩地说没有。

孟雨涛十分诧异地说：“我这么优秀的妹儿，居然没一个男同学追？不会吧，不可能！不过这样也好，不影响学习，等你毕业后，我一定给你介绍个方方面面都很优秀的男朋友。”

她则说：“谁要你介绍啊，我自己会去找，如实在找不到中意的，就一辈子也不结婚，就像唐婆婆那样一个人过。”

孟雨涛又急又怨地说：“咳，这可不行！你怎么能学她呢！我们的小雪一定要找个好对象，一定要过上幸福的生活，也不晓得唐婆婆向你灌输了些啥子消极的东西哟。”

她当即就给他做起了不满的脸色：“不许你这样说婆婆的坏话！”

屋瓦上渐渐响起了一片雨声。“下雨了！”两人不约而同地撑起身子，撩开窗帘望着窗外，透过窗户玻璃看到外面路灯灯光中密密的细雨。这时，打更声在细雨声中清晰传来，让古镇的夜显得更加静谧、神秘。两人看了下窗外的雨后又躺下拉上了被子。

听到这打更声，宁宛青突然问柳雪：“你看过《雾都茫茫》这部电影没有？”

柳雪摇摇头。

“那我讲给你听。”宁宛青将双手枕在脑后，望着屋顶绘声绘色地讲了起来，“那是重庆刚解放的一个深夜，一个更夫提着灯笼在无人的街道打更，突然看到一个公馆的院门半掩着，他觉得非常奇怪，因为这个公馆已无人居住，于是他进去查看。走过寂静的庭院后，他推开一扇木门，门‘吱’地一声开了，在灯笼的映照下，房内家具上铺满了灰尘，他提着灯笼逐一查看时，突然……”

“啊，不要讲了，好吓人咯！”柳雪心里怦怦直跳，紧张地看着宁宛青央求道。

“听完嘛，没得啥子吓人的。”宁宛青被她胆小的模样逗笑了。

柳雪又想听又有些胆怯，只得半信半疑地点点头。

宁宛青狡黠地一笑，随后继续讲下去：“突然，他看到屋里挂着的布帘在动，在布帘的下边还露出了一双绣花鞋。就在他惊吓地发现有人在布帘后准备跑时，突然头上被人猛地一击倒在了地上……死了。”

讲到这时她侧头去看柳雪，只见柳雪一脸惊恐地用手捂住耳，宁宛青笑道：“你这么害怕啊！”

“青姐你太坏了，还说不吓人。”柳雪两颊绯红地说，一手紧紧地捂着剧烈起伏的胸部。

宁宛青却若无其事地笑了起来："没想到你这么胆小，好了，不讲了，睡觉。"

房间熄灯后，柳雪辗转反侧，久久不能入睡。黑暗中，她轻声地问："宁姐，你睡着了吗?"

"咋个了?"宁宛青睁开眼，拉亮了电灯去看对面床上的柳雪。

"我害怕，睡不着。"柳雪苦恼地说。

宁宛青一笑："你呀，这样吧，你过来挨着我睡。"

柳雪这才笑了，像一个乖小孩似的忙起身，一下钻进了宁宛青的被窝里。

"你真是个小女孩!"宁宛青用手指触着柳雪的鼻尖亲昵地说。

"还不是怪你给人家讲了吓人的事。以前雨涛哥最爱和我哥讲鬼故事了，讲的那些之吓人、之恐怖，简直让人毛骨悚然，吓得我根本不敢听。"柳雪一手抓住宁宛青的胳膊，睁大眼睛望着屋顶、怯怯地说。

宁宛青侧过身看着柳雪，用手轻拍着柳雪安抚地说："不说了，安安静静地睡吧。"

柳雪"嗯"了声后便像小孩般听话地合上了双眼。

孟雨涛、邱军、柳亮住在隔壁房间。柳亮与邱军上床不一会就睡着了，但孟雨涛久久不能入睡，柳亮如雷的鼾声扰得他心烦，他不得不时时拍打床头的木板以打断鼾声，可一会儿鼾声又照样响起，孟雨涛恼怒地抓起地上的布拖鞋，朝柳亮的床上扔去，这招还真灵——鼾声马上就停了，孟雨涛不禁乐了。

一觉醒来，雨歇天晴。大家吃完早饭后，柳雪提议去寺庙看看。

古寺位于河边，院子不大，院中央有棵枝繁叶茂的古榕树，大雄宝殿前的香炉里面插着不少供香，烟雾袅袅。他们来到香炉前烧香。

"唐婆婆就信佛，天天都要在家敬香拜观音菩萨，怪不得她心这么好。”柳雪将香插在香炉里后说，然后掏出挂在胸前的一个雕琢精美的白色观音玉吊坠，“这是婆婆送给我的，她说观音是大慈大悲的化身，心地善良、经常做好事的人佩戴它，能得到观音的保佑。”

“她是个好人，可我不明白她为啥总要说我，好像我哪儿没做对似的。”孟雨涛没好气地说。

柳雪嘻嘻一笑：“是吗?”然后认真地说：“你误会唐婆婆了，其实她挺喜欢你的。”

他们说这话时，一个面容清瘦、慈眉善目、白须冉冉的老僧正站在大殿门前，他感兴趣地看了看他们，随后转身进了大殿。

就在众人要离开寺院时，柳雪突然对大家说：“我还没进殿拜佛呢，你们等我一下。”说完就朝大殿跑去。众人不解地站在原地，看着她进了大殿。

“这个鬼女子咋个这么信佛喔，硬是要学唐婆婆嗦。”柳亮皱眉不解地埋怨道。

“小雪肯定是要去请个什么愿。”宁宛青猜想道。

“是啊，她就要大学毕业了，应该去祈愿找个好工作，心诚则灵嘛。”孟雨涛笑着说。

柳雪进入大殿后，虔诚地站在释迦牟尼塑像前闭目合掌祈愿，刚才那个老僧则在旁静静地看着她。

柳雪拜完佛转身要往大殿外走时，老僧突然喊住了她：“这位施主请留步!”

柳雪不由得回过身去，惊异地问：“大师是叫我吗?”

“正是。”老僧走到柳雪面前，对她合掌念了一声“阿弥陀佛”后说，“老衲见施主一心拜佛，祈愿虔诚，但愿我佛佑你心想事成!”

柳雪喜出望外地说：“感谢大师!”

老僧微微一笑：“不必、不必!”随后又问：“请问施主一行从成都来吗?”

柳雪点头称是。

老僧捻动着手里的一串佛珠，说："老衲刚才在外听你们谈着一个信佛的唐婆婆，请问她贵姓名啥？"

"唐如月。"柳雪回答后有些疑惑地看着法师。

"真是有缘啊！"老僧叹道，随后又问，"她是不是住在柳荫街金沙坝小院？"

柳雪颇感惊讶地望着老僧："是啊，你怎么知道？"

老僧一手捋着胡须沉吟道："她是常来这里的香客，不过最近没来了。"当他知道柳雪与唐婆婆同住一个院后，又问了唐婆婆的一些近况，最后要柳雪随他去一下禅房。

柳雪随老僧走出大殿后，兴奋地朝等她的众人挥了挥手。

看见她跟着老僧去了后院，众人一时迷惑不解地你望我、我望你。

"那个和尚带她去哪儿？"柳亮不禁担忧起来，随即沉不住气地拔腿就要跟过去。

"等等。"孟雨涛抓住柳亮的胳膊，说，"等一下再说。"

"那和尚不会是要小雪削发当尼姑吧？"宁宛青担忧地说。

"别乱说！"邱军不满地瞪了宁宛青一眼。

……

就在众人七嘴八舌地议论时，邱军突然叫道："小雪出来了！"

随着邱军的话音，大家转头望去，看见柳雪和那老僧出现在大殿旁的走廊上，她手里还握着两幅卷轴。

老僧站住后，柳雪向老僧鞠躬施礼，老僧也向她双手合十。

随后柳雪笑吟吟地朝众人跑来，途中还回头向仍站立在原地的老僧挥手告别。老僧一直双手合掌地站在那里望着他们，直至他们的身影消失在寺院门口。

一走出寺院大门，柳雪故作神秘地问大家："你们猜我遇到谁了？"

"不就是个老和尚吗，这还用问。"柳亮不屑地鼻子哼了一声，随后关切地问，“他要你跟他去干啥子?”

柳雪不高兴地瞥了瞥柳亮，然后兴奋地对其他人说：“他可是这里的住持——缘空大师!”

“啊!”周围的人不约而同地发出惊诧之声。

看见大家惊讶的神情，柳雪更加得意地说：“还有一件事，你们想都想不到!”

然后率先走向通往河边的下坡石梯，众人于是紧跟上去簇拥着她问道：“啥子事嘛? 快说出来听听!”“他叫你去干什么?”“他给你的是啥子喔?”……

柳雪却笑而不答地要他们猜。

“他要你当尼姑?”柳亮不耐烦地说。

“呸，你只晓得张嘴乱说! 你才该去当和尚!”柳雪生气地推了一下柳亮。

“他天天酒肉穿肠过，六根未尽，当不了和尚。我说亮娃啊，你肩膀上长这么大一个脑壳是干啥的? 咋个说话完全不用脑子。”孟雨涛调侃道。

“那是他看你有悟性，给你讲经说道。”邱军猜到。

“他是看你拜佛心诚，为你祈祷。”宁宛青说。

见大家都在猜，唯有孟雨涛不感兴趣似的直往前走，柳雪好奇地问：“哥，你怎么不问我呢?”

孟雨涛回头笑答：“我可不打妄语。”

“哼，等下你可不许听!”柳雪装着生气的样子说。

在河边围坐在一起喝茶时，柳雪这才表情夸张地告诉大家：“这个住持认识唐婆婆哩，这是他要我带给她的两幅字。”她将手里的卷轴举在胸前。

“是吗? 他怎么会和唐婆婆熟呢?”孟雨涛惊奇地问。

“这个我也不知道……”柳雪讷讷地说，接着讲了她进大殿与大师接触的经过。

“哇，原来是这样啊!”“真是太巧了!”……

众人听后无不啧啧称奇，都说幸好柳雪返回去拜佛，不然就错过了这样机缘巧合之事。

“这的确是有缘。”孟雨涛感叹道。

“他写的啥子？打开看看。”柳亮盯着柳雪手中的卷轴好奇地说。

“大师送给唐婆婆的，我们还是别看为好。”孟雨涛虽然也想知道内容，但他还是不赞成这样做。

柳雪将卷轴握在手里也点了点头，她回忆道：“这副对联是大师从墙上取下来的，好像写的是‘心清水现月，意定天无云’。”

孟雨涛念着这对联，随后叹道：“好联！好联！”

“唐婆婆家还挂着一副对联，写的是……”柳雪将食指放在太阳穴上，歪着头想了想说，“对了，是‘青山无墨千年画，流水无弦万古琴’。字迹与这幅一样，肯定也是大师以前送给婆婆的……怪不得婆婆以前去寺庙拜佛敬香早去晚回，原来是跑到这来了。”柳雪露出恍然大悟的神情。

“看来这缘空大师与唐婆婆交情不浅。”邱军随即做出断言。

孟雨涛默默地望着河水，想起了大年三十晚他们在柳亮家说到这个古镇时，唐婆婆突然出现的异样神情，他顿时心生疑云：难道她与缘空大师有什么不同寻常的关系？

一行人骑车回到成都时已近傍晚，但孟雨涛没回杂志社宿舍，而是与柳亮、柳雪直接回到了金沙坝小院，他要与柳雪一起将卷轴送到唐婆婆家，以此看看她的反应，看能不能了解到一些有关情况。

当他俩走进唐婆婆家将对联递给她时，她惊讶地问：“怎么，你们见到他了？”

柳雪点头一笑：“在我拜佛时，他主动和我说话提起你，他还说我们是有缘人哩，婆婆，你说巧不巧啊？”

“是啊是啊。”唐婆婆神情有些紧张地喃喃道，她握住卷轴的手也在微微颤动。

孟雨涛仰头去看墙上的观音菩萨画像，画两旁果然挂着柳雪说起过的那副对联。

他回头望着唐婆婆，问："这也是缘空大师给你写的吗？"

唐婆婆看着墙上挂的字画，平静地说："是他写的，这幅观音菩萨也是他画的。"

"他的字和画都好，真是高僧啊。"孟雨涛赞道。

"真让人想不到，这个大师还精通书画。"柳雪也佩服道。

"高僧都是这样。"孟雨涛脱口而出。

柳雪突然想到了什么，满怀好奇地问："咦，婆婆你这么和他有交往？是不是你去烧香拜佛时认识的啊？"

"哎，你也想得太单纯、问得太没水平了，明明不可能是这样的嘛。"孟雨涛心里直怨柳雪不该这样问。

唐婆婆愣了愣说："是这样……喔，看看他写的啥子？"说着就展开卷轴，并逐字慢慢念出声来。

孟雨涛看着对联赞道："字如行云流水、遒劲有力，一看就功底深厚。"

欣赏完对联，孟雨涛对唐婆婆的回答虽心存疑虑，但又不好去刨根问底，他明白就是再问，唐婆婆也不会告诉他们什么，于是拉拉柳雪的衣袖示意该走了。

来到院里，孟雨涛仰头舒了口气，然后沉默不语。

柳雪问他怎么了？

他本想说她不该那样问唐婆婆，但又忍住了，因为他所想的也只是猜测，再说了一个人不想透露自己的秘密，就是你再问，也是很难问出什么结果的。他只得摇摇头说，没事。

春节期间，柳亮父亲也关了茶铺待在家里，此时他正在屋里看电视。

孟雨涛坐在柳亮父亲旁边，直率地问："伯父，你知道唐婆婆不结婚、直到现在还独自一人生活的原因吗？"

柳雪对孟雨涛突然提出这个问题有些不解："咦，你怎么关心起婆婆的事来了？"

"你一个小孩子家不懂。"孟雨涛深沉地说。

柳雪听了不高兴地嘟起嘴，不服气地说："你以为你有好大嗦？尽在人家面前装老卖老。"

柳亮父亲见他俩像个小娃娃一样斗嘴，自个儿乐呵呵发笑，随后收敛笑容道："这原因我还真不知道，虽然在一个院里生活了几十年，但她从未对任何人说过这些，我们也一直觉得很奇怪。"

听父亲这么一说，柳雪突然心有所悟也关心起这事来，她走到沙发后，搂住父亲的肩撒娇地说："那你就讲讲以前她的事嘛。"

这正是孟雨涛想知道的，他用渴求的眼光望着柳父。

柳亮父亲抬头仔细想了想，缓缓讲道："四十年前我随父母搬到这里住，那时候我才十多岁，唐婆婆早就在这住了，她那时也不到三十岁，那时她就是单身一人，我听大人们讲过她的身世，好像她十多岁时就随母亲入川，但不幸的是，在战火纷飞的动荡年代，母女俩在重庆失散了，后来她就只身来到成都，在一所小学当了国文老师，那时有不少人要给她介绍对象，可她都拒绝了，大家都不知她为何这样。在我的印象中，唐婆婆那时可漂亮了，在我们住的这一片，都晓得我们小院有个大美女呢。后来她对佛教有了兴趣，也就是你们现在看到的这样……"

柳亮父亲讲到这里戛然而止，看来他也就知道这些了。

"真不明白婆婆为什么不结婚？"柳雪微皱眉头、很是遗憾地说。

"是啊，这正是问题的关键所在。"孟雨涛也为此百思不得其解。

孟雨涛、柳雪正为唐婆婆不结婚的事纳闷，柳亮父亲得意地说："小涛，想不到我们这个小院还出过美女吧？"

孟雨涛笑了，他瞅瞅柳雪后认真地说："我发觉金沙坝真是出美女的地方，前有唐婆婆、今有柳小雪。"

这句话又把柳雪说得面红耳赤，她瞪着孟雨涛，娇羞地说："嗨，你胡说些啥啊。"说完便转过身去。

"哈哈哈……"柳亮父亲发出爽朗的笑声。

柳亮抱着几瓶啤酒走进屋，他茫然地看着孟雨涛问："你说了些啥子，逗得我老头这么开心？"

屋外寒风嗖嗖，晚饭只得在屋里吃。

孟雨涛与柳亮喝酒时话题总围着唐婆婆："从今天给她送缘空大师写的对联时，我发觉她神情有些不自然，而且好像她不愿多谈缘空大师，我觉得这有点怪，她像是有意在回避什么。"

"难道她与和尚？嘻嘻……"柳亮听了觉得有些好笑。

柳雪一边吃饭一边静静地听着，突然她放下筷子对孟雨涛说："我想起了一件事，唐婆婆平时不爱看电视，但有段时间电视里播放连续剧《红楼梦》时，她每晚都要早早地到我家看电视，片头的主题曲一响，就是那个——"

柳雪想了想，接着唱了起来："一个是阆苑仙葩，一个是美玉无瑕，若说没奇缘，今生偏又遇着他，若说有奇缘，如何心事终虚化……"

唱到这她停了下来，说："唐婆婆一听这歌就要掉泪，这电视剧，她从头到尾看得可认真了，看完后常常是一边抹泪一边叹息，然后迈着蹒跚的步子、微弓着背走回自己的屋里。从这以后，唐婆婆可爱哼这首歌了，所以我也会唱……"

"是吗？"孟雨涛情不自禁地喃喃道，此时他有了新的想法，不由得沉思到："唐婆婆以前会不会有段不幸的爱情经历？如果有，她的那位恋人会是谁呢？"

此时他的脑海里迅速闪现缘空大师的影子，心里猛然咯噔一下，他惊讶地想："会不会就是他？难道唐婆婆与这位大师过去曾有段悲戚的爱情故事？但不可能、不可能……"

看见孟雨涛脸色突变地想着什么，柳雪轻声问："哥，你怎么了？"

柳雪的问话打断了孟雨涛的思绪，他顿了顿说：“我觉得唐婆婆这辈子怪可怜的，我们应该多关心、照顾她。”

他知道刚才冒出的想法只是他的猜测而已，此时他还不想将这和盘托出。

“好啊，没想到你这么快就改变了对婆婆的看法。”柳雪高兴地赞道。

“我改变什么了？我以前对她也没什么不敬啊。”孟雨涛颇感委屈地说。

“你原来不是说她神神道道，说她总是说你不是什么的，怎么现在不承认了？”柳雪一脸顽笑地盯着孟雨涛说。

“嗨，那是我随便说起耍的，你还当真了，你这个小丫头也太爱翻旧账了。”孟雨涛责怪道。

“看你看你，一说啥事总要把人家当小孩，以后不给你说话了。”柳雪装着生气地离开了饭桌。

“哈哈哈，你这样不就是一个爱赌气的小姑娘嘛。”孟雨涛更加开心了。

柳亮傻乎乎地笑了笑，端起酒杯对孟雨涛说：“喝酒！喝酒！我们不理她。”一杯酒下肚后，他有些不解地说：“今天你们怎么对唐婆婆这么感兴趣？她有啥子值得多说的，搞不懂。”

第十章　哥哥失业了

春节放假结束上班第一天，几天没见的同事一见面，自然就很亲切地相互寒暄、问候——“你年过得好嘛?”“哪里、哪里，年在你那。”“给你拜个晚年。”……

周兮倩的出现让大家目光一亮，大家都好奇地盯着她看，仿佛她变了一个人似的。原来她的发型有了变化，头发不再在脑后盘成髻，而是变成了披肩长发，此外，她原本白皙的脸上也透出健康的古铜色。

看见大家用惊异的目光盯着自己，周兮倩坦然笑道：“你们一个个发什么呆啊？是不是认不出来了?”

“哟，几天不见，你简直摇身一变，我还以为从加勒比海来了个娇娆女郎呢。”谭立闻惊乍乍地说。

“新年新气象，大姐，你咋个突然就变成了这样?”孟雨涛笑嘻嘻地问。

周兮倩撩了撩颈后瀑布般的乌黑长发，笑吟吟地问：“没原来好看了是不是?”

孟雨涛有些不好意思地说：“一下还适应不过来，两种发型都好看。”

“端庄之中有野性，别有风情、别有风韵!”谭立闻很是欣赏地评判道。

周兮倩用双手抚摸着双颊，有些无奈地说：“海边的阳光太强烈了，没想到皮肤晒成这样。”

原来假期她与父母、丈夫、孩子到海南去旅游了几天。

“安逸哦，一想到阳光、沙滩、海浪，我就心驰神往、心旷神怡，那是多么充满浪漫风情，是我做梦都想去的地方。”谭立闻张开双手、表情陶醉地抒发感慨，他的这番表露自然逗得大家呵呵一笑。

“‘谭虾虾’，你年过得还好嘛?”孟雨涛问道。

“过得好啥子喔，天天在家做吃的，带娃娃，只去青羊宫看了看灯会，麻将都没打一场，这个年过得没盐没味。”谭立闻很无趣地说。

“你春节咋过的?”周兮倩问孟雨涛。

“除了一觉睡到自然醒，就是与同学天天游玩、打麻将、喝酒。”

“你看嘛，你们个个都耍得比我潇洒多了，这些美好生活离我是越来越远了，愁煞人也。”谭立闻羡慕地甩甩头说，好像他天天都泡在苦水里煎熬挣扎，过的不是人过的日子一样。

“‘谭虾虾’，你不要在这大倒苦水，装出一副受苦受难的样子，要是你老婆知道了，你今后的日子过得更惨。”周兮倩开玩笑说道。

杂志社的人都知道谭立闻是“趴耳朵”，当然就是“妻管严”了，他除了工资、奖金悉数上交给老婆，每天身上只揣点可怜的零花钱外，接送娃娃上下学、买菜做饭等家务几乎全都承包了。对此他早已习惯、乐在其中了。这归结于他心态好、摆正了位置，他常常对此不以为然，还略带自豪感幽默地说：“谁叫我老婆方方面面比我优秀呢？为了革命下一代健康茁壮成长，我不多做点奉献谁奉献？”

“就是，老谭啊，你不要只晓得哀叹自己生活在水深火热之中，你要奋起反抗才能翻身农奴把歌唱。”孟雨涛戏谑道。

“我叫苦了吗？我叫冤了吗？没有啊。”谭立闻装着委屈的模样站起来申辩道，然后心态极好地说，“再说了，这点苦这点累算不了什么。展望明天，我还是乐观的，相信生活一定比蜜甜。”接着他唱了起来：“总有那么一天，总要那么一天……”

他的又说又唱把大家乐得哈哈大笑。

“哎呀，谭立闻，我算是服你了！世界上太难找到你这样一个好男人了，你老婆有福气哩。”周兮倩止住笑后，一本正经地夸奖道。

孟雨涛听了心里直发笑：“妈哟喂，幸好他这样的男人不要说打起灯笼难找，就是用放大镜、显微镜也找不出几个来，要是个个男人都像他这样去当好男人，这世界不是乱套了吗？”于是他不屑地说：“我一辈子也不想成为这样的好男人。”

“小涛你别太自负了，有些方面你还是要向谭哥学习，等你成了家就知道了。”周兮倩认真地对不以为然的孟雨涛说。

提起温水瓶掺水的王老也说：“生活嘛就是苦中有乐，‘谭虾虾’已深谙个中滋味，达到了境界，令人佩服。”

谭立闻听了周兮倩、王老的一番奉承话，心里十分受用，大有扬眉吐气之感，不由得有些飘飘然，他乐滋滋地品了口茶，接着数落起孟雨涛：“他娃娃还嫩，不曾经沧海哪懂得起生活哦。”

“没有对喔，刚才矛头还对着‘谭虾虾’，咋个风向一下就变了，你们不要转移斗争大方向。”孟雨涛大呼起来。

他有点不明白了，也就春节放了几天假，这期间国际国内又没发生什么大事，世界还是原来的世界，怎么上班第一天，编辑部的形势就陡然发生了变化，他们居然与“谭虾虾”站在了同一条阵线上讨伐自己，这不是西风压倒东风了吗？

“没想到吧，不是啥子事大家都和你一个鼻孔出气、穿一条裤儿的。”谭立闻说完姿势优雅地吸了口烟，然后徐徐吐出烟雾，他是故意想气气孟雨涛。

春节后第一天上班没多少事，下午，孟雨涛就到柳亮家院坝喝茶。

李三哥蹬着客三轮一进院坝，孟雨涛就与他打招呼：“咋个今天这么早就收工了？是不是钱多得不想挣了？”

“稀饭钱都没挣够，今天生产队要开大会，我必须参加。”李三哥在家门口刹住车，跳下车后郑重其事地说。

孟雨涛笑道：“是不是你犯了啥子错误被老婆抓到了把柄，今天要开家庭批斗会？”

李三哥脖子一昂：“你还不晓得我有好模范嗦？我是回来参加治安防范会的。”

派出所管片民警老林一进院，看见几个院落的居民都到了，就站在黄桷树下开始讲话：“春节过后，目前入室盗窃、抢劫等案件有所抬头，为了加强预防、减少发案，各街道院落必须加强防范工作，为此，派出所要求你们每家都要出一人，大家每天轮流守家护院……”

孟雨涛站在人群后听着，知道林户籍所讲绝非危言耸听。现在的贼娃子是厉害，翻墙入院、溜门撬锁、爬窗入户无所不能，为了防范这些蟊贼，除了加强人防外，什么防盗门、窗户防护栏、院墙上插玻璃块、下水管道缠铁刺等各种技防也纷纷上阵，使住户院落变成了什么重要保护之地似的，每当他看到居民楼安装着铁护栏的窗户，他总觉得很别扭，不由得总要联想到监狱、精神病院、动物园……

林户籍的话音刚落，孟雨涛就听柳亮高声说道：“我家用不着出人，有‘黄虎’代劳就可以了，贼娃子看到它，一个个都要吓得飞叉叉地跑。”

孟雨涛听了不觉暗暗发笑。

这时李三哥也凑热闹地说："啥子喔，你们家有'黄虎'，我们家还有'小花'得，它也能帮我们看院坝，我家也不出人了。"他的这话引得大家哄堂大笑。

"就你家那条懒猫也能守家护院？亏你也说得出来，'小花'连耗子都不敢捉，你还要指望它抓贼，这简直是天大的笑话，贼不把它打来吃了都算放过它了。"柳亮笑着讥讽道。

林户籍也笑呵呵地说："亮娃说的狗能看家护院这还不离谱，李老三，你说你家出猫就是在开黄腔了哈。"院内又响起一阵嬉笑声。

"好了，大家不说笑话了，不管院内哪家有狗还是有猫，反正有一条要求——每天院内要有人负责执勤。"随后林户籍将"治安巡逻员"的红袖导交给唐婆婆："这个院坝你来总负责，下来你和各家商量一下，哪天由哪家出人你们自己安排，我还要到其他院坝做动员。"

唐婆婆随即将红袖导戴在手臂上，高高兴兴地说："我和李大爷闲着几乎不出门，我们就多看些时间。"

"要得，还是唐婆婆好，觉悟高。"柳亮带头拍起了掌。

"亮娃，你原来在单位就是看大门的，现在又闲着没事，干脆你来守这个大院得了。"孟雨涛突然打趣道。

柳亮和众人回过头来看孟雨涛，柳亮笑着埋怨道："大哥，你咋这样说呢？你简直是在害我嘛。"

李三哥在一边兴高采烈地举手叫道："要得，要得！这个决定好！我们坚决拥护！"

林户籍笑着说："亮娃，你这位同学说得没错，你没事就少到外面去晃。"

"林户籍你说到哪去了，你们又不给我发钱，我还要出去挣钱吃饭嘛。"柳亮醒豁豁地说。

林户籍打着哈哈离开院坝，众人也陆续散去。李三哥凑到孟雨涛跟前嘿嘿一笑："今晚搓一下麻将哇？"

"打啥子牌喔，喝酒！"孟雨涛断然地说。

李三哥失望地摇摇头："只晓得喝，酒有啥子喝头嘛？你们啊……"说完无精打采地朝家门口走去。

"这个老几牌臭瘾大。"柳亮看着李三哥的背影嘲笑道，然后转过头对孟雨涛说，"还是喝酒巴适。"

这晚，孟雨涛与柳亮又去吃"桥头火锅"，今天吃客不多，罗茹也就与他俩同桌一起吃喝，摆龙门阵。

"罗姐，还是你们重庆人厉害，全成都的火锅几乎都是你们开的，你们跟这火锅味道一样霸道。"孟雨涛夹着鸭肠在翻滚的锅里边烫边说。

"老板娘，你天天吃票子，吃欢了。"柳亮羡慕地说。

"吃啥子欢喔，你不晓得我们挣点钱好辛苦，起早贪黑不说，今天要给那个税，明天要给那个税，一年下来不晓得要给好多人税。"罗茹一本正经地诉说生意上的难处。

孟雨涛听了不禁笑了，罗茹愣了下，突然明白他将"税"往那方面的事上扯了，她非但不生气反而喜笑颜开地说："喔哟，看不出你这个文化人心里还是嘿那个的嘛。"

柳亮没反应过来，憨憨地问："啥子嘿那个的喔？"

孟雨涛、罗茹看他这样子又笑了。罗茹是见过场面的人，她故意做出妩媚样，两眼放电地盯着柳亮，声音娇气地说："你是真的不懂还是明知故问？你想不想那个嘛？"说完嗤嗤地笑出声来。

面对故意挑逗、大胆火辣的罗茹，柳亮一脸窘样："楞个啥子喔。"

孟雨涛笑着对罗茹说："你还嫩着啦，你就别再对他抛媚眼，卖弄风情了，不然他会来电的。"

罗茹笑了，她端起一杯啤酒敬孟雨涛、柳亮，她一口喝下后还将玻璃杯倒竖下来以示绝没留一滴酒。见他俩也豪爽地干了，已面如桃花的她又拿起酒瓶，一边给他俩斟酒一边说："你们两个和我们重庆人性格一样，嘿耿直，和你们喝酒聊天嘿有趣。”

这话柳亮爱听，他颇为自得地说：“那是喔，我们成都人从来就不假打。”

“但还是有假打的，我就遇到过这种人。”罗茹接着摆了起来，“有天，两个衣服都没穿伸抖的男人来吃火锅，刚坐到，其中一人假眉假眼地问我：‘有没有鲜海虾、螃蟹……’你说我这小店咋有这些嘛。看他那样子就晓得是在绷面子、冒皮皮，总之之假，假得不得了。”提起这事，罗琼仍露出鄙夷的神情。

孟雨涛呵呵笑了，他知道社会上是有假绷的人，如吃碗面、喝碗稀饭也要高声喊道：老板，拿根牙签之类，他也看不起这样的人，但他嘴里却这样说：“人不可貌相，海水不可斗量。”

罗茹以为孟雨涛在说她瞎编，忙又说：“我绝对没看错人，结账时这人就现抖摆了，掏出了身上所有的钱都不够，还装出惊慌的神情连说：‘糟了，我的钱呢、我的钱呢？’结果还是另一人将不够的钱补上才算了事。你说这样的人假不假打？”

孟雨涛乐了：“真想采访一下那人当时是咋个想的。”

“不提这些没意思的人了，他们简直把我们成都男人的脸都丢到南河了，我们喝酒、喝酒！”柳亮端起酒杯不屑地说。

孟雨涛想了想说：“其实假打不只是男人，女人假起来也不是一般化的凶，是逢场作戏的高手喔。”

“老板娘结账！”有桌人吃完后，一个戴眼镜的男子大声喊道。罗茹走过去对着菜单用计算器报出收费时，那眼镜不信似的又拿着菜单自己算了好半天，见账没算错，他又提出要打折。

罗茹态度和蔼地解释道：“我们店小利润薄，从不打折，请原谅。”

那眼镜不高兴地说：“我们在这点了这么多菜，一点折都不打就太说不过去了，你还想不想我们以后再来消费喔。”

罗茹对这类自以为是的吃客最反感，她收敛笑容正色道：“来不来随你们，反正今天钱是不能少的。”

见罗茹不给一点面子，这桌人中的另一人骂骂咧咧道：“就你这破店还摆个锤子谱，你会不会做生意？”

“你不要骂怪话哈！”罗茹瞪了那人一眼，将双手抄在胸前，面若冰霜地站在桌旁等他们付钱。

眼镜男子绷着脸、气呼呼地说：“算了，以后再不到这个破地方吃了！”说完话从包里掏出钱数了数后，一把将钱摔给罗茹，钱顿时散落在地上，他随后起身对同桌人说：“走！”

“站住！”深感受辱的罗茹被他的这一举动激怒了，她再也控制不住情绪地大声喝道，“把钱捡起来！”

但那几人毫不理会地朝店门走去，没想到却被手提啤酒瓶的柳亮挡住了去路，柳亮怒目圆睁地指着眼镜男子吼道：“把钱给老子捡起来！”

孟雨涛也按捺不住愤怒地站在一旁，厉声说道：“不捡起来，今天是走不了路的！”

那几人愣住了，他们显然被这两个人的气势震慑住了，那眼镜男子见势不妙，赶紧乖乖地折回去，弯腰将钱捡起来并交给罗茹，还怯怯地说：“对不起，今天酒喝多了。”

柳亮仍怒气不消：“还不给老子提起裤儿爬，消失得越远越好，不要让老子再碰到你们！”那几人大气不敢出地慌忙出了火锅店。

“哎，楞个又遇到这种人了，我还以为今天又要干一架。”罗茹叹口气说，她走到孟雨涛、柳亮身边，感激地说：“幸亏你们出面为我扎场子，要不然还不晓得咋个收场。”

孟雨涛愤愤地说：“我最看不惯这样的人，还是亮娃把他们吓到了。”

罗茹感激地说：“上次也全靠你们为我出气、给我撑起，你们真的够义气。”

“那是喔，我们都是有正义感的血性男人，今天遇到这种人还是有些遗憾，让你又看到了我们成都男人的阴暗面，但这只是极个别的哈。”孟雨涛飘飘然地说。

“我今天算是脾气好的喽，要是他再敢嘴嚼一句，我立马叫他脑壳开花!”柳亮也得意地说，随后吼了起来，“咿儿呀喔咿儿哟，路见不平一声吼，该出手时就出手……”

罗茹用肘碰了碰柳亮的手臂，夸奖道：“梁山泊好汉，你可以喔。”

“他是哪个你还不晓得？他是南门一带红透半边天的柳一霸!”孟雨涛笑道，接着夸张地吹捧柳亮，“哪个惹到他那简直就是找死，下场个个都很惨，你去附近的骨科医院看看，那些吊胳膊跛腿的人，哪个不是被柳一霸打的。”

罗茹听得哈哈大笑，柳亮则嘿嘿一笑把酒喝了。

这晚孟雨涛、柳亮喝了很多酒，桌下摆放着二十多个空酒瓶。结账时，罗茹只象征性地收了点钱，孟雨涛虽然有点醉了，但他还是觉得钱没算对，他醉醺醺地说：“把菜、菜单拿来……我要核实、核实清楚……”

罗茹哄他：“没必要算了，真的就这么多。”

“绝对不行！我们可不是那、那种人……”孟雨涛不依不饶地说。

看见他俩一直为付款的事拉拉扯扯、争执不休，柳亮说：“罗姐，你别争了，就按我大哥说的办。”

罗茹这才依了孟雨涛，但收钱时还是不住地说：“这唧个好意思嘛……”

离开火锅店，孟雨涛、柳亮歪歪倒倒地回到黑漆漆的金沙坝院内。孟雨涛骑车要走时，柳亮喘着浓浓的酒气说：“这么晚了，你还骑、骑马儿回去啊？就在我这睡算了。”

孟雨涛想了想，同意了。当晚他和柳亮睡在外屋的同一张床上。虽然喝了酒，但孟雨涛毫无睡意，他本想同柳亮再摆摆龙门阵，可这家伙一沾床就来了瞌睡，不一会儿就发出重重的鼾声，扰得孟雨涛过了很久才迷迷糊糊睡着了。

寂然无声的院内，一个黑影悄然地出现在柳亮家门外，他耳贴着木门，听见屋里的鼾声后，从衣内掏出工具开始撬锁，声音虽然不大，但哪里躲得过“黄虎”的耳朵，它闻声后立即大声狂叫不止地从门旁的窝里快速窜了出来，吓得那贼心惊胆战、慌不择路地就往河边跑，“黄虎”狂叫着穷追不舍。

屋外“黄虎”的狂叫声将孟雨涛猛然惊醒，随即他听到外面响起急促的脚步声。

“有贼！”孟雨涛心里一惊，迅速起身并将身边还在酣睡的柳亮摇醒。柳亮一听有贼，睡意顿消地拉亮了电灯，两人迅疾穿衣起床，拿上手电筒就冲出门去，柳亮用手电筒四处照着院内，并大声喊道：“大家快出来抓贼！”

河边传来“黄虎”的叫声。孟雨涛对柳亮说：“贼往河边跑了，我们快追！”

这时，院内各家的电灯都亮了，人们纷纷出屋查看，李三哥披着棉大衣、手里攥着一把扫帚站在门口，如临大敌，惊慌问道：“贼在哪？”

“在河边！”孟雨涛说完就和柳亮率先奔向河边，人们纷纷跟随而去。

在手电筒的照射下，只见在离院坝不远的河床上，贼已跌倒在地，“黄虎”在他身边蹦跳着、狂吠着，那贼手舞脚蹬地防着“黄虎”扑上来撕咬。

孟雨涛、柳亮等人跑过去后，愤怒地对贼拳打脚踢。临河的住户被河边群情激愤的喧哗声惊醒了，一家家的窗户很快亮了灯，他们纷纷打开窗子观望，有的还高叫着：“打、打！朝死里打！”

在柳亮父亲等人的劝阻下，孟雨涛、柳亮等人这才收住手脚。

“把他扭送到派出所去！”人群里响起这样的声音。

孟雨涛、柳亮一人扭住贼的一只胳膊，将他从地上拖起来，然后在人群的簇拥下，把贼押往派出所……

第二天下午，林户籍来到院内高兴地告诉大家：“经审讯，你们抓到的那个贼是个惯偷，派出所为此破获了几起入室盗窃案件。

我代表派出所，向参加捉贼的居民表示感谢。”他接着对柳亮说：“‘黄虎’也是立了功的，看来它是守家护院的好手。”

“我就说我家‘黄虎’能守院坝嘛，李三哥，捉贼时你家‘小花’在哪喔？它是不是又跑出去交配去了？你这条猫只晓得半夜发情叫春，晚上叫得老子觉都睡不着，几次老子都恨不得把它宰球了。”柳亮得意地取笑道。

李三哥听了非但没有生气，还笑呵呵地说：“它这次表现是差了点，下次看它表现哈，林户籍，我们抓到了贼就口头上表扬，没得那个物质上的……”他边说边还搓动着大拇指和食指。

“就是，应该还是有点表示表示。”柳亮附和着说。

“这个嘛，所上暂时还没考虑，不过你们也不要眼睛只盯到钱对不对？这次主要是‘黄虎’立的功，你看人家提啥子要求没有嘛，你们咋个还没它觉悟高呢。”林户籍看着趴在地上睡觉的“黄虎”打着哈哈。

孟雨涛后来听柳亮说了此事后，他调侃道：“没有物质上的奖励，至少也应该给你们院坝发个‘人防狗防先进院落’的牌牌挂起噻。”

孟雨涛正在编辑部埋头看稿，大门收发室李大爷走到院内高声喊道：“孟雨涛，外面有人找！”

“让他进来噻，来的又不是哪个大脑壳和外国友人，我就不亲自出来迎接了。”孟雨涛起身向着窗外笑嘻嘻地说，把大家逗笑了。

孟雨涛坐下来说：“本来就是嘛，我们这又不是安保重地，还通报个球喔。”他根本没在意是谁来找自己，所以仍坐在那儿等候着来人。

但门口那人一出现，他惊讶地一下站了起来：“妹儿，你怎么来了？”

在室内众人的注视下，柳雪略带羞涩地站在门口，有些怯怯地说：“我从这儿路过，顺便给你带点东西。”

“小涛，你让妹儿站在门口干啥？还不请她进来坐。”周兮倩看见孟雨涛没有什么表示，一边责怪道一边走到门口，她亲热地搂着柳雪的双肩端详着，看得柳雪脸上微微发红、有点不好意思起来。

“来，在这儿坐。”周兮倩热情地拉着柳雪的手，将她引到茶几后的沙发上坐下。

柳雪赧颜一笑地说：“谢谢大姐。”

“嘿，小涛，你还像木头桩傻站着干啥？还不过来接待客人。”周兮倩朝孟雨涛眨眨眼，并意味深长地笑了笑。

“就是嘛，咋个这么不懂事呢。”谭立闻也假装老练地训起孟雨涛。

我的妈哟，你们都想远了，哪是那回事嘛，孟雨涛知道他们误会了他和柳雪的关系，忙回过神来走过去，对大家坦然地介绍道：“她叫柳雪，是我好同学的妹妹。”

柳雪又站起来，很有礼貌地朝大家点点头，孟雨涛又将编辑部各位介绍给柳雪，她又恭敬地逐个叫声“老师好”。

看她这略带紧张拘束的模样，孟雨涛暗暗想笑，这个妹儿平常开朗活泼得很嘛，咋个今天变得这样拘谨了。

周兮倩又是给柳雪倒水，又是将橘子剥了皮递到柳雪手中。

见谭立闻紧盯着柳雪看，周兮倩打趣道：“别看得人家妹子不好意思，没见过这么漂亮的姑娘似的，该干啥就干啥去。”

谭立闻只得尴尬地笑笑回过头去。

对柳雪的到来，孟雨涛还真感突然，一时不知说啥子好，也完全没了平常那种嬉笑怒骂皆自然的随和，只得装着很轻松的样子，问她最近在忙啥、柳亮又在做啥之类的事。

柳雪一一轻言细语作答，她环顾着编辑部室内后低声说：“你们这好有文化氛围喔。”

坐了会儿，她从背包里掏出一大包茶叶放在茶几上：“这是我爸托我带给你的。”

她随后说自己还有事要走了，便站起身来，向周兮倩等人说了句“老师再见”，就忙着往外走，孟雨涛也陪她走出编辑部。

一出门，孟雨涛长出了一口气说：“怪了，刚才在屋里我怎么有点不自在。”

柳雪瞅瞅他，深有同感地说：“我也是。”

孟雨涛笑了笑说：“我送你到大门口。”

谭立闻站在窗前望着他俩走出四合院，扭头对站在门口的周兮倩说：“这老弟谙得深喔，居然还有这么一个同学的妹妹，怪不得与前女朋友拜拜了，他也不当回事。”

周兮倩生气地瞟了谭立闻一眼：“甭胡说，你知道个啥！”

谭立闻只得耸耸肩不再开腔。

“等他回来，让他好好交代交代。”周兮倩面带喜色地说，她望望茶几上的那包茶叶，然后深有感触地说，“那姑娘很喜欢雨涛，你们觉得呢？”

“我一眼就看出来了，这些事哪逃得过我的眼睛。”谭立闻马上又活跃起来。

出了杂志社大门，孟雨涛完全变成了另外一个人，他指着柳雪的鼻尖说：“老实说，今天怎么想起来这里？那茶叶也不是你爸送我的是不是？”

“是又怎样？不是又这样？”柳雪也没了刚才的拘谨，昂着头调皮地回答。

“嘿，你可以喔，居然送礼上门，你来肯定是有目的。”

柳雪笑盈盈地说：“当然别有用心了。”

“你这套也太露骨了嘛，让我很不适应，我可是无功不受禄的人喔。”孟雨涛大大咧咧地说。

“你不高兴我来？那我把茶叶拿走。”柳雪扶着自行车车把装着生气的样子，眼睛紧紧盯着孟雨涛。

“咋个会不高兴呢，有这么漂亮、懂礼貌的妹儿来我们简陋的编辑部，那简直是给我长了脸，你没看到那个‘谭虾虾’看你是啥子眼神，完全就像一条刚从深山野林里出来的饿狼，恨不得一口把你吃了。”孟雨涛夸张地说。

他从柳雪的眼里感到了一种不同以往的神情，这目光让他有些心虚，他赶忙将目光移向别处。

柳雪淡淡一笑：“我没你说的这么好。”然后像做错了什么事似的低声说，“本来我只想在门口将东西交给你就走，可门卫大爷要我进来，我想进来看看你上班也好，没想到他们这么热情，让人感到怪难为情的……”

“嗨，这有什么不好意思的，不过他们是有点反应过敏、热情过度，以为你是……”孟雨涛说到这顿住了，因为他看见柳雪的脸倏地红了，他真后悔不该这样说。

沉寂了会儿，柳雪抬头看着孟雨涛说：“那位周大姐真好，人也漂亮，看得出她对你很好喔。”

“那当然，她一直像亲姐姐那样关心我，真的是个难得遇到的好大姐。”孟雨涛充满感情地说。

“虽然第一次见面，我也很喜欢她。”柳雪坦然地说，她朝他笑笑，“外面冷，你回去吧。我得走了。”

她刚要骑上自行车，突然又站住了：“喔，还有一件事，我哥正式失业不去上班了，他现在闲得太无聊，哥，你有空时去教育教育那蒙头蒙脑的家伙。”

虽然早就听柳亮说毛纺厂要垮杆了，但孟雨涛没想到这么快。

他立即说：“行，今天我就去找他。”

柳雪这才向他挥挥手，骑上自行车后她头也不回地向前快速骑去。

望着柳雪的背影，孟雨涛突然大声喊道：“骑慢点，注意安全!”

柳雪没回头，只是抬起左手挥了挥。

直到柳雪的身影消失在巷口，孟雨涛才转身回杂志社。

他觉得今天柳雪的行为有些奇怪，也隐隐约约意识到了什么，但他又摇摇头予以否定，并告诫自己不要往那方面想。但有一点毋庸置疑，那就是编辑部的人肯定认为柳雪是我的女朋友，回去后他们一定会咬住不放地刨根问底，管他们咋个想咋个说，反正不是这回事。

他心里已做了坦然应付的准备，神情自然地进了编辑部。

“她走了？人家第一次来看你，咋个也该留人家吃了饭才走噻。”谭立闻装着关心的样子对孟雨涛说。

周兮倩略带遗憾地说：“这个妹子很可爱，我也真想和她多聊聊，没想到才坐了一会儿就走了。小涛，以后有机会让她多来编辑部喔。”

孟雨涛“嗯嗯”地搪塞着。

孟雨涛坐在办公桌前，静静地开始想着柳亮失业的事，他不禁又思绪万千起来，成都东郊是国营大企业云集之地，很多年前能进那里的单位上班，那走起路来都是抬头挺胸的，工人阶级老大哥嘛。水碾河街心花园有个大型雕塑——在一个巨大的圆圈上站着一个男工人、坐着一个女工人，他们都昂首挺胸望着前方，这是当年工人老大哥无比自豪的象征。

真是时过境迁喔，这些曾经自豪无比的工人阶级哟，难道现在真的成了人们戏说的那个雕塑——“工人阶级等于零”了？想到如今黄天伟的春风得意以及柳亮的无所事事，孟雨涛心生感慨：同样是人同样是变，但变的结果迥然不同，有的摇身一变柳暗花明前程似锦，有的则是山穷水尽前程渺茫。哎，就不知柳亮这一变等待他的会是什么，这家伙失业了，真该好好想想以后的路该咋走。嗯，是该给他讲讲什么事物都有两面性、坏事变好事以及“树挪死人挪活”、车到山前必有路、条条大路通罗马等道理了。

在柳亮家院坝的河边，孟雨涛与柳亮有了一次难得的比较正规的谈话。

“现在失业了，你有啥子打算？”

“还不晓得，先耍段时间再说。”柳亮漫不经心地说。

“长期耍下去可不是办法，找好一点的单位上班不可能，你可以先找街道办安排工作嘛。”

“算了，他们安排的不是守自行车就是去扫马路，哪个去做这些事喔。”柳亮轻飘飘地说完吸了一口烟，然后抬头吐出了一个大烟圈。

“你上班时还不是看大门，没多大区别。”

“反正不想再去找打工上班的活路了。”柳亮抬起双臂做了个扩胸动作。

孟雨涛发现他的心情比自己还好，根本用不着去开导去安慰：“咦，你娃娃没得工作了，咋还这么开心呢？”

柳亮笑嘻嘻地说：“这算个鸟事，我早就想离开那个破厂了，钱又拿不了几个，每天还瓜兮兮地守大门，简直就是浪费时间，耽误我的发展嘛。”

看他说得如此轻松洒脱，孟雨涛感到好笑地问：“我倒要看你咋个发展。”

“想办法挣大钱噻。”

见他说得轻巧，孟雨涛笑了：“去贩毒、抢银行？”

“这些事我是不会去干的，现在只有做生意钱来得快，你看有钱人哪个不是靠做生意发起来的。”

孟雨涛这才明白他竟怀有如此大的抱负，看来他是幻想乘此来个华丽转身、来个脱胎换骨。虽然前面的道路还一片迷茫，但他思变的心已蠢蠢欲动、显露无遗了。

但他是经商做生意的料吗？他是怎样一个人，孟雨涛太清楚不过了。想起黄天伟前几天给他讲的生意场上的明争暗斗、竞争激烈，不禁又为柳亮生起忧来，虽然求变思进是应该的，但他不能看到别人挣了钱就头脑发热，不掂量掂量自己有几斤几两就野心勃勃、异想天开嘛。

孟雨涛开始给他发热的头脑泼冷水：“虽然目前下海经商大潮汹涌，许多人白天晚上都做着早日发财的美梦，但不是人人都能淘到金发到财的，做生意不是说起来这么容易的，要看清自己的打米碗能装几斤几两。”

“你也不要把做生意看得好那个。”柳亮显然不服孟雨涛的说法。

“关键是看你做啥子生意，我劝你心一下还是不要太肿，万丈高楼平地起，你也要一步一步来噻。你邻居孙大哥俩夫妇不是也下岗了，人家白天去打工，晚上到街上卖‘鬼饮食’，还不是照样挣钱供娃娃上学读书，生活还不是照样过嘛。”

“啥子呢？你要我也半夜三更去摆摊摊卖面条、卖卤菜？”柳亮惊异地瞪大了眼，他不屑地又说，“你咋不说让我去擦皮鞋、卖报子、收破烂呢？我才不会丢人现眼地去挣这些渣渣钱。这个社会就是撑死胆大的、饿死胆小的，你不去闯，钱咋个跑进你的腰包，你也不要小看我。”

对柳亮表露出的自负，孟雨涛继续给他泼冷水降温：“你好好想想你能做啥子生意？你以为一天到晚有人喊你‘柳总、柳总’，你心里才舒泰、脸上才洋盘哇？我劝你不要一时心血来潮地去想做啥子生意，你这点补贴钱来之不易，不要喔嗬一下就打倒了，不要说我打击你——像你这样无学历无技术无关系的‘三无’人员，现在要找一个比较满意的工作都难得很呐，哎，上学时我喊你认真读书呢，你偏不听，一天只晓得抽牛牛、滚铁环、斗鸡、跳拱、打雀雀耍，现在你是要知识没知识、要文化没文化，我看你现在、将来还能干啥子，就是去守厕所你也没这本事，因为你拿不到承包权嘛。”

柳亮心有不甘地发泄道：“大哥，我们小时候都晓得有钱人大不同、身上穿的是灯草绒，脚一踢华达呢，手一捞金手表……现在你看看有钱人过的是啥子生活，就该他们拽、他们牛嗦？我们虽然没得啥子本事，但胆子还是有的，只要有胆子，总有咸鱼翻身的时候，不然这世道还让不让我们这些人活了？人家吃大鱼大肉，我们吃点小鱼小虾总可以噻。”

吔，这娃娃给我说这些，大有燕雀焉知鸿鹄之志的意味嘛。孟雨涛觉得柳亮说的也不是完全没道理，现在这个社会有些人整起钱来心之黑、胆子之大，一夜之间就成了暴发户，一个个活得人模人样的。

但他太了解柳亮是啥子人了，所以不能怂恿他放开胆子去挣钱，也不能助长他的勃勃野心。孟雨涛于是又耐心开导道："虽然王侯将相没有种乎，但还得看钱与你我两个有没得缘，这就跟要女朋友一个道理，啥子东西不要去强求，强求结果往往只能头破血流，说到底就是别把钱看得过重，钱是啥子？纸嘛，你我现在没得啥子钱，但过得还是相当有滋有味嘛。"

柳亮闷闷地想了会儿，硬邦邦地说："到时再看。"

"哥，你就该好好劝劝他，这几天他头脑发热得很。"柳雪从屋里走出来对孟雨涛说。

"听见没有？东想西想吃了不长哈。"孟雨涛再次提醒柳亮。

"汪、汪、汪……"趴在黄桷树下的"黄虎"突然起身望着河面叫了起来，随后敏捷地奔下河床。

孟雨涛、柳亮、柳雪闻声望去，一个老头穿着橡胶防水连背裤，在淹至大腿的河水里从上游缓缓走过来，手里还拖着撒网，他周围的水面泛起大片污泥浊水……

"宋老头，今天网了好多鱼？"柳亮走到岸边大声问道。

"亮娃你吼个铲铲！"宋老头没捞到啥子鱼，心里正毛焦火辣。

宋老头收网走上河床时，柳亮赶忙跑过去看这一网的收获。

在宋老头仔细清理完渔网中打捞上来的战果后，柳亮哈哈大笑："哦哟，我以为网了条好大的鱼，原来捞了个破痰盂，今天晚上你可以把这个痰盂拿来红烧或清炖，用它下酒味道肯定不摆了，哈哈哈……"

"狗日的亮娃，你看老子笑话嗦？你娃娃更可笑，半夜三更居然挖河寻宝，哈哈哈……笑死我了。"宋老头也开怀大笑起来，随后他一脚将痰盂踢进河里，将渔网搭在胳膊上又慢慢朝河里走去，他还不忘回头再挖苦柳亮几句："你娃娃挖出金子银子的时候，要分给我一些哈，这还是我给你透露的秘密喔，哈哈哈……”

看着宋老头嘲笑的样子，柳亮气得恨不能追上去给他几坨子，但人家已下到了水里，他只能站在水边对着宋老头骂道：“你挨挨、大炮台！”

“黄虎”也像要替主人出气似的，对着站在水里的宋老头大声叫着。

听到他们的对话，站在岸边的孟雨涛迷惑不解地问身边的柳雪：“你哥挖河寻宝是怎么回事？”

“这事啊……”柳雪刚开口就先捂嘴笑了起来，止住笑后才给孟雨涛讲了事情的原委。

原来，前几天柳亮和宋老头在茶铺喝茶，宋老头摆起了张献忠撤离成都时，将大批金银财宝沉入南河这个龙门阵。

柳亮听后鬼迷心窍地突发奇想，说不定运气好能挖到这些金银财宝，于是喊上河边街上有些痴呆的莽娃，他俩晚上便拿着锄头、打着手电筒在河床上挖了起来。莽娃虽然脑壳不好用，但力气蛮大，别人喊他干啥就干啥。柳亮给莽娃的酬劳是几支烟、两个馒头。

挖了两个晚上，他俩挖到的不是石头就是泥巴，柳亮这才失望地决定停止这一可笑的举动。第三天晚上，莽娃又兴高采烈地扛着锄头跑到柳亮家里问：“大、大哥，还修不修南河啊？”看着憨兮兮的莽娃，柳亮没好气地说：“修个铲铲！这么大的一个工程，不是你我一两天就能修好的，停工！……”

“哈哈哈……”孟雨涛听后笑得前仰后合，肚皮都笑疼了。

“可笑吧？你说他瓜不瓜？”柳雪望着孟雨涛问道，脸上露出可爱的神情。

“愚不可及！简直太瓜了，瓜完了！”孟雨涛拍着大腿乐不可支地说。

“啥子事这么好笑？你们在说哪个瓜喔？”柳亮走上岸，好奇地看着他俩问道。

孟雨涛和柳雪相视会心一笑，闭嘴不答。

“你们不是在说我吧？”柳亮仿佛想到了什么，他有些底气不足、不自然地摸着头。

孟雨涛又好气又好笑地嘲讽道：“不是说你说哪个？哼，拿把锄头在河里挖宝，这太喜剧太经典了，传出去肯定成为满城笑话……你还有没有脑子啊？你就这么想钱啊？你娃娃简直宝气得有盐有味！”

“那也说不定，要是碰端了运气来了，就这么几铲铲几锄头下去，说不定就来电了呢，我们不就发大了吗？”柳亮还心存幻想、侥幸地争辩道。

“是啊，要是碰端了啥子好事都有你，星星那天也要掉在你脑壳上、银行的钱一晚上全都堆进你的屋、漂亮的女演员起串串地跟到你屁儿后头追……”

孟雨涛一席话把柳亮挖苦得哑口无言、狼狈之极。对此柳雪心里暗暗叫好，也只有孟雨涛敢这样冷嘲热讽训斥他，要是换成别人他早就急了。

“算我瓜对了嘛。”柳亮憨厚地嘿嘿一笑。

“你这个人啊，全成都找得来出几个你这样的奇葩哟。”孟雨涛摇摇头，简直不晓得说啥子好。

第十一章　摆平女记者

这天上午，孟雨涛坐在编辑部里悠闲地翻看《蜀都晚报》，一条社会新闻引起了他的注意，该新闻的主标题是《恶犬敞放惊吓路人　主人不管幸灾乐祸》，副标题是“强烈呼吁有关部门管管这样的恶犬”。

文中这样写道：“昨日下午，记者一进柳荫街金沙坝小院，一条黄色猛犬突然狂吠着朝记者扑来，那凶恶模样让人胆战心惊、不知所措。好在那犬在记者前面一米多远处站住了，但它仍张着血盆大口发出狂叫。就在记者进退不得，不知如何是好之时，一个凶悍的小伙子从屋里出来，他不但不将狗喊走，反而在一旁幸灾乐祸地开怀大笑。幸好这时一个婆婆出来才将恶犬唤到一边……”

“这分明写的是亮娃和‘黄虎’嘛，哈哈，这两个家伙居然上报了。”

孟雨涛乐了，他继续津津有味地看下去，新闻的最后写道：“经记者了解，那个以此取乐的小伙子就是这条恶狗的主人。据街坊邻居介绍，这只恶犬经常随主人招摇过市，令路人无不为之提心吊胆。对这样的恶犬和狗主人，强烈希望有关部门出面管一管。本报将对此继续予以关注。”

看完报道，孟雨涛不再乐了，唉，你这个“黄虎”虽然刚抓了贼，也不能这么快就翘尾巴、犯错误噻，尤其是这个闷墩亮娃更是太嚣张了，简直如同旧社会可恨之极的地主恶霸的狗腿子。气过之后，他知道此事既然见报曝光，肯定会引起有关部门的重视。他深知柳亮爱狗如命及其火暴脾性，这事如他处理不好，很有可能还要惹出大麻烦。

想到这里，他再也坐不住了，拿着报纸匆匆去找柳亮。

孟雨涛赶到柳亮家时，这家伙居然若无其事地正在院内开心逗着“黄虎”。

“哎，你还乐在其中呢，知不知道你和‘黄虎’上报了？”孟雨涛将自行车一架生气地问。

“我看了，这有啥子嘛，我才不相信哪个敢动‘黄虎’一根毛!”

柳亮毫不在意地说，随后将手中的苹果扔向河床，同时喊了一声“去!”

“黄虎”听令后迅速地朝落在河床上的苹果奔去……

望着敏捷奔跑的“黄虎”，孟雨涛走到石桌旁坐下，抬起头来问柳亮：“有没有人来过问这事?”

柳亮也坐了下来，大大咧咧地说：“哪个来管这鸟事喔，大哥，你就为这事来的?”

“不为这事还为啥子事？你咋个这么恶劣？狗扑向人家，你把它喊到就是了，你咋个还以此取乐？要是‘黄虎’将人咬到了就真的好耍了。我看你是本性难移，不惹点事出来心里就不爽是不是?”孟雨涛恼怒地对他劈头盖脸一顿斥责。

柳亮嘿嘿一笑不作声。

这时，“黄虎”叼着苹果跑到柳亮面前，抬着头讨好地望着他，柳亮将苹果从“黄虎”嘴里取出后拍拍它：“到河边去耍。”

“黄虎”看出了柳亮心情不好，只得不情愿地走开了。

“那婆娘纯属乱写，‘黄虎’有那么恶吗？写得真可恨，再碰到那婆娘，老子非让‘黄虎’好好咬她几口，咬得她血淋淋的才解恨……”柳亮气呼呼地说。

“这事不怪人家，怪你自己没有管好狗。”孟雨涛生气地驳斥道。

“我说亮娃啊，你就是不懂事，当初你就不该笑人家，我说你呢你还嘴硬，说啥子晓得她是不是个贼喔，可人家是个记者……这下晓得了哇？真是不听老人言、吃亏在眼前。”坐在自家门口的唐婆婆也教训起柳亮来。

“记者又爪子嘛？我不相信见了报，有人敢把‘黄虎’打来吃了。”柳亮嘴硬地说，然后对一脸不悦的孟雨涛笑笑：“大哥不要为这事担心，不会有啥子事。”

“哪个说的没得事？”小院过道口传来洪亮威严的声音。

孟雨涛、柳亮回头一看，原来是派出所林户籍走了进来，他一脸严肃地说：“亮娃，我就是来处理这事的！”

孟雨涛不满地瞪一眼柳亮：“你说的莫得事得嘛。”然后赶忙迎上前给林户籍递烟：“林户籍，这事还用劳你亲自出马啊？”

“我不出马哪个出马？你以为我想管这破事。”林户籍虎着脸说，他朝院内瞅瞅后问：“‘黄虎’呢？”

柳亮：“在河边耍。”

“那好，我给你们说说它的事。”林户籍坐下来抽起烟，缓缓说道，“‘黄虎’还有你亮娃咋个惹的事，你们也清楚，我这里就不说了。那个女记者遭狗吓到后，情绪激动地到派出所反映，要我们管管这事。本来派出所对这事也不以为然，但今天见报了，所领导不得不重视，要我来解决。”

柳亮松了口气地说：“这本来就不算啥子事嘛。”

林户籍正色道：“但你的态度很恶劣，我来就是要批评、教育你的。”

孟雨涛早就对柳亮不以为然的态度有气，见有人来说他正合自己心意，于是在旁不吭声，希望林户籍好好训训这个不知好歹的家伙。

“我又没爪子，是那瓜记者自己闯进了虎窝。”柳亮居然笑嘻嘻地说。

“你就是死鸭不怕开水烫——嘴壳子硬，算了，懒球得说你了，你说狗的事咋整？”林户籍有点不耐烦地直入主题。

“就这样子噻。”柳亮满不在乎地说。

“那咋个可能，你不要以为‘黄虎’抓过贼就不是普通的狗了，它就可以为所欲为了，啊？我的看法是要么把狗弄走要么拴起来养。”

柳亮一听急了：“凭啥子？现在是啥子社会喔，养狗都不准嗦。”

“啥子社会？文明社会、法制社会！”林户籍也来了气，他威胁道，“如你不照着办，我们就要采取强制措施，要么把‘黄虎’拉去收容，要么就地击毙。”

柳亮立即恼怒起来：“哪个敢动一下‘黄虎’，老子和他拼命！”

孟雨涛没想到柳亮竟这样顶撞林户籍，赶忙斥责他怎么这样冲动。

林户籍显然火了，他一下站起来厉声道：“我今天算提醒你，到时你就晓得了，哼！”说完便气冲冲走了。

孟雨涛生气地责怪柳亮：“你与林户籍较啥子劲？真是的！”

“说得凶，吓师兄。他不敢把‘黄虎’爪子的。”柳亮依然不信邪地说。

“有你想的这么简单就好了，我也告诉你，这事不会这么不了了之，那个记者还要做跟踪报道。”孟雨涛发火了，说完不再理睬柳亮。

柳亮过了会儿轻声问：“那你说咋办？”

“赶紧去给林户籍认个错、下个矮桩，无论他咋个说，你都要装老实地听着、不要顶撞。”

“有这必要吗?”柳亮还在犹豫。

“必须去!”孟雨涛不容他多想，拉着他就往派出所走。

见柳亮、孟雨涛进来，林户籍阴着脸，坐在办公桌后置之不理，像没看见他俩似的端起茶杯喝水。

孟雨涛赶紧走过去诚恳地说：“林所长，亮娃刚才不懂事冒犯了你，他来向你认错。”然后向柳亮眨了眨眼。

林户籍依然虎着脸：“我不是所长，不要乱喊。”

孟雨涛说：“但以你的资历和水平，完全够当所长。”

林户籍的脸色一下由阴转晴：“你会开玩笑喔，也会拍马屁。”

这是孟雨涛想要看到的效果，这就对了嘛，拍拍马屁又不费事，人嘛，哪个不喜欢听好听的话，尤其是你去求人办事，下矮桩的时候，必须要把话说得顺听些，只要是说人家好的话，哪怕你把人家屁儿拍肿、高帽子给人家戴得脑壳都顶不住了，这也没得啥子坏处只有好处，拍拍吹吹又不犯法，只要把他拍得高兴、吹得舒服，事情总会好办得多，这招在现实社会中往往能收到立竿见影的效果，你看那些会拍会吹的人，哪个没尝到甜头呢。会说好话是懂事的一个方面，懂事的人往往很会来电，要不然社会上这么多人都晓得这个诀窍——你想做成那件事，就看你懂不懂事了，如果你求人时还不懂事，你去试试，看它会是啥子结果。

他立即又联想到了在原单位目睹的一幕，一个老职工去财务处询问一个事，管这事的是个刚参加工作不久的姑娘，她坐在自己的座位上面无表情地应付着，这时一个副总编也来找她问事，她立即站起身来笑脸相迎、热情解答……不要看这个女娃娃年轻，但人家就相当懂事嘛，后来她还真的很快得到了提拔。

“林户籍，我不该顶撞你。”柳亮愣了半天才挤出这句话。

“就是嘛，林所长是因为工作才不得不这样做，他们一天该做的事忙都忙不过来，你以为他想管这些鸡毛蒜皮的事嗦?这主要是见报了，更大的领导发话了，他就必须要出面处理，不然记者又要找他们的麻烦晓得不?”孟雨涛赶紧接过话茬，这既训斥了柳亮又讨好了林户籍。

孟雨涛的这番话看来起了作用，林户籍的话多了起来：“还是你这位编辑同学明事理，啥子事最主要的是吃个态度，我也是为你好，你还给我雄起个球啊！现在有一说法你晓得不?那就是‘防火、防盗、防记者’，我们都不想去招惹记者。再说了，我也知道‘黄虎’很听话、很通人性，不是一条恶狗，可报纸上这样登了，我们又不能不管是不是?只要你们把报社搞定，让他们不再报道这事，我们也就睁一只眼闭一只眼——懒球得管。”

林户籍表了这样的态，孟雨涛知道下面要做的只能去报社找那个女记者沟通了，对了，那个女记者叫夏婷。

回到金沙坝院内，孟雨涛坐在石桌旁，琢磨该怎样去打通报社这一环节。他知道要与记者过招，必须具备软硬两手，软招就是先向她赔礼道歉，如这招不灵，就来硬的——找出其文中的漏洞变被动为主动。他相信有了这两招，事情应该可以摆平。他又专注地去看报道，推敲其有无失实之处、用词是否妥当等，总之一个目的——挑漏眼。

“你都不晓得看了好多遍了，有啥子好看的嘛。”柳亮在一旁不理解、不耐烦地说。

“你当然不懂了，要想让那个女记者不再纠缠此事，我们必须找到说服她的充足理由。”

“那你找到没有?先说好哈，我是不得去的，要我在一个女娃子面前装孙子一样地认错，我是做不出来的。”柳亮赶忙说。

“哪个要你去，你去只能火上加油、把事情搞得收不了场，现在我们要的是灭火，咋个灭火你晓得啥子喔。”孟雨涛洗刷柳亮。

柳亮愣了愣，忽然冲孟雨涛一笑：“那个女记者有点漂亮，高傲，我看你咋个摆平她。”

“那我更要会会她了，你就看我的本事吧。”孟雨涛胸有成竹地说。

来到《蜀都晚报》报社，孟雨涛打听到夏婷是社会新闻部的记者，于是问到她的办公室后找上门去。

来到一间敞开的办公室门前，屋里一个年轻女人正侧坐在临窗的桌前埋头看稿，其脑后束着粗黑的马尾辫发型，随着她头的轻微晃动，这束头发像松鼠的尾巴俏皮地摆来摆去。

“松尾！”孟雨涛猛然冒出这样一个念头。

见她还没察觉到门口有人，为了显示自己有礼貌，他在门口用手指敲了敲门，她这才闻声侧过头望着他问：“你找哪个？”

这时他才看清她的容貌，果然长得还可以。

“请问夏婷记者在不在？”孟雨涛微笑着问。

“我就是。你是——”她站起身来问道。

这下孟雨涛又看到了她丰满匀称的身材，他暗暗一想，果如柳亮所言。

“喔，你就是夏婷、夏记者，我是你的读者，我想向你反映点情况。”孟雨涛站在门口晃了晃手中的报纸。

“那请进来谈。”夏婷微露笑容走过来热情地说，并请孟雨涛在一张单人沙发上坐下，然后搬过一把椅子在他面前也坐了下来。

“我叫孟雨涛，你的忠实读者。是这样的——”孟雨涛将手中的报纸展开，指着她写的那篇新闻报道奉承起来，“你的这篇报道写得太好了，完全反映了我们读者的心声。”

“过奖了，谢谢。”夏婷露齿一笑，接着又说，“是啊，我们也接到了一些读者打来的电话，都说就是要好好管管这样的恶狗和缺乏道德的狗主人。”

孟雨涛暗想：“看来他们要借这事大做文章了，如真是这样，摆平此事的难度就大了。”

虽然感到情况不妙，但他还是假装深有同感地不断点头：“是吗？那太好了，就是该这样。”

“你也遇到过类似的事？”夏婷感兴趣地问，随后起身到桌前拿起采访本和笔，“你说说看。”她面带笑意地望着孟雨涛准备记录。

嗨，我怎么成了采访对象，我来这又不是给你提供报道素材的，“松尾”啊，你真会抓住线索不松手。

孟雨涛对此哭笑不得，事已至此，他不得不讲明来意。

“是这样的，夏记者——”他顿了顿说，“我是你报道的那个恶狗主人的同学、好朋友，我今天来是替他向你赔罪道歉的。”

“哦，是这样？”夏婷惊异地看着他，失望地合上摊开在大腿上的采访本，“那他怎么不自己来？这又不关你的事。”

她有些不悦地边说边起身坐到办公桌前，目不斜视地将笔不停地轻轻敲着桌面。

这个“松尾”不高兴了，但我必须要和她套近乎。

孟雨涛已无退路，只得硬着头皮走到她对面的桌前，态度诚恳地说：“夏记者，对你受到的惊吓和被人看笑话，我也很愤怒，这样的人实在太恶劣、太可恨，不过也情有可原……”

“还情有可原？你……”夏婷有些恼怒地看着孟雨涛。

“唉，”孟雨涛长叹一声后，装着难以启齿状地开始编故事，“给你说老实话，我那位同学这里有点问题——”他用手指指着自己的太阳穴。

见她露出惊讶的神色，他又装出很难过的样子继续说：“他这人还真可怜，真令人同情呐，他原来是个很有正义感、很有善心的一个人，哪晓得祸不单行，几年前他母亲不幸病逝，这个孝子哀伤得死去活来，就这样，他伤心得脑壳也出了点毛病，居然成了这样的人……唉，真是可怜、可惜了……”

“是吗？我没想到他是这么不幸的人。”夏婷显然被他的讲述打动了，她静默地思忖着喃喃自语，“他看上去不像精神有问题呀？”

从她明显转变的表情上，孟雨涛看出她是个有同情心、心软的一个人，赶紧趁热打铁：“是啊，表面上有时看不出来。”

他在她对面的椅子上坐下来接着说：“这家伙从小就喜欢狗，他从外要来‘黄虎’，哦，就是那条恶狗，那时‘黄虎’还是幼崽，刚抱回家的那个晚上，这狗叫得那个凄惨啊，简直令人动容、叫得让人无法入睡。他父亲发怒了，要他将狗放到屋外去。可那时正是寒冷的冬天，他怕狗冻死，怎么也不这样做，还将狗抱到床上与他一起睡。见他这样倔，他父亲也没办法，结果这晚一家人都被狗叫弄得没睡好觉。”

“喔，他这样爱狗啊。”夏婷柔声地发出感慨。

“爱，简直不是一般化的爱，狗就像他的命一样，在他精心喂养下，‘黄虎’就长成了今天这样一条大狗，它与主人的感情深得简直无法形容。”孟雨涛讲完后注意观察她的反应，并盘算着下一步怎么说。

夏婷沉思了会儿说：“即使这样，他也应该把狗看管好嘛，如果咬伤了人那多不好。”

“说得对！我也为此这样说过他多次，可他这人脑壳有点毛病、人也犟得很，实在拿他没办法。”孟雨涛无可奈何地摇摇头，然后强调道，“不过‘黄虎’很听话、很通人性，从没乱咬过人，它只吓唬坏人，不吓唬好人。”

“嗯？依你这样说，它是一条好狗，我倒成了坏人了？”夏婷眉毛一扬，不满地问道。

“绝对不是这意思，误会！误会！都怪我说话用词不当，得罪得罪。”孟雨涛赶紧用手拍打着嘴。

见他那副样子，夏婷“扑哧”一下笑出声来。

她微张嘴唇露出洁白整齐的牙齿，孟雨涛觉得她笑起来的模样很好看，也觉得这个“松尾”很单纯、随和、可爱。他没想到她这么快就被自己的谎言打动了，看来还是年轻啊。

接着，他又给她讲了“黄虎”菜市场和河边半夜抓贼的事。

夏婷睁大眼睛入神地听完后埋怨似的说：“咳，这么精彩的新闻，你怎么不告诉我呢？”

“唵？”孟雨涛张大了嘴巴，没想到她竟这样说，忙笑道：“我们这不才认识嘛。”

夏婷也一下意识到自己一时心急说了不该说的话，不好意思地笑笑："看我把这事搞忘了，对不起了喔。"

"不存在，我们要是早认识就好了。"孟雨涛说的是真心话。

"我也有同感。"夏婷毫不掩饰地表露心思，虽然初次见面，但她觉得眼前这个人很有趣。

这"松尾"还挺大方直爽，一点都不扭扭捏捏、不装腔作势，看来好结交。孟雨涛心里这样评判夏婷。

铺垫了这么多，时机已成熟，该说最关键的问题了。想到这里，他以开玩笑的口吻说："你说，像'黄虎'这样见义勇为、守家护院的好狗，该不该给它戴大红花进行表彰？"

"该。"夏婷笑着脱口而出。

"那它就不是一条恶犬了？"孟雨涛笑着问道。

"好啊，你说了怎么多，原来最终目的是来为狗平反翻案啊？"夏婷这才明白上了他的圈套。

孟雨涛赶紧表态："没这回事，绝对没得，你做得一点没错，狗也没啥错，错的还是我那个没管好狗、让你受惊吓、我那位脑壳有问题的同学，看了你的报道后，我狠狠地骂了他一顿，派出所民警也很重视，见报后也立马去教育了他。他现在已晓得事情的严重性，知道不该幸灾乐祸了，我再次替他向你表示道歉可以了吧？"

"什么叫可以了吧，听起来完全毫无诚心。"夏婷微微抬起头，装着不满地说。

"绝对诚心。"孟雨涛拍着胸大声说。

"你既然找上门，我相信你是诚心的，不过，我们既然说了还要继续报道此事，肯定还得报道，再加上我们接到了不少读者的反映……真的对不起。"她有些为难地说。

听她这样说，孟雨涛心一凉，他有点不乐意了，我给你浪费了这么多表情、这么多口舌，居然还是这个结果，你也太不够意思了嘛，于是冷冷地说："其实狗咬人更何况还没咬人，这根本算不上新闻，人咬狗才算新闻，这你懂噻，这点大的事，你们这样连篇累牍地报道至于吗？"

“嘿，你才会说呢，难道要把人咬得遍体鳞伤、惨不忍睹、出了人命才算新闻?”夏婷也不给面子地与他争辩起来。

见她情绪激动起来，孟雨涛感到自己刚才不该这样说，于是控制住自己的情绪，赔着笑脸道：“你别激动，算我说错了，好不好?”

夏婷鼓起两腮然后缓缓吐出一口长气，好长时间不作声地侧望着窗外。

“啥事都有合情合理的解决办法嘛，你看这样好不好——”孟雨涛开始耐心地讲了自己的想法，“为了贵报的声誉，后续报道也是应该的，你看这样写行不行?”他略加思索口述起来：“报道刊登后，立即引起了当地派出所和狗主人的高度重视，本报也收到了不少读者的反映。目前，狗主人已向记者表示了诚挚的道歉，并表示要严加看管家犬，保证不再发生惊扰路人的事情发生……怎样？这也完全体现出了你的报道效果。”

“这还要你教我？那我新闻专业算白学了。”夏婷终于忍不住露出了笑容。

“松尾”这个态度就对了嘛，孟雨涛高兴起来忙奉承道：“我也太班门弄斧了，你别跟我一般见识。”

“你是干啥的？咋个对写报道还晓得一些嘛?”夏婷笑吟吟地看着孟雨涛问。

“你先别管我是干啥子的，这样处理你认为行不行吧?”孟雨涛急切地等待她明确的表态。

夏婷咬着下嘴唇，想了想后果断地说：“看在你的面子上，就如你所言。”

“爽快！够朋友!”孟雨涛兴奋地向夏婷竖起了大拇指。

“我们是朋友吗?”夏婷笑着问。

“那当然，一回生二回熟嘛。”

“可你是什么人，我现在一点都不了解呢。”夏婷笑着对孟雨涛说。

“哦，刚才忘了介绍，名字你晓得了，再说一遍——孟雨涛，原来也在市上一家报社当过几年记者，现在在《蜀江文学》当编辑。”

“怪不得，听你说起来一套一套的，原来是同行，还是前辈，你刚才故意捧我是别有用心，你这人够狡猾的。”夏婷笑着责备道。

“我一见面就知道夏记者人不错，善解人意，果然如此，谢谢！谢谢！我就不打扰你工作了，明天一定好好拜读你的大作。”孟雨涛说完起身就要告辞。

“别恭维人了。”夏婷笑着起身说，将孟雨涛送到门口时，她还给了他一张名片，孟雨涛也如此这般。

夏婷叮嘱道：“一定要让你那位同学管好狗哈，说不定我还会去看的哦。”

“放心，随时欢迎你再去视察，保证平安无事。”孟雨涛信誓旦旦地表示。

孟雨涛心情愉快地走出报社大门，在外等得不耐烦的柳亮迎上前问：“咋个说了这么长时间？说好没有？”

孟雨涛打了个响指，得意地说：“我出马有搞不定的事吗？没想到那个‘松尾’这么轻易相信我编的，看来她还是嫩了点。”

“你说她是松尾？”柳亮觉得很奇怪、很好笑，然后感兴趣地问，“你编了些啥子她就听进去了？”

孟雨涛看了眼柳亮，高深莫测地笑道：“以后你就晓得了。”此时他还对自己随机应变编排的故事感到很满意。

回到金沙坝院里，孟雨涛拍着“黄虎”的头说：“我可把你的事摆平了，今后你可不要像那个‘凶神’一样再惹事了。”

柳亮依然怀恨在心、不以为然地说：“会惹啥子事嘛？还不是那个瓜记者多事。”

孟雨涛表情严肃地叮嘱柳亮：“你又嘴硬了？人家才不瓜，瓜的是你，反正今后有人时要看好狗、无人时要拴好狗。人家做的够意思了，我也给她打了保证，如果我们再哄人家就不好了，到时我的面子往哪搁，记到喔。”

柳亮讥笑道：“哦哟，你这么怕她嗦?”

孟雨涛见柳亮这么固执，真想踹他一脚：“不是怕不怕的问题，是信用问题懂不懂?”

“黄虎”仿佛看出了他俩说的话与自己有关，无聊地走到院里的屋边墙脚东闻闻西嗅嗅，李三哥家的“小花”懒洋洋地趴在门前眼睛一睁一闭，一见“黄虎”摇摇摆摆地朝它走近，惊慌得“喵”一声窜进屋去，然后在门槛后面露出个脑袋，两只大眼睛机警地盯着“黄虎”的一举一动，做好了随时开溜的准备。

第二天，《蜀都晚报》又刊登了后续报道，内容几乎就是按照孟雨涛讲的那些写的。

看完新闻，孟雨涛感到这事就此圆满地画上了句号，心里对夏婷也增加了几分好感，不由得意地想：“看来这个‘松尾’还是给足了自己面子，是个守信用的人。”

第十二章　“荣兴杯”有奖征文

离余刚结婚日还有一星期，孟雨涛觉得该把婚车的事落实了，午饭后他开始拨打黄天伟那部砖头似的“大哥大”。这家伙不知啥事这么忙，拨了几次对方都在通话中。

孟雨涛过了会儿再拨打时，电话终于接通了，听筒里传来黄天伟傲慢的声音：“喂，哪位？”

孟雨涛心里骂道：狗日的，还挺摆谱哈。

待他报上姓名后，听筒里的语气一下变得亲热起来：“喔唷，是孟大编辑啊，我一听声音是觉得咋个这么耳熟，这几天我也正想着你老同学呢，最近怎么样啊？”

听着电话里传来闹哄哄的声音，孟雨涛猜想他可能还在酒桌上，眼前立即浮现出他此时的模样，这家伙打电话时习惯仰着头，手指则不停地敲击桌面……

想到这，孟雨涛笑了，他装着恭维地说：“哪敢和你黄总比啊，听说最近你春风得意万事顺，怎么也不来关心关心我这个穷编辑？”

“又在捧杀我是不是？叫穷可不是你这个清高之人的性格哟。”

两人在电话里嘻嘻哈哈地调侃几句后，孟雨涛觉得此时不便与他谈婚车的事，于是说：“我有一个急事要和你当面谈，你说在哪和你见面？”

黄天伟迟疑了下说：“有啥子事这么重大喔，这样吧，你下午3点到我公司，是外贸公司哈，地址名片上有，我现在还有应酬，等会儿公司见，OK？”

于是双方又在“OK”之后结束了通话。

按照约定时间，孟雨涛来到黄天伟的公司，接待台后一个小姐起身问他提前与黄总预约没有，得知情况后，她满脸是笑地让孟雨涛稍等一下，接着拨了个电话。

不一会儿，一个身着西服、身材高挑的姑娘走了过来：“孟编辑，我们又见面了，欢迎欢迎。黄总正在开会，请你先跟我来。”

孟雨涛回头一看，原来是刘芸。

刘芸将孟雨涛带进了黄天伟的办公室，很有礼貌地请他在沙发上坐下，给他泡好一杯茶放到茶几上后，她抱歉地说还有点事，请孟雨涛稍等，然后出了房间。

门外过道上传来她高跟鞋踏在地板上橐橐的响声，孟雨涛可以想象她那昂首挺胸、疾步而行的样子。

孟雨涛坐在真皮沙发上打量着办公室，这房间够大，足足有三十平方米，装修豪华，沙发对面有台大彩电，墙上挂着一幅裱好的草书“天生我材必有用”。

一看就知道这是黄天伟的笔墨，读大学时他就自命不凡、颇有雄心壮志，常常将这句话放在嘴上。

一张又大又宽的老板办公桌后有张高靠背转椅，再后面倚墙立着一大排书柜，里面摆放着不少精装书和景泰蓝、唐三彩之类的工艺品。

他走到办公桌前，拿起上面摆着的一个青花瓷瓶看起来，瓶上是栩栩如生的花鸟图案。

“认到货没有？那可是真资格的古董。”身后传来黄天伟的声音。

孟雨涛放下瓷瓶回过头说：“我不懂古玩，晓得它是不是赝品喔。”

“一切都持怀疑态度，不好，不好。”黄天伟笑道，他松松领带结走到沙发前，将“大哥大”立放在茶几上招招手，“过来坐，过来坐。”

两人在沙发上落座，刘芸又走了进来给茶杯续水，然后恭恭敬敬地站立一旁。

黄天伟望着她说：“我和老同学叙叙旧，你去忙你的吧，有事再叫你。”

刘芸点头称是，又对孟雨涛微微一笑后离去，出了门还轻轻把门关上。

“说嘛，有啥子急事要当面谈，约我写文章？”黄天伟拱拱手笑道，“这事的话就免谈，饶了我吧，我现在实在没时间、精力写那玩意儿了，再说现在还有好多人想看啊。”

果然这已不是当年那个黄天伟了，那时的他一心都盼望着能在文学刊物、报刊上发表作品，灵感来了，经常半夜起床在寝室里燃烛伏案创作。作品寄出去后，他天天都要到收发室查看询问有无回信，一旦有作品被刊用，哪怕是被删减得惨不忍睹、只在极不显眼的位置刊登成豆腐块大，他也会几天都乐得屁颠颠的。

孟雨涛心里感慨地想：这世道变化真快啊，现在如果上门真求他写文章，那还不把他难为死了。看来只有我这样极少数的傻瓜现在还在做文学梦。

孟雨涛笑着说：“这么为难你的事就免了，我要说的事对你极其简单、对我则非常重要。”

“不要兜圈子、绕字眼，直说。”

孟雨涛见他这么干脆，于是讲了借用一下他的桑塔纳做婚车的事。

黄天伟仰头想了想，遗憾地说："哎呀，那天我要到外地去谈笔重要的生意，实在不得行。"

孟雨涛坚决不依地死缠烂打："我已给老师拍了胸坎，这事咋个你都要帮我解决好，不然以后我哪还有面子见人嘛，你的桑塔纳不行，你就给我想法弄辆皇冠、尼桑、红旗、凯迪拉克也将就，反正这次你是不能划水的。"

黄天伟哀叹一声："你这人怎么这么无赖啊，我又没欠你啥子债，咋个还勒索上我了，我咋个遇到了你这个死皮同学喔。"

孟雨涛毫不退让，竖起一根食指晃动着说："嗨，这你还说对了，这事就赖在你身上了，不管你用手划，用脚划，还是用桨划水，不管你耍啥子花枪，这些都是通通没用的，啊？"

黄天伟有些无奈地说："你以前老师的娃娃结婚，不晓得你这么扎劲地帮忙干啥子，没必要嘛。"

孟雨涛于是就大概地讲了余老师以前是怎样关心自己的事。

黄天伟听后有点感动地说："回报师恩应该应该。"他食指敲着茶几想了想："嗯这样，要帮就帮得更到位点，到时给你找辆'皇冠'行不行？"

孟雨涛笑了："这才是老同学应该有的态度嘛，这事到时可不能放鸽子喔。"

黄天伟拍拍胸说道："绝对不会水，你我都是君子嘛。"

桌上的"大哥大"响了，黄天伟拿起来通话："喂，胡台长你好你好，你讲你讲……咋个变了呢，我们都谈好了的嘛……那是这样的话，我要重新考虑……可以，那就先这样，再见。"

挂断电话，黄天伟把"大哥大"往桌子一砸，气恼地说："一个台长都不敢拍板，谈好的说变就变，还搞个铲铲！"

孟雨涛不解地问："是啥子事让你如此冒火喔？"

黄天伟双手一摊，愤愤不平地说："不讲信用还搞啥子合作喔，我这二十多万还怕花不出去嗦，哼，简直是笑话！"发泄几句后，他喝了两口茶继续说："事情是这样的，之前我跟电视台领导谈好了，要在电视上搞个企业产品的宣传节目……”

孟雨涛笑着打断黄天伟的话：“不就是泡菜嘛。”

黄天伟点头：“对，就是泡菜，但我们的宣传方式很有创意，绝对能引起轰动效应，哎，我给你具体讲讲，你看这个创意巴不巴适？”停顿一下后，他津津有味地叙说起来：“现在的高档餐饮酒楼不管是海鲜还是火锅，很多都在大堂搭设了舞台、T字台搞文艺表演，尤其是穿着三点式的美女模特儿表演，她们在台上挺胸扭臀地这么一走，吃客的眼睛那是齐刷刷地望着她们，这让他们既享了口福又洗了眼睛，你说酒楼的生意咋不火爆嘛。我就是从这深受启发，灵机一动想到了一个绝好的产品宣传营销点子……”

孟雨涛急于想知道他能搞出什么新花样，饶有兴趣地忙问：“那是什么金点子？”

黄天伟神情得意地看着孟雨涛：“看，是不是马上吊起了胃口、感兴趣了哇？嗯，仔细听好了，我的创意是这样的，在电视台搞个有新意的打响产品品牌的宣传活动，具体活动设想是——请几位美食专家坐成一排，让他们先分析一下当前人们的饮食变化，如餐桌上的鸡鸭鱼肉、生猛海鲜等人们已经吃腻了，又渴望吃到既解油腻又下饭的泡菜了，等等。然后马上扯到我的泡菜上，说现在有家企业就生产出了系列美味可口的泡菜，这既能满足人们当前餐桌上的需求，更解决了菜农蔬菜滞销的大问题。接下来好戏登场——几个穿三点式的美女模特儿上场，她们将一碟碟泡菜放到专家面前的桌上，然后专家开始一一品尝，泡菜品种就多了，啥子泡姜，泡蒜，泡海椒，泡黄瓜，泡白菜，泡豇豆，等等。”

“噗——”孟雨涛实在忍不住笑，将口中的茶水喷了出来，过了好一会儿才止住笑说，“这还不咸死那几个专家啊。”

黄天伟笑笑：“他们面前都摆有白开水，品尝几下后就喝水。”

孟雨涛真被这个创意逗乐了，他笑着调侃道：“你那个土里土气的玩意，完全跟时髦、西化沾不上边，简直就是驴唇不对马嘴嘛，太好笑了。”

黄天伟很不服气地说："咋沾不上边？我的泡菜可是已经出口到了韩国、日本等国家哈，以后还要出口到美国、欧洲、非洲、大洋洲……"

孟雨涛说："打住打住，后面那些国家的人不吃泡菜哈。"

黄天伟不以为然地说："我们还是要放眼世界、紧盯洋人噻，你这人就是胸无大志、目光短浅，你还想不想听下去了？"

孟雨涛收敛笑容，装出一本正经的样子说："要听要听，精彩，请继续。"

黄天伟很认真地又继续说："我后面的设想是——专家品尝了后都要做几句点评，如人生麻辣酸甜尽在泡坛中、泡菜虽是一碟小菜却是下饭最爱、泡菜下酒这个可以有等诸如此类的话，节目最后让主持人念出产品的宣传口号——泡菜上千桌、荣兴进万家！……这么有创意的设计既能吸引观众眼球，又能提高电视台收视率，现在却被告知三点式模特儿上镜显得太暴露、不严肃、过于低级庸俗，要我做出改动，把端泡菜的模特儿变成村姑，要她们穿农家女子的蓝布花衣服或大红衣服，这完全就达不到宣传效果嘛，三点式是精华，按他们说的去改，那完全就没意思、吸引不到眼球了，哎，本来多好的活动就这么化成水了，你说可不可惜？算了，不搞就不搞，我还省了这大笔钱呢。"

孟雨涛完全是强忍住笑听完这些话，黄天伟滔滔不绝地说完后，孟雨涛却陷入沉思。

就在黄天伟还为自己的得意创意遭到流产而遗憾地叹息不已时，孟雨涛突然兴致勃勃地说："你这么好的创意被电视台否决，你可以和我们杂志社联合搞个活动噻。"

"啥子呢？和你们能搞个啥子活动喔，不要开玩笑。"黄天伟不屑地说。

"搞个'荣兴杯'乡土文学有奖征文活动，这既能宣传你的产品，也能促进推动农村文学的发展。"

"现在没多少人对文学感兴趣，你们杂志社现在也没啥影响力，把钱投到这上面泡都不会冒一个，不划算，不值得。”黄天伟不停地摇着头。

“你还算是个文化人，前不久还说什么对文学很喜爱、很尊崇，现在喊你搞一个这么有意义的活动，你马上就露出了丑陋真面目，地道的两面派，太虚伪了，你这样的人真不值得交喔，不搞就不搞，就当我没说。”孟雨涛说完，露出鄙夷的神情。

黄天伟思考了一会儿，说：“你不要怀疑我对文学的真感情，我也不在乎出点血，你说的那些意义倒是可以考虑，作为企业赞助、支持文学事业的发展也是应该的嘛，说说你的具体想法。”

“这个态度才对了噻。”见黄天伟已有点被说动，孟雨涛接着说了大概想法，“征文活动可设一、二、三等奖以及优秀作品若干，活动为期初步设为一年，你出资多少，根据活动开支费用等我们下来再具体商议，征文的创作主题主要是反映农村发生的巨变，小说、散文、诗歌皆可，活动开始和结束可邀请省市记者进行报道，那时你还能与作协领导、杂志社领导一起坐在主席台上讲话、颁奖，你看你多有面子、多风光啊。”

黄天伟立即来了兴趣，他让孟雨涛等下再说，拿起“大哥大”给刘芸打了个电话，让她立即来办公室。

刘芸进来后，黄天伟兴奋地说：“我准备和杂志社携手搞个征文活动，你做下记录。”

他又对孟雨涛说：“把你刚才说的那些想法再讲一讲。”

黄天伟拍板同意举办这个活动后，他又有些担心地对孟雨涛说：“刚才我们谈的这些只是你的想法，你们杂志社领导会不会同意，这还是个问题，不要我们谈得热闹、一厢情愿喔。”

孟雨涛胸有成竹地说：“这对杂志社来说是件好事，应该没问题，我马上回去向张总汇报，有什么情况我立即反馈给你。”

孟雨涛急匆匆回到报社，张总正要锁门下班，听了孟雨涛开头几句后，他立即非常感兴趣，又回到办公室让孟雨涛坐下慢慢讲。

仔细听完孟雨涛的汇报后，张总大加赞赏，连连点头称这是个很好的点子，并表示杂志社这边肯定没有问题。他兴奋地说："文企联姻对杂志社、企业都是双赢，这固然能给杂志社带来创收，但最重要的是其社会效益，它能起到激励作者投入创作、扩大作者队伍、促进农村文学发展的作用。"

最后，他让孟雨涛尽快约黄天伟来杂志社，双方就征文活动的具体方案详细地进行商谈，如谈好了，双方就共同拟定活动开展方案、签订协议开始实施，他还让孟雨涛负责操办落实具体事宜。

从张总办公室出来，孟雨涛心情大好，他没想到今天还有这么一个意想不到的收获。

接下来的事也进展顺利，经过双方紧锣密鼓的商定和准备，两天后"'荣兴杯'乡村文学有奖征文活动"签约仪式在杂志社大会议室举行，请来的记者除领到孟雨涛拟定好的新闻稿外，还得到了企业提供的一大盒精装礼品泡菜及一个红包。

签约活动后，按照事先的约定，杂志社张总等领导要去位于郊县的泡菜厂实地参观。

黄天伟坐着自己的"桑塔纳"在前带路，孟雨涛、周兮倩等陪同社领导乘坐中巴紧随其后，一行人向着充满希望的田野和麻辣酸甜的泡菜奔驰而去。

汽车驶出城外，路两边田野风光展现眼前。孟雨涛与周兮倩并排坐在中巴车的后排座位上。途中，坐在窗边的周兮倩心情愉悦地望着窗外一垄垄碧绿的田野、一个个散落在田野间的竹林盘等。

过了会儿，她扭过头对孟雨涛说："你这次可为杂志社做了件好事，出尽了风头，张总更欣赏你了。"

孟雨涛不以为然地说："我没想出啥子风头，只是那天碰巧说到一件事时，我顺便给黄天伟提了此事，没想到他居然同意与我们合作搞活动，纯属偶然。"

周兮倩微微一笑后说："你那个同学比你有头脑，你能说服他，用你们四川话说，证明你还是很喔唷的嘛。"

孟雨涛听了赞扬，心情自然很好，他又给她讲了黄天伟本来在电视台策划的那台创意活动的事，周兮倩听了嘻嘻嘻地笑出声来。

坐在前面位子的张总等听到笑声都回过头来，张总乐呵呵地说：“小倩，你听到雨涛摆啥子这么开心哟。”

周兮倩连忙摆着手说：“没啥事、没啥事。”

车又行驶了一会儿后，周兮倩对孟雨涛说：“我本来是不想去参观泡菜厂的，无奈张总说必须去，我实在不好驳张总的面子才答应了他。”

孟雨涛给她透露实情：“这是因为黄总在张总面前钦点了你的名。”

周兮倩恍然大悟地说：“原来是这样啊。哎，小涛，你那个同学今天还真露了脸，你看他在主席台上与张总平起平坐，你呢坐在台下当听众，你心里是什么感受？老实说！”周兮倩别过头笑吟吟地等待孟雨涛的回答。

孟雨涛坦然一笑：“我有啥子感受喔，心里肯定高兴噻，再说了人家也是老总级别的人物，老总是该坐在主席台上嘛。”

周兮倩笑笑：“也是哈，你也这么一口一个总的叫，哎，现在什么什么总的也忒多了。”

孟雨涛打趣道：“只要不是啥子心肿肺肿屁儿肿就行。”

周兮倩这次不想再笑出声来惊扰车上的人，便捂着嘴直乐。

孟雨涛接着有感而发：“与啥子总一样，现在啥子家也太多了，某人写出一本没啥子影响的作品，就有文章吹捧其为作家，某人唱了一两首歌又被称为歌唱家，对某事发表一些建议的也叫专家，随便搞个啥子破厂的人也可以自诩为企业家……哎，反正现在啥子家实在太滥了，那些家们太滥也就不值钱了，我们还是大家得，你说是不是？”

听了这番高论，她频频笑着点头。

孟雨涛与周兮倩一路上有说有笑，不觉间车已驶到了泡菜厂。

泡菜厂大门上方拉起了“热烈欢迎《蜀江文学》杂志社领导

莅临视察”的横幅，张总笑笑：“这个小黄搞这套形式干什么，我们不是来视察，是来参观学习的才对嘛。”

车进入厂区后在路边停下，黄天伟从前面车上先下车，他与早已在此等候迎接的几个厂领导纷纷鼓掌。张总等一行于是在掌声中下了车，接下来便是电影、电视剧里经常出现的那些欢迎程序。

这套程序一结束，黄天伟就带领张总一行参观厂区，对蔬菜挑选、清洗、晾晒、腌制等情况做简要介绍，讲者情绪饱满，听者兴趣盎然。参观过程中，不时有满载蔬菜的大卡车进入厂区以及一辆辆满载泡菜的大卡车驶出大门。

在产品陈列品尝室，摆着一排排玻璃瓶装的各种泡菜，每个玻璃瓶前还摆放着一碟碟相应的泡菜和牙签，参观者便各自品尝感兴趣的泡菜，并不时点点头称赞味道不错。

黄天伟在会议室做了简单情况汇报后请张总讲话，并带头鼓起了掌。

张总站起身来，笑容满面地说：“我就简单讲几句。一是看到企业发展状况不错，我和我的同事们都为你们感到高兴，衷心祝愿企业有更大的发展。二是祝愿我们的合作也取得丰硕的成果。”

掌声之后，张总又兴趣盎然地说：“我再补充一下，刚才参观时，我和一个洗菜的女工摆了几句，她说看到地里的蔬菜一车车运进来，看到一辆辆泡菜运出去，她的心情比唱卡拉 OK 还高兴。你们看，她讲得多朴实、多生动啊。”

会议室顿时响起热烈的掌声和欢笑声，个个脸上都挂着笑容。

黄天伟没有食言，余老师儿子余刚结婚那天一早，一辆擦洗一新的黑色皇冠轿车就在杂志社门口等孟雨涛了。

孟雨涛刚走出大门，司机连忙下车去拉开副驾车门，态度之恭敬。孟雨涛见过这个司机，就是黄天伟一般不让上饭桌的小王。

汽车启动后，小王感慨地说：“我们黄总再三叮嘱我要准时来接你，看得出来他对孟编辑很看重的喔。”

孟雨涛心想黄天伟没那么假打，还是非常看重同学情谊的。他有些骄傲地说：“那当然，我和他是啥子关系。”

转过前面那个路口就离余老师家不远了，汽车却在路口转右弯时被交警拦了下来。

车刚停在路边，一个交警走到驾驶座窗前向小王敬了个礼后说：“转弯不打灯，驾驶证、行车证拿出来。”就在他弯腰朝车内查看时，一眼认出了副驾上的孟雨涛，他笑道：“成都真的不大嗦，咋个又遇到了你？这次又是哪个同学房子烧了还是被水淹了？”

孟雨涛也惊讶地认出了那个交警：“唵？咋个在这又撞上了你的枪口，喔，换岗位了，打一枪换一个地方。”

交警想笑但仍装出威严的样子：“你说啥子呢，我们可是正规军，不是高家庄的民兵哈，你这回又是急着去助人为乐哇？”

孟雨涛哭笑不得：“警官，你咋个尽把倒霉事往我脑壳上扣喔，这次是好事喜事，去参加我老师儿子的婚礼，喔，这车是婚车，马上要去贴喜字、扎大红花，然后去接新娘，这不时间有点紧，怕去晚了影响重大活动的进程，这不好嘛。”

交警乐了：“咋个好事坏事都遇到你了，你专门跟我过不去嗦。”

孟雨涛笑着指指小王：“这回不是我，是他。”

交警的脸又绷起了：“我晓得是哪个，我是逗你说耍。”

孟雨涛心里说，我还在和你说耍得，这回罚款扣分肯定是马脑壳跑不脱了，不要废话那么多，该怎么罚就赶紧罚。

交警看了看驾驶证、行车证后将其还给司机：“这次是轻微违章就不处罚了，但下次要注意，我们罚款不是目的，教育才是目的，我们既要严格执法也要人性化执法是不是？”

小王赶忙称是道谢。

孟雨涛又对交警有了好感，也忙道谢，还与他套起了近乎：“我对你们交警其实很了解、印象很不错的，你们是不是出了‘蓉城雕塑’‘活道条’‘黑包公’等知名人物？”

交警笑了：“这些你都晓得？嗯，看来你对我们工作还是很关心的。”

孟雨涛心情极好地说：“那是肯定的，天天都要从马路上走嘛，下次说不定我们还会在哪个口子碰到，我们两个是红绿灯下结奇缘喔。”

交警也笑了开玩笑：“你这回是鸟枪换炮了，下次你要是换上有翅膀的，我就真的管不到了哈……”

放行后的路上，小王笑着对孟雨涛说：“你们两个都有点好耍，上次你们又是咋个摆的呢?”

中午，余刚的婚宴在一家老牌饭馆芙蓉餐厅举行，虽然只摆了五桌酒席，但婚宴气氛还是很喜庆、很热闹。孟雨涛、邱军及爱人宁宛青、柳亮、另三个原初中女同学以及柳雪等三个学妹同坐一桌。

席间，酒过三巡后，邻桌余刚的男男女女工友们开始热闹地划拳喝酒，啥子“酒是一包药，兄弟好啊四季发财……”“一只螃蟹八呀八只脚，两个眼睛这么大一坨，独一根呀全打开呀……”“棒棒棒鸡、棒棒棒虎……”各种划拳声不绝于耳。

孟雨涛这一桌则边吃边喝地大摆目前而今眼目下发生的种种趣事，然后开心地互相抖出某人的糗事。

一个姓张的女同学端杯敬孟雨涛、邱军、柳亮：“听余老师说，你们三个毕业后，还是最好的朋友，真羡慕你们啊。”

另一个长得不咋样的女同学大方地说：“那时我们男女同学都太封建了，同坐一桌中间还要画条‘三八线’不许越界，在学校相互话都不说，孟雨涛那时最高傲，根本不理睬我们，可他一直是我的偶像喔。”

同桌人都笑着去看孟雨涛，柳雪笑得最开心，邱军边笑还使坏地装着捂住嘴咳嗽起来。

孟雨涛：“那不是高傲是纯洁，我们才是看都不敢多看你们一眼呐。”

邱军：“对头，你们才是脖子伸得长长的白天鹅。”

姓张的女同学很认真地对孟雨涛说：“我记得你上了初中后一直是班上的‘三好生’，余老师最喜欢你。”

不等孟雨涛接话，邱军笑道：“他现在也是个‘三好生’，不过变了，是喝好茶、看好书、交好友。”

孟雨涛对邱军开玩笑：“那你是‘三不’，不主动、不拒绝、不负责，你们女同学以后跟他接触可要多长个心眼。”

那个崇拜孟雨涛的女生说：“你们嘴巴都太会说，算了我说不过你们。”她又把矛头指向寡言少语的柳亮：“你们三个中就他最老实，就是太捣蛋、太凶了些。”

邱军：“他老实？那是你们被他憨厚的外表蒙蔽了双眼，他那阵子就晓得追女同学了。”

“我哥会有这事？”柳雪很惊讶地张大了嘴，随后望着柳亮说，“就他这个懵头懵脑、傻乎乎的样子还谈情说爱？我不信！”她又把目光转向孟雨涛：“哥，我说得对不对？”

孟雨涛不置可否地笑笑。

邱军：“小雪，你太小看你哥了，在学校里他不好好学习，脑子里尽想的是班上哪个女同学漂亮，只是在你面前他隐藏得太深了，完全就是一条难得浮面的老鲨鱼。”

柳亮有些不服气地说：“大哥不说二哥，你学习也比我好不到哪去。”

邱军：“可我经常受到老师表扬噻，说我不听讲嘛，但晓得自己安安静静地睡觉，哪像你那样大闹课堂，完全是干扰正常的教学秩序。”

“军哥，你快讲讲我哥喜欢哪个女同学？”柳雪饶有兴味地催促道。

“好，今天我就毫不留情揭露他的真面目。”邱军来劲了，开始绘声绘色地讲起来，“我们班上有个漂亮冷美人，所有男生都不敢追她，只能心痒痒地仰视这个高傲的白天鹅，就是雨涛与我这样比较优秀的男同学，当时也只能心头想不敢上，是吧?”他说到这意味深长地看了看孟雨涛。

孟雨涛：“别扯到我头上，我看你今天咋个编、编、编花篮。”

“喜欢漂亮女同学很正常，这有啥子不好意思的嘛。”柳雪笑盈盈地瞟了孟雨涛一眼，然后鼓励邱军讲下去。

“就是，自己没做啥事心虚啥子，”邱军得意地继续添油加醋地讲，“你看，连雨涛都不敢追的女生，你哥也不照照镜子就上了，有天在课间休息时，他见人家上厕所就等候在门口……”

“你也太转我了。”柳亮听到这有点急了，柳雪却偷偷乐着。

邱军一副很认真、很佩服的模样对柳亮说：“不得不承认那天你的确酷，衣领立得比高仓健还要高，人家一出女厕所，你就大踏步潇洒地迎上去，把情书塞到人家手上说：‘这是写给你的!’然后转身就走。你这一举动当时把我们佩服得五体投地，心里直赞叹——啊，这才是真正的男子汉!”

同桌人发出哈哈大笑，柳雪更是笑弯了腰，笑得上气不接下气，还不住地用手背抹着眼泪直嚷“笑死我了……”

“好笑吧?”邱军也忍不住笑了，他对自己的表演也很满意，“精彩的还在后面……”他停顿下来，喝了一口啤酒后问大家：“你们想知道后面的结果吗?”

“快讲，快讲!”同桌人七嘴八舌地开口。

“那仔细听着，你们肯定想也想不到会出现啥子情况——那冷美人看完信后，那是脸色羞红春心荡漾，胸部像大海的波涛翻呀翻……”邱军说到这里还将双手放在胸前，一高一低地比画着波浪汹涌的情景。

“那她动心了?”柳雪睁大眼睛天真地猜测道。

“别打岔。”邱军不紧不慢地缓缓道来，“上课铃响后，在老师还没进教室前，冷美人突然从座位上站起来，径直走到雨涛的课桌旁，竟然当着全班同学的面，一下将那封情书‘啪——’地拍放到桌上说，‘希望你不要做这些无聊的事!’然后这个高傲的白天鹅抬头挺胸返回座位。雨涛当时窘得张大了嘴、面红耳赤，那个尴尬啊简直无法形容。”

“啊？”柳雪一下明白了，她转头注视着孟雨涛，“我知道了，那封信是你写的，对不对？”

孟雨涛不好意思地一笑：“还不是你哥逼我写的。”

“明眼人一看就知道，就你哥那水平怎么写得出那么情深意长、文笔优美的情书嘛，再说了，雨涛帮人写情书又不是第一回了。”邱军讲完后哈哈大笑。

“你娃娃揭露得太深刻了嘛，把我的底细全都亮出来了，不够意思！那时你们也太幼稚、太天真了，以为要我帮你们写一两封漂亮的情书，你们就能打动女同学的芳心，可这招不灵，人家不吃这一套，啊？”孟雨涛讥笑道。

“她高傲个球！现在还不是瓜兮兮地在百货大楼卖鞋子。”柳亮很是不屑地说。

那个姓张的女同学恍然大悟地说：“喔，我晓得你们说的是哪个了，她是汪静，对不对？她那时的确漂亮，是学校宣传队的，舞跳得好，好像跳过《草原上的红卫兵》《洗衣舞》……”

孟雨涛笑道：“就是她，她那时是不是红得发紫，高傲得很嘛，如果那时可以跳芭蕾舞，她非常适合跳《天鹅湖》。”

“不提那个不懂事的冷美人了，雨涛，你说你收到过女同学的情书没有？”邱军喝得已有些发红的眼睛盯着孟雨涛。

“可我一封也没回啊。”孟雨涛想要澄清什么似的赶忙说。

“那就更不对了！负心汉呐，你知不知道这刺伤了多少女同学的芳心啊。”邱军做出惜花怜玉感伤状。

宁宛青笑着责怪道；“一摆起女同学，你就这么有激情，是不是酒喝多了还是心里还惦记着哪个女同学？”

“没这么严重哈，那时我们不懂爱情。”孟雨涛认真地说。

柳雪此时已收敛了笑容仿佛在想着什么。

“拐〇三，拐〇三，听见请回答……”邱军面前桌上的对讲机出声了，他拿起对讲机一手叉腰地说："我是拐〇三，请讲，请讲……Over."

结束通话后，邱军用很无奈、不胜其烦的口气埋怨道："你们看，吃顿饭都清静不了。"

孟雨涛说："那些人也太不懂事了，叽叽喳喳地让领导饭都吃不好。"

邱军笑着用食指点着孟雨涛："洗我，绝对洗我！"

在大家的欢声笑语中，余老师满面红光、笑容满面地走了过来："你们谈啥子这么热闹开心喔，我猜肯定又是在摆哪个女同学是不是？"

柳雪说："老师，他们尽拿女同学开心，尤其是军哥。"

余老师正色道："嗯，这不好嘛，雨涛、邱军，柳亮，你们欺负小雪这几个学妹没有啊？"

孟雨涛赶紧给余老师搬来一张椅子："我们哪敢啊。"

余老师笑着对宁宛青说："小青你是老师，如果这桌上我的哪个学生调皮捣蛋、说出啥子不得体的话，你要拿出教师的威严，该训斥的狠狠训斥，千万不要给他们留面子。"

宁宛青看看桌上的人，笑道："余老师，只有你才能管得住他们，我哪敢在他们面前当老师啊。"

邱军得意地接茬说："还分得清场合、摆得正位置，这态度就很对、很好嘛。"

余老师用折叠扇指着邱军："你对不法分子可以凶点，但在家里可不能当警察。"

柳雪听后立即附和："就是，尤其不能欺负宛青姐！"

孟雨涛拍手叫好。

余老师在孟雨涛旁边坐下来，轻摇着折叠扇，看了看孟雨涛和其余几个同班学生后说："你们是学哥学姐，要好好照顾小雪这几个学妹喔。"

"就是就是。"邱军起身走到柳雪等学妹身边，给她们面前的杯子都斟满了啤酒，然后自己也端起酒杯：“几位学妹，今天是余公子新婚大喜的好日子，我借此喜酒先敬你们一杯。”

柳雪站起来为难地说：“我不能喝酒，看到大家这么高兴，我表示一下好不好？”说完端起酒杯喝了一口。

“不豪爽，真是感情浅添一添。”邱军有意见地说道。

“妹儿还是学生，你当她是你们人民公安端起就干嗦？”孟雨涛当起了护花使者。

一个学妹望着孟雨涛说：“孟学哥，我们读初中时，余老师总提起你的名字，还要我们以你为榜样。”

另一个学妹说：“就是，老师还经常在课堂上把你以前写的作文念给我们听。”

余老师说：“小涛，你知不知道，小雪那时下课后，也是总喊我多讲讲你的一些事呢。”

孟雨涛有些吃惊，但随即淡然地说：“我有啥子事值得讲的嘛。”

在其他人你一言我一语时，柳亮突然想一件事对孟雨涛说：“喔，对了，前几天你说的那个‘松尾’又来了。”

这可让孟雨涛没有想到，他关注地问：“这次惹出什么麻烦没有？”

“没有，不过我把她骂安逸了。”柳亮得意地说。

“哎，你咋个骂人家呢？”孟雨涛急了，觉得他太莫名其妙了。

“你听我讲嘛，事情是这样的，那天她进院坝的时候还虚得很，生怕‘黄虎’又吓她一跳，但这次我是把‘黄虎’喊到了的哈，她也日怪得很，居然过来笑嘻嘻地和我说话，说啥子你养的狗好乖、你很爱狗是不是等一大堆废话，眼睛还一直盯着我看，把我看得莫名其妙，后来她居然问我‘你没什么病吧’，这话把我惹毛了，我说你这样看我看啥子？你以为我是瓜的嗦？你脑壳才有毛病，瓜兮兮的！我把她骂得话都说不出来，之狼狈。”柳亮讲完甚是开心。

原来如此，孟雨涛一听乐了，同时心里嘲笑夏婷：“你这个‘松尾’也太天真、做事太认真了，人家记者都往有油水的地方跑，你咋个到那去找碴儿呢？你这不是吃饱了自取其辱嘛。”

柳雪立即插话：“但我觉得人家是出于好心。”

“咦，大哥，该不是你在她面前说了我啥子坏话吧？”柳亮这时才若有所悟地问道。

“我咋个可能说啥子嘛。”孟雨涛忍住笑回答。

余老师说：“你们摆的啥子？我咋听不懂呢，是不是柳亮又惹啥子事了？”

孟雨涛说：“没有没有，只是鸡零狗碎的事，不值一提。”

余刚又来到这桌敬酒，大家说些祝福之类的话后，余老师高兴地用扇子指着孟雨涛、柳亮：“小刚这个小兄弟都结婚了，你们两个当哥的也要抓紧人生大事喔，我可等着吃你们两个的喜酒。”

孟雨涛得意地夸下海口：“余老你放心，我这方面一点不成问题，不过柳亮这娃娃就很难说了。”

第十三章　兴师问罪后

孟雨涛最近一直没回父母家，他怕一回家母亲就要提及女朋友的事。

这段时间母亲频繁把电话打到编辑部，没别的什么事，就是询问他找到合适的女朋友没有，还反反复复地催促他要把这件人生大事放在心上，说什么你已经耽误了这么多年，如再不抓紧，上了三十岁就不好找了……

这些话把孟雨涛的耳朵都听得快起茧了。但有些事不是谁想躲就躲得了的，这不，孟雨涛正想着这些，母亲的电话又来了："小涛最近在忙什么呢?"

"忙的事太多了，这不刚妥善解决了狗的事。"孟雨涛装出事情多得焦头烂额的样子回答。

"什么？你说啥子狗事喔?"母亲听了一头雾水不解地问。

孟雨涛于是简单给母亲讲了是怎么回事。

"你自己的人事都没解决好，居然还有心去关心狗事，你是闲得无聊还是昏了头啊?”母亲着急地数落他，接着又开始讲之前那些絮絮叨叨的翻版话。

孟雨涛拿着话筒真是无可奈何，心里直埋怨：我的妈呀你也真是的，我都不着急你急什么呀，怎么把我看成找不到对象的老大难似的。

当着大家的面，他又不好说出这些话，只得将听筒拿得离耳朵远远的，心不在焉地说：“嗯、嗯，好的，好的，我知道……”

“小涛，你在听没有啊？咋个支支吾吾的?”母亲像察觉了他不耐烦地在应付。

“我一字一句听着呢，妈。”孟雨涛赶紧小声回答，并扫了编辑部的人一眼。

周兮倩见他那尴尬的样子正开心地望着他笑，他只得露出一副苦笑。

母亲接下来说：“你再不找的话，我就做主给你介绍了。”

一听这话，孟雨涛慌了赶紧说：“别，别，千万别！还是我自己找。”

刚一说完，母亲那边就挂了电话。

孟雨涛放下话筒心想：完了，看来母亲现在是彻底信不过自己了。

见孟雨涛的窘样，周兮倩嘻嘻嘻笑出声来：“雨涛，你母亲这么关心你的终身大事，你干吗总是这样应付回避呀？一接电话就像老鼠见了猫似的。”

“尽说这些我不关心、不感兴趣的事，烦不烦人哦。”孟雨涛没脾气地说。

“你岁数是不小了，该找个女朋友了。”周兮倩不再开玩笑，她走到孟雨涛桌前认真地说，“我爱人单位有个女孩很不错，人长得漂亮，也很有涵养，我给你们介绍，哪天见见面怎样?”

“算了吧大姐，我可不想刚出虎口又入狼窝。”孟雨涛打起哈哈来。

“别嘻嘻哈哈的，我给你说的是正经事。”周兮倩有点急了。

“你哥子是不是想打光棍啊?”谭立闻开玩笑地问。

“我像是个打光棍的人吗?只是现在不想找，你不晓得一个人好自由自在哦，我要趁年轻慢慢耍够了才考虑这个问题。”孟雨涛故作潇洒地说。

“当真?”周兮倩见孟雨涛满不在乎的样子有点恼了，她扭身腰部靠着他的桌子，随即双手撑着桌面、双脚一踮地坐了上去，然后仰起头不停地摇动着悬起的双脚，“好啊，我可要看你要到啥子时候，到时别后悔就行了。”

“我才不会后悔。”孟雨涛嘴硬地说。

“行，我不说了，以后你就是求爹爹告奶奶地求我，我也不会狗拿耗子多管闲事。”周兮倩手一撑，屁股离开了桌面，她转过身对孟雨涛说，“好，看你以后找个啥样的。”

“你怎么像我妈一样啊?”孟雨涛笑着说。

“你说啥?我像你妈?我有这么老吗?”周兮倩装着气恼的样子，边说边用拳头轻轻捶打孟雨涛的肩。

“哎哟哟!”孟雨涛夸张地缩头耸肩叫唤起来，“我是说你和我妈的话一模一样。”

“打得好，哪个喊你不知女人心、惹得美人发怒呢。”谭立闻拍着手、摇头晃脑地说。

周兮倩一下转怒为笑，收起拳头对谭立闻说：“你就知道看热闹，唯恐天下不乱。”

“大姐，你今天怎么一点都不温柔呢?”孟雨涛一边揉着肩一边假装埋怨道。

“谁叫你惹我生气，以后再调皮看我咋收拾你。”周兮倩回眸一笑嗔道。

第二天下午，编辑部的电话铃声又响了，谭立闻拿起电话问了一声后对孟雨涛说：“快来接，你家打来的电话……”

然后他讪笑道："最近你咋个搞起的喔，洋线断了，家电又成了热线。"

电话是嫂子打来的，一听母亲感冒发高烧可能要住院，孟雨涛放下电话就急忙骑车回家。

可一进家门他就傻眼了：母亲哪里是病了，她正笑呵呵地坐在客厅沙发上与旁边的一个陌生姑娘摆得正欢。

他这才明白中了母亲设计的相亲圈套，心里不由叫苦不迭："这完全就是'拉郎配'嘛，我的妈呀，你怎么使出这般伎俩愚弄人啊，逼得我如今进也不是退也不是，这太令我尴尬了……"

但当着外人的面他又不能埋怨，只得站在门口装着关心的样子问："妈，嫂子不是说你病了吗？"

"不这样说你会回来吗？还傻站在门口干啥子？过来我给你介绍介绍，这位是我们医院的小潘，潘小红。"母亲笑容满面，毫不理会孟雨涛上当受骗的感受。

那姑娘这时已站了起来，微红着脸向孟雨涛点了下头。

"他就是我给你讲过的我的小儿子——孟雨涛。"

孟雨涛只得装出笑容地也朝她点点头。

母亲拉住潘小红的手笑着说："别站着，快坐下。"

看得出母亲对这个小潘很满意，但孟雨涛却没什么感觉，虽然小潘姑娘五官端正，长相身材都还过得去。事已至此，他总不能马上转身就走，不得不按照母亲导演的这场戏走走过场，反正自己是不会动心的。

孟雨涛坐在一旁的椅子上，掏出烟点燃抽了起来，嫂子走过来，将刚沏的一杯茶放在他旁边的小圆桌上，还朝他使了一个眼色，好像在问你觉得这姑娘怎么样。由于她正好挡住了母亲和潘姑娘的视线，孟雨涛便朝嫂子咬牙切齿地瞪了瞪眼，责怪她与母亲串通一气将自己骗回来。嫂子见他这副模样忍住笑，很快转身去热情地招呼潘小红喝水、吃水果。

"我这个儿子其他方面样样都还可以，就是抽烟喝酒上不听我的话，老是烟不离口，不知抽多了有啥子好。”母亲既像是责怪孟雨涛不注意形象又像是说他的好话。

“男人抽烟很正常，但抽多了对身体不好。”潘小红话语气平缓地说。

“顺其自然。”孟雨涛淡淡地说，端起茶杯用嘴吹着水面散发的袅袅热气。

“小潘是我们医院的护士长，既能干又热心，年年都是先进。”母亲拉着潘小红的手对孟雨涛做介绍。

“李老师你过奖了。”潘小红有些不好意思地说。

“那以后看病可要找你喔。”孟雨涛笑着说。

“行。”潘小红点点头。

“嗨，你咋个话都不会说，怎么只想到看病去找人家？应该平常也要多找才对。”母亲纠正道。

“我开玩笑随便一说。”孟雨涛向母亲解释道，然后不再吭声，还懒洋洋地打了一个哈欠。

母亲用责备的眼光瞪了他一眼：“你和小潘摆摆龙门阵。”

孟雨涛还真不知该摆啥，他正寻思着该找啥子话题，嫂子出来解围了：“今天天气不错，你们出去走走，怎样？”

“对，对，你们年轻人出去边走边谈好。”母亲高兴地赞同道。

出了家门，孟雨涛和潘小红都有如释重负的感觉。可到哪去呢？孟雨涛迅速地想着适合去的地方。

不知是她的性格原因还是初次见面显得拘谨，两人推着自行车并排走了一段路，潘小红都没主动说话，几乎是他问什么她就简短地回答什么，孟雨涛觉得很没趣，他不喜欢与话不投机、性格沉闷的人在一起，尤其是他人突兀给自己介绍的对象。

他仔细打量过她，虽然她的长相与身材都没什么可挑剔的地方，但他就是没那种感觉。不知是不是她察觉了他很注意地瞥了下她嘴角，下巴冒出的几粒红痘痘，为此她还特意向他解释道：“这几天有些上火。”

孟雨涛心里暗想："小潘姑娘啊，我哪在意你这几颗红点点嘛，这不是我对你不动凡心的主因。"

不过这也很正常，女人与男人约会，都很注意自己的穿着打扮和形象，一旦觉得自己没能让对方眼睛发亮，往往会立即意识到自己身上的缺陷，并找各种理由予以掩饰。

不管她咋想，眼下孟雨涛可不想去什么花前树下、湖畔河边、温馨卡座之类充满浪漫情调的地方，与她并肩而坐谈生活、谈理想、谈未来……但我总不能刚出门就把别人甩了扬长而去，那太打击人家的面子和自尊心了。

但去哪合适呢？孟雨涛为此颇伤脑筋。

路边楼房的房间里飘来费翔的歌声，费大哥你咋个想起唱恼人的秋风，吹点秋风有啥子可恼的？现在是春天了，你该唱些花开了草绿了才对，还有你唱得非起劲的冬天里的一把火在哪啊，没有熊熊火焰燃烧我、温暖我，也没有一点读你的感觉像三月，你说我咋个与她一起去感受约会的浪漫，这才真正让人恼嘛，费大哥你说我现在该咋整？……

有了！突然他想到今天市体育中心有场女足比赛，于是说自己很想去看并问她有没兴趣，他但愿她说出不想去看的话，这样两人因此说拜拜也完全说得过去，但没想到她毫不迟疑地说愿意去。这让孟雨涛没辙了，还是甩不掉啊。

在骑车去市体育中心的路上，潘小红依旧寡言少语。

太尴尬了，孟雨涛索性大摆自己如何喜欢踢足球看足球，说遇到世界杯开打，他是几乎场场看通宵，没办法、自己喜欢啊……

他一路都在说球，不管她爱听不爱听。

"男人好像都喜欢足球。"潘小红在孟雨涛说话间隙，冷不丁地插了一句，从她的语气里，孟雨涛听出是赞许的意味。

孟雨涛听了只有苦笑，哎，我说这些本来是想让你反感我，没想到你竟如此善解人意、投我所好，小潘姑娘，你如果对我有感觉那就不妙了。不行，我得把自己再说得糟糕些，让你对我完全没有好感从而彻底打消与我交往的念头。这么一想，他于是问道："你知道我要个女朋友吗？对了，她也是个学医的。"

"听你嫂子讲了，这不是你的错。"潘小红微红着脸轻声说。

原来人家根本不在乎这个，看来这招不灵，还得把自己编排得邋遢些。

默默骑行了一段路后，孟雨涛问："你是医院卫校毕业的吧？"

"嗯。"

孟雨涛大起胆子，信口开河起来："你们卫校漂亮女娃娃有点多喔，我读高中时就经常到你们学校转悠，目的是想结识几个中意的。有年读大学放暑假回来，我还真结识了几个出众的女生，那时几乎天天都约她们看电影、跳舞、吃饭喝酒……那时耍得有点疯狂，现在还与她们有联系……"

他边讲边注意观察潘小红的脸色，发现她一直静静地听着，脸上看不出一点异样的神情。

这姑娘还真沉得住气，性格真好啊，他不由得从心眼里感到佩服，同时对自己的这番大言不惭的吹嘘感到很无聊、很过分。但开弓没有回头箭，他只得硬着头皮继续说下去："我这个人很多人都不了解，复杂得有时连我自己都不晓得是啥子人，哎，本性难移啊……"

说完这些后孟雨涛不再吱声，以为潘小红会突然改变主意与他分道扬镳，但她却什么也不说，一直态度极好地随着他一直骑往市体育中心。对此他既感愧疚又有点感动。

进了体育场，石条座的看台上稀稀疏疏地坐着很少观众，比赛上半场还没结束，巨大的记分牌上显示的比分是0∶0。

孟雨涛将买来的报纸铺在石条座位上，很绅士、很有礼貌地请潘小红先坐，然后才在她旁边坐下来，假装饶有兴趣地开始看比赛。

这是两个城市队之间的比赛。由于女足刚刚起步，踢球的队员看上去都是十五六岁的小姑娘，踢球的技术的确不敢恭维，战术就更别提了，完全是瞎踢，很难看到什么漂亮的带球突破过人、传球配合、射门的精彩场面。球场上沉闷之极、乏善可陈，看台上倒是热闹得很，笑声嚷声不时响起。一看见球场上几个人围堆抢球、半天传不出球来，看台上就有了嘲笑声："教练，多发几个球给她们自己要算了。"如有球员拔腿猛地一脚踢球，却没将球踢远，有人就大叫："啥子火腿喔，这么没劲，没有吃饭嗦！"看到面对空门，进攻球员居然将球踢得又高又偏，戏谑声当即响成一片："高射炮打飞机嗦？""臭脚！臭脚！你没有洗脚哇？回去先把脚洗干净了再来踢"……看台上难听的话、嘲笑声不绝于耳。

对这样低水平的足球赛，孟雨涛其实完全没有兴致，从来不看，他只对电视上播的高水平比赛才感兴趣，看诸如马拉多纳、普拉蒂尼、克林斯曼、范巴斯滕等球星踢球才过瘾，才是享受。但今天情况特殊，他只得装出很有兴味地把这场球赛看下去，不时还与其他观众一样，大声地发笑或对着球场瞎嚷，完全把身旁的潘小红冷落在了一边。不知她懂不懂足球，反正她是在一旁静静地，毫无表情地看着，一直陪他看完了这场枯燥无味的比赛。

比赛结束，在走下看台去取停放的自行车途中，孟雨涛还不停地发出观感："真是踢得太臭了，基本技术都没过关，不知教练咋个训练的。"对此潘小红只是笑笑不吭声。

他俩推着自行车走到体育中心大门时，孟雨涛正想着接下来该咋整，没想到潘小红替他解了围，说她该去接班了，反而把孟雨涛弄得心里有些过意不去，他真诚地说："谢谢你陪我来看球。"

潘小红微微一笑后骑车先走了。

望着她的背影，孟雨涛感到自己太过分、太混蛋、太对不起人家了，暗自骂自己太不该以看球为名，想把人家也当球一样踢走了事。

两人分手后，孟雨涛虽然有了解脱的感觉，但对自己第一次见面就这样冷落别人感到很愧疚，他傻傻地在原地待了一阵，然后才骑着车在街上漫无目的地转悠。

母亲精心设计的这次相亲就这样宣告结束。孟雨涛知道母亲一定非常关心她撮合的结局，嗯，我必须主动向母亲如实做个汇报，不然如果让潘小红抢先添油加醋地把我说得一塌糊涂，那母亲打来电话兴师问罪，肯定会怒气冲天地把我骂得体无完肤，那时编辑部同事还不知怎么看我的笑话呢。

第二天下午一下班，孟雨涛赶紧买了一箱水果回家，他要实施先发制人的策略。

一进家门，他就看见母亲故意不给他好脸色，还将脸侧向一边冷冷地说，"还有脸面回家啊?"

这就大事不妙了，孟雨涛知道自己已经处于被动局面，但他装出无辜的样子，满脸堆笑地讨好母亲："这是我温暖的家得嘛，咋不回来呢，妈，这是我刚买的新鲜水果孝敬你老人家。"

母亲毫不领情，仍然一脸冰霜地说："不稀罕！家里不缺!"

孟雨涛将水果放在客厅门旁的地上，甩甩手臂夸张地说："太重了，手都提酸了。"随后挨到母亲坐下继续逗她："都是嘛，现在啥子年代了，哪家还愁吃愁穿愁用的，不过这是儿子的一片心意噻。"

母亲还是赌气地不吱声。

嫂子从厨房出来表情严肃地说："小涛，那件事你可真把妈气到了喔。"

"哪件事?"孟雨涛看看嫂子又看看母亲，故意装糊涂地问。

"装！你说还有啥子事?"母亲终于憋不住了，她回头看着孟雨涛生气地数落道，"你看不上人家也要懂礼貌呀，你咋个想起让人家女娃娃陪你去看踢球，她哪看得懂？哪有兴趣嘛？完全就是把人家当球踢，我见了小红都不好意思，我的脸面差点都被你丢光了。"

"就是，男方对女娃娃应该要有涵养，要有绅士风度，你该带她到南河河边、华西坝学校钟楼下、荷花池边聊天，或去电影院看电影都好噻。"嫂子在一旁帮腔，她说话永远都带着笑，让人没法对她发火。

"她说我啥子坏话了?"

孟雨涛急了，心里有点火了："嘿，这个女娃娃还安逸呢，我又没估到她去，是她自己不长眼看不出我不喜欢她，看不上是该各走各的路噻，难道还要我装殷勤地陪她去喝咖啡看电影吃西餐，还要假装浪漫地与她去人民公园划船、边划还要边唱‘让我们荡起双桨’啊，她居然还不满，真是……”

“人家可没说半句埋怨你的话。”见孟雨涛很恼怒的样子，母亲马上做解释，“我今天上午见到潘小红，就自然关心地问了昨天你们去了哪里，小红如实地讲了经过，还真诚地说知道自己配不上你，也知道你看不上她，她很理解你的举动，人家一点不生你的气，还祝愿你找个好对象。”

“她没再说其他的？”孟雨涛赶紧问。

“就这些。”母亲没好气地说。

原来是这么回事，孟雨涛听完后不仅怒气顿消，还蓦然增加了对潘小红的愧疚与好感。哎，就是你不喜欢、看不上人家，你的确不该有把人家当球踢的念头噻。我做得是不地道。他心里又狠狠地骂着自己。

“怎么不说话了？”母亲盯着孟雨涛问。

“这事是我对不起她，妈，你下次见到她，替我向她道歉。”孟雨涛低着头诚恳地说。

“你的眼睛是不是长在头顶上的啊？怎么对这么不错的姑娘都看不上，难道你想找嫦娥、貂蝉、窦娥冤？”母亲很是不满地指责道。

孟雨涛与嫂子听了一下笑出声来，母亲这才意识到说错了，不禁自己也笑了：“我真是被你气糊涂了。”

母亲导演的这场相亲戏戛然而止，引起的后果也没那么严重，孟雨涛如释重负。在他离开家时，母亲最后还是赌气地说，再也不会为他介绍对象了，还警告说，以后要回家必须带个女朋友回来，否则就别进家门。

对母亲下达的最后通牒，孟雨涛不以为然，他知道这只是母亲一时说的气话，他于是嘻嘻哈哈地连忙表态：“没得问题，没得问题。”

上午快要下班时，一个女人的声音在编辑部门口响起：“孟同学，你好啊！”

同室的人闻声后，不约而同地将目光投向了门口，只见一个亭亭玉立的姑娘笑吟吟地站在那儿，大家又将目光转向一脸惊愕的孟雨涛。

“怎么是你……”

对夏婷的突然出现，孟雨涛也大感意外、一时语塞。

夏婷则大大方方地朝孟雨涛走过来，脑后的一束头发像松鼠的尾巴夸张地甩动着。她走到他面前以责怪的口吻说：“没想到是不是？看来我不找你，你是不会找我的。”

孟雨涛忙起身笑着打起哈哈：“不可能，不可能……你看我忙得很嘛。”

他此时心说：“这个‘松尾’有意思，居然叫我同学，我和你同过学吗？”但他又不好当着大家的面揭穿她，只得也顺着竿子装出老熟人似的说：“夏同学，你突然登门，简直让我很感意外。”

“这意外不知孟同学心里是惊喜还是……”夏婷依然笑容满面地直盯着孟雨涛，像是要从他的脸上看出他内心的真实想法。

“那当然是大喜过望了。”孟雨涛装起笑脸说。

对她特地上门来的目的，孟雨涛明白她是兴师问罪来了。

来者不善，善者不来，别看你现在笑容满面，你是笑里藏刀，等会你会自己撕下你这迷人的伪装凶相毕露，但不管你来软的还是硬的，我是胸中早有一竿竹子，我会见招拆招，一一化解，看你咋个整。

尽管孟雨涛心里这样盘算着，但他表面上还是装出热情的样子请她坐，还要去给她泡茶。

“不必了。”不料夏婷却拦住了他，她面无表情地说，“我找你有点事，我们还是出去说。”说完转身就向门口走去，还面带微笑地朝望着她的众人点点头。

从夏婷那由晴转阴的脸色上，孟雨涛知道她要向自己发泄不满了。

没办法，他只得跟着出去，他对正笑嘻嘻看着自己的周兮倩摊摊手，连连说："同学、同学。"

这次，周兮倩等人不再像上次柳雪来时那样帮忙热情接待了，甚至连话也没说一句。这是因为那次柳雪离开后，孟雨涛就埋怨过他们，说你们也太神经过敏、太过度热情了，虽然出于好心帮我接待，但完全驴唇不对马嘴，本来正常不过、纯洁自然的关系被你们这样一整，弄得人家怪不好意思、很不自在，以后遇到这种事，你们还是少掺和为好。

周兮倩听后当即表态：今后决不再做好心得不到好报的事了。

嘿嘿，这次他们还果真说到做到。孟雨涛想起这事不禁摇头一笑。

夏婷站在院中央的水池边，饶有兴致地看着水面的浮萍和水里游弋的鱼儿。

孟雨涛站在门口看着她的背影，掏出一支烟点上吸着，他在寻思她接下来会出什么招。见她回过头来望着自己，他忙笑着抬抬手，然后走下台阶来到她身边。

"好像你不高兴我来?"夏婷盯着他问。

"恰恰相反，你能来看我，我高兴得简直都手脚不晓得咋个放了，太想不到了嘛……嘿嘿。"孟雨涛脸上挤出了假笑。

夏婷把头一扭、不屑地说："算了吧，别说违心话逗人了。"说完她不再吭声，一脸冷漠地环顾着庭院，最后把目光落在水池中的假山上。

孟雨涛忙找话说："我们杂志社破旧不堪，没法和你们报社比。"

夏婷没有搭理他。

孟雨涛心里有点烦了："你做出这副样子就不讨人喜欢了，嘿，我打起笑脸抬举你，你居然摆起谱来了，骄傲啥子嘛。你这样阴起个脸不开腔，好像心里有好大的冤屈，别人会误以为我把你怎么怎么过了又把你一脚蹬了似的，我可不会背上有损我高大形象的这口黑锅。哼，在我面前还是少来这一套，你有什么话就说、有什么屁就放，这样大家都痛快些。”

孟雨涛默默地等了会儿，见夏婷依然如此，他没有耐心这样跟她耗下去了，于是不留情面地试探性地说：“没啥子事的话，我先进去上班了。”

等了会儿见她没反应，他转身就要走。

“站住！”夏婷终于说话了。

孟雨涛有些得意转过身来看着她：“你还是晓得我是有脾气的哇。”他装着很轻松的样子仰视天空，还悠然地吹起了口哨。

不料夏婷看了他一眼后，居然也啜起双唇吹了起来，口哨声吹得特别响亮。

孟雨涛不由得停止吹哨，看着她笑道：“你比我吹得还响呢。”

夏婷朝孟雨涛得意地一笑：“那当然。”

没想到这吹口哨的无意之举，竟化解了两人间的沉闷对峙。

孟雨涛感到她有点好耍：“你进来就喊我同学，嘿，我当场就奇怪了，你说我们两个是啥时候的同学啊？亏你喊得出来。”

夏婷调皮地笑着说：“随便喊喊不行吗？”

“可以，可以。”孟雨涛由她怎么说。他瞥了一眼编辑部，周兮倩、谭立闻正在窗里望着他和夏婷。

他可不想长时间待在这里让别人把自己当猴看，赶忙问夏婷来有何事。

“你真会装疯迷窍。”夏婷不满地看着孟雨涛说。

“难道‘黄虎’又张开血盆大口把你惊吓到了？”孟雨涛假装惊讶地问。

“那倒没有。”

“这就没啥子了嘛。”孟雨涛故作轻松地说。

“说得轻巧，问题比这还要严重得多！”夏婷柳眉一竖、气呼呼地说。

“又咋个啰？”孟雨涛继续装闷。

夏婷一脸怒气地说：“没想到你是个骗人脸都不红一下的人，

你不是说他母亲去世后他受了刺激，这——”她用手指对着自己的头：“他的脑壳有毛病吗？”

“啊，是有这么回事。”孟雨涛装糊涂地笑笑说，“他是有点问题，可能你没看出来。”

“人家才没问题呢。我和他摆谈过，也问过他邻居，根本就没这回事，他还骂我是神经病……你咋说？”夏婷愤愤地盯着孟雨涛诘问道。

“哎呀，你就为这事而来，我以为有啥子好大的事，结果就这点小事也要来兴师问罪，太不至于了嘛……”孟雨涛强忍住笑说。

“也怪我太相信你编的动人故事了，我受了骗不说，还反遭人家骂一顿，好心得不到好报啊，你说这气不找你出找哪个？”夏婷不依不饶地说。

孟雨涛偷偷瞥了她一眼，她生起气来的样子还是蛮好看的，他心里发笑地想：这个“松尾”看上去文文静静的，其实还是有点个性、有点脾气。

他要再逗她玩一下：“我说你这个记者也太敬业了嘛，人家记者都欢天喜地地往有油水的地方跑，你咋个往这个得不到一分钱好处的旮旯儿拱嘛，你这不是自讨没趣吗？”

“你居然还冷嘲热讽，简直可恨可气可恼可恶……之极！”夏婷更来气了。

夏婷此时是真的被气得够呛。

孟雨涛想人家的确还是很够意思，再对人家取笑逗乐，惹她不快，真的就要不得了。

他赶忙忍住笑说：“我刚才说耍的，对你列举的我的种种罪过，我完全接受、毫无异议，并真诚地表示歉意，现在我郑重向你道歉。”说完，向她弯了弯腰。

“有你这么嬉皮笑脸道歉的吗？”夏婷终于忍不住笑了。

孟雨涛委屈地说：“我一点都没笑啊。”

他抬腕看了看手表又说：“马上就要下班了，我请你吃午饭如何？一来表示感谢，其次向你道歉。”

夏婷迟疑了下微笑道：“好吧，看到你态度还比较端正，我就再给你一回面子。”

编辑部里，谭立闻问周兮倩：“你发现上次那个小妹和这个女娃有什么特点吗？”

周兮倩想想说：“各有千秋，都不错。”

“依我看，前一个是小家碧玉，而这个则是大家闺秀，不过眼前这个看上去有点凶，你看雨涛在她面前有点服服帖帖的。”谭立闻颇有感触地总结道，接着无不羡慕地叹道，“真是塞翁失马焉知祸福，他娃娃艳福不浅，不晓得哪来的桃花运，咋个青菜萝卜他都爱喔。”

周兮倩笑道：“你咋不说大蒜葱花呢？是鱼和熊掌。”

谭立闻听了忙笑着说：“对、对，可见还是青春年少好啊，只可惜岁月这霜刀风剑，把我摧残得快成海边的礁石了，哎，我现在是彻底垮丝了，当年我的英姿勃发到哪去了喔？”他又即兴地唱了起来：“我的青春小鸟一样不回来，别的那哟哟，别的那哟哟……”

“你还英姿勃发、青春小鸟呢，现在知道自己惨不忍睹了？”周兮倩开心地说。

孟雨涛带夏婷去的是一家老字号川菜餐馆。

刚进店门，一位胡须花白的老师傅热情地迎上来，他将手上的白毛巾朝肩上一搭，扯起嗓子地吼道：“客官，两位里面请！”声若洪钟，悦耳动听。

孟雨涛选定一张靠近角落的桌位坐下后，老师傅将一本菜谱放到桌上请他俩点菜。孟雨涛让夏婷点她喜欢吃的菜，她推辞不过，只得翻起菜谱边点边征求孟雨涛的意见。老师傅站在一旁只听不记，等他俩点好菜后，他便径直走到厨房门吼起一长串的话，中间毫无一点停顿，其声抑扬顿挫、如行云流水。

夏婷听得晕头晕脑、不知其所云，颇感惊奇地问：“老师傅吼的什么呀?”

“他在向厨师报菜名。”

虽然孟雨涛也听不懂老师傅喊的啥，但他知道这是吼堂绝活，这在如今成都的餐馆里已很少见了。他对夏婷说：“结账时，他看都不看菜谱，就能一口气报出多少钱，一分钱都不会错。”

“是吗?真是太不可思议了。”夏婷信服地朝老师傅投去敬佩的目光。

“那当然了，这是要失传的绝活了。”

孟雨涛随后想起了在一些餐馆听到的吆喝声，于是感叹道：“这样的报菜才有水平嘛，你看现在有的馆子咋喊的，去吃炖蹄花，跑堂的就喊‘来两只优秀的前蹄’，去吃怪味面，他们就冲着你喊‘来两个幺怪（妖怪）’……简直令人啼笑皆非。”

夏婷听了哈哈直乐。

本来他还想讲在街头听到的这样一个吆喝——一个买麻花的男子不停地喊着“麻花、麻花，一元一根……”可能是连续吆喝的缘故，他后来居然喊成了“麻雀（成都人对男性生殖器的俗称）麻雀，一元一根……”吆喝者浑然不知，路人听了无不发笑地看着他。考虑到这个笑话有点低级粗俗，孟雨涛便省略了没讲。

今天能与美女共进午餐，孟雨涛心情很好，于是又要了两瓶啤酒。

“你中午也要喝酒?”夏婷惊异地问。

孟雨涛醒醒豁豁地说：“常言说得好，吃菜不喝酒，吃完没朋友嘛，该喝还是要喝的。”

菜上桌后，老师傅对他俩说了声“二位请慢用”后，又去接待其他食客了。餐馆里不时响起他那抑扬顿挫的吼堂声，让人感受到川菜这一独有的传统饮食特色和魅力。

虽然这是第二次见面，孟雨涛和夏婷却没有一点拘谨和生疏感，如同已是老相识。也许是初次见面双方留下的印象都不错，这便拉近了彼此之间的距离。从第一次到报社与她见面，孟雨涛就感到她是个活泼爽朗的人，现在面对面地一起用餐，她也显得大大方方，该说就说该笑就笑，毫不藏藏掖掖，没有一点扭捏之态。与自己有好感且有趣的异性一起用餐、摆谈，这对孟雨涛来说无疑是件愉悦之事。

当孟雨涛得知她比自己小三岁，但听到她还直呼自己的姓名时就不依了，要她喊自己涛哥或孟哥。但她笑着说不干，孟雨涛问她为啥子，她说："在报社比我大的男记者都曾让我喊他们哥，但我都没答应，我就喊他们某某老师。"

"你可以呢，很有个性嘛。"孟雨涛嘬了口酒说，心里不知是有点失望还是赞扬她。

夏婷翕嘴一笑："我不习惯喊人家哥，也不喜欢人家喊我妹，听起来好肉麻哦……"说到这里她还缩了缩肩，仿佛现在身上已经起了鸡皮疙瘩。

孟雨涛开心地笑道："但今后也不要喊我啥子同学哈，弄得你我平起平坐了，毕竟我年龄管在那，我们之间还是有大小之分的。"

"是，孟……雨涛。"她调皮地本来又要喊他孟同学，但随即改了口，还说也不想喊孟老师，理由是这样喊起来有隔阂有距离。

"行，随你咋个喊。"

夏婷得意地笑了，又朝孟雨涛吹了三下口哨。

"我听出来了，你吹的是我的姓名对不对？"

孟雨涛一笑，也同样吹起了她的姓名。两人随即相视而笑。

笑过后，夏婷神情像小孩一般地说："我读初中时留的是小男孩头，经常在楼下吹口哨逗我弟弟耍，他在家里一听我吹口哨就知道我在喊他，于是就从窗户里探出头来问什么事，有趣极了。我父母和邻居那时都说我清清秀秀的，但性格像个男娃娃，你现在有没有同感？"

孟雨涛觉得她很好耍，故意激她说："就是像个男的，身上没有一点女人味。"

夏婷一听夸张地张开嘴、两眼一瞪："不会吧？"

见孟雨涛嬉笑着不说话，她晃动着头、咧嘴一笑得意地说：“不管你咋个打击，反正我自我感觉不错，觉得自己还是很有女人味的。”

她对孟雨涛的打击不仅没一点恼怒，反而还扬扬自得，因为她对自己相貌等方方面面心里有数。长相不错的女孩就是这样自信，不会因别人随便说什么风凉话而自卑气恼，她现在的表现就充分证实了这一点。

吃了几筷子菜后，孟雨涛想到了与她相识的起因后说：“看来我们两个有狗缘。”

“啥子呢？狗缘？”夏婷一下弄糊涂了，她驳斥道，“人之间偶然相识都说有缘、有人缘、有缘分之类，哪有狗缘一说，你这不是在贬低自己吗？真是狗嘴里吐不出象牙。”

孟雨涛解释道：“我们认识全靠‘黄虎’惹事牵的线是不是？如果没有这条狗，今天我们不可能坐在这里吃饭对不对？所以说我们有‘狗缘’，因狗结缘嘛。”

夏婷“扑哧”笑出声来：“虽然是这样，但这么说也太难听了。”

“是不咋个顺耳，不过还是比较贴切、生动。”孟雨涛打起了哈哈。止住笑后，他一本正经地问：“对了，那天你咋个想起跑到他们那个院坝去呢？”

“我从那条小街路过，看到那有一条过道通向河边，我想到河边看看，没想到刚进去突然扑过来一条大狗，说真的，当时把我吓惨了……”

夏婷说着将一只手捂在胸口上，好像现在心跳还在加速。

“嗨呀，那水有好深、堂子有好野你都没摸透，居然敢跑到这个凶神恶煞之地，岂能不受惊吓。”

“你还笑！”夏婷嗔怪道，然后不解地问为啥叫凶神恶煞之地。

孟雨涛将筷子往菜盘沿上一放慢慢道来：“我那个同学，对了，就是你写的那个幸灾乐祸的家伙，他读书时之凶，哪个都不敢惹他，大家给他取的绰号就叫‘凶神’，‘恶煞’嘛出自你的笔下，你不是称‘黄虎’是恶狗吗？你想，那儿有这么一个人、这么一条狗，人如其狗、狗如其人，完全就是名副其实的凶神恶煞之地噻。”

夏婷听了乐不可支，用手指拈起盘中的一粒花生米，抬手就缓缓将其扔向孟雨涛：“你把人家说得好坏哦。”

孟雨涛头一偏躲过飞来之物：“侠女，切莫暗器伤人。”

夏婷笑得更开心了。

看着这对说说笑笑的年轻人，吼堂老师傅在一旁也满脸是笑。

“好了，说正经的，我的那个同学样子是有点凶，其实人心不坏，算得上憨厚老实，只是头脑有点简单，与他接触久了，你就会觉得他还是有点可爱，你第二次见他是不是感到和头次有明显变化？”

“哼，说起来还不是惹了一肚子的气。”夏婷看着孟雨涛正色道，“这主要怪你噻，你到报社口吐莲花，把他的遭遇说得多动听、多打动人啊，我就是信了你的话才去看看他，没想到狗不欺人了，却被人家骂得灰溜溜的，你说你恶劣不恶劣？”

孟雨涛开心笑着说：“之恶劣，之可恨。”

“你还好意思笑？你这个骗子！罚酒！”夏婷颐指气使地用筷子指着他面前的酒杯说。

“该罚，该罚！我原来以为你是去对‘黄虎’穷追猛打呢。”

这顿饭两人吃得没有一点陌生感距离感，两人俨然是老熟人相聚，喜怒笑骂皆充满随和与乐趣。在随后的摆谈之中，两人又自然地摆了各自的大概经历，孟雨涛还向她讲了柳亮、邱军、黄天伟以及单位上的一些趣事，她听了开心不已、笑个不停，最后郑重其事地说：“你们简直太好耍、太有趣了，以后我倒要见识见识他们。”

不管她是不是随意这么一说，但这正中孟雨涛的下怀，他早就萌生了想与这个女记者交往下去的念头，对她主动迎合自己的心意，他当然是非常愉快地答应了下来。

吃完饭分手时，孟雨涛竟然萌生了依依不舍之感，这是他很久以来与异性接触从来没有出现过的感觉，而且他相信以后他们还会再见面。

孟雨涛心情愉悦地吹着口哨一进编辑部，周兮倩笑道：“一瞧就知道，这顿饭与同学吃得很开心。”

“肯定之不摆，从他春风得意的脸上就看得出来，你的幸福也降临得太迅雷不及掩耳了嘛。”谭立闻煞是羡慕地说。

“我的幸福就是你的快乐噻。”孟雨涛得意地打起了哈哈。

他坐到办公桌前回味着那顿饭的情景，体会着夏婷一颦一笑里的韵味。他觉得这个“松尾”很有意思，甚至去猜想她有没有结婚、有没有男朋友这样的问题。嗯，如果她还是一只单飞鸟、与我同命鸟的话，以她的相貌和性格，我还是喜欢的，当然了，前提是她对我也有那个意思，这样的话嘛，那我也还是可以认真考虑考虑我们是否可以成为比翼鸟的……

孟雨涛沉浸在美好的遐想之中，盘算着下次找个什么理由约她出来加深了解、增加印象。

从这一顿愉快的午餐之后，孟雨涛开始翻看《蜀都晚报》，主要是关注夏婷写了些啥子东西。

第二天，孟雨涛看到她写的一篇报道，新闻主标题是《民警深夜雷霆出击　一举端掉制贩假酒窝》，他一看标题就乐了，这个标题取得有点瓦塌，这又不是好大一个案子，雷霆出击至于嘛。他取笑后转念一想，自己当年也不是这样吗？警方破获几起盗窃案、擒获持刀歹徒、追回几辆被盗自行车、扑救火灾、送痴呆迷路老人回家、为居民疏通下水道等鸡毛蒜皮之类的事，我还不是绞尽脑汁地要用上啥子斗智斗勇、火眼金睛、临危不惧、危难之时显身手、爱民情深等溢美之词大肆渲染、吹捧……

看来她也染上了我曾经溜须拍马的不良习气，下来得让她改改文风，千万不要学我这个吹鼓手……

此时，他感到人的心情好时，自我调侃地作践一下自己也是很开心的事。

第十四章　聚会危机

黄天伟给孟雨涛打来电话："雨涛，我今天晚饭已与几个做生意的朋友定好了，无论如何你都要陪我吃这顿饭，吃完后我们再去卡拉 OK。"

又是饭局。

孟雨涛有些纳闷了，现在的人谈啥子事，好像只有在酒桌上才能敲定，吃饭喝酒是可以的，但要和朋友熟人在一起才有愉快感，陪无关的人吃喝那简直就是受罪，哪怕吃的是山珍海味、喝的是茅台五粮液。

"不去，你们生意人在一起谈生意，不关我一分钱的事，我没有兴趣，再说了人也不熟，我去凑这个热闹干啥子。"孟雨涛推辞道。

"不谈生意，完全就是朋友聚聚，你当过记者，啥子场面、啥子人没见过，这次饭局对我来说比较重要，你就陪我会会那些人，算我求你了行不行？具体原因见面再说，就这样说好了，四十分钟后我开车来接你。”

不容孟雨涛再说什么，黄天伟就挂了电话。

嘿，这个黄天伟搞啥子名堂喔，居然非要把我抬出来陪餐扎场子，我有啥子好重要的喔，我还不晓得自己的打米碗有几两嗦。

尽管孟雨涛疑云重重不想去，但他还是准时在杂志社门口等着黄天伟。

没等一会儿，黄天伟亲自开着“桑塔纳”来了，车一停，刘芸就懂事地从副驾下来微笑着说：“孟哥，请上车。”

经过多次接触，她对孟雨涛已俨然老熟人，也不再喊他孟编辑了。待孟雨涛坐进副座后，她还替他关上车门然后坐到了后排位置上。

黄天伟启动车后，侧头看着孟雨涛微微一笑：“你看为了请你参加，我给你当车夫，我的办公室主任给你开车门，我们对你老兄的待遇够高了嘛，你还扭起不想去，你们总编也享受不到这样的待遇。”

“我不能不给黄总的面子噻。”孟雨涛带情绪地说。

“嘿，你咋个得了人情还不知卖乖呢，你这人啊就是嘴不饶人。”

黄天伟说完摇摇头开车离开了杂志社。

孟雨涛发现黄天伟的心情没有平常好，他嘲笑道：“一向春风得意的黄总今天咋个咯，怎么脸上变得秋风萧瑟了?”

“哎，你只看到我顺风顺雨的时候，没看到我倒霉的时候啊。”黄天伟叹了口气说。

“最近遇到了啥子不顺心的事?”孟雨涛关心地问。

“一笔本来赚钱的生意泡汤了，有笔投入的资金又陷进去了，黄总心烦得很。”没等黄天伟说话，后面的刘芸声音低沉地说。

孟雨涛轻轻“哦”了一声。

黄天伟心情压抑地接过话茬儿说：“半年前我和一个外贸公司的吴总，喔，也就是等下要来吃饭的那个吴奎，我们谈好了合伙做一笔进口日本电器的生意，我投了五十万进去，但现在那批货的影影都没得，我最近资金也比较紧张，就想退出那笔生意把钱要回来，今天请他吃这顿饭是想把关系搞融洽些，我下来好和他谈些。”

孟雨涛不理解地说：“这与我有啥子关系，把我拉上桌我能替你做啥子？我可不想听你们饭桌上扯皮，算了，我不去了，停车。”

黄天伟急了：“你听我把话说完嘛，今天饭桌上一点不提此事，就是喝酒摆龙门阵，把他喝高兴了事。”

孟雨涛更不解地说：“那你该找些美女‘三陪’噻，我咋个把他陪的巴适嘛，他是个同性恋？笑话！”

黄天伟笑了笑：“他不缺这个，他也不是同性恋、土老肥，狗日的怪球得很，这个只读了初中的粗人居然喜欢和文化人打交道，说白了就是附庸风雅，装有知识有文化的那种人，你今天呢就多摆些文学界方面的事，啥子都顺着他说，我知道你不喜欢这种人，但今天无论如何都要忍到不要得罪他，记住小不忍则乱大谋。”

孟雨涛没好气地说：“我就晓得今天这顿饭不好吃。”

黄天伟赔着笑脸安慰：“改天我单独请你吃好的，想吃啥子随便点，但清蒸大熊猫、油煎恐龙蛋之类的就不要点了，这可以了吧。”

黄天伟一路上都在郁闷，时不时地还心烦地用手掌使劲拍几下喇叭，好像以此来发泄心中的烦躁。

吃饭的地点在一家颇有名气的川菜馆。走进古色古香的院大门，里面庭院深深，曲径通幽，小径旁的树枝上挂着不少鸟笼，画眉八哥鹦鹉等鸟在笼里跳跃、鸣叫，院里还摆放着许多假山、树桩盆景……这里的古朴幽静与院外车水马龙的大街形成鲜明对比。

他们进入一间翠竹掩映的老建筑瓦房，里面的桌椅、茶几等全是古典木质雕花家具，室内吊着一盏宫灯……

两个在茶几边喝茶闲聊的男子看见黄天伟等进来，站起来与他打招呼，餐桌旁两个颇有几分姿色的年轻姑娘慌忙站起身来。

黄天伟走过去与他们一一握手，并给孟雨涛做介绍：“这是罗总，这是胡总。”

喔，吴总还没来，主宾一般是最后到场的，这点孟雨涛懂得起，他此时很急于想看看那个吴总到底是啥样子。

等了会儿，一个理着平头、长得富态的中年男子出现在门口，他的身边还有个妙龄女郎。黄天伟等立即走上前迎接、寒暄。

“人到齐了，那就入座。”吴总带头走向餐桌，并当仁不让地坐在主位上。

孟雨涛挨着黄天伟落座后，服务小姐给每人递上热毛巾。孟雨涛一边用毛巾擦手一边依次打量着同桌初次见面的人——吴总、舒小姐，做音响生意的罗总、汪小姐，做服装生意的胡总、赵小姐。

刘芸与那三个女人亲热地相互说着什么你今天好漂亮、你穿的服装很好看之类的恭维话，然后又彼此炫耀地互问：“你猜我这LV包多少钱?”“我这条项链怎么样?”……看得出来她们已不是第一次见面。

与黄天伟一样，吴总、罗总、胡总的桌前都摆放着“大哥大”和软包装中华烟。

“各位，我今天隆重推出与我志同道合的这位大学同学——孟雨涛，他可是很有文采的喔。”黄天伟见孟雨涛有些不自在，便亲热地拍拍孟雨涛的肩膀再次做介绍。

“我有啥子文采喔，他在转我。”孟雨涛淡淡地说，然后与黄天伟开玩笑：“如今我们可是志不同道不合哈，你现在奔的是光明‘钱’途，而我还不知路在何方。”

吴总盯着孟雨涛微微一笑：“喔，又是一位骚人。”他又扭头问黄天伟：“他的文采与你黄总相比如何?”

“我比他差远了。”黄天伟谦虚道。

“都说文人相轻，你们两个咋都这么谦虚啊？谦虚就是骄傲喔。”刘芸笑着说。

“你黄总略输文才，但不逊风骚!”吴总冷不丁地做出评判。

孟雨涛听了暗暗发笑，酒还没有喝，这些人就这么喜剧地开场了，今天有好戏看了，我倒要好好看看他们咋个表演。

黄天伟知道孟雨涛在想什么，他太清楚吴总这帮人的底子，如果他俩再这样继续卖弄学识，非闹笑话不可，于是赶忙转移话题问吴总："今天喝啥子酒?"

"照顾女士，喝她们喜欢的'见男春'（剑南春)。"

"吴总好坏呀。"舒小姐发嗲地捶打了着吴总的胳膊。

对她的矫揉造作，孟雨涛心里很反感，但他不露声色，还是装出很开心很随和的样子与大家一起笑。

菜上桌，酒满杯。吴总端起酒杯，扫视了一下在座各位后说："今天承蒙黄总做东相聚，我们都把这杯拿下!"说完率先把酒喝了。

几杯酒下肚，桌上几个女人也没了起初的矜持，不时主动地端杯去敬这个总那个总，个个嘴巴像抹了蜜似的，说出的话既娇甜又肉麻，酒桌上的气氛自然热闹起来。在黄天伟的挑动下，她们又轮番向孟雨涛敬酒，孟雨涛只得频频接招，显得很豪爽把酒都干了。

"好，我就喜欢豪爽的人!"吴总高兴地对孟雨涛点点头赞许道。

"吴总不仅生意做得嗨，而且很讲义气，喜欢交朋友。"黄天伟恭维道。

"我这人其他没啥子，就是对人真诚。"吴总飘飘然地说。

"看得出来，吴总也是很有学问的人。"孟雨涛也违心地开始奉承，还掏出一支软云烟递过去。

吴总看了看手里的烟后，勉强塞到嘴里点燃，象征性地吸了口后将烟拿在手里漫不经心地转动着。

"吴总，你生意做得大，我有个好朋友现在失业了，他人很忠厚老实、讲义气，长得也很拽实，能不能在你那随便找个啥子饭碗……"

孟雨涛觉得这个人看上去很豪爽，便借机想给柳亮找个工作。

还没等孟雨涛说完，吴总便将没再吸一口的烟往烟灰缸里一摁，他乐呵呵地看着大家说："我看他当个门神、打手还合适。"

其神态和口气都带有明显的调戏、轻视意味，众人听了大笑起来。

孟雨涛则感到受了羞辱，一股热血直往头顶上涌。在他平时与人交往中，不管人熟与不熟，他都奉行这样的原则：你敬我一尺我敬你一丈，你敬我一丈，我把你顶到脑壳上。如今你居然欺负到我头上，那我就要把你踩到脚底下。哼，你以为你是哪尊佛啊？得意个球！

他忍怒地讥讽道："看来吴总的庙门大呀。"

黄天伟看出了孟雨涛的不满，生怕他对吴总当场发飙，赶紧拉扯了下孟雨涛的衣袖，然后站起来嘻嘻哈哈地说："管他庙大庙小，坐在一起就都是朋友。这事下来说，现在喝酒，喝酒！我敬各位一杯。"

本来孟雨涛还想再狠狠地嘲讽一下吴奎，但考虑到黄天伟的面子，只得忍气吞声地不再说话，他后悔地骂自己："我怎么求助这样的人，我真是瞎了眼。"

大家纷纷端杯响应，孟雨涛则抽烟冷视，他听见舒小姐悄悄地对身旁的罗总说："那个人给吴总抽的啥子烟喔，他不晓得我们吴总只抽中华。"

在来的车上，黄天伟就向孟雨涛透了底——今晚一起吃饭的还有三个女的，与做生意的朋友是"搅家"（男女关系暧昧）。

听了舒小姐这话，他不由憎恶地盯着她：你说这话是拍马屁呢还是炫耀你自己？你们这种人是啥子货色我不晓得嗦？说难听点，你这种人在古代连丫鬟妓女都不如，那时的丫鬟都晓得礼义廉耻，青楼风尘女还懂得起琴棋书画，你这种女人配做什么？你只不过是人家召之即来挥之即去的玩偶……

他原本想立即嘲讽那个姓舒的，但想到了黄天伟不要乱大谋的提醒，于是只能嘴角浮现出一丝讥笑、鄙夷地看着她。

"我问个问题，现在喜爱文学的女青年还多不多？"吴总丝毫没察觉孟雨涛情绪已变，又感兴趣地问道。

“吴总怎么关心起这事呀?”胡总知道他葫芦里装的啥子药，故意这样问。

“我们还是要向有文化、有知识的人靠拢嘛，比如像黄总这样……”吴总将头转向黄天伟，“我们需要提高素质……是不是?”

看来他酒劲已经上来，说话开始有点舌头都吐不转了。

“没错，没错。”黄天伟附和道。

吴总的用意孟雨涛焉能不知，他心里嘲笑道：“你咋这么没有眼水，没看出老子已从骨子里看不起你了？你怎么还这样不知趣、恬不知耻呢？你以为有了点钱，这个世界啥子都是你的了嗦，好嘛，你既然有此色心，老子今天就好好吊吊你的胃口，把你娃吊得直流口水。”

孟雨涛装出一副笑脸夸张地说：“吴总，这个问题你还真问对了，我都没想到现在喜欢文学的女性这么多，年轻的不到二十岁，大点的也就三十多岁，这些人都有不错的职业，而且长相气质都之绝，她们经常要到杂志社来，不是给我们投稿就是和我们交流创作心得……哎，没想到这社会还有这么多才貌俱佳的女人喜爱文学，啧啧……”他说这些话时注意到在座各位都把目光盯着自己。

“真的啊?”吴总眼睛发亮、惊讶地问。

“嗨，没想到文学的吸引力这么大，看来追求高尚品味的美貌女人大有人在啊!”孟雨涛故作不可思议地摇摇头，然后独自端起酒杯品味似的呷了口酒，还有意将嘴唇咂得直响。他就是想故意嘲笑、讽刺一下那个舒小姐。

果然，孟雨涛说了这些话后，在座的几个女人都神色一下不自在起来，而孟雨涛则感觉好极了：“你们晓得相形见绌了哇？哼，我告诉你们，比你们出色、有品位的女人多的是，她们可不是个个都像你们喜欢巴结有钱人。”

此时他心里觉得格外痛快、解气，又独自把酒一口喝下。他突然想到了周兮倩、柳雪、夏婷，哎，要是大姐在多好，你这几个低级趣味的女人见了只有嫉妒羡慕的份儿，只有自愧不如地躲到桌子地下去……

“别听他说得天花乱坠的，来，大家喝酒。”

黄天伟见孟雨涛故意转弯抹角地贬低桌上的女人，心里直骂：“你在这故弄玄虚乱吹啥呀？是想证明你这个臭文人过得很滋润还是想报复，真是的。但他又不好说破，只得出来打圆场。”

“孟编辑说得好，人就是要有精神上的……追求，这样才是高品位……怎样？下次约几个出来，我们结识一下，我、我做东。”吴总醉眼惺忪地对孟雨涛说。

“到时也喊上我，我们也需要提升、上台阶。”罗总马上表态，唯恐错过了这样的机会。

“我也要陶冶陶冶。”胡总也积极表态。

“好啊!”孟雨涛爽快地回答，心里却嘲笑不已。

“喔哟，吴总真是有格调，马上就看不起我们了。”舒小姐将手臂搭在吴总肩上酸溜溜地说。

“哪里……另外回事。”吴总抚摸着舒小姐的手安抚似的说。

看到眼前一幕，孟雨涛痛快之极，脸上浮出快意的冷笑。

他去洗手间屙尿时还忍不住大笑了几声。

黄天伟跟着进来看见他如此开心，他也心情极好地说：“我晓得你发泄痛快了，不过分寸掌握得还是很好，没有误我的大事，你牛皮哄哄吹的那些还效果尤其好，真把他们的胃口吊起来了，没想到你临场发挥的演技这么高，佩服佩服！今天把你喊来是完全正确的决定，我没看错人。”说完他还很满意地拍了拍孟雨涛的肩。

孟雨涛哈哈一笑：“你不觉得那个吴总自我感觉很好吗？我就是要故意逗逗他，他神气什么啊？在我眼里一分钱不值。你与这些品味如此低下的人混在一起，我看你是自降身价，不晓得你的人品会不会出问题喔。”

孟雨涛心里就最看不起那些有点钱，到处摆出一副与众不同、高人一头的生意人，更何况这人今天居然还嘲笑自己的好朋友，对这样的人理所当然地要还以颜色。他佯怒道：“他明明就是想炫耀自己有钱嘛，但还要假惺惺地说什么我这人没得啥子，就是对朋友真诚……太可笑了嘛。”

“还是清高，在你眼里依旧是‘肉食者鄙’，不过你等下进去还是要继续演好戏。”黄天伟笑着提醒孟雨涛。

走出卫生间，孟雨涛说：“我就不进去了，不想再见到那些人。”

黄天伟一下急了：“不能半途而废喔，你要这样溜了，我的事下来又不好办了。”

考虑到黄天伟的难处，孟雨涛只得同意再进去与这些人逢场作戏地演下去。

孟雨涛回到包间，此时吴总已喝得脸红脖子粗，正笑嘻嘻地搂着舒小姐调情，舒小姐也装出小鸟依人般地对吴总发着嗲，另两个总也在与身边的女人打情骂俏。

看见孟雨涛坐下来，吴总很认真地对他说：“小孟，你看我们都是成双成对的……你也应该带一个来嘛。”

孟雨涛如实回答：“我没得可带的。”

吴总哈哈一笑：“那好办，等下在卡拉 OK 厅，我、我给你安排一个漂亮的妹子陪你，随便你咋个耍……”他突然又醉醺醺地指着黄天伟：“这件事就交给你来办……一定要办好……”

黄天伟马上承诺：“放心吴总，这还不是小 case。”

众人酒足饭饱后走出包间，外面已飘起了随风潜入夜的丝丝春雨。

吴总搂着舒小姐的细腰走在最前面，嘴里还瞎唱着“跟着钞票走，紧拉着老板的手……”

走在最后面的孟雨涛悄悄对黄天伟说：“今天的任务我也完成了，那地方我就不去了，也不想和他们打招呼，如他们要问起，你就说我酒喝多了搪塞他们。”

黄天伟知道孟雨涛的性格，遂也就不再挽留由他而去。

孟雨涛独自走在灯光昏暗的大街上，任稀疏的春雨滴落在头发上、脸上，他感到格外的清醒也格外的舒畅，对酒桌上自己的那番夸夸其谈尤其得意，此举不仅戏耍了自我感觉良好的这个总那个总，也顺势打击了那个世俗浅薄的舒小姐。大快人心事啊，粉碎“四人帮”，灭了资产阶级的威风，大长了无产阶级的志气，君子固穷不亦快哉……

一路上他飘飘然地天马行空、思绪飞扬，感到开心之极，但这快感很快就消失了，随之而来的是寂寞、孤独，他真想找一个人倾心摆谈，但他实在想不到该去找谁。

回到杂志社房间，孟雨涛感到百无聊赖，他从书架上随便抽出一本书，躺在床上翻阅起来，但怎么也看不进去。

突然隔壁传来阵阵轻微的女性痛苦而愉悦的呻吟声、喘息声、木床吱呀吱的响动声，这更让他心生异念和感到浮躁，他知道这是老苏又在“吃回锅肉”了——与妻子行房事。由于只有一间房间，老苏这对中年夫妇往往只能等刚读书的小孩入睡后，才能如此这般成其好事。

老苏“吃回锅肉”的典故来自平时大家摆的一件趣事，因他的妻子在列车上当乘务员，她有时中午回家时老苏想做那事了，就对娃娃说中午要吃回锅肉，要他拿着一个小碟去巷口一家干杂点去买甜酱，并嘱咐他慢慢走，不要洒了。小孩刚一出门，他便与妻子关起门来抓紧做事。关于老苏这方面的事还有编排得更离谱的，说他想干这事了，便对妻子说暗语——想洗衣服了，如果妻子没有这个心思或身体不爽，就回答洗衣机坏了、手搓……

现在想起这些事，孟雨涛不禁偷偷笑了。

隔壁房间的声音还没停息，声音虽然不大，但在春日宁静的夜里却显得格外清晰，这更刺激着本来喝了酒浑身发热的孟雨涛，他站起身来打开房门，又去拉开窗帘、推开窗子，然后站在窗前听着滴滴答答的雨声。经凉凉的晚风吹拂，他躁动的心渐渐平静了下来。

咦，他突然看见一个肥肥的偷油婆从窗外爬到了窗台上，他也不去驱赶它、打死它，而是静静地看着，同时莫名其妙地这样想：“哎，我这房间又没得油盐酱醋，隔壁的老苏是个厨师，他家啥子吃的都有，你要偷吃啥子该跑到他家去嘛，跑我这屋头干啥子，你是不是没长眼睛喔……”

嘿，那个偷油婆在窗台上停住不动了，稍后硬是又爬出了窗子，这让孟雨涛居然乐了起来：“嘿，这龟儿子偷油婆还听懂了我的话嗦。”

不知不觉中，隔壁已悄无声息，窗外的春雨依旧淅沥沥、淅沥沥地下个不停。

孟雨涛与夏婷见过几次面后关系日渐亲密，趁给柳雪过生的机会，他想把夏婷在邱军、柳亮、柳雪面前隆重推出。

孟雨涛起初犹豫着该不该把夏婷也喊来参加，踌躇了一会儿，他鼓起勇气给夏婷打去电话。随便聊了几句后，他才问她明晚有没有空。得知她没其他安排时，他便给她讲了明晚几个好朋友要聚会、想请她参加的事，但没提柳雪过生。没想到她非常痛快地答应了，孟雨涛对此暗暗欣喜。

随后他又给邱军打电话，得意地告诉他自己要带一个女记者来赴宴。

邱军立即感兴趣地问：“你啥子时候又认到一个女记者？是不是你新耍的女朋友？”

“最近偶然认识的，但还不是那样的关系。”

“哦，我懂了，看来你对她有那个意思，是不是？你想约出来的女人肯定不错，好啊，把她喊来，让我们目睹一下她的芳容，到时我也可以帮你把把脉，如果我也觉得可以，那我可要到时帮你敲敲边鼓，这可是我的拿手好戏。”

“免了，免了，这事儿还没到孔雀开屏的时候，到时我会自己根据火候来搞定，你们千万不要瞎掺和，不然弄得我和她下不了台就不好了。”孟雨涛叮嘱道。

“好、好，你是行家里手，我们就看你的本事了。”

一听孟雨涛说要负责柳雪的过生费用，邱军不乐意了：“五粮液是你喝得多还是我喝得多？你就不要在我面前绷奶奶大了。”

邱军因之前奋不顾身、勇擒贩毒团伙头目，此时已经被提拔当上了派出所副所长。

孟雨涛笑道：“当然是你的奶奶大。”

第二天傍晚，孟雨涛在蜀香酒楼门前等夏婷，她按照约定的时间准时前来。当孟雨涛与夏婷出现在包间门口时，柳亮顿时惊得瞠目结舌，他完全没想到孟雨涛居然喊上了夏婷。

“你们两个是老熟人了，不要仇人相见分外眼红喔。”孟雨涛开起了玩笑。

“哪个和哪个是仇人喔，你不要夸大其词、挑拨离间。”夏婷瞅着孟雨涛坦然地说，然后大方地朝柳亮点头一笑。

柳亮只得尴尬地点点头。

“夏记者？久闻大名，幸会、幸会！”

不等孟雨涛介绍，邱军主动热情地向夏婷伸出了手。夏婷略作迟疑，抬起手与他轻轻一握。

“这位是我的同学——邱军，望月桥派出所副所长。”孟雨涛向夏婷做介绍。

大家坐下来后，孟雨涛问邱军：“小雪和她同学还没来？”

“可能快了。”邱军答后又对夏婷说：“希望夏记者能像雨涛当年那样，多到我们基层派出所走动走动，多为我们笔下生花哦。”

“你这人也太会拉关系了，初次见面就要人家吹你们，凭啥子嘛？”孟雨涛调侃道。

“以后有什么好的新闻，还望邱所长及时通知我。”夏婷说完咧嘴一笑，还拿出名片双手递给邱军。

“你看人家夏记者是啥子态度，唵？”邱军双手捧着名片，得意地朝孟雨涛笑道。

“你这人啊，无孔不入。”孟雨涛无奈地摇摇头。

邱军对夏婷一笑：“夏记者，我们派出所刚刚破获了一起入室盗窃案，抓人过程之精彩，有没兴趣听下案情?”

“好啊。”夏婷微笑道并从包里拿出了采访本和笔。

“你这人太会见缝插针了，不放过任何机会宣传自己。”孟雨涛开玩笑地说。

“机会难得嘛。”邱军乐呵呵地说，然后一本正经地说，“现在开始别打岔，不要影响夏记者的采访，我这就讲了……”

门外传来一阵嬉笑声，听声音，孟雨涛等知道柳雪和她的同学到了。

很快，柳雪和三个要好的女同学出现在了门口，一见孟雨涛身边的夏婷，本来还笑盈盈的柳雪一下怔住了，但随即又恢复了原来的神态，笑容满面地将同学逐一介绍给大家，然后又将孟雨涛、邱军、柳亮介绍给同学，最后她才望着夏婷问孟雨涛：“这位大姐是……”

“哦，她叫夏婷，《蜀都晚报》记者。”孟雨涛向柳雪介绍后对夏婷说：“她是柳亮的妹妹——柳雪，在校大学生。”

夏婷与柳雪互望着微微点头一笑。柳雪这才明白她就是报道“黄虎”的那个记者，顿时心情复杂地暗想：“他们怎么这么快就熟悉、交往上了？难道他们……”

“大家入座!”邱军以主人的身份招呼道，随即招呼站在门边的服务员：“小姐，可以上菜了。”

菜上桌后，邱军要孟雨涛先说几句。当孟雨涛端着酒杯站起来致开场白时，夏婷这才知道他们原来是给柳雪过生。

大家喝完第一杯酒坐下后，夏婷悄悄扯了一下孟雨涛的衣袖，悄声埋怨他为什么不早说这事，随后她说有点事出去一下。

不一会儿，她抱着一束鲜花走了进来，原来她是去给柳雪买生日礼物了。夏婷走到柳雪身边将鲜花送到她面前，并诚挚地祝她生日快乐。

柳雪红着脸起身接过鲜花，连声道谢。

生日席上，柳雪对大家的敬酒来者不拒不说，还不时主动挨着敬酒，说有这么多大哥哥、大姐姐给她过生，她今天很高兴、很感激……

见她已喝得满脸通红，孟雨涛怕她喝醉了，便劝她别喝多了，可她像变了个人似的对此置之不理，依旧豪放地喝着。孟雨涛心里有些担心，时不时地看她一眼。还好，柳雪既没有烂醉如泥地倒下也没有说什么酒话，表面始终呈现开心愉悦的笑容。孟雨涛暗想：她的酒量还好嘛，看来只要人的心情好，酒是自然能多喝一些的。

饭后，大家又去不远处的一家歌舞厅听歌跳舞。

台上，歌手在吉他、架子鼓、键盘的伴奏下深情演唱张雨生的《我的未来不是梦》、王杰的《一场游戏一场梦》等时下流行歌曲，孟雨涛与邱军轮流邀请几个女伴走下舞池跳舞，柳亮没有音乐细胞、不会跳舞，他无聊地坐在舞池边喝啤酒，神情怪异地盯着舞池里起舞的人们。

一曲《天天想你》的歌声响起，孟雨涛与夏婷走下舞池，他一手揽着她的腰一手挽着她的手翩翩起舞，沉浸在美妙的音乐与舞步里。突然，夏婷将脸挨近孟雨涛的脸边耳语道："我们转到舞台前去跳，我想近距离看看那歌手。"

孟雨涛的脸被她的几缕头发擦得痒酥酥的，心里也有些蠢蠢欲动。他点点头，搂着她从对对舞伴的间隙跳到了舞台前，然后几乎就在原地进进退退地缓慢跳着。夏婷时不时地侧过脸去看那个唱得声情并茂的男歌手。

"天天想你，天天问自己，到什么时候才能告诉你……"歌声在舞厅里回荡，孟雨涛也随之心旌摇曳，除这动人的歌声此时正暗合自己的心思外，夏婷的胸部偶尔碰到他的身体，她的气息和身上散发出的悠悠淡香扑面而来，所有这一切让他如痴如醉，脸上不觉发热，因为有很长时间他没有这样近距离地接触异性了。

"唱得太像张雨生了。"由于音乐声、歌声音量太大，夏婷将嘴凑近孟雨涛耳边大声地说。孟雨涛也以同样的方式迎合道："简直就和原版一样。”

就在他俩耳语的同时，在附近与邱军跳舞的柳雪不时透过起舞者的间隙，将复杂的目光暗暗投了过去，脸上看不出任何表情。

这曲舞结束后，人们纷纷回到舞池边的座位小憩。

一曲《羞答答的玫瑰静悄悄地开》音乐响起，孟雨涛一下想到了柳雪，她正在一边和同学摆谈。

他走到柳雪面前请她跳舞，她推辞说：“你请我同学跳嘛。”

她身边的一位女同学也露出企望的目光，孟雨涛抱歉地对她说：“对不起，下曲请你，我先和小雪跳这首她喜欢的歌。”

他说完不由分说地向柳雪伸出了手，她只得起身让他握住自己的手走下舞池。在他俩跳舞时，柳雪有些不自在，有些羞怯似的始终微微低头垂眸、紧闭双唇，身体也与孟雨涛始终保持一定的距离。

见她动作有些呆板、僵硬，孟雨涛笑道：“你怎么跳得这么拘谨啊？你这样还真成了羞答答的玫瑰。”

柳雪不知该怎么回答，只是摇头不语地跟着他的舞步机械地移动……

舞厅中场休息时放起了迪斯科音乐，柳雪和同学到舞池中疯狂地跳了起来。孟雨涛等人坐着观看，欣赏着这些年轻女学生活力四射的舞姿和青春魅力。

“走走走，我们也去蹦迪，青春是他们的，也是我们的，归根结底是我们大家的。”孟雨涛边说边动员夏婷、邱军、柳亮去跳舞。

柳亮闷闷不乐地说：“跳不来。”

见他如此，孟雨涛等人便不再劝他，于是走下舞池，踏着节拍围着柳雪跳了起来……坐在舞池边的柳亮一边喝着啤酒，一边心情复杂地看着舞池中疯狂摇摆的人们。

从歌舞厅出来后，柳雪和她同学打的回学校。

出租车刚启动，邱军看见夏婷还在路边向出租车招手，忙小声地对孟雨涛说：“这个记者不错，你要赶紧下手哦。”

“是吗?”孟雨涛未置可否地笑笑。

柳亮听见了邱军的话，随即顶撞道：“下不下手管你球事。”

邱军一脸愕然地看着柳亮，以为他是在怀疑自己的眼光，于是解释道：“放心，我看人一般不会走错眼。”

“当然了，你眼里有毒!”柳亮语气生硬地说，他心里却在骂邱军：你娃娃这么扎劲干啥子，胳膊往外拐不说，居然火上加油、扇阴风点鬼火地怂恿成全人家，生怕人家搞不成，简直是吃饱了瞎操心、凉粉下锅搔搅，完全是根搅屎棍。

孟雨涛没注意柳亮脸上的不悦，意犹未尽地问邱军、柳亮：“我们是不是找个地方再喝点?”

没想到柳亮气鼓鼓地说：“我不去。”说完扭头就走。

邱军看看夏婷，然后对孟雨涛说：“所上还有点事要回去处理，你们两个去。”他说完朝他俩摆摆手也转身离去。

孟雨涛明白邱军是想让自己与夏婷单独相处，没这必要嘛，他想不通的是，柳亮一向对自己言听计从，居然一反常态地不给自己面子。

望着他俩朝不同方向而去的背影，孟雨涛不悦地说：“嘿，今天你们都装啥子怪啊？平常这两人可不是这样，今天咋个都给我拧起!”

“时间不早了，我看今晚就别再喝了。”夏婷抬腕看了看表后劝孟雨涛。

“随便，你们都走，我一个人去喝。”孟雨涛使起性子固执地说。

见孟雨涛很感失望的模样，夏婷冲他一笑：“你不是还想喝吗?我陪你好了。”

“你?”孟雨涛有些惊讶地望着夏婷。

夏婷点点头，然后有些疑惑地说：“今天你那两个兄弟好像在闹别扭。”

“是吗？难道他俩还在为那件事赌气?”孟雨涛恍然大悟地喃

喃道。

那是几天前的事了。孟雨涛、柳亮、邱军都是好吃嘴，聚在一起时总爱摆哪些地方有什么好吃的东西。那天柳亮说，有家餐馆做的清炖甲鱼弄得好，不过他没吃过，听人摆的，但是价钱有点敲人。

孟雨涛听了爽快说，那就去整噻。

柳亮听了搓着手掌、眉开眼笑地说，要得，就去那尝尝鲜！听说那个东西“长子弹”喔。

邱军对柳亮开起了玩笑：“你娃娃球钱莫得、鸡儿梆硬。”

柳亮一听这话，当即脸一沉：“你转我！”说完就从屁股兜里摸出几张百元大钞在邱军面前一晃：“这是啥子？”

邱军笑了：“咦——看不出你票子还多嘛，今天你请怎样？”

柳亮想都没想就说：“我请就我请！”

邱军进一步故意激他：“说话要算数，就是一泡屎、一包耗儿药也要吃下去喔。”

柳亮响当当地回答：“那当然！放出去的屁决不收回！”孟雨涛听了笑而不语。

那个甲鱼做得的确有特色，尤其是那个汤鲜得不摆了，三人吃得喝得心满意足。有些酒意的邱军说：“亮娃，一提起吃，你是一勾子的劲，会找地方喔。”

柳亮喝得也有点高了，飘飘然说：“我是哪个？……全成都好吃的、好耍的，我还是晓得一些的。”

邱军奉承道：“那是、那是。”但他心里想的却是，等下付钱的时候看你还气不气粗，嘴壳子还硬不硬。

他们吃完要离开时，柳亮果然还没忘之前他拍的胸口，高声嚷道：“老板，算账！”服务员走过来指着孟雨涛说，他已结了。柳亮惊异地看着孟雨涛。原来之前孟雨涛假借去方便时就付了钱。

邱军嬉笑起来：“这回你又一分钱不出吃个舒服！”

这话让柳亮大感受辱，他脸红筋胀地对邱军说：“你简直在弯酸我！以为我不想出钱嗦？小伙子过来，收我的！”说着就掏出几张百元票子往桌上一啪：“收我的！”说完就要起身离开。

孟雨涛见状忙拉住他：“好了，就这样，把钱收起来，兄弟之间再争就没得意思了。”他然后将服务员喊走并不满地看着邱军说：“你们这些人烦不烦，这点小事都要闹得不愉快，以后我们之间少提钱字！”

邱军也不高兴地说：“给他开个玩笑他就当真了，真经不起说。”

柳亮顶撞道：“我是开不起玩笑，以后我们两个还是少说这些！”说完突然怒气冲冲地拂袖而去。

除这件事外，孟雨涛明白柳亮早已对邱军的一些做法心有不满，如邱军提成副所长后架子大了，说话老是摆出一副训人的架势。对此孟雨涛曾劝过柳亮不要在乎这些，说这是邱军当警察养成的职业习惯，你想他与社会上形形色色的人打交道，天天训斥那些抓到的贼，训得他们像个龟儿子似的，你说他那张嘴咋个改得过来嘛？

就在孟雨涛和夏婷走进一家小酒吧时，载着柳雪和她同学的出租车也到了学校大门。出租车刚一开走，此前一直神情正常的柳雪突然掩口低声哭泣起来，这令还沉浸在快乐之中的几个同学一下面面相觑，她们停止说笑、惊讶地问：“小雪你怎么了？刚才还高高兴兴的嘛，怎么一下哭了？”

柳雪摇摇头没有回答，依旧抽抽搭搭地哭着。

“哎，你是不是喜极而泣啊？”一个同学傻乎乎地问。

另一个同学接着问：“是不是酒喝多了心里难受？”

柳雪身体颤动着、抽泣得更厉害了，见她如此伤心，同学个个茫然不解、不知所措。

柳雪这伤心一哭，哪是这些同学能懂得起的喔。她们不明白柳雪欢喜之后为何悲伤，孟雨涛就更不要说了，因为整个晚上他对柳雪的强作欢颜都没有丝毫察觉，更不会想到她会在离开之后爆发出这忍无可忍的恸哭。

柳雪过生那天以后，邱军对孟雨涛与夏婷的关系能否向纵深发展极为关心，总要询问其进展程度并要为之把把脉、指点指点方向。

“我看你现在和她幽会频繁，该不会还停留在精神交流的层面上吧?”邱军的目光意味深长地盯着孟雨涛问，他希望听到一些有趣的内容，但孟雨涛一句“就是这样”的回答令他有些失望，他有些遗憾地说：“还在务虚不务实，男女之交淡如水就没得意思了，看来你们之间还隔着一条鸿沟，要么都还像不谙情事的少男少女，爱你在心口难开，要么她对你这人没别的意思，如此看来，再交往下去你们也只是普通的男女关系。”

邱军如此妄下结论刺激了孟雨涛，他感到邱军也太小看自己的魅力以及和夏婷的美好未来，不由冲动地说：“我和夏婷有你说得这么天真无邪、这么寡然无趣吗?有些事你晓得啥子喔，说出来还不把你羡慕得目瞪口呆，我和她虽然故事不多，只是平常里的一首歌，但其中的味道还是很长、很值得回味的。我随便摆几件给你听……”

于是他将一些本不愿为外人道的事抖搂出来：“一次我们在喝茶时，在得到我的许可后，她翻看我的通讯簿，不时指着其中的女性名字问这人干啥的、长得漂亮否，最后还醋味特浓地说：‘你姐啊妹啊的还多嘛。’要我老实交代和这些人有没有那方面的关系，并瞪大眼睛直盯着我的眼睛，像是要看我的回答是不是在撒谎……”

“哟喂，她这是在调查你有无劣迹记录啊。”

听得津津有味的邱军做出判断。

“人家只是随便这么一问而已，我们之间没得啥子忌讳，她这个人在我面前说话很放得开，甚至谈她的身体……”孟雨涛一炫耀起来就口无遮拦了。

“啥子呢？她给你说她的身体？”邱军惊讶地张大了嘴。

孟雨涛知道邱军想歪了，忙说：“你不要以为人家好放得开，不要这么色眯眯地看到我，事情其实很平常，没你想得那么复杂和黄色。”

他停顿片刻继续说：“事情是这样的，有天她揪着脖子上的肉发愁地说：‘我太讨厌这些赘肉了，女的要有漂亮的锁骨才好看，你不晓得我身上有的部位也太多肉了，真的有点烦。’我听了哈哈直乐，笑她应该把这些肉割下来拿去卖。她听了一点也不生气，还扬扬自得地说：‘等它，有的男人就喜欢我这个样子。’你说她这人直不直爽、好不好耍？哈哈哈……”

孟雨涛讲起这时，眼里又浮现出夏婷当时的神情，不由得开心笑了起来。

听了孟雨涛的讲述，邱军脑里迅速闪现出夏婷丰满挺拔的胸部和滚圆结实的臀部，这分明是女人引以为豪的事嘛，于是笑道：“她哪是肥胖嘛，只是该突出的部位很丰满，她这是隐晦地向你透露其亮点，看你会不会顺着她的话去赞美、奉承人家，可你只晓得取笑逗乐，哎，你这个不开窍的家伙啊。”

孟雨涛想了想觉得是这么回事，他嘿嘿一笑端杯喝酒。此时他又想起了另一件事，但他不好意思再讲出来。有次他和夏婷单独相处时，她大大方方拿出刚买的一条镂空雕花黑色内裤给他展示，还问他好不好看。一瞥这条性感十足的内裤，当时他怦然心动，但他不露声色地开玩笑说：“你千万不要勾引我喔，我可是个很传统且意志薄弱的男人，我要是经不起诱惑冲动起来，你可不要怪我哈。”她则乐了：“一条内裤就让你这样受刺激，看来绝对是个过不了美人关的好色之徒，嗯，这样的男人靠不住……”

孟雨涛正回味着此事，邱军突然一拍桌子叫道：“有戏！”然后像分析案情一样说了起来：“通过她的这些看似很随意的言行，完全可以得出以下结论——她对你有好感、充分信任，对你是有那个意思了。难道你没有领会她向你发出的某种明显的暗示和信号吗？

呵呵，老大啊，你的第二个春天来了喔，你可不能再犹豫、再装傻了，要抓住机会赶紧把她搞到手哦。”

孟雨涛说：“她性格就这样，对谁都很随和、大方，我们只是一般的朋友。”

“现在是这样，但关系靠发展、感情靠培养，时机一旦成熟，你要主动挑明你的想法，不要等人家主动，男女之间的事刘三姐早就唱得很透彻了：‘世上只有藤缠树哪有树缠藤。’这个道理你懂得起的噻，要是我还单操早就上了。”

见孟雨涛沉思不语，邱军又说了句比较肮脏的话：“现在男人和女人关系就这么简单——女人想开了，男人想通了。”

孟雨涛也觉得是这么个概念，如果自己再主动些，绝对就像有个广告说的那样——人头马一开，好事自然来，但他却露出对此事毫不在意的样子，轻描淡写地说：“这是早晚的事，心急吃不了热豆腐，现在还不是露峥嵘的时候。”

第十五章　风向突变

老南门大桥桥头河边有个露天茶园，茶园中央一棵黄桷树像把撑开的巨伞，人们坐在浓荫下悠闲地喝茶聊天看报眯瞌睡，掏耳朵的、卖报纸杂志的、擦皮鞋的、算命的不时穿梭于茶桌招揽生意。

孟雨涛坐在临河的竹椅上，悠闲地翻看着报纸，看到刊登的成渝高速即将开建的新闻，他高兴地想，这是一个好消息，高速修好后就巴适了，以后开车只要四个来小时就可到重庆，哪像现在要开一天，嗯，到时要去山城好好耍一趟，悠闲地去吃火锅、小面，去爬爬长长的梯坎，去看看磁器口、解放碑，当然了，朝天门码头是必须要去的，在那还可以坐游船去游览美丽的三峡风光……对了，好多年前看过一部电影《枫叶红了的时候》，妈哟，把三峡拍得也太美了嘛，那阵看了心里痒痒的就想去，电影里还有一首歌印象深刻，唱的是啥子“满山红叶啊似彩霞，彩霞年年映三峡”云云，就不晓得我去游览时，还有没得阿妹站在山崖手捧红叶等着我这个阿哥了，呵呵呵……

夏婷从茶园小卖部走过来，手里捧着一大堆瓜子、花生、豆腐干、牛肉干等零食，一坐下，她就打开零食吃了起来，还自嘲地笑着说："我的嘴巴又痒了，我是资格的疯狂地想吃，你不要笑我哈。"

"你的嘴硬是闲不住，不是说个不停就是吃个不停，应该用胶布把你的嘴封住。"孟雨涛取笑她。

"你这人也太不人道了，简直就是个虐待狂。"夏婷反唇相讥，边吃边还将零食拿在手上在孟雨涛眼前晃动，"香哦，你吃不吃？"

"不吃，我们男人不像你们女人长着好吃嘴，你不是埋怨自己身上肉多、没有骨感美的嘛，咋个还这样猛吃零食，不怕长胖啊？"

夏婷假装生气地说："你有点同情心好不好？不要老是说人家的痛处嘛，管他长胖不长胖，口福要紧，吃！"她坚决地说，又拿起一大块牛肉干放进嘴里大嚼起来，脸上还露出十分享受的样子。

孟雨涛想起什么似的狡黠一笑："你知道喜欢吃零食的女人有啥子特点吗？"

夏婷转动眼珠想了想说："不就是嘴馋、爱花钱呗。"

"不对。"

夏婷实在想不出来，好奇地盯着孟雨涛问："那是啥子？"

孟雨涛瞥了她一眼笑而不答。

"嘿，你这个人说话说半截，还卖起关子来了，不行，非说不可。"

夏婷耍起了脾气，趁他不注意揪住他的耳朵厉声道："说不说？"

"哎哟！"孟雨涛龇牙咧嘴地小声叫唤起来，"快放手，我惹不起你对了嘛，我讲，但听了不许生气喔。"

"这还差不多，言者无罪，讲！"夏婷这才得意一笑，松了手。

孟雨涛环顾了一下周围，装出神秘兮兮地说："那你把耳朵靠近点，不能让旁人听到了。"

夏婷顺从地笑嘻嘻挪了挪竹椅，将头向他靠了过去。孟雨涛将嘴放在她耳边悄声说：“喜欢吃零食的女人喜欢接吻，擅长接吻。”

“啊?”夏婷惊异地迅速将头移开，脸上浮起浅浅的红晕嗔道：“瞎说!”过了会儿，她乐滋滋地说：“实话告诉你，我这嘴不仅喜欢吃，还特别会讨好老人，我在家里有时要父母帮我做事，就抱着他们撒娇地说些好听的话，把他们哄得乐颠颠的。”

孟雨涛调侃道：“你这张嘴是够可以的，能吃、善言、会吹。”

夏婷不服气地说，“你说我们女人的嘴闲不住，你还不是一样，不然为啥嘴里总要叼着烟。”

孟雨涛一时找不到合适的理由驳斥她，只得端起盖碗茶、晃动着头说：“不一样、不一样。”

一个掏耳朵的男子拨弄着手中的响夹走了过来，夏婷马上神情像小孩似的对孟雨涛说：“我先掏一下哈，我一听这响夹声心里就发痒。”

“师傅，你好好给她掏一下，怪不得她这么不听话。”

夏婷将身子靠在椅背上，偏着头朝孟雨涛一笑，还不满地蹬了蹬他翘起的脚底。

孟雨涛不再说话，看着师傅给她掏耳。她微闭双眼，一动不动地享受掏耳的乐趣，脸上现出恬静与舒适。随着掏耳的工具在耳内探动，夏婷的睫毛、眉毛不时轻轻颤动，红润性感的嘴唇也抿动着。微风轻拂着她额前耳鬓的几缕发丝。孟雨涛目光下移，不由得停留在她领口微敞显露出的那一片白皙，她丰满的胸部有节奏地缓缓起伏着……

夏婷无意间睁开眼睛，见孟雨涛呆呆地注视着自己，便微微咧嘴，嘴角漾起一丝笑意，然后又闭上了眼。

孟雨涛不好意思地一笑，随即将目光移向身边的河流。

掏完耳后，夏婷兴奋地对孟雨涛说：“掏时的美妙感觉不摆了，尤其是棉球在耳朵里转动那几下，心尖仿佛都在痒，浑身痒酥酥的，舒服极了，你也掏一下。”

孟雨涛接着也让师傅给他掏耳。

夏婷同样注视着双眼紧闭的他，并在掏耳师傅停手的间隙，调皮地用脚尖捅捅他的脚，他睁开眼睛轻声说："不要闹，开不得玩笑。"

夏婷冲他做个怪笑后不再去骚扰他，安静地拿起零食美滋滋地吃了起来。

孟雨涛掏完耳后，夏婷说："我觉得你对这条河很眷念、很有感情。"

这话触及了孟雨涛的内心深处，他饱含感情地说："我读小学初中的学校就在河边，可以说我是在这河边长大的，它陪伴我走过了多少个春夏秋冬，仿佛已深深地融入了我的血液，它给我留下了太多难忘的回忆，特别是夏天，它对我们简直充满了诱惑。"

"那你随便讲点给我听听。"夏天感兴趣地央求孟雨涛。

"要讲的故事就太长了，比这南河水还要长喔。"

孟雨涛吸了口烟后缓缓道来："那我就简单讲一下，一到夏天，南河简直成了露天游泳场，那时很多人都到河里游泳，有的游对岸、有的顺水而游拉长滩，还有的人仰躺在汽车内胎上冲锦江大桥桥洞，涨大水时，还有胆大的站在锦江大桥桥栏上跳水，嗯，就在我们坐的河堤下，水不大时，那有一大片裸露的细沙滩，很多男男女女老老小小人都在这里堆沙戏水。"

"讲与你有关的事。"夏婷插话道。

"要得，有天下午，上课老师突然病了，班主任就让大家自习。看着窗外河里游泳的人，我心里直发痒，便与柳亮、邱军和另一个同学递个眼神，我们就先后溜出了教室，一到河边，我们兴高采烈地脱衣下水，刚游一会儿，岸边守衣服的同学着急地朝我们大叫：班主任来了！我们回头一看，果然看见老师站在不远处的河堤上朝河里张望，并朝我们游泳的地方走过来，显然他发现了帮我们守衣的同学。没办法，我们只得向河对岸游去，游到对岸后我们也不敢起来，只得蹲在水里露出脑壳观察对面的动静，盼着老师赶快走，不一会儿，老师倒是走了，可没想到他竟把我们的衣服裤儿也抱走了，你说他做得绝不绝?”

“哈哈哈……”夏婷开心地笑了起来，接着幸灾乐祸地说，“这下看你们光着身子咋个回学校。”

“啥子光着身子哦，我们还穿了游泳裤的。”孟雨涛赶紧声明。

“还不是一样的狼狈。”

夏婷想象得出他们当时的样子。

“难堪的事还在后面。”孟雨涛笑了笑继续往下讲，“事已如此，我们只得赶紧游回对岸回学校，我们要趁还没下课，赶紧到班主任那里取回衣服。我们像贼似的一路小跑着溜进班主任办公室，室内的老师都看着我们直笑。班主任气呼呼地讥笑道：‘你们还晓得来穿衣服啊？就一直泡在河里不要起来噻。’说完他不再理我们，埋头改起作业本来。我们规规矩矩地站在桌前，眼睛直望着桌上的衣服。就这样站下去可不行，我大着胆子承认错误，但班主任还是不搭理。就在这时下课铃响了，一些同学涌到门口来看我们的笑话，他们还兴高采烈地对我们指指点点、做怪相。嗨，真是丢人现眼呐！我们恨不得钻到地底下躲起来。我们的洋相出够了，班主任这才抬起头来厉声问我们：‘是哪个带的头?’我马上承认是我。他又惊又气地说：‘你是个好学生，咋个带头干出这种事呢？你应该带个好头才对呀。’训斥了我们好一阵后，他才让我们拿上衣服到厕所去穿，还要我们随后写份检讨交给他。唉，那天我们真是倒血霉了。”

“你们这是罪有应得。”

“幸灾乐祸，你这人咋就没有一点同情心呢?”

孟雨涛装着失望地说，然后走到河栏边望着河水。

“看见河里那块石头了吗?”孟雨涛指着不远处河中心的一块大石头。

夏婷起身走到他身边，顺着他手指的方向望去，随后不以为然地说：“不就是一块普通的石头吗，这有啥子大惊小怪的。”

孟雨涛煞有介事地说："在你眼里它是一块普通石头，对我来说就意义重大了。这石头上面可以坐三个人，当年那可是我读书的好地方，河水不深时，有时放了学，我就蹚水到那上面去读书，把脚泡在河水里，总要到夕阳西下时才离开。"

"好一幅闹市寻悠读书图，我看这块石头应该保留下来，等你将来出名了，就将此石取名为'读书石'，就像三峡的望夫石、虎丘的试剑石一样成为景点。"夏婷调侃道。

"你说得也对哈，哎，就不晓得这块石头以后还在不在喔，要弄走的话，至少也该搬进博物馆保存下来让人参观。如果有一天某人出名了，你千万不要惊奇，因为那就是我。"孟雨涛装着认真的样子说。

"嘿，你还当真越说越起劲了，你以为你是谁啊？太搞笑了。"

夏婷说完放声大笑，周围的茶客都惊异地看着她。

待众人不再看这边，孟雨涛假装气恼地向夏婷举起了拳头。

"你这人看上去真有暴力倾向。"夏婷假装害怕地说，接着又"扑哧扑哧"地笑了起来。孟雨涛发现她笑的模样特别耐看，此时他又想到了也爱笑的柳雪。他深有感触地说："你们女娃子除了哭，一天到晚都是笑嘻嘻的，你们哪来这么多可乐的事喔。"

"你这就不懂了，女人天性就爱笑。"夏婷一本正经地沿着这个话题继续说，"有人得出个这样的结论——如果以人活七十岁计算，女性一生要笑六百多天，男性笑的时间比女性就少多了。"

"哦，这我还是第一次听说。"孟雨涛接着感兴趣地问，"女性一生还有什么比男性多呢？"

夏婷微仰头想了想后说："洗澡，女性好像是五百多天，而男性只有一百来天，你看你们男人是不是太不注意个人卫生了，怪不得好多男人都显得兮脏邋遢、臭烘烘的。"她的脸上呈现出自豪的神情。

孟雨涛听她如此贬低男同胞，心里就为同性们鸣不平了，决定以牙还牙、打击一下她的嚣张气焰："依我看，女人一生穿戴打扮、逛商场的时间肯定比男人多得多，这说明女人太爱面子、太虚荣、太爱花钱，你说是不是?”

“嗯，这你还真说对了。”夏婷用奇异的眼神看着孟雨涛，又不服气地反驳道，“那不是虚荣，是爱美的表现。”

“是爱美，不过有的女人虚荣心很强，这点你可不要否认。你看哈，有的女人穿了件新衣服、烫了个新发型之类，一出现在熟人面前，总期望立即吸引他们的眼光、博得大家的赞赏，如果大家都视而不见、闭口不提，她心里就会有锦衣夜行一样的失望感，但她心里总惦记着这事，还会找机会跳出来主动提及这些，假眉假眼地问大家——你们看这衣服颜色是不是有点深?我这头发是不是该再剪短点……”

孟雨涛说话时模仿着虚拟中的那个女人的神情和口气，把夏婷逗得笑出声来，她边笑边说:“你对女人的心理了解得很透彻嘛。”

孟雨涛得意道:“这是纵观历史得出的结论，女人除了满足自己的虚荣心外，她们把自己打扮得漂漂亮亮还有一个目的——想吸引男人的目光。”说完后他哈哈笑了两声。

“你把你们男人也看得太高大了，我们女人爱美并不是为了取悦你们男人。”夏婷铮铮然地说。

“听到你这为天下女同胞争人格、争平等的庄严申明，我不得不敬佩你不屈不挠的斗争精神，她们应为有你这样的女强人而感到无比自豪和振奋，可以预见，将来的社会，女性决不再只是半边天，而是整个天、整个世界!”孟雨涛激情地做出夸张赞美。

夏婷被逗得前仰后合，过了好一阵才止住笑地嗔道:“就凭你这张嘴，你完全可以去当演员了，我说你这人咋个这么可口可乐啊。”

“还‘娃哈哈’得，你这个‘松尾’说话都要帮人家打广告，收了人家好多广告费喔。”

“什么?你叫我‘松尾’?”夏婷又惊又恼地盯着孟雨涛。

“呵呵，到报社第一次见你，我就给你取了这个绰号。”孟雨涛为此甚为得意。

“你怎么乱给人家取外号？太难听了！”

“我觉得很好啊，你看你身子稍微一动，后面那束马尾辫甩摆得多生动，就像松鼠的尾巴，‘松尾’这个称呼其实很生动、很形象，它代表很可爱、很活泼，我第一印象没闪出什么‘马尾巴’‘狗尾巴’的念头都算好了，以后我就直接喊你‘松尾’。”

“你敢！”夏婷美目一瞪地喝道，但脸上却洋溢着笑意，她随后装出认真状地说，“都说男人识方向，女人识面向，我第一次见你时，感觉你这人还可以交往，但我错了，没想到你貌似老实的面孔后面隐藏着险恶用心，看来以后和你交往要多长个心眼，男人都是靠不住的。”

“有这种意识很好，现在猛然觉醒还来得及，女人最大的弱点就是自以为有眼光，结果往往都被男人的外表所蒙蔽，吃了大亏，今后与男人打交道，尤其是与像我这样长得之不摆的男人接触，那就要格外小心了。”

夏婷乐了，她将头向前一伸、睁大双眼仔细端详了一会儿孟雨涛，然后哂笑道：“哟，就你这样还自我吹嘘？你也太没自知之明了吧，无论从哪方面看——长相、气质、身材，都很一般化嘛。”

“那是你眼光有问题。”

“绝对没有，就你这模样，你说我该咋个形容你……虎背熊腰、人高马大、肥头大耳、贼眉鼠眼？”夏婷开心地说。

“哎，你咋尽选些与动物沾边的词汇来损我呢？”孟雨涛没好气地说。

“形容男人就是这些词。”

“你应该用一表人才、相貌堂堂、英俊潇洒、貌若潘安等来表达，好听的话还多嘛。”孟雨涛笑道，随后若有所悟地说，“谁说中国历来看不起女性了？历史上是把最美的词汇都用来形容你们了，像什么国色天香、倾国倾城、羞花闭月、沉鱼落雁、貌若天仙、秀外慧中啦，什么燕语莺啼、眉如远山、目如秋波、芙蓉脸、细柳腰、步步莲、亭亭玉立、香肩樱唇……嗨，这样的赞美词汇简直太多了。”

他停顿一下又讥诮地说：“哎，你们女人也该知足了，就不要再在男人面前说自己是弱者，既然你们女人喜欢被形容成柔情似水、如花似玉，但现实中却有女人总爱摆出强势姿态，不管遇到啥子事，只要稍不顺心立马发飙，简直就像长翅膀的母老虎要飞起来吃人，出语之恶毒、面目之可憎，要把男人镇住才罢休，你说这不是自毁形象、愚不可及嘛。”

“哎，看不出来你还是个大男子主义，现在是啥子社会、啥子时代了？你还想让我们在你们面前俯首帖耳、唯唯诺诺啊？这办不到！”夏婷露出大义凛然的神情断然说道。

“那是，那是，你们现在个个都是战天斗地的铁姑娘、铁榔头，你们是男人做啥就能做啥、敢与男人比高下。”孟雨涛讥笑着奉承道。

“你这人咋个这么讨厌啊！”

夏婷乐着对孟雨涛胳膊上就是轻轻一拳。

……

天气多变，刚才还是晴空万里，转瞬乌云压顶还下起了雨。

春雨越下越密，喝茶的人顿作鸟兽散。孟雨涛、夏婷也慌忙跑到小卖部前的屋檐下避雨，由于地方窄人多，夏婷的身体不得不紧挨着孟雨涛，他能感觉到她身体的温暖与柔软，能闻到她秀发散发出的清香，他感到这味道好极了。刚才还埋怨天气的他此时又这样窃喜：春雨来得正是时候，让雨来得更猛烈些吧，最好就这样一直下个不停……

夏婷望着正惬意遐想的孟雨涛：“我看你咋个在偷偷乐呢？”

孟雨涛赶紧望着眼前的雨帘，言不由衷地装出发愁样说：“哎，不晓得这雨要下好久喔，太烦人了。”

夏婷轻声嗔道：“口是心非、不怀好意。”

被夏婷看穿了心思，孟雨涛脸微微一红支吾道：“不怪我噻，要怪这雨下得太突然了。”

“是啊，这雨一下就没完没了。”夏婷仰望着密集的雨帘轻声说道，随后伸出手掌去接雨水，脸上露出天真、喜悦的神情。

春雨如孟雨涛所愿还在猛烈地下着，雨点打在摇曳的树叶上、水泥地上、屋檐上哗哗直响，烟雨蒙蒙的河面上溅起密集的雨箭。

春雨为我们下，花儿为我们开，我俩在一起，世界多美丽……邓丽君小姐，你的情歌唱得实在太好了，沉浸在有些暧昧有些浪漫情调中的孟雨涛此时心里甜蜜极了，殊不知令他烦恼的乌云正在酝酿，用《沙家浜》里的一句台词来说，那就是暴风雨就要来了。

雨渐渐停了，孟雨涛不想这么快与夏婷分手，他试探性地说：“那个‘凶神’家就住这附近，想不想一起去他家吃晚饭，也让那家伙给你当面道个歉，小雪过生那天晚上，我们都没提‘黄虎’吓到你那件事。”

夏婷迟疑了会儿担忧地说：“道不道歉没啥子，其实我也想再去那个院坝与他交朋友，不过那次我们聚在一起时，我感觉他对我还是有敌意，去了会不会他又仇人相见分外眼红喔。”

孟雨涛信心十足地说：“绝对不会，他应该不好意思见你才对，哪还敢再鲁莽行事喔，你们应该是不打不成交。”

夏婷犹豫地想了想说：“去就去，我才不相信他把我吃了。”

这是一个好的信号，看来今天又将会是欢快且有意义的一天。孟雨涛想象着他和夏婷的关系将会向更深更远处发展，不由心情极好地与她边说边笑地前往柳亮家，途中他还买了品种丰富的卤菜。

当孟雨涛与夏婷突然出现在院内时，正在逗“黄虎”玩的柳亮一下愣住了，“黄虎”则猛然向孟雨涛奔去，夏婷不由得吓得直往孟雨涛身后躲。

孟雨涛笑道：“没事，它向我们打招呼呢。”

说话间，“黄虎”已跑到孟雨涛前面张大着嘴望着他，尾巴不停地摇摆着，孟雨涛蹲下身、双手捧住“黄虎”的头逗道：“今天要表现好点哈，等下有赏的喔。”

“黄虎”又瞪眼望着孟雨涛身后的夏婷吼叫起来，夏婷紧张得双手紧紧抓住孟雨涛的肩。

孟雨涛不敢松开按住“黄虎”的双手，一个劲地说：“你见个她的噻，你们也是老熟人了是不是……”

但“黄虎”依然冲着夏婷狂吠。

孟雨涛只得紧紧将“黄虎”按住，还不停地说：“不要叫了，好狗不叫噻。”

他抬头想喊柳亮赶紧把“黄虎”弄走，但柳亮已不知去向，就在他刚要发火喊时，柳雪从屋里出来了，当她看见躲在孟雨涛身后紧紧抓住他双肩的夏婷时，脸上的笑容一下凝固了。

“妹儿，快把‘黄虎’喊走！”孟雨涛朝柳雪大声喊道。

柳雪如梦初醒似的走过来，赶紧把“黄虎”喊进了自己的窝。

夏婷这才长吁了一口气将手从孟雨涛肩上放下来。

孟雨涛不解地问柳雪：“亮娃刚才还在这，咋个一下就没影影了？”

柳雪也感奇怪地说：“他没进屋啊，是不是到河边去了？”

她说完忙走到河边朝左右两边张望，看了会儿，失望地转过身来说：“也没看见他，哥、婷姐，你们到屋里坐，别管他。”

由于意想不到柳亮做出如此举动，众人心里都很不舒服，屋里的气氛相当令人压抑。

孟雨涛的心阴沉下来，他没想到一见面竟是这样难堪的局面，根源不用说，肯定是夏婷的突然出现，难道他还在为那篇报道的事对她不满，但这件事解决得很好，也没把他和“黄虎”怎样嘛，之前他也没露出什么不高兴的言行噻，他今天见了夏婷，怎么会做出如此怪异的举动呢？简直怪球得很。

孟雨涛心里也非常冒火，亮娃啊，我向夏婷打了保票说你不会为难她，而且还会主动向人家下矮桩，但你今天哪根神经短了路、吃错了啥子药了喔，你这样做不是让我很没面子，是在狠狠打我的脸啊，兄弟，哎，让我咋个说你喔……

虽然孟雨涛的心在隐隐作痛，但他还是强作笑颜地对夏婷说："我这兄弟就是个性太强，脾气有些怪，以前常常也因一句话不中听，就爱翻脸拂袖而去，但很快就过去了，你别太在意他的古怪行为。"

柳雪也很生气，很摸不着头脑地说："我哥就是这个臭脾气，太讨厌了！"

夏婷当然不是傻子瞎子，她一清二楚柳亮此举完全是冲她而来，他简直就是把她当成瘟神一样在躲避嘛。她为此心里感到非常憋屈和后悔，她向孟雨涛投去埋怨的眼神，那意思分明是在说你事前不是说得那么好听，结果呢？真不该相信你的鬼话。

她心里虽非常生气地想立马走人，但面对柳雪热情的笑脸相陪，她实在不好驳柳雪的面子，便坐在椅子上忍气吞声地咬着手指。

孟雨涛也像被霜打的茄子蔫了，不再多说话，只是不停地抽烟。

一时屋里静得有些可怕，墙上挂钟滴答滴答的声音显得格外清脆刺耳，"黄虎"也时不时地出现在门外朝屋里瞅瞅，像是嗅到了屋里人心情都不好，它也老实地不再放肆，只是静静地在屋外慢悠悠地晃来晃去。

最为这场面揪心的还是柳雪，她不时进屋来给茶杯掺水，找些无关紧要的话题对夏婷说上几句，又不时站在门外焦急地张望柳亮回来没有。

"不管他了，妹儿，把卤菜端上来，我们吃！"孟雨涛将烟头往地上一扔，再踩上一脚后狠狠地说。

"好，我这就去端。"柳雪大声应道，去了厨房。

夏婷这时起身说道："我先走了，你们慢吃。"

孟雨涛抬头惊讶地望着她并劝道："吃了再走嘛，已经这么晚了。"

夏婷头也不回走出了房门，她走到厨房门口对柳雪说：“小雪，我走了，再见。”然后径直朝院门口走去。

柳雪端着两盘菜，急忙追了出来喊道：“婷姐你别走啊……”

她又忙进屋焦急地对孟雨涛说：“哥，你今天怎么了？快去把她喊回来呀！”

孟雨涛头也不抬地说：“她要走就走嘛。”

他在想：“今天狗日的也怪了，夏婷走出去时居然也不害怕门外的‘黄虎’了，而‘黄虎’也变得温顺起来，只是在门边安静地望着夏婷走出院坝。”

柳雪将菜放在桌上，再也忍不住心里的委屈流下了眼泪，她用手拭着脸上的泪水抽泣着，还伤心地喃喃道：“今天你们是咋个了嘛……”

看见柳雪伤心地哭哭啼啼，孟雨涛心里更不好受，他忙宽慰道：“妹儿不要难过，这不关你的事，来坐下吃饭，没事没事。”

柳雪依然抹着泪不停地说：“都怪我哥、都怪我哥……”

孟雨涛一直心里有气，他愤愤地说：“就是那个懵头懵脑家伙惹的事，没想到他居然还为那篇报道的事对人家耿耿于怀、怀恨在心，不晓得他咋个这么小肚鸡肠，简直心眼比针眼还小，好像他有好大的冤、受了好大气似的，简直莫名其妙，把一场本来应该欢欢喜喜的聚会搅得不欢而散，怪不得以前余老师骂他是一颗耗子屎打坏一锅汤，今天他又坏了一锅好汤，尤其是不该把妹儿夹在中间为难、伤心。”

孟雨涛此前一直把对柳亮的怨气压在心里，他不想当着夏婷的面责骂柳亮，不然简直就是重色轻友了，夏婷离开后他见柳雪如此难过，终于憋不住地发泄心中的怒气。

痛快地骂完柳亮后，他心里又开始埋怨夏婷，你遭那个家伙如此对待心里有气我理解，他本来就是个莽娃闷墩，但你不是嘛，咋个能和他一样赌气地拂袖而去呢？这完全就是乱上添乱、同流合污嘛，弄得我里外不是人、两头受气。我承认是我错误地判断了形势使你蒙冤受屈，你下来骂我太假打、骗子、居心不良等等，我都毫无怨言，你也应该理解、体谅我的感受，你以为我心里好受嗦，我还不是一来就莫名其妙地挨了当头一棒，这一棒把我打得当场发晕、打得我心里在流血啊，哎，哪个想得到会遇到这种状况喔。

下午的欢乐就这样瞬间化为乌有，此前他还乐颠颠地幻想和夏婷的关系走势喜人，就像徐志摩诗里写的那样“撑一支长篙，向青草更青处漫溯”，现在却成了道路迷茫、路阻且长了。无奈美好的幻想就这样被无情的现实所击碎，为此他感到有些寒心和沮丧，心里的苦不知该向哪个诉说。

嗯，还是妹儿懂事，她是站在我这边的。

灯光照射下，泪水涟涟的柳雪显得娇弱凄美。

孟雨涛开始感到汗颜和感动，妈哟，今天这事都是我们几个大男人大女人惹起的，跟妹儿没得滴点关系，但她还这样强作笑颜相陪、热情周到接待和替我们圆场，我们这些哥啊姐啊待人处事还不如一个小妹妹，惭愧哟。

孟雨涛决定忘掉自己的不快，要好好宽慰柳雪、哄她开心，于是他笑着逗她：“妹儿你的哭相太难看了，你看‘黄虎’在看你笑话呢。”

柳雪扭头转向门口，果然看见“黄虎”正仰着头痴痴地看着她，她朝“黄虎”嘟嘟嘴：“去！去！”脸上闪现出一丝不好意思的样子。

孟雨涛走过去，双手搭在柳雪双肩，将她按在椅子上坐下，然后不以为然地说：“今天这点事算个球喔，比鸿毛还轻，我和你哥以前闹得比这凶险多了，翻脸的时候经常对骂、摔酒杯，完全是六亲不认，但一下就烟消云散地过去了，接下来又是把酒言欢、好得不得了，我们两个是啥子关系喔，就是脑壳打烂了也镶得起，所以嘛，你就完全不要为我们的事伤心难过，没必要、不值得噻。”

柳雪默默地听后轻声道：“你不生我哥的气了？”

孟雨涛在她对面坐下后说：“当然不得，我咋个可能像他那样神经短路嘛。”

柳雪这才破涕为笑：“那就好。”

孟雨涛看着桌上的卤菜，自得地说：“嘿，这么美味的佳肴他们不吃，我们吃，妹儿，去把你爸的江津老白干拿来，我要自斟自饮地享受人生吃喝之乐。”

柳雪笑吟吟地便去拿酒。

孟雨涛暗自感叹：“真是个好妹儿啊！嗯，如果柳亮那混蛋回来了，我必须强压怒火装出满脸是笑的愉悦感，一丁点都不提那事，即使他主动为那事道歉，我也要装模作样地仿佛那事不曾发生。嗯，有这回事吗？我怎么一点没印象呢。”

孟雨涛吃喝了好长时间，柳亮依然没有出现，孟雨涛不禁有些失落感。

时间已晚，他只得告别柳雪离去，一出院坝，他又生起对柳亮的怨气来：“好嘛，躲了这么长时间也不露面，行，算你狠，算你有脾气，老子也懒球得理睬你，我们就这样耗下去，看你绷得到好久。”

这晚，柳雪等了很久，柳亮才有点醉醺醺地回家，她刚提那件事，柳亮就气势汹汹地瞪眼道：“去去去，我们兄弟之间的事你少管！”说完就倒在床上要睡觉。

柳雪是个不会吵架的人，遇到别人的蛮不讲理或恶语相加，她往往不晓得该咋个回击，更不会用脏话骂人，只能又气又急地眼噙泪水委屈地说：“你、你不讲理……欺负人……”对柳雪的善良软弱，孟雨涛曾无奈地笑她太像一只任人欺负的小羊，要她以后必须找个能保护自己的强势男人才行。

看见柳亮这副德行，柳雪委屈地不甘示弱：“咋个能不管呢，本来就你不对。”

柳亮听了火冒三丈，恼怒地一下站起来，“你、你、你……”

他握紧拳头，一副要狠狠挥出去的样子，但很快又放下拳头显得无所适从。因为这招在柳雪面前根本不灵，虽然他有时在妹妹面前凶神恶煞一下，但只是做做样子而已，因为她是他心中的圣女天仙，尤其是两年前母亲因病去世前曾嘱托他一定要照顾好妹妹后，他对柳雪更是疼爱有加、倍加呵护。

夜已深了，柳雪还思绪纷扰，没有一点睡意，她伏在窗前，神情幽幽地看着黑漆漆的河面，哗啦啦的河水就像她起伏不定的心，看到孟雨涛身边出现的夏婷，她有一种不好的预感，虽然这是迟早都会发生的事，并做好了心理准备，但不知怎的，这样的场面一旦出现，她又心里隐隐作痛，眼泪也不争气地流了下来……

第二天一早，柳雪独自坐在黄桷树下望着缓流的河水发呆。

唐婆婆从屋里出来看见闷闷不乐的柳雪，心生疑惑地走到她身边坐下："咦，你的眼睛有些浮肿，昨晚没睡好觉?"

柳雪忙揉揉眼睛、点点头。

"一早就坐在河边发愁，有啥子心事讲给婆婆听听。"唐婆婆用慈爱的目光盯着柳雪。

"没什么，只是心里有点烦。"柳雪强作欢颜地极力想掩饰自己的内心。

"你可骗不了婆婆的眼睛，你不讲我可要生气了。"

拗不过唐婆婆的追问，柳雪迟疑了下，只得羞涩地讲了孟雨涛与夏婷的事。

"我早就看出你喜欢他哩，哎，没想到这事你憋了这么久，你这丫头心里真是苦啊!"唐婆婆对此也黯然神伤、感慨不已。

柳雪茫然地望着唐婆婆问："婆婆你说现在我该怎么办啊?"然后无助地将头靠在唐婆婆肩上。

唐婆婆静默了会儿说："这得问你现在的心?"

"可我心里乱得很。"柳雪发愁地轻声说道。

唐婆婆慈爱地抚摸着柳雪的头说："感情这事要靠缘分，没有情缘是不会有真正的幸福。我先给你讲讲奈何桥的传说。"

她望着河水慢慢地说："人死后过了鬼门关就上黄泉路，路边长着只有花没有叶的彼岸花，尽头有条忘川河、有座奈何桥，孟婆便在此递给这些人孟婆汤，不喝的人要在胸前点颗痣，必须跳入忘川河受水淹火炙的折磨，等上千年才能轮回，他们转世之后就去寻找前世的恋人。所以要珍惜胸前有颗痣的人，因为他或她或许是你前世的恋人。”突然她话锋一转：“小雪，你胸前也有颗红痣哩。”

“你怎么知道?”柳雪抬起头望着唐婆婆惊异地问道。

“你小时候我给你洗过澡，忘了?”唐婆婆慈祥地笑着说。

“哦。”柳雪羞赧地应了声。

唐婆婆叹道：“情缘不易，我总觉得你和小涛是有缘分的人，现在他与以前的女朋友分开了，说明他与她没有缘分。虽然现在出现了一个夏姑娘，但最终会是啥子样子，这说不清。一切靠缘分啊，有缘之人自然会在一起，这个有缘分的人是哪个呢？也许就是你，我想他也应该会珍惜缘分，有缘之人一定不要轻易再让缘从身边溜走，不然会遗恨终生，懂了吗?”

柳雪听了，明白似的点点头。

唐婆婆这才放下心来地笑了笑，她鼓励柳雪说：“一切都是上天冥冥之中注定好了的，你要相信缘分、相信自己，还有我送你的那个观音玉佩可要一直挂在身上，它能保佑你心想事成。”

回到自己的房间，柳雪还在想唐婆婆讲的奈河桥，琢磨着人世的因缘。她是相信缘分、相信有情人终成眷属的。

经唐婆婆刚才提及，她又想起了自己一直没在意的胸前红痣以及观音玉佩，此时她对这颗红痣及观音玉佩产生了好奇，忍不住地很想仔细看看，于是迫不及待地走到穿衣镜前，急忙脱下外套、解开衬衣纽扣，脱下胸罩，镜中出现了一对肌肤雪白、轮廓优美、丰满挺翘的乳房以及乳沟里的那个玉佩，她目光停留在这迷人的乳房及两个嫩红的乳头上，俊俏的脸上开始发烫，胸部也随着呼吸加快剧烈起伏着，随即她盯着乳沟里那一粒清晰可见的红痣，久久地凝视着红痣后又拿起玉佩仔细看着。这红痣、观音玉佩真能预示自己找到有缘人吗？这个有缘人又会是谁呢？……她的眼前不禁出现了孟雨涛的模样，镜中的他正含情脉脉地看着她……

一阵凉风吹进屋来，柳雪蓦地从幻想中清醒过来，我在胡思乱想啥啊！她意识到自己的行为和想法有些荒唐，不好意思再看自己，赶紧穿好衣服，然后冲着镜中的自己做了个调皮的鬼脸。

她走到窗前，将头伸出窗外用手捂住脸，感到双颊还在发烫，她放下双手，任凉风吹拂着脸颊……

这两天，孟雨涛算是真正尝到了两头受气的滋味。柳亮因为夏婷、夏婷因为柳亮，这两人都把相互之间的怨气撒在了他头上，两人都对孟雨涛置之不理，大有翻脸不认人、从此不相往来的势态。

好嘛，你们个个都给我傲起，我还不是有脾气，我才不会低三下四地来主动找你们，大家看谁拗得过谁。孟雨涛也赌气地发下了狠誓，但心里那个烦哟，是此情无计可消除。

也怪谭立闻自己没眼水，他偏在这个时候还去洗刷孟雨涛："你老弟这两天有点没对喔，咋个蔫得像根秋丝瓜，是不是做了啥子见不得人的事喔？"

"我做啥子事了？你才会做肮脏龌龊的事，闭上你这张臭嘴！"心里正烦躁的孟雨涛瞪着谭立闻发起火来。

孟雨涛的哗然色变令众人愕然不已，谭立闻没料到自己的话引来孟雨涛如此大动肝火，他一下不知所措地喃喃道："你看，你看……都是文化人，咋个说粗话骂人呢？"

孟雨涛冷冷一笑："哦，我忘了我是在和有文化人的人打交道，那我这样说——'孟德，令无恙乎？'（你没病吧？）"

谭立闻听出孟雨涛还在骂自己，无奈地甩着头不再搭理他。

周兮倩心里很是纳闷："这小涛今天又怎么了？怎么这样反常地出语伤人？难道他心里又有什么烦恼事？"她很想问他，但她了解他的个性，知道现在不能刨根问底，于是不再说话也不去看他，埋着头做自己的事。

编辑室里一时寂静无声。

过了会儿，孟雨涛冷静下来，对自己的失态自责不已：真是的，我咋个把对柳亮的怒气、对夏婷的怨气发泄到无辜人身上，这太不该了。他忙笑嘻嘻地向谭立闻道歉示好：“‘虾哥’，刚才我猫风发了，多有得罪，还望大人不计小人过，抽烟。”说着举起一支烟要扔过去。

孟雨涛突然转怒为喜，一下让谭立闻不知如何是好，他只得摊开双手将烟接住，脸上露出不太自然的笑。

“有啥子好紧张的嘛？一支烟不至于让你这么受宠若惊吧？”孟雨涛开起了玩笑。

对孟雨涛的态度一下变成热情的沙漠，谭立闻无法适应似的应道：“你刚才那个样子哪个敢惹你喔，你一翻脸龙颜震怒、臣子失色。”

“我有这么吓人啊？小弟一时心浮气躁、口出妄语，还望谭兄包涵。”孟雨涛抱拳说道。

周兮倩为孟雨涛知错就改的态度感到高兴，不失时机地站出来缓和气氛，她笑吟吟地说：“你们一个像诚惶诚恐的臣子，一个像江湖义气的好汉，你们演的是哪出戏啊？”说完向孟雨涛投去赞许的目光。

“我看演的是《将相和》。”平时不爱掺言的王老也突发兴致地笑道。

谭立闻的情绪又活跃起来，不由得叫道：“妙，妙！”

虽然编辑部的气氛又活跃起来，但周兮倩还是牵挂着孟雨涛有什么心事。临近中午，孟雨涛慌忙要离开时，周兮倩叫住了他：“小涛，等一下，我有事给你说。”

“啥事？”孟雨涛收住脚步回过头问。

“等下出去讲。”周兮倩边说边起身。

“啥子这么神秘喔，说给我们也听听噻。”谭立闻装着很有意见地说。

“就是不让你听。”周兮倩故意气谭立闻，然后对孟雨涛说：“我们走。”

她的话像有什么魔力，让孟雨涛不得不顺从，只得像个听话的小孩跟着她走了出去。

望着他俩的背影，谭立闻悻悻地自言自语道："这两人啥子关系喔。"

"'谭虾虾'，你就少说点风凉话，你看不出小倩在关心小涛啊。"王老好心地说。

走出杂志社没几步，周兮倩停住脚步，回过头埋怨身后的孟雨涛："你怎么走路磨磨叽叽的像个小媳妇，别不别扭啊？"

孟雨涛赶紧跟了上去，两人并肩走了几步后，周兮倩扭头轻声问道："你是不是又有啥烦人的事？"

"没得。"孟雨涛轻松地说。

"真的？"

周兮倩赶紧两步走到孟雨涛面前站住，目光直视他的双眼，像是在审视他是不是在撒谎。

周兮倩那认真的表情让孟雨涛觉得好笑，见她还半信半疑地盯着自己，他有些不好意思地朝两旁看了看，赶紧求饶似的说："我的好大姐，你就别这样看我了，旁边有人在看我们呢。"

周兮倩坦然地说："等他们看，这有什么好怕的，你还担心有人再说我俩的坏话？怕再听到那些流言蜚语是不是？"

孟雨涛被她一脸肃然的表情逗笑了："我怕那些个球喔，哎，大姐，上次你回击那些风言风语时所说的话让我之佩服，听了心里之痛快，真的。"

周兮倩与孟雨涛平日相处宛如姐弟，这在杂志社众人皆知，一个是风姿绰约的少妇，一个是未婚年轻小伙，加之他俩关系亲密，难免单位里有人私下嫉妒、猜疑和说三道四，如有好事者发现他俩单独相处，便会捕风捉影、发挥想象地大肆渲染。孟雨涛受到失恋打击后的那个中午，周兮倩将孟雨涛喊到一家茶楼予以开导安慰，这个情景被杂志社一个同事看到了，他便不怀好意、添油加醋地在单位传播他俩的"绯闻"，说看见他俩在偏僻的角落幽会，说他俩当时谈得之亲热、之暧昧。

周兮倩与孟雨涛从人们看他俩异样的目光中，隐约察觉到哪里不对劲，在得知有人在编造他俩的桃色新闻后，孟雨涛气得当场扬言要找出那个人并要揍他，周兮倩更容不得有人朝他俩泼污水，她气得满脸通红地劝住孟雨涛，然后走到杂志社院内，义愤填膺地骂了起来："是谁这么无聊、无耻地编造我与小涛之间的事？有种的就站出来我们说个清楚！"杂志社里的人都出来看着周兮倩与孟雨涛，但没有一个人回应，周兮倩随后用四川话大声骂道："狗日的心虚了嗦，哪个龟儿子敢乱说，就要敢站出来噻，太挨球了……"

周兮倩后面这些粗话一出口，顿时把大家惊得目瞪口呆，他们简直想不到平时文雅温和的她竟一下变得如此泼辣。

孟雨涛现在又提起那件事，周兮倩也忍不住笑了，她有些不好意思地说："那事儿真的把我气得够呛，我是被逼急了、忍无可忍才说出那些骂人的脏话，这还不是跟你学的，嗯，那天我是不是有点像骂街的泼妇？"

孟雨涛用欣赏的口吻说："那喔，学了那些话就是要在关键时候派上用场，尤其是回击那些无耻小人，对他们决不能用斯斯文文的语言，骂些粗话的效果会更好，这丝毫不损你气质高雅、温文尔雅的形象，你在我们心目中的形象反而更高大了，因为这让你显得更真实、更亲近。"

周兮倩开心地说："你尽说我的好话，那我以后还得继续拜你为师，再教我一些骂人更痛快的四川话，如果再遇到有人诽谤我们，我非要骂个淋漓尽致。"

孟雨涛打起了哈哈："要得，只要你愿意学。"

周兮倩撩撩颈后的长发，有点无奈地说："但愿不会再遇到这种事。"

她与孟雨涛并肩走了几步后，又把话题扯到眼前的事，她不放心地问："那你刚才怎么那样对人发火呀？"

"只是睡晚了精神不好，有点烦。"孟雨涛还是不露半点心迹地平静回答。

“没事就好，还有你今天知道马上主动道歉，表现不错，有进步。”周兮倩笑嘻嘻地表扬道。

“我知道自己不对，应该这样噻。”

“还是个小孩脾气。”周兮倩嗔道，走了几步后她突然问，“上次的问题想清楚了吗？”

“啥子问题？”

“你这人什么记性啊，上次在茶楼我问你的事……忘了？”

孟雨涛一下想了起来，他干脆地回答：“我不就是有点那个士兵的影子嘛。”

“嗯，也对，因为你们身上是有这么一些相同的地方，如都比我小、都喜欢文学、都很执着，最主要的是你尚存现在很少人有的纯真。”

“啊？我还纯真？”孟雨涛感到既惊奇又好笑，他笑着说：“算了吧，我可不想有人说我纯真。”

他感到此褒奖之词现在落在自己头上，无疑把自己划入了不合时宜，再说难听点的话就是不开窍、傻瓜之类的行列，再加之他认为自己并不是真正纯真的人，于是赶紧声明：“我可一点不纯真。”

“那你很油滑世故，很有坏心眼喏？”周兮倩笑着说。

“就是。”孟雨涛不加思索地回答。

“我还没见过宁愿说自己坏的人，哈哈哈……”周兮倩忍住笑看着孟雨涛，定性似的说，“有的人永远也改变不了自己，你也成不了那样的人，我相信自己的眼光。”

对周兮倩如此信任自己，孟雨涛有点感动了，他只能明白似的点点头，但嘴上却说：“那也不一定。”

“好啊，那我倒要看看你会变成啥样。”周兮倩不相信地笑了。

第十六章　赚钱后的失落

黄天伟自己一大笔资金打了水漂，现在又要指引孟雨涛走上发财致富路。

一接到黄天伟打来的电话，孟雨涛以为肯定是来追问酒桌上自己吹牛答应的那件事，于是抢先调侃说："是不是那几个总还在催我约美女作者见面啊？你告诉他们，我已与几个气质之高雅、长相之巴适的美女作者联系好了，就等他安排了，至少要安排在锦江宾馆九楼这样上档次的地方，千万不能跌了他们老板的身价喔。"

听到孟雨涛这样说，周兮倩、谭立闻不约而同都吃惊地抬起头看着他，随后又相互不解地交换了一下眼神。

孟雨涛笑呵呵着听黄天伟发牢骚："你还好意思提这事？你吹得牛皮哄哄的，让我很没脸面晓不晓得？他们下来都说我咋个引见了你这样的骗子，还让我远离你这样一个不讲信用的同学。"

孟雨涛开心极了，随后关心地问："那他把货款退给你没有？"

黄天伟长叹一声后凄然地说："唉，那笔钱是沉入太平洋了，他狗日的，那个吴奎居然弄的是走私货，结果全被海关查获没收了，老子真不该信这个混蛋的提劲话，这回可把老子害惨了……”

孟雨涛大吃一惊：“咋个会这样呢……”

两人沉寂了会儿后，黄天伟说：“算了，老子认栽，这里说另外一件高兴的事……”

孟雨涛随口问道：“是不是最近又找到其他财源了？”

黄天伟顿时有些兴奋地说：“你咋晓得我赚了啊？是的！是的！这不我正要告诉你呢，现在红庙子股市你晓得不，那里简直热闹得很，遍地都是钱啊……啥子呢，你还不晓得？欸，我告诉你，现在全成都的人都到那淘金去了，我说你也太看不起人民币了嘛，我给你说，只要你在巷口买票、巷尾出手，可观的利润就轻轻松松进了你的腰包，比你那点工资强多了。我现在就在那投了一笔资金做最后一搏，效益可观啊！这真的来钱太容易了，我劝你千万不要错过。书中没有黄金屋，书中没有颜如玉，以后你要是后悔发不了家致不了富，到时可不要怪我常青没给你这苦大仇深的吴清华指路哈。”

孟雨涛不以为然地说：“算了嘛，你这个洪常青我可信不过。”

黄天伟不服气地说：“信不信由你，反正我是尽到了关心你的义务，你看我们这些同学一有好事就想到你，够朋友吧？”

孟雨涛笑着奉承道：“那是，你只会整我不会害我。”

殊不知孟雨涛随意这么一说，电话那头的黄天伟却一下有些尴尬，因为这句话是有来历的。

孟雨涛到报社工作第一个月刚领到工资，他就请黄天伟吃晚饭，那时黄天伟还在省上一个单位上班，吃完饭后，黄天伟说要教孟雨涛打麻将，还说有了他的指点传授，保证以后牌桌上拈票子。孟雨涛只得听其言去了他的宿舍，黄天伟又喊来两个熟人，起先几盘不是实战，黄天伟就向孟雨涛做示范教他怎么打，试打了几盘后便开始输赢逗硬，孟雨涛推辞不过，只得稀里糊涂地被他拉下了水。牌桌上，黄天伟该和牌时毫不手软，将初次打牌的孟雨涛打得晕头转向，打得他盘盘只有掏钱“进贡”，黄天伟还不时眉飞色舞地说：“交点学费是难免的。”一通宵打下来，当然伤心也是难免的，孟雨涛还没揣热乎的一个月工资，就如流水般全部流进了黄天伟的包里。钱被洗白的孟雨涛早晨要离开时，黄天伟笑嘻嘻地递给他十元钱早餐费，还美其名曰：“我们这些同学还是很人性化、够可以的吧。”

这事后来被其他同学得知后，他们都责怪黄天伟怎么能这样对好同学下狠手，说他分明就是换个手法在“抢钱”。黄天伟却毫无愧意地说：“牌桌上愿赌服输嘛。”其他同学又说孟雨涛：“你太老实了，你哪是他这个老狐狸的对手哟，算计方面你玩不过他，他只会整你不会害你。”

现在听到孟雨涛说这句话，黄天伟感到他像是在揭他的疮疤，于是打起哈哈说：“不给你说笑了，我现在要进票了……你要赶紧走上这条发财的金光大道哈。”

孟雨涛刚放下电话，谭立闻好奇地问：“你刚才说的美女作者是咋个回事喔？”

“是啊，你啥时候又发现了美女作者？”周兮倩也疑惑地看着孟雨涛。

“这个嘛。”孟雨涛挠挠脖子，不好意思地说，“是我瞎编骗人的。”

“我就说嘛，现在哪儿去找美女作者喔。”谭立闻有些遗憾地说。

对黄天伟说的红庙子股市，其实孟雨涛最近已有耳闻，当时杂志社的人还对这一新出现的事物纷纷发表过看法，有的说这就像鸡生蛋一个道理，那里就是钱生钱，到时翻几倍十多倍都有可能，有的说你花那么多钱去买一张纸飞飞，弄不好成废纸一张都说不定……杂志社很多人现在摆的都是红庙子的炒股盛况，他们一有空就跑到那里去买票卖票，回来时个个眉飞色舞地大谈哪只票现在又涨了多少。对他们说的这些，孟雨涛不感兴趣，也不相信世界上有这么轻而易举就能赚大钱的好事。今天听黄天伟这么一鼓动，他蓦地有些动心了。

第二天，孟雨涛从银行取出两千元存款直奔红庙子，他要去碰碰运气。

刚到红庙子巷口，孟雨涛就被眼前的景象震住了：这里完全就是人山人海、人流如潮，他很久没看到这种自发形成的壮观场面了，头脑里一下冒出“天下熙熙皆为利来、天下攘攘皆为利往”这句话。

他顺着拥挤的人流边走边看，有时完全是被人流推着走的。他不着急下手，要先看看行情再说。路两边密集地站着手持红红绿绿股权权证和身份证复印件的卖家，有的还举着纸牌，上面写着什么四川长虹、红光、川长江、乐山电力、川盐化、广华化纤、瑞达等品种繁多的股权证名称。买卖双方就站在那里现场交易，讲好价格后便一手数钱一手交票。路边的不少铺面也租给了一些人坐地收票，还有的人坐在路边小方桌旁抽烟、喝茶，立在桌前的纸牌上写着收票的名称，桌上堆放着大叠大叠的现金。一路上他听到有人感叹：“就是在这出租桌椅、提供茶水、卖盒饭也要赚钱啊！”

在这条不过几百米长巷子的人流里，孟雨涛遇到了许多熟人，见面时大家都面露惊喜地互问：“你也来炒了啊？收效如何？”然后像吃了糖、中了彩似的搭讪起来，先是对这里的人气、炒股盛况感慨一番，然后互问你买的啥子票、多少价位买的……

一路看下来，孟雨涛深受感染和鼓舞，切实地感到黄天伟所说毫不夸张，也更深地体会到这样一个实实在在的道理，只要有利可图有钱可赚，那真是人不分男女、地不分远近、天不管阴晴，人人皆有挣钱的欲望与梦想。

怀着与眼前这芸芸众生同样的心情与渴望，他的心激动起来：还考虑啥子？该出手时就出手，他再也按捺不住冲动，随便买了几只票。

晚上，孟雨涛又来到红庙子，见所买的股票价位涨了，心里一盘算可赚五百元，这可比一个月的工资还多呐，于是毫不犹豫地将票卖了，赚到钱时那个感觉简直不摆了，拿着一大沓钱一张一张地数着时，他感觉手都有点控制不住地在打抖，手指仿佛都要数抽筋了。

初入股市，首战告捷。

包里揣着厚厚一叠人民币，在回杂志社的路上，孟雨涛简直心花怒放，兴奋得简直想飞起来对路人高声大叫："人们啊，去炒股吧，它能给你带来丰收和富裕！"

喜悦在流淌在蔓延，如沐春风的他笑了，天上还是有掉馅饼、人人都有赚钱的时候哈。这样想着，他心窝里飞出全是欢乐的歌——春天在哪里，春天在哪里，春天就在火热的股市里，甜蜜蜜笑得多甜蜜，原来钞票这么熟悉……

回到杂志社，孟雨涛按捺不住喜悦地给黄天伟打电话，沾沾自喜地向他汇报战果。

此时黄天伟正在开车，他一手掌着方向盘一手拿着"大哥大"："你现在尝到甜头了哇？听我说的没错吧？所以要放下架子才会有票子，你看那些松下裤带子，票子来得好容易，要是你早按我说的去做，你想现在是啥子概念？时间就是金钱啊，幡然悔悟为时不晚，如今有理是不能走遍天下的，有钱才能走遍天下……好好好，我不多说钱的魅力了，不过你也不要骄傲自满，这仅仅是万里长征刚起步，看你才赚了一小笔就乐成这样，你还想不想百尺竿头了？我说同志哥啊，还要继续努力才行……说得对，一万不算富十万百万才起步，做人就是要目光长远，要用买得起车买得起房，手拿'大哥大'，天天上酒楼的目标来激励、要求自己，你看我算是混得将就吧，但我知足了吗？脸笑烂了吗？没有啊是不是？所以从早到晚，我还在辛辛苦苦地一分钱一分钱地薅刨……好好，不说了，祝你早日过上有钱人的滋润生活，待到山花烂漫时，三军过后更开颜，就这样？我收线了。"

从这以后，孟雨涛的心与红庙子紧紧相连，一有空就扎进这人山人海，一天跑几趟也乐此不疲，当然了也不是次次都能赚钱，一天他买的票价位就买高了，结果亏了几百元。

对此，黄天伟又指点他："你不要去买哪些垃圾股，买了肯定要'吃药'（就是亏钱的意思），要买就买那些能很快上市，要先托管的票，买对了价格嗖嗖地往上飙，比如长虹、成百、长钢之类，不过现在价格都有点高了，但这些票稳当，一旦上市效益就更可观了。"

孟雨涛按照他的说法去操作，果真接连剪彩。

在红庙子炒股赚了点钱，孟雨涛非要请客与他共享喜悦成果。

这天下午，他在编辑部郑重宣布："今晚请大家共进晚宴，吃火锅、川菜还是海鲜你们定，说好了，在座的一个都不能少。"

大家听了惊奇地看着孟雨涛，不知他遇到了啥子高兴的事。

谭立闻眼放异彩、眉开眼笑地问："你哥子今天爪子咯？是抢了银行还是找到了哪个富婆？"

周兮倩问："是不是与你的那个夏同学要结秦晋之好？"

"没得啥子特别的事，就是心里高兴，想请大家吃一顿普普通通的晚餐而已。"孟雨涛得意地说。

"小涛，没什么特别的事，你又何必浪费钱呢，算了吧，不要破费了，你还没结婚，以后急需用钱的时候还多，现在不要大手大脚地乱花钱。听姐的。"周兮倩不领情地劝道。

"哎呀，他现在一个人，挣的钱他哪用得完嘛，该用的时候还是要用，对不对？享受生活比什么都重要，雨涛是个好洒脱的人喔。"

谭立闻生怕此事让周兮倩这么一说搅黄了，赶忙奉承孟雨涛。

"说得没错，花这点钱我还是不会心痛的。"孟雨涛满不在乎地说。

"就是就是，请顿饭对你来说那存在嘛，你就是拔根汗毛也比我的大腿粗。”谭立闻嬉笑着说，逗得大家笑了起来。

周兮倩笑着责怪谭立闻：“你这人就是巴不得敲小涛的竹杠，你怎么不请一次大家啊？”这话说得谭立闻有点尴尬起来，他苦笑着解释道：“我的情况大家都清楚，要供娃娃得嘛，哪像他一个人单操……”

“是喔，你咋个能和我比，这事就这样定了，晚上去蜀锦楼吃火锅。”孟雨涛一锤定音，他又对谭立闻说，“那还有模特儿表演，就像你向往的加勒比海浪漫风情，到时你的眼睛肯定要看得定起。”

“是不是喔？那今晚我们就去开开眼界。”谭立闻搓着双手兴奋地说。

王老一听有模特儿表演赶忙推辞道：“这么开放的场合，我这个老头就不去凑热闹了。”

孟雨涛说：“这算啥子开放喔，这是美的展示，现在提倡改革开放，王老你也要跟上时代的步伐嘛。”

谭立闻也说：“就是，封建时代早就已远去，只要我们有正确的审美观，就算她们穿得太暴露，甚至……我们也不会心生邪念，你要是看不下去，可以闭到眼睛嘛。”

周兮倩说：“老革命我陪你去，模特儿不就是有点露腿露背啥的，他们能欣赏，为啥我们不能看，欣赏美不分男女老幼。”

孟雨涛鼓着掌说：“大姐说得完全正确。”

谭立闻眉飞色舞地说：“还是小倩说得透彻，王老，你就跟着我们的步伐，尽情地去感受青春魅力与时代节奏吧。”

突然他想起啥子，突然一拍脑壳：“哎呀，我得赶紧给老婆请个假，让她去接娃娃。雨涛，今晚我们要好好喝酒、好好摆摆，不醉不归。”

下午下班后，孟雨涛就带着同事来到蜀锦火锅大酒楼，里面吃客已经不少，一桌桌热气腾腾的火锅散发出诱人的香气。

选定位子落座后，王老环顾装修豪华的店堂后对孟雨涛说：“我还是头一次进这么高档的地方吃饭，收费一定很贵吧。”孟雨涛说："也不算很高档，收费不是很贵。"谭立闻羡慕地说："这地方不错，你哥子是不是经常来喔？"孟雨涛实话实说："我有好多票子敢经常来喔，只是陪人来过一次，今天大家想吃啥子就随便点哈。"周兮倩把菜单递到王老面前："老革命你先点。"王老推辞说："你们点，由你们安排，尽量简单点。"周兮倩干脆地说："那我来。"

菜上桌、锅沸腾，大家开始有说有笑地烫火锅、喝啤酒，周兮倩不时为王老烫菜拈菜。

吃喝间，节目表演也在进行。一个穿着花布衣服、打扮成村姑模样的姑娘挎着竹篮走上表演台，她用一口四川土话说，"我脚都蹲麻了，终于轮到我们贫下中农上场了。"男主持人故作惊讶地说，"你去卖你的鸡蛋喔，跑到这来干啥子？"村姑理直气壮地说，"干啥子？我也要给大家表演节目噻，你不要看我土里土气的哈，我可是我们村里闹响了的民间艺术家，我给你们摆老实龙门阵，追我的人多得起串串，就是城头守茅厕的莽经理都给我写了这么厚一沓情书……大家不要笑，嘿，底下那个眼镜不要绿眉绿眼地看到我，我可是有了相好的喔，我那个二娃对我不摆了……"她的表演把台下人逗得捧腹大笑。

周兮倩开心地对谭立闻说："'谭虾虾'你平时那么喜剧，完全可以上场表演喔。"

大家纷纷附和："就是，就是！"

谭立闻连忙摆手："人家都是表演艺术家，我一上场就要显抖摆，只能底下说说。欸，雨涛，咋个模特儿还不上场呢？"

孟雨涛见他急于想看的表情笑了："急啥子嘛，好戏在后头。"

孟雨涛话音刚落，台上男主持手拿麦克风激情澎湃地说，刚才农民艺术家为大家表演了十味十足的节目，接下来的表演会让大家眼睛一亮，热血沸腾，她们就是风靡全城的"梦幻时装组合"，有请魅力无限的模特儿登台——霎时响起节奏感很强的音乐，五颜六色的旋转灯也照射起来，吃客纷纷把目光投向舞台。踏着音乐的节拍，几个女模特穿着比基尼走着猫步登台亮相，她们容貌妩媚、气质高雅、身段诱人，在台上风情十足地高挺胸部、扭腰摆臀……把女性傲人的身体曲线、细腻肌肤展现得淋漓尽致。男主持不停地在旁煽情解说——她们带着轻拂的海风、带着明媚的阳光和妩媚走来，她们美妙绝伦的身体散发出美丽青春和活力，展示着女性的风采和魅力，她们是美的化身、是美的天使……

王老笑着摇摇头："不就是穿得少、刺激人的眼球嘛，没必要捧得这么高。"

周兮倩见谭立闻眼睛一动不动地盯着模特儿，便用肘碰碰也盯着模特儿的孟雨涛，孟雨涛回过头不解地看着她，她笑吟吟地将嘴向谭立闻一努，孟雨涛转眼去看谭立闻，立即被他看得如痴如醉的样子逗笑了，忍不住拍拍他的肩："不要把眼珠子看得掉下来了哈。"

谭立闻头也不回地说："不要影响我看表演，等我看完再说。"

模特儿表演结束后，一个女歌手又上台献歌。

谭立闻意犹未尽地说："三点式真是点到为止啊。"

孟雨涛笑道："你还嫌看得不过瘾嗦，'点'到为止就可以了。"

周兮倩说："小涛你真不该带他来开眼，他恐怕今晚会睡不着觉。"

谭立闻辩解道："你们也太小视我谭某人了，我是从审美的角度在看'三点'，该露的露该隐的隐，适可而止。遮遮掩掩更让人遐想，更具有诱惑，就如花要微开、酒要微醺最好。"

孟雨涛假装佩服地惊讶道："哟喂，没想到看了一场模特儿演出，他居然还看出了审美高度。"

那个女歌手甜腻腻的声音刚唱完，一个中年男子捧着一大束鲜花走上台鲜花，靠近表演台的一桌人又是拍掌又是夸张地大声叫好，还有个男子放肆地嚷着"抱一个！亲一个！"……

孟雨涛等人不由得回头去看台上，他一下认出那献花男子就是那个做外贸生意的吴奎，台上女歌手还真的伸出双臂搂抱了他，还将她那粉嘟嘟的脸贴在了吴奎的脸上，那桌人笑得闹得更欢了，吴奎一脸得意地笑着向那桌人挥挥手，走下台来。

孟雨涛有些鄙夷地笑笑："真是有点钱就张扬得很呐，不晓得有好多钱吃不完用不完、不晓得有好多羊子吆不下山似的。"

台上又响起女歌手柔媚的声音："谢谢吴总捧场，接下来我将一首《路边的野花你不要采》献给吴总和所有来宾……"

吃完火锅出来，谭立闻已喝得有了醉意，他走路摇摇晃晃、一个劲地说："好地方，改天我们再来、再来……"

孟雨涛赶紧搀扶着他应道："要得要得，只要高兴就好。"

周兮倩奚落谭立闻："你今天眼力好，胃口也特别好喔。"

谭立闻大大咧咧地说："食色，性也，干筋筋瘦壳壳，一顿要吃几钵钵，这句话你就不懂了噻。"

王老摇头微笑着说："还说酒要微醺好，我看你是大醉了才好。"

谭立闻将眼镜框往上一抬，醉眼蒙眬地盯着王老："此醉非彼醉……有钱不花有何意，喝酒不醉有何意……酒不醉人人自醉，似醉非醉高境界……"

看着醉态中的谭立闻，孟雨涛知道他今天是看开心、喝高兴了，但自己心里却怎么也高兴不起来，甚至还有些空虚和失落。

热闹浮华散去，孟雨涛回到杂志社后院的宿舍更感冷清寂寥，隔壁老苏家今夜悄然无声。

孟雨涛躺在床上久久没有睡意，他在想柳亮这几天是咋个过的、夏婷是不是真的要疏远自己。在晾柳亮的这几天里，他觉得其实也是在晾自己，因为这期间他时不时地在想着柳亮，甚至还期盼着出现这样一个惊喜——柳亮突然主动来找他，于是两人"相逢一笑恩仇泯"，像什么事也没发生过重归于好，然而这一幕终究没有出现，这令他既感失望又生怨气，好啊，这娃娃到底是存心跟我较劲了，完全当没我这个人存在，看来我不找你，你是不会主动来找我，你这副打死都不认错的臭德行，难道真的就不能改一改吗？

除了柳亮让他心烦，夏婷这几天也像人间蒸发了似的杳无音讯，孟雨涛与她的关系犹如梦幻瞬间即逝。哎，他无奈地叹息道：“我情感的种子刚萌芽，难道就这样被掐断了？我刚刚燃起的一星火苗，难道就这样被熄灭了？”

窗外又开始下雨了，滴滴答答的雨声在静静的夜里格外清晰响亮，屋里竹席编的顶棚上也格外热闹，几只耗子在上面欢天喜地地窜来窜去，一个个吱呀吱呀地闹个不停，像是在开什么联欢晚会，又像是在故意嘲笑顶棚下那个翻来覆去不能入眠的人——你现在知道孤独是啥滋味了吗？你看我们多逍遥多快乐，耗儿们跳起来唱起来，气死下面那个大傻瓜……

“闹个球！”孟雨涛俯身拾起拖鞋朝顶棚上扔去，上面的耗子立即鼠窜、悄然无声。

“哈哈哈……”孟雨涛为驱散了耗子的晚会感到很开心。但安静了一会儿，又有耗子在顶棚上闹腾起来，他只能无奈地任它们在上面继续开晚会。

实在睡不着觉加之肚子有点饿了，孟雨涛干脆起床，打着雨伞出去吃点东西。

他来到巷口孙大哥夫妇摆的“鬼饮食”摊上，以前他和柳亮、邱军晚上都爱在这吃点夜宵、喝点夜啤酒。

他现在来这里还有一个目的，就是希望能碰到柳亮，但遗憾的是柳亮没来。

正在蜂窝煤炉上给吃客煮面条的孙妻笑着对孟雨涛说：“你可有些日子没来坐了。”孟雨涛说：“最近事多，柳亮最近来过没有？”孙妻说：“他也有些时间没来了。”孟雨涛在撑着大伞的一张小木桌旁坐下，孙大哥手脚麻利地给他端来一盘卤郡肝和煮花生，孟雨涛便有些落寞地独自斟饮，旁边的一桌人喝酒划拳闹喳麻了。

一辆带拖斗的汽车突然停在摊点前，接着从车上跳下几个城管，一个带头的走到摆放卤菜的三轮车前气势汹汹地说：“打过多次招呼硬是喊不到嗦？我们前脚走你们后脚又摆出来，分明是和我们打游击嘛，这下我们就不客气了，把他们的东西没收了！”

几个城管不由分说动手就将空着的桌子板凳往车上扔，还厉声朝吃客吼道：“不要吃了，赶紧走、赶紧走！”

孟雨涛一动不动地望着周围的吃客，担心他们乘机一哄而散逃单，但令他欣慰的是这些人都仍坐在原地照样吃喝。

孙妻赶忙上前阻止城管并可怜地哀求起来：“你们不要收东西好不好？我们马上就收摊。”

几个城管毫不理会又要去端锅端碗，孙大哥挡在他们面前怒视道：“你们哪个敢动！”

见孙大哥拿出了拼命的架势，带头的说：“东西可以不没收，但要罚款。”

孙妻哭哭啼啼地说：“我们是下岗工人，你以为我们生活容易嗦，要是有办法，哪个愿意半夜三更出来挣这点辛苦钱嘛。”

带头的城管不为所动，义正词严地说：“你们占道经营、影响市容市貌、环境卫生，不罚款肯定是说不起走的。”

孟雨涛对这样的野蛮执法行为非常看不惯，非常气愤，以前他看到过更令人震惊、愤懑的场景。一些农民挑着箩筐背着背篼进城在路边卖蔬菜水果等，一看见城管，他们犹如老鼠见猫立即惊慌而逃，一些动作麻利的可以躲过一劫，但那些来不及收摊的农民就惨了，城管赶过来嘴里骂骂咧咧不说，还气势汹汹将蔬菜、水果等掀翻踢倒，还不解气地用脚将滚落一地的蔬菜水果等踩烂，他们一边使劲踩一边直骂：“我叫你们卖！我叫你们卖！……”

对此情景，孟雨涛心里很不是滋味，这些农民不就是卖点自己辛勤劳动的果实么，他们不就是沿街摆摊占了点道、影响了市容么，你们对此进行管理是应该的，但方式绝不能如此简单粗暴。他简直想不通这些执法人员咋个对这些农民这么霸道，简直就像与他们有多大的血海深仇，他愤愤地想：“你们也是活在社会底层的人噻，不就是穿了这身衣服，咋个就变得自己好像是有权有势的人一样了？你们怎么能这样对待劳动人民呢？都是同根生至于这样相煎急吗？你们这样的霸道野蛮行径和土匪有什么两样？……”

今天又遇到这样的场面，孟雨涛本来心情就不好，遇到这事就更来气了，他不禁起身斥责道：“你们的做法也太霸道，太不讲理了，人家深夜摆出来不晓得影响了啥子？你们这样做跟鬼子进村有啥子两样？人家两夫妇都是下岗工人，还要供娃娃读书，你要搞清楚，他们是为社会主义建设做过贡献的工人老大哥，不是敌对分子，你们咋个能这样蛮横无情地对待无产阶级呢，要是你们家里也有人下岗了，你会咋整？”

带头的城管惊异地打量着孟雨涛：“你说我们像鬼子进村？咋不说我们实行‘三光’政策呢？不要在这跟我讲阶级阵营这一套，我警告你——你不要干扰我们正常执法！”

在他看来，半夜三更出来吃“鬼饮食”的这些夜游神，多半都是些社会上不三不四的人。

“执法要文明！不要动不动就罚款，他们靠自身辛苦劳动养家糊口，你们何必还要在鸡脚杆上刮油。”孟雨涛据理力争地谴责道。

“就是！”“说得好！”旁边的吃客也纷纷站出来力挺。

带头的城管扫视了一下那些吃客，有些诧异地说：“嘿，今天遇到些啥子夜游神了，咋个说话都这么冲，你们是些什么人呐？”他怀疑地盯着孟雨涛问。

“你没资格盘查！”孟雨涛坐下来，悠然地端杯喝酒。

其他吃客纷纷嚷嚷着说：“人家不偷不抢，遵纪守法，勤劳挣钱有啥子错？你们飞扬跋扈地歪啥子嘛，不就是想多整些钱发奖金嘛。”“人家这么晚出来摆摊摊，不晓得影响了啥子？”“有这么个摊摊也是方便群众生活噻，半夜肚子饿了，我们也有吃的地方，这也是成都的一个特色噻，我不晓得有哪点不好？”……

众怒难犯，带头的城管见今天这个场面是不好再执法下去了，只得自找台阶下地对孙大哥夫妇警告道：“看在大家给你说情的面子上，这次就放你一马，下次遇到就没这么松活了。”说完朝其他城管挥挥手：“把车上的板凳椅子拿下来，我们走！”

城管执法车开走后，孙大哥夫妇对孟雨涛的挺身而出再三表示感谢。

孟雨涛有些担心地说："你们这样摆夜摊也不是长久之计，如果他们经常这样来执法，你们经营下去还是很麻烦的，最好的办法还是去街办，去反映你们的实际生活困难情况，会哭的娃娃有奶吃，他们应该要给你们解决问题的。"

后来，孙大哥夫妇按孟雨涛说的去了街办，街办还真为他们在巷口提供了稳定的经营场地，夫妇两人从此打着"下岗面"的招牌专卖各种面食，早晨、中午的生意还特别好。

就在孟雨涛在"鬼饮食"吃夜宵时，柳亮也在独自借酒解愁，不过他是在"桥头火锅"吃喝。

罗茹见他闷闷不乐想来陪他摆龙门阵，但心里正窝着一股莫名鬼火的他却把她支走了，罗茹只能在一边时不时地瞅瞅他。

柳亮现在那个烦喔，简直无人能了解。孟雨涛与杨怡秋分手后，他觉得柳雪与孟雨涛有戏了，此前他俩的关系也正朝自己所想那样一步步发展，尤其是大年三十晚去文殊院烧香，看到妹妹牵着孟雨涛的手，他还暗自为他俩高兴了好几天。可天有不测风云，哪晓得半路突然杀出个夏妖精，也不晓得她施展了啥子魔法，居然把孟雨涛又活生生地钩到了她的网里，这完全就是横刀夺爱嘛。如果他们这样发展下去，妹儿的所爱不是又被夏妖精抢走了吗？自己的愿望不就化成水了吗？哎，我那个妹儿也真是命苦啊，还有你大哥也是不长眼啊，你仔细想想，她哪点比得上小雪，你咋个鲜艳花朵不去爱，偏去爱那个夏妖精呢……

柳亮实在是想不通、咽不下这口气，但对此他只能把气闷在心里，心乱如麻的他也知道这事也不能全怪孟雨涛，之前他就这样想过。孟雨涛是大哥，如他和小雪成了亲，那他不是成了自己的妹夫了吗，他不就要喊我哥了吗？这拐棍不是又倒过来杵了，蒸笼有上下格，这也不对头喔，他想到这层事不禁又泄了气，心烦意乱地把一杯杯啤酒往嘴里灌。

与柳亮较劲几天后，孟雨涛心先软了，只得屈尊地主动去找柳亮冰释前嫌、重归于好。

他骑车要进金沙坝小院时，又照例按响了车铃，“黄虎”的叫声传来，但只闻其声不见其影。耶，这家伙今天只口头打招呼不出来迎接嗦，它居然也给我摆起架子来了，孟雨涛感到有些好笑。

进了小院，孟雨涛才发现自己错怪了“黄虎”，原来今天它正承受着失去自由的委屈和折磨——被一条铁锁链拴在柳家门旁一棵碗口粗的桃树上。

“黄虎”一见孟雨涛，欢喜地叫着要扑过来，但没跑几步却被铁链拉住了，它只得站立起来，前脚不停地舞动着、叫着，由于用力地想挣脱铁链的束缚，桃树被铁锁链拉得直摇晃。

孟雨涛明白柳家没人，这家伙今天才如此饱尝被限制自由的痛苦，它正渴望有人来替它砸碎铁锁链，翻身得“解放”。嘿，这有点怪了，柳亮从来都不拴养“黄虎”，他怎么忍心对它“上刑”了呢？看来他是吸取教训学乖了，这娃娃还是听得进我的劝告嘛，孟雨涛愉快地这样想，但后来才知道完全是另外一回事。

听见狗叫，手臂上戴着红袖套的唐婆婆从屋里出来查看，她边解腰上的围裙边说：“是小涛嗦，有一阵子没见你来了。”

“唐婆婆你可以哦，戴个红套套就像个红卫兵，很有当年造反派的劲头嘛。”孟雨涛嬉笑着说。

“胡说！我说小涛，你说话咋就没个正经呢，现在啥子年代了，哪还有红卫兵、造反派？我是治安巡逻员。”唐婆婆将红袖套往上提了提，脸上有些不高兴。

“我懂，不就是群众组织嘛，我说也是哈，咋个现在维护治安的重任，居然落在了你们这些太婆大爷身上，你们这么大把年纪了能起啥作用？贼就是当着你面偷东西也不会害怕，你们跑都跑不动咋个抓嘛，弄不好被贼轻轻一推，说不定还要落个轻则骨折、重则摆起的下场，到时我看哪个负责哟。”

“林户籍说我们主要是起震慑作用，发现贼的话，我们一喊也要把他们吓跑。”唐婆婆自信地说。

看到孟雨涛不相信的样子，唐婆婆又讲了昨天上午发生的一件事——“我一人正在扫院坝，看见两个小伙子贼眉贼眼地走进院内，眼睛还朝每家住户房门上扫来扫去。我看这两人鬼鬼祟祟，拿起扫把就上前问他们找哪个，其中一人故作镇静地说找什么王二娃。我说这个院坝没得这个人。那人又装疯迷窍地说：‘狗日的，他说就住在这得嘛，骗我们的嗦。’另一人看着拴在树边对他们使劲叫的‘黄虎’害怕了，慌忙说我们还是走算了。就这样，在我和‘黄虎’的监视下，这两人才赶紧转身向院外走，还时不时地回头瞅一眼‘黄虎’，生怕我放‘黄虎’咬他们，呵呵呵……”

她讲完后问孟雨涛：“你说这两个人可疑不可疑？”

“我敢肯定，这两个绝对是贼娃子。”孟雨涛断言道，然后表扬唐婆婆，“有你这样警惕的治安巡逻员和‘黄虎’守家护院，贼娃子只能望风而逃。”

唐婆婆听了乐滋滋的。

她见孟雨涛盯着柳家锁起的房门便说：“亮娃一大早就出了门，现在也没回来。”

“小雪呢？”

“她在学校。”

唐婆婆说完后拿起笤帚扫着地上的落叶。

“黄虎”还在原地跳跃着，眼神可怜兮兮地望着孟雨涛。

“主人都出去了，你也只能受点委屈了。”孟雨涛上前轻拍着“黄虎”的头安抚它。

离开柳亮家，孟雨涛径直去学校找柳雪，想向她打探柳亮这几天的状况。

他在她宿舍楼下喊了好一阵都没回音，只得来到宿舍门口，坐在路边等了起来。三三两两的女生不时说笑着从他面前经过，有的将厚厚的书抱在胸前疾步而行，有的刚从澡堂洗浴出来，她们一手端盆、一手梳着湿漉漉的头发……

孟雨涛一会站、一会坐地看着来来往往的女生，烟都抽了好几支，还是没见柳雪的影子。他发现经过的女生没几个长得漂亮的，而且她们大多数还戴着眼镜，这令他有些扫兴，也让他有了奇想："现在校园里漂亮的女生是越来越少了，也不晓得长得漂亮的跑到啥子地方去了，难道漂亮的女孩真的是不爱学习、爱时髦去了？这些眼镜妹妹喔，你们的眼镜度数在增加，不知你们的知识是不是也随之在增加喔。"

孟雨涛没有等到柳雪回来，他又去派出所找邱军。

经过市中心一条商业老街时，街道两旁店铺前人群涌动，热闹非凡，店铺前男男女女站在高板凳上手持扩音喇叭高声吆喝："支持市政建设，含泪大甩卖！含泪大甩卖！""跳楼价！绝对跳楼价！还有三天！""流血清仓、亏本抛售！""走过路过，千万不要错过""一年三百六十五天，机会就在这几天"……嘈杂而响亮的吆喝声此起彼伏。

原来这条繁华热闹的老商业街即将改造，沿街店铺将被拆除扩建大道。

穿过闹哄哄的大街，孟雨涛骑进一条街名很有诗意的小街——望月桥街。他第一次到望月桥街派出所找邱军时，听这里的一个老民警讲了这条街的来历——很早以前这里有条清澈见底的小河，水里长着许多水草，河上有一座红砂石板路面的石拱桥，桥两边的石栏上有一尊尊雕刻精美的小石狮。夜晚月亮出来时，月亮倒映在水面上，人们在桥上抬头可望天上之月，低头可见水中之月，别有一番江南水乡的韵味。

听了介绍，孟雨涛被这个充满诗情画意的小桥吸引住了，当时就想去看那座小桥，但老民警遗憾地说："小河早就填平修路了，桥也没了。"尽管如此，孟雨涛从派出所出来后，还是想到老桥原来的地方去看看。他到周围的街上转了一圈，问了路边几个悠闲坐着的人，他们都记不起当年小桥的具体位置。最后，一个留着白胡子的大爷指着前边一个小路口，说原来的望月桥就在那。孟雨涛走到路口，只见这里已成了闹哄哄脏兮兮的菜市，老民警描绘的景象荡然无存，他顿感有些失落惆怅。

尽管望月桥已不复存在，但这座小桥一直存于孟雨涛的脑里。今天又经过这里，他不禁又想起了当年望月桥的景致，今非昔比，无限感慨陡然而生。其实这个城市名存实亡的街道又岂止这条望月桥街，历史悠久的这座古城当年河流、沟渠纵横交错，是一座被水滋润的城市，从现在的许多街名，如青石桥、磨子桥、半边桥、天仙桥、平安桥街、洗面桥街、金御河街等，就可得知那时河流之多，但现在你去这些地方看看，哪里还能看到这些河流这些桥喔，完全就是桥河远去不复在，徒留虚名空悠悠。

孟雨涛一路感慨地来到派出所，门旁街边停放着两辆“长安”微型警车、一辆白色警用牌照“奥托”。门卫室窗里的值班民警看了一眼孟雨涛，认出他是邱军的同学便没问他。院内，一个年轻男子低头靠着树站着，他的一只手被铐在树上。

“给你费了这么多口水，你娃娃硬是四季豆不进油盐，死猪不怕开水烫嗦？你给老子站起来！”四合院的一间房里传出邱军的怒斥声。

孟雨涛循声走到门口朝里望，见邱军站在房中间，用手指着一个双手戴着手铐的小伙子斥道：“你听清楚，现在给你最后一次主动交代的机会，其他同伙已经讲了，你想死抗，抗得住吗？龟儿子的，不要苍蝇采花——在老子面前装蜂（疯）……”他转头看见了门外的孟雨涛，忙对办案民警说：“再好好敲打敲打他！”然后走了出来。

“又遇到啥子大案要案了，逼得你亲自上阵审问，还惹得你这样大动肝火？”

“系列入室盗窃案，这是个老贼，嘴巴捂得很严实，讯问起来有点考手艺，不过迟早他要开口的。”邱军将一支烟递给孟雨涛，“今天咋个想起到我这里走动了？”

孟雨涛就把这几天发生的事告诉了邱军，邱军听后分析说：

“肯定是你和夏婷的关系刺激了他。”

孟雨涛听了很不理解：“这咋个可能嘛。”

邱军说：“其实在那次给小雪过生那天，我就看出他很不高兴你和夏婷在一起，老实说，你和夏婷现在是啥子关系？”

孟雨涛想了想说：“说实话，她的性格有点合我的胃口，不过我和她啥子事都没得，那天她也赌气地走了，我也来气没管她，我们最近一直没联系。即使柳亮不高兴夏婷，那天他也不该阴悄悄地走开噻，我和夏婷之间关他啥子事，他嫉妒、眼红……这咋可能嘛。”

邱军说：“这只是我猜的，至于具体原因我也说不清楚，不过他不喜欢你和夏婷在一起，这个结论是可以肯定的。”

孟雨涛摸不着火门地说：“那他还为她报道‘黄虎’那事记仇？那碗烫稀饭我不是帮他吹凉了吗？实在搞不懂这个瓜娃从哪冒出这许深仇大恨来，哎，这个比牛还犟的娃娃真不晓得咋个说他。”

邱军眨巴着眼睛，想了想说：“这个家伙几棍子也打不出一个屁来，他有时就是怪球得很，依我看，你也没必要为他这种人牵肠挂肚，他要拗起就等他拗，千万不能助长他的臭脾气，看他能撑到啥子时候。”

和邱军吃完晚饭后，孟雨涛不放心柳亮，又去金家坝找他。

院内，柳亮父亲闷闷不乐地临河而坐，“黄虎”静静地蹲在旁边。

一见孟雨涛，柳亮父亲赶紧起身笑着打招呼。孟雨涛一问才知柳亮还没回来。

柳亮父亲叹息一声后担忧地说：“不晓得那个娃娃最近中了啥子邪，脾气怪得很，动不动就发火，简直就像变了一个人。现在他啥子事都不做，天天半夜三更才喝得醉醺醺地回来，见他这样，我几次都想来找你们问问他是咋个回事……”

孟雨涛懊恼地说：“我也不晓得咋个的，我们也很有几天没见面了，一点也没想到他会这样。”

柳亮父亲无奈地发出沉重的感叹：“还是江山易改，本性难移喔。”

孟雨涛和柳父沉默地吸着烟，听着河边传来轻微的水流声，黑夜里两个烟头不时闪烁着点点红光。沉闷地聊了会儿后还不见柳亮回来，孟雨涛只得告辞离去。

刚走出过道口，他看见“黄虎”已趴在巷子昏暗的路灯下。它看见孟雨涛后，一下站立起来，眼巴巴地望着他。

“咦，你怎么不回窝睡觉？咋个在这守起门来了？”孟雨涛觉得它太可爱了，蹲下身来抚摩着它，然后拍拍它的头说，“该回去睡觉了。”

“黄虎”又在原地趴了下来。

他对“黄虎”说：“喔，我晓得了，你在等他回来是不是？”

他望了望行人寥寥的小巷，骂道：“哎，那个混账家伙跑到哪去了？害得‘黄虎’这么造孽地在这痴等。”说着他一屁股坐在街沿上，掏出烟点燃吸了起来，望着苦苦等候主人的“黄虎”，他喃喃自语：“看到你这样忠心可怜，我都不忍心走了，我就陪你再等等那个傻瓜，最近那个傻瓜是不是天天发神经、天天这么晚都不回来啊？他发火的时候拿你出气没有？他是不是现在也懒得管你了……”

孟雨涛一边对着“黄虎”唠唠叨叨，一边不时望望小巷。

等了一个多小时后他才决定离开，他歉意地对“黄虎”说：“我要走了，你也别等他了，回去睡吧，听话！”但“黄虎”一动不动。

他眼里有些湿润，凝视着它好一阵儿，最后还是狠心地转身离去。

“黄虎”站立起来，目光哀伤地望着渐渐远去的孟雨涛，然后又眼神无助地趴了下来。

孟雨涛走了一段路回过头，看见“黄虎”还在等柳亮，不禁感动地直感叹：真是条通人性、忠于主人的好狗啊！

“咚、咚、咚……”一阵急促的敲门声将孟雨涛惊醒，他打开房门一看，原来是门卫李大爷。

李大爷说：“杂志社门口有个女的有急事找你。”

孟雨涛想不出是哪个女的会在半夜三更找上门来，他急忙穿好衣服来到杂志社门口，看见罗茹站在门外。

罗茹着急地说：“柳亮喝酒喝得人事不省，我已把他送到医院洗胃输液，现在没多大事了，还在昏睡。”

孟雨涛急忙与她打的前往医院，途中罗茹讲了事情经过——她凌晨一点过打完麻将经过火锅店时，见卷帘门没全拉下来，里面还亮着灯，她进店一看，发现柳亮趴在桌上已醉得一塌糊涂，坐在椅上打盹的小工见她回来，忙起身揉着瞌睡兮兮的眼睛说，他喝醉了怎么也不走。她又推又喊好一阵，柳亮才抬起头来醉眼蒙眬地望着罗茹，她要他赶紧回家睡觉，柳亮还一个劲地嚷着要喝酒，她连哄带骗地劝了好一阵，他才起身跌跌撞撞往外走，见他走路摇摇晃晃，她忙搀扶着说话颠三倒四的柳亮离开了火锅店，可没走多远，他突然重重地倒在地上人事不省，罗茹发现大事不好，赶紧叫了一辆出租车将他送往医院急诊室抢救。

“唉，幸亏送得及时，不然后果不堪设想。”罗茹心有余悸地说。

孟雨涛道谢后又气又急地说：“这娃娃硬是要喝死当睡着嗦。”

“这几天都是他一个人来喝酒，我就晓得他遇到了啥子不顺心的事，我问他呢他又死活不说，你们是好朋友，以后要劝劝他别喝那么多酒，喝醉了容易出事。”

到了医院急诊室，柳亮正输着液还在昏睡，他两眼紧闭，脸上呈现出轻微的痛苦状。

罗茹与陪护的那个小工离开后，孟雨涛坐在床边静静地看着柳亮，只见他不时紧皱眉头、翕动嘴唇发出轻微的呻吟声。

孟雨涛站起身俯看着他，着急地轻声问：“亮娃，好点没有？

有没得啥子地方不舒服？”

柳亮还在昏昏迷迷状态中没有吱声。

孟雨涛将柳亮身上的被子往上提了提，盖住他的胸，又抬头看了看输液瓶和滴液情况。他走出病房，到护士值班站询问柳亮的情况，得知柳亮至少还要输液到今天中午。此时离天亮还几个小时。

孟雨涛在静静的过道里，来来回回地慢慢走动打发时间，回到病房看见柳亮还陷入昏睡，他便坐在椅子上，将头伏在床上眯眼休息，不知不觉中迷迷糊糊地睡着了。

天蒙蒙发亮时，柳亮睁开了眼睛，他看着房内的情况和手上的吊针后，仿佛才明白是怎么回事，他突然吃惊地看见伏在床边睡觉的孟雨涛，表情复杂地直直望着他。

似乎感觉到了什么动静，半睡半醒状态的孟雨涛睁开了眼，他缓缓地抬起头来，看见柳亮正看着他，他又惊又喜地说：“你娃终于醒了，老子以为你还要昏睡一天才得醒。”

柳亮惭愧地将头转向一边不说话，闭着眼睛的眼角流出了泪水。

孟雨涛知道他此时的心情和身体状况，也就不再过多地与他说话。看见输液瓶里的液体不多了，他忙走出病房叫护士来加液。

天色已蒙蒙发亮，病房外过道里的人多了起来，病房窗外的马路上自行车铃声响成一片。

柳亮突然要起身下床，孟雨涛忙问他要干啥子，柳亮说要去屙尿。孟雨涛说，我搀扶你去。柳亮不肯，执意要自己去，但孟雨涛哪能由他任性，他一手高举输液瓶一手搀扶着柳亮起了床，在去卫生间的途中，孟雨涛逗他：“你酒喝舒服了噻，没喝够的话，再给你输瓶五粮液、泸州老窖。”

柳亮的脸上这才终于露出了点笑容，他羞愧地说：“大哥，我对不起你，不该和你赌气……”

“现在我们不说这些，先去屙你的尿。”

孟雨涛知道今天他得留下来照顾柳亮了，上班时间时，他到医院外边一个公用电话给编辑部打去电话请假。

在陪柳亮输液时，孟雨涛将罗茹讲的事告诉了他，柳亮听后一个劲地骂自己，还后悔地直说："那天我赌气走后也晓得是自己不对，但又不好意思去找你，生怕我们兄弟之间关系完了。"

孟雨涛也真诚地说了自己不对的地方，最后动情地说："我们之间是啥子关系喔，不论发生啥子事，我们高矮都会在一起！对不对！"

柳亮输完液离开医院时，孟雨涛感慨地对柳亮说："昨晚你没回家时，'黄虎'一直在院门口等你，不晓得它是不是在那等了你一夜，它对你简直太忠心了。"

"啊？那我得赶紧回去看它！"

柳亮顿时心慌起来，恨不得马上飞到"黄虎"身边。

第十七章　动人心魄的夜晚

“一条大河波浪宽，风吹稻花香两岸……”悠扬悦耳的歌声从远处悠扬响起，蓝天白云下，一个身穿古装白袍的英俊书生伫立河岸，微风吹来，书生衣袂飘飘、玉树临风。一艘木船从河上游缓缓驶近停泊在岸边，船舱里走出一个同样身着古装的年轻女子，后面跟着一个丫鬟。女子看见书生连忙施礼，礼毕羞涩地低下头去，随后又回过头来对书生妩媚一笑。书生被眼前这位女子的容貌神态惊呆了，过了好一会儿才叹道：“妙！妙！天生丽质难自弃，回眸一笑百媚生。”丫鬟对书生说：“公子，我家小姐已决意效仿卓文君与司马相如双宿双飞，现已备好行装，她愿随你漂泊四海，云游天下，公子快上船吧。”就在书生登船之际，忽闻一阵急促的马蹄声由远而近，一披甲戴盔的武士骑着白马疾驰而来，手里还挥舞着一柄寒光闪闪的利剑，他冲着书生吼道：“负心小人休走！你寒窗苦读之时，我家妹子不离不弃，如今你金榜题名却负心与他人远走高飞，我要与你这无耻小人决一生死！”他随即翻身下马，持剑就向书生刺去。那书生竟然也会武功，他轻盈一闪躲开来剑，手持一把折扇与武士打斗起来，两人从岸上一直打到船头。“公子小心！”就在躲在舱里观望的女子发出惊呼之时，书生被一剑刺中跌落下船沉入水里，河面顿时染成一片红色……“雨涛！雨涛！”岸边又出现了几个女人，她们撕心裂肺哭喊着扑向河边……

窒息的感觉和凄然的哭喊声将孟雨涛从梦中惊醒，他猛地坐起身来，感到已惊出一身冷汗，坐了一会儿，他开始慢慢地回想这个梦，他记起梦中那个书生居然就是自己，而岸上那几个哭哭啼啼的女人则是周兮倩、夏婷、柳雪，至于那船上的女子和武士是谁就不知道了。

怎么做了个这么怪异荒诞的梦？它不仅与自己有关，还穿越了古今，他觉得这个梦实在太奇怪、太搞笑。

在编辑部，孟雨涛还在琢磨着这个梦，当他给大家讲昨晚做了噩梦时，谭立闻感兴趣地说：“我对解梦还是有点研究，讲出来我给你解析解析。”

孟雨涛一讲完，周兮倩忍不住笑道：“太荒诞了，简直就像是拍电影，你怎么当了这么一个倒霉的男主角啊？”

谭立闻则皱眉念叨着：“梦里有水有船有马有血腥打斗、溺水……喔唷，完全乱七八糟地纠结在一起，你这个梦里的东西有点烫，实在有点复杂，有点难度，要一下解出来还真考手艺……”

周兮倩调侃道：“解不出来就算了，你就甭装神弄鬼了。”

谭立闻心有不甘地说：“待我回去翻翻书、再研究研究，肯定能解析出来。”

梦是虚幻的，孟雨涛可以不在乎，但钱是现实的，这他就不能不关心了。近来红庙子的股市行情非常不妙，他买的股票价格天天往下跌，他见亏多了便捏着不卖，心想潮水有涨有落，我就不信没有潮涨的那一天。

黄天伟打来的电话又给他泼了盆冷水：“你咋个好景不常在，

好花不常开都不懂嗦，你这样捏到票，不晓得要等到猴年马月才能涨起来，也不知道等待它的命运将会是什么，我劝你早点‘割肉’（亏本出售）算了，我实话告诉你，我现在已把股票全出手了，虽然也亏了些钱。”

孟雨涛有点沉不住气了，他埋怨地说：“妈哟，你晓得见势不对，化装撤退，你撤退的时候咋不通知我一声呢。”

黄天伟有些委屈地说：“我给你打过电话，你不在编辑部得嘛，不过你也大可不必悲观失望，说不定到时会给你带来意想不到的惊喜。资本市场腐朽变神奇、乌鸦变凤凰的事，随时都有可能发生，但这要看运气了。”

放下电话，孟雨涛有些垂头丧气，唉，到头来还是鸡飞蛋打、竹篮打水一场空，看来钱还是与我无缘啊。

“这下晓得股市水有好深、东西有好烫、有点不好耍了哇，我就晓得这玩意不是好炒的，钱也不是这么好赚的，所以我对这些投机取巧的行当毫不动心，始终保持着清醒的头脑。”谭立闻自鸣得意地说。

孟雨涛一听这话心里有点不高兴了，嘿，你这分明是在说风凉话，看我的笑话嘛，妈哟，我赚钱的时候请你，你高兴得把我捧上了天，现在我遭了你还幸灾乐祸，真不地道。但气归气，现在你总不像那个卷土重来的胡汉山搞反攻倒算，让人家把吃了我的什么都给我通通吐出来噻，毕竟人家并不是真的在奚落自己，要怪也只能怪自己运气不好，没有操作好。

孟雨涛苦笑一下奉承谭立闻：“姜还是老的辣，以后做事一定要向你多多请教。”

谭立闻已意识到刚才所讲有点不妥，忙过意不去地说：“不敢，不敢，相互请教，相互帮助。”

对孟雨涛近来的为人处事，周兮倩感到他比原来成熟多了，不由得在一旁露出欣慰的笑容。

“情场得意赌场失意，雨涛，你要相信这个辩证法，虽然你在股市上有所失，那么在另一方面必然有所得，我敢打赌，你得到的将是再多金钱也买不到的伟大爱情。”谭立闻慷慨激昂地给孟雨涛描绘未来。

“伟大爱情？哎哟喂，你想安慰人嘛，说点其他啥子也比这话好听嘛。”孟雨涛笑个不停地说。

“‘谭虾虾’，这么多年你就这句话说得还靠谱。”周兮倩却夸奖起谭立闻来。

孟雨涛不以为然地说：“如今世间明明没有多少真正的爱情，但对爱却唱得没完没了，好像人人都被爱所包围，你看一个个歌星在台上咋个唱的，他们都是饱含真情，泪光闪动地把爱情唱得好动听，好感人喔，啥子‘爱是人间奇迹，是生命的源泉。’‘即使你没有一分钱，即使你缺胳膊又断腿，即使你远在天边不回来，即使你负心把我忘怀，我也要梦你一生。’‘爱你一万年，爱到海枯石又烂。’总之对你爱爱爱的爱不完……这完全是唱起来哄人的。”

大家都笑呵呵地听着他这番调侃，觉得现实好像也是这么一回事。

孟雨涛仍按自己的思路发表他的看法：“啥子是伟大爱情？罗密欧与朱丽叶、梁山伯与祝英台……这些都是编出来的美丽神话，是水中月雾里花，它听起来很美、很动人，可现实社会哪有啊？说老实话，我对世间有多少真正的爱情表示怀疑，不过桃花运嘛，倒是人人都有可能遇上的。”

谭立闻装出沉痛状地说：“完了完了，现在的年轻人居然不相信爱情了，真是悲哀、悲哀啊。”

柳亮又打来电话，让孟雨涛下班后一定要去他家吃饭。这是孟雨涛十分乐意为之的事，毕竟两兄弟关系和好这比啥子都重要。

下午，孟雨涛早早地前往柳亮家，走进金沙坝院里时，另一个人今天的心情也很好，那就是柳亮，此时他正在河边开心地驯“黄虎”游泳。

此时河水也涨了起来，满河浑浊之水浩荡而去。柳亮站在岸边，将一个空塑料瓶奋力朝河上游一扔，然后一拍身边的“黄虎”：“去!”

“黄虎”得令后立即跃入水中游向顺水漂流的塑料瓶，一游近塑料瓶即用嘴将其叼住然后游向岸边。当“黄虎”叼着瓶子、乐颠颠爬上岸来跑到柳亮身边时，柳亮取下瓶子，满意地抚摩着它的头表扬道：“不错、不错!”

“黄虎”使劲摇动着湿漉漉的身子，密集的水珠从它毛上甩落下来。不等它歇息，柳亮又将塑料瓶扔向河里……如此这般不断地重复，把几趟游下去游上来的“黄虎”累得张大嘴巴直喘粗气。

“亮娃，你不要把‘黄虎’耍感冒了喔。”唐婆婆提醒道。

“没事，‘黄虎’经得起任何风吹浪打。”柳亮用干毛巾擦拭着“黄虎”的身子，他还遗憾地说，“要是河水没这么脏，我都要下水游他几个来回了。”

柳亮刚一擦完，“黄虎”迅疾跑到阳光下去晒太阳暖身，还不时地在地上翻来滚去。

孟雨涛则与柳亮坐在黄桷树下喝茶抽烟闲聊。

“哥，你来这么早?”柳雪从菜市场买菜回来，高兴地与孟雨涛打招呼。

孟雨涛也心情极好地说：“想你们了嘛。”

柳雪随后也坐在树下开始摘菜，她神秘地对孟雨涛说：“等下还有一个人要来。”

孟雨涛想都不想地说：“肯定是邱军，他娃娃是该来聚聚了。”

柳雪偷偷看了一眼柳亮，笑嘻嘻地说：“来了你就晓得了。”

傍晚，孟雨涛意想不到那个人居然是夏婷，当他还愣愣地看着她时，柳雪已热情地迎上去把她请到石桌旁坐下，柳亮也罕见地站起来，态度恭敬地向夏婷微笑点头。

这一幕让孟雨涛更是感到意外，他们之间关系的反转速度令他有些头晕目眩。

夏婷在孟雨涛身边坐下，她微微一笑地说："没想到我们在这儿又见面了，你还好吗?"

孟雨涛也面带微笑："没想到，简直就像在做梦。"

柳雪把泡好的茶水放到夏婷桌前，她淘气地对孟雨涛说："哥，你是不是有点惊奇？我们就是要给你一个惊喜。"

孟雨涛这才恍然大悟："原来你们早就串通好了耍耍我啊，妹儿，想不到你也学会耍花招了，以后看来我要对你多多提防。"

柳雪、柳亮进厨房做菜之时，孟雨涛有些埋怨地对夏婷说："那天你赌气走后我也很生气，结果硬是我不主动找你，你也不主动找我哈，我以为你真的是黄鹤一去不复返了。"

夏婷笑了笑："我外出采访了几天。"

孟雨涛"喔"了一声后好奇地问："那今天你们是咋个回事?"

夏婷也感到有些奇怪地说："我也没想到柳亮今天一早就来报社找我，本来我很不想理他，但他态度很诚恳地向我道歉，我还问他是不是你让他来的，他一个劲地摇头说不是，还说你根本不晓得他来找我，我看他表情绝对没撒谎，也就相信了他，他还请我今天来这里吃饭，我当时很犹豫，但他的态度很坚决，说如果我不答应，他就不走，没办法，我只得答应了下来。"

孟雨涛高兴地说："他还晓得将功补过，今天总算看到他用脑子做了件像样的事。"

柳亮主动去找夏婷，其实是按柳雪的吩咐去做的。对那天自己给孟雨涛、夏婷造成的不愉快，柳亮事后也一直感到很愧疚。自孟雨涛那晚到医院陪他输液后，他更是心里过意不去，但他不知怎样弥补自己的过错。柳雪知道他的想法后，为他想到了这个点子。当时柳亮有一个问题还没摸透，那就是孟雨涛如果与夏婷好上了，妹妹真的对此毫不在乎吗？怀着这样的隐忧，他试探地问柳雪："你觉得夏婷怎样?"柳雪歪着头想了想说："不错呀。"柳亮似乎不太相信地又问："你真的这样想?"柳雪非常坚定地说："那当然，我真心希望他们能走到一起。"柳亮这才放下心来。

在大家吃饭时，李三哥走到桌旁，畏畏缩缩地看着孟雨涛不吱声。

柳亮笑道："嗨，你这人瓜站在这干啥子？喊你一起喝酒你又不喝，你来看我们吃嗦。"

孟雨涛问李三哥："你是不是有啥子事？"

李三哥回头瞅瞅自家门口后，俯身对孟雨涛小声道："你喝完酒后能不能帮我打场麻将？"

孟雨涛有些不解地看着他。李三哥垂头丧气地说："是这样的，巷里的几个人今晚又约我打牌，前几场我输惨了，不晓得手气咋个这么霉……你能不能帮我报仇雪恨，杀杀这几个的威风？"

"没问题，我好久也没摸牌了，刀儿早已磨得飞快，正好宰宰这几条狼。"孟雨涛今天心里高兴，爽快地答应下来。

李三哥笑容满面，兴奋地说："好，我这就去通知他们晚饭后过来。"说完迫不及待地转身就走，边走还边摇晃着身子唱起了："要报仇、要申冤，血债要用血来还……"

看到李三哥这副模样，柳亮笑着对孟雨涛说："这老儿输得都不敢上场了，见到你他就像李勇奇遇到了少剑波，把翻身的希望都放在了你身上，现在输赢都还不晓得，他就像出了气，瓜兮兮的。"

晚饭后，李三哥提及的那三个麻友如约而至，很快一桌麻将在树下摆了起来。

孟雨涛上场打麻将，柳亮、李三哥则在旁边观战。李三哥专注地盯着牌局，心里一会紧张一会窃喜，每当孟雨涛和了大牌，他便眉开眼笑地为之掺茶续水、递烟点烟，服务得之殷勤，之周到。孟雨涛清一色自摸三家，他又情不自禁地唱道："大吊车真厉害，它轻轻地一抓就起来……"

柳雪、夏婷从屋里出来时，孟雨涛等人激战正酣。从李三哥眉飞色舞的表情就能看出孟雨涛剪彩了。今天孟雨涛的手气特好、越打越顺，打得那三人神情紧张地不停地用手抹汗，打得他们愁眉不展、一脸苦相，其中一人嘴里还不时地念叨："今天我的手摸了啥子喔？咋个这么臭，走远了走远了，走到一环以外了。”

李三哥依然在一旁幸灾乐祸地说：“呵呵呵，今天简直是爽格拉斯，有人就惨格拉斯了。”

柳雪、夏婷站在旁边看他们打牌时，夏婷不时抬腕看看手表。再等了会儿，见他们没有结束战斗的意思，她终于忍不住地对孟雨涛说：“时间不早了，我要回去了。”

沉浸在打牌中的孟雨涛闻声后抬头对她说：“你先走吧，路上小心点。”然后又埋头继续打牌。

见孟雨涛这样，柳雪急了，她拍拍孟雨涛的肩说：“哥，别打了，你去送送婷姐呀。”

孟雨涛专注地看着眼前的牌，没把柳雪的话当回事地说：“都是熟人熟事的，没有必要送。”

李三哥也笑眯眯地忙对柳雪说：“你别劝他了，他现在手气红打灯笼，要趁热打铁一鼓作气，千万不能闪了火。”

“哼，你们就知道打牌。”柳雪生气地说。

夏婷心里虽然有些失望，但她装着没事般微笑着对柳雪说：“没事，等他打，我先走了。”说完就走到门旁，推起自行车往院外走去。

“唉，真不晓得咋个说你！”柳雪用少有的语气责怪孟雨涛，然后疾步撵上夏婷去送她。

不一会儿，柳雪满脸不高兴地返回院内，她气呼呼地看着他们打完一圈后，乘他们洗牌之时，抓起桌上的几张牌就走。打牌的、看牌的都被她这突如其来的举动惊呆了，看着她回屋的背影，大家才意识到她不是在闹着玩。

孟雨涛不高兴地说：“妹儿，你这是干啥子？把牌拿回来。”

“哎呀，牌打得好好的，这个小雪拆啥子台嘛，真是的。”李三哥皱着眉嘟囔道。

“太讨厌了！”柳亮骂道，随即气冲冲地追进屋里，这时柳雪已上楼回到了自己的房间。柳亮站在楼梯口，仰头大声喊道：“小雪，快把那几张牌拿下来！听到没有？”

但楼上毫无动静。

“再不听我要毛了！”柳亮发出愤怒的警告。

楼上还是没有回应，就在柳亮骂骂咧咧要上楼时，孟雨涛走了过来拉住柳亮，他仰望着楼梯，和颜悦色地说：“妹儿，你不要拆我们的台好不好？”

等了会儿，柳雪出现在楼梯口：“哥，你真不懂事！还要打牌你就打好了！”

她的声音略带哭腔，话音刚落，她就将那几张麻将扔了下来，麻将顺着楼梯哗啦啦地滚到了地上。

这让孟雨涛和柳亮大感意外，小雪今天怎么啦？他们从来没见过她如此恼怒、如此训人，平时的她可温顺得像只小羊羔啊。

事情闹到这一步，牌是实在没法再玩下去了。孟雨涛有些不安地对着楼上说：“我们不打了总行了吧？”

楼上响起柳雪的应声：“那你还不快去送婷姐！”

她原来是为这事生气啊，孟雨涛笑道：“她已经走了。”

“你快去追啊！”柳雪的声音急迫而坚决。

孟雨涛走到院里，抱歉地对那三人说：“今天只好到此为止了，改天再战。”

这三人中其中一人不快地说：“输家不开口、赢家不许走，鸡不叫不睡觉，规矩都不讲了咋个要得哦。”

就在孟雨涛为难之际，柳亮眼睛一瞪、眉毛一立：“爪子喔？还想拦着不让走是不是？”

看见柳亮蛮横的样子，这三人一下蔫了，他们知道他的脾气，只得忙说：“哪敢，哪敢。”

望着那三人怏怏而去，李三哥得意忘形地嚷道：“不送了，哪天再来上菜哈！”接着喜笑颜开地夸奖孟雨涛：“你可以喔——一铲三！你简直为我报了仇、申了冤。”说着他又扬扬得意地哼了起来：“今日痛饮庆功酒，壮志未酬誓不休……”

孟雨涛将赢的钱塞到李三哥手里："这些钱归你。"说完就急着去推自行车。

李三哥一下喜得张大嘴巴、结结巴巴地说："这……这咋个要得呢?"

孟雨涛笑道："打牌前我就说了——输了算我的，赢了归你。"说完随即骑上车去追夏婷。

柳雪倚靠在窗前望着河水，窗外突然响起了滴滴答答的雨声，随风飘来的雨落在她的脸上，她仰起头望着雨水呢喃道："怎么就下雨了。"

她不由得想起了离去的孟雨涛："他追上婷姐了吗?他们现在是在路边的屋檐下躲雨呢?还是已经到了她家……"

柳雪心情复杂地想象着他们在一起时的情景，一种难言的酸涩涌上心头，过了好一会儿，她才如梦初醒似的自责起来："嗨，你怎么胡思乱想啊，你不是说过要为他感到高兴吗?那你怎么还这样啊！真是的……"想到这儿，她用手背抹去脸上的雨水，俊俏的脸上露出一丝牵强的笑容。

孟雨涛早晨一到编辑部，桌上又摆放着鸡蛋和面包。

谭立闻装出不满地对孟雨涛开玩笑："又开始享受特殊待遇了，你哪来的这个福气哟?"

"心头不平衡了哇，有福之人毛脚杆，无福之人光杆杆，这个你懂的噻。"孟雨涛扬扬自得地说，并朝周兮倩眨了眨眼睛，那意思是说我想故意气气他。

周兮倩当然明白他的用意，窃笑着用手指悄悄点了他几下。

"分明是气我。"谭立闻毫不在意地对孟雨涛一笑，然后转头看看周兮倩，摸不着火门地说，"你咋个又对他大发慈悲了?"

"他是有福之人，我要跟他贴紧点噻，不然就太不醒眼咯。"周兮倩用四川话说完就自个儿笑了起来。

"嗬，你说四川话大有长进哈，我晓得你是跟哪个学的。"谭立闻意味深长地晃着头说。

“大姐，你这话说得太难听、太露骨了嘛，有时候说话还是要含蓄点为好。”孟雨涛笑道。

“你不就是想让别人听了受刺激嘛，我是投你所好。”周兮倩直言不讳地说。

“小倩啊，我就不明白你为啥子这么宠着他，他不就比我年轻一点点，我们这些人虽然长相一般，但气质杀人喔。”谭立闻一本正经地说。

“哈哈哈……”室内的人无不开怀大笑。孟雨涛止住笑后说：“你还气质杀人？我看你嫉妒杀人还差不多。”

“‘谭虾虾’你的气质迷倒了多少人啊？”周兮倩抹着笑出的眼泪继续逗道。

谭立闻也笑了起来，他将搭在额前的一撇长发往上一撩，得意地说：“我们这些人走在街上朝哪个女的眼睛一眨，她就晓得约会地点老沓沓，我脑壳这么一甩，她就晓得约会时间不改，一切都是心照不宣，雨涛，你就没这本事哇？”

大家又被谭立闻的言行逗得笑破了肚皮。

王老忍俊不禁地直摇头：“我说‘谭虾虾’，你哪来的这么多笑料喔，呵呵……”

谭立闻笑道：“没办法，原来我是不想炫耀本人这些魅力的，完全是被他俩一唱一和、故意气我逼出来的。”

他两手捧着茶杯，在周兮倩桌前踱来踱去地直摇头：“搞不懂，实在是搞不懂，我说你们两个一会儿冷得冻死人，一会儿热得腻死人，完全就是冰火两重天，你们两个是不是在吸毒哟？”

“你这副身材板板才吸那个东西。”周兮倩笑着拿起桌上的橘子皮扔向谭立闻。

“大姐说得一点不错，老谭，那个东西今后还是少吃点，不然哪天你都不成人样了。”孟雨涛幸灾乐祸地说。

“算了，我惹不起你们躲得起，你们两个就像缠丝兔，我只是根孤零零的苦瓜喔。”谭立闻见沾不着便宜，只好自嘲地鸣金收兵。

编辑部里响起一阵开心的笑声。

隔壁房间的老廖笑嘻嘻地走了进来：“好久没听到你们房间这么热闹了，啥子事这么高兴喔?”

谭立闻又有了说笑的兴致，他自我调侃道：“世界因我而精彩，世界因我而美丽，我是大家快乐的源泉啊。”

此语一出，众人无不大乐。

今天的谭立闻格外兴奋，他拿起桌上一沓厚厚的来稿晃了晃，“我正在看一个作者寄来的小说《莫名的告别》，写的是相亲故事，写得还有点意思，不过有些情节还欠生动，人物对话也比较苍白，作者呢也想和我进行一下沟通、交流，只要她按我的思路进行修改，我看还是可以发表的。”

孟雨涛：“那肯定是个女作者，不然你不会这么感兴趣。”

谭立闻有些惊讶：“你咋个晓得呢?”

孟雨涛一笑：“从你眉飞色舞的表情就看得出来。”

谭立闻吸了一口烟后陶醉地说：“你们听听这姓名多美啊——韩荷娇，啧啧，这字写得也这么娟秀，写作风格像琼瑶，看得出来深受琼阿姨的影响。”他又感兴趣地问孟雨涛：“从以上情况分析，你觉得这个女作者的长相如何?”

“那还有啥子说的，肯定像琼瑶笔下的女人——容貌如花、心地善良、多愁善感，是个让人心动的美女噻。”

谭立闻更兴奋了：“我也有此同感！真是俊男所见略同!”

他不顾众人的嬉笑，陷入美好遐想地自言自语起来：“韩荷娇、荷娇……一听这有诗情画意的名字，我就联想到这样的诗句——‘最是那一低头的温柔，恰似一朵水莲花不胜凉风的娇羞’，美啊，简直让人按捺不住地想马上目睹她的芳容。”

谭立闻的这个表情和这番话，把大家逗得笑个不停，过了好一会儿，周兮倩才开始给他泼冷水：“‘谭虾虾’你大白天发什么痴、做什么梦啊，如果人家真的美如其名，你一见面非神魂颠倒不可。”

“那是肯定无疑的，说不定还会心生邪念，做出啥子疯狂出格的举动呢。”孟雨涛接着装出担忧的样子说，“就你这脆弱的感情和难得见到美女，我真怕你到时控制不住自己，干出啥子丢人现眼的事来喔。”

谭立闻美好的遐想遭人奚落，他有些遗憾地叹道：“嫉妒，纯属嫉妒，我本是一片冰心在玉壶，可你们却把我想象得那么龌龊，我是那样的人吗？行啊，你们越这样说，我越要单独去会这个美女作者，雨涛，我在这里郑重提醒你——要是人家真的是个集美貌与才华、温柔而多情于一身的未婚姑娘，我也不会给你牵线搭桥，我要让你为刚才说的话付出沉重代价。”

孟雨涛与周兮倩相视一笑，装出后悔的表情说：“是不是喔，那我就悲哀了，这可是让我魂牵梦绕、梦寐以求的女人啊，谭兄，你可千万大人不计小人过，你可不能这么狠心地毁了我一生的幸福喔。”

周兮倩笑得直擦眼泪：“哎呀，你们两个活宝怎么凑到一块啦？天天这样非让人乐死。”

谭立闻悠然地喷出一口烟，姿态优雅地用手指将烟灰往烟缸里一弹，有点得意地对孟雨涛说：“有的人心比天高、命比纸薄，不过你也不必垂头丧气、悲观失望，说不定你的如意姻缘、幸福人生就在眼前，我有个感觉，那个荷娇就是你要追寻的梦中情人，这是我无论如何都要帮你的，等我把她约出来，先给你过过目考察一下再说。”

周兮倩笑道：“还等什么，你现在就约好了，不然小涛这几天会神不守舍的。”

孟雨涛也认真地说：“谭大哥，此举事关小弟终身大事，拜托了。”

谭立闻听了顿时有些飘飘然：“对头，此事宜早不宜迟，我这就联系一下。”

他随即开始拨打电话：“喂，请找一下韩荷娇……喔，你就是啊，我是《蜀江文学》编辑谭立闻，你的小说我看了……基本还可以，不过有些地方还需沟通，我们约个地方面谈如何……要得要得，很好很好！”

电话一打完，谭立闻心花怒放地说：“一听我要与她见面谈小说，她就激动得有些语无伦次了，心情之迫切，她说就今天下午见面，嗨，她的声音也太柔美动听了，可以想象其人也如其音。”

谭立闻在下午去会韩荷娇之前，还破天荒地注意起了自己的形象，他要过周兮倩的镜子，对着镜子用小剪刀修剪了胡须、梳理好了头发，出门之前还信心满满地甩出一句话：“你们就等着我的好消息吧！”

谭立闻约定的见面地点就在杂志社附近一个茶铺，可出去没多久，他就神情沮丧地回来了，也闭口不谈面谈的情况。

孟雨涛关心地问：“那个名字、声音都好听的女作者长得巴不巴适？你是不是被她迷得现在还回不过神来了？”

谭立闻淡淡地说：“还不错，但不是想象那么好。”

孟雨涛、周兮倩随即大笑起来，谭立闻不解地望着他俩：“你们笑啥子？有啥子好笑的吗？”

“的确有点让人失望，哎，她咋个这么名不副实呢？戴个高度近视眼镜，鼻子有点塌，年龄嘛也不是太大，最多也就四十多岁……”孟雨涛慢悠悠地述说着。

“嗯？你咋个晓得这么清楚呢？”谭立闻惊讶地问。

“不要忘了螳螂之后有黄雀。”周兮倩笑着回答。

“原来你们在跟踪我啊，你们的行为也太不光彩了嘛。”

“我是太想目睹其芳容了，所以忍不住就和大姐跟来看了一眼。”

谭立闻无奈地笑笑，孟雨涛接着问：“她的大作还能用否？”

“没法用，她的思路完全不对，我给她耐心提出修改意见，但她自我感觉非常好，居然不同意修改，这就没法谈下去了。”

他扫兴地将桌上的书稿往旁边一扔，情绪低落地喝茶、沉思，突然他兴致勃勃地说："对了，雨涛，你做的那个怪异梦，我已为你破解了，是个不好的征兆喔。"

"说来听听。"孟雨涛毫不介意地说。

谭立闻端起茶杯走到孟雨涛桌前，煞有介事地说："有言道日有所思夜有所梦，你现在正被一个情字所困，说明白点，就是有两个女人同时在纠缠你，处理不好你可能会有血光之灾。"

孟雨涛乐了："哈哈哈，一派胡言。"

"你不信？"谭立闻接着遗憾地摇摇头，"梦绝不只是荒诞怪异，它其实是人精神方面的一个反映，是对人生的一个预示。我告诉你吧，你做的那个梦就是情梦，但结局不好——为情而亡，这就很不妙了，所以我提醒你在情上面要小心点。"

孟雨涛："危言耸听，荒诞之极，我才不信。"

周兮倩听后也不太高兴地说："你甭瞎说，你这也太诅咒小涛了，怎么不说点吉利好听的话。"

谭立闻表情认真地说："虽然不好听，但这些都是有依据的，你们听我分析，'溺水'就预示着心里紧张、不安，代表人受情感的影响显得力不从心，人一旦心理上出现了这样的情况，往往就会梦见诸如溺水、被人用被子堵住嘴鼻，等等，这些都是让人感到窒息的梦境。"

孟雨涛进一步问："那'为情而亡'又是咋个回事？"

谭立闻见以上解析得到了认同，很有成就感地面露得意之态，他背着双手走了几步，突然站住，竖起右手食指："至于这一点就再清楚不过了，梦里不是有两个女人在追那个公子吗？这就说明他处在两个女人的夹击之中，再说梦里出现了血，流血就代表精力的付出，这就是不祥之兆，它预示着暴力，有暴力必然就有伤亡，还有，梦里还出现了坠落下水的情景，这也预示着某些事情往错误方向发展。"

半天没吭声的王老插话说："三角恋最容易惹出事来。"

"小涛，是不是现在有两个女孩在追你？"周兮倩有些担心地问。

“哪有喔，这纯属无稽之谈，我要有这等魅力，这等艳福就好了。至于会有暴力，就更不信了，别听他信口开河。”孟雨涛神情自然地说。

周兮倩：“我也不信。”

“好，好，我暂且这么一说，到时再看。”

谭立闻也有些底气不足，也就不再说下去了，晃悠着单薄的身子回到座位上喝起茶来。

编辑部里安静下来，谭立闻的那番解梦之说，让孟雨涛又想起了昨晚激荡心魄的情景。他从金沙坝院出来后骑车紧追夏婷，途中突然下起了雨，他冒雨骑行没多远，看见了前面也在雨中骑行的夏婷，他追上去问她怎么不躲躲雨，她说喜欢淋雨。他将她送到家门口后要离去时，夏婷说：“雨下得越来越大，你还是到家里坐坐，等雨停了再走。”

幽暗的灯光下，夏婷的目光柔情似水，这是孟雨涛认识她以来从没见过的目光，此外她穿的白衬衣已经淋湿并紧贴着肉身，胸罩的轮廓清晰可见，这让他有些心迷意乱。在他犹豫时，夏婷又说：“就我一人住，我也想和你再说说话。”

孟雨涛心神不定地进了她的家，客厅不大但很温馨。夏婷将挎包往沙发上一放，然后对他说，你先坐坐。说完进了洗手间，很快她走了出来，头上的“松尾”已经解开，乌发披散在脑后，她边走边用毛巾擦着头发，并将另一条干毛巾递给他：“你衣服也湿透了，快脱了擦擦。”她随后去厨房烧开水。

孟雨涛犹豫了下才将淋湿的短袖脱了，用毛巾擦了擦结实的胸肌和湿漉漉的头发。夏婷从厨房出来，看到赤裸着上身的孟雨涛，不由脸上发热，心里出现异样的感觉。但她很快恢复镇静，拿起茶几上的遥控板打开电视后说，我先去冲个热水澡，等下水开了你自己泡茶。随后她从卧室里拿着几件衣物进了洗手间。

孟雨涛坐在沙发上抽烟看电视，洗手间里传出哗哗的水响，水声和雨声混杂在一起，搅得他有些心猿意马，想入非非，一种直觉告诉他今晚将会发生动人心魄的事。虽然室内很凉爽，但他感到燥热不安，他不停地换着频道，但没有一个节目能让他静下心来看下去，于是关掉电视走到窗前去看雨。

夏婷沐浴完走进客厅，捋着湿润的头发轻声问："你不去洗洗?"孟雨涛回过头，见她上身已换了件宽松的白色衬衣，下身穿着已泛白的牛仔短裤，刚出浴的她脸色红润光洁，乌黑湿润的头发披在脑后，她不时低下头或偏着头，不停用干毛巾擦着撩起的长发，展现出女性诱人的姿态。

孟雨涛说："不用洗了，我身上已擦干了。"

夏婷将茶泡好后，两人坐在沙发上随便地聊着，孟雨涛觉得她的眼里充盈着水一样的柔情，如再看下去自己非被这柔情融化了，他忙又打开电视，把目光盯在屏幕上。

夏婷端起茶杯停在嘴前想了想说："你平常都嘻哈打笑的，现在咋个这么凝重?"

孟雨涛望望窗外淡淡一笑说："是吗?喔，可能是这雨天让人有些抑郁吧。"

夏婷将双脚放在沙发上，双手抱着双膝，她也抬头望着窗外的雨，神情有些凄迷地说："雨夜也让人多情。"她又用蒙胧迷离的目光直直盯着孟雨涛。他被这目光盯得心跳加速，赶紧站起来走到窗前，看着外面密集的夜雨埋怨道："这雨也够烦人的，一下就没完没了。"

"雨涛——"孟雨涛耳边响起柔情略带颤抖的声音，他感到一阵热乎乎的气息轻拂着他的后颈，夏婷此时胸部起伏地站在他身后，她犹豫了一下，随即大胆地伸手环抱住了他的腰，并将发烫的脸紧贴在他宽大而厚实的背上，陶醉地闭上眼睛喃喃道："真想一直这样抱着你。"

孟雨涛一动不动，心里顿时升腾起一股烈焰，他已很久没与异性身体这样接触了，加之在这样一个弥漫温情的雨夜，欲望之火在他身上猛烈燃烧起来，他转过身来，将双手搭在她肩上，久久地凝视着她的双眸，看见她眼里也充满炽热的渴求，溢满诱人的柔情。

夏婷脸色红润，呼吸急促地凝望着孟雨涛，她柔声地说："你不是说爱吃零食的女人会接吻吗，要不要试试?"随即闭上眼，将微微颤动的嘴唇向前凑去。

孟雨涛陶醉地刚要将嘴挨近她勾人魂魄的双唇时，突然放开搭在她肩上的手，猛然又转过身去、直喘粗气地看着窗外。

夏婷吃惊地问："怎么了?"

孟雨涛的激情冷却下来，不安地说："对不起，我感到太突然了。"

他不明白怎么会在如此动人心魄之时，眼前突然出现柳雪神情凄美望着自己的模样……

他有了惶恐不安的感觉，意识到不能再留在这里了，否则会控制不住做出啥子疯狂举动。他抱歉地对夏婷说："我得走了。"

夏婷用手梳理着有些散乱的秀发，语气、目光都流露出幽怨："外面还在下雨……"

孟雨涛像做了什么亏心事，拿起椅背上的湿T恤就往头上套，他慌忙地说："没事……你早点休息吧。"然后像做贼似的慌忙开门而去。

下楼梯时，他听到夏婷站在家门口的怨怒声："孟雨涛，你是个混蛋……"

夜雨蒙蒙，孟雨涛骑行在路人稀少的大街上，马路上不时有汽车驶过，车灯射出的光柱里雨丝不断。他不时仰起头来任冰凉的雨水流过他的脸，他要让这雨水浇灭他心里的激情与冲动。

对自己这样惶恐地从夏婷家溜走，他觉得不可思议，有点对不起夏婷，甚至有点懊悔。这本是个动人心魄、柔情缠绵的夜晚，人家已对你主动投怀送抱，完全对你不设防地期待你发起进攻，可你却鬼使神差地偃旗息鼓并仓皇而逃，这不是已到嘴边的肉不吃，送上门的艳福你不享吗？妈哟，你还口口声声地说要偶尔露峥嵘，可机会来了你却下起了耙蛋，这分明是和自己的生理需求过不去嘛，没出息、没道理、可笑喔，不晓得你要找个啥样的港湾，你这条长久漂泊在外的小船才想入港……

他讥笑着自己的同时，也为另一个问题所困扰——那时怎么会突然想到柳雪呢？难道我心里一直装着她？我是喜欢她，可我从来就没有对她有那层意思，更没有吃到碗里还看到锅里啊。

……

“雨涛，你这么出神，在想啥子？喔，脸还红了，有点犹抱琵琶半遮面的意味哈。”谭立闻又调侃起来。

细心的周兮倩从孟雨涛的脸色里像看出了什么，她忙以开玩笑的口吻制止谭立闻：“你怎么像个多嘴的妇人，人家心里有什么秘密关你什么事，你还是赶紧闭上你的嘴。”

第十八章　陷阱边缘

大学毕业越来越近，柳雪的工作依然没有着落，她主动联系的几家机关单位、报社、电视台，均以单位人员编制已满拒绝了她，这让她愁眉不展，心里暗暗有些着急。

“小雪，你在班上方方面面都不比很多人差，可为啥有些人却能进这些单位？明摆着不就是他们有关系，家里有背景嘛，这也太不公平了。”

同寝室的同学替她愤愤鸣不平。

“这有什么办法，听天由命呗。”

柳雪伏在女生寝室的窗台前，凝望着窗外绿影婆娑的梧桐树淡淡地说。

“这个时候你还有‘行到水穷处，坐看云起时’的超然姿态，我真佩服你了。”

好友走到柳雪身边搂着她的肩。

“急也没用。”

柳雪身子一动不动、表情平静，目光感兴趣地盯着鸟儿在树枝叶间欢快地穿梭、跳跃、啁啾。知了在绿荫中不知疲倦地发出阵阵鼓噪。

“小雪，毕业了不管我们在哪儿、干什么，我们永远都是好姐妹。”好友动情地转头看着柳雪说。

“那当然。”柳雪含泪轻声回答。

对面低年级的女生宿舍传来嘻嘻哈哈欢快的笑声，一间宿舍的录音机还大声地放着歌曲，“让青春吹动着你的长发，让它牵引你的梦，不知不觉这城市的历史已记取了你的笑容……”

听着这熟悉的歌声，面对即将告别熟悉的校园与大学生活，柳雪心里涌出恋恋不舍的愁绪。

“这些学妹一天到晚疯疯癫癫的，她们才无忧无虑、开心得很哩。”好友无不羡慕地嘟囔道。

“我们那时还不是一样。”

柳雪淡淡一笑地说，过了会儿，她直起身、双手撑着窗台，仰望着天上的朵朵白云，自言自语地感叹道：“走出这校园后，我们又会走向哪儿呢？我们就像这天上的云，明天不知又会飘向哪里，不知自己的归宿在哪里……不知咋的，对未来我怎么有一种捉摸不定的漂浮感，你有没有这种感觉？”柳雪收敛笑容问身边的好友。

“没有，小雪，最近你是不是有些忧郁，想得太多了？”好友担心地问。

“是吗？”柳雪眨眨眼想了想，“也许是吧。”她接着甩甩头，笑容灿烂地对好友说：“算了，我们别在这多愁善感了，走，我们去打羽毛球。”

几天后，柳雪从《蜀都晚报》上看到一家从事外贸私营企业的招聘广告——“本公司因业务发展，急需招聘文秘一名，日语翻译一名。条件：大学本科以上学历，女性，年龄21~25岁，未婚，相貌端庄，气质高雅，身高1.6米以上，一旦聘用薪水从优……”

她衡量了一下自己的情况，觉得符合所有要求，当即萌生了前去应聘的想法。出家门去应聘之前，她站在镜前端详着自己的容颜，用手撩了撩额前的刘海，绷住嘴唇思考着描不描眉、涂不涂口红，最后决定不化妆去应聘。望着镜中身着白色短袖衬衣、下穿泛白紧身牛仔裤的自己，她对自己“清水出芙蓉、天然去雕饰”的形象充满着自信。

上午的阳光暖暖地洒在院里。柳雪刚出家门，正在院内逗“黄虎”的柳亮问她到哪去，她便将去应聘的事告诉了他。

柳亮听了骂骂咧咧道：“真是的，现在读个大学还要自己找工作，这书有啥子读头嘛，读了还不是和我差球不多。”

李三哥正准备骑三轮出门，他笑着讥讽柳亮：“你和小雪根本就不是一个档次，人家随便咋个也是个大学生，比你有文化多了，你球经不懂，和我一样还差不多。”

“爬爬爬，你书读过几天敢和我比，还是蹬你的三轮拉客去。”柳亮不耐烦地说。

“你们两个慢慢吵，我先走了。”柳雪笑着要去推自行车。

“小雪你去哪？我送你去。”李三哥用毛巾拍打着坐垫热情地说。

柳雪说不用了，李三哥不高兴了：“哎呀，我们小雪要去公司应聘，咋个能骑车去呢？虽然坐不了专车，专三轮还是有的，好歹我们也要为我们院坝头唯一的大学生挣点面子，做点贡献噻，我李三哥别的本事没有，力气还是有的。”

实在拂不过李三哥的好意，柳雪只得坐上三轮车出了院门。一路上李三哥乐呵呵地不停摁着车铃铛提醒前面的人、车让道，就像他车上拉的是哪个知名影星歌星。

来到该公司的招聘处，柳雪不觉倒吸了口冷气，她没想到前来应聘的人有二三十个，她们看上去都是和自己一样的应届毕业生，除几个戴眼镜的女生外，大多身材高挑，有几分姿色，有的还穿着打扮得很时尚。她将资料抱在胸前，远远地站在一边看着这些应聘者，犹豫着还去不去排队报名。

一个身着西装的中年男子从柳雪面前经过，他后面紧跟着一个同样身着西装的中年女性。那男子没走几步停了下来，扫视着过道里应聘的人，又突然回过头瞥了一眼柳雪，他的眼神有些特别。

柳雪见他看着自己，心里有些发慌，忙转身朝楼道口走去，此时她已决定放弃应聘。没想到那男子快步跟了上来喊住了她，并很有礼貌地问："请问这位同学是来应聘的吗？"

柳雪停住脚步回过身来，有礼貌朝他微笑、点点头。

那男子不解地问："那咋个要走了？"

"应聘的人太多了，我没有信心。"柳雪浅笑着说。

那男子微微一笑："既然来了，还是应该去试试吧，机会对大家来说都是均等的，去报个名吧，结果说不定会让你惊喜。"

望着那男子鼓励的眼神，柳雪想了想朝他感激地点点头。

他见她同意了，便露出满意的神情点点头："这就对了嘛。"他的目光在柳雪脸上停留几秒后转身离去。

中年女性笑着对还望着那男子背影的柳雪小声说："那是我们吴总，恭喜你！"说完快步跟了上去。

啊！柳雪吃惊地张开了嘴，没想到那人竟是公司总经理，她体味着刚才他的那番话语以及那位女性传递的信息，不由暗想："难道他们已看上了我？"对这意外的惊喜，柳雪觉得有点不可思议，久久站在原地回不过神来，最后她鼓起勇气朝招聘处走去。

正如柳雪猜想的那样，吴总一进办公室，就一锤定音地对那位中年女性说道："文秘这一职位就是她了！"

那中年女性满脸是笑地奉承道："吴总有眼光！那妹儿一看就清新可爱，招人喜欢。"

吴总坐到大办公桌后的转椅上，用笔轻敲着桌面吩咐道："雷经理，你赶紧去招聘处，等她一报完名，就将她的资料送过来。喔，还有告诉她今天下午五点到公司来一趟，今晚公司正好有个业务接待，让她提前实习一下再定签不签聘用合同。"

"好的，我这就去办。"雷经理态度恭敬地领命而去。

没想到应聘如此幸运，从公司一出来，柳雪脸上就一直洋溢着喜悦。

柳亮一听这好消息也乐了：“不错，不错！我就说我妹儿有出息嘛，那晚上喊大哥来喝酒，先庆贺一下如何？”

“他们通知我下午五点还要到公司去一趟，你们自己先吃吧，等我回来再告诉你们具体情况。”

“那肯定是喊你去签合同。”柳亮兴奋地说，随即感慨道，“妈哟，好久都没遇到高兴的事了，今晚一定要喝个高兴，我这就去告诉大哥。”

午后的太阳炙热地烤着大街上的柏油路面，亮晃晃的路面热气升腾。

柳亮上穿圆领短袖衫，下穿一条宽大至膝的短裤，趿着拖鞋就去杂志社找孟雨涛。他摇着折扇大摇大摆地走在南大街人行道上，与成都的很多大街一样，南大街两旁栽着很多树干粗壮的梧桐树，密密的枝叶笼罩着马路，阳光在地上投下大片大片的斑驳光影。尽管天气炎热，但柳亮心情极好，在他眼里，梧桐树主干上那些奇形怪状的疙瘩以及斑驳树皮已不再丑陋，他甚至伸手去摸摸、拍拍这些树疙瘩。

当柳亮要进杂志社大门时，门卫李大爷见他这副模样和穿着，立即从收发室出来拦住他进行盘问：“你找哪个？”

“找哪个？找我大哥！”柳亮瞧了瞧李大爷，不屑地大声回答。

“你大哥是哪个喔？”李大爷一脸狐疑地问，伸开双臂拦住欲往里走的柳亮。

“嘿，我大哥是哪个你都不晓得？说出来吓死你，他是大名鼎鼎的孟雨涛，晓得不？”

李大爷听了还是对眼前这个匪气十足的人心存质疑：“小孟怎么会与这样的人是朋友。”他犹豫了下说：“那你等一下，我去叫他出来。”

“不用了，我直接去找他。”

柳亮绕过李大爷拦起的手臂，径直就朝院内走去，还回过头来做了个鬼脸：“我省委市委都随便进，没人敢问我一句，你们这是啥破地方呀？真不长眼。”说完就在院内大声叫道：“大哥、大哥……”

柳亮的喊声惊动了院里室内的人，他们纷纷透过打开的门、窗，反感地打量着这个莽莽撞撞的闯入者。

“嘿，你给我出来！”

李大爷气咻咻地就要跟上去拉他出来，这时周兮倩从外回来见到这一幕，她向李大爷问明情况后若有所思地劝道：“我听小涛说过，他好像有这样一个鲁莽朋友，你就别管他了。”

李大爷也像想起什么直点头说：“嗯，小涛搬来住时，是他帮忙搬的东西。”

柳亮见前院没人应又直奔后院，同样是在院内大声地喊着。正在伏案写作的孟雨涛穿着背心走出门责怪道：“你这么大声吼啥子？鬼在撵你嗦？”

柳亮嘻嘻一笑，进了屋后直嚷：“热死我了，热死我了。”然后撩起汗衫对着风扇吹了起来。

“大热天的中午你跑来干啥子？”

柳亮见书桌上有杯水，走过去端起杯子就咕噜咕噜地喝了起来，他抹了抹嘴后才将柳雪找到工作的事讲了出来。

“是这样啊，那还算是个好消息，行，今晚我们是该热烈地表示庆贺。”孟雨涛高兴地说。

“那你把夏婷也喊来聚聚么。”柳亮提醒道。

“这……”孟雨涛怔了怔道，“算了，就不喊她了。”

柳亮看出了孟雨涛脸色的变化，不由惊奇地问：“你和她咋个了？”

孟雨涛拿起桌上的烟，抖出一支先递给柳亮，然后拿着一支烟在烟盒上抖动着：“最近她不想见我。”

“你们出了啥子事？”柳亮更加不解与好奇地问。

孟雨涛将烟塞到嘴里，点燃吸了一口后说："一言难尽，主要怪我。"

见孟雨涛的脸上露出后悔的表情，柳亮一脸坏笑地小声问："你是不是在她不愿意的时候把她那个了？"

"妈哟，你别在这打胡乱说。"孟雨涛没好气地提高了嗓音说道，过了会儿，他平静地说："不是你想的那回事，以后再给你讲。"

柳亮依旧嬉皮笑脸地说："你可以喔，怪不得南门大桥上有个算命的，看你从他面前走过就说你有女人缘，是个情种。"

孟雨涛没好气地说："那些江湖骗子的话你也信？他看你这肥头大耳的，还说你是当大官、发大财的命，你看你现在是啥样子？简直惨不忍睹，将来更是堪忧喔。"

柳亮被孟雨涛说得有点尴尬、难过起来，他立马低下头不再吭声，但心里还在琢磨孟雨涛和夏婷到底发生了什么事。

下午一下班，孟雨涛就直奔柳亮家，两人在树下心情愉快地边喝酒边等着柳雪，可直到天黑，柳雪还没回来。

"咋个的呢？她答应要回来的。"柳亮有点不安起来。

夜色越来越浓，等了好一阵还不见柳雪回来，孟雨涛也开始担忧地问柳亮："你晓不晓得她去应聘的是哪个公司？"

"具体的我也不晓得，哦，对了，今天是李三哥送她去的。"

柳亮猛然想起，连忙朝李三哥家门大喊起来。

"啥子事吼这么凶哦？"李三哥急急忙忙从家里走出来。

听了孟雨涛讲明情况，李三哥也惊奇道："小雪去那个公司这么晚还没回来？狗日的咋搞的？莫非我今天拉她去的是个虎口狼窝。"

"走走！你马上带我们去那个公司！"孟雨涛起身就要走。

"要得要得，我这就拉你们去，我回去给老婆说一声。"李三哥说完就慌忙往家里走。

唐婆婆听见院里的动静后也走出家门，她关心地问："小雪咋个了？"

"没咋个，我们只是有点担心。"孟雨涛平静地说。

孟雨涛、柳亮坐着李三哥的三轮车到了那个公司大楼门口，两扇玻璃大门已上了锁。他们正站在门前朝里张望，一个保安从门旁的值班室出来，他站在门后问他们有啥子事。柳亮心急地说找他妹妹。

保安一脸疑惑："你妹是哪个？没见全层楼都熄了灯，人都走光了吗？"

孟雨涛简要说明情况后，保安仔细想了下说："好像五点左右是有个小妹进来，可我没注意到她啥时出来的。"

"嘿，这就日怪了，她肯定还在里头，我们要进去找，把门打开！"柳亮恼怒地拍打着玻璃门。

"人都下班了，你进去找哪个？"保安瞪了柳亮一眼转身就走。

柳亮却嚷着要他开门，孟雨涛劝道："小雪肯定已走了，我们还是回去看看。"

回到院里，柳亮父亲和唐婆婆还坐在树下等他们的消息。柳雪还没回来，她会到哪去呢？大家着急地等待着并做出种种猜想。

"她会不会回学校去了？"孟雨涛问。

"不可能，她说过要回来的。"柳亮否认道。

"那她会去哪呢？会不会出啥子事喔？"李三哥纳闷地说。

柳亮烦躁地瞪着李三哥斥道："出个鸟事，闭上你的乌鸦嘴！"

晚上十一点刚过，一辆黑色高档轿车驶至院外过道口停了下来，一听车声，大家都猜柳雪回来了。孟雨涛与柳亮疾步走出去，只见柳雪正站在过道口，身体摇摇晃晃地朝车挥手。他俩刚走到柳雪身边，汽车发动开走了。

"你到哪去了？咋个这么晚才回来？"柳亮上前生气地大声问道，突然像发现了什么重大情况似的尖叫道，"啊，还喝了酒！"

孟雨涛上前扶住柳雪，果然闻到她呼吸中散发出浓浓的酒气。

“别扶我，我没醉……”柳雪甩脱开孟雨涛的手，笑着东摇西晃地朝院里走去，边走边还喃喃道：“别管我，我……没事……”刚一说到这便弯下腰，一手撑着过道墙壁吐了起来。

柳亮赶紧上前搀扶着她，一边轻轻捶着她的背一边怒骂道：“哪个王八蛋喊你喝那么多酒？老子明天找他算账！”

唐婆婆也上前扶着柳雪，心疼地问：“小雪，今天你是咋个了？”

“你再不回来，大家都要倾巢出动，满城找你了。”李三哥站在一旁如释重负地说。

“小雪回来就好了，她喝醉了，今天就别问她了。”孟雨涛对众人说。

“谢谢大家的关心，你们都回家休息吧。”柳亮父亲对周围的邻里说。

柳雪被父亲搀扶上床后很快就睡着了，见她这样，柳亮父亲只得皱着眉替她放下蚊帐关了房灯，然后缓缓扶着楼梯下了楼。他走出房门，见孟雨涛与柳亮坐在树下沉默无语地抽着烟，黑夜里传来南河水哗啦啦的响声。

虽然柳雪回来了，但孟雨涛心里又生起了另一种担忧，想起刚才一辆高档轿车送她回来，他明白她是与什么人在一起吃饭喝酒了。

“咋个会有人开车送她回来？那人是谁？”柳亮突然大声地问。

孟雨涛不想提及此事，他问柳亮父亲：“伯父，小雪怎样？”

柳亮父亲叹了叹苦笑道：“倒床就睡着了，她咋个也和你们一样开始滥酒了？”

“我们可以这样，她不能！”柳亮振振有词地说，显然他对父亲的这话有些不满。

听着父子俩的话，孟雨涛心里五味杂陈：你们晓得啥子喔，这哪里只是喝酒的问题，这喝酒的背后隐藏着更令人担忧的事，但他没有将这种感觉说出来。

柳亮父亲没有搭理柳亮，他感激地对孟雨涛说：“时间不早了，你也回去早点休息。”

孟雨涛临走时心情沉重地说：“我明天再来看小雪。”

回到宿舍，孟雨涛满脑子想着柳雪今晚的事，各种他不愿看见的场景像电影一样一幕幕在眼前闪现：一辆黑色高档轿车在一家高档酒楼门前停下，车里走下一个衣冠楚楚，气度非凡的老板与充满青春气息的柳雪，随后两人并肩走入豪华的餐厅，在温馨浪漫的氛围里，两人相对而坐，那男人侃侃而谈，柳雪被他的谈吐逗得不时露出天真的笑容，并随着男人的举杯频频将杯中的红酒一饮而尽，她俊俏的脸上也开始溢出越发娇艳的红晕。晚餐后，那男人搂着柳雪的腰走进灯光氤氲的房间，在柔情舒缓的音乐声中，两人又是频频碰杯，随后男人搂着摇摇晃晃的柳雪跳起舞来，面如桃花、醉意朦胧的柳雪将头温顺地依偎在他的胸前，男人的双手乘机放肆地在她的腰间、臀部抚摸着……

“不！绝不会是这样！”想到这里，孟雨涛不禁发出一声号叫，他的心像针尖一样刺痛起来，他不敢再往下设想了，随后满额头是汗地喃喃道：“小雪不是这样的人，决不会……”

虽然孟雨涛极力否认会出现以上情景，但社会上的一些事却像潮水般涌上心头。有钱的大老板追求、玩弄女性的标准、口味大大提升，以好职位、高薪水等物质诱惑为诱饵，开着高档车到高校猎取漂亮的女大学生，一些漂亮年轻姑娘也以能傍上大款为荣，纷纷投怀以抱、以身相许；一单位颇有姿色的女职工在陪一老板吃饭时，起初无论怎样也滴酒不沾，清高得不给老板一点面子。那位老板恼怒起来，将五个大酒杯掺满白酒，只要你喝一杯我就给你一百元。说完将厚厚一沓现金啪地拍在桌上。结果那女职工接着喝了十多杯，把一桌人全都看瓜了，然后嬉笑着鼓掌叫好……

想到这些事，对柳雪的担忧像浓浓的夜色，越来越深地笼罩着孟雨涛。

小雪啊，你可知道这个社会有多险恶、有怎样的丑陋与诱惑，你就是盛开的荷花出淤泥而不染，我也不能眼睁睁地看着你自陷泥潭，在如今物欲横流的社会，面对金钱的诱惑，有多少人能真正面不改色心不跳呢，虽然这个公司的老总是何面目暂时还看不清，但他一眼就瞄上你，还没等你正式上班就让你陪酒陪跳，把你喝得酩酊大醉，这分明就说明他没安什么好心嘛。虽然你不是那种爱慕虚荣、贪图金钱的姑娘，可还没踏入社会的你还太单纯、太天真，根本不知道这个社会的复杂和凶险，一旦身处那样的环境，谁能保证最后你毫发不损地全身而退呢？你一旦受到伤害，这是我和周围的人无论如何也不愿看到、心里怎么也接受不了的事。未雨绸缪，我决不能眼睁睁看着你往火坑里跳、往狼窝里钻，不然自己会为此后悔、心疼一辈子。

孟雨涛坚定地这么想着，不一会儿又产生一些犹豫，会不会自己的担心是多余的呢？是不是自己设想的后果过于可怕、过于黑暗了……

他矛盾地想来想去后做出这样的决定：明天无论如何也要向小雪问个清楚，如果真的是遇到了好色的主，不管他给的薪水如何诱人，也一定要劝她不能去这样的地方上班！

怀着这样的想法，他期盼着早点天亮、早点去见柳雪。

因为担忧柳雪的事，孟雨涛第二天上班时仍心事重重、心神不定，就在他思考着该怎样劝说柳雪时，正在看报的谭立闻突然愤怒地骂出声来：“世上竟有如此不知羞耻的人，荒唐！”

大家不知他为何事这样义愤填膺，都不解地望着他。

“‘谭虾虾’，你这么惊风火扯地干啥子喔？吓我一大跳。”周兮倩用四川话笑着说。

谭立闻仍是满腔怒火地说：“你看看，养出这么一个女儿，她父母知道了不知做何感想，还有啥子脸面见人喔。”

“说了半天还在发感慨，到底是咋回事？”周兮倩颇觉好笑地问。

“喔，是这样的。”谭立闻这才意识到该说主题了，他清清喉咙说，“据报载，某地一容貌姣好，身材高挑的大三女学生，她为了得到一富翁的一套住房和一辆高级轿车，自愿写下‘包养协定’，承诺给他当三年情妇，其间不与任何男人交往……啧啧，你们看，现在有些大学生咋个这么轻易地就为物质诱惑折腰哟。”

大家被这一消息震惊、吸引住了，纷纷议论起来：“真是人上一百形形色色。”“现在社会真是啥子新鲜离奇的事都有啊。”“想不到竟有这样不知羞耻的人，还是受过高等教育的大学生哩”……

孟雨涛也被这事感到震惊，但他心里正为柳雪的事犯愁，只是默不作声地听着。

周兮倩说：“人不要脸鬼都害怕。”

王老叹息：“世风日下，美丑颠倒。”

“现在有的大学生太开放，太国际，要朋友根本算不上回事，在寝室、树林卿卿我我，在校外租房同居也毫不为奇，哪有我们那时那么纯洁无瑕哟，不晓得现在有的大学生咋个这么放得开呢？”谭立闻大发感慨。

谭立闻这些话说到了孟雨涛的痛处，他立即不悦地反驳道：“你晓得人家放得开？好像你试过一样。”

谭立闻没察觉孟雨涛心里正窝着火，继续对一些社会现象发表看法：“我说的是极个别现象，绝对没有扩大化，反正现实社会中有这样一种不良风气，大街上好多年轻女子身上穿得越来越短、越来越薄、越来越透，其实这也没得啥子可以厚非的，社会变得开放了，穿着打扮等应该多姿多彩，不可能还像过去那么保守，我想指责的主要是那些失去道德底线的女人，她们哪还顾及啥子贞操廉耻，有奶就是娘，给钱就上床……”

孟雨涛默默地听着，他承认谭立闻说的这些没啥子错，自己内心也是很看不起那些傍大款、过于追求物质条件的女人，要是平时扯到这个话题，他一定会积极地跳出来对这些丑恶现象予以痛快淋漓的鞭挞，但今天他正为柳雪的事忧虑重重，听了谭立闻说的这些，他就更有点坐立不安了，心里出现莫名其妙的烦躁。

对孟雨涛如此安静地坐在那里寡言少语，大家都觉得他今天有点奇怪，周兮倩察觉到他心里肯定装着恼人的事，便对众人说："我们甭扯这些了，大家做自己的事罢。"说完还有些忧虑地看了看正不停揉着额头的孟雨涛。

柳雪睡至近午才醒来，她迷迷蒙蒙地睁开眼，感到头晕目眩，从窗户照射进来的耀眼阳光刺得她不禁又闭上了眼，她将手背放在额头上，努力回忆着昨晚经历的事，依稀记得在一间豪华包间里，一张大圆桌周围有男有女，个个喜笑颜开，哦，对了，有吴总、雷经理……还有什么人她记不起了，桌上觥筹交错，气氛欢快……后来又在一个大KTV包间唱歌跳舞，喝的是洋酒……再后来坐着一辆宽敞的车被吴总送回了家……地点呢？哦，是锦江宾馆……

记起这些事后，她感到口渴，起身坐在床边巡视着房间，见床头有杯水，她端起杯子就喝。

阁楼的木楼梯上传来脚步声，柳雪忙走到楼梯口，见唐婆婆一手扶着楼梯栏杆、一手端着一碗热牛奶正上楼来。

唐婆婆抬头关心地问："小雪，你睡醒了？"

柳雪赶忙走下楼梯接过碗，感激地说："谢谢婆婆。"

走上楼梯后，唐婆婆慈祥地望着柳雪："感到好受些了吧？快把牛奶喝了。"

"真不好意思，给婆婆添麻烦了。"

柳雪有些不安地说，慢慢地喝起了牛奶。

"你昨晚咋个喝那么多酒，看见你很晚都没回来，可把大家急坏了，小涛、你哥还有李三哥还出去找过你呢。"

"是吗？都怪我提前没给大家说一声。"柳雪非常过意不去地说。

"饿了吧？我给你煮了稀饭，我这就给你端来。"唐婆婆说着就要下楼。

柳雪忙拦住唐婆婆说道："不用了，等一下我自己下来吃。"

当柳雪梳理洗漱完毕走到院里时，早已在此等候的柳亮就朝她发起火来："昨晚你和哪些人喝的酒？居然还喝到这么晚，一个女娃娃喝得大醉，像个疯婆子，你还要不要脸啊？”

孟雨涛急匆匆来到院内时，正撞上柳亮训斥柳雪，柳雪用手伤心地抹着眼睛，像做了错事般的小孩一声不吭，一旁的“黄虎”抬着头不安地望着她。

“大哥你来得正好，你来帮我说说她。”一见孟雨涛，柳亮像盼来了救兵。

孟雨涛径直坐在柳雪身边，用平和而关切的语气问：“酒醒了？现在感觉好些没有？”

柳雪点点头，然后惴惴不安地说：“昨晚对不起，让你们为我操心了。”

“你还晓得对不起，哼！”柳亮一下站起来又要发火。

孟雨涛瞪了柳亮一眼，随即转头问柳雪：“昨晚是咋个回事？”

柳雪就将昨晚的情况简单地讲了，最后感觉良好地说：“他们对我昨晚的表现很满意，说干段时间还要提升我当总经理助理。”

孟雨涛脑里“轰”地一下，这分明是在给你下诱饵、挖陷阱，就等你一步一步自投罗网了，你居然还不知等待你的是什么，我的小雪啊，你咋就单纯得这么傻，这么让人生气呢？我看人家就是把你卖了，你还要高兴地替人数钱呢。唉，你这个不谙世道的小姑娘啊！

孟雨涛还在感伤地想着之时，忽听柳亮气急败坏地嚷道：“喊你去陪客人喝酒唱歌跳舞，你成了啥子人了？交际花？三陪？给再多的钱，也不能去这个地方上班！”

柳雪仰头看着柳亮，不服气地解释道：“吴总说这是企业正常的公关应酬。”

“正常个屁！这是耗子别左轮——起打猫心肠！”柳亮骂道。

“你……你别把人想得那么坏好不好。”柳雪着急地辩解。

“小雪，你哥说得没错，现在社会复杂得很，尤其是一些有钱的老板，就喜欢打你这样年轻、单纯姑娘的主意，这样的人我见多了，即使这样的企业再好、给的薪酬再高也不去为好，你可不能毁了自己终生的幸福啊！”沉默良久的孟雨涛语重心长地开导道。

柳雪沉思片刻后说：“我觉得吴总不是这样的人，我也知道什么事该做、什么事不能做，你们放心好了。”

“鬼总！别老在我面前提什么吴总，一提他我就冒火。”柳亮警告道。

“有话好好说噻，你大声武气地凶啥子嘛！”孟雨涛生气地责怪柳亮。顿了顿，他问柳雪：“那个吴总姓啥名谁？”

柳雪说：“吴奎。”

“乌龟？哈哈，还王八呢！”柳亮讥笑道。

柳雪反感地瞪着柳亮：“你对人家尊重点好不好？”

“吴奎？”孟雨涛初听这名字以为自己听错了，他突然大声惊叫道，“是他！肯定是他！”

柳亮、柳雪惊讶地望着情绪激动的孟雨涛。

柳亮问：“大哥，你认识他？”

孟雨涛像突然找到了说服柳雪的充分理由，一下兴奋地说：“太认识了，真是冤家路窄啊，世界上硬是有这么巧合的事。”然后又自言自语地嘲笑道：“哈哈，你这个色鬼，现在居然又打起了小雪的主意，眼光不错嘛，可惜遇到我这个拦路虎了，这回我又要让你看得到吃不到，心头如刀绞，我要叫你如意算盘打不响，哈哈哈……”

孟雨涛的这番话让柳亮、柳雪听得稀里糊涂，无不面带诧异。

见他俩不知就里地望着自己，孟雨涛这才意识到该给他们讲明事情的原委了，他鄙夷地说：“做外贸生意的吴总嘛，我和他一起吃过饭，这人看来相貌堂堂，其实心之花，那次吃饭时他就带了一个妖艳浅薄的女人，他一听我吹嘘认识不少有气质的美女作家，眼睛都绿了，一个劲地要我约几个出来一起吃吃饭，还美其名曰什么要和有文化的人交往，要提升自己，他怀的啥子鬼胎我一清二楚，结果被我戏耍了一番，想起这事我就觉得太好笑了。”

“凭我的感觉，就晓得他不是个好东西，幸亏你晓得他的底细。”柳亮颇为侥幸地说。

柳雪则静静地望着河水不吱声。

孟雨涛以为她被自己的讲述打动了，过了会儿才轻声地问她："这下你该明白能不能去这个公司了吧?"

但柳雪的回答令他大感意外："他喜欢结交女人与我有什么关系，我只是去那上班，他能把我怎样?"

孟雨涛被柳雪这话气得够呛，忍不住生气地说："嗨呀呀，你这人咋这么天真幼稚啊！他看上你就是对你有企图晓不晓得? 你不要以为你是大学生就不会上当受骗，现在研究生都有被骗到贫困山区当人家婆娘的。"

"说白了，他是想把你打来吃了!"柳亮气呼呼地数落道。

"我一个大活人他能把我吃了? 我又不是小孩，你们不要用狼来了的故事吓唬我。"柳雪不以为然地说。

看到柳雪如此糊涂、固执，孟雨涛深感吃惊，仿佛她已不再是从前的小雪，不由得拧着眉头寻思这妹儿怎么一下变了，难道昨晚那场酒让她鬼迷心窍了? 不应该啊。

思考了会儿，他压抑着恼怒平静地问："那你是决定去了?"

"嗯。"柳雪点点头。

"你敢！坚决不准去!"柳亮发火了。

"我就要去！我自己的事我自己管!"柳雪的倔劲也上来了。

柳雪如此坚决表明态度，把孟雨涛气得直喘粗气，他生气地训斥道："你怎么这么糊涂！是不是酒还没醒啊? 给你说了这么多，你咋个就听不进去呢?"

"我为啥子要听你的话?"柳雪不服气地反问道。

孟雨涛一下站了起来，情绪激动地说："因为我是你哥，是你……"

一时大家都不说话了，院里顿时静了下来，只听见南河水哗啦啦的响声和树叶随风的沙沙声。

"你们知道现在找工作有多难吗? 我联系了好多单位都没人要，可有背景的同学早就找到了好单位……你说我有什么办法?"

柳雪率先打破沉寂述说道，说完后又低声嘤嘤地哭了。

在旁一直呆望着他们的“黄虎”见柳雪这样伤心，忙跑到她身边，不停用头蹭着她的腿抚慰着。

孟雨涛听了也极其难过，心乱如麻地咬着唇半天说不出话来。此时他对柳雪该不该去这个地方上班又犹豫起来。

唐婆婆迈着急急的步子从家里走出来，她虎着脸埋怨孟雨涛、柳亮：“你们这么凶干啥子？有什么话好好说噻，咋个把小雪惹得这么伤心。”说完扶住柳雪的双肩疼爱地说：“小雪别理他们，走，到婆婆家去。”

看着唐婆婆搂着柳雪离开，柳亮束手无策地说：“这丫头太不识好歹了，大哥，你说咋整？”

“让我冷静想想再说。”孟雨涛一时也拿不定主意。

对柳雪如此不开窍地坚持己念，孟雨涛既着急又无可奈何，但他心里有一点非常清楚和坚决，那就是无论如何也不能眼睁睁地看着柳雪与狼为伴。但咋个才能改变柳雪的想法，这是孟雨涛为之发愁、为之思考的问题，他突然想到柳雪对夏婷印象不错，夏婷又是个记者，对社会现象也有较深的了解，要是让她出面与柳雪谈谈，从女人的角度动之以情、晓之以理地进行开导，也许能收到效果。

他把希望寄托在了夏婷身上。

孟雨涛给夏婷打了无数次电话，但她都不在报社。

“真是见到鬼了。”他烦躁地骂骂咧咧起来。

没办法，当晚，孟雨涛只得去夏婷的住处找她。当他在楼下看到她的房间亮着灯时，他心里这才踏实下来，可他来到门前正要举手敲门时，兀地听见屋里传出隐隐约约的哭声，他一下就怔住了：“这不是夏婷在哭吗？她咋个了？”

正当他急着要敲门喊她时，屋里响起了一个男人略带哭腔的声音，他的心咯噔一下，不由得屏住呼吸，耳贴门缝听了起来，男人的话声传进他的耳膜：“小婷，没有你的日子，我真是过不下去呀……以前都是我的错，我保证不会再像从前那样了……”

这个男人是谁？孟雨涛浓眉深锁地想着，这时他听见了夏婷的哭泣声：“我知道你是真心爱我……可我实在忍受不了你的爱法……”接着便是男人喋喋不休的保证声：“我一定改，我一定改……”

孟雨涛明白了，这个男人肯定是夏婷的前夫，他是在哀求夏婷与他复婚。你这样的男人居然还缠着她不放。

就在孟雨涛愤怒地要大声呼喊夏婷时，屋里又响起夏婷的声音，他转念一想，何不再听听她怎么说，如果她做出拒绝复婚的表态后，她前夫还无理纠缠、妄想霸王强上弓的话，我再理直气壮，以一个胜利者的姿态突然出现也不迟，那时我可以得意地向他竖起一根指头：“噢？你就别在这跟我争了，再争那也是没有用的，啊？哪怕你哭兮兮地求我可怜你，或者暴跳如雷地要与我决斗，我也不会大发善心、退让半步的，我会毫无畏惧地与你一决高下。”孟雨涛得意地这么盘算着，耐着性子又继续偷听下去。

夏婷的声音虽然不大，但字字句句孟雨涛听得非常清楚，这话却像雷鸣般在他耳边炸响：“我也是爱你的，我们怎么像对冤家呀……”

接着屋里传来两人的哭泣声，孟雨涛想他们肯定是在相拥而泣……

夏婷的话像一盆冰水浇在孟雨涛的头上，他顿时像个傻子似的站在门前一动不动，刚才的激情与冲动瞬间消失无踪，脑里一片空白。就这样木然地不知过了多久，直至屋里响起了笑声以及楼道上有了脚步声，他才如梦方醒，木然地向楼下走去，他的头脑里嗡嗡作响，感到双腿像灌了铅似的沉重，脑子里不断地冒出这样的疑问——咋个会是这样？

走到楼下的院里，孟雨涛抬头望着夏婷家窗户里透出的灯光，心里泛起一阵难言的苦涩，他情绪低落地在院子里的石条凳上坐下，心情复杂地回忆着与夏婷的交往，想着夏婷第一次对他吐露婚姻生活的那个夜晚。

孟雨涛与夏婷吃过晚饭要分手时，她拉住他的衣袖，说我们再找个地方坐坐。孟雨涛犹豫地说：“时间有点晚了，你还是早点回去，免得你……”说到这儿他停顿了下来。夏婷见他欲言又止不禁笑出声来，随后坦言相告：“你是怕我爱人发火吧？放心，现在没有人管我。”孟雨涛有些惊喜，但他觉得这话表达的意思还是很模糊——她是没结婚呢还是现在她丈夫不在家？虽有此疑问，但他一时不想细问。夏婷又直率地问孟雨涛：“你回去晚了有没有人说你啊？”孟雨涛同样模糊地说：“我和你一样，都是自由身。”

置身于灯光柔和、乐声悠扬的酒吧里，爱说“美酒加音乐就是生活”的孟雨涛此时心情极好，除了音乐和美酒，最惬意的还是对面有个美女与他浅斟低酌、谈笑风生。喝了几杯酒后，孟雨涛给夏婷讲了与杨怡秋的分手经历。此前还轻松说笑的她，听后凝眉不语。不知何故的孟雨涛忙问她怎么了。夏婷怔了怔，捋捋额前的几缕发丝后同情地说：“我没想到是她对不起你。”孟雨涛淡淡一笑，“早过去了，无所谓，我们该不会同病相怜吧？”夏婷苦笑了一下答道：“不一样，是我提出的离婚。”孟雨涛“哦”了一声，这才明白她是结过婚的人，他猜测地说：“你男人肯定在外面有其他女人是不是？”

夏婷表情复杂地说：“恰恰相反，他太爱我了。”

这让孟雨涛糊涂起来：“他这么爱你，你还和他离婚？这、这是怎么回事？我简直不明白……”他说完端酒就喝。

夏婷仰头想了想，随后自己也觉得不可思议地摆摆头，凄笑着说：“因为这种爱太过了，让人无法忍受。”孟雨涛非常想知道究竟是怎么一回事，他问道：“怎么个爱法？你讲来听听。”

夏婷瞅了瞅周围，有些难为情地低声道：“说出来太那个……给你讲也可以，但你不要跟人讲哦。”

孟雨涛信誓旦旦地做出保证后，她这才有些难为情地说：“我前夫是我大学同学，品学兼优，既不抽烟也不喝酒，人长得比你还伸展……”

孟雨涛开始窃笑，夏婷嗔道：“他真的很优秀，哪像你五毒俱全，你要笑我就不讲了。”

孟雨涛赶紧认真地说：“对、对，我一点都比不上他，你讲，我绝对不笑。”

过了会儿，夏婷才继续讲下去：“我们在大学时就相爱了，毕业后他进了一家大公司上班，我进了报社。他太爱我了，结婚后他啥事都依我，生怕我有一点不高兴，他每天早上起来做早餐，下班准时回家做饭，有时我回家晚了，他还要到单位来接我……那时我觉得我简直就是世界上最幸福的女人，可是后来我慢慢发现这种爱是畸形的，它让我背负着沉重的心理负担，心里非常矛盾和痛苦……你知道，当记者接触的人多，应酬也多，我有时回家晚了，他就开始疑神疑鬼，起初他还很平静，表面上没事般地随意问问我到哪去了，与什么人接触等，可暗地里却偷看我的通讯录，并记下有关人的电话，第二天便打电话过去核实，更想不到的是，他半夜甚至去检查我换下的内裤……”

孟雨涛震惊地说：“这做得也太过分了，夫妻之间连起码的信任都没得还咋过啊！”

夏婷沉默了会儿继续说：“这以后他甚至有时班也不上了跟踪我、守着我，我回去晚了不管咋解释他都不听，还开始摔东西、骂人，对这我始终都忍着，心里也非常难受，因为我知道他是爱我太深了，生怕我有了其他男人，他平静后又会痛哭流涕地求我原谅，但过不了两天他又会故伎重演。最不能忍受的是，他居然对我说：‘我从一本书上看到，说像你这样嘴唇丰腴、臀部结实的女人性欲强，我一定要让你得到满足。’为此，他竟经常在我早晨出门前，都要强迫与我做那事，他把我当成什么了啊……”

夏婷痛苦地流下了眼泪。孟雨涛震惊得瞠目结舌，过了许久才喃喃道：“啊？他会这样？他分明是心理不正常嘛。”他忙从桌上拿起纸巾递到夏婷手里。夏婷接过纸巾揩着泪脸，而后凄凉一笑：“你可不要笑我。”

望着楚楚可怜的夏婷，孟雨涛一时不知该怎样安慰她，他想紧紧握住她的双手，可又没这勇气，只能心情沉重地说："我咋会笑你，我听了心里很不是滋味。"

孟雨涛的确没想到看上去开朗活泼的她，心里居然还埋藏着这样的痛苦，而这痛苦并不比杨怡秋与他分手所受到的打击轻。唉，你我都是喝过苦水、历经过磨难的不幸人喔。

……

一阵欢笑声从夏婷的屋里传出，把孟雨涛的思绪从往事又拉回了现实。他望着夏婷家亮着灯光的窗户，想象着他们此时在房里该会怎样，甚至幻想着那个雨夜在那个房间，如果他没有方寸大乱地惊慌而逃，而是激情似火地露出了峥嵘，那肯定就不会出现眼下令他尴尬的场景了，更不会有她前夫现在的火烤和糖吃了，此时房间里的那个男人，毫无悬念地肯定是我了噻……

但哪里有如果存在喔，当断不断必有后患，还是书上的话总结得经典。

夏婷家的窗户突然拉严了窗帘，不久屋里的灯光也熄灭了。

望着她家黑漆漆的窗户，孟雨涛的脸上泛起了僵硬的苦笑："妈哟，我在这难受、感慨个毛线，她又不是我的啥子人，别人要破镜重圆、重温旧梦，那也是物归原主，理所应该的嘛，关我球事。"

第二天上午，柳亮风风火火地跑进编辑部，他心急火燎地对孟雨涛说："小雪去公司签合同去了！"

孟雨涛一听也急了："你咋个不拦住她？"

"拉都拉不到。"

"去了好久？"

"刚刚。"

"我们马上打的去公司，无论如何也要阻止她！"

孟雨涛边说边跑出编辑部，柳亮赶紧跟了上去。

周兮倩等人不知发生了什么事，大家都疑惑地望着他俩匆匆离去。

谭立闻抬抬鼻上的眼镜架笑道：“人家签合同至于这么火烧眉毛吗？又不是签卖身契，看他急成啥样子。”

周兮倩微皱眉头思忖道：“谁知道这里面有啥事呢？”

王老叹道：“咋个现在的年轻人这么一惊一乍的？”

谭立闻一副老练状地指出：“浮躁！一点都不淡定。”

……

孟雨涛、柳亮急匆匆赶到该公司人事部门口时，看见柳雪正坐在一张办公桌前填写合同。

“小雪，不要写！”孟雨涛大声吼道，随即快步上前夺过签约合同。

柳雪惊讶地看着满脸怒气的孟雨涛，不满地责怪道：“你干啥子呀？把合同给我。”

“这合同不能签！走，回家去！”

孟雨涛抓住她的手腕将她拉了起来，但柳雪用力挣脱他的手又坐了下去。

“唉，你们是啥子人呀？这么气势汹汹地干啥子？”人事部雷经理从里面房间出来，扫视着孟雨涛、柳亮皱眉质问道。

“干啥子？我妹不能在你们这肮脏的沓沓上班！”柳亮火气十足地说。

“你说啥子呢？我们公司肮脏？太可笑了！”雷经理环顾了一下周围的同事，露出不可思议的样子说，她的下属也跟着发出一阵笑声。

柳雪恼怒地瞪着孟雨涛、柳亮，脸色气得绯红。

“小雪我们走！”孟雨涛看着柳雪厉声说。

“不！”柳雪将头扭向一边倔强地回答。

就在他们僵持之时，雷经理回到她的办公室拿起了电话。

不一会儿，吴奎出现在门口，身后还跟着两个穿制服的保安。

他一脸怒色地大声喝道："你们想干啥子？"

雷经理快步走到吴奎身旁，用手指着孟雨涛、柳亮说："吴总，就是他们两个无理取闹阻止小柳签合同。"

孟雨涛回头一看，愤然道："果然是你，真是无巧不成书啊。"

吴奎盯着孟雨涛，也觉这人似曾在哪见过面，他脑里飞快地开始打转，终于认出了孟雨涛："嗨，这不是孟编辑吗？想不到我们在这见面了。"随即露出假笑，假装热情地走过去伸出了手。

对这戏剧性的转变，室内所有人都惊讶地望着吴奎、孟雨涛。

孟雨涛对吴奎伸过来的手视而不见，意味深长地对柳雪说："妹儿，这就是我给你讲过的那个喜欢文学的吴总。"

吴奎没想到孟雨涛竟高傲地当着众人嘲讽他，他打了一个寒噤，略显尴尬地收回手抹了抹油光可鉴的耳鬓，心里虽然十分恼怒，但他装出毫不在意的样子，以老熟人的口吻大度地邀请道："孟编辑，你第一次来我们公司，到我办公室坐坐？"心里却在琢磨孟雨涛与柳雪到底是啥子关系。

孟雨涛毫不领情地拒绝道："免了。"随后对柳雪说："妹儿，这不是你能待的地方，我们走。"

柳雪像个木头人似的纹丝不动。

柳亮不耐烦地催促她："走噻，瓜了嗦？"

吴奎显然对孟雨涛不把他放在眼里失去了耐心，他要挽回刚才失去的面子，目光凶狠地盯着孟雨涛，像是对一个陌生人下了逐客令："与公司无关的人员赶紧离开，不要影响本公司正常的工作秩序！"又对身旁的雷经理吩咐道："你们该干啥子干啥子，抓紧办，不要受干扰！"说完转身就要走。

"慢！我有话还要问你！"孟雨涛突然大声喝道。

吴奎不由得停住脚步回过身来。

孟雨涛直盯着吴奎，冷笑着嘲讽道："哼，你眼光不错嘛，小雪既年轻又漂亮，大家都很喜欢她，可我没想到你竟如此迫不及待，还没等她正式来上班，你就让她去陪酒。把她灌醉，那晚酒喝得还有感觉吧?”

周围公司职工一听这话，个个惊讶不已地看着吴奎，他们从来还没看到有谁敢这样放肆讥笑他们的老板。

吴奎对此非但没有恼怒，反而显露轻松地一笑：“哦，你说那晚的事啊。”他边拍着头边回想似的走到柳雪对面，然后在一张椅子上坐下，目光耐人寻味地看着柳雪，像个长辈似的和蔼地问：“小柳，这两人是你啥子人啊?”

柳雪瞥了眼孟雨涛、柳亮，声音低低地说：“是我哥。”

“哦，你哥?”吴奎将身子往后一仰，不相信地笑道，“不对吧，你姓柳，他姓孟，难道……”

柳亮憎恶地盯着皮笑肉不笑的吴奎：“我们是啥子关系关你球事!”

“小伙子，你说话文明点!”雷经理愤然地跳出来护主了。

从吴奎的脸色就可看出他心里非常不爽，但他压抑住愤怒不去理会柳亮，依然面带笑容地对柳雪说：“那晚玩得还开心吧？就是你酒喝得太多了，我们咋个劝你都劝不住，把我们敬得都不敢接招了，好酒量啊！高兴嘛，可以理解。”

一听吴奎说出此话，柳雪大吃一惊。

她愕然地望着他，眼里含着委屈的泪水，着急地反驳道：“你咋个胡说八道呀，明明是你们一个个花言巧语劝我喝的，我哪里主动敬你们酒了……”

此时，她对眼前的吴奎已十分反感，觉得他的面目太丑陋、用心太卑鄙了。

吴奎又转头对孟雨涛笑笑：“你上次答应我的事还没兑现喔，该不是在耍我吧?”

孟雨涛当然清楚他指的那事是什么，觉得这个人也太厚颜无耻了，决定好好讥讽一下他：“你还惦记那事啊？咋个看到这个碗里的还望着那个锅里的，你胃口也太大了嘛。”

他又微笑着对柳雪说：“妹儿，我们过去看的那些老电影里，坏人一出场就晓得他不是个好东西，因为他们不是面目丑陋就是剃着光头，留着八字须，要么歪戴帽儿斜穿衣，好分辨得很呐，就是小娃娃都看得出来。现在就不一样了，你看有的人长得伸伸展展，穿得衣冠楚楚，嘴上说得好话连天，其实骨子里却坏透了，不然咋个有衣冠禽兽这个说法是不是？”

柳雪听了不住点头，吴奎公司里的人也听得乐呵呵地笑出了声，但很快被吴奎一瞥的目光吓得闭上了嘴、收敛了笑。

孟雨涛又得意地对吴奎说：“小雪是什么人，我们太清楚了，想打她的主意，那简直是打错如意算盘咯。”

柳雪突然站起身来，充满悔意地拉拉孟雨涛的手臂：“哥，我们走！”

吴奎用非常特别的眼神看了眼柳雪，他站起身依旧不温不火地说：“要走要留，小柳你自己拿主意。你也知道，有很多人都排队想进我们公司。我可以明白告诉你，你如果留下来，在我们公司是很有潜力，大有发展前途的，你要想清楚喔。”说完他准备离去。

“谁稀罕这个工作！”柳雪鼓起勇气大声地说。

“唔？”吴奎吃惊地看着柳雪，这太出乎他的意料。

“听到这个响亮的回答没有？还有潜力，有发展呢，哼！”孟雨涛将手上的合同书夸张地一撕、往空中一抛后说：“妹儿，我们走！”

孟雨涛的言辞、举动无疑刺痛了吴奎，他表情僵硬地看着要离去的他们。

孟雨涛等三人刚走到门口，两个保安面目凶恶地挡住了他们的去路。

“爪子，不让走啊？想打架？”柳亮攥紧了拳头，毫不示弱地盯着这两个保安。

“这是虎穴还是狼窝啊？咋个个个虎视眈眈，张牙舞爪的？嘿，既然我们敢上门，还怕被你们吃了？”孟雨涛说完，无所畏惧地返身走到一张椅子前，神情悠然地坐了下来，跷起二郎腿。

见事情闹到这个地步，吴奎迟疑了下朝外走去，并向门口的两个保安暗暗摆了摆手，保安随即闪在两旁让开了道。

吴奎走到门口突然站住回过身，他脸色铁青，两眼恶狠狠地盯着孟雨涛，好一阵才从牙缝里挤出两个字：“记到！”

孟雨涛报以轻蔑的一笑。

待吴奎走出门后，孟雨涛起身对柳雪、柳亮说：“还有人夹道欢送，行，我们走。”

一走出门，柳雪气得牙痒痒地对孟雨涛说：“哥，我真该早听你的话，今天我才看出那个吴总太阴险，太卑鄙了。”

“能迷途知返就好，他是啥货色我清楚。你看到的只是冰山一角，幸亏我们来得及时，不然你这个天真可爱的小兔，早晚要成大灰狼的盘中餐。”孟雨涛逗乐道。

“还说吴总，屁总！乌龟！嘿，今天我们可出了大气、解了大恨。大哥，你看到那个乌龟最后缩头缩脑的样子了吗？脸都气青了，哈哈哈……”柳亮开心地说。

吴奎站在过道里听着他们说话，看着他们离去的背影，目光一下阴冷下来，嘴角也在微微抽搐。

他转身疾步走向自己的办公室，一进房间便坐在办公桌后阴沉着脸，烦躁地用笔使劲敲打着桌面。

跟进来的雷经理站在桌前，忐忑不安地说：“吴总，是我们工作没做好，我向你做检讨。”

吴奎沉思片刻，抬眼冷冷地说：“这事也怪不得你，去，把刚才两个保安叫来！”

不一会儿，那两个保安疾步走了进来，毕恭毕敬地站在吴奎面前。

“那两个小子看清楚了？”吴奎盯着他俩问。

“看清了！”

“刚才的情形你们也看到了，这两人实在太狂妄！尤其是那个当着我面撕合同的小子。你们过几天给我盯着，给他点颜色看看。那小子在《蜀江文学》上班，你们别在他单位附近下手，你们跟着他，找合适的时机、地点教训教训他！”

吴奎铁青着脸交代完后端起茶杯正要喝水，突然想起什么又放下了杯子：“还有，下手要注意分寸，不要让他认出你们。”

“吴总放心！”两个保安抬头挺胸高声回答。

“记住，我今天什么也没说。好了，去吧。”吴奎将手中的笔往桌上一扔、摆了摆手。

两个保安迅速转身离开。

“孟雨涛，我们旧账还没算清，今天你居然敢在我的地盘耍横，简直太得意、太猖狂！不让你尝尝苦头，你不晓得锅儿是铁铸的……哼！”

吴奎将头仰靠在椅背上，气得咬牙切齿。

第十九章　遭人暗算

孟雨涛对成功阻止柳雪去吴奎公司如释重负、非常惬意，每当想起他的这一果断行动，他都要得意地自夸一番——好险啊！妹儿你现在知道了吧，要不是我英明决断将你从悬崖边缘拉回来，你这个天真纯洁的女娃娃无疑就撞上枪口、送货上门了，你这朵娇艳欲滴的鲜花开在色狼身边，色狼迟早都会向你伸出魔爪，刚出大学校门不谙社会的你，哪是这个老鲨鱼的对手啊，即使你洁身自好、不为所动，但有这只魔爪在身边，天天不把你弄得提心吊胆才怪……吴奎，你碰上了我也算你倒霉，你心里打的是啥主意我再清楚不过，我这火眼金睛早就看穿了你的肠肠肚肚，在我面前，你的算盘打不响了。

解除了这一隐患，固然让孟雨涛心情舒畅，但柳雪的工作也成了他顾虑的事，他开始为自己没有能力相助而发愁。虽然柳雪心态很好，宽慰他不要为她的工作担忧，可他还是放心不下这事，心里总觉得欠了她什么似的。

夏季的夜晚闷热无风。孟雨涛待在杂志社宿舍里，看起了捷克作家米兰·昆德拉的小说《生命中不能承受之轻》，对着他吹的风扇使劲地转动着，但吹来的风还是没多少凉意。

“这么鬼热的天气还在挑灯夜读书？可惜没得红袖添香、纤手破橙。”黄天伟突然出现在门口叹道。

“是你啊。”孟雨涛抬头一看甚感惊讶，“你今天咋个突然想起跑我这陋室来了？”

“心里烦，想找你说说话。”黄天伟拉过一张椅子，坐在风扇前环顾着房间。

孟雨涛说：“你这个大老板最近只顾赚钱，眼里早没我这个老同学了”。

“纯属冤枉好人，我虽然整天和生意场上的人打交道，但那些圈子里你也晓得是些啥子人，完全是隔心隔肚皮，他们桌子上和你握手，桌子下却在打你扫堂腿，哪有我们两个的关系纯真深厚喔，这世间知己吾与汝，我心里一直有你哈。”黄天伟露出一副非常真诚的面孔。

“哪个晓得你说的是真话还是假话。”

“百分之百真话，现在能找个说真心话的难啊，我现在是真羡慕你这样无忧无虑的生活了。”黄天伟深有感触地说。

对黄天伟说的这番话，孟雨涛听了有点不高兴：“饱汉不知饿汉饥，你是笑话我呢，还真是好日子过腻了？”

“你别理解错了，这个世界我可以笑别人，但决不会笑你，你虽然钱没得我多，但精神上比我富有，我说的是真心话，各有各的烦恼，哎——你只晓得贼娃子吃肉，不晓得贼娃子挨打的时候哦，唉！”黄天伟说完重重地一声叹息。

从黄天伟的精神状态和话音里，孟雨涛感到他最近像是遇到了啥子烦心事，他不满地说：“你哎哎哎地哎啥子，简直像个怨妇，有啥子事就直接说出来嘛。”

“找个地方我们边喝边说。”

孟雨涛把黄天伟带到附近一家苍蝇馆子吃冷淡杯，他们喝着啤酒一时无语，头顶上的吊扇有气无力地吱吱吱缓慢转动着，像随时都要罢工停止扇风。

看着情绪有些低落的黄天伟，孟雨涛打破沉寂笑着说："有啥子难言之隐就一吐为快，就当今天生产队开大会，有什么冤有什么苦尽管倾诉，我们贫协还是可以为你撑腰做主的。"

黄天伟喝下一杯啤酒，表情凝重地说："今天来找你就是要向你倒苦水，我今天给你摆老实话，我的泡菜厂经营不起了。"

孟雨涛大吃一惊："咋个会呢？我们去参观时还红火得很嘛。"

"那是表面现象，产品销量好久就大幅下降，有些货款也收不回来，最主要还是银行追贷追得紧，我前一阵在红庙子炒股赚的钱都抵还不了贷款，现在手头没得资金了，哎，简直不晓得该咋个弄了……"

"是这样啊……你不是还有个外贸公司吗？"

"那只是个空壳，打个牌子听起来好听点，唯一投资做的一笔进口日本电器业务更挨球，没想到吴奎进的是走私货被查收了，他狗日的骗了我不说，居然还不赔我一点损失费，老子是和他彻底翻脸了，你说我倒不倒霉？算了，认栽。"

孟雨涛终于弄清了他生意场上的事，也非常理解他目前的心境，看到面前焦头烂额的黄天伟，再想到以前风风光光的他，孟雨涛心生无限同情和感慨，对此也爱莫能助，唯一能做的就是宽慰他："事已至此，你也不必过于悲观，要经得起商海的潮起潮落嘛，好好总结经验从头再来。"

"话是这样说，但难啊！看来我的确不是做生意的料，我还是该搞我的文学，我头脑发热去下啥子海喔，现在晓得那个海不是啥子人都能下的，人的命数也是早定好了的。"

孟雨涛突然想起了杂志社与泡菜厂合作的事，他担心地问，"那'荣兴杯'有奖征文活动是不是搞不下去了？"

黄天伟经这一问才想起还有这事，他想了想，果断地说："搞！

不管那个泡菜厂还能支撑多久，反正投入的那笔资金我是不会收回的，就当我还为文学事业做了一件有益的事，这钱花得值！”

对黄天伟生意困境中依然做出如此大义凛然的表态，孟雨涛有些被打动了。

他端杯敬黄天伟：“临危不忘初心，这才是当初的你嘛，佩服！我干了！”

黄天伟豪迈地也将一杯酒一口喝下，继续说：“那事就这样了，现在不说它。现在我最恼火的还有被女人缠得身心疲惫，刘芸你知道吧？就我那个办公室主任。”

孟雨涛毫不惊异地说：“咋不晓得，我早就洞悉你和她有一腿。”

“是和她搅得有点深，那个女人真不是省油的灯哟，我平时对她够可以的了，钱没少给她花、穿的用的没少给她买，但她不知足啊，得陇望蜀，没想到她的手伸得越来越长，女人的欲望真是欲壑难填！前段时间缠着我闹，非要喊我离婚和她结婚，这分明就是在威胁我、逼我走绝路嘛。我能做生意，全靠老婆家投资搞起来的，要是离了，我岂不是成了穷光蛋一个？现在看我生意不行了，她对我的态度也发生了明显变化，原来对我百依百顺，现在居然敢和我打顶张了，这样的女人眼里只认钱，典型的‘两面人’，是跳化装舞会的高手喔。”

此时的黄天伟，用怒不可遏、义愤填膺来形容一点不为过。

桌上的“大哥大”响了，黄天伟看了一眼来电号码开始接听，他说话时语气很柔和很平静：“我和雨涛在一起聊天……等下就回来，你先睡……好、好。”

挂断电话后，他有些狼狈地说：“我老婆现在也有些怀疑我了，最近老是打电话查我的岗，你看‘正规军’‘游击队’两头都在‘围剿’我，你说烦不烦人、活得累不累？”

孟雨涛一点不同情地说：“家头扯外头闹，朋友说你不牢靠，你这是咎由自取、自作自受！活该哟！”

"我说的是真心话，你有一点同情心好不好，咋个现在和你交流起来这么困难?"黄天伟苦笑着埋怨道。

"是困难喔，我早就对你说过那个女人不简单，劝过你不要玩过头、要掌握好分寸，可你偏不听，还说你是个老练的'游击队员'。"孟雨涛心里有气，依然不留情面打击他。

黄天伟不好意思地抹抹额头自嘲道："再老练的'游击队员'也经不起两头'围剿'嘛。"

"你现在晓得日子不好过了哇？哎，早知今日何必当初。"孟雨涛说完遗憾地摇摇头端起啤酒杯喝了一口，然后深有感触地总结道，"人活得累，其实很多都是自己找的。"

"说得也是，哎，真是应验了这句话——要想珍惜生命，减少烦恼，还是远离女人好。"黄天伟感慨地说。

"你这么说就没得道理了，和女人在一起开心寻欢的时候，你咋不这样想、咋不这样说呢？如今倒霉了，你就把女人视为扫帚星、红颜祸水，这纯属一竿子打一潮、矫枉过正，毫无道理，现在还是有很多好女人哈。"

在他们起身要离开饭馆时，黄天伟突然想起了什么："对了，前段时间我老婆几次打电话'追杀'我时，我都打起了你这张牌——说和你在一起，你在她眼里形象还是高大的、有信任度的，现在给你说一声，免得以后见面问起穿帮就喔豁了。"

"好啊，你把我拉出来做挡箭牌，不晓得背着我做了好多见不得人的事。"

"我也是迫不得已嘛，好在你没手机。"黄天伟庆幸地说。

走出餐馆，孟雨涛愤愤地说："你那个朋友吴奎，真不是个东西!"

黄天伟惊讶地问："他咋个了?"

孟雨涛便讲了吴奎心怀鬼胎企图打柳雪主意，以及被自己狠狠讥讽了一番的事。

黄天伟听了脸色一变，有些不安地说："你惹他干啥子？你这下可把他得罪深了。”

孟雨涛笑道：“得罪了又爪子，怕他个鸟！”

黄天伟无奈地摇摇头：“这个人我比你了解得透，他是个睚眦必报的小人，屁儿也黑球得很，哪个惹到他了，一旦有机会，他就会狠狠咬你一口。这次你断了人家的色路，扫了人家的面子，你是把他得罪得有点深沉喔，你要提防着点。”

孟雨涛笑着说：“他有好港嗦，我才不怕他。”

天气闷热得像罩着一个蒸笼，街上没有一丝风。

孟雨涛抹抹湿腻腻的手臂：“热了好久了，该下一场暴雨了。”

黑夜的天空滚过一串沉闷的雷声，黄天伟抬头望望天，心思飘浮地喃喃道：“又是光打雷不下雨。”

走在灯光昏暗的小巷里，黄天伟将手臂搭在孟雨涛肩上，摇摇晃晃地边走边唱：“悠悠岁月曾经好诱惑，串串海鲜都整过，历经潮起又潮落，人生路上你和我，看透世间多险恶……”

孟雨涛近来忽喜忽忧，周兮倩自然看在眼里，她关心地问：“小涛，最近看你怎么显得心事重重？是不是有什么事？”

“他这个时候还能有啥子事，如果有事，我猜此事必关风和月，这些我们懂得起的噻。”谭立闻将夹在细长手指间的香烟往烟灰缸里一弹，故作老练、意味深长地说。

“假！”孟雨涛没有心思与他瞎扯，说完再也不开腔地埋头看稿。

谭立闻怕惹怒孟雨涛，只得无趣地说：“算我假老练嘛。”

周兮倩望了一眼孟雨涛，也不再说什么，起身拿着茶杯去倒开水。

下班后，孟雨涛刚回到宿舍，周兮倩就跟了进来，她环顾着房间责怪道：“你的房间像个鸡窝，怎么也不好好收拾一下，看来是需有个人来管你了。”

“大姐，你坐。”孟雨涛将椅子搬到周兮倩面前，又将风扇打开对着她吹，自己则坐在床边拿起折扇猛扇起来，“这鬼天气热死人了。”

猛然电扇吹出的风将周兮倩的裙子向上掀起，她那白皙光洁、线条优美的大腿一下暴露在孟雨涛眼前。他的心猛然咚咚咚地跳，脸上发热，他赶紧将目光移向窗外。

“你也该找个女朋友了。”周兮倩连忙用手捂住裙摆，表情自然地盯着孟雨涛说。

“这事不急。”还没摆脱尴尬的孟雨涛心慌地说。

“我觉得你最近有什么心事，说给大姐听听。”

孟雨涛收起折扇，走到窗前叹了口气说：“哎，也没什么大事，就是小雪的事有点操心。”

周兮倩将食指放在唇上想了想后问：“就是上次来编辑部给你送茶叶的那个小妹？”

“嗯。”孟雨涛点点头。

“她怎么了？”

孟雨涛又打开折扇扇起来，随即讲了柳雪找工作的经历，去那个公司应聘以及被他阻止签约的情况，之后问道：“大姐，你说她该不该去那个地方上班？”

周兮倩微皱秀眉、凝神想了想说：“你的担心是对的，现在社会上的确有些有钱人，他们专打年轻姑娘的主意，不怕一万就怕万一，要是她被这些人糟蹋了……”

见孟雨涛紧紧地咬住嘴唇，她便不再说下去。

“所以我决不能眼睁睁地看她去冒这个险！”孟雨涛激动地说。

周兮倩脸上露出微笑，见他这样关心、在乎这个女孩，她明白他心里一定对她怀有很深的感情。

她从椅子上站起来，感叹道：“虽然只见过一次面，但感觉得到她的确是个不错的姑娘。”停顿了一下她问：“她现在工作落实了吗？”

孟雨涛苦笑着摇摇头：“难啊。”

周兮倩略做思考后说：“这样吧，这两天你将她的简历给我一份，我想想办法，看能不能帮她联系到一个合适的单位。”

“你?”孟雨涛停住手中摇动的扇子，惊讶地望着周兮倩。

“我试试看吧，好了，我要回家了。”周兮倩站起身走向房门，又转过身来叮嘱道，“记住，简历的事要抓紧给我。”

孟雨涛感激地将周兮倩送到门口，有些茫然地望着她优美的背影，心里暗想她会有什么关系帮这个忙呢?

虽然对此有些怀疑，但他觉得还是要尽快将柳雪的有关资料拿给她。

当天傍晚，孟雨涛骑车前往柳亮家。

天气炎热，院内人家都爱坐在院坝纳凉。李大爷穿着背心短裤，躺在一张竹马架上，一边摇着大蒲扇一边悠闲自在地独酌，他旁边一张小方木桌上摆着一碟油酥花生米、一碟油炸猫猫鱼、一碟烟熏猪耳朵。惬意地呷口酒后，他用手拈起一条小鱼，扔在趴在一旁的“小花”面前，这条肥嘟嘟的猫一下就将鱼咽下了肚，然后又抬头等着下一条鱼落地，还不停“喵喵喵”地叫着。

“嘿，你这个懒猫比我还会享受。”李大爷爱昵地骂着“小花”。

“李大爷，你一个人又在喝‘跟斗酒’嗦?”孟雨涛和他打招呼。

成都人对质差价低的白酒戏称为“跟斗酒”或“打屁儿酒”，意思是喝了这酒就要打脑壳栽跟斗。

“你来不来整两口?”

喝得满脸通红的李大爷半眯着眼、咂咂嘴唇，端起酒盅对孟雨涛说。

他那个酒糟鼻子红得更是发亮，这个鼻子就是喝酒喝出来的，他每天不喝上个半斤八两过不了瘾。每天一早，他便拎着一个空酒瓶到巷口一家干杂店打酒，站在玻璃柜前将酒瓶一递给店主，就笑眯眯、眼光发亮地盯着店主，看他将压在大酒坛口上的红布包裹的沙包揭开，看着店主用竹提筒将酒从酒坛里提上来，再将酒倒进插在酒瓶口里的漏斗……这是他一天中最兴奋、最期待的时刻，刚接过酒瓶，他就要站在柜台前嘬上几口，品过味后才心满意足地对店主说："还是你这散装酒资格、来劲。"店主还是照例笑嘻嘻地王婆卖瓜："那是喔，我进的是纯粮食酒，绝对不是酒精勾兑出来的。"

面对这样的好酒之徒，孟雨涛笑着赶紧推辞："算了，还是你慢慢韵，我可不敢和你这个酒仙对饮。"

之前他早已领教过和李大爷喝酒是啥滋味，他喝的酒酒劲大、辣得烧心不说，一喝起来他非要拉着你没完没了地喝下去，还一个劲地说什么"一杯解忧愁，两杯不解瘾，三杯通大道"，然后滔滔不绝地给你讲他昨天才说过的酒话。他老爷子倒是喝得二麻二麻地进入了神仙境界，陪喝的人那简直就是在受罪，你要是开溜，他就会骂骂咧咧地说你个没完没了。对这样的"酒疯子"，孟雨涛只能惹不起躲得起。

"李老头，一个人喝寡酒有啥子意思嘛，要不要我帮你喊几个小姐陪你喝花酒?"打着光胴胴的柳亮摇着折扇走过来逗乐说。

李大爷虎着脸，不高兴地瞪了一眼柳亮："你娃娃给我说这些?嫩了点!"

"狗日的亮娃，你又拿我老头开心嗦，太不落教了嘛。"李三哥从屋里出来数落柳亮。

"你老头就爱这一杯，哪个不晓得嘛。"柳亮依然笑呵呵地说。

"你娃娃再乱说，老子就要给你毛起了。"李三哥说着就攥起了拳头。

"哪个在乱说喔，有的人才真正地怪，不晓得为啥子这么喜欢摸女人的屁儿，以为我不晓得嗦，嘿嘿……"柳亮说完一脸嬉笑。

李三哥摸女人屁儿的事是这样的，小时候，有次柳亮和李三哥去附近一个工厂去看坝坝电影，电影放完散场途中，当时还没对象的李三哥乘着人流拥挤之机，悄悄伸手去摸前面一个女人的屁股，那女人惊讶且愤怒地回过头来，他却镇定自若地仰着头，这事他当时以为神不知鬼不觉，但不料被一旁的柳亮看得清清楚楚，并牢牢地记住了。

李三哥以前是不太正经，有喜欢瞅女人的怪毛病，孟雨涛也见过他一些龌龊、邋遢的举动，如李三哥没结婚之前，他总爱站在小巷路边看经过的女人，对长得漂亮的年轻女人，他就更放肆了，两眼目不转睛地一直盯着人家，直至人家走远了才收回色眯眯的目光。还有一次是孟雨涛上小学时夏天的事，他和柳亮放学后刚进院坝，看见李三哥坐在矮板凳上弓低身子，两眼直盯着前方，此时孙大哥爱人正背对着他在洗衣台边洗衣，孟雨涛与柳亮便躲在一边悄悄观察着他，不知他看啥子这么起劲，又一阵大风吹来时，他俩才明白了其中的缘故，原来强劲的风将孙大哥爱人的裙摆吹得掀了起来，露出了光溜溜、白净净的大腿，她的红色内裤都亮出来了。孟雨涛见此蓦地红了脸，李三哥则看得直咽口水，柳亮故意要坏他的好事，便假装大声地咳嗽起来，李三哥这才惊慌地移开目光……

这个李三哥就是喜欢看女人，好在只有色心没有色胆，最多就是饱饱眼福，过个干瘾而已。

二十年前那见不得人的丑事被抖搂出来，李三哥顿时面红耳赤、十分难堪，他急着反击道："你娃娃打胡乱说，你娃做的事才邋遢，经常把唐婆婆的母鸡逮到，把手指伸进鸡屁眼看它是不是要下蛋了，然后等它下蛋后把蛋拿走，太抖㞞、可笑了！"

"你比老子坏多了，居然还偷看孙大哥老婆的大腿！"

李三哥一下被激怒了："老子今天非要收拾你不可……"说着就要扑向柳亮。

"嗬，想打架嗦？我现在正手痒，你给我过来。"柳亮冷笑着挑衅道。

李三哥一下㞞了，他知道打架根本不是柳亮的对手，只得好汉不吃眼前亏地使嘴劲："你不要欺人太甚！上次你娃娃卖假酒给我老头，还说打了让手照顾邻居，哎呀，一个院子头的熟人都要烧，屁儿也太黑了嘛。"

一提卖假酒，柳亮就冒鬼火："老子屁儿黑的话，早就卖毒酒了。”

懒洋洋趴在河堤上的“黄虎”见主人吵架，一下站立起来气势汹汹地叫着跑了过来。“小花”一见“黄虎”奔来，立即惊慌失措地窜进屋，躲在门槛后伸出头机敏地观察动静，并做好了随时开溜的准备，一群正在院里啄食的鸡见“黄虎”逼近，一个个也纷纷走而避之……

硬是天气热火气大，本来滴点小的一件事，两个人就这样如枯草遇火星、炸药遇撞击，非要燃它个漫天火光、炸它个人仰马翻才解恨，管他是每天低头不见抬头见的邻居，而且连狗也要掺和进来凑热闹，你说这个社会有时发生的事是不是有点不可思议。走在大街上，这样的热闹经常可见，路人只要言语稍没拿顺，或目光怀有敌意，或被踩了一下脚后跟，或擦身被撞了一下什么的，往往就有可能爆发一场激烈的舌战，双方都要吐出最恶毒的语言，不把对方骂个狗血淋头、祖宗八代骂个遍，不把对方骂得无招架之力决不罢休，要么就大动干戈，引来里三层外三层的人围观看热闹……

看着眼前这令人哭笑不得的场面，孟雨涛忙走过去拉住柳亮，责怪道：“你这张嘴就爱乱说，咋个老是尽栽刺不种花、管不好自己的嘴巴呢?”

坐在河边乘凉的唐婆婆也摇着扇子走过来劝道：“都在一个院坝相处这么久了，有话好好说嘛，大家都歇歇火，不要伤了邻里和气。”

她又用扇子指着“黄虎”训斥道：“你这条狗也真是喂到家了哈，这么护着你家主人干啥子!”

孟雨涛将柳亮劝走后，柳亮仍不满地嘀咕着：“玩笑都开不起，枉子活了这把岁数，真是的……走，‘黄虎’，我们不理这个胎神!”

他神气活现地甩手甩脚而去，“黄虎”摇尾紧跟，还不时地回头吼叫几声，把李三哥气得干瞪眼，半晌才气咻咻地说：“‘黄虎’你给老子雄起个球，你纯属狗仗人势，看哪天老子把你宰了!”

柳亮听了回过头淡定地一笑：“你敢动‘黄虎’一根毛，老子就敢弄死你，信不信？"

"你铁钉子都咬得断，你好横嘛，老子不相信你在人民南路横起走没得人管，你也不要欺人太甚，不要以为我们贫下中农没得脾气，把老子惹毛了、逼急了，老子也会揭竿而起的。"

看来性格温和的李三哥是被逼到了忍无可忍的地步。

见柳亮又想发威，孟雨涛赶紧笑着对李三哥说："你和亮娃都是无产阶级，哪来这么大的血海深仇嘛，都是一根藤上的，就不要相煎太急了。亮娃的问题我来教育，你也消消气。"说完他又推推柳亮："走走，到河边去吹吹风、消消火。"

两人坐在树下抽着烟，静静地望着波涛汹涌的河水。过了好一会儿，柳亮才冒出话来："真闷热，要不是水太脏，老子早就跳到水里泡起了。"

是啊，读小学和初中时，每遇酷热天气，他们都要跳进河里嬉水、游泳，不是游对岸就是凫上水、拉长滩，跳水姿势有跳飞燕、跳镰刀、跳炸弹等。游完泳上岸时个个饿得痨肠寡肚，不是从柳亮家的泡菜坛里捞泡菜狼吞虎咽，就是买一片片拌得又辣又麻的大头菜吃，吃得那个香喔……

孟雨涛想起往事心生感慨："那时一切都那么自在快乐、无忧无虑，哪像现在时不时地、不知不觉地要去牵挂、担心某些事。哎，还是清澈如水、单纯无知的童年少年好耍喔。"

对此，他也深有感触地说："我也真想能像过去那样下河游泳。"

"咦，怎么没看见小雪？"孟雨涛这时才想起来此的目的。听柳亮说她在学校后，孟雨涛忙起身要到学校去找她。

柳亮不解地问："有啥子事这么急喔？"

孟雨涛便将周兮倩要帮柳雪找工作的事告诉了他。

柳亮惊喜地问："她有啥子关系能帮上忙喔？"

"我也不清楚。"

"会不会随便说起来耍的？"

孟雨涛也没把握地说："先还是照她说的办，我这就去找小雪要资料。"

他刚要去推自行车，天空中突然雷声滚滚。他抬头一看，天上已是乌云压顶。

"要下雨了，今晚就别去了，明天早晨我到学校去拿，然后送到你单位。"

柳亮话音刚落，豆大的雨点已密集倾泻下来，院内纳凉的人慌忙抬着桌椅往家里跑。

孟雨涛和柳亮进了屋。暴雨打在屋瓦上、地上劈啪劈啪地响，雨声哗啦啦响成一片，天空不时还电闪雷鸣。

孟雨涛想今天是去不成学校了，只得在屋里与柳亮喝茶聊天。

望着窗外的瓢泼大雨，他走到窗前突然问柳亮："还记得小时候这个天气我们咋个喊的?"

柳亮一下兴奋起来："喊的是那个——"

两人四目一对，同时用当初那样调皮的语气高声喊叫起来："下雨了，打雷了，天上的桶子打倒了……"

刚一喊完，两人都哈哈大笑起来。

在过去拍的很多电影里，每当灾难即将来临或坏人要出场时，总会出现乌云密布、狂风暴雨、电闪雷鸣之类的场景，而现实生活中谁都不会对此当真，但今晚发生的事纯属巧合，只能说是碰端了。

天黑以后，暴雨渐渐小了，孟雨涛便离开柳亮家要回杂志社宿舍。

小巷电线杆上的路灯昏暗地亮着，细雨如丝，路上积着一摊摊雨水。

当孟雨涛快骑到巷口时，两个穿雨衣、戴着口罩的人突然从路边冲上来，将他连车带人打倒在地。毫无防备的孟雨涛倒地后，头部重重地撞在了地上，他只感到头上一阵剧痛，用手一摸感到手里热乎乎的，他意识到出血了。还没等他爬起来，这两人又围着他拳打脚踢……

附近的住户和巷里的行人都惊呆了，一下不知如何是好。

柳亮父亲关了茶铺后正好经过这里，立即停住脚步劝道：“你们干啥子？不要打人嘛！”

那两人见状停止殴打，互递眼神后朝巷口疾步走去。

孟雨涛手捂着头挣扎着坐起来，望着那两人吃力地喊道：“抓住他们！……”

柳亮父亲大吃一惊：“啊？是小涛！”

他赶忙上前扶住孟雨涛，然后大声朝那两人怒吼道：“站到！快来抓坏人啊！”……

那两人慌忙撒腿就跑，一会儿就消失在了巷口。

当柳亮父亲搀扶着孟雨涛回到家时，柳亮一见头部流血、一瘸一拐、浑身湿透的孟雨涛，立即惊呆了：“咋个摔成了这样？”

柳亮父亲将孟雨涛搀扶在沙发上，气愤地说：“小涛被人打了！”

“哪个打的？人呢？”柳亮怒气冲冲地问。

“不晓得是啥子人，都跑了。”柳亮父亲遗憾地说。

“唉——”柳亮握拳击掌，一声长叹。

柳亮父亲对孟雨涛说：“你脑壳还在流血，走，快到医院去看看！”

孟雨涛换上柳亮拿来的衣服后，与柳亮坐着李三哥的三轮车先到派出所报案。

看着被人搀扶进来的孟雨涛，值班民警见惯不惊地坐在椅子上吸着烟，口气冷漠地问：“咋个的嘛？打架嗦？”

“鬼才打架，是被人打了！”柳亮看不惯民警的态度，不满地顶撞道。

“警官，他是半路上遭人暗算了。”李三哥也愤愤地说。

民警扫了他俩一眼，不高兴地说：“我没问你们，旁边的人少开腔。”这才又面无表情地看着孟雨涛问：“说嘛，咋个回事？”

孟雨涛忍痛简要讲了被打经过。

“这就怪了……不明不白地被人打一顿，你是不是得罪啥子人了?”看见孟雨涛头上还在流血，民警想了一下说，“你先去医院检查、清创、包扎，完后再来派出所做个笔录。”

经过医生检查，还好，孟雨涛身上没什么内伤，不过头部的伤口还是缝了十几针。治疗后他们又到派出所做笔录，并告诉民警打人者肯定是吴奎指使的人。

民警听后为难地说：“有这种可能，可你没看清楚打你人的长相，这就不能进行指认，也就是没有证据，这就不好办了。”

“明明就是他们干的，还拿他们没办法？难道就这么冤冤枉枉地挨一顿就算了？不行!”柳亮不服气地说。

“你还想爪子？你去找哪个打回来？我郑重地警告你——你娃可不要乱来!”民警警告柳亮。

从派出所出来，柳亮要孟雨涛就在他家养伤休息，这样有人可以照顾。

孟雨涛也不愿回单位宿舍和父母家，他可不愿让他们看到自己这副惨相，只得同意在他家先住几天。

第二十章　鱼火锅

第二天上午，柳亮按照孟雨涛的交代到学校找柳雪。

柳雪一听孟雨涛被人打伤，顿时紧张地问："伤得重不重？"

听了柳亮的讲述，柳雪忧心忡忡地先到杂志社找到周兮倩，将孟雨涛被人打伤并请假的事讲后，随即匆忙回家。

一进家门，看见头缠绷带躺在柳亮床上的孟雨涛，她眼泪直在眼眶里打转，急忙上前坐在床边询问伤势，过了好一会儿，她才抹着眼泪、站起身愤愤地说："我听哥讲了是谁干的，这都怪我，我要去找他！"

说完她转身就要走，但被孟雨涛喊住了。

孟雨涛强作笑颜地说："他不会承认是他指使人干的，你去了也没用。"

"那总不能就这么算了啊？"柳雪又气又难过地说。

"不说这事了，哎，你将简历交给周大姐了吗？"

对孟雨涛此时还挂念着自己的工作，柳雪心里涌起一阵暖意，眼泪又不禁流了下来，她怔怔地望着孟雨涛点了点头。

邱军接到柳亮的电话后，立即赶来看望孟雨涛。

除了孟雨涛的伤势，他最关心的还是这事何人所为。听完这事的前前后后，他立即断定："以我多年的办案经验，毫无疑问就是那人指使人干的。"他指的那人就是吴奎。

柳雪叹了口气，说："明知是他，还不是拿他没办法。"

邱军想了想，安慰道："放心，总会有办法治他。对了，雨涛，你那个大学同学黄天伟好像和这个吴奎很熟，哪天你给他打个电话，看他能不能到吴奎那儿打探到啥子情况。"

从柳亮家出来，邱军来到吴奎的公司。他来此的目的，是想探听一下吴奎的虚实，想以敲山震虎的方式让他露出马脚。

一听女秘书通报望月桥派出所副所长邱军登门求见，吴奎就警觉地寻思着来者何意。

邱军刚被女秘书领进门，吴奎便笑容满面地从办公桌后站起来迎上前去："哎呀，没想到邱所长大驾光临，请坐，请坐！"

邱军在沙发上坐下，假装客气地说："冒昧前来打扰，还望吴总见谅。"

"哪里，哪里，所领导光临是我们的荣幸，是请都请不来的贵客。"

女秘书态度甚恭地将泡好的茶放到邱军面前的茶几上，随后掩门而去。

"久闻邱所长大名，幸会，幸会。"吴奎在邱军旁边坐下，双手递过自己的名片，"我这人喜欢和公安交朋友。"

邱军将名片看了看，又把它拿在手上敲着茶几，不吭声地盯着吴奎。

吴奎装着惊异的样子问："不知邱所长来公司有何指教？"

邱军严肃地说："指教不敢，我来只是向吴总通报一件事，昨天晚上，《蜀江文学》的一个编辑在路上被人打伤，据了解，这事好像与你们公司的人有关。"

吴奎听后一怔，随即笑道："这事与我们有关？邱所长，这可不能随便开玩笑喔。"

邱军淡淡一笑："我可不是开玩笑，没谱的事我能随便说吗？"

吴奎装出惊异的样子，皱眉思索道："怪了，这事咋个会牵扯到我们公司呢？辖区派出所民警也来问过此事，我也讲了这和我们没一点关系，我实在搞不懂，你们咋个都来问我，你们是不是搞错了……嗯，这事好像也不归你们派出所管吧？还有那个挨打的孟……"

吴奎看着邱军一直在盯着自己，一下意识到自己话说多了，心里暗想这警察说话蜻蜓点水，分明是在给我下套，我可不能多说话以免露出破绽。

他假装气愤地站起来说："这种说法太荒唐，太可笑！邱所长，希望你们早日查清此事，还我们公司一个清白。"说完他坐了下来不再吭声。

邱军有点失望地想："这家伙真狡猾、真沉得住气，还不容易抓到他的把柄。"

邱军沉思不语，吴奎心里就直发毛，但他还是装出镇定的样子说："邱所长，今天是不是就这样？我还有很多事要处理。"

"好吧，这事大家心里清楚就行，总有一天会水落石出，告辞了。"邱军意味深长地说完后起身就走。

邱军离去了好一会儿，吴奎还坐在大班椅上，阴着脸回想刚才的情景，有件事让他有些担心，那就是孟雨涛的伤势是不是很重，不然为啥子两个派出所的民警都来过问此事，如是这样就惹出麻烦了。本来他当时很想问邱军这个问题，但怕这一问反给自己弄来笼起，于是忍住没问。现在他有点为此事坐不住了，他皱眉想了想，拿起桌上的"大哥大"给黄天伟打电话……

下午，杂志社张总和周兮倩、谭立闻也来看望孟雨涛。

一见孟雨涛，谭立闻惊道："唉哟喂，你哥子惹到哪个道上的人了？咋个惨遭毒手变成了这副伤残模样？太狼狈了嘛。"

周兮倩用肘碰碰谭立闻，不高兴地说："这个时候你还开玩笑！"

张总问了孟雨涛的伤情和事情的经过后，对这起打人事件感到义愤不已，他还表示要代表单位到公安机关去反映此事，强烈要求尽快破案、惩治凶手。

但孟雨涛劝阻道："这事已报了案，公安局正在查，单位就不要去给他们施压了。"

孟雨涛不想把这事闹大，他想的是如果这事一旦上报纸、电视台，他母亲和家人肯定就会晓得自己挨打了，那还不把他们急得团团转啊。

谭立闻宽慰孟雨涛："这些人太猖狂了，简直令人怒火满胸膛。不过而今目前眼目下，你最紧要的是养伤，暂时不要有'恨不能早日上战场把敌杀'的想法。我们呢，就像沂蒙大嫂那样——盼亲人早日养好伤。"

他这番话把大家逗笑了，张总笑着说："到哪你这张嘴都闲不住，你这个'谭虾虾'啊。"

就在大家东一句西一句地摆谈时，孟雨涛看见周兮倩将柳雪叫了出去，他想她肯定是要与柳雪谈工作的事。

单位同事走后，孟雨涛问柳雪："刚才大姐和你说什么？"

柳雪轻描淡写地说："她要我好好照顾你。"

孟雨涛惊讶地问："没谈你工作的事？"

柳雪怔了怔后说："喔，谈了，她说她会尽力帮我联系。"

孟雨涛这才放心下来，将头靠在床头上喃喃道："不晓得大姐有什么关系，不过她好心主动揽下这事，无论结果怎样都该感谢她。"

柳雪点头"嗯"了一声后，迟疑了会儿又说："这事婷姐还不知道，要我告诉她吗？"

这话完全出乎孟雨涛意料，他想了想说："这又不是什么好事，算了，就不给她说了。"

柳雪听了有些不解，但她还是点了点头。

柳亮不满地对孟雨涛说："你这也不同意做那也不愿做，难道挨了打就这样忍气吞声？我可咽不下这口气！”

孟雨涛有些生气地说：“你找谁出气啊？真是的，你少在这乱放屁。”

柳雪清楚孟雨涛这时心情不好，忙对柳亮眨眼：“你就不要说了，我们要尊重哥的想法，他现在最要紧的是养伤。”

哪知柳亮却一点也不醒眼，还把怨气发泄到了柳雪头上：“这还不是你惹的事，如果早听我们的，哪会有这事！”

柳雪听后难过地揉起泪眼来。

“哎，你咋个还说这些？闲得无聊就去把我的衣服洗了。”孟雨涛冒火地对柳亮说，然后闭上眼不理他。

柳亮只得无奈地摇摇头走了出去。

孟雨涛睁开眼见柳雪还在抽泣，便微笑道：“妹儿别哭了，这不怪你，都是你哥那张嘴讨厌。”

“他没说错……就是怪我，我当初真不该那么任性……我要不去就不会有这事……”柳雪难过地说。

“看嘛看嘛，咋个越说哭得越起劲了，你再这样我就不住这了。”孟雨涛虎着脸说。

“不行！你回去谁照顾你啊？饭没地方吃，水没人给你端……绝对不行！”柳雪顿时停住哭泣，口气强硬地说。

“既然这样你也要听我的，以后我可不愿意再看见你这样，这哪是原来的你嘛，笑一个。”

“你被打成这样，我咋个笑得出来。”柳雪低声道。

孟雨涛严肃地说：“要想让我安心养伤，你就不能愁眉苦脸。”

柳雪只得乖乖地抹着脸上的泪痕，勉强挤出一丝笑容地朝他点了点头。

在孟雨涛卧床休息的这几天，柳雪对他的照顾细致入微，除了端茶送水，给他拧毛巾擦脸，端水洗脚。严管他喝酒抽烟，陪他聊天解闷外，在饮食上她更是绞尽脑汁，为了给他补血，增加营养，对吃什么食物最好，怎样做，她又是翻书又是请教父亲和唐婆婆，还将他们讲的记了下来。

对柳雪天天去菜市场，在厨房里精心为他烹制饮食，孟雨涛几次劝她别这么讲究，但她都以充足的理由驳斥他，每天仍乐此不疲地将可口的饭菜端到他的床前。

看到眼前的饭菜和满头是汗的柳雪，孟雨涛再也控制不住，感动得双眼湿润，他怕泪水流出来，忙闭上眼并将头扭向一边，但还是被柳雪看到了，她惊讶地问："哥，你哭了？"

孟雨涛擦擦眼睛，回过头来感激地说："妹儿，你对我太好了，叫我不晓得咋个谢你，报答你……"

"不准说谢！你不是说过，我为你做的事都是自己心甘情愿的吗？"柳雪笑吟吟地说后将筷子递到他手上，用命令似的口吻说："别说这些了，快吃饭。"

孟雨涛想起以前逗她的情景，只得哑然一笑，遵命而行。

他感到，柳雪经历这事后，仿佛一下就变得成熟、坚强起来了。

这天该去医院给伤口换药了，孟雨涛本来打算自己去，但柳雪执意要陪他去，刚走出家门，李三哥得知此事后，坚决要骑三轮送他俩去医院，像终于找到机会报答孟雨涛似的："你还愣着干啥子？上车，我就不给你开车门了哈。"他边说边去搀扶孟雨涛。

李三哥将孟雨涛、柳雪送到医院大门口后，便将三轮停在门旁的树荫下等着，这期间他和周围候客的同行天南海北地聊天，还不时对前来乘车的人得意地说："你坐其他人的，我的车今天不拉人，属于专车专用。"

闲聊间，他突然看见夏婷从医院门口走了出来，他立即兴奋地大声喊道："夏记者，夏记者！"

他的嚷声惊动了周围的同行，他们惊奇地看着他和正停住脚步打量李三哥的夏婷，其中一人还羡慕地对其他人小声道："哟，他哥子还认得到记者嗦。"

夏婷认出了李三哥，她走过去问："你在这等生意?"

看见同行都投来羡慕的目光，李三哥很感自豪地与夏婷喋喋不休起来，好像他与夏婷很熟似的："夏记者，没想到在这遇到你，你好久都没到我们院坝来了，现在很忙哇？我晓得你们当记者的一天到晚都到处采访，今天肯定又到医院采访啥子重要新闻，明天我要好好看你写的报道，你的新闻写得好喔……"

夏婷原本只想过去随便与他说两句就走，没想到李三哥开口就说这么多话，她不得不耐着性子听他说完，然后笑着说："你别吹捧了，你忙吧。"说完转身就要走。

李三哥见状赶紧又喊住了夏婷："你晓不晓得雨涛受伤了?"

夏婷猛然回过身来震惊地问："什么？他受伤了？什么时候?"

她居然对此毫不知情，李三哥也很惊异："唵？你真的不晓得啊？这么重大的事你没听到风声？那我就慢慢讲给你听。"

听完李三哥的讲述，夏婷对孟雨涛很是生气：哼，出了这样的事也不告诉我，你的眼里完全没有我这个人了是不是？无论咋个我们还是朋友嘛，今天我倒要看你怎么解释。

她一下坐到李三哥的三轮车上："我在这等他。"随后绷着脸不再搭理说个不停的李三哥。

见夏婷表情异常，李三哥这才知趣地闭上了嘴，感到自己的多嘴将惹起她和孟雨涛之间的不愉快，赶紧怏怏地走到一边与同行摆龙门阵。

孟雨涛换完药后与柳雪有说有笑地走出医院大门，当他俩看见夏婷脸色冷峻地坐在李三哥的车上时，两人不由吃惊地交换了一下目光。

"婷姐，你怎么在这?"柳雪走上前惊喜地问。

但夏婷不答，她不悦地盯着孟雨涛："出了这事你怎么不告诉我?"随后又瞥了眼柳雪："你也该及时给我说一声嘛。"语气带有明显的埋怨意味。

柳雪对夏婷这番言语和态度一下有些不知所措，她茫然地看了看孟雨涛支吾道："这，这……"

看到柳雪颇感委屈的样子，孟雨涛忙出面解释："小雪第一天就要这样做，是我不让她告诉你的，我不想惊动你这个大记者。"

夏婷知道自己错怪了柳雪，她跳下三轮车，不好意思地对柳雪莞尔一笑："对不起。"接着朝孟雨涛发泄不满："听你这话，你是把我当外人了是不是?"

孟雨涛没想到她为这事这么生气，连忙笑道："绝对没这回事，我只是怕给你添麻烦、影响你的工作，这事要怪的话全怪我，我向你认错。"

夏婷依旧恼怒道："你这人咋个总是嬉皮笑脸，认错从来都不诚心。"

孟雨涛嘿嘿一笑。

夏婷："这几天你一直住在小雪家?"

孟雨涛："是啊，多亏有小雪照顾，不然我不晓得躲到哪养伤呢。"

夏婷听了心里有些不是滋味，随即讥笑道："你把这个社会说得多黑暗，多没你容身之地似的，你又不是被通缉的逃犯，何必说得这么心虚呢，只要是朋友，都会向你伸出援助之手的，社会主义大家庭处处都有温暖嘛。"

她转过脸望着柳雪，有些酸溜溜地说："他很关心你晓得不?现在他受伤了由你照顾最合适不过。"

孟雨涛立即有点不悦地说："你说得有点离谱了。"

柳雪非常不安地嗫嚅道："这是我应该做的，我会好好照顾哥的。"

夏婷被柳雪这副可爱的窘态逗乐了，不由得笑道："你不要在我面前喊他哥去哥来的，我听着总觉得别扭。"

柳雪听了这话既吃惊又发蒙，她简直不懂她为何这样说，有些委屈地暗想："我一直就这样称呼他的，这没有什么错啊，今天婷姐说话怎么有点怪?"

见夏婷把话扯到了一边，孟雨涛怕她说出更不靠谱的话，赶忙说："你别在这瞎说好不好。"

夏婷瞥了眼孟雨涛，心想："你心里想的啥子我还不清楚，何必在小雪面前遮遮掩掩。"但她没这样说，而是意味深长地又对柳雪说："他这个人呢有时让人摸不透，会做出一些让人意想不到的举动，你要有思想准备喔。"

柳雪声音柔柔地说："我知道。"

夏婷伸出食指在柳雪的鼻尖轻轻一抹，爱昵地嗔道："你这个小姑娘晓得啥子哟。"

孟雨涛责怪夏婷："你怎么说话越来越不着边了，再说我真的要生气了。"

夏婷不冷不热地顶撞道："着不着边以后才晓得。"随后轻松地笑道："看到你身无大恙又有小雪无微不至地伺候，我也就放心了，你好好养伤吧，我得回报社写稿了。"

她又亲热地搂了搂柳雪并歉意地说："不要在意我刚才乱说的话哈，我这人性格就是这样子。"说完笑嘻嘻地挥手离去。

夏婷离开后，在旁一直没说话的李三哥忙对孟雨涛解释："我在这等你们时她看到了我，是她问起，我才讲了你挨打受伤的事。"

孟雨涛笑道："你没做错啥子，没人说你。"

坐着李三哥的三轮车回家的路上，柳雪静静地望着路旁的店铺、树木与行人，紧抿着嘴唇沉思起来："婷姐今天怎么与往常不一样了呢？从她的说话与态度能够明显地看出，她与孟雨涛之间好像发生了什么不愉快的事……"

看到在家闲耍的柳亮，孟雨涛琢磨着他该做什么事才好，想来想去他有了这样一个想法——田大伯承包的鱼塘里养殖着大量的鲤鱼、草鱼、花鲢、白鲢等，田旺每天都要把鱼运进城里来卖，而且他鱼塘边做的火锅鱼味道极好，如果柳亮将他爸开的茶铺改成卖火锅鱼，绝对生意之好，要是他们两家再合伙经营，一家出场地、一家提供鲜鱼及火锅底料，那对双方都有极大的好处。

想到这里他兴奋不已，连忙将此告诉了柳亮、柳雪。

柳亮一听极为振奋，露出一副摩拳擦掌，跃跃欲试的样子，稍后又犯难地说：“问题是我老头同不同意，他就喜欢开茶铺，还有他根本信不过我，恐怕他不会答应。”

柳雪的表情也一下转喜为忧，微蹙眉头发愁地说：“是啊，虽然开这个茶铺挣不了多少钱，但我爸对它很有感情，因为这是他的精神寄托。”

这是孟雨涛没想到的问题，他想了想说：“那我先去和你爸谈谈，如果他不同意也就没办法了。”

柳雪双手托腮想了会儿，态度坚决地说：“他要是不同意，我就天天磨他，我爸最疼我了，我就不信他不听我的话。”

见柳雪这样支持自己，柳亮亢奋地重重一掌拍在柳雪的肩上，大声嚷道：“这才是我的好妹妹嘛!”

“哎哟——”柳雪一下惊叫起来，随后笑着埋怨道，“你能不能轻点？把人家的肩膀都打痛了，看你做啥子事都是莽莽撞撞的，讨厌。”

柳亮连忙缩回手捏着手掌憨笑道：“都怪我一时高兴。”

“你不要高兴得太早了，事情能不能成，现在还是个未知数，即使你爸同意了，还要看田大伯愿不愿意，接下来的事情还多。”孟雨涛深虑着说。

首先必须探明柳亮父亲的态度，孟雨涛、柳雪随即就去了茶铺。

听着孟雨涛的讲述，柳雪父亲原本和颜悦色的脸上逐渐凝重起来，没等孟雨涛讲完，他就连忙摆手·“不行，不行，我不能把茶铺拿给他开啥子鱼火锅……”

对柳雪父亲如此表明态度，孟雨涛一下不知该说啥。

“爸，你不要这么固执嘛，我觉得这事没什么不好。”一旁的柳雪心急地劝说父亲。

柳雪父亲看了看一脸不高兴的柳雪，又将目光转向沉默不语的孟雨涛，愣了愣，他才面有难色地说：“哎，小涛，不是我信不过你，我也知道你是为亮娃着想，但这事的确要不得。”

孟雨涛没想到自己的想法竟让这位长辈如此为难，遂打消了此前的念头宽慰道：“伯父，我只是随便说说，你不同意就当没这事，千万别为我说的惹你不高兴。”

柳雪没料到孟雨涛这么快就改变了主意，她一脸狐疑地望了望他，然后埋怨父亲：“爸，这个茶铺你有啥子舍不得的嘛，你从早到晚辛辛苦苦忙一天又挣不了多少钱，还不如让哥干点正事，你也可以轻松地享受一下晚年生活嘛。”

孟雨涛对柳雪继续纠缠她父亲感到有些不安，以为她爸肯定会生气地斥责她，但柳雪父亲只是眉头动了动没吭声。

孟雨涛忙向柳雪摇头示意她别再说了，可柳雪不予理会地继续说道：“这么大的铺面出租出去，也比你现在卖茶强多了，你不觉得太可惜铺面了吗？哥整天无事可做，你就忍心看到他这样一直耍下去？我简直不懂你为啥这么喜欢开茶铺！”说完后她赌气地噘起嘴将头扭向一边。

对柳雪如此口吻指责父亲，孟雨涛心都提紧了，他赶忙出来调和：“你爸对这个茶铺很有感情，妹儿你就不要再说了。”

柳父似乎被柳雪的这番话打动了，他吸了口叶子烟后不自然地笑了笑道：“小雪说的这些都是对的，可我就是舍不得关了这个茶铺啊……”

他饱含深情地环顾着茶铺，最后将目光停留在那些神情怡然、津津乐道的茶客身上，过了会儿又感触颇深地说：“这个茶铺我从你爷爷手里接过来开了几十年，这些老顾客都喜欢来这里喝茶、摆龙门阵，我天天和他们在一起感到特别愉快、充实，要是我突然把茶铺关了，心里总觉得空落落的，不知道自己咋个打发时间……”

看到柳雪父亲对这个茶铺怀有如此深的情结，孟雨涛开始责怪自己没能顾及老人的心情，于是不安地说：“都怪我胡思乱想冒出这个馊主意，伯父，我理解你的心情，我们不提这事了，你还是把这个茶铺开下去!”

刚才还与父亲赌气的柳雪也改变了态度，怯怯地对父亲说：“爸，我不该埋怨你。”

柳雪父亲低垂着头沉默了会儿，然后抬头望望仿佛做了错事般不安的柳雪、孟雨涛，突然笑道：“你们怎么一下都自责起来了？你们说的没什么错啊，我知道你们都是为了亮娃好，我也不能只为自己着想对不对？这件事可以考虑，呵呵……”

一听这话，孟雨涛、柳雪不禁大感意外，柳雪喜出望外地看着父亲问：“爸，你真的这么想？”

柳父用慈祥的目光看着柳雪，接着严肃地说：“难道我说的话是放屁？你们这些娃娃啊。”

柳雪一下欢喜地抱住父亲：“爸，我就知道你会同意的，我爸最好了。”随后喜滋滋地将头靠在父亲的胳膊上撒起娇来，还得意地朝孟雨涛撇了撇嘴。

对柳雪父亲总算答应了这事，孟雨涛心里也很高兴，看到柳雪这副调皮、撒娇模样，他越发觉得她像个可爱之极的小女孩，他摇摇头笑她：“这么大的人了还这样耍嗲，羞不羞人喔。”

柳雪摇摆着头嬉笑道：“羞就羞。”

柳父笑了笑后，由衷地对孟雨涛说：“小涛，对你我是完全信得过的，这事还得麻烦你多帮帮亮娃，只要他踏踏实实做正事，钱赚多赚少都不重要。”

“伯父你放心，过几天我就去找田大伯谈这事，我想应该问题不大，以后我也会全力帮助亮娃开好这个店铺。”

父亲这关过了，柳雪脸上始终洋溢着欢快的喜悦，从茶铺出来的路上，她将双手交叉在身后连蹦带跳地走着，嘴里还哼起了“羞答答的玫瑰静悄悄地开……”

孟雨涛也兴致极好地按照旋律接着唱道：“亮娃的鱼火锅就要开了。”

他的这一即兴编唱逗得柳雪笑个不停。

孟雨涛与柳雪随后在菜市场找到正在卖鱼的田旺。

田旺听了孟雨涛的想法后，当场就兴奋地说："这个主意太好了，我爸肯定也会同意。"于是双方约好了时间去找田大伯正式谈这事。

柳亮在院里焦灼地等候消息，当他听说父亲同意将茶铺拿给他开火锅店后，激动得一下不知说啥好，搓着手不停地来回走动，仿佛火锅店明天就要开张、生意火爆。

"这事差点就稀饭化成水了，全靠妹儿说动了你爸。"孟雨涛提醒乐得手足无措的柳亮。

"是吗？我的姑奶奶吔。"柳亮望着笑而不语的柳雪夸张地叫道，随后发誓，"等我赚了钱，你要啥子我都给你买。"

柳雪不屑地说："我要的东西你买不到。"

……

"你们剪了啥子彩喔这么开心？我在院门口就听到你们莺歌燕舞了。"邱军边说边走了过来。

听了孟雨涛简单的情况说明后，邱军拍拍柳亮的肩膀："这事干得，以后我们就要喊你柳老板了。"

遇到高兴的事晚上自然要喝酒。柳亮乐呵呵地去买酒买卤菜，柳雪则进了厨房准备晚饭。孟雨涛和邱军坐在院里喝茶聊天，邱军谈起了他去找吴奎摸底的事，讲完后他蛮有把握地说："虽然他装出一副全然不知，极力否认的样子，但凭我的直觉——这事就是他指使的，遗憾的是这人很狡猾、很谨慎，居然没有上我的套露出破绽。"

"肯定是他干的，但没抓住他的把柄又能怎样。"孟雨涛无奈地说。

邱军想了想说："这得看你的那位同学了，如果他能套出吴奎讲出此事并悄悄把它录音下来，那就大功告成了，有了这个证据，吴奎咋个扳也扳不脱。你是不是去找找你这个黄同学，要他如此这般……”

“因为合伙做生意的事钱打了水漂漂，他现在已与吴奎翻脸了，这个办法搞不成。”

邱军有点失望地说：“是这样的话，那这个计划只能取消，看来只有想其他办法了。”

他悠然地喷出一口烟雾后，突然话题一转，用羡慕的语气调侃道：“你这次挨打是因祸得福啊，你看看你这段时间过的是啥日子？小雪全天候照顾你，比沙奶奶和众乡亲照顾那帮新四军伤员都要好，那些伤员不就吃了些阳澄湖里的小鱼小虾，就夸张地怕养得路也走不动山也不能够爬了，至于吗？你看小雪天天给你整的啥？不是当归炖鸡就是猪肝红枣羹，简直天天都在大补啊，你要是再这样养下去，肯定会变得肥头大耳，肚皮滚圆。”

“你娃娃没说对哦，咋个听起来我像成了一条被养肥的猪？用心险恶，嫉妒使然。”孟雨涛惬意地说。

“的确羡慕，你想想，如果是我成了你这样，肯定享受不到她无微不至、不是亲人胜似亲人的精心护理照顾。”邱军遗憾地承认。

“那是当然的，绝对的，我和妹儿是啥子关系喔。”孟雨涛得意地说。

“哟，越说越忘乎所以了，大红枣儿香又甜，一颗枣儿一颗心，你可不能好了伤痛忘了恩人。”

邱军大有深意地笑着说，他侧头看了看正在厨房里忙碌的柳雪，将头凑近孟雨涛、压低声音说：“小雪对你这么好，你还不把她娶了，我敢保证到时你会天天唱甜蜜的生活无限好，幸福的歌声满天飞，那幸福绝对不是啥子毛毛雨，而是深深的海洋，它不让你如痴如醉，天天在梦里我不姓邱。”

孟雨涛听了哈哈大笑：“喔哟，说得这么美好，这么抒情，就像你亲身体验过似的，咦，你娃娃哪来这么浪漫、这么天真、这么丰富的遐想？是不是最近琼阿姨的小说看多了？”

笑声惊动了柳雪，她从厨房窗户探出头好奇地问：“你们说啥子这么开心啊?”

孟雨涛忙回头答道:“有人在发神经。”

邱军用脚蹬了下孟雨涛的腿，不满地说:“简直不知好歹。”

柳雪见状无言地笑了笑，然后埋头继续切菜。

邱军一本正经地悄声问孟雨涛:“难道你对小雪一点不动心?真的看上那个夏记者咯?”

“嘿，你这人咋个像条变色龙，一会说那个好赶紧上，一会又说这个好快把她娶了，你到底安的是啥子心喔?”孟雨涛小声开起了玩笑。

“我完全是为你幸福的将来着想，你这个人真是疑神疑鬼、不识好人心啊。”邱军装着寒心的样子感叹道，“事物无时无刻不在发生变化，人更是经历了一些事才看得更透彻，我把小雪与夏婷做了比较，觉得小雪是你的最佳人选。”

孟雨涛一听这话立即急了:“你不要胡说八道!”

邱军警觉地望了望厨房窗户，见柳雪仍在做她的事，他低声责怪道:“嗨嗨，你激动啥子嘛?说话小声点。”

见邱军谨小慎微的可笑样，孟雨涛淡淡地说:“算了，我不想给你说这些无聊的话。”他将头转向河边。

但邱军还是揪着这个话题继续说下去:“你想问题不要太死板、太一根筋，做啥事都要审时度势、灵活处置，否则六心不定，输个干净。”

“我心定着呢，你就不要咸吃萝卜淡操心了。”

邱军瞅瞅四周，将用手遮挡的嘴凑近孟雨涛耳朵，悄悄地说:“我把我一个窖得很深的秘密告诉你——我曾经追求过小雪。”

“唵?”孟雨涛惊异地回过头看着邱军，这事他还真的从没听说过，他愣了愣还是不相信，“你瞎球说!”

“哄你当儿，不信你去问小雪和亮娃，他们都晓得。”邱军信誓旦旦地说。

见邱军绝不是信口开河，孟雨涛这才感兴趣地问:“那是好久的事？”

邱军又望了下四周，认真地说：“小雪读大学一年级时我向她表示过，但被她婉言拒绝了，后来我才恍然大悟，其实她心里喜欢的是你。这事弄得我很难堪，所以一直不好意思给你说，哎，我是没你有艳福啊。”

“你娃又在胡说。”

“你当真从来没洞悉她对你的感觉和我们不一样？”邱军紧紧盯着孟雨涛的眼睛，表情十分认真地问道。

“有啥子不一样的喔，不要故弄玄虚。”孟雨涛淡淡地说，随后将目光移向河边。

“看着我的眼睛，不要在我面前企图蒙混过关！”邱军摆出了审讯犯罪嫌疑人的架势。

“你也少在我面前装腔作势！没证据就不要乱下结论。”孟雨涛有点不耐烦了。

“行，算你嘴硬。那我随便点醒你一下，你记不记得她刚上大学不久，我们去她学校耍那一次？那天我们和小雪躺在操场草地上晒太阳，记不清是哪个提出想打乒乓球，小雪说她寝室里有球拍和球，我说我陪她回寝室去拿，但她却将目光转向你，从她充满期盼的眼神里，我当即就明白她是希望你陪她去……那时我就隐隐约约有这样的感觉——她喜欢和你在一起。”

孟雨涛回忆起是有这么一回事，他转念一想，多年来他和柳雪的关系一直这样亲切而随和，于是坦然道：“这很正常，说明不了什么问题。”

对孟雨涛表现出的愚钝，邱军有点恨铁不成钢地说：“只可惜后来你和杨怡秋耍朋友了，不然我早就要撮合你们了，通过我最近的观察，发现小雪对你依然痴心不改。哎，这么好的姑娘哪去找喔，我劝你……”看见柳雪走了过来，他马上闭了嘴。

“咋个我一来你们就突然噤若寒蝉，你们两个怎么鬼鬼祟祟的？在说啥子见不得人的话喔？”柳雪望着孟雨涛、邱军问道。

邱军扫了一眼孟雨涛含糊答道：“喔，我在替有些脑壳之不开窍的人做思想工作。”随后一脸严肃状地提醒孟雨涛：“我劝你好好想想这些问题，千万不要执迷不悟误终身。”

那口气完全就像他在训斥一个负隅顽抗的犯罪嫌疑人。

柳雪看看沉默不语的孟雨涛，将信将疑地问：“哥，你真有想不通的事？”

“信他的话耗儿药都吃得，我会有啥事？笑话。”孟雨涛开心地说。

邱军讲的一番话还真让他有些心动，他不得不承认，柳雪对自己的许多举动，如今看来是有点特别的意味。

第二十一章　她不想给人添麻烦

这几天，发行、经营每况愈下的杂志社流言纷传，“杂志很快就要停刊了”“杂志社将精简人员，近一半的人员要下岗”“职工工资将大幅下降”……

一时间单位职工人心浮动，有的开始在外活动为将来寻找退路。尽管单位领导出面表态，称目前刊物还没到停刊的地步，但明里人都知道，此时的杂志社已是山雨欲来风满楼，黑云压城城欲摧。

“照目前这种状态发展下去，刊物还能撑下去吗？我看——难!”向来乐呵呵的谭立闻此时也满脸愁云密布地做出悲观结论。

对谭立闻的发愁，孟雨涛完全能够理解，不管是停刊、被裁减下岗还是收入减少，这对要供两个双胞胎读书的谭立闻来说，尢疑都有很大影响。虽然自己还是单身，但他还是有一种失落感，对现状、未来都感到有些迷惑。

看到孟雨涛一脸茫然地不说话，谭立闻说：“小涛你有啥子打算？杂志社看来是没指望了，你还年轻可以另栖高枝，我劝你还是早点想好退路，不要屎胀了现挖茅坑。”

“我有啥退路，只能当一天和尚撞一天钟。”孟雨涛幽幽地说。

“你硬是想吊死在这棵树上啊？”谭立闻觉得不可思议地说。

“没想到啊，没想到，几十年的一棵大树，居然在这个时候摇摇欲坠。”王老编辑不停地摆着头，脸上写满了伤感。

“老革命，你用不着担心，像你们这样快退休的高级编辑，你的待遇肯定不会变。”周兮倩好言宽慰。

“我倒不是为钱多钱少发愁，而是为刊物的命运忧虑、难过，它是我们的精神寄托啊，我对它的感情你们是难以体会的……”

王老饱含深情地说，由于激动，他的眼里还蒙上了泪水，他摘下眼镜，掏出手帕揩拭着眼睛。

王老的这一真情流露感染了室内的人，大家默默相对无语，体会着他的这一席肺腑之言，同时对将要出现的树倒猢狲散的结局，心里泛起了难言的酸楚。

孟雨涛为了缓和沉闷的气氛，对谭立闻开起了玩笑：“‘谭虾虾’，你的乐观主义跑到哪去了？你居然也怀疑红旗还能打多久了，这点要不得喔。”

“杂志社都要死不活了，哪个还有心思和你说笑喔，看来你是找好了退路、管他春夏与秋冬了。”谭立闻没好气地说。

“此乐无关退路，穷开心而已。”孟雨涛冒出文绉绉的酸词。

“当然喔，你还有个老板同学可以投奔，你又是单身汉，我们这些没有关系又要供娃娃的人可就惨了，哎。”谭立闻愁眉不展、萎靡不振地说。

孟雨涛暗想：以前一提到自己的那对双胞胎女儿他可不是这样，那时他是为此何等的自豪，常常面带喜色地炫耀：我是一不小心就点了个“一炮双响”。看来他现在真正为这“双响”的后果发愁了。

“现在哪个投奔哪个喔，各人把自己的稀饭吹凉都不错了。”孟雨涛想到黄天伟的现状，不由感慨地说。

由于杂志社人心不安，午饭后，无人再在编辑部里摆棋对弈。

孟雨涛回到宿舍，一头倒在床上想着心事。

“嘟嘟嘟。”敲门声响起，孟雨涛连忙起身问：“哪个？”

“我，大姐。”

“门没锁。”孟雨涛边回答边走向房门。

周兮倩推门而进，她靠着书桌淡淡一笑：“我还以为你在睡午觉哩。”

“没这习惯。”

孟雨涛觉得此时的她与往常一样神情怡然，对杂志社即将发生的变故仿佛若无其事。

“大姐，如果杂志要停刊了你咋办？”

“和你一样，吊死在这棵树上呗。”周兮倩笑嘻嘻地回答。

“这个时候你还有心开玩笑，我可是真想知道你的打算。”

“我说的也是真心话，我还想问你有什么打算呢。”周兮倩收住笑，望着孟雨涛问道。

“这个我还真的没想好。”孟雨涛茫然地说。他走到床边坐下来，望着对面一排书柜里满当当的书籍，叹息道：“百无一用是书生，我觉得这话真的没错。”

“嗯？”周兮倩一听这话不由秀眉一拧，她注视着神情低落的孟雨涛，感到他现在确实有些茫然。

她缓缓走到书柜前巡视着里面的书籍，过了会儿才回过身来说：“可还有一句话，我也觉得没错——天生我材必有用。”

孟雨涛顿时想起了黄天伟办公室墙上挂着的字，不由苦笑着说：“大姐，那个黄总也把这句话作为座右铭，但目前他现状堪忧喔。”

“嗯？他不是发展得风生水起吗？出了啥事？”周兮倩大感意外地问道。

孟雨涛便讲了黄天伟现在面临的困境，周兮倩非常震惊，大叹想不到，接着沉思无语，静默了会儿，她走到孟雨涛身边拍拍他的肩："人生的路找不准方向，往往就会迷失自己，你可要选好方向喔。"

"我会走好自己的路。"

"那就好。"周兮倩欣慰地说，"'谭虾虾'说要早找退路的话也没错，你要好好考虑。"

"暂时不去想它，到时再说。"孟雨涛洒脱地说。

有一件事让孟雨涛感到很纳闷，那就是周兮倩答应为柳雪联系工作的事，不晓得至今咋个还没一点动静，他几次想问她，但话到嘴边又忍住了。

不料现在周兮倩主动提起了这件事："雨涛，小雪的工作联系好了吗？"

孟雨涛一下糊涂了，他惊讶道："咦，这事不是你在为她张罗吗？我还正想问你呢，你怎么问起我来了？"

周兮倩一下明白了是怎么回事，她微皱眉头埋怨道："嗨，这个小雪搞啥名堂啊？她没告诉你这事？她说找工作的事，不需要我帮忙了。"

孟雨涛急了，忙问到底是怎么回事。

周兮倩说："你还记得你受伤后我们来看你那天吗？"

孟雨涛想也不想地说："当然记得。"

"那天我将小雪喊到院里，我要她将她的个人资料给我，但她说这事不用麻烦我了，还说已有几家比较满意的单位准备录用她。见她说得蛮有把握，我也就信她了，嗨，哪知事情会这样啊！"

孟雨涛这才明白柳雪两边都在撒谎，顿时恼羞成怒地说："这个鬼丫头居然骗我们，看我咋个收拾她！"

周兮倩见他恼怒不已，想了想后劝道："也许她是不愿给我添麻烦，你就别多说她了。你现在赶紧找她问清楚，如她的工作单位真的还没着落，让她尽快将资料给我。"

"不说她不行，不管咋个，她也不能把自己的前途当儿戏！"孟雨涛依旧怒气未消，此时他恨不能马上见到柳雪，好像要当场教训教训这个糊涂透顶的傻女孩一顿才解气。

周兮倩走出房门时突然又转过身，笑嘻嘻地问："你的那篇《南河往事》好像很久没动笔了吧，是不是才写到你上幼儿园啊？"

"大姐，你就别讥笑我了，最近不是麻烦事多得起串串嘛，哪还有心思写，到时候我自然会继续写的。"

"记住你说的话，我可等着早日拜读呢。"

周兮倩离开后，孟雨涛越想越对柳雪生气，他按捺不住地直奔柳雪家，可一到院里却见她家房门锁着。

唐婆婆坐在家门口屋檐下摇着蒲扇，一见满头大汗的孟雨涛心急火燎的样子，她关心地问："小涛，这么大热天的中午你跑来找哪个？亮娃一早就出去了，小雪也回学校了。"

"有破铜烂铁、废书旧报纸拿出来卖……"一个收荒匠骑着三轮车吆喝着进了院坝。

唐婆婆对收荒匠说："你等下，我有个烂锑锅要卖。"她随即进屋，很快拎着一个锅边都被油烟熏得发黑的锅儿出来。

"这个烂锅儿能卖几个钱？还不如丢了，不过蚊子、蚂蚁都是肉，能卖几个算几个。"孟雨涛笑道。

唐婆婆却舍不得丢，她唠叨着："就是锅底裂了条缝，有补锅的话它还能用，哎，原来那些经常走街串巷，吆喝补锅的磨刀的弹棉花的，现在咋个都没得咯？"

孟雨涛心不在焉地说："唐婆婆，你卖你的锅儿哈，我去学校找小雪。"

唐婆婆望着他匆匆而来匆匆而去，不解地自语道："不晓得他哈子事这么急哟？"

孟雨涛在柳雪宿舍窗下大声喊着她的名字，但喊了好几声，那扇窗户始终没有应声，他只得郁闷地离去。

他来到校园里柳树成荫的荷花池，心不在焉地坐在池边的石凳上抽烟观荷。此时池塘里的荷花含苞未开，满池碧绿的荷叶随风摇曳，不时飘来阵阵清香，许多麻雀在荷叶上方穿梭或站在叶上啁啾，池边的石凳上有几个学生在静静地看书，还有一对情侣依偎着在窃窃私语……

坐了会儿，他又去学生宿舍看了看，但柳雪还是没回来，他又到学校球场边看学生踢足球，看到他们在球场上愉快地奔跑、欢呼，他想起了自己读大学时球场上踢球的情景，心里顿时痒痒的，很想也上场和他们一起踢。

突然一个足球落到了孟雨涛身边，球场上一个踢球的学生举手大声喊道："同学，帮球踢过来一下。"

孟雨涛毫不犹豫，穿着皮鞋抬起脚就去踢球，足球划出一道美妙的弧线后准确落在那人面前，那个学生对孟雨涛竖起了大拇指。

嗯，虽然几年没踢球了，脚法还可以，孟雨涛对自己的踢球技术自我感觉良好。

要到晚饭时间了，他再次去宿舍找柳雪，但她依然没有回来，他只得在女生宿舍门口等着，无聊地看着女生们从他面前进进出出，终于在从食堂打饭回来的女生中，他看到柳雪和几个女同学笑哈哈地走了过来。

柳雪看到孟雨涛非常惊讶："哥，你怎么来了？"

孟雨涛生气地说："我有要紧事问你。"

柳雪对随行的几个女生说："你们先走，我等下就回来。"

那几个女生好奇地看了下孟雨涛后又说说笑笑地离去，有两个女生还回过头，好奇地瞅瞅孟雨涛与柳雪。

"你还没吃饭吧？走，我带你去品尝学校的伙食，请你吃食堂最贵的菜。"

孟雨涛依旧马起个脸："不吃，我气都气饱了！你跑到哪去了？我都在学校等你了一个下午。"

"是吗？"柳雪有些吃惊，随后委屈地说，"我又不晓得你今天要来，是啥子要紧事嘛？"

孟雨涛虎着脸厉声说道："你别做出无辜的样子，我一看到你就是满肚子的气！”

柳雪没料到他会这么生气，她迷惑地问：“我做了啥子错事让你这么动怒呀？”

孟雨涛紧盯着她，依然满脸怒色地说：“哼，你问我？我还正要问你呢！”

柳雪歪着头，瞪大盈盈双眼想了起来，但半天还是没反应过来，便略带委屈地说：“我怎么知道，到底啥子事你说出来嘛，真是急死人了。”

她心里不安地看着孟雨涛，一只手不停地扯着衣角。

孟雨涛只得干脆给她挑明：“是你工作的事，我问你——你明明不要周大姐帮你联系单位，可你为啥子还瞒着我？唵？”

柳雪这才恍然大悟，她嚇嚇笑了笑，不当回事地说：“哦，你说的是这事啊，我还以为有好大的事哩，看你脸上都快拧得出水来了……”

她又淘气地笑望着孟雨涛问：“嗯，真的怄气了？”

孟雨涛看见她这副表情，气更是不打一处来，他气急败坏地在原地转了两圈后，突然停住厉声道：“我的那个天呐，这还不算是大事？我看你是越活越糊涂了，不要和我兜圈子，说！那事你为什么要这样做？”

柳雪笑容倏逝，用手撩着额前几缕刘海轻声道：“我不想给别人添麻烦，当时骗你是因为不想让你担心，我本来是想等你伤好后再告诉你，可后来又忘了……”

果然和周兮倩猜测的一样。

孟雨涛无奈地摇摇头：“糊涂啊！这么大的事居然不当回事，你不在乎，可我们在乎，我们真是瞎操心了……我一听大姐说这事就鬼火冒，恨不得好好教训你一顿，之前我还到你家找过你。”

柳雪眼圈一红，喃喃地说：“我知道你们都是为我好，我心里挺感激，真的……”

说到这，她眼泪直在眼眶里打转，她忙低下头，有些不安地捏弄着手指。

看到柳雪真的难受起来，孟雨涛觉得自己的态度过于严厉，他不忍心再说她，忙脸色好转、语气柔和地说："算了，事情都过去了，以后注意就行了。"

柳雪抬起头怯怯地问："你不怄气了？"

望着她这副小孩般的神情，孟雨涛既感好笑又无奈："再生气有啥子用，你看你这副受不了一点骂的样子，我要是再发火，你的眼泪马上就要成决堤的海了。哎，你啥时才能长大喔。"

柳雪这次不再为这话感到气恼，反而以此自鸣得意地嗡嘴一笑，嘴角边浮现出两个好看的小酒窝。

孟雨涛拿她没办法了，他摇着头说："简直像阿尔巴尼亚电影'莫名其妙'，像朝鲜电影'又哭又笑'，那你工作的事咋个办呢？"

柳雪正正经经地说："过几天有不少单位要来学校设点现场招聘，我会找到满意工作的，你就不用过于担心好啦。"

孟雨涛轻声道："喔，是这样，但愿如此。"

黄天伟自那晚来杂志社述说自己的困境后，孟雨涛好久都没有他的音讯了，不晓得他这个老鲨鱼沉到哪个大洋深处不冒泡了。

想到黄天伟那天焦头烂额的样子，孟雨涛想起该给他打个电话问问近况。他在编辑部拨打了多次黄天伟的"大哥大"，但手机都处于关机状态。孟雨涛心里一紧，有了不祥的预感，他找出黄天伟外贸公司的那张名片，又拨打其办公室的电话，结果那个电话已经停机。孟雨涛顿时感到他肯定出了啥子事，他坐在桌前百思不得其解，实在放心不下，他急匆匆地来到黄天伟外贸公司所在的那层楼，原来设在公司外面的接待台已经没有了，他又去黄天伟原来的办公室，只见门上贴着法院的封条，公司另两个房间的门上也同样如此。毫无疑问，黄天伟的公司已经不复存在，但他此时又会在哪呢？孟雨涛站在黄天伟办公室门前的过道上发呆。

一个从隔壁公司出来的小伙子从他面前走过，看见孟雨涛久久站在那发愣，他又返回来问孟雨涛："你也是来讨债的？"

孟雨涛这才如梦初醒般地支吾着："嗯，嗯，诶，这个公司咋个回事呢？"

"那是个皮包公司得嘛，歪得吓死人，不晓得欠了银行好多钱，资不抵债，前几天被法院查封了。"

"那公司的人呢？"

"这个就不太清楚了，肯定作鸟兽散噻，哎，你的钱就不要想再追回来了。"小伙子说完摇摇头走了。

孟雨涛心里凉凉的，脑里一片空白，他沿着楼梯走下来，出了那幢大楼的大门，他神情沮丧地坐在大门外的阶梯上抽着烟，黄天伟目前的下落是他最为关心的事。他想起身上还有黄天伟那张泡菜厂的名片，马上起身到附近一家干杂店打公用电话，电话虽然打通了，但一直无人接听，打了多次依然如此。孟雨涛仍不甘心，又给几位与黄天伟有联系的同学打去电话询问，得知他们也很久没有他的信息了。放下电话，孟雨涛这才彻底打消了打探黄天伟下落的念头。

黄天伟就这样来如风去如电地消失无踪，这让孟雨涛有些难以理解和无法接受，他又走到大楼前，坐在阶梯上寻思起来，猜想着黄天伟极有可能出现的各种情况：被法院的人带走关押起来了？欠债还钱天经地义，这事还没啥子可说的，也没啥子值得多担心的，他不是还有个做酒生意的老丈人噻，为自己的女儿及其家庭着想，老丈人拿钱出来帮女婿还债以保其自由和平安，这个应该说得过去，都是生意场上摸爬滚打的人，他应该能理解和原谅女婿经商的失败，伸出手来帮女婿一把是极有可能的；如果黄天伟没被法院的人带走，他此时又该在做啥子呢？孟雨涛设想的最坏的结局是，黄天伟被逼实在走投无路，想不通选择走上绝路，去跳楼跳河上吊……这是孟雨涛最不想看到的结局，也是他最为担忧的事。

黄天伟啊，你就是惨到没得裤儿穿了，也不要去做这样的傻事哈，你是个有文化、有知识的人噻，应该懂得起生命才是人生最为宝贵的东西，你要经得起生活中的各种打击与挫折，其他啥子票子、面子等等通通算个球喔是不是，钱嘛纸嘛，酒嘛水嘛，啥子都要想开点、看淡点、耍久点，大不了叫花子变成讨口子，天塌下来又爪子嘛，如果你娃真的自绝于人民，你就真的是个瓜娃子。

孟雨涛还心存侥幸地幻想其他可能，那就是他没被抓也没去死，而是跑到外地或在本地，像个耗子躲藏起来了，再或者看破红尘，跑到偏远的深山老林里的寺庙当和尚去了，当然了，最好的情况是他又跑到沿海城市去孤注一掷地冒险淘金，没过多久又发了一大笔横财，然后衣锦还乡，像胡汉三那样耀武扬威、神气十足地说：我黄某人又回来了，就像上次他突然出现在自己面前那样……

孟雨涛坐在路边大口大口地吸着烟，一脸茫然地望着嘈杂喧嚷的大街，马路上不时有公交车驶过，车厢里装着满满的人，挤得密不透风，他感兴趣地辨认着经过的汽车，那是微型面包，那是小富婆开的奥拓，那是北京吉普 212，部队里面最多，那是大老板坐的皇冠、尼桑，那是官员坐的桑塔纳、红旗……一辆救护车“哎哟哎哟”地使劲叫着急驶而过，开得飞快。

无聊地看过汽车，他又关注起不断从眼前经过的自行车，有的人骑得飞快，有的人则慢悠悠地骑行，他还猜想着这些骑车人是干啥的、他们会去哪里。嗯，那两个有说有笑并排骑行的年轻男女肯定是一对恋人，他们穿着都很讲究，说不定要去附近的人民公园谈情说爱；那个中年妇女骑车时抬腕看了看手表，她肯定是急着去接放学的娃娃；那个车龙头挂着提包的中年男人像是个街道干部；那个头戴草帽的老头骑着三轮车高声吆喝“有旧书废报纸、废铜废铁玻璃瓶拿出来卖……”这是个收废品的嘛；那些蹬人力客运三轮的车夫骑这么快干啥子嘛，个个把车铃铛按得叮叮当当响个不停，你们挣钱也用不着这么争分夺秒噻，万一撞到了人或一头撞上汽车，那就真正不好耍了……

人行道上也走着形形色色的人，有穿着各色各种样式裙子的年轻姑娘，有弓腰驼背、步履蹒跚拄着拐杖的老人，有打着光胴胴的小伙子，有背着背篼捡垃圾的老人，有挥动扫帚扫地的清洁工，有高声吆喝“耗儿药，耗儿药，耗子吃了跑不脱”的，这个不说都晓得，卖耗儿药的嘛，还有手腕上搭着厚厚一叠报纸吆喝买晚报的报贩，等等。

一个年轻姑娘从孟雨涛眼前走过，她猛然地打了个喷嚏，随即掏出纸揩拭着鼻涕，擦完鼻涕后，她一直将纸拿在手上，走到一个垃圾桶前才将其扔了进去。嗯，是个有素质，讲文明的好市民呐。

危险！那个太婆咋个在车流不断的马路上过街呢？万一被车撞倒……

孟雨涛正为她捏把汗时，附近一个交警赶紧跑过去，将太婆搀扶着过了马路……好！这个交警的行为让人暖心！

看着眼前来来往往的人们，孟雨涛不由得对人生发出了感慨：现实生活中有各种各样的人，他们有的过得顺心如意，活得很体面，有的过得艰难些，没得啥子面子，虽然他们生活境况不同，但都在这世界上活得好好的嘛。黄天伟，如果你因生意上的一点小挫折就走上绝路，那老子一点都不会原谅你，可怜你，老子还要骂你是个实打实的瓜娃子、龟儿子！

街上来来往往的人流车流看腻了，孟雨涛又抬头去看天上的云，感到人的命数就如这浮云飘浮不定，说不定哪一天就会因某件事而悄无声息地消失在茫茫人海。

虽然黄天伟说过“荣兴杯”乡村文学有奖征文活动要继续搞下去，但会不会夭折现在谁也说不清楚，如果活动能顺利如期圆满结束，到时的颁奖活动还会有黄天伟出席吗？想起征文活动启动仪式上黄天伟坐在主席台上的得意风光，再看到他如今的不知所踪，孟雨涛实在想象不出等待黄天伟的最终结局是什么，他只能祈求千万不要出现最悲惨的局面。

从这以后，孟雨涛每天看报时特别留意社会新闻，看有没有刊登某人因欠债被法院拘押或跳楼身亡、跳河自尽之类的新闻，如果没有，他的心这才稍微踏实些。

第二十二章　市教育局决定录用她

黄天伟失联了，柳亮又干出了一件差点毁掉一生的鲁莽事。

这天上午一早，柳亮来到吴奎公司的大楼门前，他看见吴奎进了公司后，就一直候在大楼门前，但久等却不见其再出来。“老子就不信你不露面!”柳亮心里咒骂着，铁了心要守株待兔等下去。直至中午，等得心烦意乱的他突然眼睛一亮——司机将吴奎的座驾开到了大楼门前，他晓得吴奎很快就要出来了。他控制住心跳，缓缓走到轿车附近站住，并翻开手中的报纸假装看了起来，其目光却不时瞟着大楼门口。

不一会儿，吴奎独自一人走了出来，柳亮用报纸遮挡住自己的脸。司机恭敬地为吴奎拉开了后座车门，就在吴奎钻进车，司机将门碰上后坐到驾驶座位上时，柳亮快步上前拉开后车门，迅速坐了进去并关上车门。

对这突然出现的一幕，吴奎和司机都懵了，无不吃惊地盯着柳亮。

吴奎身体朝一边挪了挪，紧皱眉头问道："你是哪个？你坐进来干啥子？"

司机也转过头怒视着柳亮吼道："你想找死是不是？还不快滚下去！"

"你给老子闭嘴！"柳亮朝司机吼道，随即从裤兜里掏出一把尖刀抵着吴奎的腰："让他开车！"

吴奎脸色霎时变得刷白，懵懵地不敢迟疑，急忙让司机照柳亮说的话办。

汽车启动后行驶在热闹的大街上。吴奎瞟着那把抵着自己的刀子，一脸茫然地问柳亮："小伙子，我不认识你，我们没有啥子过节吧，不晓得你这是啥子意思？有啥子话好好说嘛。"

"你的记性被狗吃了嗦？"柳亮讥讽地一笑，面露凶相地提示道，"我妹妹柳雪到你公司签约那天……你忘了？"

吴奎猛然明白了是怎么回事，不由惊慌地暗暗叫苦："怪不得这人眼熟，看来今天遇上麻烦了。"

虽然心虚，但他还是假装恍然大悟似的惊讶道："哟，原来是你啊，我们见过见过……看我这记性！"

"哼，想起了就好！"柳亮冷笑道。

"柳老弟，虽然我们上次见面不太愉快，但也没什么对不起你的事啊，你是晓得的，我对你妹妹是很看重，很关照的，你今天这样是不是有点……"吴奎镇静地套起了近乎，心里却盘算着怎样脱身。

"你少给老子装蒜！说，是不是你叫人打伤我大哥的？"柳亮怒视着吴奎厉声问道。

"怎么回事？你说的我怎么一点不明白，你肯定是误会了……"吴奎一副冤屈的样子说，这时他已心生胆怯。

司机也明白了是怎么回事，他边开车边不时紧张地从后视镜里观察后座的情况。

"你今天要是不说出来，只有白刀子进红刀子出了！"柳亮凶神恶煞地威胁道。

“真的不是我啊！你给我说说到底发生了啥子事？你要我死也要让我死得明白嘛……”一路上吴奎一个劲地直叫冤。

轿车刚驶至一个十字路口遇到了红灯，车刚停稳，司机打开车门慌张地逃出车外，他朝站在路口中间的一名交警跑去，边跑边大声惊呼：“警察，车里有人劫持人质!”

交警和附近的路人被这眼前发生的事惊住了，街上气氛顿时紧张起来。可能是猜想车里的劫匪身上有枪或是炸药，交警不敢贸然上前，而是远远地站在路口紧张地盯着那辆车，随即紧急地用对讲机报告情况。霎时，行人聚集在路口人行道上远远围观，路口被堵的机动车喇叭声响成一片……

柳亮之前根本没想到会出现这种情况，不由恼怒地说道：“事情咋个弄成了这个样子!”尽管如此，他毫不胆怯地把刀更紧地抵住吴奎的腰警告道：“你给老子老实点，不然……”

吴奎以为转机来了，他机灵地奉劝柳亮：“小伙子，你现在把刀收起来，我们就当这事没发生，把事弄大了对你不好，我保证……”

“呸!”柳亮将一口痰吐在车里，接着目光狰狞地说：“我怕个球，老子告诉你，光脚不怕穿鞋的，你今天不说出个兜兜来，大不了我们两个同归于尽!”

不一会儿，警笛声由远而近，几辆警车呼啸而至，车刚一停稳，随即从车里跳出一批持手枪的警察，他们随着交警所指的车辆，迅速保持一定距离地将车围住，一支支枪口直对着该车。

柳亮透过车窗玻璃看着外面的情景，突然看到身着便装的邱军站在路口，手里拎着一把手枪，邱军一边盯着被劫持的车辆，一边询问一旁的那个司机。

柳亮盯着邱军不禁皱眉暗自骂道：“你跑来干爪子。”

由于此地是邱军所在派出所的管辖区域，也离派出所不远，接到分局的指令后，邱军便率先带着警力赶到现场。

听着司机的讲述，邱军大吃一惊，他一下明白这是柳亮所为。他表情严峻地望着被围车辆，心里愤愤地骂道："你小子怎么这么胆大妄为！你这简直是在找死啊！"

他迅速思考着该怎样尽可能妥善地处置这一突发事件。

一辆辆警车还在源源不断地驶来。分局、市局领导也陆续赶来。

邱军立即向领导汇报所了解的情况，并尽量不把情况说得很严重："根据了解，这并不是劫持人质事件，只是一方持刀威胁另一方，要他承认某件事，目前车里还没出现过激的迹象，我判断通过劝说，完全可以化解此事。"接着他自告奋勇地请求由他前去劝说。

市局领导又与分局领导交换了一下看法，他们同意了邱军的请求，但又做出了下一步的行动方案："如劝说无效，一、安排合适人员接近车辆伺机制服歹徒、解救人质；二、组织神枪手找好射击点位，在歹徒威胁人质安全时果断开枪将其击毙。"

邱军恳求领导不到万不得已时，千万不要下开枪的命令。

见领导同意后，邱军拿着手持扩音器喊道："车里人听到——我是派出所警察邱军！我要过来和你谈谈，我啥子都不带，车里人千万不要冲动！千万不要伤及无辜！"他喊完话后，将枪和扩音器交给旁边的同事。他这样做的目的是想稳住柳亮，以免他冲动乱来酿成严重后果。

车里毫无动静。邱军半举着双手慢慢走向汽车，此时他心里紧张之极，这倒不是担心自己的安全，而是担心柳亮已刀捅吴奎……"千万不要出现这样的事啊！"他边走边这样默念着。走到车门前，邱军镇静地敲了敲贴着窗膜的车窗，但心却提到了嗓子眼上。

很快车窗玻璃被摇下了一小半。

邱军赶紧朝里一看——谢天谢地，柳亮和吴奎都还好好地待在车里！他悬着的心这才稍稍放了下来。

柳亮摇下车窗玻璃后凝视着邱军，就在他要开口说什么话时，邱军赶忙朝他眨眨眼，并装着不认识地说："小伙子，有啥子事可以好好说嘛，这种方式要不得。”

“就是嘛，邱所长，你看他用刀比着我，你让他千万不要乱来！”吴奎如见救星，情绪激动地望着邱军说。

哼！你也有今天！现在心里也晓得有个怕字了，邱军鄙夷地看了看吴奎。虽然他对柳亮的举动十分恼怒，但他控制自己的情绪说道：“他不得的。”蓦地一个想法闪现在脑里——既然事已至此，何不顺势诱逼吴奎供出那事。

他佯装不知情地问：“你们说说看，这到底是因为啥子事引起的？事情总有个起因嘛。”

“是他喊人打伤了我大哥！”柳亮愤愤地说。

“我没有……”吴奎依然不承认。

“你敢说不是你？不说的话，今天老子决不放过你！”柳亮怒气冲冲地说，并将刀又紧抵吴奎的腰间。

柳亮此举动吓得吴奎浑身一颤。

车外的邱军也紧张地冒出一身冷汗，他赶紧对柳亮使了个眼色并劝道：“你先不要激动，让我来问他。”

见柳亮控制住冲动后，邱军故作轻松状地对吴奎说：“你也是，有好大一点事不敢承认嘛。男子汉大丈夫，做事要敢作敢为，说完不就了结了……你要晓得有些人横起来是不计后果的，今天这种情况要想不出事解决，还得你配合，不然……”说到这他故意停顿了下来，他只能把话说到这个地步，对自己的软硬兼施能否奏效，说实话，邱军此时也心里没底，就看吴奎能不能上套了。

时间在一分一秒地过去，邱军默默观察着吴奎的脸色，心里却着急地催促道：“你倒是快点说啊……”

终于吴奎经不住这个僵持场面的煎熬，他想了想后，承认是他喊人打了孟雨涛。

邱军心里一喜，但仍不露声色地说：“这就对了嘛，好大点事嘛。”

为了怕他下来反悔，说是被逼违心承认，邱军于是紧问：“出面打人的是哪个?”

吴奎随即一口气地说出了那两个保安的姓名。

邱军这才彻底放心了，他微笑着对柳亮说：“好了，他也承认了，这事就先这样吧，把刀给我。”说着将手伸进了车内。

柳亮犹豫了下，只得把刀交给邱军。

邱军如释重负地长长出了口气，这关总算顺利度过了。他转过身，将刀高高举起示意此事已妥善解决，围观的人群顿时响起热烈的掌声，一些警察也迅疾向车辆围拢过来。

邱军背靠着车，掏出烟点燃猛吸了起来。

“你这个乌龟!”柳亮不解气地愤怒地骂道，不解恨地抬手狠狠扇了吴奎一记耳光。

“邱所长！他打我!”吴奎在车里捂住脸惊慌地叫道。

邱军笑了笑，拉开车门：“你们都出来吧。”

柳亮走出车时一脸笑容、神情自如，就像他是完成了什么壮举的英雄，即便是被随即涌来的警察戴上手铐并押上警车，他也始终是这个神态。

邱军心情复杂地默默看着柳亮被带走，然后将烟头往地上一扔，表情严肃地对身旁的吴奎说：“你也跟我们去趟派出所!”

吴奎有些不解地说：“邱所长你也看见了，我可是个受害者啊!”

邱军别有意味地笑道：“你放心，我们不会冤枉一个好人，也决不会放过一个坏人。”他转身对旁边的派出所民警吩咐道：“你们现在就去城南大街的世通外贸公司，把王俊、叶勇这两个保安带回派出所!”

几个民警有些迷惑地接令而去。

吴奎这才意识到上了邱军的当，他懊恼地发出一声长叹：“唉——”

下午，孟雨涛刚进编辑部就接到邱军的电话：“亮娃出事了，他今晚就要被送往拘留所，你晚饭后来派出所见他一面……具体情况电话里不好说，你来了就晓得了。”

放下电话，孟雨涛紧张地寻思着柳亮出了啥子事，一个下午他都为此坐立不安。傍晚，他急匆匆赶到派出所。听完邱军的大概讲述，孟雨涛脑壳一下就大了，他忍不住勃然大怒：“这娃娃咋个这么瓜、这么胆大，简直就像没长脑子的一头猪！……”

邱军冷静地劝道：“他这人不就是这样嘛，不过通过这事，也把你挨打的事查清了，这也算是一件好事。”

“哪个叫他这样做的啊？我挨打的事宁愿认了，也不愿看到这样的事发生！”孟雨涛依旧怒气难消，过了好一会儿才关心地问，“那你们准备咋个处理他？”

“还好，根据此事的起因和没造成严重的后果，没往刑事上靠，但治安拘留是免不了的，要进去待个十五天，今天晚上就要送进去。放心，我已给拘留所的熟人打了招呼，他进去了受不了什么罪。那个吴奎和打你的人也一样要挨起。”

孟雨涛的情绪这才稍稍平静下来，他问邱军：“我现在能不能见他一面？”

“可以，你等一下。”

邱军说后走了出去，他来到另一间办公室对一个警察吩咐道：“去把柳亮带到我房间，还有把他的铐子取了。”

那民警迟疑地望着邱军。

邱军明白他的意思，摆摆手说道：“去吧，放心，他不会跑。”

柳亮被民警带到邱军办公室，他在门口一见孟雨涛，先是一愣随后轻松地笑了笑。

对他毫不在乎自己惹出的事及后果，孟雨涛走上前恼怒地数落道：“你咋个尽干些傻事啊！说你瓜呢你又不瓜，简直不晓得咋个说你！现在好了，你就等着进去待十五天吧。”

柳亮不以为然地傻笑：“没得啥子，反正这口气是出了。”

孟雨涛正要训斥柳亮，邱军忙拍了拍他的肩：“算了，不说这些了，等下他就要被送进治安拘留所，你们说点别的吧。”

孟雨涛愣了愣，心情复杂地问柳亮：“你还有啥子要说的?”

柳亮想了想：“这事你们要给我保密，千万不要让小雪和我爸晓得了。”

孟雨涛和邱军对望一眼后，点了点头。

孟雨涛犯愁地说：“你这一进去就是十多天，我给他们扯个啥子谎呢?”

“这倒是个问题。”邱军双手抱肘在房间里缓缓踱步沉思，突然站住望着他俩问：“这样行不行？就说亮娃跟我辖区一个卖服装的老板到广州进货去了……”

孟雨涛想了想，也觉得再找不到更合适的借口：“只有这样了，下来我就去给他爸和小雪说，免得他们担忧。”

柳亮听了默默垂下了头。

“所长，该动身了哇?”一个穿制服的警察走进来问邱军。

邱军看看手表，随后又看了看孟雨涛、柳亮，语气低沉地说：“时间差不多了，那是不是就这样……”

在柳亮要被带走之前，孟雨涛掏出身上仅有的几百元揣到柳亮裤兜里说：“进去吃好点……”

孟雨涛话没说完就把头扭向一边，他不想让柳亮看到自己眼里噙着的泪水。

派出所门前停着一亮闪着警灯的警车，邱军和孟雨涛将柳亮送到门前，两人心情沉重地看着他被带上警车，望着警车在黑夜里远去、消失……

“他这一去又不是生离死别，不要这么伤感。”邱军将手搭在孟雨涛肩上安慰道。

……

孟雨涛从派出所出来后直奔柳亮家，当他看见“黄虎”趴在小院过道口时，“黄虎”目光哀怜地盯着孟雨涛，他想将“黄虎”唤进院内，但它就是不走。

孟雨涛进入院内，看见柳亮家没人。

唐婆婆从屋里走了出来说："这个亮娃也不晓得到哪野去了，一早出去现在都没回来，弄得'黄虎'现在不吃不喝地守在门口。"

"啊？'黄虎'居然绝食？"孟雨涛大感吃惊。

唐婆婆指指放在石桌旁地上的一碗狗食说："你看嘛，这是我中午给它准备的，到现在它一口都没吃。"

"我拿去喂它。"孟雨涛说着端起碗就走，唐婆婆紧随其后边走边说："没用，我都喂过几次了它都不吃。"

孟雨涛将碗放在"黄虎"面前，像诓小孩似的说："我晓得你肚子饿了，这饭香喔，你尝尝。"

但"黄虎"只伸头闻了闻，又不为所动地将头偏向一边，再也不看狗食一眼。

见它这样，孟雨涛情急之下将它的头按向饭碗："你就吃点噻，听话！"

但这招还是不灵，"黄虎"倔强地甩着头，还用嘴将饭碗掀翻在一边。对"黄虎"如此坚决的绝食，大家还真拿它没办法。

唐婆婆无奈地说："我给你说过它不得吃嘛，除非亮娃回来了，哎，要是小雪回来了也好啊。"

围在"黄虎"旁边的几个街坊邻居啧啧感叹："这狗从中午到现在就趴在这，原来它在等它家主人，好忠心的一条狗喔！"

"你看它的眼神好可怜，啊，它还在流泪呢。"

"这狗有点像藏獒，藏獒对主人之忠心，只吃主人喂的食"……

柳亮最近十多天是回不来了，孟雨涛不禁又对他做的蠢事气愤起来，哎，你娃娃出了事不打紧，害得"黄虎"也跟着受罪。

孟雨涛在院内黄桷树下喝茶抽烟，苦思闷想，突然院过道口传来"黄虎"的叫声，他一下惊喜地站起来——柳雪总算回来了！

他忙朝院外走去，回来的果然是柳雪，她正抚摩着"黄虎"对它说着什么。

柳雪转头一见孟雨涛，直起身来诧异地问："哥，你咋个在这?我哥呢?"

孟雨涛装出轻松的样子说："我来正要给你说他的事。"

柳雪听了着急起来："他是不是出事了?"

孟雨涛笑着宽慰道："你想到哪去了，他能出啥子事喔?是这样的，邱军认识的一个做服装生意的朋友，他急着要找个人帮他去广州进货，邱军就想到了你哥，这一趟可以挣一笔可观的费用，由于时间紧，亮娃下午就去了广州，所以让我来给你们说一声，他这一趟来回都坐火车，可能要十多天后才回来。"

柳雪这才放下心来往家走，"黄虎"也跟着她回到院里，还不时对着柳雪发出呜呜的哀鸣。柳雪和孟雨涛明白它是为不见柳亮在着急。见它这样，柳雪便不停地抚摸着它，嘴里还轻柔地安抚道："'黄虎'乖，他出去几天就回来了，现在我来陪你哈……"其神情就像大姐姐在哄一个受了委屈的小弟弟。此情此景让孟雨涛心里很不是滋味。

离开柳雪家，孟雨涛心情糟透了，他想借酒排遣心中的烦恼，便去一个街边冷淡杯摊点喝起了闷酒。由于心情不好的缘故，他没喝多少就有了醉意。他醉眼蒙眬地望着四周谈笑吃喝的人们，他感到很孤单、很压抑，很自然地就去想柳亮今晚进拘留所该是怎样的情景——刚进去的你有没有受欺负?他们对你这个初来乍到的人有没有蒙上被子进行围殴?你是忍辱承受了他们的"见面礼"呢，还是不服气地与他们大打出手?亮娃，你娃娃今晚的日子不好过喔，挨打之后你只有挨着屎尿桶睡觉了，你明天的早餐恐怕也会被人抢走……你在里面所遇到的这一切，也只是一个开始，还有漫长的十五天等你熬喔，这下你该在里面天天唱夜半三更盼天明、寒冬腊月盼春风了，我呢就在外面举杯邀明月、对影成三人，来，我们先喝了这一杯，再吃点小菜，干！……

他苦笑着举起了酒杯，然后一饮而尽。在拿起酒瓶给杯子斟满酒后，他又自言自语地说："哎，小雪，你咋个这么不知好歹呢?

别人给你找工作你为啥不要人家帮忙？难道你也想像亮娃那样闲荡社会？你以为没有工作很好耍吗？我告诉你——一点也不好耍，你该去机关坐办公室、去大学当老师……晓不晓得？嗯……”

他端起酒杯把酒喝了，把酒杯往桌上一放：“还有你……夏婷，哎，你我相识也就是萍水相聚，不过是人生路上擦肩而过的过客而已，权当是一场游戏一场梦，你走你的路，只要你过得比我好，我会衷心祝福你，如果过得有烦恼，我会在这里耐心地等着你……”

这时的他满脑子全是东拉西扯的歌词，可他不知道竹子就要开花，他自己的早餐很快也不晓得在哪里。

旁桌的几个年轻男女惊异地看着孟雨涛，他们悄声议道：“这人满腹心事喝闷酒，咋不喝醉嘛，哎，又是一个失意的人啦……”

邻桌的一个姑娘起身走到孟雨涛身边，俯下身劝道：“这位大哥，你就不要再喝了，一个人喝醉了很容易出事的。”

孟雨涛抬起头打量着她：“你、你在给我说话吗？我认识你吗？”

那姑娘笑盈盈地说：“不认识，但我是好心劝你……昨晚有个人喝醉了，自己就跳进了南门大河，结果被水淹没冲走了，听说尸体到现在还没打捞上来呢。”

孟雨涛使劲地眨眨眼，摇摇头，像是要使自己保持清醒，他笑道：“我醉了吗？我很清醒，我就是喝得再多……也不会去跳河，因为我不是瓜的，但睡在街上有可能，我现在还真想睡了……好，听你的，不喝了，我这就回去睡觉。”说完他艰难地站起身就要走。

“嘿，小伙子你还没结账！”摊主赶紧过来喊道。

“对了，我还没给钱。”孟雨涛说着就去掏口袋，可掏了半天，身上却没有钱，他一下有点急了，“咦，我的钱呢？”他忘了在派出所时已把身上的钱都给了柳亮。

就在孟雨涛有些着急、尴尬之时，那姑娘替他解了围：“他的钱算到我们账上。大哥你快回去吧，路上小心点。”

孟雨涛心里一阵温暖，世上还是有好人、人间还是有真情喔。他感激地朝她笑笑：“那就谢谢了，后会有期。”他还友好地朝那桌望着他的人招招手："你们慢喝，今天我咋个没喝好多就晕乎乎了……周五我请你们，还是在这，还是这个时间，一言为定，拜拜！"

孟雨涛摇摇摆摆离开后，那桌人中一个戴眼镜的年轻小伙就开始说那姑娘："小娟，你咋个主动去和那人说话呢？这些喝醉酒的人很爱惹事，我都替你捏了把汗，生怕他对你非礼，你胆子大喔。"

小娟看着渐渐远去的孟雨涛，很自信地说："我看他不像社会上的那些人。"

同桌的人你一言我一语地说起来——

"喔唷，你今天咋个大发善心？是不是看上人家了？"

"都说英雄救美，你倒好，居然美女出手去救落魄的酒鬼。"

"他说周五请我们，你们说他会不会？"

"那是酒话，一个醉鬼说的话咋个可能当真嘛。"

"不要说是酒话，就是清醒白醒说的也是扯把子、绷面子，你看他身上钱都没得，居然来吃喝，我看他纯属就是吃白伙食的。"

"就是，就是，哈哈哈……"众人异口同声地嘲笑道，但小娟却一脸肃然地沉默着。

孟雨涛一觉睡到近午还没醒来，还是一阵敲门声才将他惊醒，他揉着眼睛懵懵懂懂、不耐烦地嚷道："哪个？敲啥子敲！"

"哥，是我——小雪！"门外响起清脆的声音。

柳孟雨涛睡意顿消，一下坐起来，他赶紧撩开蚊帐下床要去开门，突然意识到自己只穿着一条内裤，忙又回到床边去找外衣外裤，他一边穿衣一边大声说："等一下，马上就来开门！"他又自言自语道："你这个鬼丫头，怎么突然找上门来了，不晓得又遇到啥子事了……"

当孟雨涛打开房门时，站在屋檐下背对房门的柳雪一下转过身来，她双手背在身后，调皮地责怪道："哥，你也太懒了嘛，这时候了还在睡大觉。"

她今天穿着一件紧绷着身体的短袖白色衬衣，一条短至膝盖的折叠裙，可能由于天气热的缘故，她白皙的脸颊透着红润。

望着清新活泼的柳雪，孟雨涛惊异地问："这么热的天你跑来干啥子?"

柳雪没有立即回答，而是面露浅笑地扬着头径直进了屋，她双手背在身后边走边打量着房间，走到屋中间，她停住脚步回转身来对孟雨涛诡秘地说："你先去洗漱，等下才告诉你。"

孟雨涛笑道："啥子事这么神秘喔，看样子是有啥子好事，行，听你的。"他随即拿着洗漱工具走出房门，来到院内，他轻声嘟囔道："最近咋个像撞到鬼了，不开心的事起串串，但愿今天能让我开心一下。"

他在洗漱时，柳雪在临窗的书桌前坐了下来，顺手拿起桌上的一本书安静地翻看起来。

"说吧，有啥子好事?"孟雨涛洗漱完毕，一进门就迫不及待地问道。

柳雪放下书、抬起头微笑道："我请你吃饭。"

一听是这事，孟雨涛兴致顿消，无精打采地说："这算啥子好事，还不如睡我的觉。"说完就走到房角去挂毛巾、放洗漱工具。

柳雪见他失望的样子不禁掩口而笑，随后故意问道："什么才叫好事啊?"

"好事? 妈哟，最近我遇到的尽是不开心的事，啥子是好事我都球不晓得了。"孟雨涛有点无奈地调侃着说。

柳雪笑道："那我再告诉你一个不好的消息——昨天我接到市教育局的正式答复，他们已决定录用我。"

"啊? 真的?"孟雨涛顿时转忧为喜。

柳雪喜滋滋地点点头。

孟雨涛欢喜地惊叫道："简直太好了！漂亮!"

他忘形地张开双臂正欲上前拥抱柳雪，突然觉得此举不妥，忙将手臂伸向空中，抬头叹道："这个真算得上是天大的好事！真是好事多磨、老天有眼啊！我就知道上苍会公正地对待芸芸众生，亮娃没得文化没得工作也就算了，你总不能让我这么优秀的妹儿一毕业就失业噻。”

看着孟雨涛如此动情地为她的事惊喜若狂，柳雪的心里暖融融的，但她掩饰住自己的心情，略带羞涩地说：“我可没你说的这么好。”

孟雨涛依旧沉醉在喜悦里，他双手一拍、高声叫道：“好、好！这的确是件值得高兴的事，值得庆贺，没说的，这顿饭我请你。”

“准了，不过我有个要求你要答应……”

“说，哥今天心情好，你说什么我都乐而为之！”

“吃过午饭后我们去找婷姐，我们一起开开心心地玩一天好不好？”

孟雨涛没想到她会提起夏婷，心里犹豫起来，他撒谎地说：“她到外地去了，这事今天就免了吧。”

“这么不凑巧啊，看来今天的安排只有吹了。”柳雪很是失望地说，接着喃喃道：“除了我爸，你是我第一个想告诉这事的人，本来今天是想让你好好高兴一天的。”

“喔，为啥第一个想到我？”孟雨涛感兴趣地问。

“你最关心我工作的事嘛。”柳雪娇嗔道。

“也是，看来你这人还记情，有点良心，我之前的操心总算有了回报，值得！值得！”

“哥，你怎么这样说话呢？我本来就是这样的人嘛。”柳雪假装生气地嘟起了嘴。

“我和你说起耍的，别不高兴了，你今天想怎样玩？我陪你，切还是按你的原计划进行怎样？”

柳雪一下面露喜色：“好，我的计划是下午去南虹游泳池游泳，然后去看一场电影，接下来是共进晚餐，然后各自回家，但有一个前提——这些安排我请客，不然活动取消。”

在她原来的设想中还有一个安排——晚饭后去唱卡拉 OK，但因夏婷不在，她便把这一安排省略了。

“可以，就这样，我们真该高兴地放松一下了。”

中午吃了午饭后，孟雨涛与柳雪去南虹游泳池游泳，当他俩分别从男女更衣室换好游泳衣裤出来后，一下傻了眼，游泳池里简直像下饺子一样沸沸腾腾，男男女女几乎只能泡在水里戏水，哪里能放开游得起走喔。

孟雨涛问柳雪：“还游不游?”

柳雪张开手掌放在额上遮挡刺眼的阳光，抬头望了望炙热的太阳，然后看着游泳池里嬉笑的人们，听着游泳池里传来的欢笑声，她羡慕地说：“来都来了，天气这么热，我们下去泡泡水，凉快一下也行。”

他俩下到齐胸深的水池里，一下身体凉爽爽的，由于周围尽是人，他俩只能站在水里享受凉意，孟雨涛与柳雪不时弯着腿将头淹没在水里，两人从水里冒出头后相视开心地笑着，随后又用手掌撩起水泼向对方，柳雪湿漉漉的头发紧贴在脸颊，她不时抬起湿润光滑的手臂，将耳鬓的几缕湿发捋在耳后，挂着水珠的脸上洋溢着灿烂的笑容。

突然，一个潜水的小男孩从柳雪身前冒出头来，双手一把抓住柳雪的手臂，当他看清抓错了人后，赶忙不好意思地游向附近的一个年轻妇女，他母亲看到这一场景，朝柳雪露出歉意的一笑，柳雪则笑盈盈地对她摆了摆手……

孟雨涛与柳雪随后背靠池边将身体泡在水里，他看着满池子的人对柳雪说：“读小学时，学校选我进了游泳队，我当时还很高兴，哪晓得体育老师冬天也要喊我们游冬泳，你想，一个人大冷天要是脱了衣服站在外面，那都肯定冷得受不住，更不要说下到冰冷的水里了，我咬起牙巴刚一下到水里，简直把我冷惨了，实在坚持不住，我赶紧就爬了上来，冷得我啊牙齿直打冷战、全身发抖起了鸡皮子，感到身上像有好多针在刺一样，我将双手紧紧抱在胸前，一路小跑着到更衣室穿衣服，从此再也不敢冬泳了，当然我也就被游泳队开除了……”

柳雪笑着说：“你也太怕冷、太狼狈了嘛，没有一点意志力。”

孟雨涛不服气地说：“你冬天没游过，当然不晓得那种受刑一样的滋味了。”

柳雪头一仰、骄傲地说：“我咋个没游过，我后来也是校游泳队的。”

孟雨涛看着短发清新的她，不得不钦佩地说：“喔唷，你简直还可以嘛，看不出来，怪不得你身体这么健美结实，不过你们女娃子身上脂肪厚，所以不怕冷。”

走出游泳池大门，孟雨涛感到刚泡了水的身上特别舒适，他看着一旁的南河，有点惋惜地对正用毛巾揩拭头发的柳雪说：“唉，现在河水不行了，要是以前这个时候，河里不晓得有好多人游喔。”

柳雪笑颜灿烂地说：“那是肯定的，还是在天然的河里游泳舒服。”

位于红照壁路口的四川剧场正在上演《人鬼情未了》，这是一部凄美哀伤的爱情电影，一对恩爱无比的情侣在即将结婚前，遭遇持枪歹徒，男主角在与之搏斗中不幸中弹身亡，女主角悲伤欲绝。柳雪被电影里的情节感动得泪水涟涟，孟雨涛也看得热泪盈眶。看完电影走出剧场时，天色已经暗了下来，柳雪的心情还很压抑暗淡，眼圈红红的还沉浸在电影悲伤的剧情中。孟雨涛突发奇想地叹道：“爱情的结局不外乎悲伤和幸福，不晓得哪个更打动人？”

柳雪侧头看着孟雨涛，神情坚定地说：“只要是真挚的爱情，都打动人。”

孟雨涛沉思着点点头。

附近的南大街有家“宜宾箍”老字号川菜馆，孟雨涛与柳雪就去那吃晚饭，看着饭桌上还有些抑郁的她，孟雨涛东拉西扯地说些轻松愉快的事，摆着摆着，他突然想起了那晚在街边摊点遇到的那个姑娘，他努力地开始回忆和她在一起时的前前后后，想到了那桌人替他买单、他走时对他们承诺的那些话……嗨，我怎么差点就忘了这事。他突然问柳雪："今天星期几?"

柳雪对他突然问起这事，不由感到有些奇怪："周五，怎么了?"

孟雨涛看了看手表后一个劲地自言自语："还好今天突然想起了这件事，不然就错过了，我就成了言而无信的人了，幸好还有时间、不会耽误。"

柳雪对此感到一头雾水，她惊异地问："哥，你在说什么呢?神情那么专注?"

"喔，是这样的，等会儿我还要去一个地方见几个人。"孟雨涛回过神来如实地说。

"都这么晚了，你去会谁啊?你是骗我的吧?"

"没有，是我给人家说好了的，刚刚我才想起。"

"行，那你去吧。"柳雪闷闷不乐地低下头，机械地用筷子往嘴里刨着饭。

见柳雪有些不高兴，孟雨涛忙将那晚他一人喝酒时遇到的尴尬事讲给她听。柳雪听后惊奇又兴奋地叫道："你遇上了这样的姑娘?简直像电影里演的那些奇遇，不行，我非要去看看那是怎样一个姑娘，她一定长得很漂亮是不是?"

"不怎么样，我现在对她的长相都有点模糊了，但见了面，我还认得出来。"

"不能去，不能去!"柳雪突然摇着头说。

"为啥子?"

"那桌人认都不认识你，人家替你付了钱，完全是出于同情心，他们才不会把你说的酒话当真呢。"

孟雨涛想了想表示认同，但他还是想去："他们来不来是另外一回事，但我要说话算数。你看明代大文学家宋濂咋个讲信用的，有次他与一个前辈约好了见面日期，但出门那天风雪交加，其母劝他别去了，但他不怕虎狼挡道，不怕大雪封山，依然顶风冒雪去了很远的山里如期履约。你说如果一个人不守信重诺，那他会是啥子人?"

"那我陪你去。"柳雪神情坚决地说。

“好啊，有你陪我最好了，不然我一个人在那儿瓜兮兮的。”

吃完饭后，孟雨涛和柳雪来到那个路边摊点，尽管他没有看到那晚的那些人，但他还是和柳雪坐了下来，慢慢地边吃边等，他真希望能等到他们出现。

等待期间，他俩都要对前来吃喝的人仔细打量一番，柳雪时不时地小声问：“是不是他们？”但他都肯定地摇摇头。

时间过去了一个多小时，直到感觉到那些人肯定不会再来了，孟雨涛这才决定离开。临走时，柳雪有些失望地说：“可惜他们没来，你的一片好心算是白费了。”

“这有什么，我遵守诺言就行了，这样也就问心无愧，心里坦然了。”

“你这人就是宁可天下人负我，我不负天下人，人家对你好一点，你就总记着人家的好、总想着报答，其实没这必要，你对人家好，人家不一定真心对你，你这样为人处世以后要上当吃亏的。”

“我可没你说的这么好。好啊，你居然教训起我来了。”

“你咋个不是这样的人？我哥原来救过你，你就一直对他这么好。”

“我们之间关系不一样。”

“哎，成都又多了一个傻瓜啊！”

柳雪笑呵呵地叹道，但心里更敬佩孟雨涛。

“你这话就说错了，善待别人也就是善待自己，不是有首歌这样唱的吗——如果人人心里都多一点爱，世界将会变成美好的人间……当然了，我也不是善恶不分、是非不明的傻瓜，我的为人原则是以善对善，以恶对恶。”

“行，行，你不是一个傻瓜，你是一个重情讲义的人对了吧？”

柳雪笑了，不过她还是有点遗憾：“那姑娘要是来了该多好，说不定通过认识，我还会和她成为好朋友哩，她要是比我大，我就认她姐，她要是比我小呢，我就认她妹，看来我和她没有这缘分。”

“嗬，你好像有好大的失落感一样。”孟雨涛嘲笑道。

“有点，我就是喜欢结交心好的人。”

其实孟雨涛的践诺被一个人清清楚楚地看在眼里了，她就是那晚好心劝他别再喝酒的小娟姑娘。小娟是个在校中专生，就住在这个摊点附近。那晚她的同学都在将这事当作一个笑料时，她却隐隐约约有这样一个感觉——那个男人不像是随便说要的，他说不定会真的要来。

她的同学对此事根本不在意，当然也是决不会来的，但她心里却装着这事。晚上在家犹豫一阵后，好奇心驱使她打定主意还是去看看，路上她还有些嘲笑自己——陌生人随便说的话，我怎么还这样当真呢?

当她不抱希望地来到摊点附近时，她顿时既惊又喜——没想到他真的来了！从他与一个姑娘的神情举止上，看得出他俩是在等待她和她的同学。她不由得对他心生好感，这个男人太讲信誉了！太有意思了!

她心情激动地很想过去和他说说话，但看到和他在一起的那个姑娘，她又打消了念头，只是站在稍远处静静地看着他俩，看了好一会儿她才离去，此时她心里急切地想把此事告诉她的同学。

第二天，她无比兴奋地向他们大声宣告——你们真的是瞎了眼，你们的想法大错特错，那个人真的来了!

她的同学得知此事后都感到很惊讶：“这是个啥子人喔，真是少见!”“看来还是不能怀疑一切。”

那个曾责怪小娟不该去搭理孟雨涛的眼镜男同学心里酸溜溜地，他对小娟说：“你咋个还去看他来不来，是不是你对他有啥子想法喔?”

小娟则落落大方地嬉笑道：“是又怎样?我就是欣赏这样的男人，啊，众里寻他千百度，蓦然回首，那人却在，灯火阑珊处。”

第二十三章　他从拘留所出来了

柳亮今天上午要从拘留所出来，孟雨涛一早就等在门前迎接。就在他无聊地在门前溜达时，十来辆高档轿车缓缓驶到门前，然后在路边依次停了下来，车上的人陆续下车后，在人行道上结群成堆地摆谈着，几个年轻漂亮的姑娘手里还捧着鲜花。起初孟雨涛还以为是结婚迎亲的车队，但见车前都没扎着红花，贴着喜字，他不由觉得有些怪异——这些人来这干什么？

看守所铁门上的一扇小门开了，柳亮从里面走了出来，他东张张西望看了一会儿街上后，看见孟雨涛站在那里感兴趣地望着那些人，他高兴地将两根手指塞进嘴里，卖力吹出悠长而尖利的口哨声。

孟雨涛闻声回头一看笑了，急忙走过去仔细端详着柳亮，看了会儿才嬉笑道："终于牢底坐穿了，铁窗生涯感觉怎样？"

柳亮嘿嘿一笑："没想象的那么难熬。对了，我在里面这段时间，外面发生啥子大事没有？"

孟雨涛一怔，咦，这小子好像有点变了，我还以为这十多天会把他关得更呆头呆脑呢，没想到他还懂幽默，知道调侃了，有意思。

他随即也信口开河地逗乐道：“没你在外面坐镇主持工作，这世界全乱了套。国际上，周边两个弹丸小国因为边界争端，又打得不可开交；国内呢，一些地方官员又开始动用公款大吃大喝；本地呢，一条刚通车不久大道上的路灯一夜之间被偷光球了……哎，你看这些大事小事让人头不头痛。”

柳亮听了哈哈大笑，很快又装出很生气的样子说道：“我才离开这么几天，咋个就没人管事了呢？看来这个世界没有我不行。”

见柳亮一本正经地进入了角色，孟雨涛忍不住擂他一拳，笑道：“你还真把自己当人物了！像你这样的人越少世界才越安宁，哈哈哈……”

两人嘻哈打笑没走几步，柳亮突然睁大了眼，他盯着路边的一辆车惊讶道：“咦，这不是吴奎的车吗？那个乌龟今天也要出来？居然还来这么多车接他！”

孟雨涛这才恍然大悟，他冷笑道：“我们不忙走，等着看他咋个表演。”

两人站在路边等候观望，一支烟还没抽完，那扇小铁门又开了，走出来的人果然是吴奎。路边那帮人一见吴奎出来，立即笑脸相迎地蜂拥上前，几个男子抢先走到吴奎面前与他握手。

几个姑娘挤到吴奎面前献花。

他将手里的一大捧花递给旁人，抬头看了看天又转身看着身后的铁门。就在他回头的刹那，吴奎突然看见孟雨涛和柳亮正一脸嘲笑地看着他，他的表情一下僵住了。

吴奎在众人的簇拥下，挺直身板朝自己的座驾走去，司机早已拉开了后座车门恭候着。吴奎走到车门前突然回过头来，他目光敌视地盯了眼孟雨涛和柳亮，然后弓身钻进了车。

看守所门前出现的这一幕结束了，望着这一车队驶去，围观的路人愤怒地议论起来：

“真不知羞耻，从拘留所出来还要摆摆威风，这是啥子人啊！”

“在拘留所门前摆谱，这简直就是向公安机关示威嘛！”

“这样的人早晚还会进去！”……

围观人群渐渐散去，孟雨涛和柳亮也并肩离开看守所。

“以为有钱就很了不得了，哼，还不是和老子一样关了十多天！”柳亮边走边气愤地说。

“没得啥子可气的，就当我们看了场猴戏。”

孟雨涛扭头去宽慰柳亮，却发现他的眼睛直直盯着前方，他不由得顺其视线望去——哦，原来对面走来了一个穿着暴露的年轻姑娘！

孟雨涛摇摇头暗笑：“怪不得眼睛看来钉起了。”

柳亮的目光一直放肆地盯着那姑娘，以至于她已走了过去，他还像没看过瘾似的又回头去看人家的背影，嘴里不住地发出啧啧声：“身材真好啊！妈哟，大腿露出这么一大截，胸部敞得这么开，这不是故意强奸我的眼睛吗？”

孟雨涛笑道：“才进去几天，咋个就像没见过女人似的，你这眼光馋得恨不能把人家吃了……走噻，人家影影都没得了，你还望眼欲穿地看啥子！”

柳亮这才转过头回味似的说：“她的屁股翘得巴适喔，和古巴路易斯的屁儿差不多。咳，她咋不对我来个眼睛一眨、脑壳一摆呢？”

孟雨涛听了直乐：“你以为她是你的老情人，要和你约会嗦——眼睛一眨老沓沓，脑壳一摆时间不改……你做梦吧！”

走了几步，他深感奇怪地问：“你一出来咋个语言丰富多了？还有，对女人好像也特别感兴趣了？”

柳亮摸着头笑道：“你不晓得在里面之无聊，幸好和我关在一起的有个人嘴巴之会说，一天到晚他都给我们摆笑话、摆女人、摆荤龙门阵，听得老子心发痒。”

孟雨涛打趣道："看来这次进去你中毒不浅，不过也有收获哈。"

谈笑间，柳亮的眼睛又瞪大了——一家干杂店前，一个身材诱人，长发披肩的女人正背对着街在打公用电话。他随即精神为之一振地对孟雨涛说："走，我们过去买包烟。"

这娃娃，我身上明明有烟，用意也太露骨，太明显了嘛！

孟雨涛笑着摇头不予揭穿，也想看看他来个怎样的醉翁之意不在酒，于是跟他走到摆放着众多品牌香烟的玻璃柜台前，只听那女人外地口音甚浓地说："那家工厂的伙食整得巴适儿喔，天天搁（给）老子都有肥（回）锅肉，哟喂，吃得我好多天都拉稀，你来啵来啵？……"

孟雨涛极力忍住笑。柳亮在柜台前先假装看了看烟，随后侧过头去瞅那女人。那女人似乎察觉到了旁边有双不怀好意的目光，不由得回过头来与柳亮的目光正好相撞——

"我的妈哟！"柳亮惊叫起来，孟雨涛此时也看清了那女人的长相，顿时倒吸了一口凉气地直惊叹。

这倒不是因为那个女人怎么个貌若天仙，而是她的长相实在是太得罪人、太对不起她的身材了！

孟雨涛与柳亮对望一眼后，忍不住发出一阵爆笑，赶忙拔腿就走，孟雨涛边笑边说："这下大饱眼福、看过瘾了哇？"

柳亮大感失望地说："咋个长得这么恐怖啊？简直太倒胃口，看得我差点就要呕吐了，哈哈哈……"

他俩走了好远还一直为此笑个不停，惹得路人无不惊奇地看着他俩：这两个傻瓜碰到啥子好事、捡到啥子便宜了？怎么这么可乐啊？

但他们一见柳亮投来的目光，便知趣地赶紧掉头离去。

目睹柳亮对女人表露出的毫不遮掩的可笑举动，孟雨涛想这与他关在里面很难见到女性有关，男人嘛，这很正常。

柳亮一路上除了对女人感兴趣外，对街头习以为常的一些情景也好奇不已，就像外星人来到地球。

一辆塞满了人的公共汽车刚到站停下，等候的乘客蜂拥至车门前争先恐后往上挤，挤得车门关了好几次才勉强关上，车上一个女人的挎包被夹在了车门外，但车子还是这样开走了。柳亮对此大乐："哈哈哈，包包没有挤进去！"……

刚走几步，一辆出租车停在路边下客，车后不远处一个小伙子赶紧追上去，不料一个女人抢先一步坐上了出租车，刚刚要跑拢的小伙子望着驶离的出租车嘴里骂骂咧咧。看见此景，柳亮幸灾乐祸地大叫："哦嗬，晚了一步！被人近水楼台先得月了，你该再跑快点嘛。"

那小伙子转过头，望着一脸讥笑的柳亮却敢怒不敢言。

随着"哐当"一声，两辆自行车撞到一起来了个人仰马翻，骑车人爬起来后便手指对方互骂：

"你咋个骑的？没长眼嗦！"

"老子使劲按铃铛，你是聋子？"

……

柳亮又觉得有热闹看了，他凑上前津津有味地看着他们争吵，看了一阵觉得很不过瘾，还火上浇油地说："你们只晓得要嘴劲，有啥子骂头嘛，打噻，不打我走了。"

走到一个十字路口，一辆冲红灯的自行车被义交太婆拦下，她死死抓住车龙头要罚款，骑车人很不服气地说："那么多人都在冲，你凭啥子只拦我？"

这时又有几辆冲红灯的自行车飞快地骑过路口，柳亮笑着大声嚷道："又冲过去了几辆！还有跑了的，快抓到他们！"

……

对柳亮这一路所表现出的新奇和唯恐天下不乱的举动，孟雨涛有些惊讶地想：这小子是不是在里面关久了脑壳出了毛病？

"阳光、空气还是外面的好啊！"

柳亮仰头张大嘴做了几下深呼吸。

"岂止是阳光空气，最重要的还是女人好。"

当晚，孟雨涛与邱军在一家火锅店为柳亮接风压惊。吃喝间，孟雨涛向邱军摆起了柳亮出来后一路上的所作所为，邱军听了笑得一塌糊涂，他简直想不到柳亮有这么大的变化，还直为没能亲眼看到这些而感遗憾。

他用惊奇的目光盯着柳亮："你娃娃这次进去是被人洗脑了，真是'士别三日当刮目相看'，好！有进步！现在你终于走上了正轨——对女人感兴趣了，原来我还以为你不正常，有毛病呢。雨涛，我们敬他一杯。"

"的确可喜可贺！亮娃，下来该找个女朋友了。"孟雨涛端起酒与柳亮碰杯。

柳亮嘿嘿一笑："不瞒你们，我在里面就有了这个想法，不晓得咋个的，我脑子里总幻想着与女人那个……"

孟雨涛与邱军无不惊骇地对望一眼。

柳亮平静地说："我现在对那个冷美人倒有胃口，在里面我就经常想起她。"

孟雨涛、邱军惊异地瞪大着眼睛望着柳亮，两人几乎不约而同地问道："就是那个高傲的白天鹅?"

"就是她。"柳亮有些不好意思地点点头说。

邱军觉得这很好笑，调侃道："你咋个现在异想天开地想起吃天鹅肉了？她的眼珠子从来就是向上翻的，她会看上你？即使她对你有这个意思，可是现在晚了，恐怕人家早就成良家妇女了。"

柳亮有些失落地不再吭声。

见柳亮有些郁闷，孟雨涛便鼓动柳亮："她结没结婚都不晓得，哪天我陪你去百货大楼找她，说不定她正满心欢喜地等待你这个白马王子出现呢。"

邱军听了忍不住掩嘴窃笑。

柳亮则连连摆手："算了，算了，我还是找一个温柔点的好。"

摆完柳亮的事，他们又聊到了吴奎在看守所门前的表演。

邱军听了又是一个没想到："这个老几这个时候还这么嚣张啊？

不是有这么一说——天狂有雨，人狂有祸。他终有一天会为张狂付出代价的。”

“不是一般化的嚣张、得意，那个迎接场面摆得哦……对了，就像电影、电视剧里黑社会老大出场时一样，你说我们是不是惹到不该惹的人了？”孟雨涛问邱军。

“不会，如果真正惹到了这些人，上次他们收拾你就不会那么温柔了，那要凶残得多。我给你说，他们要是的话，早就砍断你一条胳膊、挑断你脚筋了，或直接用枪爆头，亡命徒火拼起来阵仗更大了，他们动起手来，用的是这么长的砍刀、火药枪、真枪，当场不甩翻几个趴起是不会收手的……不可能、不可能！”

邱军喝了口啤酒后又说：“真正的亡命徒一般不会和你们这些人过不去，电影、电视剧里面他们也有他们的‘章法、规矩’，一般是相互之间为了争地盘、抢场子才大打出手、火拼，不会为了你这点摆不上桌面的事闹出动静……”

一说起这个话题，柳亮就来了劲，他打断邱军的话喜滋滋地说：“当老大的感觉是还不错，我给你们说，这次我进去就当了盘老大。你们晓得不，刚进去的人都要遭里面的人先褪神光，挨打后得服服帖帖地服侍里面的老大等人，但我一去就把他们镇住了，他们听我讲完因为啥子事进来的后，个个都对我之敬佩，一下就捧我为老大，把我服侍得之好，没想到在里面还尝到了当老大的滋味……”

孟雨涛鄙夷地说：“你这么喜欢当老大，一直就待在里面不要出来好了。”

邱军也讥笑道：“你别太自以为是，和你关在一起的那些人都是些嫖客，贩卖淫秽录像带、书籍，小偷小摸之类的角色，狠的主儿你还没见识到。”

他继续刚才没讲完的话：“如果他们真的是亡命徒，你们也不要怕，还有我们人民警察保护你们嘛。”

柳亮不服气地说：“你这个警察也太无能了，大哥被人暗算了这么久都查不到凶手，要不是我出马持刀吓唬那个乌龟，这事现在肯定还是泡都没得一个。”

一听柳亮炫耀自己贬低警察，邱军一下就不高兴了：“你娃娃还有脸逞能啊，你晓得不晓得你惹出了多大的祸？要不是我率先赶到并机智成功地劝说你，要不是你听了我的话没有乱来，说不定你早就被当场击毙了，当时我紧张得脚趾拇都抓紧了，幸好你娃娃听劝没有乱来。”

孟雨涛也颇有同感地说：“亮娃，你做出这事，纯粹是拿性命开玩笑，要不是邱军处置得当，后果真的不堪设想。”

柳亮不以为然地说：“在车上我就想好了，大不了与那个乌龟同归于尽。”

邱军手指指着柳亮，毫无脾气地对孟雨涛说：“你看这个娃娃糊涂不糊涂？居然到现在还没得一个怕字，还不晓得反省，法盲喔，我看他以后迟早还要干出啥子荒唐事！”

柳亮的牛脾气也上来了，他冷笑道：“哼，你以为我怕你们公安嗦。”

见他们两人一言不合就顶撞起来，孟雨涛觉得有点好笑，不得不出来打圆场，他拍拍邱军的肩说：“你呢说得也过于言重了，对亮娃我们还是了解的嘛，他再咋个犯事，也属于人民内部矛盾的性质，总而言之，他还是我们好人这边的，不会走到敌对的那边去，这点我们应该还是放心的。”

他又对柳亮说：“你呢也不要意气用事，这次接受点教育完全应该、也有必要，邱军这样说也完全是出于一片好心，好兄弟之间才会这样直言不讳，你就不要多疑了，他不是存心想和你过不去。”

柳亮听了直点头。

“好了，我们三兄弟也好久没这样聚了，大家把酒端起，我们今天喝个痛快，不醉不归！”孟雨涛举杯提议。

柳亮一饮而尽后，抹着湿漉漉的嘴唇大声说道：“痛快啊！好久没这样喝酒了，关在里面酒气气都闻不到，把我憋惨了，今天我要喝个够。”

因柳亮惹事进了拘留所的缘故，“锦春茶铺”改为鱼火锅店的事也耽误了些时间。

星期天一早，孟雨涛与柳亮、柳雪前往西郊乡村的田大伯家，他们要去商谈合伙开鱼火锅店的事。

这天天气晴好，蓝蓝的天上飘着朵朵白云。他们的心情自然也是格外的好，尤其是柳亮乐得更是欢天喜地，这完全可以理解，拘留所外的天是晴朗的天，要当老板的人心里当然好喜欢。

柳雪今天上穿白色短袖T恤，下穿牛仔短裤，头上戴着一顶长沿遮阳帽，脸上始终洋溢着欢快的笑容，浑身上下无不显露出开朗活泼与青春活力。

孟雨涛等骑车穿过柳荫街后，沿着南河边的城边街向西而行。

成都西门这一带颇有历史底蕴与文化气息，孟雨涛对这一带的公园和一些地方相当熟悉，还在他读小学时，这一带就留下了他不少的足迹，在他脑海里留下了很深的印记。

那时，出柳荫街沿河向西走不了多远，河两边还有很多农田，他记得学校组织春游时还要搞下军训，学生个个穿着绿军装、头戴树叶枝编制的伪装帽，排成长队、整齐地唱着《打靶归来》《红星照我去战斗》等革命歌曲，精神抖擞地沿着河边的机耕道行军，老师一吹响哨声，这就预示着敌机来了，于是大家紧急疏散隐蔽，跑到道两旁的草地上趴着身子做匍匐状……城边街靠河一侧以前有个渣子坝，垃圾堆成一座小山，一些捡拾垃圾的人就在这座山上薅刨着可卖钱的废物，河两边是茂密的修竹和畦畦菜地，零零散散的农家院落隐没在竹林盘里。马路的另一边是建在山坡上的一段老城墙，一到春天，人们就蹬上城墙放着燕子、蜻蜓等各种样式的风筝。传说，原来城墙上有不少芙蓉花，早在五代十国时，后蜀皇帝孟昶下令在城墙上遍种芙蓉，花开时节，成都“四十里为锦绣”，孟雨涛想象着那该是怎样的壮观美景。南河南岸的百花潭公园以前是成都动物园，小时候父母就爱带他来这里看动物，那时他最喜欢看的是大象、老虎和狮子，最不敢看的是蛇和蟒之类的爬行动物。

南河的北边还有青羊宫和文化公园，小时候春节期间，这里都要举办灯会和大庙会，前来看灯会逛庙会的人络绎不绝、人山人海，热闹非凡，他小时候总要骑在大人肩上，充满好奇地看啥子孙悟空三打白骨精之类题材的组灯。再往西走不远，就是著名的杜甫草堂，这是读书时学校组织春游来得最多的地方。

经过百花潭大桥不久，他们骑行到送仙桥，传说八洞金仙吕洞宾一晚到青羊宫看过灯会后，就在这桥上酣然大睡，第二天一早就飘然而去。过了此桥，就到了翠竹掩映的浣花溪畔。孟雨涛有感而发："浣花溪这名取得很好听，但名不副实，不过是一条很不起眼的水沟而已，看了让人大失所望。"

柳雪深有同感地说："现在好多地方都是这样，地名听起来很美，但徒有其名。哥，你晓得浣花溪得名的传说吗?"

孟雨涛当然晓得，他装作不知道地说："你晓得就讲出来听听。"

柳雪一边骑车一边说："我听唐婆婆讲是这样的——古时候有个姑娘在这河边浣衣，这时来了一个老和尚，穿着满是脓疮血污的袈裟，他希望姑娘给他洗洗袈裟，那姑娘一点也不嫌他脏，热情地接过袈裟在水里洗了起来，这时惊奇的一幕出现了，随着姑娘漂洗袈裟，河面的血污变成了朵朵莲花……这就是浣花溪得名的典故。"

"这个传说很美，那姑娘心地真善良。"孟雨涛感叹道。

"锤子！老子当年还掉进过这条水沟。"柳亮突然气呼呼地冒出这么一句话。

柳雪闻声不解地看着柳亮，孟雨涛立即想起了这件往事，他乐着对柳雪说："是有这么一回事，我讲给你听哈，那是两年前的一个冬天，我和亮娃骑自行车到这来耍，那时我们两个穿的都是黑呢子长大衣。浣花溪边有一条很窄的道，宽度只能一个人通行，他问我敢不敢在上面骑，他想和我比骑自行车的技术，我哪怕他喔，于是我们两个就沿着这条道骑行，刚骑了一会儿，骑在前面的亮娃突然连车带人掉进了浣花溪，他娃娃浑身湿透地站在齐腰深的水里，完全成了一个落水狗，他直呼'大悲，大悲！'那个狼狈样啊才笑死人，哎，本来我还想去杜甫草堂看看秋风茅屋、工部祠、花径，想再去感受一下‘诗圣’诗歌的魅力，结果被他这一落水搅黄了，只有赶紧陪他回家换衣服，呵呵呵……”

柳亮不服气地说：“主要那时我想单手骑给你看。”

柳雪乐不可支地说：“还想逞能，活该！”

骑至杜甫草堂外的一片楠木林边时，孟雨涛问柳亮：“你还记不记得这个地方？”

柳亮侧头看了看楠木林随口答道：“我们在这搞过野炊。”

孟雨涛兴致勃勃地回忆道：“我们读小学时，你、我、邱军等同学有的带锅、碗、筷子，有的带米带油等来这里野炊，我们还跑到附近的农田偷摘青椒、茄子、扁豆……”

柳雪笑着问孟雨涛：“你也干这偷鸡摸狗的行当啊？”

孟雨涛哈哈一笑后说：“那是我干的事吗？我只负责炒菜。”然后朝柳亮努努嘴：“这事也只有他才干得出来。”

柳亮也对往事记忆深刻：“偷点菜算啥子，我还到农家院落转了转，本来是想再偷只鸡鸭什么开开荤的，只可惜院里有人有狗下不了手。”他说到这脸上露出惋惜的神情。

柳雪嗤嗤地笑了：“你的胆子也太大了，幸亏你没去偷，要是被农民抓到了，非把你打得半死不活。”

柳亮毫不在意地说：“我又不是瓜的，我不晓得跑嗦？”

孟雨涛笑过后说：“虽然没有吃上鸡鸭，但我们还是在河里捉到了几条鱼，我熬的鱼汤味道才鲜美，现在回味起来还口有余香。”

柳亮并不认同：“不过腥味有点重，本来我是主张红烧的，其实最好吃的还是我们烤的竹筒饭。”

孟雨涛马上接话：“对头，那饭里还有腊肉、豌豆，再加上竹子的清香，那饭真是太香太好吃了。”

柳雪被他俩提起当年野炊的诱人情景动心了，她神情向往地说：“听你们说得这么香，还真勾起了我的食欲哩，什么时候我们一起再搞一次野炊好不好？让我也尝尝你们做的饭菜，看是不是有你们说的这么好。”

孟雨涛立即赞同道：“这个提议好，哪天我们真的要搞一次野炊。”

柳亮也随即附和道：“要得，要得。”

他们随后骑行在两旁栽着香樟树的乡村小道上，小道边是沟渠纵横的一畦畦绿油油的菜地，远处散落着一个个竹林盘。

看到菜农在地里给蔬菜喷洒农药，孟雨涛说起当年的情景：“以前菜农是担着粪桶到田里给蔬菜施农家肥，菜上还可以看到粪便，很多蝴蝶、蛾儿、蜻蜓在菜上飞来飞去或停歇，现在哪还看得到这些。”

“还是当年的饭菜香。”柳亮也叹道。

孟雨涛指着不远处矗立着的一大片新修楼房：“我记得那儿以前也是农田，栽着水稻的水田里还有很多鱼、蝌蚪、蚂蟥等，那儿还有一条河水清澈的沟渠，沟渠两边长着茂盛的芭茅，那沟里鱼可多了，有次我打光脚板到河沟里用撮箕撮鱼时，还踩到过鱼呢。”

柳亮说：“那还有一个堰塘，夏天时我们还到那游个泳，那水真干净，比游泳池里的水游起来舒服多了。”

“你们故地重游咋有这么多感慨、眷念，一个个像怀旧的老人，你们还没到那个年龄嘛。”柳雪乐呵呵地说。

“我们那时的乐趣，你晓得个铲铲。”柳亮不屑地说。

“是啊，我们当年在这玩耍时，你还在穿开裆裤呢。”孟雨涛也逗着柳雪。

柳雪装着不满地瞪着孟雨涛嗔道：“你总是拿年龄压人，你不就比我大几岁嘛，咋个总装出一副饱经沧桑的样子，我非常不喜欢。”

“嗬，一说你小，你就像受了啥子委屈似的，还是稚气没脱啊。”孟雨涛更加开心地说。

“你还不如直接说我乳臭没干得了。”柳雪赌气地说后自己也笑了起来。

他们愉快地这样说笑着骑过一段路后，柳亮问孟雨涛：“还有好远喔？”

孟雨涛望了望四周：“快到了，我们直接去田大伯承包的鱼塘，田旺说他们会在鱼塘边等我们，中午就在鱼塘边吃火锅鱼，那味道真的不摆了。亮娃，你这火锅店开张后肯定顾客盈门，生意大大的好。”

柳亮顿时情绪高涨、眉飞色舞地说：“那我今天要敞开肚皮吃个够。”

柳雪见柳亮这副馋涎欲滴的样子，取笑他：“一说到吃你就来劲，没出息。”

他们刚骑行到鱼塘附近的机耕道路口，田旺早已在路边等候。田旺高兴地说：“孟哥，你的记忆还好嘛，你来鱼塘采访是两年多前的事了，我还害怕你们找不到路呢。”

孟雨涛说：“这里变化不大，好找。”

田旺带着孟雨涛等往鱼塘骑去，田旺说：“我爸妈在塘边火锅店等你们，他们一听说你们今天要来，高兴得很。”

孟雨涛说：“我也很想见到他们。”

在田旺的带引下，他们很快就到了鱼塘边。鱼塘很大，鱼塘四周有人在钓鱼。

看见孟雨涛等人，田大伯、田大妈远远地就在向他们招手，并在鱼塘边一排简易瓦房前的葡萄架下热情接待他们。葡萄架上挂着一串串紫黑色的玫瑰葡萄，架下的板凳桌椅擦得干干净净，桌上摆放着一大盘刚采摘的葡萄和茶具。大家围坐在一起喝茶、吃葡萄、叙旧一番后，才正式谈论合伙开店的事。

孟雨涛提出的方案是由柳亮家提供店铺，田大伯家提供每天的活鱼及鱼火锅底料，双方各出一人负责经营，除去请店员及其他必要开支外，每月的利润双方平分，如果亏本也由双方平摊，此外，开店前要买的板凳桌椅、碗筷锅勺等费用由双方共同承担。孟雨涛说完后征询田大伯家的意见。

田大伯笑眯眯地说：“要得，要得，我们没意见。”

田大妈也高兴地说："我们这乡村鱼火锅能在城里开店，那是大好事，我们完全赞同，我们也完全相信你和柳亮兄妹。"

听到他们的表态，柳亮、田旺兴奋地相视而笑，柳雪脸上呈现出欢颜。

孟雨涛说："鱼火锅店名我想好了，叫'乡村鲜香鱼火锅'如何?"

大家都觉得好。

谈完正事，田大伯对孟雨涛、柳亮兄妹说："现在时间还早，你们先去鱼塘钓鱼，如果钓的鱼够大，中午就吃你们钓的，如果没钓几条，我就用网去捕捞，总之要让你们品尝最肥美的鲜鱼。"

柳雪还没钓过鱼，她初次拿着鱼竿时兴奋不已。他们来到长着水草、芦苇的鱼塘边，田大伯给他们选好了钓鱼地点后让他们慢慢钓，然后去忙他的事。

柳雪笑嘻嘻地将鱼钩抛入塘边的水里。孟雨涛见状大笑："我的傻妹儿啊，你咋个鱼饵都不上，硬是姜太公钓鱼愿者上钩嗦。"

他走过去接过鱼竿将鱼线收回来后说："我教你咋个钓哈。"

他边说边做示范："首先要根据水的深浅，把鱼漂调到合适的位置，然后这样上鱼饵，再这样将鱼线抛到鱼塘里，你就坐在凳子上拿住鱼竿不要动，如果看到鱼漂被拖入水面时，你就赶紧把鱼竿往上抬……"

鱼塘边钓鱼的人不时有人钓到鱼，柳雪钓了会儿，见鱼漂一动不动，她就没了耐心，将鱼竿放到地上溜到一边的树荫下乘凉，还用手绢不停地扇着红彤彤的脸蛋，她的身后是一片瓜棚豆架。

突然鱼咬钩了，柳雪的鱼竿随即被拖进了鱼塘里，眼见鱼竿被很快拖往鱼塘中央，她惊慌地大叫着不知如何是好。周围的人惊呼道："肯定是条大鱼!"

旁边的孟雨涛见状，立即脱下衣服和凉鞋，穿着短裤就跳入鱼塘向鱼竿游去，柳雪等人惊讶地看着他。孟雨涛抓住鱼竿后游向塘边，柳亮接过鱼竿使劲往上提，鱼竿被拉得弯弯的，鱼还没露出水面在水里挣扎，水面荡起大大的涟漪。

孟雨涛兴奋地将鱼线慢慢往塘边拖，一个大鱼头终于露出水面，塘边的人发出一片欢呼，他们又使了好大一阵劲，最后才用渔网将这条大鱼打捞上来，这是一条大鲤鱼，塘边围观的人惊叹地说："这条鱼至少有四斤多重。"

田旺闻声跑过来，他对一身湿淋淋的孟雨涛说："你咋个下水去捞嘛，等下我划船过去就捞上来了。"

孟雨涛笑着说："没事，反正我也热得慌，顺便到水里游下泳，舒服……"

孟雨涛这里钓上了一条大鱼，黄天伟这天也浮出了水面，不过浮上来的样子相当难看，完全是遍体鳞伤、奄奄一息时被迫浮上来的。

这天中午，黄天伟身形憔悴地坐在吴奎公司大楼的门外，手里拿着瓶矿泉水不时地喝一口，目光怯怯地看着大门进进出出的人。

当吴奎与人有说有笑地刚走出大门时，他像盼到救星似的眼里闪出希冀的光亮，立即脸上挂笑地走到吴奎面前："吴总，我终于等到你了……"

对突然出现在面前的黄天伟，吴奎惊讶地看着他："喔，是黄总啊，你咋个消失了这么长时间，是不是又跑到哪去发横财啦。"说完他看着旁边的人发出呵呵的笑声。

黄天伟尴尬地笑着说："吴总，你就不要再拿我开涮了，我给你打电话讲了我的处境，我现在哪还敢想发财的事，能吃饱饭就知足了。"

吴奎一边走一边打着哈哈："咋个可能，咋个可能？"

黄天伟跟上去可怜兮兮地说："吴总，看到我们过去打交道的分上，你能不能拉兄弟一把。"

"咋个拉喔？拉一下手还可以，我现在还盼着有人来度我一下呢，好了好了，这些话就到此为止，我现在要和客户去谈重要的事，趁我现在心情还好，你赶紧走远点。”吴奎的脸上露出不耐烦的神情。

黄天伟仍不死心，用几乎带哭泣的腔调哀求道：“吴总，求求你借我点钱嘛，我现在真的连饭都吃不起了。”

吴奎的脸一下垮了下来，他用厌恶的口气说：“快走！快走！我不想再看到你出现在我眼前！”说完他做出很无奈的样子对身旁的客户说：“你们看，我咋个遇得到这么不要脸的人喔。”

身边的人便用鄙夷的眼光看着黄天伟。

黄天伟的自尊心受到极打的打击，受辱的他本想发作，但他忍住了，口气稍强硬地说：“我打给你合伙做生意的五十万，哪个晓得你去进走私货，你把我烧卷了，害惨了，至少该赔我一些钱噻。”

那几个客户愕然地看着黄天伟。

吴奎听了一下烦躁起来，他瞪着黄天伟怒斥道：“你那五十万早撒到太平洋了，你要的话就自己去捞，妈哟，你现在走投无路了还来提那笔钱，我看你是穷慌了想来打劫，你就是哭着喊我爸，老子也不会给你一分钱，你当我是傻瓜还是做慈善的啊！”

黄天伟的眼里已涌出了心酸的泪花，他此时的样子比叫花子还可怜。

吴奎一脸冰霜地走到已停在楼前的车旁，司机早已为他拉开了后车门，他弓着腰一下钻进了车，其他几人也跟着钻了进去，“尼桑”轿车随即启动开走了。

望着轿车绝尘而去，黄天伟奋力将手里的矿泉水往地上一摔，绝望地歇斯底里骂道：“吴奎，你这个王八蛋！你狗日的太绝情了！你早晚会得到报应！……”

吴奎在车上却对客户大放厥词地自吹自擂，把黄天伟转得一塌糊涂。

他得意扬扬地说：“那人叫黄天伟，之前在乡坝头开了家泡菜厂，两年前经生意上的朋友介绍，认识了他，你们说一个卖泡菜的人有啥子出息嘛，但这小子脑壳还是灵光，看见我做外贸生意赚钱来得快，他也成立了一家外贸公司。可那只是一个空壳，他又没得啥子关系，做个球外贸生意喔，他为了和我合伙做生意，以前几乎天天都来和我套近乎，拉关系，不是请吃请喝就是安排一些娱乐活动，他有几个钱嘛，看在他态度还端正的分上，我都去了，但那些单几乎都是我买的，朋友嘛哪在乎这个，生意场上嘛谁都有打来卡起的时候是不是?”说到这里，他点燃一支烟深深地抽了一口。

车上的客户听了随即发出赞叹：“还是吴总耿直，吴总大气!”

吴奎听了心里非常受用，他嘴里吐出一口浓烟后继续夸夸其谈：“和他接触久了后，我觉得这个人还可以合作，于是就把他引到了外贸生意上，给他很介绍了一些同道上的朋友，这主要是想帮他一把，希望他把外贸生意做得越大越好，这样我心里也很高兴，朋友嘛都该这样做。但这人阴得很呐，认识这些人后，他经常背着我去讨好那些人，完全把我这个引路人凉到了一边，生怕我抢了他的糖吃，他晓得有我在场就莫得他的火烤。”

听者愤愤不平地发感慨——

“这样的人太不值得交了!”

“完全心怀鬼胎，阴得吓死人!”

吴奎得意地笑道：“我才不在乎他的这些低劣做法。不过，这娃娃也还真有些本事，能说会道、有眼光、有魄力，善于结交各种人物，尤其会巴结对自己有利可图的人，他在那些人面前之会摇尾巴，也能抓住一个个赚钱的机会。他通过我的介绍和举荐做了几次生意后，他还真的时来运转，一下就很挣了些票子，活得风车斗转的。但这人不讲情谊，不地道啊！摇身一变他也学会了‘变脸’绝技，眼皮底下哪还有我等这些小人物喔，要等他接见一次，比见大领导还难!”吴奎讲到这儿，还装出情绪激动的样子直叹气。

“这娃娃太要不得了，简直是典型的中山狼。”

“小人就是这样，得志便猖狂。”

“这完全就是过河拆桥，吴总你是交错了人喔。”

客户被吴奎激动的讲述蒙蔽了，纷纷谴责黄天伟，而这正是吴奎期待的效果。

吴奎抽了几口烟后继续往下讲：“他赚了钱是他应该赚的，我一点不眼红，他变脸了我也认了，谁叫我没长眼认清这个黄鼠狼呢！哎，最可气的是这人心还肿得很，毒得很啦，一次我有笔可赚几十万的生意，但我先期投入的资金还差五万，我就去找他借，这点钱对他来说轻如鸿毛，但他不是找理由推托就是避而不见，总之是一毛不拔。后来我另找人借到了钱，但这笔生意还是泡汤了，你们猜是怎么回事？”

吴奎故意停住，问客户。

几个客户都茫然地摇摇头。

吴奎怒不可遏地说：“后来我才知道原来是他抢了这笔生意！可恨啊，这点钱对他来说简直就是小菜一碟，没想到他都要来挖墙脚，真是人心叵测，江湖险恶啊！”

“喔唷，吴总真是交错了朋友！”

“这简直就是好心没得到好报嘛！”

几个客户又愤愤不平起来。

吴奎沉吟了会儿，情绪由阴转晴，他仰头开心地说：“真是老天有眼啊，不义之人终有报应，利令智昏的他居然嗜赌如命，他哪晓得那个塘子水有好深，水有好烫喔，结果赌得借了大量的高利贷，利滚利滚得他是债台高筑、家破人快亡——讨债的人天天都在追他，弄得他是无家可归，老婆也与他离婚消失了，这样的人居然还谎称投入五十万与我合伙做生意，还要把那笔钱要回来，你们信吗？”

吴奎说完满脸是笑地看着那几个客户。

“不信，不信！”“太可笑了！”客户摇头晃脑地说。

吴奎神气地提高了嗓音：“只有瓜娃子才会信！所以彻底看清

了那人的嘴脸后，我决不会在他落难时去怜悯他，我们小时就晓得《东郭先生》《农夫和蛇》的故事噻，对那些恶毒的人决不能仁慈，在现在这个尔虞我诈的社会，我们不能再有悲天悯人的情怀对不对？”

那几个客户频频点头：

“对，说得太对了！”

“吴总讲得太深刻了！”

“你是把生意场上的险恶彻底看透了！”

第二十四章　隐藏四十多年的秘密

《蜀江文学》的命运水落石出——杂志社经过近一年的努力还是没能扭转发行、经营的困难局面。因发行量持续降低、稿源减少、资金紧张，杂志社决定将月刊暂时改为半年刊，因此要压缩编制，减少近一半的人员，这些人员先暂时离岗，每月只拿基本工资。孟雨涛所在的小说编辑部要减少两人，这是一项硬性指标。但谁暂时离岗，杂志社并没明确指定，而是将这扯皮且得罪人的烫手山芋交给了各部门。

杂志社即将实行的这一政策一公布，立即在单位掀起波澜，人人心里都惶恐不安地议论纷纷，不满之声沸沸扬扬——“离岗少拿这么一大截钱，哪个瓜的愿意走喔。”“这个政策不不合理，不得人心，凭啥子喊有些人走有些人留，要么杂志彻底垮杆大家都走，要么大家都少拿钱都不走。”“不管咋个，我是坚决不走的，哪个要让我走，我就天天扭着哪个吃饭！”……

虽然孟雨涛所在的编辑部没人放出这样的话，但从大家沉默的表情上，不难看出各自心里都在盘算谁该走谁该留，只是没人主动去提这个敏感的话题罢了。

“哎，终于要树倒猢狲散了。”谭立闻一声叹息后沉闷地使劲吸烟。

王老扶着眼镜架扫视着情绪低沉的同事，自信而乐观地说：“事情还没坏到这一步，张总不是说了——杂志社这棵大树不会倒，这只是暂时的，相信以后会有起色。”

“你说得轻巧，以后是多久？以后的事哪个也说不清楚，最紧要的是现在咋个弄？”谭立闻终于憋不住地说出了心中的忧虑。

孟雨涛感到大家都在为这里走人的事在观望、在为难，想到最后总要面临谁走谁留的问题，为了避免大家为此互不相让地闹翻脸，他觉得自己在这最年轻、资历最浅，毫无疑问是最该走的人，于是一改以前“吊也要吊死在这棵树上”的想法，率先爽快地说：“要裁员时我先离岗。”

孟雨涛此语一出，大家都惊讶而佩服地看着他。

周兮倩郑重其事地提醒道：“这可是大事，小涛你要考虑好再决定啊。”

孟雨涛当然领会她的好意，他坦然地笑道：“大姐，我想好了，我还年轻，可以趁此机会出去闯闯。”

谭立闻正巴不得有人主动提出离岗，他随即用赞许的口吻说道：“小涛的想法不错，年轻人就是要有闯劲，我要还是你这个岁数，我也不会窝在这个要死不活的地方耽误发展。”

周兮倩经过一番思考也打定了主意，她果断地说：“我也先走。”

大家对周兮倩的表态很吃惊，无不惊愕地看着她。

这时王老又站了出来：“这可不行，小周，你和小谭都是有娃娃的人，你们应该留下，虽然我也不愿意离开，但自己已快退休，这个离岗的名额就算在我头上。”

周兮倩急忙争道：“还是我走，王老你是资深编辑，杂志社需要你这样的老同志。”

王老谦虚地摆摆手笑道："老朽了，老朽了，小倩你就别跟我争了，我也该回家享清福了。"

同事都争着主动提出离岗，谭立闻有些汗颜地说："你们都是高风格、高姿态啊，你们这样让我很不好意思，哎，要不是要养那对双胞胎，我也会和你们一样……"

对谭立闻吐出的这番肺腑之言，大家愣了愣后都笑了起来。

孟雨涛调侃道："'谭虾虾'，这下感受到大家的温暖了哇？"

"之温暖，之不摆，之感动！说实在话，我们这里哪个人走，我心里都不是滋味。"谭立闻动容地说，眼里也湿润了。

他的这话触动了大家的情感，室内霎时寂然无声，仿佛离别分手就在眼前。

还是突然响起的电话铃声打破了沉寂。

周兮倩抢先过去提起话筒，而后对孟雨涛说："小涛，你的电话。"

电话是夏婷打来的，对久未联系的她这时出现，孟雨涛有些惊讶："是你啊，我以为……"

"你以为是你正期盼的人打来的对不对？是不是失望之极啊？"听筒里传来夏婷嘲讽的声音。

孟雨涛被她这突如其来的直率诘问呛住了，犹豫了一下才搪塞道："你想到哪去了，咋个可能嘛。"

"听你这语气，我就知道你心口不一，你咋个这么久都不与我联系？是不是眼里早就没我这个人了？"

面对夏婷咄咄逼人的责问，孟雨涛觉得有点好笑，心想："你这人怎么嘴不饶人，我又没招惹你，至于这么气势汹汹、恼羞成怒地怪罪于人吗？这太不讲道理、太尖酸刻薄了嘛，对了，是不是你那位又旧病复发让你无法忍受、你现在又想到我了？要是这样的话，对不起，我爱莫能助。"

就在他还在琢磨该怎样回答时，听筒里传来她不耐烦的声音："嘿，你咋个不说话了？被我说穿了是不是？算了，我也不为难你做出回答，反正你说的话也没人信。”

孟雨涛也来气了：“你玩啥子把戏啊？咋个阴阳怪气得很，我可没空和你开玩笑，有啥子事就直截了当地说，不然我挂了……”

可能是察觉到孟雨涛真的有点生气了，夏婷这才赶忙认真地说：“好，不说要了，你下午有没有空？我想见你一面。”

“有事就在电话里说。”

“不行，这事很重要，一时半会儿说不清楚，我们还是当面说为好。”

“这……”孟雨涛又犹豫了。

“嗨，你这个大男人咋个磨磨叽叽的，怕见面我会吃了你是不是？你不要心存啥子幻想哦。”夏婷说完又爽朗地笑了起来。

这笑声让孟雨涛很受刺激，他不甘示弱地说：“我怕你？笑话！你就是再青面獠牙、再披头散发，我也会从容赴约，说吧——几时、何地？”

“好啊，你居然这样丑化我，哼，等会见了面你才晓得我的厉害。”

放下电话后，孟雨涛似乎还感觉得到夏婷气呼呼地在咬牙、在切齿，为此他心里泛起一阵得意——想和我耍嘴皮子，你还嫩了点。

约定见面地点还是老南门大桥桥头露天茶园。

吃过午饭后，孟雨涛按时到达，一进茶园他就四处张望，看见夏婷已坐在河栏边的一张茶桌旁等候。嘿，看到我来了居然稳起不打招呼，很有静气嘛，等会儿恐怕你就会河东狮吼了，但不管怎样，反正我是泰山顶上一棵松、雄鹰不惧风雨骤，党给我智慧给我胆，纵是刀山火海我也要勇向前……

孟雨涛心里笑着疾步流星走了过去，他已做好了应付她报复的心理准备。

夏婷默默地看着他走过来、默默地看着他站在茶桌对面，她不说话也就罢了，更主要的是其脸上没有一点表情，阴冷得像刚从冰室里出来。

嘛，你知道舌战不是我的对手，要改变策略打冷战了是不是？但这招已不新鲜，完全是老套路嘛，你忘了你第一次到杂志社也是耍的这个花招？但结果还不是以你的低头认输、以你的彻底失败而告终，夏小姐，你这套在我面前不管用，啊？

孟雨涛得意地想着，决定以其人之道还治其人之身，我也来个以静制静。他朝小工喊了声“来碗三花”后便不请而坐，他悠然地环顾了一下四周，最后转过头去看河水。

夏季的南河水势汹涌，河水从老南门大桥桥洞下急速涌来顺着斜坡而下，激流在坡底的一条石坎上形成一道壮观的雪白水拱，发出令人心悸的轰鸣声……这是南河水大时常见的景象，虽然孟雨涛对此早已见惯不惊，但此时看着它还是感慨万千，脑海里不由得冒出东坡大人写的什么“大江东去，浪淘尽，千古风流人物。”“惊涛拍岸，卷起千堆雪。”之类……

就在他沉浸在古词意境之中时，突听一阵“啪、啪、啪”的响声，这可不是什么水浪拍岸之声，而是有人在拍桌子。

他惊异地回过头去，只见夏婷柳眉横竖拍案道：“咦，你不是挺会说人家坏话的吗，咋个哑起不开腔了？”

孟雨涛自得地想：“我就说你要主动缴械投降的嘛，真是的，早知如此就不该和我来这套噻。”

他将茶碗端在嘴前，嘟起嘴唇吹了几下浮在水面的茉莉花，美滋滋地呷了几口后才严肃地说：“我怎么会无缘无故地去说人？我有病啊？”

夏婷揶揄道：“这位大哥，你坐在这里不怕我青面獠牙把你吓到？”

孟雨涛哈哈一笑：“再恐怖的人我都见过，没得事、没得事。”

夏婷被他这话气得直瞪眼，将手中的折扇扇得呼呼直响，丰满的胸部不停地起伏着。

孟雨涛不等她发作便赶紧劝道：“息怒，息怒，我突然想起一件非常好笑的事，我这就讲给你听，如果你不被笑破肚皮，任你随便咋个处罚。”

说完这话他见夏婷没表态，知道她在等着下文，于是绘声绘色地讲了他与柳亮在拘留所附近干杂店前想看美人、结果大跌眼镜那件事，夏婷听了果然乐得不停地揩拭着眼泪花。

“是不是很好笑?”孟雨涛笑嘻嘻地问。

“你们也太无聊，太滑稽了。”夏婷开心地说。

摆完这事，孟雨涛突有所悟地说：“好像我们第一次在这喝茶，坐的也是这个位置。”

夏婷收敛笑容轻声道：“记得就好，这是我特意选的地方。”

她怔怔地看着孟雨涛不说话，似乎是在审视他有什么变化。

孟雨涛被她看得有些不自然起来，他疑惑地问：“你这样看着我干啥子？我脸上有字是不是?”

夏婷依旧不动声色地凝视着，孟雨涛觉得她今天有点怪兮兮的，不由得想：她特意选在这个老地方、老位置见面，是不是别有深意啊？还有她今天看上去像有什么心事，看来她和前夫之间是出了问题，接下来她该向我倾诉苦水、寻求慰藉了，这个时候我可不能再去刺激她、打击她了，要是惹火烧身就不好收场了……

他小心翼翼地关心问道：“你是不是遇到了啥子不开心的事?”

夏婷微皱眉头道：“是啊，有一件事让我很发愁。”

孟雨涛做出体贴状地说：“你讲出来听听，不要闷在心里，这对身体不好。”

对孟雨涛突然像变了个人似的，夏婷虽觉得有些诧异，但她没理会这事，而是说起了她今天约他出来要谈的正事：“这倒不是我的事，是关于唐婆婆的，我现在有了一些关于她的情况。”

“啊，什么?”孟雨涛吃惊地张大了嘴，这是他万万也没料想到的事，意识到自己自作多情地想错了。

他旋即感兴趣地问：“你怎么关心起她的事了？你知道些什么，快说来听听。”

夏婷这才不紧不慢地讲了起来："前段时间报社收到一封来自我国台湾的求助信，一位女士希望我们帮她寻找四十多年前留在大陆的亲生父亲——顾长明，她说这么多年来，她一直不知道自己还有这样一个父亲，她母亲和家人将这个秘密对她隐藏了四十多年，直到她母亲前不久病重入院才告诉了她。"

"这与唐婆婆有啥子关系嘛。"孟雨涛插话道。

"你性急啥子？听我把话说完嘛，真是的。"夏婷不满地瞪他一眼，接着说，"她信中提供了有关他父亲当年的一些情况，我据此写了一篇报道，标题是《顾长明你在哪里？您的女儿隔着海峡在找您！》，可消息见报至今都没收到有价值的线索，就像这世上根本就没这个人一样……"

看着夏婷发愁的样子，孟雨涛不解地问："还是听得云里雾里，你是不是扯到另外一件事上去了？"

"你慌啥子，听下去你就晓得有没有关系了，你这人咋个比我还性急呢。"夏婷喝了口茶后继续往下说，"前几天，我们又收到了这位顾女士的来信，她在信中提到了一个女人，还说就是因为这个女人，他父亲才遗弃了她母亲和还没出生的她，他父亲也是为了这个女人而留在了大陆。"

"这个女人就是唐婆婆？"孟雨涛惊讶不已地脱口而出。

"聪明！"夏婷赞许道，接着继续说，"顾女士说，如果能找到这个叫唐如月的女人，肯定就能获悉她父亲的下落。根据她提供的姓名和大概地址，昨天我到派出所一了解，原来唐如月就是住在小雪院里的那个唐婆婆，你说凑巧不凑巧？"

孟雨涛听后心情十分复杂，他不禁皱眉思忖："唐婆婆是个慈祥善良的人，没想到她还当个破坏别人家庭的第三者，可她一直没结婚，也没听说过她有什么男人啊……"

想到此，他表示怀疑地问："你们是不是张冠李戴搞错了？"

"不会错，为此我还去找过唐婆婆。"夏婷十分肯定地说。

"你去找过她了？她怎么说？"孟雨涛迫不及待地想知道结果。

夏婷“哎”地叹息一声，将身体往竹椅后背上一靠，犯难地说：“怎么没去找过，昨天我从派出所一出来就去找她，可我刚讲了几句，没想到她脸色陡然变得十分难看，本来还和和气气的她一下既紧张又生气，直说她什么都不知道，还催我赶紧走不要再来问她。她当时那个神情、脸色真吓人，我不敢再问下去，只好无功而返。”

“她怎么会这样呢？是她真的不知道，还是有什么不愿为人知的隐情……”孟雨涛喃喃自语地分析道。

夏婷说：“她绝对晓得，只是不愿说。”

孟雨涛沉思着点点头，他无奈说道：“你这是触及了人家的隐私和痛苦往事，人家不愿说也是情理之中的事，完全可以理解。”

他虽嘴上这样说，心里却在琢磨唐婆婆和那个顾长明当年是怎样交往的，顾长明现在究竟在哪里？他是早已不在这座城市还是已离开了人世……蓦地，一个人突然浮现在他的眼前——黄龙溪古寺的缘空大师！想起唐婆婆与他之间的往来，孟雨涛心里一阵激动，他越来越强烈地感到顾长明很有可能就是缘空大师。

“欸，咋个又不说话了，你在想啥子？”夏婷伸出手掌在孟雨涛的眼前晃动着。

“喔……没什么。”

孟雨涛回过神来支吾道，本来他想把这一感知告诉夏婷，但觉得这只是自己的猜测，事情在没有得到印证之前，最好还是不要乱下结论，于是把这个想法藏在了心里。

“雨涛，我有一个想法。”

夏婷提起水瓶给他的茶碗续上水后接着说：“小雪和唐婆婆关系好，你看能不能让她出面去问问唐婆婆？”

孟雨涛想了想后说：“我看行，说不定她会如实告诉小雪。”

夏婷突然问孟雨涛：“我的那篇报道你看过没有？”

孟雨涛摇头回答：“没有。”

夏婷有些失望地责备道：“对我的报道不闻不看，看来你是真把我忘了。”

“没有喔，只是我最近很忙，没时间看报。”孟雨涛打起了哈哈。

“言不由衷，我咋个结识了你这样的人!”

她装出恼怒的样子叹道，随即从背包里拿出一张报纸递给他：“你先看看再说。”

孟雨涛接过报纸嬉笑道：“我们这些人够意思噻，这么热的天你一喊，我们就扑爬跟斗地赶来了，你还不满意啊?”

夏婷“扑哧”地笑出声来嗔道：“别耍嘴皮子了，看报!”

“好、好，我这就拜读你的大作。”

孟雨涛笑着跷起二郎腿开始翻着报纸，找到那篇报道后，他点燃一支烟专注地看了起来。

夏婷心情复杂地看着孟雨涛，又将目光移向波涛滚滚的河面，静默不语地陷入沉思。

孟雨涛看完报道后放下手里的报纸，抬起头来望着天上的浮云，半晌他才动情地说：“骨肉亲情、血浓于水，这对母女的思乡、思亲之情真是感人啊。”

夏婷心情沉重地说：“所以我想尽快帮她们找到离散几十年亲人的下落，一想到顾女士还没见过亲生父亲、她母亲病危之中还对丈夫念念不忘，我心里也着急得很，恨不能马上就帮她们实现心愿。”

“不说了，走，我们现在就去找小雪。”

孟雨涛拿起桌上的报纸，性急地起身就要走。但夏婷仍坐着椅子上，没有离去的意思，他惊异地问：“怎么了？你不去?”

夏婷有些顾虑地说：“我昨天才去找过唐婆婆，今天她一见到我说不定对我很反感，我想是不是你去把小雪叫出来，我们在这和她先谈谈再看。”

他一想夏婷的考虑是对的，于是自己匆忙就去找小雪。

夏婷没想到他这一走就久久不回，就在她又气又急地左顾右盼之时，突然看到柳雪出现在茶园门口。从小雪神情紧张、焦虑的脸上和急匆匆的步伐中，夏婷心里一惊——难道孟雨涛出了什么事……

孟雨涛匆匆来到金沙坝小院，院内不见一个人，静得像是无人居住的空院，“黄虎”也不晓得跑到哪去了，只有黄桷树上的知了不停地在嘶鸣。

一进院，他就特别扫了一眼唐婆婆的家门，看见她的房门上着锁。他走到柳亮家房门前一边敲门一边高声喊叫，过了好一会儿，屋里才传来毛焦火辣的应答：“哪个？”

柳亮打开房门，他只穿着条内裤站在门里，打了一个长长的哈欠后，他揉着瞌睡兮兮的眼睛，懒洋洋地说：“我睡得正香，啥子事喔把我吵醒喔？”

“都啥子时候了还在睡，你一辈子都睡不醒嗦？”孟雨涛径直走进屋里责怪道。

柳亮甩了甩了头，活动着腰，然后无精打采地说：“我刚睡一会儿。”

“你昨晚又跑到哪鬼混去了？是喝酒去了还是耍了女朋友？”

孟雨涛随意地说，他走到阁楼的楼梯前仰望着楼上问：“小雪不在？”

柳亮往沙发上一躺：“冤枉好人呐，唐婆婆昨晚突然发病，我和小雪将她送到医院抢救，上午才回来补瞌睡，小雪还在急诊室守她。”

孟雨涛大吃一惊：“什么？唐婆婆病了？”

柳亮丧气地说：“是噻，哪个想得到嘛，昨晚简直把我们折腾惨了。”

孟雨涛忙问：“她得的是啥子病？”

柳亮想了想说：“听医生说好像是啥子鸡……突发哽到，看她那样子有点悬。”

孟雨涛说：“是突发心肌梗死吧？”

柳亮连忙点头："对，对，就是这个梗死。"

"在哪家医院？我这就去看她。"孟雨涛心急地问。

"急啥子嘛，一时半会还死不了。"

对柳亮如此醒醒豁豁的说话，孟雨涛瞪了他一眼，没好气地数落道："你娃娃说的啥子话喔，太要不得了！"

柳亮发愁地说："哎，恼火哦，她一个亲人都没得，不晓得她的事接下来咋个整？总不能落在我们头上嘛。"

孟雨涛皱眉想了想说："你先睡会儿，起来后你去街办和她原来上班的学校说明情况，这事他们应该要管。我这就去医院！"说完转身就走。

望着孟雨涛匆匆离去，柳亮疑惑地自言自语道："这与你又没一分钱的关系，你有啥子好急的嘛，多管闲事……"他起身关上房门，接着上床又睡了起来。

孟雨涛急匆匆赶到川医急诊室时，柳雪正坐在过道里一条长椅上，微微低垂着头捏着手指，看上去十分不安和无助。他疾步走过去关切地问："妹儿，唐婆婆怎么样了？"

柳雪闻声抬起头，一下既惊且喜地站起来："哥，你怎么来了？"

"柳亮告诉我的，唐婆婆呢？"孟雨涛迫不及待地问。

柳雪抬起手抹了抹眼睛："在观察室。"

孟雨涛跟着她走进观察室，他放轻脚步地来到唐婆婆的病床旁，看见她正打着点滴，鼻孔里插着吸氧管，床头旁边桌上的心电监护仪不断鸣叫着，荧屏上显示的心律曲线以及数字不时地起伏、变化。他心情沉重地久久凝视着满头银发双目紧闭的唐婆婆，她满是皱纹的脸上呈现痛苦的表情……

柳雪俯身将嘴贴近唐婆婆的耳朵，轻声道："婆婆，雨涛来看你了。"

孟雨涛看见唐婆婆的嘴唇微微翕动了一下，但她仍没睁开眼睛，也不说话。

"她知道你来了！"柳雪转过头略带惊喜地告诉孟雨涛。

“唐婆婆，唐婆婆！”孟雨涛随即俯身小声地喊着。

一个医生走过来对孟雨涛说：“现在病人的病情还很不稳定，你们最好不要和她说话。”孟雨涛连忙点头轻声应道：“好，好。”

他俩静静地站在床边看着唐婆婆，旁边一张床上的病人不时发出痛苦的呻吟。身处这样的环境，孟雨涛感到有些压抑和不安，望着一动不动、只有胸部微微起伏的唐婆婆，他不禁闪出这样一个可怕的念头——她会不会就这样醒不来了呢？唐婆婆你可不能就这么走了，快点好起来吧，我们还有很重要的事要问你呢！

他暗自这样祈祷，突然想起夏婷还在茶园等他，不由得惊叫道：“糟了！”

柳雪被他这突然发出的叫声吓了一跳，她紧张地看着孟雨涛问：“哥，怎么了？”

孟雨涛意识到了自己的失态，赶忙悄声说：“我们到外面去，我有事给你说。”他边看手表边向外走。

走出观察室，柳雪不安地问：“哥，你是不是忘了什么要紧事？”

孟雨涛有些焦虑地说：“我让夏婷在老南门大桥桥头露天茶园等我，可现在已过去了一个多小时，你看我怎么把这事给忘了，嗨……”

柳雪立即着急地催促他：“那你快去啊，婷姐肯定等急了。”

孟雨涛这时冷静了下来，他想了想说：“已经这么久了，说不定她早就生气走了。”

柳雪却固执地劝道：“那也未必，你还是赶快去看看，如她还在你就好好向她解释、道歉。”

孟雨涛看着头发有些凌乱，面容有些憔悴的柳雪，顿时心生爱怜，他随即装出轻松的样子对她微笑道：“我和她也没什么紧要的事，算了，不管这事了。”

此时他已决定暂不将夏婷所谈关于唐婆婆的事告诉柳雪。他将话题转向了他所关心的事情：“你昨晚到现在都没睡？”

柳雪还在为孟雨涛该不该去找夏婷而犹豫，她听了他的问话后机械地点了点头。

“那你现在赶快回去睡一睡，我替你在这守着，你看你都成啥样了?”

柳雪用手梳理着头发，不安地问：“我是不是现在很难看?”

孟雨涛被她的模样逗乐了，他微笑道：“谁说难看了，只是脸色不太好。”

“那没什么，我就待在这，反正回去也睡不着。”柳雪幽幽地说。

“这怎么行，一定要回去睡一下，不然身体受不了。”孟雨涛有点急了。

“真的没事，你看我精神不是很好嘛。”

“绝对不行，你马上就走，你回去的路上顺便去趟那个茶园，如夏婷还在那，你就告诉她唐婆婆病了，说我在医院就行了，你说完后就赶紧回去睡觉。”

“不好，不好，还是应该你去。”

“嗨，你这人咋这么倔啊！这事就这么定了，不要再扯了，听话!”

对孟雨涛如此强迫她离开，柳雪深知他是在关心她、体贴她，不由心里既温暖又感动，她眼睛潮潮地盯着孟雨涛，轻声道：“那好吧。”

孟雨涛这才口气缓和地说：“这就对了，有我在这，你就放心回去好好休息。”

柳雪一离开医院，孟雨涛不禁皱眉思量起来，自己离开茶园这么长时间，夏婷肯定等得又气又急地在骂我，不知她是不是已经拂袖而去，真希望她能等到柳雪，还有，如果她见到柳雪，千万不要提唐婆婆的事喔……

想到这，他懊恼地一拍脑门，哎，都怪我一急把她给忘了，我来医院之前先去告诉她一声就好了。

孟雨涛起初还对自己主动留下来感到有些伟大，可随着时间的推移，他渐渐感到留在这里可不是件好耍的事，并为自己做出的决定感到有些莫名其妙，嗨，我原来打算是前来看一看就走，怎么自己突然非要坚决留下来守候一个与我无关的人，这……这算哪门子事啊？哎，都怪自己太善良，一时冲动揽下了这件苦差事。

虽然有些后悔，但他转念一想，只要能换取小雪好好休息一下，自己做出这点点牺牲还是应该的、值得的，我还是既来之则安之，坚持站完这一岗吧。

这期间，孟雨涛时不时地进病房看看唐婆婆，大多时间都坐在过道的椅子上胡思乱想，坐久了，就无聊地在过道里走来走去，听到其他诊断室传出痛苦的呻吟声，他便到门口好奇地探头张望，遇到那些搀扶着病人而不知诊断室在何处的陪伴，他还主动热情地指点方向，实在无聊极了，他便到急诊室门外抽烟、东张西望……

无聊中的他还不时看看手表，总觉得时间过得太慢，此时他有了一个深切的体会，那就是一个人在医院守候病人太难熬，太枯燥了，真不知小雪守候了这么长时间是怎样熬过来的，她真不容易啊。

他开始考虑有一件事必须要尽快解决落实，那就是应该由谁来负责陪护唐婆婆，他想这事理所当然地由街办或唐婆婆原来工作的单位负责，总不能落在我们这些既不沾亲又不带故的人头上嘛，嗯，对这个问题，我们决不能有一点含糊和让步。

就在孟雨涛百无聊赖的时候，突然看见夏婷在过道里走走停停、东探西望，他心里一喜："谢天谢地，总算小雪找你时你还没走！"

他赶忙起身走上前笑脸相迎："你来得正好，我一个人待在这太瓜了。"

夏婷不悦地说："你瓜啥子喔，我被人扔在那儿孤零零地等了这么久，我才瓜完了。"

孟雨涛过意不去地赶紧解释、道歉。

“不要再啰唆了，小雪已经替你解释清楚了……唐婆婆现在怎样？”夏婷脸色缓和地问。

“还是昏迷不醒，我真担心她能不能挺过来。唉，她这病发得真不是时候啊，看来我们商定好的事要往后推推了。”孟雨涛很是遗憾地说。

“那当然了，哪个晓得这事这么不凑巧。”夏婷也很无奈。

“欸，唐婆婆的那些事你没给小雪讲吧？”

夏婷明白孟雨涛的心思，她盯着他说：“我是这么不懂事的人吗？唐婆婆病了，小雪又那么着急、紧张，谁还会在这个时候提那事，除非脑子有毛病。”

孟雨涛一下放下心来：“英雄所见略同，我们真是心有灵犀啊。”

夏婷随即白他一眼：“哪个和你心有灵犀喔。”

孟雨涛知道这是她的违心之言，便也不再去计较，而是将脸转向一边偷偷乐道：“那就没有吧。”

“不扯这些无聊的事了，你带我去看看唐婆婆。”

……

夏婷、孟雨涛从病房出来后，坐在过道的椅子上沉默不语，过了好一会儿，夏婷颇为焦虑地说：“看上去她病得不轻，我真担心她……唉，不说了。”她仰头想了想，突然轻声埋怨孟雨涛：“得知唐婆婆病了，你该回来给我说一声嘛，一去不回就把我甩到那瓜坐起，你晓不晓得我有好气好急，有几次我都忍不住想走了，幸好我坚持了最后五分钟。”

孟雨涛嘿嘿一笑：“事出有因嘛，你晓得我不是一个爱甩别人死耗子的人。”

“正因为我这样想才没走，不过还是下不为例。”

随后两人就唐婆婆的医疗费用、陪护问题交换了一下看法。因要回报社发稿，夏婷陪孟雨涛坐了会儿也走了。

孟雨涛终于又等来了前来看望唐婆婆的人。在观察室门前，他无意间看到一个中年男子在向医生打听唐婆婆在哪个病室，他立即上前询问那人是哪的，一听那人是街道办的，孟雨涛高兴地说："总算把你们盼来了。"

那人瞅着孟雨涛不解地问："你是……？"

孟雨涛赶紧做自我介绍，那人拍拍他的肩，夸奖道："不错，不错，小伙子你辛苦了，你能不能给我讲讲唐婆婆的情况？"

孟雨涛简单地将医生的话又重复了一遍。那人听后表情沉重地又随孟雨涛去探视唐婆婆。从观察室出来，那人又笑容满面地对孟雨涛说了些深表敬意之类的话，说完抽身就要走。

吔，他怎么对由谁来陪护唐婆婆、医疗费用这些最关键的事提都不提，这没对喔。孟雨涛赶忙追上去拦住他，向他提出了以上问题。

"对不起，小伙子，我只是我们领导喊我来了解一下情况，你说的这些，我回去就给领导如实汇报，具体该怎么办得他们定，目前暂时还是有劳你先顶着好不好？"那人说完又要走。

孟雨涛见他说得轻巧，立即拉住他的手臂，冒火地说："我又不是她的什么人，凭啥子要我在这顶？我们在这守了一天一夜，已很够意思了，我可告诉你，你们对这个孤寡老人不能撒手不管。"

那人讪笑道："我没说不管啊，你不要冲动嘛。"接着又以开玩笑的口吻说："看得出来，你是个心地善良的小伙子，你就再学习雷锋好榜样一盘嘛。"

孟雨涛不高兴了："少给我戴高帽子，我是不会被你这些甜言蜜语灌昏的，要我再学一盘雷锋？我早就不知学过好多盘了，戴红领巾的时候啥子到老人家中扫地擦窗户，啥子帮人家推车，等等，学习雷锋好榜样，共产主义品德多高尚，这些歌我们大家都会唱，你们也来高尚一盘噻。"

那人听了尴尬地笑出声来："好，好，大家都学。"

孟雨涛知道目前只有自己在这熬着，这是没办法的事，但他嘴上必须还是要强硬："这话还差不多，那我就再待一会，其实有没人来陪护不关我一点事，我是想走就随时可以走的，所以你们要赶紧落实此事，不要拖喔，免得到时把她一个人摆到这就不好要了。”

街道办的那人走后不久，柳亮的父亲和几个街坊邻居也来看望唐婆婆，他们从观察室出来后，都在念叨唐婆婆这人如何好、一生如何不幸的话，个个表情都显得很沉重很惋惜。当然了，他们同样也对孟雨涛夸奖了一番，弄得他哭笑不得，你们这样高度表扬我不是让我骑虎难下嘛，你们是不是把我当成唐婆婆理所应当的陪护了？对不起，我的思想境界还没这么高，我只是暂时替人站岗而已。

柳亮父亲临走时，将孟雨涛喊到一边，他犯难地说：“不晓得小雪咋个想的，我真有点为她担心……”

“她怎么了?”孟雨涛急切地问。

柳亮父亲面露忧虑地说：“唉，她是铁了心要在医院照顾唐婆婆，她的心情我理解，可这样陪下去不晓得要好久，她就是再年轻，身体也吃不消嘛。”

孟雨涛听了也很吃惊，他暗暗赞叹柳雪的同时，也觉得她的想法有些不理智，她根本没有必要这样自找苦吃嘛。

他想了想后对柳亮父亲说：“她这样做是不行，我得劝劝她。”

傍晚，柳雪来到医院时果然带来了洗漱用品等，一副俨然做好了要在这里打持久战的准备。

孟雨涛惊异地问：“你真的要把这事揽到自己身上啊?”

“啥子叫揽到身上，这是我应该做的事。”柳雪语气轻松地纠正道。

“我已向街办的人发出了最后通牒——要他们赶快解决陪护问题，你完全没有必要这样做是不是?”

柳雪淡淡一笑：“外人照顾我不放心。”

孟雨涛进一步苦劝：“这可不是一天两天的事，俗话说久病床上无孝子，我才待了不到一个下午，就觉得时间很难熬，你要想好喔，千万不要一时冲动。”

“我早想好了，决不会叫苦叫累。”

听了柳雪如此坚决的表态，孟雨涛明白再说什么也没用了，不得不语塞地直摇头。

……

孟雨涛在医院附近的街上吃完面条后，天色已暗了下来。之前他与柳雪已说好自己吃了晚饭就要回杂志社，可想到柳雪孤零零地待在医院很寂寞、很无聊，他不放心地又改变了主意，返回医院去陪她。

夏季的夜晚依旧闷热。急诊室门旁有一条爬满青藤的长廊，孟雨涛与柳雪坐在长廊下的石条上聊天。响着警笛声的救护车不时急驰而来，车一停在急诊室门外，人们慌手慌脚地将患者从救护车上抬下来送进急诊室……让医院宁静的夏夜充满紧张、肃穆的气氛。

救护车开走后，周围又一片寂静。孟雨涛深感不解地问柳雪：“我问你，你为什么这么坚决地要陪护唐婆婆呢?”

柳雪动情地说：“从我小时候她就一直很喜欢我，对我很好，一直把我当亲孙女一样，我也视她如亲婆婆。你知道婆婆没有一个亲人，现在她病成这样，我怎能眼看着不管呢……我原来还有这个想法，等我成家时，一定要把她接到我家一起生活，让她感受到人间的天伦之乐，可没想到现在她却这样了，不知道她还能不能等到这天……”

孟雨涛抽着烟静静地听着，他被柳雪这番发自肺腑的真情深深打动了。

灯光映射下，柳雪神情黯然、泪光闪动，显得格外美丽和惹人爱怜。孟雨涛凝视着柳雪怦然心动，他真想将她紧紧搂在怀里，但他忍住了，只是将手搭在她的肩上安慰道：“你不要太难过，婆婆不会有事，她会等到这一天的。”说这话时，孟雨涛已心生要与她一起承担照顾唐婆婆的念头。

唐婆婆从急诊室转进了川医住院部。

对孟雨涛天天都来陪自己照看唐婆婆，柳雪惊异地问：“哥，你不上班了？”

他不想把杂志社的真实情况告诉她，便撒谎道：“我给单位说了唐婆婆的情况，单位领导很同情这位孤寡老人的境遇，决定给我假来协助你照顾她。你看我们单位还是很有爱心，很有人情味的哈。”

“是吗？”柳雪心里泛起一阵惊喜和感动。

“当然了，万水千山总是情，洒向人间都是爱嘛，更何况你都做出了表率，旁人能不向你学习？”

“你少给我脸上贴金，我没你说的这么高尚，以后我可不想再听到这样的话。”柳雪很当真地说。

“行，行。”孟雨涛无奈地点头答应。

一个戴着口罩，手拿听诊器的大夫走进病房，一看见孟雨涛，她清秀的眉毛微微颤动了几下，随后她走到唐婆婆床边仔细观察了一下，并弯下腰将听诊器塞到唐婆婆胸前听了会儿，她直起身来时又看了看床对面的孟雨涛、柳雪，眼角露出明显的笑意。她在病房里每个病床前看了会儿后离去时，柳雪悄声对孟雨涛说：“这个护士对唐婆婆和我可好了。”

“她们是白衣天使，应该的。”孟雨涛不在意地说。

在他眼里，穿着白大褂、戴上口罩的女医护人员都显得很神圣，尤其是她们口罩上方的那双眼睛、眉毛以及耳旁的几缕秀发，他都觉得有一种特别的魅力，如果她们的态度再那么和蔼可亲，那她们简直就是美的化身了。当初他去拔牙时，就被杨怡秋口罩上方那双如水的眼睛勾住了魂，以致出了医院那双眼睛还久久在他眼前闪现，但这双眼睛如今早已黯然失色。

这天下午，孟雨涛正与柳雪坐在唐婆婆床边轻声闲聊，病房门口出现的一个人让他突然瞪大了眼，他愣了愣后急忙起身走过去惊讶地问：“妈，你怎么来了？”

孟母不作声地瞅了瞅同样是一脸惊异的柳雪，然后面无表情地对孟雨涛说：“你出来一下。”说完掉头就走。

孟雨涛回过头对柳雪笑笑："我妈，怪了，她怎么找到这来了？"

孟母站在离病房稍远的过道里等着，孟雨涛刚走到母亲面前，她表情严肃地厉声问道："住院的太婆，还有那个姑娘和你啥关系啊？居然班都不上了，跑到这里来守与你毫不相关的人。"

孟雨涛微笑道："生病的是柳亮的邻居，她没有亲人……守她的是柳亮的妹妹——柳雪，唉，这事有点复杂，一时说不清楚，咦，你怎么晓得我在这？"

孟母一脸怒色地说："不要转移话题，我问你——你是不是这几天都没上班？"

孟雨涛暗暗叫苦，她怎么对我的行踪了如指掌，我可不能把我离岗的事告诉她，忙又将之前对柳雪撒的那个慌重复了一遍。

孟母半信半疑地说："只要不影响工作，你来照看这个婆婆还是应该的。"

骗过了母亲，孟雨涛这才松了口气，他好奇地问："妈，你是听谁说的我在这啊？"

孟母得意地一笑："你不想想这是什么地方，当然是有人给我通风报信咯。"说完她朝过道里的护士工作区瞅了瞅。

孟雨涛顺着母亲的目光望去，只见工作台后一个女护士正看着这边，她不是柳雪称道的那个护士吗？这时她解下口罩，微微一笑地对他点了点头，孟雨涛蓦地觉得她十分眼熟，很快他想了起来——她不是以前母亲给自己介绍的对象潘小红吗？

他不由得有些尴尬地朝她点头一笑，同时惊异地觉得她比那时好看多了。

孟母看到孟雨涛惊愕的样子，不由得意地说："这下想起她是谁了吧。"

孟雨涛苦笑道："原来这里有你的眼线，怪不得你追杀到这来了。"

孟母郑重其事地悄声道："那个姑娘和病人的情况小红都告诉我了，听说你和那个姑娘看上去关系很不错，是不是？我问你，你和她好多长时间了？怎么也不把她带回家？是不是眼里没我这个妈了啊？”

母亲一连串的提问，让孟雨涛猝不及防，一时不知该怎么回答，他想了想才一本正经地说：“你误会了，我和她不是那种关系，你别把事情想歪了。”

母亲盯着他，自言自语道：“你们怎么会不是呢？……哼，我不信。”

孟雨涛正想进一步解释，孟母却说：“我刚才也看见了那姑娘，人模样也不错，更难得的是她心好善良，我喜欢她。哼，你可别给我说你和她只是一般的关系。”

孟雨涛哭笑不得，母亲却继续唠叨：“我说你也太不懂关心人了，那姑娘已在医院守了这么几天，天气这么热，你说一个姑娘家容易吗？我问你——这儿离家又很近，为啥你不把她带回家吃吃饭、洗洗澡？你怕我们不欢迎她是不是？好了，今天晚上你就同她回家吃饭，也顺便让她在家好好洗个澡，就这样说定了。”孟母说完转身就走。

孟雨涛没想到母亲做出这样的决定，他赶紧跟上去喊住母亲：“妈，你不要这么武断好不好？你这样做很容易让人产生误会……”

孟母停住脚步，回过头斩钉截铁地说：“这次你可就别扫我的兴，记住——我在家等着你们！”她说完再也不理会孟雨涛，转身而去。

望着母亲的背影，孟雨涛无奈地喃喃道：“你想儿媳妇心切，也不能逮到哪个就是哪个嘛。”

他一回病房，柳雪迎上去关心地问：“伯母找你有什么事吗？我看她对你很不高兴哩。”

“没事，她就是听人说我在这里，顺便来看看。”

“喔。”

在接下来的时间里，柳雪注意到孟雨涛不时心事重重地看着手表，她体贴地说：“哥，你是不是有什么事？有事你就先走吧。”

孟雨涛犹豫地想了想，便将母亲的意思对柳雪和盘托出。她听后脸蛋一下红了，急忙推辞道："你妈的心意我领了，你回去替我谢谢她，但我真的不能去。"

柳雪的回答在孟雨涛意料之中，虽然他也不想强人所难，但想到母亲临走时言之凿凿的交代，他有些犯难地说："我知道你不想去给他们添麻烦，我也觉得我妈的决定太唐突，可她已经把话说死了，你要是不去的话她肯定很生气，也会把我骂惨，唉，真伤脑筋啊。"

孟雨涛把话说到这步，柳雪知道自己再不去就会冷落老人的好意，也会让孟雨涛十分为难，她不得不有些松口地说："可婆婆这里离不开人呀？"

柳雪突然改变主意让孟雨涛有些喜出望外，他想了想说："我这就去叫亮娃来替我们守一下，如他来了，我们就遂我妈一次心愿好不好？"

柳雪只得无奈地应道："好吧。"

傍晚，当柳雪忐忑不安地随孟雨涛走进家门时，受到孟雨涛母亲、嫂子的热情接待，孟雨涛则成了一个被遗忘冷落的人。见母亲如此喜欢柳雪，他心里自然也很高兴。

孟母一边给柳雪削水果一边笑眯眯地说："你主动陪护邻居婆婆的事我们都知道了，我们都很敬佩你呢。"

柳雪红着脸羞怯地说："这没什么，我就和婆婆本来就有感情。"

孟母不同意地说："就是家人生病住院，你这样做也很不容易，久病无孝子，我知道陪护病人可不是件轻松的事，吃不好、睡不好……你现在来了家里就好好休息，我们这就给你做可口的饭菜。"她说这话时目光里盛满无限的怜爱和赞许。

"不用特别麻烦，还是我来做吧。"柳雪说着站了起来。

"那怎么行!"母亲一把拉住柳雪，带着几分疼爱地说，"你先坐下休息，然后洗个澡，这些事我们来做。"

“就是就是，你是客人，咋能让你动手呢，有我妈和嫂子，你就安心地坐享其成吧。”孟雨涛跷着二郎腿得意地说。

望着悠闲喝茶、抽烟的孟雨涛，柳雪笑着责怪道：“哥，你怎么光动嘴不动手，连你妈也支使啊?”

孟母高兴地对柳雪说：“你看我这个儿子是不是太不懂事？他呀，每次回到家，就像个老太爷需要有人服侍，没了我们，看以后哪个来管他。”

孟雨涛哈哈一笑后说：“这就不用你来操心了，妈，今天你可要做几样你的拿手菜，一定要让你特意请来的客人感到满意喔。”

“这还用你说，你就只晓得发号施令，下来再说你！”孟母高兴地嗔道。

……

柳雪在卫生间洗澡时，嫂子悄声对孟雨涛一笑：“小涛，你眼光不错嘛，这姑娘很讨妈喜欢哩，妈，你说是不是?”

孟母满意地点头道：“这样的女孩现在难找啊。”随后她关心地问孟雨涛：“对了，小雪今年多大啦？她大学毕业在哪个单位工作?”

孟雨涛不耐烦地说：“妈，你问这些干啥子嘛，我给你说过，我和她没那方面的事，你就不要心存幻想哈。”话一说完，他就走到客厅外的阳台上凝望着远方。

“嘿，你怎么这么跟妈说话呢。”孟母没好气地皱眉道。

孟雨涛虽然表面若无其事，内心却在翻江倒海，他何尝不知道柳雪是个不可多得的好姑娘，而且越来越强烈地感受到小雪就是值得自己深爱的那种人，可他同时又保持着清醒的认识，小雪还是个没谈过恋爱的清纯女孩，就像一张纯白洁净的白纸，虽然在白纸上能画出最美最好的图画，但遗憾的是执笔画画的人不是我，我不能亵渎我们这么多年纯洁的兄妹之情啊。

柳雪和孟雨涛一家人气氛融洽地吃过晚饭后，坐了会儿后她就急着要回医院。在孟雨涛和柳雪临出家门时，孟母将一大袋水果递给孟雨涛让他带走。

孟雨涛嫌麻烦地说："我又不喜欢吃，你拿给我干啥？"

孟母板着面孔说："我哪是给你准备的，这是带给小雪在医院吃的，我才不会管你呢。"

柳雪连忙推辞道："谢谢伯母，我真的不需要。"

孟雨涛乐呵呵地接过水果，顺便故意给母亲泼冷水："还是老母亲想得周到，我和小雪是兄妹关系，妈，你以后就认她当干女儿吧。"

孟母生气地瞪了孟雨涛一眼，随后亲热地拉着柳雪的手叮嘱道："你找得到这里了，以后有空就一定要来家洗澡、休息、吃饭，不管小涛陪不陪你来，千万别客气，以后你就把这当成自己的家好了。"

对孟母这番直白热情的表态，柳雪盛情难却地红着脸连连点头。

孟雨涛一出家门就埋怨道："我那个妈啊见了你就唠唠叨叨没个完，真是老糊涂了。"

柳雪心情极好地说："哪喔，你妈看起来一点也不显老，哥，你妈年轻时一定很漂亮吧？"

孟雨涛得意地说："那当然，不仅容貌美丽，更有一颗善良的心，完全是个资格的贤妻良母。"

"我感受得到。"柳雪点头由衷地说，这时她不由得想起了自己去世的母亲，不禁有些感伤而羡慕地说："你有这样一个母亲真幸福啊！"

孟雨涛察觉出了她的心思，他轻声问道："是不是你现在又想起你妈了？"

柳雪微微低下头"嗯"了一声。

孟雨涛叹息道："唉，你妈也是个好母亲啊，只可惜走得早了些，要是她还健在该多好……"

两人并肩沉默地走了一段路后，柳雪率先从这压抑的气氛中解脱出来，她捋了捋额前的几缕秀发，突然转移话题："没想到你妈和你嫂子对我这么好，起初我还怕见她们哩。"

孟雨涛漫不经心地说：“我家就两个男孩，我妈特别希望有个女儿，所以她对你格外喜欢，你也不要有受宠若惊的感觉。”

柳雪微笑道：“我起初还真是有点受宠若惊，不过后来我一点也不感到紧张、拘束了，看到你妈喜欢我，我还是感到很高兴，这说明我不是一个讨人嫌的人。”

“那你以后要经常去我家了？我看你是答应了她的。”

柳雪一下犯难起来，她默默地走了几步后笑吟吟地恳求道：“这样好不好？以后要是你妈问起这事，你就帮我个忙，就说我实在没时间来你家，并替我谢谢她的好意。”见孟雨涛默不作声，她又撒嗲地说，“哥，求求你了……”

孟雨涛明白她是不愿给母亲添麻烦，他也不希望母亲来瞎掺和自己和柳雪之间的事，便笑着答应了下来。

柳雪这才如释重负地对他调皮一笑：“那我先谢谢你了！”

孟雨涛不想再说这事，走到川医卫校门口，他指着路两边合抱粗的银杏树说：“你看这银杏多枝繁叶茂，要是叶子黄了的时候，金黄的树叶遮天蔽日，那才美呐。”

柳雪仰头望着头上浓密的绿叶说：“到时我可要来这看看。”

当孟雨涛、柳雪说笑着一进病房，柳亮满脸狐疑地问柳雪：“看你这开心的样子，是不是在大哥家吃啥子好东西了？”

柳雪将头一昂，得意夸张地说：“好吃的可多了，简直就是一桌丰盛无比的晚餐，吃得我现在肚子还胀得难受。”

柳亮羡慕地调侃道：“一个女娃子见了好吃的就敞开肚皮吃，没出息啊，你这不是给我们柳家丢脸嘛。”

柳雪急忙辩解道：“我才不像你，你这个七把叉见了吃的才如狼似虎、丢人现眼哩。”她随后又看着孟雨涛，像要找个证人证明自己的清白：“哥，我在桌上是不是很斯文？只是你妈不停给我碗里夹菜，我不吃完又不好，只得硬撑着吃下去。”

孟雨涛笑道：“主要怪我妈太过于殷勤了，她生怕妹儿吃不饱似的使劲劝人家吃，我对此忍无可忍地说了她好几次。”

柳亮拍拍肚子说："你们是吃安逸了，我现在饿得发慌，大哥你在家没喝酒吧？我们是不是出去找个地方喝点？"

要是平常，孟雨涛肯定毫不犹豫地答应，但他今天没这个心思："你自己去吃吧，我就不陪你了。"

孟雨涛的回答实在出人意料，柳亮、柳雪不由怔怔地望着他。

柳雪随即劝道："哥，你已在这待了一天，你还是去散散心。"

孟雨涛不为所动地说："我还想在这待一会儿，亮娃你先走吧。"

柳亮走后，柳雪要削苹果，孟雨涛忙抢过苹果："我来削。"

在他削果皮时稍一走神，手指被刀划伤流出血来，柳雪见状紧张地抓住他的手，皱着眉头担心地问："痛不痛？"

孟雨涛毫不在意地笑道："一点没感觉。"

见伤口还在流血，柳雪不假思索地将其受伤的手指拿到嘴前，毫不犹豫地用她柔软灼热的双唇吸吮着伤口。孟雨涛没想到她会做出这样的举动，心跳骤然加速，慌忙将手指从其嘴唇间移开并一个劲地说："没事，没事。"

"我去要点碘酒和纱布。"柳雪说完就向门外跑去。

柳雪小心翼翼地给伤口缠着纱布，还责怪地说："你真笨啊。"

孟雨涛笑而不语。

帮孟雨涛处理完伤口，柳雪继续削苹果，她将削完果皮的苹果递给孟雨涛让他先吃，但他推让道："你吃，我去抽烟。"

"不行。"柳雪执拗地将苹果喂到他嘴边，以命令的口气说，"那你吃一口！"

孟雨涛拗不过只得照办，柳雪这才开心地笑了，随即将苹果放在自己嘴里咬了一口，见孟雨涛咽下了嘴里的苹果后，她又将苹果送到他嘴前。他这次不再扭捏，故意贪吃似的张大嘴狠狠咬下一大块果肉，然后津津有味地咀嚼起来。

柳雪开心地说："看你这狼吞虎咽的样子，可别噎着了。"

两人就这样你一口我一口地吃完了整个苹果，看上去就像一对甜蜜恩爱的情侣，同室陪护不时投来羡慕的目光。

第二十五章　爱你在心口难开

昨晚，与唐婆婆同病房的一位老年患者去世了，柳雪是眼睁睁看着他咽的气，在家属悲恸欲绝的哭声中，她恐惧地看着他的遗体被抬上推车拉走，这一幕对她是个不小的刺激，以致孟雨涛第二天上午来到病房时，她还没从这恐惧的阴影中走出来。

见她紧张不安地看着昏迷不醒的唐婆婆，孟雨涛便带她去医院的花园里散心。花园里树木葱绿、鲜花娇艳，路旁繁密的栀子花散发出浓浓的香味。一些身着病号服的患者在家属的陪同下，有的坐在椅上望着蓝天，有的在小径上蹒跚而行……

他俩沿着花园的小径缓缓走着，看到柳雪的眼里还透出一丝惊恐和不安，孟雨涛便耐心地安慰她："人活在世最不愿去的有两个地方——医院和火葬场，可这两个地方每天都是人来人往，简直比商场还热闹，所以不管你愿不愿意，该去的总得去，因为生老病死是谁也无法避免的。医院就是生与死的交界线，一个人到了一定的时候都要进来，绝大多数的人能平安地从这里再走出去，而有的则不能，这是很正常的现象，你应该以平常心来看待这些。”

“这道理我懂，可是亲眼看见一个人就这样走了，我真的感到很害怕、很压抑。”柳雪轻声说。

“哪个不畏惧死亡呢，小时候我家就与病房相邻，经常有载着尸体的运尸车从家门口的过道里推过，起初我也感到非常害怕，记得有个晚上，我觉也不睡一直想人为什么要死这个问题，一想到自己和身边的人将来都会离开这个世界，我还急得伤心地哭了起来。可后来我慢慢地就不害怕了，医院里有哪个职工死了，我和邻居伙伴还要跟着去火葬场看火化，有时我们还要跑到医学院的解剖室窗前去看稀奇，里面摆放着一具具油布搭着的遗体以及挂着的人体骨骼架……”

讲到这里，他指着医院外不远处的一座土丘说：“那是皇坟，有一次听说那挖出了一具古代的女尸，我还赶忙跑去看过呢……”

柳雪满脸惊异地说：“没想到小时候你这么胆大。”

孟雨涛微笑道：“不是有见多识广、见惯不惊这样的话嘛，所以啥子事只要见多了也就无所谓了，我讲这些，主要是想告诉你不要害怕死亡，你要学坚强的小铁梅噻，你看我小时候咋个的……”

“你是男娃娃，当然不怕了，再说我难得经历这些事。”

孟雨涛乐了：“嘿，你才好大哟，居然说我是男娃娃，没大没小。”

“我说的是你小时候，那时你是个娃娃嘛，现在叫你男娃娃也没错噻。”柳雪有些开心地说。

柳雪心情有了好转，孟雨涛也放下了心，他又装出无奈的样子直摇脑壳：“啥子世道喔，咋个老少都没得了。”

柳雪被孟雨涛垂头丧气的样子逗乐了，突然她停住嬉笑，指着前方惊异地问：“咦，那不是你的那个大学同学吗?”

“嗯，哪个大学同学?”

孟雨涛赶紧顺着她手指的方向望去，没想到那人居然是黄天伟。

他顿时惊喜交加，妈哟，你还是好好地活在人间嘛，消失了这么长时间，今天终于被老子撞上了，以前不晓得你娃是死是活，还让老子为你牵肠挂肚了好长时间，只要看到你站着出现在我面前，这就对了嘛，活着比啥子都重要，其他的我们下来慢慢说。

孟雨涛本想立即过去喊他，但忍住了。

黄天伟站在长廊下正和一个坐在石条椅上的女人发生激烈争执，当那女人扭过头来时，孟雨涛认出她是刘芸。怪了，这两人怎么跑到医院赌气吵架来了？孟雨涛、柳雪不由驻足观望。

可能是两人越谈越僵，不一会儿刘芸站起身来要走，黄天伟赶忙上去拉住她，但她凶狠地甩开他的手负气而去。黄天伟站在原地朝她喊了几声，但刘芸头也不回地径直走了，边走边还抬起右手揩拭着脸部，看样子是在抹眼泪。黄天伟看着刘芸的背影消失后，沮丧地坐在石条椅上垂头叹气。

“我们还过去吗？”柳雪小声问孟雨涛。

“那当然。”

他俩走到黄天伟面前，黄天伟居然没有察觉，孟雨涛拍拍他的肩，大声说道：“看你这失魂落魄的样子，是不是才从阴沟里爬出来啊？”

黄天伟这才抬起头来，一脸诧异地看着孟雨涛、柳雪，随后脸上挤出一丝尴尬的笑容：“是你们嗦。”

孟雨涛在黄天伟旁边坐下，高兴地说：“你娃那晚一去就泥牛入海无消息，老子还以为这辈子都见不到你了，没死就好。”

“你咋这样说呢，好死不如赖活嘛。”黄天伟说完又不吭声了。

“看你这垂头丧气的衰样，你和歪汉娜闹翻了？”

“你们刚才看见了？”

黄天伟惊异地问，他看了看柳雪后欲言又止。

柳雪明白自己在场，黄天伟有些话不方便说，忙说她要回病房看婆婆就转身走了。

柳雪走后，黄天伟有些难为情地说：“她怀孕了，说是我的娃娃，今天陪她来打胎，妈哟，哪个晓得是不是我的喔……你们咋个在这？哪个生病了？”

“柳雪的一个邻居。”

“喔，我就说嘛，哪个会到医院谈情说爱。”

孟雨涛没有心情与他开玩笑，他神情严肃地说：“我前一阵打不通你的电话，就到你的外贸公司去找你，但公司已被查封了，你的泡菜厂是不是也垮杆了？你现在到底是啥子状况？”

黄天伟惊讶地看着孟雨涛：“你都晓得了？唉，一言难尽啊！”

他心里酸楚地抬头望天，眼里已噙着泪水。

孟雨涛心里也沉重起来，他掏出烟递给黄天伟一支，为他点燃了火。

黄天伟深深地吸了几口烟后，讲了自己的境况。

由于无法偿还贷款和支付员工工资，资金链断裂，外贸公司和泡菜厂都被查封倒闭了，他的汽车、手机等财物均被扣留抵债，老丈人和妻子也知晓了他与刘芸的关系，他们对此愤怒不已，老丈人态度坚决地要女儿与黄天伟离婚，但女儿不想离婚，在女儿的哀求下，老丈人、妻子与黄天伟约法三章：老丈人替他偿还欠款，但不准他再经商；要他与刘芸从此彻底断绝关系；只能待在家里陪妻子。万般无奈之下，黄天伟答应了这些条件，开始了居家男的生活，但他没想到妻子对他更是严加看管、冷眼相待，钱亏了不是主要的，最不能释怀，最不可原谅的是他在外面耍女人。黄天伟在家里成了缩头乌龟不说，妻子还不准单独外出，使他完全与外界失去了联系，这样的日子把黄天伟快逼疯了，他实在无法忍受这样寄人篱下的生活，坚决提出离婚，结果他只能净身出户，带着自己的衣物与书籍离开了家境富庶的妻子家……

“简直想不到会是这样的结局，太可悲了！”孟雨涛叹息不已。

黄天伟抹着湿润的眼睛，神情悲壮地说：“他们对我如此苛刻，这哪还是人过的生活嘛，哼，他们居然剥夺老子的人身自由，这对我来说简直就是奇耻大辱，士可杀不可辱，若为自由故，啥子都可抛，所以老子唱着‘起来！不愿做奴隶的人们’毅然选择了自由！”

孟雨涛不胜唏嘘：“你现在住哪呢？以后咋个办？”

“目前住在父母家，以后的事现在没想好。”黄天伟情绪低落地说。

“真是成也容易败也容易！”

两人随后长时间沉默无语。

孟雨涛盯着愁眉苦脸的黄天伟，心里直埋怨：我早就告诉过你歪汉娜不是什么好鸟，她每次逼你离婚你只得用钱去暂时抹平了事，她的狰狞面目和险恶用心早就暴露无遗了，可你就是不听我的劝，你们闹过后，你总还要在我面前为她评功摆好，说什么人无完人、金无足赤，我看你是彻底被她的床上功夫迷住了，你现在沦落到这种地步，完全是咎由自取……

孟雨涛心里有些生气，但他此时不想去说这些烂事，而是神情悠闲地吟道：“啊，军阀重开战，洒向人间都是怨。”

黄天伟一脸苦笑：“你嘲笑我是应该的，唉，雨涛，我现在都这样了，有些事就不对你隐瞒了。”

他垂头丧气地述说起来：“她咋个这么容易怀孕喔，这不刚才陪她做了人流手术。这婆娘真会找时机敲竹杠，开口就要十万，说只要我如数付钱，她立马两手清，从此决不再纠缠我，否则她要与我闹个鱼死网破，真的是凶相毕露啊！你说她是不是做得太绝情了，妈哟，这又不是打麻将，哪有这么狮子大开口的，心太黑了！”

孟雨涛虽然心里很同情、可怜他目前的境遇，但嘴上却毫不留情地嘣出挖苦的话来：“这算什么呀，有人不是夸夸其谈说啥子对付女人我有一整套丰富的经验、一切都在我掌控之中吗？怎么现在一下没抓拿了？其实依我看，这十万分手费还算温柔，男人嘛，该付出怎样的代价就得付，电影《小兵张嘎》里不是有这样一句台词——‘别看你今天闹得欢，小心明天拉清单’，我告诉你，现在你真是大难临头了，你把人家摧残了，人家咋个不狠狠地咬你一口，咋个不撕你一个翅膀或脚脚下来呢，你就等着完蛋吧。”

黄天伟愁眉不展地说：“我现在都快愁死了，这个时候你还忍心嘲笑我？真不够朋友。”

“你说，那我该怎样抚慰你这破碎的心？”孟雨涛装出深表同情的样子说。

黄天伟猛然抬起头来看着孟雨涛，目光里透出恳求与希望：“有一件事还真需要你出马相助，就看你能不能挺身而出了……”

“我有啥本事能帮你逢凶化吉？是不是要我把她给做了，让她从此在这个世界消失？”孟雨涛感到好笑地说。

“没这么可怕，其实我只需要你去做做她的思想工作。刚才你也看见我和她已彻底闹翻了，我和她是肯定谈不出什么结果的，她对你印象还不错，我想你出面动之以情、晓之以理地去劝劝她，说不定还有作用，我晓得她和我不是共患难的人，我们之间没有一点真感情，要喊她吐点钱出来肯定不容易，但让她打消还想从我这捞一把的念头还是有可能的，说实话，我也没得钱了。”

“啥子呢？你要我去替你讲价还价？不行不行、绝对不行！你晓得我买东西都不想讲价，你这桩谈钱的事，我实在是爱莫能助，对不起，这不是我擅长的东西。”孟雨涛深感为难地当即予以拒绝。

黄天伟一听这话，刚刚眼里还闪现的希望火花一下熄灭了，他神情沮丧地说：“算了，你既然不愿去，我也就不为难你了，唉，那就听天由命吧。”

孟雨涛对朋友之间相处有自己的一套看法，这就是：朋友能够帮忙但不帮不够朋友，朋友为难朋友也不够朋友，但朋友有难必须帮助朋友。此话虽有点绕口，但他一直觉得朋友之间应该遵循这一原则。他晓得现在有些女人把钱看得比啥子都重要，你要喊她们把捏在手里的钱拿点出来，简直就像挖她的肉、掏她的心，那难度不亚于蜀道之难，不过去劝劝她不要狮子大开口，这是合情合理的，这事好像还好说。

他动了恻隐之心，但底气有些不足地说：“我只能去试试，但我不能保证说服她。”

黄天伟一下激动地抱住孟雨涛：“好朋友啊！你太仁义、太够哥们儿了！”

“不要高兴得太早地捧我，我只是看到你如此可怜兮兮，才违心答应帮你去做这种龌龊的勾当。”孟雨涛淡淡地说。

“我知道、我知道，这事的确委屈你了，此事宜早不宜迟，我们现在就去。”黄天伟生怕孟雨涛改变主意，急忙说道。

黄天伟、孟雨涛打的去刘芸的住处，路上，黄天伟不断语重心长地叮嘱此行的重大意义，还不放心地献计献策：“这事要循序渐进，刚见刘芸时，你先说些体贴温馨的话，让她心里感动，随后委婉地问她是不是和我闹了点小矛盾，如她坦诚相告，你就先装出愤怒的样子斥责我，而后才发表你的看法……”

孟雨涛不悦地说：“你有神机妙算，你去说啊。”

黄天伟尴尬地一笑后说：“还是你合适，你合适。”

途中，黄天伟还特意去商场买了一大袋补品，他蛮有心得地说：“你提着礼物去看她，就说是你的一点心意，这样她就对你更有好感，说起事来效果也会更好。”

孟雨涛有些不自在地说：“我提着这么多东西上门，怎么有种去行贿的感觉，这分明就是黄鼠狼给鸡拜年嘛。”

黄天伟老练地说：“这个铺垫是必须的，你不要心虚，管他给谁拜年，只要送礼上门，不看僧面看佛面，谁都会给你好脸色的，哥哥你就大起胆子往前走就是了！”

孟雨涛呛他一句：“我有啥子心虚的，我又没做啥子亏心事。”

黄天伟讪笑道：“那是那是，做亏心事的是我。”

他们来到刘芸住处的院门前，黄天伟指着一幢楼道出刘芸的房间号，他转头看见孟雨涛若有所思地沉默着，以为他要打退堂鼓，赶忙给他打气鼓劲：“你是不是有点紧张？千万要放松、自然，就当去看自己的女朋友一样。”

孟雨涛理直气壮地说："这有啥子好紧张的，不就是去砍价嘛，就这一刀下去，把她开的价毫不留情地杀下来。"说着他还潇洒地将手掌猛然向下一劈。

"好同志啊！"黄天伟表情夸张地紧紧握住他的手，"党给你智慧给你胆，我相信你一定会不辱使命，我等着你传来胜利的消息，出发吧！"

在黄天伟的注目下，孟雨涛从容地提着礼物砍价去了。

来到刘芸门口时，他还是觉得心里怦怦直跳，他闭目长吸一口气然后徐徐吐出，心里不停告诫自己镇静、镇静。当他觉得自己调节好了心态后，抬手开始敲门，可敲了半天里面毫无动静。

就在他以为屋里没人转身要走时，房门开了。一见孟雨涛，刘芸冷若冰霜的脸上顿时露出惊异："是你？"原来她以为来者是黄天伟，故而赌气久久不开门。

孟雨涛进屋后将一大袋补品放在茶几上，满脸带笑地说："听天伟说最近你身体不好，我特意来看看你。"

刘芸听了不仅没说谢谢、请坐之类的话，还满脸不屑地质问道："是他叫你来的吧？"

"不是，不是，他不让我来，可我和他是好朋友，我们也很熟了，我觉得应该来看看你。"

"算了吧，没必要在我面前装相了，不是他说的你能找上门来，哼，谎都扯不圆。"她煞白的脸上露出一丝嘲笑，缓缓走到一个单人沙发前坐下，然后指了指对面的椅子，冷冷地说："坐吧。"

孟雨涛对她的冷漠和傲慢心里很不舒服，但为了不影响后面要谈的大事，他不得不忍受，还强装笑容关心道："看你脸色不太好，你可要好好休息。"

"干脆点，他让你带啥子话？"刘芸双手抱臂、盯着孟雨涛问道，语气冷淡而咄咄逼人。

孟雨涛忍住不快，继续撒谎："哪有这回事喔，我就是来看看你。"

刘芸哼了一声轻蔑地说："你们就别在我面前演戏了，你不就是来当说客的嘛，他给了你什么好处？"

事情的开头就与设想的完全不一样，孟雨涛的虚情假意、委曲求全不仅没换来刘芸的好感，反而被人家嗤之以鼻、羞辱了一番，这让孟雨涛心里大为光火，你以为你是谁呀，我刚才对你已是一忍再忍，给你鼻子你还真上脸了，真是不知天高地厚、没得天理王法了，我才不尿你这一壶！我再不还以颜色，你是不是就要骑到我头上拉屎了？

气一上来，什么小不忍则乱大谋、此前设计好的方法、步骤统统抛在了脑后，他厉声说道："我的确是来当说客的，但没有一分钱的好处。"他指指桌上的东西："这些东西是他买的，这下我说得够清楚了吧？"

孟雨涛态度的陡然转变令刘芸猝不及防，她愣了愣后说："我和他之间的事不用你掺和。"虽然语言是在顶撞孟雨涛，但口气已明显缓和了下来。

已到图穷匕首见的时候了，孟雨涛决定不再打迂回战术，便直接向她摊牌："你们那些事我本来不想管，但既然受人之托，我还是要把话说清楚……你先别激动，听我把话说完。事情发展到这一步，很难说清谁对谁错，一个巴掌拍不响，当初还不是你有情他有意对不对？要分手嘛也要好好分噻，何必整成仇人，看在你和他多年相处的分上，他也对你不薄是不是？现在他落难了，你是不是把从他那拿走的钱退给他一些，帮他渡过目前的难关，以后你们还可以重振山河嘛。"

刘芸一下激动起来："啥子呢？他还想喊我把钱退给他？简直是白日做梦！我还要他再拿钱来赔偿我呢！那你告诉他，我要的也不多，就十万，这数目一点不高，你知不知道我被他占有了多久？这两年多来我为他都打过几次胎，他还妄想我拿钱给他，哪有这么便宜的事，他不该赔我青春损失费、身体、精神补偿费吗？"

歇了口气，她咬牙切齿地说："他无情我无义，我就是要像狼一样狠狠咬他，咬得他遍体鳞伤，这次他不答应我的要求，我决不放过他！他把这笔钱给我了，我就去上海开始新的生活，从此和他两清。”

孟雨涛心里一震，他不由得有些同情起她，心里直骂黄天伟，你龟儿子也把人家摧残得够可以了。

他想了想后平静地好言相劝：“他是该赔偿，但他现在遇到坎了，成了穷光蛋，根本拿不出钱来，这你很清楚的嘛。”

刘芸毅然道：“不行！他要是不给，我敢杀死他信不信？大不了我也抵命。”

这番话令孟雨涛不禁倒吸了一口凉气，这女人怎么说出如此恐怖的话来？不行，我得打消她杀人的念头，即使她只是气头上随口说的也不行。

他马上语重心长地开导起来：“小芸姑娘啊，人一生是生命重要还是钱重要？我劝你还是冷静想想，千万不能一时冲动走极端，你未来的路还长得很嘛，不要因这事毁了自己。”

刘芸沉默了，突然她发怒地哭嚷道：“你走！你走！我不听你的鬼话！你们都不是好东西！”

事已至此是无法再沟通下去了，孟雨涛觉得该说的也说了，于是起身朝房门走去，走到门口时，他又转过身和颜悦色地说：“你要多想想，千万不要做蠢事！”

孟雨涛走下楼梯时，听见刘芸将那袋补品扔在楼道里发出的响声，随后是重重的关门声。他无动于衷地想：“管你要不要这些东西，反正不是我花的钱，对不起，我是不会灰溜溜回来拣走的。”

走下楼，孟雨涛的耳边还萦绕着刘芸要动杀机的那句话，他感慨地想：这社会有的人怎么变得越来越糊涂，居然要钱不要命，动不动就拿死说事，你是真的活够了还是想吓唬谁？有这么随便拿生命做赌注的吗？你没见过临死之人那种对生强烈渴求的目光哟，你该到医院去看看那些奄奄一息的病人，该去宁夏街四大监看看那些即将被押赴刑场执行枪决的死刑犯。

嗯，虽然“死”这个字成都人是爱经常挂在嘴上，比如爱说热死了、冷死了、饿死了、笑死了、安逸死了，等等，听起来好像极其凶残，但那是成都人喜欢夸张、乐观对待生活的幽默表达，完全是说要的，说者听者都不会在意，但你要说去杀死哪个就非常不对了，不管你是冲动说的还是想威胁哪个，这样的话哪个听了都不舒服，所以最好不要去想去说，一旦这错误的念头支配了你的行动，那就不是好不好要的问题了，而是真正一失足成千古恨，下来咋个后悔都没用了……

哎，我一出门咋个把死的问题想得这么多、这么透彻，该在没出门的时候想起这些对歪汉娜说嘛，算球了，说得再多也未必管用。孟雨涛想到这里，有些懊恼地拍了拍脑袋。

“我拿青春赌明天……何不潇洒走一回……”一家窗里飘出歌声。孟雨涛听着直发毛：简直是在瞎编乱唱，做人留一半清醒留一半醉还是可以的，但拿青春做赌注就不对了，说白点，这分明就是拿自己的身体去赌未来嘛，一旦赌输了，你可知道到时下场有多悲惨，你看刘芸那么聪明的姑娘，现在赌得连杀人的念头都有了，你看她现在还潇洒得起来吗？这个赌注不好要，年轻人，尤其是妙龄女娃娃还是少这样唱为好……

孟雨涛一出院门，黄天伟急切地询问结果。听了孟雨涛的讲述，他勃然大怒：“这婆娘这回硬是给我要横嗦？居然还给老子动起了杀机，把老子逼急了，她也不要想好过!”接下来便是沉默、直喘粗气，过了好一会儿，他不好意思地对孟雨涛说：“今天让你受委屈了，兄弟我实在很歉意。”

当他听到孟雨涛急着要去医院时，不解地说：“哟，你现在简直像变了一个人，那病人与你有啥子关系？我看你是醉翁之意不在酒，你可不要在女人面前犯低级错误喔。”

孟雨涛反唇相讥：“在你个头！我看你还是好好想想自己的下场吧，你与刘芸网起才弱智，虽然把人家搞到了手，但钞票却大大地装进了人家的腰包，经常还被折腾得提心吊胆、惶惶不可终日，现在老婆没了，人家也要拿着票子远走闯荡上海滩，我现在才晓得什么是鸡飞蛋打、偷鸡不成倒蚀一把米了，有的人才真正弱智得好可怜呐！”

这话戳到了黄天伟的痛处，他无奈地苦笑说：“伤心的往事不要再提好不好？人都有发瓜的时候是不是。”

孟雨涛笑道：“只要记住不要再犯同样的错误就好。”

黄天伟一脸沉痛状地说：“教训深刻呐，哥们儿，你要以我为鉴啊。”

唐婆婆一直昏迷不醒，柳雪忧心忡忡地问孟雨涛：“哥，婆婆怎么还不醒过来呢？”

这同样是孟雨涛为之担忧的事，但他装出轻松的样子宽慰道：“没事的，没事的。”

柳雪怯怯地说：“但我还是感到很害怕。”说完不由得攥住了孟雨涛的手。

孟雨涛知道这时的她太需要有人鼓励和安慰，他怜爱地说：“你不要多想，心情放松些，这几天你是有些累了，还是回家好好休息一天，我替你在这照看。”

柳雪倔强地摇摇头，随即疲惫了似的将头靠在孟雨涛肩上闭上了眼。为了让她好好休息一下，孟雨涛一动不动地端坐着，不一会儿，他也将头仰靠着椅背闭目养起神来。但没过多久，他突然觉得手臂上有什么东西，不由得猛然睁眼，原来夏婷正站在身旁用手指轻轻戳着他的手臂。

孟雨涛轻声道：“是你啊……”

夏婷将食指竖在嘴唇上轻轻“嘘”了一声，然后坐在病床上，有趣地看着小鸟依人般靠在孟雨涛身上的柳雪，尽管夏婷的动作很轻缓，但柳雪还是有感应似的睁开了眼睛。

一见夏婷正笑眯眯地看着自己，柳雪忙抬起头来惊异地叫了声婷姐，见自己还攥住孟雨涛的手，她有些不好意思地赶紧松开了。

夏婷亲昵地拍了拍柳雪的肩头："你看上去很疲乏，可要注意休息喔。"随后她转身看着身旁的唐婆婆，脸上挂满了忧虑。

这时，柳雪突然起身望着门口惊叫道："爸——"

柳雪父亲、柳亮、李三哥、孙大哥夫妇走了进来。他们围在床边神情肃然地望着唐婆婆。柳雪父亲随后看着女儿，有些心疼地说："在医院陪护了几天，你整个人都瘦了。"

孙大哥爱人拉着柳雪的手，敬佩地说："妹儿，现在整条街的人都在说你好话呢。"

"是啊是啊，唐婆婆虽然举目无亲，但生病的时候有小雪照料也是有福了。"孙大哥也感慨道。

柳雪抹抹眼睛，不好意思地说："我又没做什么。"

李三哥把脸一拉："欸，咋个能说没做啥子呢？你这样尽心照顾非亲非故的孤寡老人，这在全城找得出几个喔？你这种精神完全值得全市人民学习。"

柳亮嘲笑道："你说话怎么像个市长在发号召，可惜你只是个蹬三轮的。"

他的这番话顿时缓和了压抑的气氛，众人听了都小声地笑了笑。

孙大哥爱人将目光移向夏婷："这不是夏记者吗？你应该写篇新闻，在报上好好宣传一下我们小雪。"

夏婷猛然醒悟道："是呀，这真是一个好新闻！怎么近在身边我反而忘了呢？应该写，应该写！

"别，别，千万不要写！"柳雪一下急了，她忙走到夏婷面前央求道，"婷姐，你可不能听他们胡说呀！"

夏婷认真地说："他们说得对，现在正需要这样的报道，消息一见报，肯定会引起很大的社会反响。"

柳雪红着脸，拉着夏婷的手央求道："求求你了，你可千万不能写！不然我会生气的……"

夏婷迟迟不表态，孟雨涛出面替柳雪解围："我看还是尊重妹儿的意见，免写算了。”

柳雪向他投去感激的目光。

夏婷想了想，遗憾地说：“既然你们都不同意，我就只好照办了，不过放弃了这条有价值的新闻，真的太可惜了。”

柳雪这才释然地朝夏婷一笑：“那就谢谢婷姐了。”

柳亮遗憾地对李三哥叹息道：“嗨，你看我这个妹儿瓜不瓜。”

柳雪调皮地回敬道：“你才瓜！”

“好了，好了，大家不要瞎扯了，我们还是来说说这几天的分工吧。”柳亮父亲望着邻里，郑重其事地说。

柳雪惊异地问：“爸，分什么工啊？”

柳亮父亲轻咳了两声后说：“是这样的，从唐婆婆发病到现在都是你在照顾，一些街坊邻居知道后都觉得过不去，大家议了下，决定从今晚起，各家轮流出人陪护唐婆婆，你就只负责白天。”

邻居们纷纷应道：“就是、就是，也该我们尽尽力了。”

“啊？是这样啊！”

柳雪大感意外，一股暖流涌上心头，她望着各位邻居，心怀感激地说：“谢谢各位长辈，反正我现在没事，还是我来守吧。”

李三哥又装出领导的口气说：“小雪，你说这话就见外了，唐婆婆的事就是大家的事，我们都应不是亲人胜似亲人嘛。你放心好了，在你身后有我们无数的老百姓，还有许多街坊邻居要加入这支队伍，你看现在我们的大部队来了，你呢，就该下去好好休整了。我来之前已和老婆商量好了，今晚就由我在这里值班。”

孙大哥：“明晚我来。”

柳亮：“我负责后天晚上。”

……

看着邻居们你一言我一语地要揽下陪护之事，孟雨涛、夏婷无不感动，夏婷情不自禁地喃喃道：“这些邻居真是太好了，要是报道出来该多好。”

众人离开医院后，柳雪思忖道：“哥，我看婷姐对婆婆的病情很担心，她和婆婆并不熟呀，我总觉得有点奇怪。”

孟雨涛知道夏婷是在为打探不到顾长明的下落而着急，但他此时不想将这事告诉柳雪，只得遮掩道：“但她和我们熟啊，她对朋友周围的人都很热心，这很正常。”

“那也是。”

孟雨涛知道，要从唐婆婆的口里证实顾长明是不是缘空大师已不可能，唯有自己去黄龙溪古寺贸然向缘空大师打听了。

第二天一早，孟雨涛乘坐长途客运汽车前往黄龙溪。

进了古寺，由于此时没有前来上香拜佛的香客，寺院里显得空旷寂静，大殿前的香炉里依然燃着香火，寺院里弥漫着浓浓的香味。

一个僧人正在大殿佛像前为油盏里添油，孟雨涛便向他打探缘空大师在何处，并请他向大师通报唐如月的邻居前来有要事相告。那僧人请孟雨涛在此稍等，他合掌施礼后疾步向后院走去。

孟雨涛仰望着端坐在莲台上的释迦牟尼佛像，不由得虔诚地对着法相庄严的佛祖闭目合掌礼敬，心里同时默念着：请佛祖保佑唐婆婆战胜病魔，请佛祖保佑我此行一切顺利……

待他祈祷完毕睁开眼时，那僧人已悄然进殿站立在一旁。僧人带着孟雨涛来到一间禅房门前时，他请孟雨涛留步，然后进屋通报，很快他走了出来对孟雨涛说：“施主，请。”

孟雨涛一进屋，缘空大师迎上来合掌施礼后问道：“请问施主是……”

孟雨涛赶忙自我介绍，又提到了上次和柳雪等前来寺院敬香时的事。

缘空大师想了起来，他捻须呵呵一笑：“记得，记得。施主请坐！上茶！”

孟雨涛在木椅上坐了下来。

虽然外面酷暑难耐，但禅房内凉爽宜人。禅房除一排木格窗外，其余壁上挂着梅兰竹菊画幅和几幅书法，室内飘着淡淡的檀香，窗外一棵柳树浓荫里蝉鸣不断。

小僧恭敬地为孟雨涛呈上一碗清茶后，轻轻地出了禅房并将木门掩上。坐姿端庄的缘空大师抬了抬手："请用茶!"然后手捻一串佛珠、平静随和地问："请问施主这次为何事而来?"

"法师，恕我冒昧前来打扰，我来是想告诉你唐婆婆、就是唐如月，她现在病得很重……"孟雨涛急促地说。

缘空大师心里一震，发出了"啊"的一声，他浓浓的眉毛微微动着，手指也停止了捻动佛珠。沉寂了会儿，他双手合十闭目念起经来，嘴唇快速地翕动着。孟雨涛想他一定是在为唐婆婆做祈祷，也不觉地闭上眼祈祷起来：佛祖保佑、佛祖保佑，但愿唐婆婆早日康复，阿弥陀佛！阿弥陀佛！……等他睁开眼时，缘空大师已恢复了起初的镇定神情，正默默地捻动佛珠注视着他。

沉寂了会儿，缘空大师问道："施主为何要前来告诉老衲此事呢?"

孟雨涛一时感到难以回答，他不禁犹豫了起来。

缘空大师坦然地说："看施主心事重重，想必还有什么顾虑，不妨直言。"

被大师看穿了心思，孟雨涛暗暗赞叹：这大师真厉害啊。他鼓起勇气问道："请问大师，你是不是叫顾长明?"

"啊!"缘空大师又是大感吃惊，身体猛然颤动了一下，但很快又恢复了平静，他惊异地问："施主何出此言?"

孟雨涛心里一阵激动，他果然就是顾长明！心情稍稍平静下来后他便将其女儿顾思蜀在寻找他的事情讲了出来。在讲述过程中，孟雨涛看见他表情十分震惊，浑浊的眼里还闪动着泪光。

孟雨涛的话音刚落，缘空大师缓缓起身踱到窗前，背对着孟雨涛闭目长思起来。

窗外竹影婆娑，蝉声刺耳。

孟雨涛有些不安地注视着缘空大师的背影。

过了好一阵子缘空大师才转过身来，他声音缓慢有些凄凉地说：“顾长明已经不在，施主还是请回吧。”

孟雨涛不甘心就这样离开，他急于想知道缘空大师与唐婆婆之前的交往，便固执地恳求道：“大师，请你告诉我你和唐婆婆过去的经历好吗?”

缘空大师没想到他会提出这样的请求，愣了愣后有些伤感地说：“四十多年了啊！虽然老衲自出家后对尘事已胸无挂碍，不过对远去之事倒还记得。既然施主远道而来相求，老衲也就不藏藏掖掖了。”

他捋着冉冉银须，静坐片刻后，对孟雨涛讲述了往事。

随着缘空大师的讲述，四十多年前发生的事像电影一幕幕出现在孟雨涛眼前——

一个初夏的下午，二十来岁的唐如月带着十多个小学生来到南河边游玩，那天阳光明媚，河水泛着清波，河岸翠竹婆娑。孩子们在青青草地上嬉笑奔跑，唐如月坐在茵茵草地上，心情怡然地看着欢快的孩子们，她采摘一枝小野花放在鼻前嗅嗅，又抬头仰望着蓝天白云，神情陶醉地享受着大自然的美……

突然孩子们发出惊呼声，她闻声望去，只见前方不远处，几个孩子正围着一个写生的中年男子，他们看着他画板上的画直呼道：“画的是老师！画得真像呀!”“老师快过来看你!”……

唐如月走过去一看，画板上的她坐在草地上、目光远望……她的脸一下红了。

那个画画的男子站起身，对她微微躬腰说：“失礼了，没经你同意就把你画了下来，主要是刚才你的神情太美了。”

唐如月羞涩地微笑说：“没关系。”

孩子们仰头看了看他俩，然后又嬉笑着跑开了。

他向她做自我介绍：“我叫顾长明，是省美院的老师。”随后将那张画取下来递给她：“还是物归原主。”

他说完开始收拾画画工具，然后很有礼貌地向她点点头，背起画板朝下游的河边走去，她的目光久久凝视着他远去的背影……

唐如月自从与顾长明在河边相遇后，身材高大、相貌堂堂、才华横溢、彬彬有礼的顾长明给她留下了深刻的印象，独自在学校宿舍里时，她常常对着那张画心生无限的憧憬和遐想，对他的爱慕之情油然而生。按捺不住希望能再见到他的渴望，她多次到河边与之相遇的地方久久等待，但都没再见到他，每次都不得不惆怅而归。

直到有一天黄昏，当她再次来到河边时，远远看见他独自坐在河畔望河沉思。

她心里既惊喜又紧张，但还是鼓起勇气走到了他身边。看见唐如月的出现，顾长明同样喜出望外，他也是怀着想再次见到她而来此等待。就这样，相互思念的两人相视一笑后，坐在河边望着河水，无拘无束地摆谈起来，话题涉及诗歌绘画、社会人生等，直至暮色降临，他才将她送回学校，离别之时两人依依不舍。

从这以后，两人便经常在河边相见，并开始了互通书信。随着交往的加深，两人都对对方有了更深的了解，大有相见恨晚之感。青春活泼、敢于追求幸福的唐如月大胆地向顾长明表达爱意，这使他陷入无尽的苦恼，因为此时他已与一富家之女成婚，这使他陷入了离婚不能、欲爱不能的痛苦境地。

对此，唐如月亦黯然神伤、心瘁不已，她毫不退缩地向他表示：无论等到何时也要等着他。看着无心作画、日渐消沉的顾长明，唐如月一次主动提出要给他当裸体模特儿。

顾长明非常吃惊地犹豫着，她则十分镇定地说，这有什么，蒋碧薇不也是徐悲鸿大师的模特儿吗？顾长明见她态度坚决，内心复杂地答应了。

在一个夜晚，他将她带到自己的画室，看着她褪去身上的衣物、展现出美妙无比的身体时，他握着画笔的手颤动了，但还是控制住自己，神情专注地将她美妙绝伦的人体之美画了下来……

越是与唐如月相处，顾长明越是感到痛苦，因为妻子无论如何也不愿离婚，更重要的是她已有了身孕。

苦闷、痛苦的他无法做出选择，只能懦弱地选择了逃避。

为了让孤身一人的唐如月有个归处，他在金沙坝院内为她买下了房子，然后到外地风景名胜去采风创作，以此来排遣自己心中的痛苦。

当他回到成都时，不想时局发生变化，在成都即将解放的前几天，没他音讯的妻子怀着孩子，迫不得已地随父母去了台湾……对这一家庭猝变，他失落、迷茫、痛苦，深深地责备自己，对家庭的内疚感使他也没再去找唐如月，而是给她写了一封信，让她将自己彻底忘了，找一个中意的对象结婚成家。他随后到峨眉山剃度遁入空门，从此两人音讯渺茫……

三十年后的一天，两人都没想到竟会在一个特殊的场所再次相遇。此时已信佛的唐如月到黄龙溪古寺敬香礼佛，虽然时隔几十年，但她在大殿里看见闭目诵经的缘空大师时，还是一眼就认出了他就是自己朝思暮想几十年的顾长明。

她惊呆地望着已经变得苍老的他，心里既喜且悲，泪水止不住地流了下来，她就这样在一旁默默地看着他。

缘空大师做完法事后，突然看见唐如月时也震惊不已，他激动地走上前颤声问道：你是唐如月？唐如月无语泪先流频频点头。缘空大师望着青春不再的唐如月，也忍不住落下了热泪。默默相视许久后，缘空大师将她带到禅房摆谈。从摆谈中，缘空大师得知她痴情不改地选择了终身不嫁时，既感动又惭愧，直说对不住她。

但唐如月却毫无责备之意，只是凄然道：这一切都是上天注定的，我们有缘的话来生再做夫妻，这辈子我们只能好好修佛。从这以后两人都对过去的旧情不再提及，而是用书信的方式探讨佛道、专注修行。

顾长明与唐如月伤感、凄美的爱情结局，令孟雨涛震撼不已、不胜唏嘘。

缘空大师讲完这些往事后，心情沉重地对孟雨涛说：“老衲此生有负两个女子的痴情，误了她们一生的幸福，真是罪孽深重，该下地狱啊，罪过，罪过！”

孟雨涛完全理解大师当初的选择，他宽慰道：“大师不必自责，晚辈理解你那时的苦衷。”过了会儿又试探地问：“大师，你不去看看唐婆婆吗？”话一出口，他感到自己问得太唐突。

“老衲出家已久，早已远离尘世，恕不能往，请施主见谅，我会为她祈祷的。”缘空大师平静地说，随后关切地问：“现在，谁在照顾她呢？”

“就是上次你让她带对联给唐婆婆的那个女孩。”

接着，他又讲了邻居纷纷到医院陪护唐婆婆的事。

“唐婆婆也是充满爱心的人，大家对她都十分尊重，虽然她孑然一身，邻里都视她为亲人。”

缘空大师听了立即双手合十：“慈悲心怀，大爱无边，可敬！可敬！老衲十分敬佩！多谢众施主宽宏、仁慈之心，师妹有劳你们照料了，我会为她念经祈祷，阿弥陀佛！”

已近中午，缘空大师请孟雨涛随他去吃斋饭，但孟雨涛急着要返回成都，他只得不再挽留，于是陪着孟雨涛走出寺院。

来到寺院门前的一条大河旁，缘空大师望着滚滚东去的流水说：“真情正如这远去的河水，看似逝去不返，它却长流常在，从来不曾远去！”

在返回成都的客车上，孟雨涛还久久地沉浸在缘空大师与唐婆婆凄美的故事里。

孟雨涛正在父母家吃晚饭，突然被电视里播放的一条新闻吸引住了，不由停箸看着电视银屏——一个年轻女记者站在医院大楼门前，手持话筒充满激情地说：“在我们这座充满爱心的城市里，从来就不缺少人间真情，关爱的动人故事每天都在我们身边发生。观众朋友们，前不久，一位孤寡老人不幸病重住院，虽然她没有亲人，没有子女，但她的病情牵挂着无数好心人的心，是他们将她及时送往医院抢救、治疗，并日日夜夜像亲人般地细心陪护。他们爱的举动温暖着我们这座城市、温暖着我们的心。”

紧接着，画面上出现了躺在病床上唐婆婆的镜头，并伴有播音员对唐婆婆情况的介绍。

“咦，这不是你们陪护的那个婆婆吗?”孟母两眼直愣愣地看着屏幕，然后看着孟雨涛惊异地问。

孟雨涛也不明白这事怎么被糊弄上了电视，他“嗯”了一声后仍专注地看着这条新闻。

母亲放下饭碗，高兴地说：“好啊，是该好好报道报道一下你们。”说完目不转睛地看着电视。

见她如此这般，孟雨涛知道她是急于想看到柳雪和他出现在电视上。

这时那个女记者又出现在画面上解说道：“一人有难，众人相助。唐婆婆的病情牵挂着大家的心，爱心正朝这里汇聚。看，派出所的民警们来了，街道办的工作人员也来了!”画面切换到医院院内，只见邱军将一信封交到孙大哥手里，随即街道办主任也如此这般。之后是邱军接受采访的镜头，身着制服的邱军侃侃而谈：“我们派出所得知唐婆婆的病情后，全所民警都很关心，纷纷捐款表达自己的一份爱心，我们祝愿唐婆婆早日康复!”接着街道办主任也谈了他们如何关心唐婆婆以及将要做的事，等等。

孟雨涛看着电视，笑道：“这个时候好人都出来了。”

新闻播完后，母亲大感失望，她疑惑地望着孟雨涛问：“电视里怎么没你和小雪的镜头？他们最应该报道的是你们，这是咋个回事喔?”

嫂子也忿忿不平地说：“就是，小雪和小涛一直默默地陪护了这么久，他们居然把镜头对准这些人，真是太不公平了。”

孟雨涛不知道当时拍新闻的实情，他只得装出不满的样子说：“我也不晓得这些记者有没有搞错，管他的。”

对邱军在新闻里成了主角，孟雨涛事后还是去派出所，故意洗了一下邱军的脑壳：“邱所长电视上的形象之光彩、之高大，你们民警的爱民之举简直让人深受感动。”

“又在嘲笑我是不是？我们做的这一点点好事不足挂齿、不足挂齿。”邱军笑道，并掏出一支烟扔给桌子对面的孟雨涛。

“吃糖、剪彩的事都被你们抢去了，不晓得你们心中有没有愧啊。”孟雨涛边说边将烟不停地在桌上捣着。

“你的意思我晓得，你是不是说我们抢了小雪和你的风头？”

“还有点自知之明。”孟雨涛将烟点燃吸了一口，继续假装生气地说，“谁稀罕出这个风头，小雪更是如此。你知道不知道，当初夏婷就要报道小雪把唐婆婆当亲人一样陪护的事，可小雪坚决不同意。你们倒好，随便想出一个点子到医院去了一趟，就把光环套在了自己头上，真会贪天下之功为己有，你们好意思吗？”

“我的本意也是想让电视台好好报道小雪，顺便报一下我们，可记者采访时，小雪说去趟厕所，哪知一去就没了踪影，你也晓得那些电视台记者傲球得很，他们久等不见小雪，于是就没管她。我对他们报道中提都不提小雪和你也很不满。”邱军深感委屈地解释道。

“喔，是这样啊……这些记者的职业素质也太差了。”

愣了会儿，他笑着对邱军说：“其实小雪根本不在意他们怎么报道，我今天来给你说这些，主要是想提醒你，以后别再找记者渲染这事了，小雪不喜欢。”

“行啊，这事怪我弄巧成拙。”邱军点点头说，他随后盯着孟雨涛，嬉笑道：“我发现你现在说话做事都很替小雪着想，你们是不是最近在一起擦出了爱的火花？”

这话触及了孟雨涛心里的秘密，但他不承认地说：“我对小雪从来如此，你不知道我和她的关系特纯？我们真正是边疆的泉水清又纯喔。”

“特纯？啤酒还是老白干？你就别在我面前装了，我还不懂你嗦？”

“你懂、你懂。”孟雨涛无奈地笑道。沉默了会儿，他感慨地说：

“现在我也不瞒你了，的确我现在对小雪的印象越来越好，这已经超越了当初那种感情，我妈也很喜欢她，但我不能这样，真的……”

邱军笑了，他得意地说：“其实我早就看出了你的心思，现在说出来就对了嘛。嗨，你这人就是顾虑太多、太爱面子，有想法就大胆、直接地对小雪说噻，如果你实在是爱你在心口难开，我去给你投块石头试水深。”

孟雨涛忙制止道：“哪个要你去试水深，这事我晓得该咋个办，现在这事就此打住。”

邱军无可奈何地说：“行啊，肥水不流外人田，如果这么优秀的妹儿落入他人之手，我们也是不会答应的。”

第二十六章　向往美好爱情的女人

应夏婷之约，这天晚上孟雨涛提前离开医院，当他来到“梦缘”小酒吧门前时，透过窗户玻璃，他看见夏婷已坐在靠近路边窗前的一张桌边，桌上的燃蜡映衬着她清秀的面庞，她静静地凝视着闪烁跳跃的烛焰，像在思考什么问题。

孟雨涛走到她对面的桌旁时，她这才抬起头，微微一笑地轻启朱唇：“你来了。”

“你会选地方喔，坐到这个老位子，让人有重温旧梦的感觉。”孟雨涛一坐下就开始调侃。

夏婷拿起酒瓶给孟雨涛斟上酒，淡然笑道：“我们有什么梦可以重温的，我只是考虑这离医院比较近，方便你嘛。”

“嗯，不错，考虑得周到，来，敬你一杯！”孟雨涛赞赏似的点点头、举起了酒杯。

喝下酒后，孟雨涛主动斟酒，夏婷则默默地看着他。

孟雨涛放下酒瓶不由笑道：“怎么这样看着我？是不是变得有

些陌生了？”

夏婷表情凝重，默默无语。

孟雨涛不解地问：“我已替你打听到了顾长明的下落，你怎么看上去还很不高兴呢？”

夏婷目光灼灼地盯着他问道：“你真的从杂志社离岗了？”

“喔，这事啊，确有其事。”孟雨涛呵呵一笑，随即不经意地说，“杂志社已经那样了，我还待在那干啥子，此事不值一提，喝酒、喝酒。”

“已经下岗了，你还这么开心，吔，简直看不出你有这么好的心态，佩服、佩服！”夏婷揶揄道。

“过奖、过奖！”孟雨涛笑容满面、大大咧咧地说。

夏婷正色道：“你严肃点好不好？我说你这人太不把一些事放在心上，对你这点我非常不高兴……我问你——是不是因为陪小雪照顾唐婆婆，你才主动提出离岗的？”

孟雨涛愣了愣后笑道：“纯属无稽之谈，我哪有这么高尚喔？你可千万别给我上釉子，我这人经不起赞美和表扬。”

夏婷不信似的撇撇嘴说道：“还算有点自知之明。”

孟雨涛得意地说：“这是我最大的优点。”

“刚才有人还说经不起赞美和表扬，现在就自吹自擂起来了，简直不晓得你说的哪句是真话。”夏婷嘲笑道。

孟雨涛知道自己说漏嘴了，忙说：“怪我思绪混乱，说话不当，我自罚三杯。”说着他端起酒杯一饮而尽，接着又连喝了两杯，喝完后露出十分满足、享受的神情。

夏婷无奈地笑道：“你这哪是罚酒啊，分明是馋酒了主动找酒喝，我看你喝的是赏酒还差不多。”

孟雨涛抹抹嘴笑道：“这句话算是说到我心坎上了，哎，我的确有段时间没沾酒了，今天我是很想喝。”

夏婷“扑哧”一笑，她抬手撩了撩脑后的那束马尾辫，然后挺胸端坐，拿起酒瓶边斟酒边说：“看到你寻找顾长明有功的表现，我肯定要给你点奖赏，今晚我就舍命陪君子，陪你喝尽兴喝痛快，来，干了！”她端起酒杯豪爽地说。

孟雨涛喝下酒后，惊异地问：“你找我没其他的事？”

“啧啧啧，你这人咋这么差劲，没事就不能找你喝喝酒、聊一聊了？你是不是觉得与我喝酒没兴致？”夏婷略带责备地说，并用那双明眸紧紧盯着他的眼睛。

孟雨涛避开她的眼睛，嘻嘻笑道：“怎么没兴致？一提喝酒我就来精神，好，我们接着喝。”

夏婷无奈地说：“言不由衷，算了，在我们清醒之前还是先说正事，我把你找到顾长明的事告诉了顾女士，她非常激动、高兴，她特意要我转达对你的谢意。”

“小事一桩，不值一提。”

“顾女士还说她母亲的病已大有好转，可能这几天就要出院，她过几天要来成都见她父亲，还希望我们陪同，我已答应了她，你到时可要去喔。”

“是吗？”孟雨涛对此有些意外，他想了想后答应了下来。

“好了，正事说完了，现在我们可以放开喝，打胡乱说了。”夏婷豪爽地说。

两人开始有说有笑地喝起酒来。

夏婷喝得有些醉意时，双眼有些迷离地盯着孟雨涛，然后自言自语地说：“说实在话，自从第一次和你接触，我就觉得你这人很有趣、值得交往，不然我才不会主动来找你。你这个人长得并不咋样嘛，有时说话做事都让人很讨厌、很生气，可也怪了，不知你身上有啥子特别吸引人的东西，居然让我莫名其妙地常常不计前嫌主动来找你，你说我是不是脑壳有毛病啊？”

她说完又用右手食指指着孟雨涛：“嗯，不许撒谎，实话实说。”

孟雨涛得意地笑道：“不是你脑壳有问题，而是你有一双慧眼，但好多人就没你这独到的眼光，所以他们看不到我身上这些独特的魅力，他们也只能遗憾地与我擦肩而过，成为我生活中的过客，嗨，我真替他们感到惋惜哟。”

“哈哈哈……”夏婷放肆地大笑起来，然后说，“你这人怎么这么厚颜无耻，简直就是个死皮，你是不是有自恋癖喔？”

“这是我开朗自信的表现，你要是和死气沉沉的人打交道，那才无趣、无聊得很喔，他会让你感到无比压抑，你有没有这样的感觉，和我在一起的时候，你是不是心里特别充满了阳光、特别能感受到生活中的正能量？”

夏婷呵呵呵地又笑，止住笑后她想了想说：“有点，不管你咋个脸皮厚、咋个讨厌，至少呢还是能给人带来点欢乐，这可能就是喜欢和你接触的原因吧，所以你这人有时还是可以交往一下的。”

孟雨涛笑眯眯地说：“你说的还算实事求是，虽然评价不是很高，但我还是有点受宠若惊，我没这么好吧？”

“你当然不是好完了，也有让人不欣赏的地方。”

“唔。”孟雨涛一怔，随后感兴趣地问，“哪些地方呢？愿能耳闻其详。”

夏婷不客气地指出：“那就是缺乏男子汉的勇气，对有些事优柔寡断不敢为。”

孟雨涛想了想后，不服气地说：“这点我不认可，我怕啥子事喔？当为的我从来都是断然为之，我最不喜欢那些有女人味的男人。”

“嘿，你这是性别歧视！对了，自恃清高、目中无人，我再给你增加两条罪状。”夏婷借题发挥道。

“纯属欲加之罪何患无辞，夏婷同学，你强加在我头上的以上罪名……我通通不认，总有一天我会被平反昭雪的。”孟雨涛装出委屈地说。

“证据确凿，你是翻不了案的。”夏婷开心地说。

这时突然电闪雷鸣，孟雨涛望着窗外夜空闪现的一道道闪电，哈哈一笑：“你看老天都开始为我鸣不平，替我喊冤呐！”说完他得意地端杯喝酒。

夏婷瞅着窗外纷纷疾走的路人，喃喃道："看样子要下暴雨了。"

"那我们走哇?"

就在夏婷犹豫之际，豆大的雨点已从天而降，街上哗哗的雨声瞬时响成一片，玻璃窗外雨雾蒙蒙。

夏婷将身体往座椅靠背一仰，略显醉态地笑道："哈哈，我们一时半会儿是走不了啦。"

孟雨涛端起酒杯："那我们继续喝。热了这么久，也该下雨了，让它下个痛快，我们也喝个痛快。"

夏婷豪爽地说："奉陪到底，我再申明一次，今天是我请你喝酒，你敢付酒钱!"她说完朝吧台高声喊道："老板，再来一打啤酒!"

窗外暴雨如注，室内酒兴谈兴浓烈。

喝了一会儿后，夏婷笑嘻嘻地摸着肚子，有些难为情地说："喝啤酒太胀肚子了，我得先去轻松一下，回来我们继续喝。"

她随后起身要去洗手间，走了两步，她突然回过身来意味深长地说："等着我，你可不要借机溜了哈。"

"咋个可能嘛，外边下这么大的雨，我可不想成为落汤鸡。"

"这可是有先例的喔。"夏婷说完含笑而去。

孟雨涛摇摇头叹息道："还记着那事啊。"

天空就像被捅了个大窟窿，暴雨一下就没完没了。南河河水也猛涨起来，眼看河水就要淹到院里，临河低洼处的居民开始转移家中的重要财物。

柳亮将家里的事情安排妥当后赶到医院，他问柳雪："唐婆婆家该怎么办?"听柳雪说她要回去帮唐婆婆家收拾东西时，孟雨涛便陪她一起去唐婆婆家。

大雨倾盆。孟雨涛、柳雪穿着雨衣来到柳荫街，看见还有不少居民正冒雨用平板三轮、架架车、自行车转运家当。他俩走进小院，只见院里已积满了雨水。李三哥和妻子身披雨衣、挽着裤脚站在淹没脚背的积水里，正将一包包用塑料布包裹严实的东西放到三轮车上。

一见孟雨涛、柳雪顶风冒雨进来，李三哥忙问："你们是不是回来帮唐婆婆搬东西？要不要我来拉？"

柳雪说："不用了，我们将她的一些东西放到我楼上就行。"

孟雨涛来到河边观望水情，宽阔的河面波涛汹涌，浑浊的河面上漂浮着从上游冲下来的树枝、木材等，水声与雨声混在一起发出令人心悸的声响。他估计了一下，河水如再涨一米左右就要漫上岸了。

孟雨涛、柳雪打开唐婆婆家房门，里面一片漆黑。

打开电灯后，柳雪环视了一下房间里的物品，颇有经验地对孟雨涛说："有年发大水，河水淹进了屋，都快淹到床上了。你先把婆婆家低矮处的东西搬到柜子上、桌上，我去收拾一些要带走的东西。"

"行。"孟雨涛应道，并随即动手开始搬东西。

柳雪则进到里屋，收拾唐婆婆的一些衣物和床上用品。当她正在床边收拾时，突然在枕下发现一张纸，她拿起一看，上面写着："小雪：请你转告夏记者，她要寻找的顾长明，就是黄龙溪古寺的缘空大师。我的秘密都在床旁柜里的一个红色木盒里。"

柳雪看完深感吃惊，她忙拿着这张留言走到外屋："哥，你快来看婆婆写的留言！"

孟雨涛接过纸张看完后，脸上没有露出一点惊异。

柳雪有些明白似的说："唐婆婆住院后，怪不得婷姐经常来医院，原来她是想打听这件事，哥，这是怎么回事？你肯定知道，快告诉我。"

孟雨涛沉思片刻，觉得没有必要再对她隐瞒这件事，于是平静地说："我们先把要拿走的东西搬到你屋里，等下我再慢慢告诉你，对了，你把那个木盒也带上。"

柳雪疑惑，只得照办。

他俩将东西搬到柳雪家后，柳雪边脱雨衣边迫不及待地要孟雨涛讲那件事。

“等将东西搬到你屋里再告诉你。”

柳雪拿着木盒走到楼梯前时，对他说：“楼梯有点陡，小心点。”说完便上了楼梯。

孟雨涛扛起一大包东西跟随在后，柳雪一边上楼一边介绍道：“这楼上最早是我父母的房间，我上初中后他们就让给了我住……”

孟雨涛跟着她刚上了几格楼梯不由停了下来。原来他抬头瞥见柳雪那被牛仔短裤紧包裹着的臀部和雪白的大腿，让他心跳骤然加速，他赶忙垂下了目光、停了下来。

走在前面的柳雪察觉到他没跟上来，停住脚步回过头诧异地问：“你怎么了？”

孟雨涛慌忙掩饰道：“喔，我喘口气，你先上去吧。”

柳雪信以为真，急忙说：“那你慢点。”

孟雨涛走上楼时，柳雪已拉亮了屋里的电灯，并推开临河的窗户。

窗外大雨如注，河对岸的房屋隐约可见，雨声与水流声响成一片。

柳雪坐在床沿边，好奇地盯着手上的木盒，她抬起头来期待地望着孟雨涛，神情急迫地等着他讲那件事。

孟雨涛放下东西，环顾着房间赞叹道：“这楼上我还是第一次上来，不错，女孩的房间就是整洁、温馨，比我那狗窝强多了。”

他走到窗前望着雨水、河水叹道：“好久都没看到下这么大的雨了，河里的水也涨得太凶了。”

“哥，你快讲讲，这是怎么回事？”柳雪着急地催促道。

孟雨涛转过身，心情沉重地说：“没想到唐婆婆有这么一段凄美的爱情。”随后将这件事的前前后后告诉了柳雪。

柳雪听后既感动又哀伤，泪水模糊了双眼，她不断地喃喃道：

“真没想到婆婆这么痴情，居然为了这个人独守一身，太可怜了……这个顾长明也真是的，我不明白他既然这么爱慕婆婆，为什么要选择出家而不娶了婆婆呢？真是太无情、太可恨了!”

“大师也有他的苦衷，他也为此很自责，我们应该体谅他当时的心境。”孟雨涛唏嘘地说。

柳雪过了好一阵才抹着眼泪、略带埋怨地问道：“你为什么不早告诉我这些事呢?”

“唐婆婆病了，看到你很着急，这个时候我不忍心再让你为这事担忧，我原想等婆婆病好了再告诉你。”

对孟雨涛的善解人意，柳雪很是感动，她点点头后柔柔地说：“以后有什么事可不许再瞒着我。”

孟雨涛连连点头。

他盯着那个木盒对柳雪说：“既然婆婆已有留言，她肯定是希望我们看到她盒里的东西，我们打开看看好吗?”

柳雪沉思了下点点头，孟雨涛忙坐到她旁边，目光专注地看着她打开木盒，只见盒里最上面的是一张素描画，画中一年轻姑娘身穿短袖衬衣、长裙坐在草地上平视着前方，别着发夹的长发飘拂，脸上神情自然恬静。

孟雨涛知道，这就是顾长明与唐婆婆在河边初次相见时他画的那张画。

柳雪小心翼翼地拿起这张画仔细看着，不住地赞道：“这画上的姑娘真漂亮!”

“这就是顾长明初见时的唐婆婆。”

“怪不得他一眼就被婆婆吸引住了。”柳雪感慨地说。

画的下面是厚厚一叠信，这些都是当初顾长明写给唐婆婆的。

孟雨涛和柳雪交换着看完了这一封封珍藏了几十年、纸张已泛黄的书信，这些信里无不透露出顾长明对唐婆婆的真挚爱情以及不能与之结合所带来的痛苦。

看完信后，孟雨涛与柳雪的内心受到极大震撼，他俩心情激动得久久说不出话来，热泪盈眶的柳雪将头靠在孟雨涛肩头抽泣起来。

孟雨涛有些不知所措，忙安慰她："这都是过去的事了，你不要太难过……"

柳雪揩拭着眼睛，抽抽搭搭地说："我不是难过，是感动……婆婆其实内心一直向往美好的爱情。我小时候，每到七夕这天晚上，婆婆总要坐在院里望着天上的月亮，神情是那么专注，一看就是好长时间，她还向我讲了牛郎织女的美好传说，哥，你说现在还有这样感人的爱情吗？"

孟雨涛仰起头想了想："应该有吧。"

此时他的心里十分复杂，一方面真想就这样和柳雪一直待下去，另一方面又怕控制不住流露出心中积压已久的情感，他长长嘘了一口气后说："妹儿，我们离开医院时间不短了，我们是不是该回去了？"

柳雪"嗯"了一声后抬起头，她捋捋搭在额前的几缕秀发，有些不好意思地说："我是不是太多愁善感了？"

孟雨涛站起身来，平静地说："女娃娃都是这样，没什么，唐婆婆这个木盒你暂时替她保管。"

孟雨涛和柳雪下楼后穿上雨衣正要出门，柳亮急匆匆推门进来，他神情惊慌地说："唐婆婆走了！"

"啊！"孟雨涛心里咯噔一下，不由得叫出声来，眼泪也不禁夺眶而出。

"哥——"柳雪眼泪扑簌簌地流了下来，一头扑进孟雨涛的怀里抽泣起来，她的身体因伤心而颤动不已。

孟雨涛用手拭去泪水，轻声问柳亮："什么时候走的？"

"一个多小时前。"

孟雨涛又问："唐婆婆现在在哪？"

"送到医院停尸房了。"

……

唐婆婆火化那天，原学校老师、街道办以及很多邻居都去为她送行。

想到唐婆婆一生的不幸爱情经历，以及她喜欢看的电视剧《红楼梦》，孟雨涛之前就向殡仪馆有关人员提出请求，希望在唐婆婆火化时播放该剧主题曲《枉凝眉》，他还向他们哼起了该曲开头的几句旋律。工作人员有些为难地说："我们在火化时都放的是哀乐。"他就声情并茂地给她们讲了唐婆婆生前的事，他们也被打动了，于是答应了他的这个请求。

于是在《枉凝眉》这首充满哀怨的乐曲伴随下，唐婆婆的遗体被缓缓推进了火化炉。

看着今生爱情不幸的唐婆婆就这样孤寂地走了，孟雨涛泪流满面，希望她的来世能有美满幸福的姻缘。

此时，不忍心看到这一场面的柳雪抱着唐婆婆遗像，蹲在火化间外的地上已哭成了泪人。

"黄虎"死了，死得非常突然和安静。

这天上午，柳亮起床后走到院里不见"黄虎"，也听不到它的叫声，他习惯性地将两根手指放在嘴里，吹出尖利的口哨声，但"黄虎"仍没一点动静，他这才觉得今天情况有点异常，往常早晨，"黄虎"都要向他"请安"，他睡懒觉时，"黄虎"总要到床边叫着催他起床，有时还要叼着他的鞋子放到他的脚前，今天它没有这样的举动不说，对他的呼唤也毫无反应……

柳亮急忙到河边、院门口查看，但都没看到它的影子。

"嘿，今日怪了，这家伙跑到哪去了呢？难道还在睡懒觉？"

柳亮这样寻思着到狗窝前，果然见它躺在里面动也不动，他喊了几声也不见其醒来，赶忙伸手去摸它——

"啊！"柳亮瞬时大惊失色地叫出声来。

原来"黄虎"已全身冰凉地死在了窝里。

他随即放声大哭地嚷着："'黄虎'！'黄虎'！你爪子了？……"

他的哭嚎声惊动了李三哥等院里的人，他们纷纷从自家屋里出来围拢过来。

柳亮将“黄虎”从窝里拉了出来，瘫坐在地上将它抱在怀里，痛哭流涕地不停地抚摩着它、喊着它……

过了好一会儿，他突然想到了什么，猛地放下“黄虎”，噌地一下站起来抓住李三哥的衣襟怒吼道：“李三哥，你说是不是你昨晚毒死了‘黄虎’？”

“唉，亮娃，你可不能血口喷人、冤枉好人喔，我与‘黄虎’一无怨二无仇，咋会做出这等歹毒的事嘛？”李三哥着急地辩解。

“是噻，这种事可不能乱栽赃、乱诬陷我们老李，它咋个死的可以去找公安来破案嘛。”李三哥的妻子不满地说。

“你之前是不是说过要弄死‘黄虎’？”

柳亮像抓住了把柄，依旧认定李三哥就是杀狗凶手。

“我当时说的是气话，只是随便这么一说，哪晓得它硬是死了，我简直遇到鬼了！就是‘黄虎’再咋个欺负我，我也不至于对它下毒手嘛！”李三哥拍着头后悔不迭地说。

孙大哥蹲在地上仔细查看了一阵“黄虎”后，站起来身来问柳亮：“‘黄虎’养了有十多年了吧？”

柳亮想了想点点头。

孙大哥略带伤感地说：“狗和人一样也有生老病死，它是老死的，死得很安详呢。亮娃，你不要错怪人了，哎，可怜的‘黄虎’！”

柳亮这才稍稍冷静下来，他想起了这两天“黄虎”的一些反常表现——胃口大减，很少吃东西，也没往常活跃、有精神，还经常可怜巴巴地看着他。昨晚它就更反常了，喊了它好多次进窝去睡它都不肯，总是跟着他，他坐在沙发上看电视时，它还扑到他身上不停地用头蹭他，用舌添他，眼泪汪汪的……

“‘黄虎’，你昨晚就感到自己要死了是不是？你在对我依依不舍，向我告别是不是？可我没注意你，没往那方面去想啊！……”

柳亮抱着“黄虎”伤心地哭泣着，其流露出的悲伤如当年母亲去世时一样。

“不管是人还是动物，到了岁数都免不了一死，谁也拿它没办法。你要节哀喔。”李三哥拍拍柳亮的肩劝道。

院内其他人围在一旁也落了泪，毕竟在一个院里与“黄虎”相处了这么长时间，他们对这条讨人喜欢，对主人忠诚的狗都有了感情。

看见柳亮哭得伤心，看着躺在地上一动不动的“黄虎”，李三哥一副沉痛状地说：“虽然‘黄虎’以前偷吃过我家的香肠、腊肉，把我家喂的鸡、养的猫经常撵得满院坝飞叉叉地东跑西窜，我也动气用扫把打过它……还有上次我们两个吵架，它还狗仗人势居然扑过来给老子雄起，说老实话，气得我当时牙帮子都咬紧了，恨不得用刀宰了它，但这只是一时起的歹心，没想到啊，哎，‘黄虎’我当时不该这样恨你哈……”

李三哥叹息着用掌一拍额头，然后又继续念叨：“虽然它有时对我不太友好，但它还是有很多优点，总的来说是条好狗。它守家护院，半夜抓贼不说了，就是屙屎拉尿也不污染院里环境，屎胀慌了它也晓得夹起跑到河边去屙。还有，都说狗拿耗子多管闲事，那纯属张起嘴巴乱说，这完全是一条好狗的表现。‘黄虎’在院里捉了好多耗子数都数不清，简直就是为民除害嘛。”

他这样真诚地缅怀“黄虎”的生前事迹，令邻居忍不住捂嘴偷笑。

李三哥看看他们，继续吐露心事：“我家‘小花’狗日的不做本职工作，养尊处优得像皇亲国戚家的千金，就是耗子从它眼皮下过，它也趴在地上动也不动，更气人的是本来耗子怕猫，它倒好，有时见了耗子还要跑！说起它我就来气。唉，不说它了。现在‘黄虎’死了，我也真的很难过。”

说完他死劲眨巴着眼睛，眼角处还真的挤出了几滴眼泪。

李三哥滔滔不绝地追述“黄虎”的“丰功伟绩”，让柳亮听了更是动情，更是伤感。

李三哥赶忙又劝慰他："人死不能复活，狗死也一样，亮娃你要想开些，现在我们还是来商量商量'黄虎'的后事该咋个处理。天气这么热，总不能就这样让它摆起，现在实行火化，但要烧掉'黄虎'太残忍，看不下去，这个方法不可取。还有水葬，把它放进河里随水而去如何？"

见柳亮不吭声，李三哥背着手原地转了几圈，突然止步道："林黛玉可以葬花，要不我们来个葬狗，就在这树下把它埋了？"

柳亮木讷地点点头。

李三哥蹲下来望着柳亮说："那就这样办，不过它毕竟不是人，埋葬的时候就不放哀乐，碑也不立了，你说要得不？"

一上午，柳亮都失落伤感地呆呆望着身边的"黄虎"。后来他找来木板钉成箱，为"黄虎"做了个像样的棺材，将"黄虎"全身擦得干干净净后放入木箱，又在靠近河堤的树下挖一个深坑，这才一把鼻涕一把泪地将"黄虎"安葬了。

第二天，孟雨涛刚骑到院坝过道门口，他就按响车铃逗"黄虎"，可却听不到它的叫声和见它奔来，进了院里也不见它的影子。

柳亮神情沮丧地坐在院里一个劲地抽烟发呆，看见孟雨涛来了也不搭理。

"你今天咋个这么焉兮兮的？又出啥子事了？"孟雨涛疑惑地问。

柳亮依旧不说话。

见他这样，孟雨涛将头凑近柳亮的脸，盯着他的眼睛看了看笑道："瓜了嗦？"

柳亮这才有气无力地说："'黄虎'死了。"

孟雨涛大吃一惊，不相信地急忙问道："你说啥子呢？前几天它还好好的，怎么会突然死了呢？"

他起身四处张望，还不停地大声呼唤起来："'黄虎'！'黄虎'！"……

柳雪从屋里出来答话："哥，你别喊了，'黄虎'没了。"

孟雨涛这才相信“黄虎”死了，怪不得柳亮这样如丧考妣。

柳雪走到孟雨涛身边，略带伤感地说：“‘黄虎’是前晚死的，是老死的，就死在它的窝里。”

孟雨涛顿时也难过起来，半天才喃喃道：“这是一条好狗啊，可惜了，可惜了！”

随后责怪柳亮：“‘黄虎’死后你为什么不告诉我一声，我应该来看它最后一眼，为它送个行嘛。”

柳亮闷闷不语。

孟雨涛沉寂了会儿问柳亮：“你是咋个处理‘黄虎’的？”

柳亮指着黄桷树下的那堆小土包：“我把它埋在那了。”

孟雨涛走到泥堆前蹲下身来，静默了会儿，他点燃一支烟吸了一口，然后将香烟插在泥堆上，心情沉重地久久凝视着随风飘散的袅袅烟雾，“黄虎”以前有趣而令人感动的情景又一幕幕地闪现在眼前，他不禁情由心生，随口念出一篇祭文来：

“呜呼黄虎！我来汝去，惟余坯土；短短十载，尽忠报主；主乐汝欢，主戚汝哀；主人不归，绝食而候；对人之忠，感人至深；知恩图报，胜人无数；犬且如此，我等当愧；看家护院，尽职尽责；深夜捉贼，勇猛可嘉；如今别世，如梦如烟；往昔不再，情何以堪。呜呼黄虎！哀哉！哀哉！”

尽管柳亮对孟雨涛念叨出的这些话似懂非懂，但他还是被这饱含感情追忆爱犬的情景打动了，不觉又黯然神伤。

站在一旁的柳雪也揉着眼睛。

柳亮还沉浸在哀伤里，孟雨涛完全理解他的心情。“黄虎”是他从小养大的，他对“黄虎”的感情并不亚于对家人，对朋友。

孟雨涛想起了很多年前的一件事，有天，柳亮的父亲在房间里发现“黄虎”屙的屎后，恼怒地要将它赶出家门，但柳亮执意不从。柳亮父亲趁有天柳亮不在家时，将“黄虎”偷偷送给了熟人。柳亮回家后发现狗不见了，顿时心急如焚地在家大吵大闹起来，柳亮父亲没料到他的反应如此强烈，只得谎称“黄虎”是自己跑出去后没有回来。

信以为真的柳亮着急地立即外出寻找，但找遍了附近的大街小巷也不见“黄虎”的踪影，回到家后他茶饭不思，像掉了魂似的坐立不安，一会儿傻傻地站在院门口张望，一会儿又沿着小巷挨家逐户地上门询问。到了深夜也不见“黄虎”回来，这下柳亮真的急疯了，他居然打着手电筒找了一夜。

见他实在离不开这条狗，第二天，柳亮父亲找到那人又将“黄虎”要了回来。

人狗重逢，柳亮搂着“黄虎”喜极而泣，“黄虎”也是泪眼汪汪地盯着主人直叫唤，好像是在告诉主人：“我总算回来了，你们为什么不要我了……”

那场面，旁人看了都心酸。

第二十七章　恋山恋水更恋人

顾思蜀来到成都，下榻锦江宾馆。

孟雨涛和夏婷一进宾馆大门，看见宾馆大厅门前站着一个身材高挑、风姿绰约的中年妇女，她长发披肩，上身穿着白色衬衫、下着灰色筒裙，肩上挎着一个精致的女士挎包，她不时抬腕看看手表、打量着走进宾馆的人。

孟雨涛和夏婷一眼就判断出她就是顾女士。

夏婷走过去询问，那中年妇女惊喜地望着夏婷："我是顾思蜀，你就是夏婷、夏小姐……"说着就伸出手热情地与她握手，"我们终于见面了！"

随后，她望着夏婷身旁的孟雨涛问："这位先生是……"

夏婷做过介绍后，顾女士忙向孟雨涛伸出手微笑道："你就是孟先生？久闻大名，多谢你了啊！"

孟雨涛握着顾女士的手谦虚道："没啥子，没啥子，你别叫我先生，就叫我小孟吧。"

简短的寒暄后，顾女士将他俩带到大厅休息区摆谈。

“感谢夏小姐、孟先生为我打听到了生父的下落，你们费心了。”顾女士将头微微向夏婷、孟雨涛一躬，用四川话感激地说。

“应该的，能为实现你和你母亲的心愿做点事，我们也感到很高兴。”夏婷真挚地说。

“顾女士出生在台湾，怎么能说这么地道的四川话呢？”孟雨涛好奇地问。

“喔，是这样的。”顾女士对孟雨涛莞尔一笑，“我一家人到台湾后，我母亲、爷爷、奶奶在家都讲四川话，在这样的环境里长大，我当然会说四川话咯。”

夏婷插话道：“我和顾女士第一次通话时，我怕她听不懂四川话，就说的是普通话，结果人家一口四川话，我们交流起来很亲切，没有一点距离感。”

“是啊，无论身在何处，乡音都是不会变的。”孟雨涛感慨道。

顾女士动容地说：“谁能忘得了自己的故土呢？我爷爷、奶奶、母亲到了台湾后，他们一直怀恋着家乡，经常给我讲海峡对岸的大陆、讲四川、讲成都。我的名字顾思蜀就是我爷爷取的，他晚年时常含泪遥望家乡、吟诵于右任先生的那首诗——《望大陆》，‘葬我于高山之上兮，望我故乡；故乡不可见兮，永不能忘。葬我于高山之上兮，望我大陆；大陆不可见兮，只有痛哭……’可惜他们未能落叶归根。”

顾女士的这番话打动了孟雨涛，他动情地说：“大陆去台湾的同胞思乡之情比酒还浓，感人至深，我也很喜欢这些怀乡诗作，如余光中的《乡愁》《乡愁四韵》等。”顿了顿，他随口念道：“‘乡愁是一湾浅浅的海峡，我在这头，大陆在那头。’‘给我一瓢长江水啊长江水，酒一样的长江水，醉酒的滋味，是乡愁的滋味，给我一瓢长江水啊长江水……’”

顾女士和夏婷静静听着，完全沉浸在诗句所描写的哀怨、忧伤的意境里。

“这些诗句饱含血泪，读来令人愁肠百结、心为之碎。”夏婷幽幽地说。

顾女士心情沉重地说：“四十多年来我一直不知道大陆还有个亲生父亲，直到这次母亲病重住院，她才向我透露了这个秘密。本来这次她很想随我同来的，但考虑到她的身体、年龄以及见到父亲时心情太激动出意外，家人都劝住了她。你们别说，就是我此刻的心情也很激动，很复杂，真不知与生父见面时会是怎样一种情景。”

“亲人团圆应该是悲喜交加吧。”孟雨涛仰头猜想道。

顾女士沉默了一会儿突然想到什么，忙从挎包里拿出一沓照片，她先选出一张已泛黄的黑色照片，递在孟雨涛、夏婷面前说：“这是我母亲一直珍藏的当年和父亲的合影，你们看看。”

夏婷接过照片仔细看着，孟雨涛也将头凑近去看，照片上一英俊男子与一位看似大家闺秀的年轻女人并肩而坐，两人脸上都流露出幸福的微笑。

“我想当年他们一定很恩爱，只可惜劳燕分飞，天各一方。”夏婷遗憾地说。

“孟先生，你见过我的父亲，他变化大吗?”顾女士关切地问。

孟雨涛从夏婷手里接过照片又仔细看了看，感到如今的大师与照片上的顾长明已判若两人，这让他顿生世事沧桑、岁月无情之感：“与照片上相比变化是大，他现在看起来虽然苍老了许多，但精神矍铄，仔细端详还是能看出他当年的一些影子。”

“喔。”顾女士不禁有些感伤，“毕竟这么多年过去了，这是无法避免的。”

随后她将她母亲的一张近照拿给孟雨涛、夏婷看：“你们看我母亲不也是今非昔比了。”

“真是岁月催人老啊。”夏婷有感而发。

顾女士随后选出自己各个时期的有关照片。夏婷拿着一张顾女士二十来岁时的照片赞美道：“顾大姐太漂亮了，简直就像电影明星。”

顾思蜀拢拢肩上的秀发，羞赧地一笑："年轻时还马马虎虎吧，不过现在已经徐娘半老了，我儿子都上大学了。"

夏婷扭过头神情认真地打量着她，很不认同地笑道："你这么漂亮还说马马虎虎，那我们岂不无地自容了？顾大姐你可别谦虚，你现在更有风韵、更有魅力呢，是不是啊雨涛？"

虽然顾女士笑起来时眼角有了明显的鱼尾纹，但她长相端庄、脸颊丰润、气质优雅，是个不折不扣的美妇。

孟雨涛忙不迭地点头迎合道："是的、是的。"

此时他不由得想起了周兮倩，起初试图对这两个人做一下比较，但结论是两个人的魅力不相上下。

顾女士微微一笑，望着孟雨涛和夏婷说："你们这个年龄才令人羡慕啊。"

她将脸靠近夏婷，轻声问："你们是一对吧？"

夏婷脸上倏地一红，忙一个劲地摇头，还将嘴贴在顾女士耳边悄声说着什么。

见这两个女人窃窃私语，孟雨涛猜想她们在谈女人之间的秘密，便毫不在意地转过头去看着大厅里来来往往的人们，过了会儿才听见顾女士一声轻叹："可惜了！"

第二天一早，夏婷就坐着报社的一辆"桑塔纳"轿车到杂志社接孟雨涛，今天他们要陪同顾女士去黄龙溪与其生父见面。

"平时你们出去采访不是'奥拓'就是'长安'面包，今天怎么上档次了？"孟雨涛站在车门前惊奇地问。

"为了让台湾同胞感受大陆的温暖，我们总编特意让出了他的座驾。还愣着干什么？上车噻。"夏婷得意地说。

"还是你们总编风格高。"孟雨涛边说边打开车门。

在去锦江宾馆接顾女士的途中，孟雨涛与夏婷商量后决定，为了不影响这对父女相见时的心情，这次暂不把唐婆婆去世的情况告知缘空大师。

在去黄龙溪的路上，孟雨涛与夏婷不停地给顾女士介绍沿途的风土人情、自然景观以及古镇的历史。

离古镇越来越近，顾女士的神情显得急切、紧张，夏婷体贴地攥住她的手问道："顾大姐，你是不是很激动?"

顾女士点点头："感觉心跳在加速。"

孟雨涛带着顾女士、夏婷走进寺院，他便请院里的僧人通报缘空大师。

不一会儿，僧人走到孟雨涛面前说："师傅已在禅房等候，他说施主去过他的禅房，请施主自行前往。"

当孟雨涛一行人来到后院时，缘空大师已站在禅房门前注视着他们的到来，孟雨涛上前施过礼后，指着顾女士道："这位就是顾思蜀女士。"

缘空大师激动地打量着顾女士，眉头不住地颤动。

顾女士看着眼前几十年不曾见面的亲生父亲，不禁泪水夺眶而出，叫道："爸!"

随后她一下跪在地上。

缘空大师仰起头来望着天空，泪水也止不住流了下来，随即颤颤巍巍地走上前，扶着她的双肩："女儿快起！父亲对不起你和你母亲啊!"

望着这对悲喜交织相逢的父女，孟雨涛与夏婷也不由眼睛湿润了。

见顾女士跪在地上久久不起，孟雨涛用肘碰碰夏婷，夏婷会意地上前也搀扶着顾女士的胳膊："顾大姐，你和父亲进屋后再好好聊吧。"

顾女士起身后，仍泪流不止地看着父亲，她喃喃道："爸，这么多年你还好吗?"

"好，好，我们进去聊。"缘空大师拭着眼泪，将顾女士和孟雨涛、夏婷请进禅房。

见大师已恢复平静，孟雨涛向他介绍了夏婷。

缘空大师对着夏婷双手合十："阿弥陀佛！有劳施主！请坐！"

孟雨涛忙对缘空大师和顾女士说："大师、顾大姐，你们父女慢慢聊吧，我们就不打扰了。"

"对。"夏婷走到顾女士身边拉着她的手，"大姐，我们在寺院河边喝茶等你，你和你父亲慢慢聊。"

缘空大师和顾思蜀将孟雨涛、夏婷送到门口，望着他俩离去的背影，顾思蜀动情地说："爸，多亏了他们相助，我们才有今日见面，他们真是热心人啊！"

缘空大师感慨道："是啊，老衲也没想到今生还能骨肉相见，这真是天意，愿我佛保佑好人一生平安！阿弥陀佛！"说着，他闭目合掌念起经来。

望着身旁遁入空门的父亲，虽说顾思蜀早有心理准备，但父女见面竟是在这样一个特殊的场所，这样一个时段，她不禁悲从心来，不觉又潸然泪下……

回到禅房，父女泪眼相对。

缘空大师关切地问："你母亲身体还好吧？"

"她大病一场后身体已大不如前，但目前没什么大碍。"

"这就好，这就好。"缘空大师捻着银须又问，"你爷爷、奶奶……"

"他们很多年前就去世了。"

缘空大师听后闭目合十，过了好一会儿才睁开眼睛，神情悲戚地说："我今生有负很多人的情，罪孽不浅，今生无缘相报，只等来生偿还了。"

"爸，你别这样说。"顾思蜀心里一阵绞痛，"我知道你几十年前为何选择远离红尘、油灯枯坐的礼佛人生，因为你心里有太多的苦。"

"你们不恨我？"缘空大师深感意外地问。

"不了解这一切之前恨过，但现在一点也不，不管怎样你都是我父亲、是我们的亲人啊。"顾思蜀泪眼汪汪地望着父亲说。

缘空大师听了很是感动，他动情地颤声说："虽然出家人要戒除妄念、斩断七情六欲，但也并非冷漠忘情之人，这几十年来我也没忘记你们，并时时为你们祷告祈福。"

顾思蜀再也控制不住感情，一下走到缘空大师面前跪了下来，抬起头高声喊道："爸——"

缘空大师俯身扶住她的双肩，热泪盈眶地说："女儿请起，请起！"他将顾女士扶到椅子上，"你给我讲讲你母亲和你的一些情况吧。"

顾思蜀点点头，用手绢拭去脸上的泪痕，忙从挎包里拿出一沓照片递给缘空大师："你慢慢看我给你讲。"

"好，好！"缘空大师将吊挂在胸前的老花眼镜戴上，对一张张照片仔细地看了起来，顾思蜀则站在他身边指着照片逐一介绍。

……

在寺外河边的一棵巨大榕树下，孟雨涛、夏婷和报社司机小赵面对大河而坐，他们一边喝茶一边闲聊。

"不知这对父女聊得怎样？你说他们见面后的结局又会是怎样？"夏婷问孟雨涛。

"应该聊得不错，至于结局嘛……依我看不会有什么改变，大师礼佛念经、远离红尘这么几十年，不可能因见到亲生女儿就儿女情长地皈依还俗。"孟雨涛思忖道。

夏婷听后默默点头，她望着眼前的河水感叹道："哎，那他们从此依旧是骨肉分离、人在天涯了，不知这次相见后他们何时才能再见。"

孟雨涛将头靠在椅背上闭目不吱声，近一个月来所经历的一些事让他唏嘘不已、心潮起伏，唐婆婆、顾长明、顾女士及其母亲、柳雪等人的影子走马灯似的不时在他眼前闪现。

"你怎么不说话？困了还是有心事？"夏婷用合拢的折扇捅捅孟雨涛的胳膊。

孟雨涛睁眼望了望她，使劲揉着眼睛，无精打采地说："不知咋个的心里压抑得很。”说完又头靠椅背，只是这次他没再闭眼，而是仰望着蓝天上朵朵棉絮般的白云。

过了好半天他才转过头去看夏婷，见她眼珠子一动不动地正紧盯着自己。

“我又不是外星人，你这样好奇地盯着我干啥子？”孟雨涛颇觉好笑地说。

夏婷不加理会、表情严肃地说：“我看你最近是有些六神无主。对了，自从唐婆婆住院起，我发现你像变了一个人，很少见你像从前那样嘻嘻哈哈，你不是很能胡吹神侃的吗，怎么变得郁郁寡欢、沉默少语起来了？简直深沉得可以喔。”

“是这样吗？我怎么不觉得？”孟雨涛睁大眼睛问道。

“有道是旁观者清当局者迷。”夏婷大有深意地说。

孟雨涛呵呵一笑：“那请你这个旁观者指点迷津。”

“这个嘛……”

夏婷转动着头正想着该怎样一语点醒梦中人，突听身后响起这样一句话：“当断不断，其心必乱！”

孟雨涛、夏婷闻声转过头去，只见缘空大师与顾女士已站在身后，说话的正是大师。

“大师、顾大姐！”孟雨涛、夏婷不由站起身来几乎同时这样喊道。

夏婷走到顾女士身边拉着她的手，轻声问道：“大姐，你们聊完了？”

顾女士微笑着点点头。

缘空大师走近孟雨涛，伸手搭在他肩上说：“孟施主慈心为怀，所虑过多。老衲在此赠你一言：抽刀断水水更流，情由心生当随心。”

孟雨涛闻言心里一震，大师此言真一针见血，拨云见日。他顿时开悟地感谢道：“多谢大师教诲！”

顾思蜀不明就里，疑惑地望着父亲和孟雨涛。

夏婷偷偷将嘴贴近顾女士耳边窃笑道："这个傻瓜正为情所困哩。"

"是吗?"顾女士颇为惊讶地盯着孟雨涛。

缘空大师指着不远处的吊脚楼，对孟雨涛、夏婷说："烈日酷暑，你们陪思蜀远道而来，为表敬意，我已在那里的一家'临江饭店'为你们备了一桌酒席，请你们陪思蜀前去就餐，老衲就不相陪了。饭后再请你们陪她游览一下古镇，我们就此别过，老衲就不远送了。"

"你们初次见面怎么不多聊聊?"孟雨涛惊异地问。

"是啊，时间还早嘛。"夏婷也颇感遗憾地说。

顾女士凄然笑道："谢谢你们的好意，这次能见到父亲，我已很知足了，就这样吧。"

看来她早已与大师商定了，孟雨涛、夏婷也只得不再说什么。

顾思蜀取下挂在胸前的照相机交给夏婷，请她给自己和父亲在河边照张合影。夏婷拍完照后，顾女士又请司机为他们照了一张合影。

离别之时，顾思蜀泪眼蒙眬、依依不舍地对缘空大师说："爸，你要多保重，我会时时想你的……"

缘空大师双手合十，闭目道："老衲自知，你们放心去吧，阿弥陀佛!"

虽然缘空大师语气平静，但从他微微颤动的眉头，孟雨涛看得出他在极力控制自己的情感。

就在一行人转身离去、且行且回头看着大师之际，缘空大师突然将孟雨涛喊了回去。

孟雨涛疑惑地快步走到大师面前恭敬地问："大师还有什么事吗?"

缘空大师表情淡定地问："唐居士是不是已经驾鹤西去?"

孟雨涛震惊地问："大师你怎么知道?"

缘空大师转过身去，望着大河缓缓沉吟道："我早已有此预感……她走了多久?”

“六天……还请大师节哀!”孟雨涛心情沉重地说。

过了会儿，缘空大师转身对孟雨涛说:“他们在等你，施主请去吧。”

孟雨涛朝大师行过躬身礼后转身离去。为了不让顾女士和夏婷察觉此事，他装出若无其事的样子。

“我父亲找你有什么事吗?”顾思蜀好奇地问。

“没什么……随便说了几句。”孟雨涛搪塞道。

夏婷却猜到了是怎么回事，她机灵地为孟雨涛打掩护:“是不是大师又给你指点什么迷津了?”

“喔，是的，是的。”孟雨涛有些尴尬地答道。

“我就知道是这样。”夏婷装着得意地说，她挽着顾女士的胳膊说，“大姐，我们快去吃饭吧。”

走在小街青石条铺就的路上，她问顾思蜀:“四川的麻辣味你能适应吗?”

“没问题，在家里我们就经常吃。小时候我就经常听爷爷奶奶、母亲念叨四川的美食，什么钟水饺、龙抄手、麻婆豆腐、夫妻肺片、张凉粉啦，听得我直咽口水。”

“是吗?现在好吃的更多了，有火锅、串串香、麻辣兔头，等等，这次我要带你好好去品尝一下家乡的美食，还要去看看武侯祠、杜甫草堂、都江堰等名胜古迹。”夏婷热情地说。

“好啊，那给你们添麻烦了。”顾女士感激地说。

“一点不麻烦，我们成都人本来就是好吃嘴。”夏婷笑道，随后望着身旁默不作声的孟雨涛:“你也要陪同哈。”

“那当然，那当然。”孟雨涛心不在焉地忙挤出笑容应道。

当天下午返回成都后，孟雨涛、夏婷又陪顾思蜀去了却另一个心愿，那就是按照她母亲的叮嘱，去看看她父母曾经居住的地方。还好，根据她母亲写的地址，他们在陕西街上找到了顾思蜀父母的旧居，这是个门楼高耸的四合院。

在院门前，顾思蜀拿着一张旧居大门的老照片一对比，高兴地说："没错，就是这里。"

她激动地疾步走进院里，心情复杂地仔细看着院里的每一间房、每一个角落，如今这里已成了多家人居住的大杂院，院内搭起了不少偏偏房，院内显得拥挤凌乱。他们在院里四处打量，顾思蜀还用相机拍个不停。院里住户不解地看着顾思蜀等人。

孟雨涛等人在住户人家惊异的注视下走出大院，顾思蜀感慨地说："院里变化太大了，除了老房子还在，我母亲讲的院里的水池假山、搭着七里香藤架的小廊都没有了……"

她虽然为没看到原来院里的真实场景感到有些遗憾，但还是很兴奋很激动。

她特地还站在灰墙斑驳、乌漆厚重的院门前，让夏婷给她照了张相，她喜悦地说："我回去后要给我妈看看这些照片，这一定又会增加她的思乡之情。"

孟雨涛感慨地说："你们原来的家真大呀，以前一定是个富贵人家。"

顾思蜀依依不舍地望着院门，说："我爷爷是个商人，成都解放前夕举家迁到台湾，不过那时我还在母亲的肚子里呢。"

离开顾思蜀父母家旧居后，一行人又去了附近的人民公园，他们坐在鹤鸣茶园里临湖的竹椅上喝着盖碗茶、聊天。

茶园里茶客满座、人语喧哗，湖畔绿柳成荫，碧波荡漾的湖面上轻舟游弋。顾思蜀看到眼前情景，羡慕地说："成都喝茶环境真美，成都人真悠闲啊。"

孟雨涛说："成都人就是心态好，会享受生活。"

夏婷说："思蜀姐，这里每年都要举办菊花展，可惜今年我们来早了。"

顾思蜀感慨地说："家乡比我想象的好多了，值得一游的地方也太多，以后我一定会经常回来看看。"

在以后的几天时间里，孟雨涛、夏婷除陪着顾思蜀品尝了四川传统美食外，还去游览了春熙路、武侯祠、青城山、都江堰等地。

顾思蜀在离开成都返回台湾前与孟雨涛、夏婷话别时，她充满感情地说："此次回家乡，让我真的更思蜀了。"

他们谁也没有想到，这次黄龙溪古寺之行，竟是他们与缘空大师的最后一次见面。

十多天后，缘空大师也在寺院圆寂了。

顾思蜀离开成都没几天，大学同学钟毅从北京来到成都，在陪他去都江堰游玩的这天，孟雨涛叫上了柳雪与邱军。

他之所以这样做，原因有两个：一是过几天她就要去市教育局报到上班，他想借此机会与她多待在一起；二是让她出来散散心。

从唐婆婆病重住院至去世这段时间，柳雪几乎天天都在医院陪护，尤其是唐婆婆火化后的那几天，她都一直沉浸在忧伤之中。这期间经历的事让这个活泼、清纯、善良的姑娘变得沉静、坚毅与成熟起来。看着少了欢颜笑语的她，孟雨涛心里很不是滋味，既生隐忧又感欣慰，总要绞尽脑汁地想方设法逗她开心，胡编乱扯地讲些什么"现在国际形势很紧张，美洲在拉丁、南斯在拉夫"之类的笑话，但她听了只是浅浅地一笑，笑容随即就消失无影，没了往日那样无忧无虑、天真开心的活泼与喜悦，仿佛心里积压着厚重的冰块，总是显得那么忧思重重，像极了戴望舒笔下那个有着淡淡忧愁的姑娘，让人怜爱、让人担忧。

当孟雨涛要柳雪去都江堰游玩时，她读懂了孟雨涛眼里的期待。

去都江堰时天公不作美，阴雨绵绵，但钟毅却格外喜欢这雾蒙蒙雨蒙蒙的天气。坐在玉垒山对面的河边喝茶时，他心情舒畅地说："真是'蜀江水碧蜀山青'啊，这样才有诗情画意，才有温柔之乡的感觉。"

他心驰神往地说："我最喜欢江南小镇，要是在小镇临河有一房屋那才巴适，可以每天对窗品茗读书，可以凭窗眺望如烟细雨以及缓缓摇过的乌篷船……你想那是多么恬静而舒适的生活。”

孟雨涛笑道：“最重要的是，身边还要有一个温柔水灵的江南妹妹。”

柳雪听了这话后，她清秀的眉毛轻微挑动了几下，随后转头去看淅淅沥沥的雨丝。

孟雨涛瞟了眼柳雪，轻叹道：“有时人在城市里待久了，是想到一个清静的环境去生活。”

透过如丝细雨，可以看见河对岸树木茂密的青山和山下湍急的清流，钟毅似有所悟地一拍茶桌大发感慨：“我今天知道成都女人的肤色为啥子这么好了！”

“为啥子？”孟雨涛笑问。

钟毅指着雨水、岷江说道：“你看这雨多细润、这水多亮色，她们的皮肤就是被这好水滋润出来的，真个是‘心里美’啊！北方那地可不成，干燥、风沙，娘们的皮肤可糙了，简直没得比。”

钟毅在北京待久了，说话一会儿京腔一会儿四川话。

柳雪听了不解地问：“什么是‘心里美’？”

孟雨涛笑着解释：“这是北方的一种萝卜，外面白生生的里面红红的，他是赞美你们皮肤细腻柔滑，白里透红呢。”

柳雪听了浅浅一笑。

“没错。”钟毅更来劲地说，“嫩得仿佛能掐出水来。”

孟雨涛得意道：“那当然，一方水土养一方人嘛。”

钟毅羡慕地对孟雨涛说：“成都好地方啊！山好水好人更好，哥们儿，你们幸福啊！”

对他们兴致勃勃地大谈女人，柳雪不感兴趣，撑着雨伞去买水果。

望着她窈窕的身段，钟毅问孟雨涛：“你的窗外总是鲜花盛开、蝴蝶翩飞，你是烧了啥子高香喔？不然何以艳福至此。”

孟雨涛知道他指的是自己总会遇到漂亮女性、有女人缘。

与杨怡秋谈恋爱时，孟雨涛曾带她去北京旅游，钟毅目睹其芳容后，暗地里朝孟雨涛竖起了大拇指，私下里还羡慕地说：“怪不得你上大学时对女同学视而不见，原来你是目光高远，久等必有芳草啊。”孟雨涛到杂志社上班不久，孟雨涛又写信告诉他自己遇到了一个好大姐周兮倩，并在信中大赞她是如何气质高雅、心善貌美，如何喜欢、关照自己，等等，总而言之，把她描述得仿佛就是天下最好的女人，这让钟毅只能发挥想象地去想她该是怎样一个极品女人……

虽然现在杨怡秋这只蝴蝶飞走了，但又飞来了另一只更加美丽的蝴蝶——柳雪……

钟毅眼见为实后故而这样说。

对此孟雨涛不禁苦笑道：“我有啥子艳福啊，现在还是一条饥肠辘辘的饿狼呢。”

“你身在花丛不采蜜，蹚在水边不湿脚，骗哪个喔？你就拉倒吧。”钟毅脸上露出极端不信任的神情。

邱军也讥诮道：“见了进攻信号居然按兵不动，你可以喔，你这只幸福的小蜜蜂一会飞到东、一会飞到西，好像哪都有你喜欢的鲜花。”

钟毅一个劲地说孟雨涛有艳福，这让孟雨涛哭笑不得：你是饱汉不知饿汉饥，我是腥没沾到倒惹一身骚喔。

为了证实自己的清白，他于是如实讲了与柳雪、夏婷的关系，讲了那个雨夜，他与夏婷眼看水到渠成、瓜熟蒂落，就要成其好事时，突然临阵脱逃一事，当然他隐瞒了当时头脑里突然出现柳雪这个细节。讲完后他还美其名曰这主要是考虑火候不到，怕对方从此对自己死缠烂打，方才毅然保持这般纯洁。

钟毅听后惊讶地瞪大了眼，“送到嘴边的肉都不吃？我说哥们儿，你哪是什么一条饿狼，分明是一头撑傻了的猪嘛。”

邱军笑道：“是不是你那家伙进入冬眠期了？不对噻，那正是活力四射的时候啊，要不你的那杆枪好久没用了，是不是生锈了？所以说钢枪还是要经常擦才好。”

“妈哟，我的如实坦陈不仅没赢得你的同情和称道，反而受到如此质疑和嘲笑，你也太没人性，太不了解我这根苦瓜了。”孟雨涛无奈地摇摇头，“算了，我不跟你们讲这些事了，你们懂不起。”

看着孟雨涛窘迫的样子，钟毅、邱军哈哈大笑起来。

柳雪这时走了过来，她好奇地问：“你们什么事这么开心啊？我老远就听见你们笑个不停。”

没等孟雨涛开口，钟毅抢先回答：“我在讲一头傻猪不吃荤的事。”

柳雪听了惊奇得美目圆瞪，她天真地说：“猪本来就不吃肉嘛，除非是野猪。”

“说得好，说得好！”钟毅说完不怀好意地笑看着孟雨涛。

孟雨涛笑笑，对柳雪说：“别信他的话，他是在损人呢。”

下午雨歇天晴，天蓝如洗。孟雨涛一行人走在田间的机耕道上，一边是散发泥土味的田野，一边是两旁长着茂密芭茅草的一条小河，湍急的水流声清晰可闻，不远处绵延的青城山山脉翠绿苍苍、美景如画，散落在葱葱树木、田野间的农家瓦舍冒出缕缕炊烟，显得格外宁静、祥和。

走至河边一芭茅草稀疏处，望着清澈湍急的河水，被太阳晒得浑身发热的孟雨涛、钟毅、邱军经不住河水的诱惑，走到河边将手伸进水里撩起水浇在脸上，柳雪则撑着伞站在岸上观望。

“我的妈呀，这水也忒凉，忒清了！真好！”钟毅惊呼呼地大声叫道。

“那可不，这水可是从雪山上流下来的，试问北京有这么清凉的水吗？”孟雨涛得意地操着四川口音颇重的普通话说，然后高声唱道，“你从雪山走来，春潮是你的风采，你向大海奔去，惊涛是你的气概……”

他这一说一唱把大家都逗乐了。

“瞧你这美样。”钟毅摇头笑道，随后望着河面说，“你这一唱还真让我心潮澎湃，哎，真想下到水里游泳，就当我畅游了一次长江。”

“我也想下去洗个澡凉快凉快。”邱军附和道。

“可我们都没带游泳裤。”钟毅惋惜地说。

“无所谓，这里人都没有，我们可以裸泳。”

孟雨涛提议道，他回头看了看岸上的柳雪又犹豫了起来。

柳雪听见了他们的说话，她笑盈盈地说：“你们游吧，我给你们看衣服。”说完就朝远处走去。

芭茅草遮挡住了柳雪的身影，三人迫不及待地开始脱衣脱裤，然后扑腾腾地跳进几米宽的河渠里游了起来。

听见他们在水里兴奋的嬉戏声，柳雪这才走过来看着他们在河里游过去游过来，脸上露出羡慕的神情，她笑着朝他们喊道：“水又冷又急，你们可别被水冲跑了！”

孟雨涛站在河对面齐胸深的水里笑道：“你把我们的衣服抱到下游那个转弯地方等着，我们顺水游到那就上岸。”

柳雪抱着他们的衣物来到河拐弯处时，孟雨涛等人已在站在齐腰深的水里等着，一个个冷得直打冷战。

柳雪将衣物放到岸边后又赶紧走开，水里的三人这才慌忙上岸穿衣，钟毅兴奋地说：“这水还真刺骨啊，游了一会儿就浑身透凉，爽！”

山下的傍晚很凉爽，孟雨涛、钟毅等住宿的农家小院里，果树成荫、摆放着一盆盆兰草、假山盆景。端上桌的白果炖鸡、凉拌土鸡、老腊肉等特色菜让人吃得赞不绝口，酒也喝得格外尽兴。

酒劲一上来，钟毅望着柳雪大发感慨：“南方有佳人啊！难怪雨涛读大学时写过一首情意缠绵的诗——《望南方》”

柳雪喝了酒，脸色更显红润娇嫩，她听罢瞅着孟雨涛窃笑。

孟雨涛立即反驳道：“我那是写女人的吗？那是抒发对故乡的思念之情。”

就在孟雨涛与钟毅理论这个问题时，柳雪用她那悦耳的声音低吟起这首诗来——

渐行渐远，我眺望南方，
故园已是千山阻。
长亭相送，泪眼模糊，
相思自此潜入梦。

漫天风雪，我眺望南方，
扶桑依旧春风拂。
嫩柳吐绿，长河入梦，
薄酒更添思情浓。

飞鸿如约，我眺望南方，
深情不变细品读。
乡音在耳，心潮起伏，
枫叶红时再相逢。
……

众人静静地望着柳雪背诵完这首诗后，钟毅带头鼓起了掌。

孟雨涛惊讶地问柳雪："你还记得这破诗？我都记不得了。"

柳雪羞赧一笑："我喜欢就背了下来。"

钟毅兴奋地拍手叫道："知音！知音！你俩怎么也该喝一个。"

孟雨涛虽然嘴上说着惭愧，惭愧，但内心却涌起复杂难言的情感，一时愣住了。

钟毅用肘碰碰孟雨涛："嗨，我说哥们儿，你还愣着干吗？妹子等着你端杯呢！"

孟雨涛赶忙端起酒杯："谢谢妹儿喜欢这首诗，我干了，你随意。"

就在孟雨涛要将酒杯往嘴边送时，柳雪拉住了他的手腕："这杯酒我敬哥，谢谢你这么多年来一直把我当亲妹妹看待，我为有你这样一个哥感到很高兴，和你在一起我很快乐，真的……”说到这里她豪爽地将酒一饮而下。

“好，好！”钟毅、邱军拍手叫好。

孟雨涛则默默地将酒喝下。

这晚，在农家小院的灯下，孟雨涛、钟毅、邱军边喝边聊到深夜，个个都喝得有了醉意，已回房间休息的柳雪几次出来劝他们别喝了，可孟雨涛一个劲地朝她挥手：“没事，没事……今晚喝着痛快、高兴……”

柳雪最后一次出来劝时，孟雨涛醉眼蒙胧地盯着她，不耐烦地训斥道：“你这人咋这么烦啊……你走、走……你别管……”

钟毅看了看手表才觉得不能再喝了，笑着对柳雪说：“他喝高了，你别管他。”随后也劝孟雨涛，“今儿的酒就这么着了吧，明儿下午我还要赶飞机回北京呢。”

孟雨涛这才垂着头、有气无力地说：“听你的。”

邱军去了他的房间，孟雨涛与钟毅摇摇晃晃地回到住房。

孟雨涛躺在床上嚷着还要喝酒，钟毅没办法只得出去寻酒，不一会拎着两瓶啤酒进屋：“我们就再喝这么多了。”

两人又坐在桌边边喝边聊。孟雨涛摆谈的尽是柳雪如何心地善良、如何清纯可爱，是个多么难得的一个好姑娘。

钟毅笑道：“我早看出来了你们俩的关系不一般，你喜欢她对不对？那你还磨蹭个啥？你就大胆地去追啊！”

“我是要追……行……我这就找她去！”

孟雨涛说着就站起身来，摇摇晃晃地朝房门口走去。

钟毅没想到他做出如此举动，忙上前拉住他：“现在人家已经睡了，还有你喝多了，这个时候去，别人会认为是酒后疯话，表露爱情要讲究合适的时候，合适的地点嘛。”

孟雨涛眼睛眨了眨，随后直愣愣地盯着钟毅，过了半晌才怪模怪样地笑道：“有道理……是要严肃去谈，不能说酒话……”说完眼皮子就搭了下来。

“这就对了，咱俩这酒也甭喝了，睡觉、睡觉。”

钟毅知道孟雨涛喝醉了，于是笑着摇摇头将他搀扶到床上躺下，很快孟雨涛就昏沉沉地睡着了。

第二天上午起床时，钟毅问孟雨涛：“你知道昨晚你要干什么吗?”

孟雨涛摇晃着懵懵懂懂的头，想了半天也没想起来。

钟毅笑道：“真的喝高了，断片了。”

他接着将孟雨涛昨晚的所言所行讲了出来。

“啊？我真的是这样？我咋个一点也想不起来了。”孟雨涛诧异而尴尬地自言自语道。

“我骗你干什么？行了，今天就看你的表现了!”钟毅拍拍孟雨涛的肩膀。

孟雨涛想了想笑道：“什么时候行动我自有安排，今天先搁一搁，昨晚的事你可不要走漏风声。”

钟毅叹息一声后说：“昨晚按捺不住，今朝又若无其事，不知你怎么想的，不过我要提醒你——你可不能让这么优秀的妹子从你身边溜走，我回北京后看你啥时候能传来喜讯。”

“很快，很快!”孟雨涛敷衍道。

这时，柳雪走到门外敲房门、高声喊道：“哥，你们快起来吃早饭。”

“这就来！这就来!”孟雨涛高声应道。

来到院里的饭桌前，孟雨涛问柳雪：“邱军呢?”

柳雪笑呵呵地说“他呀还在睡大觉，说昨晚酒喝多了，想再多睡一会。”

钟毅看着孟雨涛说：“昨晚我们酒是喝得有点多，有的人喝得话也特别多。”

柳雪感兴趣地问：“昨晚你们很晚也没睡，我在隔壁房间听见你们一直在说话，你们哪有这么多酒话摆啊?”

孟雨涛慌忙说没什么，然后把馒头塞进嘴里并瞅了瞅钟毅。

钟毅笑着问柳雪："你没听清楚吗?"

柳雪摇摇头。

钟毅说："我们聊的话题是关于……"说到这他故意停顿下来，将目光移向孟雨涛。

孟雨涛心里一紧，生怕他和盘托出真相，连忙假装咳了两声。

钟毅当然领会他的意思，心里虽然讥笑他死要面子活受罪，但还是顺应了他的想法："我们昨晚一直在严肃地探讨一个问题，那就是爱情诗是写得直白还是含蓄好，争论了大半夜，结果还是谁也说服不了谁。"

柳雪一听呵呵直乐，接着一脸狐疑地说："是不是喔?我怎么觉得你俩的表情很鬼祟。"

孟雨涛咽下嘴里的食物，装出正儿八经的样子说："当然是了，他老是说直白表达好，而我则认为还是写得含蓄些为好，这样才更有意境和韵味，你想想要是把爱情写得像白开水一样，是不是没得味道嘛，妹儿，我问你你喜欢写得直白还是写得含蓄的诗歌?"

他又将这个编出来的话题引到了柳雪身上。

柳雪想了会儿笑着说："这个要看个人的喜好，要看写出来的诗歌怎样才能做出判断。"

孟雨涛笑着对钟毅说："看来我们探讨的话题是深奥了些，没多大实际的意义，从今以后我们就不争论这个问题了，还是让时间来给出答案吧。"

听着孟雨涛一本正经地胡编乱扯，钟毅暗自骂道："虚伪啊，你就装吧，看你能装到啥时候。"

邱军觉睡够了，这才打着哈欠地走过来问道："你们一早又在谈论啥子话题喔?"

"谈论爱情诗咋个才写得打动人。"钟毅意味深长地说。

邱军坐下来拿起桌上的一个鸡蛋，他将蛋往桌上一砸："写情诗是雨涛的拿手好戏噻，但遗憾的是他只晓得写，是个行动上的矮子。"

他说完这话还很有深意地看了看柳雪。

柳雪不满地对邱军说："你这贼眉贼眼地看我干啥子呀？真是莫名奇怪。"

钟毅开心地笑出声来后说："只开花不结果，有意思、有意思。"

邱军吃完鸡蛋后赞同道："就是，说得热闹，吃得淡白。"

柳雪一脸疑惑地看看钟毅、邱军："你们两个阴阳怪气地一唱一和，你们在说哪个哟。"

第二十八章　他要去远方

正如孟雨涛预料的那样，“乡村鲜香鱼火锅”开业后，果然生意红火，吃客盈门，尤其是晚上，吃客去晚了就找不到桌位，只得坐在店外排号等位子，看到柳亮喜笑颜开地在店内店外忙个不停，孟雨涛心里自然也为他感到高兴。

该店的鱼火锅除了味道巴适外，店内装饰风格也充满浓郁的乡村特色，店内墙壁全用竹子装饰，墙壁上还挂着斗笠、蓑衣、船桨等，让城市里的吃客感到很新鲜。这个店内装饰风格还是孟雨涛想出来的。在当初筹划鱼火锅店时，田大伯和柳亮都希望孟雨涛以出资的形式加入进来，但他推辞道：“我就不来分这杯羹了，你们以后有什么事，只要我能帮得上忙，我可以为你们跑跑腿或提一些建议。”

除了火锅店红红火火外，柳亮也交了桃花运，对象是原来毛纺厂的下岗女工袁慧。对柳亮的这个女朋友，孟雨涛与她见第一次面时心里就不太看好，但他不会把自己的感受告诉柳亮。

那是火锅店要装修之前的事，柳亮当时手头的资金有点紧，孟雨涛就把自己积蓄的两千元拿给他用，柳亮接过钱后感激地说："大哥，你现在也闲着没事，还不如就和我们一起经营这个鱼火锅。"

但孟雨涛还是没有答应。

柳亮又说："那等火锅店赚了钱，我的那份盈利里有你的一份。"

就在他慷慨地说这话时，旁边的袁慧用不满的眼光盯着柳亮。袁慧这一细微举动被孟雨涛捕捉到了，他知道她是在责怪柳亮太瓜，不由对她有些反感："你以为我想占便宜，想分柳亮的钱嗦，你简直把老子看扁了。"

虽然心里有些不快，但他若无其事地对柳亮说："我们是啥子关系喔，你说这些就有点俗了，赚多赚少是你的事，我是不会收你一分钱的，你以后就安心把这个店开好，赚了钱呢想啥时还钱就啥时还，反正我又不急着用钱。"

柳亮还想坚持要孟雨涛和他一起干，孟雨涛有点不耐烦地说："好了，这事从今往后就不要再提了。"

火锅店开业后的前几天，出于关心的目的，孟雨涛都要到店里去，一是了解经营情况，二是看看有没有需要改进的地方。有晚他无意间听到袁慧这样向柳亮嘟囔："你这个大哥这几天都守在这，看到生意这么好，高兴得就像是他开的店，我总觉得他是有啥子目的……"

不等她把话说完，柳亮就满脸怒气地训斥道："你给老子闭嘴！我大哥是啥子人老子还不晓得？你娃要是以后再乱说一句难听的话，别怪老子翻脸不认人！"

袁慧被柳亮发火的样子吓得大气都不敢出一口。

孟雨涛听了心里感到很欣慰，虽然对袁慧说的那些话他也很生气，但对柳亮这番立场坚定、旗帜鲜明的表态他非常惬意，也意识到自己是不该天天跑来凑热闹让人产生误解。从这以后他再也不去那个店了。

别人忙活起来干得风生水起，孟雨涛则清闲得无所事事，他开始认真考虑自己该何去何为了。

这天上午，孟雨涛还在宿舍睡觉就被周兮倩叫醒了。

看着睡眼惺忪的孟雨涛，周兮倩有感而发："你离岗后忙得很喔，前段时间你天天早出晚归，我们简直难得见一面，怎么这几天你突然窝在屋里老实起来了？"

孟雨涛揉着眼睛叹道："是啊，以前事情不晓得咋个这么多，你看刚一忙完唐婆婆的事，接着又去接待台湾同胞、北京来的大学同学、帮朋友开店跑上跑下……哎，简直比上班还忙，这些都忙完了，现在我当然要好好休整了。"

"你都成社会活动家了。"周兮倩笑嘻嘻地打趣道。

"瞎忙，瞎忙。"孟雨涛有些无奈地甩甩头，随即问她是不是有事。

周兮倩坐在书桌前盯着孟雨涛严肃地问："我上次给你说的事考虑得怎样了？"

孟雨涛茫然地望周兮倩，想了半天也没想起她说的是哪件事。

"哎，你这人年纪不大，怎么忘性这么大。"周兮倩有些生气地埋怨道，见他一脸憨笑，她只得一字一顿地说，"你工作的事！"

"喔，这事啊。"

孟雨涛这才恍然大悟。正式离岗那天，周兮倩问他想不想调到其他新闻单位或市级机关工作，如想她可以去帮他联系，当时他说考虑考虑，可事后他根本就没想这事。对此他抱歉地说："都怪我最近脑里太乱给忘了。"

"你啊你，不晓得你脑壳头装了些啥子，这么重要的事你居然不放在心上，你也太麻木、太恍兮忽兮了，你当初还说小雪糊涂，我看你比她还糊涂！"

周兮倩一顿数落后语气缓和下来："现在考虑还不晚，说吧，你想不想换个单位？"

孟雨涛静静地想了想后干脆地说："好马不吃回头草，新闻单位我就不杀回马枪了，机关单位嘛我又坐不住，更不愿看领导的脸色行事，算了，我还是找个自己愿意去的地方先待一阵，谢谢大姐的关心与厚爱。”

周兮倩惊讶地望着他，过了好一会儿才担忧地说：“你还年轻又没成家，以你的条件和能力，完全可以找一个比较好的单位，你以后还要找对象、结婚，没稳定的工作可不行，我劝你再好好想想，趁现在我还能帮上忙，不然以后恐怕没有机会了。”

孟雨涛开玩笑道：“听你这么说，好像你有通天的本事，我咋从来没看出来呢？”

“给你说正事，不许嘻哈打笑！”周兮倩又气又恼，她同时默想着一个问题：“他之所以回绝，是不是不相信我有这个能力？看来我不得不把话挑明了。”

她轻声道：“实话告诉你吧，我爸是市里一个不大不小的官员，不过不久就要退下来了。”

“啊？”孟雨涛惊讶地张大了嘴，接着直摇头，“看不出来，看不出来，你低调得简直不是一般化嘛，让人一时难以置信。”

“好了好了，别说这些无聊话了，这事你可别传出去，现在你该拿定主意了吧？”

孟雨涛低头沉思了会儿，抬起头感激地说：“谢谢大姐好心，我还是自己找事做。”

周兮倩有些失望，她站起身来遗憾地摇头叹息：“你这人真倔啊，简直拿你没办法……好了，这事就当没说过，那你下来打算做什么？”

在这样的好大姐面前，孟雨涛将心里的想法如实相告：“我打算到我市一个边远贫困山区村小支教。”

“啊？”周兮倩大感意外地叫出声来，她坐了下来望着孟雨涛，“你怎么有这个想法呢？”

孟雨涛挪过一张凳子在她身旁坐下，表情极其认真地说：“前段时间我对自己很迷茫，几天前我无意间翻到了我当记者时写的一篇报道，报道的是一个派出所给贫困山区学校送温暖的活动。那所小学位于成都最边缘的丘陵山区，我们坐了几个小时的车才到那所学校，那天天气特别寒冷，我们到学校门口时，学生站在两旁夹道欢迎，我看见有的娃娃还穿着破旧的胶鞋，有的鞋上都有了洞，脚趾都露出来了，他们很多人的衣着又旧又单薄，个个双颊、鼻子冻得通红，有的还鼻涕直流，有的娃娃手上长着冻疮又红又肿，但他们都兴奋、喜悦地迎接我们。看到这样的情景我非常震撼也很难受，想不到还有这样生活贫困的孩子……”

他讲到这里，眼里有些湿润，声音也有些哽咽，周兮倩的表情也很凝重。

孟雨涛眨了几下眼睛后继续讲述：“学校的教室也破旧简陋，地面是坑洼不平的泥巴地，课桌、椅子破旧不堪，有些窗户玻璃也没有，冷风飕飕地吹进教室……当老师和学生接过捐献的新书包、作业本、文具等时，他们都很感激、格外开心，我当场也冲动地捐出了身上所有的钱。后来我再到这个山区时，一路上都看见这样的情景：路边的孩子一看见外地来的汽车，他们都要主动敬队礼，他们知道感恩啊！望着这些学生，我当时很感动，产生了想到山区小学支教的想法……”

周兮倩的眼睛湿润发亮，她抿着嘴默默地听着他讲下去。

“事情过去几年了，我也渐渐忘了这事，现在清闲下来后我又突然想起了，决定趁现在离岗时去那个村小教书，尽自己绵薄之力为山区的教育做点贡献。此外，我也有些厌倦了城市的生活，我到了那里后，还可静下心来好好读点书，清清静静地写我的那本书。”

周兮倩揉揉眼睛，钦佩地说：“我支持你去，这对你的人生会有很大的帮助，比你待在城市里碌碌无为，经常和一些狐朋狗友醉生梦死好多了。”

“谢谢大姐的鼓励，我会让自己的人生过得充实、有意义。”孟雨涛信誓旦旦地说。

周兮倩沉默了会儿，有些凄然地说：“我没看错人，就是你这一走，以后我们就难见面了。”

孟雨涛没想到她这个岁数的女人还如此多愁善感，不由笑道："咋会呢，我有空还是会回来看你们的。"

周兮倩幽幽地说："你离开编辑部这段时间，我们大家经常想起你，谈起你，以后你不会忘了我这个大姐吧？"

孟雨涛感受到了周兮倩依依难舍之情，他心里同样泛起了难言的离别愁绪，虽然和她相处时间不长，但她以母亲、大姐般的慈爱、体贴和关怀，让他深切感受到了成熟女性身上所散发出的温情和魅力，她一次次善解人意、真情实意的举动，无不慰藉着他那茫然而受伤的心灵，给他带来了难以言喻的感动和自豪，和她一起度过的这些欢乐时光，他是怎么也不会忘记的。

他不禁眼噙热泪，动情地发誓道："我一辈子也忘不了你——大姐！"

周兮倩也被他流露出的真情打动了，她泪光闪动地说："不管你到哪里，我也不会忘了你这个弟弟。你走之前要提前告诉我，到时我一定要给你饯行，记住！"

几天后的一个清晨，孟雨涛去那个山区小学联系支教事宜，邱军开车陪他前往。

对孟雨涛做出的选择，邱军很是不解，他直摇脑壳："你说你想找个安静的地方看书，思考人生，这没错，问题是大可不必跑那么远嘛，只要心静，'闭门即是深山，读书随处静土。'"

"你说我像云捉摸不定，其实你不懂我的心……"

孟雨涛笑而不答，望着窗外唱起了童安格那首流传甚广的歌曲。

说笑间汽车已驶至村小附近，孟雨涛停止说笑，兴奋地望着窗外，路旁山林茂密、郁郁葱葱，绿丛中山花烂漫，山沟里溪水清澈、流水潺潺……

那所小学建在半山腰的一块空地上，背依青山，校门前路边是一条山沟。

一到校门前，孟雨涛感到学校外观与几年前来时没什么变化，校园里传来朗朗的读书声。凭着记忆，孟雨涛很快找到了校长办公室，校长依旧是那个头发已花白的中年妇女，她姓魏。

对这两位不约而至的城里人，魏校长热情接待，不等她询问，孟雨涛率先自我介绍并表明来意，还拿出大学毕业证、杂志社工作证给魏校长过目。

魏校长一下想了起来，她惊喜地说："喔，你就是那个孟记者？我们见过，见过，你三年前来我校写过一篇报道是不是？"

她随即起身走到一堵墙前，指着挂在墙上玻璃镜框里的一张发黄报纸："你看，我们一直将它挂在这里。"

孟雨涛、邱军走上前，只见那篇报道用红颜色醒目地圈画了出来。

孟雨涛谦虚道："写得不好。"

魏校长认真地说："写得相当好，我们把它当作宝贝一样收藏呢。"

邱军笑道："孟大记者是雁过留声，人过留名喔。"

魏校长对孟雨涛自愿前来教书当然求之不得、喜出望外，她感激地说："有你这样高学历的年轻人来支教，我们太需要，太欢迎了！就是学校太偏远，教学条件、生活条件都太差，不晓得你能不能适应。"

孟雨涛真诚地说："这些我都了解，也做好了精神准备，一点没问题。"

"那简直太好了！我这里先代表全校师生向你表示衷心的感谢和敬意！"魏校长激动地说，随后她又简单地介绍了学校的情况。孟雨涛还与她初步商定了自己上什么课、教几个年级等问题，并定下了前来教书的大概时间。谈完之后，魏校长兴致勃勃地带孟雨涛、邱军参观了学校。

穿过简陋的操场，蹬上十多级石梯，校长指着一排砖瓦平房对孟雨涛介绍道："我和老伴以及另外两名老师都住在这里。那里还有两个房间，你来时就住在那里，我带你去看看。”

走到一间房前，魏校长打开房门，他们进屋打量着房间，里面空荡荡的，只在一隅堆放着一些杂物。她抱歉地说：“学校条件有限，我们只能为你准备好床、桌椅等，一些必要的生活用具还需你自己带来，请你原谅，你来时我们会为你清扫干净房间。”

“魏校长别这么说，这已很不错了，谢谢。”孟雨涛连忙回答。

走出房间后，孟雨涛望着群山环抱的学校，想到不久将会在这里开始崭新的工作和生活，他有些激动地赞美道：“环境真美！我很喜欢这里！”

……

在离开学校返回成都的途中，邱军对仍在兴奋中的孟雨涛泼起了冷水：“你现在热情高涨，不过我对你能坚持好久表示怀疑，这里离镇上都有十多公里，虽然环境优美、清静，像个世外桃源，短暂待一阵还可以，但时间长了，吃住不说，冷清和寂寞也会随之而来，到时你可不要后悔哟。”

“不用你操心，我早已一颗红心向往这种生活了，说不定还会扎根山区呢。”

“是啊，有可能还会看上一个勤劳吃苦、淳朴健美、温柔腼腆的小芳，那时你教书来她种田，夫妻双双乐开怀。”邱军乐呵呵地打趣道。

“是喔，你以为山区没有这样的好姑娘嗦，听你这一说，我还真动了这个心思。”孟雨涛笑道。过了会儿，他又认真地问邱军：“此行你有什么感受？”

“很受教育，很多感动。”

孟雨涛吹着口哨刚走进杂志社前院，周兮倩从编辑部里出来，她站在门前喊住了他：“小涛，你快进来看看谁来了。”

因为联系好了去山区支教的事，孟雨涛心情不错，看着脸上挂着诡秘笑容的周兮倩，他嘻嘻哈哈地说：“有啥子可急的嘛，来了哪个好喔唷的大人物嗦?”

他边说边朝编辑部走去，一进门，他脸上的笑容就凝住了，惊讶地望着坐在长藤椅上的来者喊道：“妈，你咋个来了?”

母亲面若冰霜地看着他，看得出来她心里装着极端的不满和怨气。

孟雨涛不知母亲何事这么不悦，赶忙走上前关切地问：“妈，你怎么了?”

母亲置之不理，将头扭向一边。

孟雨涛有些尴尬，不解地转头望着周兮倩、谭立闻，那目光像是在问：“到底出了什么事?”

周兮倩悄悄向孟雨涛张了张嘴并摇摇头，其传递的意思是说我们也不清楚。

看到母子俩僵持在那里，她走到孟雨涛声旁，轻轻拉拉他的衣袖、递了个眼神，随后责怪道：“儿在外母担忧，你这么大的人了，应该经常回家看看父母，和他们多聊聊，你是不是很久没回家了啊?”

谭立闻也趁机教训孟雨涛：“小涛，你其他方面都还说得过去，咋这点就这么不懂事呢？就是自己再忙，也要常回家看看嘛，可怜天下父母心呐。”

孟雨涛态度极好，一声不吭地听着，随即笑嘻嘻地去逗母亲：“妈，我同事批评得太对了，今后我一定注意，为了不影响他们工作，我们还是到我房间去摆谈，我给你泡你最喜欢喝的西湖龙井。”

母亲气呼呼瞥了瞥孟雨涛，起身就往外走，尽管心里有气，但离去时还是面带笑容地向周兮倩、谭立闻的接待表示感谢，显得很有素养。

一出门母亲笑容倏逝，脸色阴沉。

孟雨涛跟着出门时，周兮倩悄声提醒他：“等下你态度好点向母亲认个错，千万别谈崩了。”

孟雨涛一回宿舍就忙着要去洗杯子、打开水给母亲泡茶，但被母亲声色俱厉地制止了："我不喝，气早就气饱了！"

随后憋在心里的怒气像放闸的洪水凶猛倾泻："好啊小涛，你是越长越傻、越活越糊涂了是不是？工作这么大的事竟然主动离岗，还一直瞒我这么久，你眼里还有没有我这个妈了？"

她原来为这事大动肝火，孟雨涛连忙认错："都怪我最近事多忘了给你们说一声，母亲大人息怒、息怒。"

"哪个跟你嬉皮笑脸！"母亲瞪着眼接着质问："我问你——你是不是为了陪小雪照顾那个婆婆，主动提出离岗的？"

"你听哪个这么胡说八道？"孟雨涛急了，他满腹委屈地说，"我有这么傻吗？我之所以这么做完全是迫不得已。"

他接着解释了自己主动离岗的原因。

母亲静静地听着，从她的脸上，孟雨涛看得出她的怒气在渐渐平息。

母亲的目光在孟雨涛身上移动、打量，静默了会儿，她语气柔和地问："你是不是为了小雪工作的事，还得罪过人被打伤了？"

孟雨涛吃惊地望着母亲："哪个告诉你的？"

母亲无奈地摇摇头："这你别管。"接着伤感地说，"没想到最近你出了这么多事，真让人担忧啊，你这样下去怎么让人放心啊……"

母亲说到这里流下泪来，她抹抹眼泪、痛心疾首地说："我怎么也不明白你现在怎么是这个状况，你原来方方面面都比很多人强，可如今对象没一个，工作也没了，你说这叫咋回事啊……"

孟雨涛见母亲伤心，心里也十分难过，他咬住嘴唇想了想，上前揽住她的肩膀宽慰道："这只是暂时的，过不了多久一切都会有改变，妈，你就不要为我操心、担心好不好？"

母亲叹息一声后担忧地问："你接下来打算做什么？"

孟雨涛愣了愣，毫不隐瞒地讲了将去山区小学支教的事。

母亲听后更是震惊，她着急地问："这……这是为什么啊？"

孟雨涛把山村小学的状况讲给母亲听后，她显然也被打动了，喃喃地说：“想不到山村的学校条件这么差，那些娃娃这么可怜……你去那支教是应该的，我不反对。”

孟雨涛笑了：“我就晓得母亲大人是个明大理、有同情心的人，你一定会同意我这么做，我正打算回家告诉你们这件事，没想到你来得正是时候。”

母亲表情严肃地说：“你别高兴太早，这件事可以依你，但还有一件事你必须给我办好，否则……”

孟雨涛想都不想地说：“不管啥子事，我一定给你办得巴巴适适。”

“不要嘴上说得好听，好，我问你，你啥子时候把小雪给我带回家？”母亲的口气干脆利落，毫无商量的余地。

“啊？这件事啊。”孟雨涛顿时傻了眼，他支支吾吾地说，“这事就太不靠谱了，不好办，不好办……”

母亲毫不退让地表态：“不行，非得给我个明确答复！”

“哎呀，我的母亲大人喔，这事是不能强人所难的，你不能只认准那个小雪嘛，如果你想儿媳妇实在想慌了，我明年一定满足你的这个心愿，我保证。”

“其他的人我不想，只想小雪！”

孟雨涛心里叫苦不迭，他哭笑不得地说：“妈，你也太霸道了嘛，你又不是皇太后，总不能指哪个就是哪个噻。”

“我不管，我今天把话挑明了，你看着办！”母亲说完就起身就走。

孟雨涛赶紧追上去：“妈，你等一下，我们再好好摆摆。”

在编辑部大门外送走母亲后，他无精打采地返回房间，坐在书桌前失神地想着母亲的话。

“又遇到什么事让你这么愁眉苦脸啊？”

周兮倩突然出现在窗外，她笑盈盈地看着孟雨涛。

孟雨涛抬头看看她，无奈地叹道：“多事之秋，一言难尽。”

周兮倩将上身伏在窗台上，脸上笑颜依旧，她充满好奇地说：

“给大姐讲讲，我看这事有多难。”

孟雨涛淡淡一笑：“说难也难，说不难也不难，就是不好开口，我说给你听，你看是不是这回事……”

天刚蒙蒙发亮，半醒半睡的孟雨涛睁开了眼。他担心柳雪一早有事外出，赶忙起床出门，迫不及待地直奔柳雪家。

来到院内时，早起的李大爷坐在门前喝茶抽烟，手里拿着的半导体收音机正在播放早间新闻。

孟雨涛向他打招呼：“李大爷，这么早就起来喝早茶了？悠闲喔。”

“人上了年纪没得瞌睡，你大清早地跑来干啥子？”李大爷抬头望着孟雨涛，一脸疑惑。

孟雨涛瞅了瞅柳亮家紧闭的房门，含糊地说：“和你一样睡不着，到河边来呼吸一下新鲜空气。”

李大爷从家里给孟雨涛抬出一张椅子，孟雨涛谢过后将椅子摆到河边，面朝大河地坐在椅子上想着心事。

河面上漂浮着薄雾，空气中散发着河水的气味。

过了会儿，柳亮家的木门吱的一声开了，柳亮父亲走了出来，他一见孟雨涛坐在河边甚为惊讶，忙走过去问他有什么急事。孟雨涛说她在等小雪。柳亮父亲很纳闷地说：“小雪还没起床，那我去把她叫醒。”孟雨涛忙说不必了，没什么要紧的事，等她起来再说不迟。柳亮父亲便依了他，忙去厨房烧开水，给孟雨涛泡好茶后，他又去街上买油条、豆浆。

河面的薄雾渐渐散去，晨光初露，水面上波光粼粼。河对面房屋的烟囱冒出炊烟，临河的人家有人将头探出窗外刷牙，还有人站在窗前，对着大河“啊啊啊——哦哦哦——咿咿咿……”大声地吊着嗓子，下游不远处的老南门大桥上有了自行车车流，传来密集的叮叮当当车铃声。

柳亮父亲听见楼上有走动声后，知道柳雪起床了，便到楼梯下抬头高声喊道：“小雪，雨涛在院里等你，他来了好久了，快下来哦！”

“知道了。”楼上随即传来响亮的应声。

楼上，柳雪纳闷地想：“他怎么一大早来等自己？他有什么要紧事呢？……”她边梳理着头发边揣摩着，但终究也没想出个所以然来。她赶紧下楼来到院里走到孟雨涛旁边，一脸疑惑地问：“哥，你来怎么早，有什么事吗？”

孟雨涛见了柳雪，心里出现从没有过的紧张与不自然，他掏出写好的诗递到她面前：“这是我昨晚给你写的一首诗。”

“写给我的？”柳雪惊喜地接过纸张看了起来。

孟雨涛在一旁忐忑地搓捏着双手，将目光转向滚滚而去的河水。

柳雪已品出了诗中所蕴含的深意，脸颊顿时泛起红晕，心里怦怦直跳，丰满的胸部剧烈起伏。过了会儿，她抬起头，眼里闪着喜悦轻声地问：“你就为这来的？”

孟雨涛回头看着她，心情复杂地点点头后说：“还有我是来告诉你一件事，过几天我就要到我市一个偏远山村小学支教。”

这消息太突然、太让人意想不到，柳雪听了大吃一惊，她盯着孟雨涛看了许久，确认他不是说起耍的后，她表情平静地说：“是这样啊。”

随后她面朝南河默默无语，晨风吹拂着她的秀发，柔和的晨光透过树叶间隙，照射在她清纯可人的脸庞上。

孟雨涛默念了会儿，毫无顾忌地对柳雪说：“还有一件事我想请你帮忙，如果你觉得为难，就当我没说……”

他见柳雪不作声地静静在听，便大胆地直入主题：“我妈很喜欢你，她一直惦记着你，她问我了好多次，说为什么小雪不去家里看她，你说我咋个回答嘛。”

柳雪沉默了会儿轻声说：“要我帮忙做什么事？”她的目光依然看着河水。

“我去山村后，你能不能隔一段时间就帮我去看下我妈？”说完后他有些不安地看着她。

柳雪低头沉吟不语，脸色越发红润，呼吸也越来越急促。

孟雨涛见状有些失望地说："这事让你为难就算了，你也别在意这事。"

为了摆脱尴尬场面，他朝河堤走去，身后蓦地响起"我答应你!"声音虽不大但很坚决。

孟雨涛一阵惊喜，他转身望着柳雪，忘乎所以地双手一拍，大声叫道："太好了!"

柳雪被他这叫声吓了一跳，她内心也充满喜悦地瞧了瞧四周，然后细声细语地说："别嚷啊!"

"高兴得嘛!"

"简直像个小孩!"柳雪笑盈盈地娇嗔道。

孟雨涛好久都没看见她这样机灵俏皮的模样了。

柳亮走出房门，他伸了伸懒腰，打了一个长长的哈欠后高声道："我一睡醒就听你们又说又笑，难道今天一大早就有啥子好事?"

柳雪暗藏喜悦地说："不告诉你。"随后对孟雨涛嫣然一笑："说了这么久，我洗脸刷牙都忘了，你和他摆。"

柳亮望着柳雪欢快的身影，不解地问孟雨涛："你们啥子事摆得这么开心啊?"

孟雨涛只说了要去山村教书的事，柳亮惊讶得瞪大了双眼："啥子呢?你要去当乡村老师?开啥子玩笑喔?"

"龟儿子给你说耍。"

柳亮闷了好一阵，一头雾水地责怪柳雪："我听了这事心头很不舒服，这个妹儿还这么高兴，简直不晓得她是咋个想的，哼!"

即将去山区小学支教的一个傍晚，孟雨涛在"乡村鲜香鱼火锅"与邱军、柳亮、柳雪话别。

对孟雨涛去山区村小支教，他们都很想不通。四周的吃客谈笑风生、频频举杯，喧嚷热闹，但他们所坐靠窗临河的一桌却出奇地安静，邱军不停地吸烟沉思，仿佛在思考一个棘手的案子，柳亮默默地端起酒咕噜噜地直往嘴里灌，柳雪则心事重重地望着窗外。

夜色中，河对岸的房屋灯光点点，鱼火锅临河的木窗外两边悬挂着盏盏红灯笼，灯光倒映在河面上、波光潋滟，老南门大桥上路灯昏黄、人影幢幢，习习河风不时吹进窗户……

尽管夜色迷人、桌上美食飘香，他们这桌却弥漫着浓浓的离愁别绪，他们对孟雨涛的即将离去充满依依难舍之情，心里都有些伤感。

孟雨涛将目光在每个人脸上一一扫过，他对这沉闷的气氛也很感不自在，有些不悦地说："你们咋个都成了霜打的茄子——蔫了？我这一去又不是啥子生离死别，也不是去受苦受难，完全是去游山玩水嘛，大家都这样阴着脸干啥子？你们还让不让我高兴地去啊？"

邱军将烟从嘴上移开，慢悠悠地说："你去山区的决定真的是欠考虑，偌大一个成都，哪里没有你的用武之地？我看你是有点负气走郊外。一个有才华的人沦落到山区去教书，可惜了，埋没了，没前途了。"

柳亮一口喝完一杯酒，将酒杯重重往桌上一放，气鼓鼓地说："我也想不通，我就搞不懂你为啥子非要去那么远的山旮旮？你不想干别的，和我一起来经营这个火锅店也好噻，还是你来当老大，你看现在生意这么好，过不了多久我们还可以开分店嘛，这个社会赚钱比啥子都重要。"

孟雨涛认真地说："我像个经商的人吗？当初你喊我与你一起干我就不愿意，现在生意这么红火，我就更不会来了，我只希望你把这个店好好经营下去，柳老板。"

柳雪突然插话问孟雨涛："哥，最近你咋个一直不来火锅店了？是不是有啥子人得罪你了？"她问完这话，又瞟了一眼正在店门外热情招呼来客的袁慧。

孟雨涛一怔："难道柳亮给她说了袁慧那件事？"他随即坦然地笑道："妹儿说到哪去了，咋个可能有人得罪我嘛，我是忙去山村支教的事，你可不要乱说哈。”

“哼，如果以后哪个说哥的坏话，我一定和她翻脸！”柳雪不依不饶，态度坚决地说。

“好了，好了，妹儿，我们不说这些没影的事了，对这个店呢，我只希望亮娃好好与田旺合作，要改一改火暴脾气，和气生财嘛，还有千万要注意食品卫生，要诚信经营、礼貌待客……”

柳亮频频点头：“我晓得了。”

孟雨涛仍有些不放心地叮嘱道：“如果遇到啥子急事、难事，尤其不能使性子蛮干，我去的地方太远可能帮不上忙，你就告诉二哥，他会给你拿主意，你听他的没错，千万记到喔。”

邱军有些不耐烦地说：“看你这婆婆妈妈的，你放心好了，有啥子事我晓得帮他。”

孟雨涛总觉得还有些话要提醒柳亮，于是意犹未尽地对他说：“你找的这个女朋友还可以，只要她真心对你好，你就要珍惜，要对人家好点，不要动不动就给人家雄起……”

柳亮打断孟雨涛的话，有些不满地说：“就是嘴巴太岔了，讨厌！”

孟雨涛微微一笑：“人无完人，金无赤金，没有必要计较无关紧要的事，男人嘛，要大度，做大事。”

柳雪也不想再听孟雨涛絮絮叨叨说这些，她有些激动地责怪道：“哥，你就别为人家多想了，你还是多想想自己，你去了山村要注意的事才多呢，我们都还没有说你，哼，尽为别人着想！”

孟雨涛哈哈笑道：“唉，今天你们都脾气大，算了，我惹不起，妈哟，也是哈，我今天咋个说这么多废话，这不是我的性格嘛，好，不说这些了，我们还是大块吃肉，大碗喝酒，干了！”

柳亮、邱军喝完杯中酒，情绪仍然有些低落，他俩还在纠结孟雨涛去山村的事。

“搞不懂，没意思。”柳亮垂头丧气地说。

“清高、脆弱。”邱军冷言暗讽道。

孟雨涛笑呵呵地说："随便你们咋个说，我就是一条路走到黑也认了。我喜欢一个台湾作家写的《云无心出岫》这篇散文，我用文里的话回答你们——'说我懦弱，说我逃避现实皆可。只要能离开那一片烦嚣，背上任何罪名，我都愿意。'"

"人各有志，你们就别再对哥冷嘲热讽了。"

柳雪不满地瞪着柳亮与邱军，她端起酒杯对孟雨涛说："哥，我敬你，祝你在山区支教愉快！"

看着柳雪豪爽地将一杯啤酒干了，邱军表情夸张地说："嗨呀呀，还是妹儿理解人啊！"

他端起酒杯示意柳亮："亮娃，我们两个俗人就别为人家瞎操心了，咋个才算过得好，哪个说得清楚喔，今天我们为大哥饯行应该高兴，杯子端起，我们也敬大哥一杯！"

"这就对了嘛。"

孟雨涛笑嘻嘻地与邱军、柳亮碰杯，三人豪爽地将杯中酒干了。

柳亮喝下酒后嘀咕道："你这一走，我们三兄弟就散了。"

孟雨涛拍拍柳亮的肩膀，笑道："散啥子散？只要心里有兄弟，不一定非要经常聚在一起，我们永远都是兄弟！"

柳雪轻声问孟雨涛："哥，婷姐知道你要去那吗？"

"管她个球事，她和大哥没有一点关系。"柳亮气呼呼地说。

"啊？"柳雪惊讶地张大了嘴，不相信地将目光逐一从他们脸上扫过。

"哎，雨涛，这件事我就要批评你了，这么重要的情况你咋不向妹儿汇报呢？"

邱军向孟雨涛投去埋怨的目光，随后向柳雪讲了夏婷与前夫复婚的事，柳雪听了目光复杂地凝视着孟雨涛。

"哎，你就别提人家的事了，我们讲我们的事。对了，我去的那个地方真的是山清水秀、环境之幽美，完全像个世外桃源，我早就向往去那个地方生活一段时间，你们要是去看了，肯定都想留下来。"

他又郑重地对邱军说，"我给你讲过的嘛，那所学校条件差，学生很贫困，现在正提倡献爱心，你可以发动派出所民警捐款捐物，去学校开展一次送温暖活动，到时把电视台、报社、电台记者请去做采访报道，这个雪中送炭的举动，比你们那次去看望唐婆婆有意义，有影响多了，怎样?”

邱军随即赞同：“不谋而合，可以采纳。”随后笑道，“你这个人可以喔，人还没去就心在山区了，你这样处心积虑地为那儿着想，是不是那有啥子特别吸引你的东西喔?”

“当然有了，你们去了就晓得了。”孟雨涛故作神秘地说。

邱军嬉笑着问：“是不是那里有个漂亮的乡村女教师或者小芳?”

柳亮、柳雪表情关注地盯着孟雨涛。

孟雨涛哈哈一笑：“我倒是很希望如此。”

他的话音一落，柳雪平静地对大家说：“我明天要上班，我先回去了。”说完径直起身离去。

孟雨涛望着柳雪的背影，纳闷地说：“这妹儿咋个突然说走就走?”

柳亮提起一瓶啤酒，边启瓶盖边满不在乎地说：“不管她，我们继续喝。”

孟雨涛心里生出莫名的惆怅。

第二十九章　真爱近在眼前

山中层林尽染的时候，孟雨涛在山区村小开始了支教生涯。

虽然工作量大，但每天的时光过得充实且愉快。白天在教室里上文化课，他讲得深入浅出、语言生动风趣，吸引着学生个个认真听讲，课堂上时不时发出欢快的笑声。上体育课时，他或带着学生在山间道上跑步，或在操场上与他们一起踢足球、打篮球……课余之时，他不是在教师办公室批改作业、备课，就是与学生到山涧里戏水捉鱼，与他们一起上山砍柴，在小河边草地上放牛放羊等，有时还到一些学生的家里去做家访。星期天，他会骑着魏校长的旧自行车去学校周边游逛，去小镇上的破旧老街赶集看热闹……

夜晚的山里静悄悄，学生散去的学校更显得静谧。到学校起初几天的晚上，他还到魏校长家里与她和她的老伴聊天，听他们讲山里的一些趣事，大多数时间他都待在宿舍里，备完课和批改完学生的作业后，他要么看书要么写作，无聊时就弹弹吉他或坐在门前看着夜色里的大山放飞思绪。这样的日子过了一阵子后，他也偶然会感觉到孤单和寂寞。

这晚，孟雨涛又久久不能入睡，窗外不停的虫鸣蛙叫与偶尔传来的狗吠，更增添了夜的寂静。

他躺在床上思绪万千——母亲还在为我女朋友的事操心否，柳亮的鱼火锅生意依然红火否，邱军还在为破案绞尽脑汁否，柳雪现在工作顺心愉快否，大姐上班时还被“谭虾虾”逗得开心否，夏婷与前夫过得如意幸福否……

父母家人、同学朋友，尤其是柳雪的一颦一笑又在眼前浮现，对她的思念之情也越发强烈。他拉亮电灯，起身下床，坐到临窗的书桌前打开台灯，望着漆黑的窗外沉思了会儿，心潮澎湃地写下了一首诗《等待》——

等待是真情煎熬的苦汁
望穿秋水
呼唤已成杜鹃啼
听啊——
梨树下，母亲纺车响吱吱
油灯旁，村妇哼起思夫曲
站台上，声声汽笛已远去
……

等待是岁月铸就的传奇
物换星移
承诺历经风和雨
等啊——
鹊桥上，牛郎织女喜相聚
三峡边，屹立千年望夫石
春风里，枯木长出嫩绿枝
……

等待是泪水酿出的甜蜜
心有灵犀
幸福总会如约至
看啊——
木屋前，黄色手帕已升起
山道上，熟悉身影奔来急
海平面，远航帆影正清晰

这天下午上课时，孟雨涛深有体会地对学生大讲理想：“同学们，你们想知道山外的世界吗？你们想以后走出大山吗？你们想以后成为啥子人吗？如果想，那说明你们有理想。人不能没有理想，但要实现理想，首先要从好好学习做起，因为读书能改变自己的命运。虽然你们身在贫困山区，但你们仍拥有广阔的世界和辉煌的未来。只要你们志存高远、发奋读书、矢志不渝，就会像这山涧的小溪奔向河流、涌向大海。你们千万不能因为贫穷、地处深山而自卑、没有理想。山沟里面出伟人呢，你们晓得不，从古至今，历史上有很多大人物都是从山里出来的，所以你们要比城里的娃儿更自信，城里学生不外乎生活条件好些嘛，但他们之中有多少人能成才？这要打个问号，因为他们之中的许多人养尊处优，从小就被大人伺候溺爱得不像样，没有你们能吃苦耐劳，总之，我是看好你们山区里的学生的，只要你们胸怀远大理想、刻苦学习，我相信你们不仅能冲出山区，还能冲出中国，冲出亚洲，冲向世界……”

他正讲得激情四射时，突见下面一双双眼睛齐刷刷地移向了讲台旁的教室门，他好奇地侧头一看，猛地也惊呆了——柳雪和魏校长正站在教室门外，透过门上的玻璃正笑吟吟地在看他讲课。

他赶紧出门，惊异地问柳雪：“你怎么来了？”

柳雪神情诡秘地含笑不答，魏校长则笑眯眯地说：“小柳也是来支教的，小孟你来了不说，没想到还为我们引来了一只凤，现在我们学校一下有了两个大学生老师，简直太好了！”

孟雨涛吃惊地发出“啊”声后，半天说不出话来，他糊涂了：我啥子时候想为你们招来她这只凤喔？

柳雪面露得意之色，她看了看簇拥在教室门口向外好奇窥视着的学生，轻声对孟雨涛说：“你先去继续上课，学生们正等着你呢。”

“孟老师，要不这堂课我替你上，你和小柳先聊聊。”魏校长热情地说。

“不用，还是我上。”孟雨涛说完转身就回教室。

“喔，喔，学校又来漂亮女老师了！”

教室门后的学生赶紧回到各自的座位，有几个学生还拍着手，兴高采烈地发出欢呼。

孟雨涛站在讲台上头脑懵懂地望着台下，学生们都安静地盯着他，过了好一会儿他才问：“刚才我讲到哪了？”

“冲出山区，冲出中国，冲出亚洲，冲向世界！”台下发出整齐、响亮的回答。

“好！”孟雨涛听了精神一振，随后大声地又问，“你们有没有这个远大志向？”

“有！”

回答声铿锵有力，响彻校园。

……

“丁零零、丁零零……”魏校长的老伴在操场上不停地摇着下课铃。

孟雨涛一出教室门，看见柳雪还等候在外，两人目光相视，表情复杂地久久不语。

一些调皮的学生跑到柳雪跟前，笑嘻嘻地仰起头看着她，还不停地向她挥手，柳雪也露出笑脸向他们友好地摆摆手。

“别围着看了，你们去操场玩吧。”孟雨涛和蔼地对学生说。

望着孩子们愉快地散去，柳雪笑道：“你在学生面前很有威望嘛。”

孟雨涛皱着眉头不解地问："你怎么会到这来支教呢？"

柳雪看着操场上蹦蹦跳跳、相互追逐嬉闹的学生，语气平静地说："市教育局正好有两个支教名额，我想我刚去上班，就主动提出下来锻炼锻炼。"

孟雨涛将信将疑地说："你可真会选地方，那么多山区不去，偏偏跑到这来凑热闹，搞啥子名堂啊。"他虽然话里充满责备，但心里却装满惊喜。

柳雪盯着他的眼睛，略带不满地说："你不高兴我来陪你呀？我可是特意点明要来这里的。"

孟雨涛无奈地甩着头苦笑道："嗨，你已不是小姑娘了，怎么还像个跟屁虫呢？"

"我说过就是要跟着你，你忘了？"柳雪调皮地说。

对她这一大胆、直率的表露，孟雨涛心里一震，虽然心潮起伏，但他明白现在不是谈论情感的时候，他克制着内心的激动与惊喜，假装平静地说："真拿你没办法……你的东西都放好了吗？你要来也该早告诉我噻，我好来接你，帮你搬东西嘛，走，到你宿舍去看看。"

柳雪欣喜地说："都安置差不多了，我就住在你隔壁。"

他俩并肩向山坡上的宿舍走去，他边走边说："我晓得，前几天我就听魏校长说过，她说成都还要来一位支教者，我还看见他们打扫房间、搬来木床、桌椅等，没想到来的人居然是你……"

"是我让魏校长别告诉你的，怎样？你有没有感到很惊喜？"

"惊喜得都差点晕过去了。"

"要的就是这效果，来之前我完全可以先写信告诉你，但我偏不。"柳雪得意扬扬地说。

"瞧你这兴奋样，我可告诉你，这里生活很艰苦、很寂寞，过几天可不许抹鼻子掉眼泪。"

"我才不会哩。"

孟雨涛一进柳雪宿舍，就看见书桌上、凳子上、床上堆着大包小包的东西，他感叹道：“我的天呐，你带这么多东西来，不晓得你是咋个弄来的。”

柳雪笑着说：“反正单位派车送我来，我又费不了多大的力气。”

孟雨涛羡慕地说：“我可没享受到你这样的待遇，有点可怜。”

柳雪指着书桌上的几袋东西：“这些是伯母让我带给你的，有不少好吃的呢，你妈可是真疼你。”

“你去了我家？”孟雨涛惊喜地问道。

柳雪大大方方地说：“那当然咯，还不止去了一次，我是答应了某人的嘛。”

孟雨涛欢喜地说：“你真是个好妹儿，我没看错你。”

其实从知道柳雪跟着他来此支教时，他就已明白她与他心灵相通、互有爱意，彼此对此都是心照不宣，只是还隔着一层纸没有捅破而已。

他又关心地问：“我妈和我家人都还好吧？”

“都很好，我来这里之前，你妈还让我传达她的‘懿旨’。”

“她说啥子？”

“‘皇太后’旨曰：吾儿今后务必善待小雪，不得欺负之，不得使之生气，如有违反，吾将严惩不贷！”

柳雪学着古代太监宣读“圣旨”的样子一说完，自己先笑了起来。

孟雨涛也被她调皮可爱的模样逗笑了，他止住笑后说：“你不要假传懿旨吓唬我，我不信。”

柳雪赶忙认真地说：“她真的是这样说的，只不过我改变了表达方式，哄你，是小狗。”

孟雨涛点点头：“确实，我那个妈说得出这样的话，哎，她也太偏爱外人了嘛，我咋个这么受气呢，简直想不通。”

看到孟雨涛自认倒霉的样子，柳雪捂住嘴发出哧哧的笑声。

孟雨涛突然有些遗憾地说：“你要来该提前告诉我就好了，没必要带这么多吃的东西。”

柳雪不明就里地问："咋个呢？"

"这里有个四年级学生沈波，他家境虽然贫困，但他很发奋读书，学习成绩很好，他太喜欢读书了，帮家里做农活的间隙，他都要抓紧时间看书，晚上也要点起蜡烛看很晚才睡觉，我带来的书他都要看完了，这娃娃有点像我考大学前刻苦攻读的样子，我很喜欢他，早知你要来的话，你该帮我多带些书来。"

柳雪有些懊恼地说："这我可没想到，怪我只想到给你一个惊喜。"

下午放学后，随着孩子们陆陆续续离开学校，校园里显得宁静而空旷。宿舍门前有一棵高大的柿子树，树上的枝叶间悬挂着许多红彤彤的柿子。此时已是深秋，秋阳高照，和风徐徐，青山间点缀着片片红叶、黄叶……

孟雨涛与柳雪并肩坐在树下一条红砂石上，静静地望着对面山上宜人的秋色。柳雪脸上露出怡然、陶醉的神情，孟雨涛内心则百感交集，柳雪做出如此坚毅勇敢的举动，这令他既惊喜、感动又深感不安和愧疚。

默念了会儿，他控制住内心积蓄已久的情感叹道："我真不明白你为什么非要跟着我到这来，城里生活多好啊。"

柳雪瞥他一眼，调皮地说："喜欢自找苦吃呗。"

"别跟我斗嘴，我是认真地和你摆谈。"

柳雪收敛笑容望着他："好啊，那我们就严肃地谈，你说。"

"这个，这个，你是真不该来这里……"孟雨涛吞吞吐吐地说。

"是不该爱上你？"柳雪大胆直率地问。

孟雨涛心情沉重地说："因为你太好，我配不上你，我不忍心看到你因为我来这里吃苦。"

"就这些？"

"啊，这些难道还不够？"

柳雪居然笑了，她像抓住了什么把柄，神情得意地说："这些算什么呀！但你没说你对我没感情，没说不爱我是不是？这就对了嘛！”

“这，这……”

一向能言善辩的孟雨涛居然一时变得口拙了。

“不要再找什么借口了，你说了我也不信，我告诉你，这次我是有备而来，不达目的绝不罢休！”

柳雪乘胜追击、猛追穷寇，再次把孟雨涛逼上了无路可逃的境地。

“唉，没想到你这个妹儿这么死心眼。”

孟雨涛此言一出算是彻底缴械、不再做任何抵抗了。

“哥，你再这样说真要把我气哭了！你怎么就这么不理解我的心，我的感情呢？你何必心里要这样苦自己？你知不知道我心里也很难受？”

柳雪的眼里泪光闪动，她几乎带着哭腔继续动情地说：“你知不知道我爱你爱得多苦？还在读初中时，我就朦朦胧胧有这样的想法，但那时哪敢说出口啊，读高中时我就坚定了要和你在一起，为了能配得上你，我发誓一定要考上大学，然后才向你表达，可为时已晚，没想到你和杨怡秋好上了，为此我痛哭过好几场，怨自己没这缘分……”

“唔，有这样的事？”孟雨涛大感吃惊。

“我之所以大学不谈恋爱，就是想再等等看，具体等什么，我也不是很清楚，去年得知你和杨怡秋分手后，我又重新看到了希望，可没想到你又有了婷姐，使我再次陷入了痛苦，本来我想和她再争一争，但又放弃了，最后真心希望你能和婷姐幸福，就在我准备认命的时候，才知道你和婷姐根本没那回事，你说这是不是天意？这说明你注定是属于我的……”

她的这番真情表露令孟雨涛震惊不已，他没想到她对自己怀有如此深的感情，没有想到表面文静清纯的她心里却激情似火，这让他非常感动、愧疚。

他动情地说："这么多年来我一直没察觉这点，即使我们之间关系再亲近，我也不敢往这方面想，哎，这么多年来追求过去追求过来，结果真爱一直就近在眼前，但我却有眼无珠、视而不见，可悲喔。"

柳雪直率地问："你爱我吗？"

孟雨涛坦诚地说："爱！爱得太深了！自从意识到爱上你后，我心里很纠结，很痛苦，因为一直不知道你的想法，我绝不敢也不可能轻易对你表达，所以竭力想把这个念头从脑里驱除掉，我到这里来支教，还有一个原因，就是看我远离你之后能不能忘记你，可我无法做到，对你的感情反而更加强烈……都怪我太愚钝、太顾及面子，要不是你对爱这样执着，恐怕我今生会痛失真爱，后悔一生……"

柳雪听着他的讲述，眼里闪烁着激动与喜悦的泪花，她微笑着说："这就足够了，我就知道，只要你真心喜欢我、爱我，虽然这爱来得晚了些，但我已感到很知足，很幸福！"

孟雨涛眨了几下湿润的眼睛，掏出一张纸递到她面前："有天晚上我太想你睡不着觉，就给你写了这首诗，你看看。"

"是吗？"

柳雪颇为兴奋地连忙接过来，她一边看一边念出声来："等待是真情煎熬的苦汁，望穿秋水，呼唤已成杜鹃啼……"

念完诗，她感到这首诗也写出了她埋藏在心里的情感，我们真是心有灵犀啊，想到这里，她的脸上漾出幸福的笑颜，晶莹的泪水再也忍不住地夺眶而出。

孟雨涛甚感惊讶地问："妹儿，你怎么了？"

柳雪喜极而泣地扑在他身上抽泣起来："你为什么不早告诉我……你知不知道……我等这一天很久了……"

孟雨涛感到她发热、柔软的身体随着抽泣在颤动，闻到她身上散发出的淡雅清香，他不由得紧紧搂住她，激动、喜悦之泪也潸然而下。

他轻柔地抚摸着柳雪的秀发，此时他真的非常后悔没有早向她表达爱意，于是嘴里不停地责备自己："都怪我，都怪我……小雪，我一直就很喜欢你，以前我都是把你当亲妹妹那样看，在经历了我受伤你无微不至照顾我，以及你陪护病中的唐婆婆那些事后，我对你的感情有了变化，我深切地感到你是一个非常值得爱的好姑娘，从那时起，我的心里就深深地爱上了你，可我不敢向你表露，怕亵渎我们之间纯净的兄妹之情……"

柳雪将头伏在孟雨涛胸前，泪眼蒙眬地喃喃道："别说了，我已知道了……我也很想你，你走后，我就打定主意要来找你，要向你表达我无法抑制的感情，我可不想再成为第二个唐婆婆……"

"小雪!"孟雨涛激动地将柳雪搂得更紧。

幸福的暖流在两人身上流淌。

暖暖的秋阳下，静谧的山里，鸟儿停在枝头欢快地叫着。

柳雪将头靠在孟雨涛的肩上，清莹明亮的双眼望着层林尽染的山峦，她神情沉醉、目光迷离地发出喃喃细语："这像是在做梦，没想到真的会有这么一天……"

孟雨涛也内心喜悦地说："我就知道幸福会在某个地点、某个时间等着我，但我没想到幸福会这么快降临。"

柳雪抬起头来，那双水灵灵的眼睛紧盯着他，表情严肃地问："如果我不来找你，你会不会一直等我而不去找别人?"

"那当然了，我的那首诗写得再明白不过了，我的心里只有你。"孟雨涛真诚地说。

柳雪听后这才露出满意、娇羞的笑容。

孟雨涛愣了会儿幽幽地说："你来，我是万分喜悦，可你没必要跟我来山区吃苦啊。"

柳雪喜笑颜开地挽着他的胳膊："这算什么，能和你在一起，我什么都不在乎!"

她随后偏着头，笑嘻嘻地看着孟雨涛："你总是说这里生活条件艰苦、寂寞，你是不是经常想成都的那些啥子火锅、卤菜，想你那帮酒肉朋友了?我很怀疑你的毅力，我来这里要两年时间，你该不会待上一阵就耐不住寂寞、吃苦，偷偷跑回成都吧？”

“嗨，你把我看成啥子人了，我可是吃过苦、受过折磨的人，再说能和你在一起，城里就是天天山珍海味，身边就是美女如云，我也是坚决不会回去的。”孟雨涛斩钉截铁地说。

“现在说的不算数，到时才晓得你说的是不是骗人的话。”柳雪内心喜悦地说。

“你见我啥时骗过人了？从小到现在我是怎样一个人你还不清楚？可以这样说，对其他人，我可以花言巧语把他们骗得晕头转向，但对你我可是从来不说假话。哎，要是你都怀疑我这颗纯净的心，世界上就再也找不到懂我的人了，寒心啊。”孟雨涛装着深感委屈地说。

柳雪将头凑近他眼前，目光紧紧盯着他的眼睛，随后咧嘴一笑：“真伤心了？我和你说起耍的。”她又用手轻捶着他的肩膀。

孟雨涛闭上眼惬意地任她捶打，感到这是一种妙不可言的享受。

“你倒是睁眼啊，怪我说错了好不好，哥——”柳雪一边捶打一边道歉。

孟雨涛突然睁开眼睛：“你喊我啥子？”

“喊你哥，怎么了？”

柳雪茫然地问，一双明亮的眼睛睁得圆圆的。

孟雨涛一本正经地说：“从现在起就不能再这样喊了，要改口。”

“这样喊习惯了嘛，那我该喊你什么？”

“随便什么都可以，就是不能再喊哥，记住了？”孟雨涛很在乎地叮嘱道。

柳雪温顺地点点头：“记住了，哥。”

“哎呀呀，你看你看，刚才说了又……唉，简直不长记性！”孟雨涛无可奈何地直摇头。

柳雪调皮地伸伸舌头，有些腼腆地说：“还真不好改口呢。”

柳雪可爱的模样让孟雨涛心生欢喜，他大度地说："那再多给你些时间，要是到时还不改口，我可要……"

"怎样?"柳雪淘气地摇晃着头望着孟雨涛。

"那，那你就真是个傻姑娘了。"

"不许说人家傻!"柳雪假装生气地又举起了手，不过很快放了下来，脸上反而漾起幸福的笑容。

孟雨涛突然想起什么，他有些担忧地问："对了，你爸、亮娃他们支持你来吗?"

柳雪笑道："我来之前明确对他们说了——我就是要把你攥到我的手里，他们听了很高兴，不过也有些担心，怕我一厢情愿被你拒绝，嘻嘻……"

"是吗?你就这么鲁莽地跑来了?"

"不是鲁莽，我是抱着必胜的信心来的，不然被人拒绝了，你说我还有啥子脸面见江东父老，这脸可就丢大了。"

孟雨涛逗道："你就没想到会有这样的结果?"

"想到了，大不了就一辈子待在这不回去了，如果实在想不开的话，我就一人钻进深山老林一直往里走，是死是活听天由命。"

"说得也太恐怖了，你真的这样想过?"

"吓着了?当然是说耍的，我才不会这么傻呢，我的真实想法是就像一个跟屁虫，你走到哪就跟到哪，反正一直跟着你，看你咋办。"

"你这不是耍赖，像条癞皮狗嘛?呵呵……"

"耍赖就耍赖，我就要死缠着你，怎么了?"

柳雪噘着嘴，娇嗔地用手臂撞着孟雨涛的身体。

两人开心地坐在树下说笑时，魏校长系着围裙从伙房走了过来，她乐呵呵地说："你们两个恋人真有摆不完的知心话，晚饭还要等段时间，小孟，你是不是带小柳去校外看看?"

孟雨涛起身说："我们还是帮你和张大伯做饭吧。"

魏校长连忙摆摆手："不用，我和老伴忙得过来，你们还是出去走走。”

孟雨涛带着柳雪出了校门，走在青山环抱的泥土道上，零零星星的农房散落在山间，孟雨涛指着一片山林说：“有时放学后，学生带我去山里采野花、野果，还到溪涧里捉鱼和螃蟹，很有野趣，这是在城里根本享受不到的乐趣。”

“那你哪天带我也去体验一下好不好?”柳雪充满憧憬地说。

两人走走说说之间，不时有背着背篓、肩挑担子、牵着水牛的村民与孟雨涛打招呼，柳雪赞赏道：“没想到你这么快就与山区农民打成了一片，你的适应能力很强嘛，原来我还猜想你终日百无聊赖、愁眉苦脸呢，佩服，佩服。”

孟雨涛感慨地说：“这里的村民对来支教的老师很尊敬，很热情，学生们也非常喜欢城里来的老师，我刚来时，许多孩子都从家里拿来核桃、花生、石榴、梨子等送给我，让我很感动，让我真切地领悟到了活着的意义和价值，虽然生活清苦和单调些，但我觉得比在城里过得有意思，充实多了。”

柳雪沉思片刻，深受感染地叹道：“我发现你与过去有明显的变化，精神和气色比原来好多了，环境真能改变一个人呐。”

“那当然，我现在每天清晨都要到操场上跑步、做俯卧撑，你来了也要跟我早起锻炼身体，不许睡懒觉。”

“我才不会，明天早晨就开始!”柳雪表情坚决地说。

第二天清晨上课前，不少学生就拿着鲜花来到柳雪的房间，还从包里抓出一把把花生、核桃、枣子等放在桌上，柳雪住房的窗台上也摆满了用塑料瓶、玻璃瓶、瓦罐等插着的五颜六色的野花。

送来东西的学生有女孩有男孩，胆子大的学生还要说上诸如“这是送给老师的，希望老师喜欢”“如果老师喜欢，我们天天都给你采”之类的话，腼腆的学生则放下礼物撒腿就跑。面对孩子们的这一举动，柳雪既惊喜又感动，不断微笑着向他们道谢。

望着欢天喜地散去的孩子们，看着窗台上、桌上那些代表孩子们心意的小礼物，柳雪心里激荡着阵阵暖意，她喜悦地捧起一瓶瓶、一罐罐野花放在鼻前嗅着，阵阵清香令她心旷神怡、如痴如醉……

孟雨涛走到柳雪门前，惊奇地看着桌上堆放的食品和窗台上的鲜花，然后倚着门框假装吃醋地说："你比我刚来时受到的待遇高多了嘛，比我还受学生的欢迎，哎，我这个先来的如今是受冷落了。"

她头一仰、沾沾自喜地说："那是理所当然的，某人不要嫉妒和心理扭曲喔。"

柳雪的到来成为学生们瞩目的焦点。

这天上午第二节课铃声一响，孟雨涛身着运动服，穿着球鞋站在操场中央，吹响了集合的哨声，上体育课的学生赶紧跑到他跟前站成两列队形，但他们的目光随后都移向了一边。

孟雨涛侧头一望，原来柳雪正从不远处走过操场，她正要去一间教室上课。她上身穿着一件黑色的西服，里面是洁净的白衬衣，下身穿着一条泛白的牛仔裤，她将一个文件夹抱在胸前，迎着柔和的阳光疾步而行，脸上挂着恬静而自信的笑容，清风吹拂着她蓬松而黑亮的秀发，浑身上下洋溢着青春的活力与朝气……

孟雨涛冲她笑了笑，随后转头望着学生大声问道："你们喜欢这个新来的女老师吗?"

学生们抬头挺胸、异口同声地发出一阵欢叫："喜欢!"

听见身后响起这响亮的声音，柳雪不由停住脚步回头看着他们。

孟雨涛又大声提议："那大家热烈鼓掌，向她表示欢迎好不好?"

"好!"

操场上顿时响起热烈的掌声。

面对此景，柳雪微笑着忙向学生弯弯腰表示谢意，然后快步走向教室。

孟雨涛又大声地向学生强调："她以后也要给你们上课，我告诉你们，这个女老师只喜欢懂礼貌、爱学习、讲卫生的学生，你们上她的课一定要认真听讲，不许调皮捣蛋，大家听明白了吗?”

“明白了!”

学生们齐声回答。

孟雨涛露出满意的笑容：“好，现在听我口令——稍息，立正，向右看齐……”

两周后，柳亮来信了。

孟雨涛坐在宿舍窗前看完来信后笑道：“这家伙硬是江山易改、本性难移，给狗取名非要沾上虎狼豺豹什么的，就像狗也要像他一样张牙舞爪、气势汹汹，你看，他把这么一只温顺的母狗取名‘白狼’，你说笑不笑人？他咋不取个‘北极熊’呢?”

柳雪正在一边改作业，她乐不可吱地说：“笑死人了。”

随后她放下笔走到孟雨涛身后，将头伏在他肩上，看着他手中展开的信，看了会儿她说：“要他改个名，该取个什么名字才好听呢?”

她直起身仰起头，转动着黑亮的眼珠冥思苦想起来，然后兴奋地说：“有了！你看叫‘公主’怎样?”

孟雨涛高兴地一拍桌子：“好！以前‘黄虎’叫‘王子’就好了。我这就给他写信，就说这是我们两人慎重商议后作出的决定，让他必须照办，不得有误。”

“对，就这样写，他敢不遵旨!”

柳雪做出威严的样子附和道，突然俯身在孟雨涛脸上轻轻一吻，随后愉悦地回到座位批改学生的作业。

电视台今晚要播孟雨涛所在山村小学的新闻。

傍晚，邱军一进金沙坝院坝，就大声地向院内居民预报消息：“院内的住户注意了，柳雪、孟雨涛要出现在今晚的电视新闻里，希望大家都准时收看哈。”

当晚播放新闻时，邻居都涌到柳亮家看电视。当画面上出现孟雨涛与柳雪带着学生鼓掌，邱军率队的一行人走进学校大门时，李三哥开玩笑地说："怪不得这个孟雨涛以前经常往我们院子里跑，原来是早就想打我们小雪的主意，他现在终于得逞了不说，居然还把雪妹也勾引到了山区与他受苦，用心险恶啊。"

柳亮父亲笑呵呵地斥责李三哥："你这话也说得太难听了，小涛是啥子人，我们心里太清楚了，他俩在一起好。"

柳亮长出一口气后欣慰地说："我早就期盼他们有这一天了，李三哥，你说我妹儿和大哥是不是绝配?"

李三哥将上身往后一仰，表情夸张地说："那是肯定的噻，比天仙配还配得巴适。"

李三哥还在上小学的儿子也出来凑热闹："孟叔叔要是不娶小雪姐姐，我长大了也要娶她当我的新娘，小雪姐姐她好漂亮哦!"

他充满童真的话引得大家开心大笑。

柳亮讥笑道："李三哥，你娃娃有出息喔，现在就晓得哪些女人漂亮，以后他肯定会给你娶个美貌的媳妇，到时你不要流憨口水哈，呵呵呵……"

李三哥恼怒地一拍儿子的头斥道："妈哟，你书不给老子好好读，怪不得学习成绩这么差，原来脑壳头想的是这些，你娃娃再不上进，老子叫小雪姐姐把你带到乡下山里去，让你吃不饱穿不暖，每天还要上山砍柴下田种地，还要去喂猪去放牛。"

柳亮乐了："你本来就是个歪把子得嘛。"

邱军笑着说："李三哥你屁儿有点黑喔，居然想让下一代回到万恶的旧社会，让他们去过饥寒交迫的苦日子，这是我们一千个、一万个也不能答应的。"

李三哥的儿子听了高兴地说："我就喜欢去爬山去放牛，不读书了更好耍，我现在就想去。"

儿子开心的回答气得李三哥头上冒烟，他举起手欲打儿子，骂道："嘿，你还越说越给老子来劲了，去，回去赶快给老子做作业……"

第二天早晨，柳亮在院内逗那条全身雪白的狗耍，他将一个空塑料瓶往空中一抛，那狗便急忙跑到塑料瓶将要落下的地方，紧张地仰头望着向下坠落的瓶子，然后机灵敏捷地向上一跃将瓶子一下叼住。

柳亮对它的表现十分满意，不停地开心大声叫好。

李大爷坐在家门前喝茶抽烟，目光漠然地看着兴奋不已的柳亮与欢蹦跳跃的狗，他的两腿上放着一个半导体收音机，收音机正在播放本市早间新闻，播过几条省市召开什么工作会、某某领导提出什么要求的新闻后，接下来的一条新闻引起了柳亮的注意，他停止逗狗，静静地听了起来——

“身在都市，心系山区，贫困山区的教育越来越受到我市无数爱心人士的关注。昨日，望月桥派出所民警前往邛崃的贫困山区小学奉献爱心，为山里的孩子赠送了大量急需的学习用品、生活用品，让学校师生感受到了浓浓的暖意。据悉，该派出所所领导得知清水湾小学办学条件差，有许多贫困学生的情况后，立即在所上开展了‘为了山区教育，为了山区孩子’的献爱心活动，全所民警积极踊跃捐款、捐物……”

听完这条新闻，柳亮很是想念孟雨涛和妹妹。

他默默走到河边，望着滚滚而去的河水陷入沉思。

那狗也像以前的“黄虎”会察言观色，看到主人闷闷不乐，便安安静静地蹲在他身边，它张着嘴、伸出又长又红的舌头望着河面。

过了好一会儿，柳亮将空塑料瓶往河里奋力一扔，然后弯下腰拍拍狗的头：“‘公主’，去！”

像以前的“黄虎”一样，“公主”一听主人下令，立即迅捷地跃入河中。

看到“公主”奋力地游向随水漂浮的塑料瓶，柳亮发出了开心的笑声……

第三十章 浪花的归属

一年后学校放暑假，孟雨涛与柳雪回到了城里。

这天上午，柳亮、柳雪匆匆来到杂志社找孟雨涛，告诉了他一个不好的消息——田大伯鱼塘里的鱼昨晚全死了！

他们随即骑车前往查看情况，一路上柳亮直报怨：“咋个遇到这种倒霉事呢，今天没得鱼供应，火锅店只有停业了。”

柳雪不满地责怪柳亮：“这个时候你就不要再发牢骚，停一天业又怎么了。”

他们还没到鱼塘，远远就看见鱼塘边站着不少人。

来到鱼塘边，孟雨涛等人一下被眼前的情景惊呆了——鱼塘水面上浮起白花花一大片死鱼，有鲤鱼、草鱼、花鲢、白鲢……塘边也堆着不少打捞起来的死鱼。

不少村民议论纷纷猜测鱼的死因，有的说是天热没有及时换水，池塘里缺氧所致，有的说是被人投了毒，有的说是喂养的饲料有问题，还有的说是附近养鸡场排放的污水造成的……

柳亮望着浮在水面的死鱼，连连叹息："死了这么多鱼，太可惜了！"

孟雨涛等人来到正在塘边打捞死鱼的田大伯身边，田大伯一脸忧戚地说："你们看出了这事……没想到啊，唉！"

孟雨涛忙安慰田大伯，随即问起死鱼的原因。

田大伯忧伤地说："我昨晚才换了水，肯定是换的水有问题，附近新建了一家养鸡场，他们把粪便等污水排放在沟渠里，鱼塘里的水就是从沟渠里排放来的。"

他还带着孟雨涛等人去沟渠边查看，他指着沟渠里的水说："你们闻闻这水有没有臭味？"

孟雨涛等人蹲在渠边一闻，果然闻到一股恶心的臭味。随后他们又顺着沟渠往前走，发现沟渠里散发臭气的污水是从这家养鸡场排放出来的。

"你们说我的鱼是不是被这水毒死的？他们居然还不承认。"田大伯怒气冲冲地说。

柳雪愤愤地说："肯定是这水惹的祸，叫他们赔偿损失！"

"事实摆在面前，他们还想耍赖？岂有此理！走，我们这就找他们讨个说法！"孟雨涛气愤不已地说。

经商量，孟雨涛和柳雪去养鸡场交涉，柳亮则自告奋勇地要去帮田大伯打捞死鱼。

孟雨涛和柳雪来到养鸡场门口，一个门卫拦住他俩不让进，经过一番交涉，门卫喊来了一位年轻的女主管。她见孟雨涛执意要见负责人，只得先将他俩带到一间小会议室，随后去向领导汇报。

女主管刚走，柳雪小声对孟雨涛说："这是一家外资企业，可能不好打交道。"

"外资企业又咋个了？他们在自己国家非常注重环保，难道到了我们这就可以随便屙尿拉屎？"

柳雪掩嘴一笑："你说得也太难听了。"

孟雨涛走到窗前打量着外边的养鸡场，用嘲笑的口吻说："话粗理直，有钱养鸡赚钱，不想出钱赔偿损失，世上哪有这样的道理。”

门外传来脚步声，那女主管引着一位年轻女性进来，介绍道：“这是我们简娜经理。”

孟雨涛暗想：“糟了，是个老外，用英语交涉起来有点麻烦。”

他刚一回头表情就僵住了，简直有点不敢相信自己的眼睛——没想到这人，竟是杨怡秋！

刚刚还一脸傲气的杨怡秋一见孟雨涛，不禁惊讶万分地叫出声来：“雨涛！”

两人都没想到分手后竟会在这样的地点、这样的情况下不期而遇，无不大感意外，百感交集地望着对方久久无语。

柳雪也惊讶地望着杨怡秋，她也为这对曾经的恋人在此见面觉得不可思议，那个办公室人员更是一脸茫然地望着眼前的情景。

震惊之余，孟雨涛想到了杨怡秋薄情寡义给自己带来的痛苦，他咬紧牙齿，把腮帮子咬得鼓鼓的，他要将怒气压到肚子里去，虽然曾经暗自饮泣、暗舔伤口，但我决不显露出你带给我的一点悲伤，偏不让你觉得我过去多在乎你。

他心里蔑视地想：“真是冤家路窄啊！你这只断了线的风筝，怎么又悄然飘回了成都，飘落到这乡下来了呢？你是厌倦了漂泊开始迷恋故乡的云还是故乡的风？总不至于这么早就落叶归根了吧，喔，你是摇身一变、荣归故里挣大钱来了……”

过了好一会儿，他才平息心中的波澜，面无表情地说：“没想到是你。”

“是我啊！”杨怡秋仍很激动地说。

可能是看出了孟雨涛露出的冷漠，她又将目光移向柳雪，满脸惊喜地走过去抱住柳雪的双臂仔细打量着她：“哟，这不是小雪吗？这么久不见，你这妹儿越发水灵漂亮喽……”

听着杨怡秋这矫揉造作的普通话，孟雨涛反感地将头扭向一边。

面对杨怡秋显露出的亲热，柳雪一时有点不知所措，她脸色绯红地轻声道："怡秋姐……"

杨怡秋将头转向孟雨涛，见他漠然地不理睬自己，又表情夸张地对柳雪说："小雪，我很想你们呢你知道吗？你该大学毕业了吧？"

柳雪点点头"嗯"了一声，然后用求助般的目光望着孟雨涛，希望他出面帮她摆脱这尴尬的境地。

杨怡秋察觉出了柳雪也不愿与自己多说话，虽然心里有热脸贴上冷屁股的感觉，但她还是热情不减地伸出手指指着柳雪、孟雨涛，恍然大悟似的"噢——"了一声。

这声音夸张地拖得很长，涂了口红的嘴唇张得又圆又大，随后假装惊喜地说："你们现在是不是……"

杨怡秋的言下之意，孟雨涛、柳雪焉能不知，她不就是想问你们现在是不是一对恋人吗。

柳雪的脸更红了，微微垂下头不吱声。

孟雨涛不想再听杨怡秋絮絮叨叨地套近乎、发癔言，他搂住柳雪的肩膀断然地说："你说对了，但这不关你的事，现在我们是来过问养鸡场排放污水毒死鱼的事！"

听了孟雨涛这句生硬的话，杨怡秋一下收敛笑容，过了好一会儿才表情极其复杂地说："是这样啊，我们到我办公室去谈好吗，OK？"

她然后对那位站立一旁的女主管说了几句英语，原来那位刚才还说四川话的女主管也有一个洋名——提娜。

杨怡秋对孟雨涛、柳雪说了句"Follow me"（跟我来）后，昂首挺胸地走向自己的办公室。

孟雨涛、柳雪对望一眼后紧跟其后。孟雨涛边走边心里发笑：飞到太平洋那边没多久嘛，你这人咋变了味？这里都是中国人，你说啥子英格里西，你以为我们黑娃没晒过太阳嗦？你是想显示你现在的身份是那边的人了是不是？如此显摆也不免太肤浅、太张扬了嘛，不要以为你烫了个卷发，头发染了金黄色、口吐几句洋话你就不是中国人了，还有你那个说话腔调、表情，都做作得让人想呕吐你知不知道？

杨怡秋的办公室宽大、整洁，一张老板办公桌上插着中国、美国两面国旗。她刚到办公桌后一坐下，提娜便恭敬地给她端上了一杯冲好的咖啡。

杨怡秋姿态优雅地用勺搅动着咖啡，品了一口咖啡后，她笑吟吟地问坐在对面沙发上的孟雨涛、柳雪：“你们喝咖啡还是茶？”俨然一副居高临下的模样。

看着眼前的杨怡秋，孟雨涛感到她的变化太大了，这不仅仅体现在她显得洋气的外貌上，更明显的是她骨子里透出的傲气与做作。

不可否认，刚见她面时，他心里还很是激动了一阵，但随着她的一步步表演，他感到眼前的她与原来判若两人，以前还存留在脑海里对她的一些美好印象瞬间荡然无存，此时竟对她产生了陌生、蔑视与敌对的感觉。

他决定要好好嘲讽她一下：“咖啡那洋玩意喝起来像马尿，我们成都人只习惯喝茶，呵呵。”

杨怡秋像是身上被针刺了一下，搅动咖啡的手顿时也停了下来。对孟雨涛的这番讥讽，她本来想当即发作，但很快控制住了内心的不悦，她对站在一旁的提娜说：“给他们倒茶。”

吩咐完后，她面带微笑地说：“成都人说话就是风趣，我很久没听到这样的话了，感到很亲切。”

孟雨涛大大咧咧地说：“那是喔。”接着继续挖苦道：“简娜经理，我的英语不过关，普通话也说不好，我们还是用四川土话谈正事，你看污水毒死鱼这事咋个弄？”

杨怡秋听了非但没恼，居然还笑出了声，笑声一停，她立即改用四川话说：“还是叫我怡秋吧，我们就说家乡话，这样交流起来更亲切，更随和。”

孟雨涛心里一乐："嗬，我还以为你不晓得这是在哪个国家哪个地方，以为你姓啥名谁都忘了呢，你还晓得你是成都人嗦，这就对了嘛，何必在我面前鼻子上插筷子装相了，啊?"

杨怡秋用极感兴趣的目光紧盯着孟雨涛，好像是要好好看看他有什么变化。

对杨怡秋这样放肆地亲昵注视，孟雨涛感到浑身很不自在，柳雪也纳闷地想："她这是干什么呀?"

还是杨怡秋先打破这沉寂，她微微一笑，娇滴滴地说："那事等会谈，雨涛，我们很久没见面了，今天还是先聊聊我们的事。雨涛，你现在过得还好吗？是不是还在那个杂志社上班？嗯，你看上去比以前黑了些，也瘦了些，你可要注意身体，虽然我们分了手，我在美国还是经常想你的哦。对了，你觉得我有没有什么变化？……"

听着杨怡秋这番话，孟雨涛浑身起了鸡皮疙瘩，他心里反感地嘲笑道："我黑了瘦了又怎样，关你球事，我就是成了非洲难民，也用不着你如此虚情假意的关心，不要说你到了美国，就是到了月球我也不会高看你一眼。"

尽管察觉出了孟雨涛的冷漠、反感，杨怡秋依然亲热劲一点不减，她一脸笑容地东拉西扯，整个房间就听她一人在动情地述说。

她接下来说了些什么，孟雨涛没注意听，而是想起以前看演唱会的情景——一个蹩脚的歌手在舞台上唱着一首难听得要死的歌，台下观众嘘声四起，但她却浑然不知，依旧十分投入地边唱边扭动身体，音乐间奏中，她拿着麦克风从舞台这边走到那边，还声嘶竭力地高声喊道："朋友们，我的歌唱得好听吗？你们喜欢不喜欢？……大家来点掌声好吗？……这边的朋友……那边的朋友……你们的掌声我听不见，再大点声好吗……"但任凭她怎样煽情鼓动，观众席上依旧反应冷淡。

想起这个滑稽可笑的场景，看着面前嘴皮不停翻动的杨怡秋，孟雨涛无声地笑了："这世上还真有不知趣、不知尴尬的人啊！呵呵，对不起，你说得再动情，再动听，我听不见。"

柳雪显然也很反感杨怡秋的喋喋不休，她一会无聊地鼓着腮玩弄着手指，一会仰头转动眼珠似在想什么问题，一会又淘气地噘起嘴唇向上吹气，将额前的头发吹得微微颤动……

实在忍不住了，她用肘碰碰孟雨涛："还问不问污染的事了？要不你先叙旧，我在外面等你。"说完拿起挎包起身就要走。

孟雨涛早就厌烦了杨怡秋的絮叨，他一把抓住柳雪的手腕："别走，现在就问！"

柳雪这才不得不又坐了下来。

看着眼前的情景，杨怡秋止住了话，尽管对柳雪的举动有些不满，但她还是装出大度的样子，用欣赏的口吻说道："小雪现在蛮有性格的噢。"

"对不起，我的性格就这样。"柳雪不冷不热地说。

"不扯这些无聊的事了，你说死鱼的事咋个解决？"孟雨涛直盯着杨怡秋质问道。

杨怡秋愣了愣，露出不解的神情问："这事与你们有关吗？"

这下真把孟雨涛给问住了，就在他思考该怎样回答时，柳雪理直气壮地说："当然有关。"

孟雨涛说："你们养鸡场乱排放污水，还毒死了那么多鱼，你们无论如何也脱不了干系！"

面对孟雨涛、柳雪义正词严的指责，杨怡秋也马上翻脸不认人，此前温情脉脉的表情倏地面若冰霜："死鱼的原因有很多，你们凭啥就认定是养鸡场排放的污水所致？你们有什么证据？没有权威部门的认定，你们不要乱下结论。"

柳雪急了："明明就是你们排放的污水引起的嘛，怎么还不承认呢？"

杨怡秋抬起手向下压了压："小雪，你不要激动，刚才我说了，这不是你我说了能算数的。"

对杨怡秋如此态度，孟雨涛火了，他起身情绪激动地大声说道："你这人现在怎么这样冷漠无情？你去看看死了好多鱼！你晓不晓得这损失有多大，养鱼的人有多伤心吗？你居然对此漠然视之、推卸责任，你还有没有良心？”

“雨涛，你还是这么冲动，我告诉你，这不是良心不良心的问题，而是责任划分的问题，你总不能在原因没调查清楚之前，就叫我们背黑锅嘛。”杨怡秋沉稳、老到地说。

孟雨涛想了想，控制住自己的情绪说：“好，那我问你，你们排放的污水经过处理没有？”

“这个嘛，我还不太了解。”杨怡秋打起了太极。

孟雨涛又问：“那排放的污水是否超标你也不清楚咯？”

杨怡秋看了看孟雨涛，不予正面回答：“我们是当地政府好不容易引进的外资企业，有什么问题你们可以找当地政府，我这里无可奉告。”

孟雨涛哈哈一笑，随即蔑视道：“外资企业就可以随便污染环境？就可以对造成的后果不负责？”

随后他回过头对柳雪说：“小雪，我们走！我们这就去找有关部门来检测排放的污水！我还要给报社投稿曝他们的光！”

杨怡秋满脸惊异地看着孟雨涛，心里一下打起了鼓。她太了解他这个人了，知道他是说到做到的人。

几年前的一件事让她印象深刻——一个星期天的下午，她与孟雨涛去电影院看电影的途中，一辆挡风玻璃后立着个某某局牌牌的轿车逆行，险些与一辆正常行驶的出租车相撞，两车急刹车停住后，逆行开车的中年男子随即下车，气势汹汹地走到出租车前破口大骂，还将司机揪下车拳脚相加。

孟雨涛见状激愤不已地上前呵斥那人，还非要扭着那男子去派出所解决。见事情闹大了，逆行车副座上的一位女子赶紧下车溜了。民警赶来后让两个司机到派出所解决问题，孟雨涛主动以证人的身份去为出租车司机鸣不平。

到了派出所，孟雨涛才知道这个耀武扬威的男子是个处长，虽然此事以他向出租车司机道歉而了结，但孟雨涛还是气愤不过，随即赶回报社写新闻要报道此事，看电影的事自然也就泡汤了……

想起此事，杨怡秋无奈地埋怨道："你这人还是这么爱打抱不平，爱管闲事，何必呢？"

"江山易改，本性难移！"孟雨涛斩钉截铁地说。

为了缓和眼前的状况，杨怡秋不得不服软地说："这样行不行？我这就派人去了解情况，如的确是我方的责任，我们就赔偿损失。"

孟雨涛这才得意起来，哦哟，我以为外资企业有好港，还不过是个纸老虎嘛。

他不露声色看看柳雪征求她的意见，见她点头认可，这才同意这样办。

就在孟雨涛和柳雪要离开时，杨怡秋叫住孟雨涛："我想和你单独聊聊。"

柳雪懂事地对孟雨涛一笑："我在外面等你。"说完走出了房间。

望着柳雪的背影，杨怡秋心情复杂地问："你现在和她是不是好上了？"

孟雨涛故意要气她似的含糊答道："是又怎样，不是又怎样？这事与你有关吗？"

杨怡秋沉默了会儿幽幽地说："没想到我们再次见面竟是这样……雨涛，以前的事是我对不起你，我看得出来你还在恨我，这我完全理解。"

"恨你？绝对没有，说实话，对你我早就不存在什么爱什么恨了。"孟雨涛淡淡地说。

杨怡秋幽怨地说："你真就这么把我忘得一干二净了？为什么不问问我的情况？"

孟雨涛冷笑着挖苦道："这还用问吗？现在改头换面成了外资企业老板，混得很好噻。对了，我就有些纳闷了，我说你这个牙医跑到美国进修，怎么改行突然回来养起鸡了？牙医在美国很吃香嘛……喔，我懂了，现在国内鸡也很卖得起价，仅是肯德基、麦当劳，一天就不晓得要卖好多鸡腿腿，好多鸡翅膀……你们是专给他们供货的吧？不错，很有市场眼光。”

见杨怡秋一声不吭，他又假装好奇地问：“你们养的是土鸡还是洋鸡？该不会是美国人圣诞节吃的那种火鸡吧？”

杨怡秋耐着性子听完后，态度极好地说：“不管你咋个挖苦我、仇视我，我也不会生你的气，这一切都是应该的。”

不管孟雨涛想不想问，她接着讲了这个养鸡场是她丈夫投资、由于他还有其他生意便将养鸡场交给她来管理等情况。

孟雨涛心不在焉地听完后拔腿就要走，杨怡秋忙掏出一张名片递给孟雨涛，用期待的目光注视着他说：“希望我们哪天再见面谈谈，我等你电话。”

孟雨涛急匆匆走出办公楼，外面阳光强烈，一股热浪扑面而来。

柳雪站在办公楼门旁的一棵大树下等他，一见他出来，她忙迎上前笑呵呵地问：“她是不是私下又向你求情，你又被她软化改变了主意？”

孟雨涛瞪大了眼睛：“我会被她软化？笑话！我立场坚定得很，她就是三十六计全用上，但在我面前通通不管用，咦？你咋个会怀疑我的人品呢？”

“因为你这个人心太软，尤其是在女人面前，更何况她是你以前的恋人。有人以前伤害过你，把你气得吐血，但后来人家略施甜言蜜语小计，你就很快把以前的不快忘得一干二净，是不是有这回事？”柳雪笑呵呵地说。

孟雨涛深深叹口气：“哎，原来你是担心我经不起美人计，要叛变投敌啊，我是这样的人吗？我的心在女人面前其实是——你软我也硬，你硬我更硬，那些伤害我的是啥子人，我心里其实清楚得很，我又不是瓜的，看来你还是不了解我，算了，不说这些了，我们这就去把交涉结果告诉田大伯。”

柳雪撑开遮阳伞打在孟雨涛头上笑道：“太阳好大啊，你可别晒着了，不是有人说你变黑了吗？你可不能再晒黑了，不然有人会心疼。”

“好啊，你居然也拿我取笑，是不是觉得我这人好欺啊？”孟雨涛装出恼怒的样子。

“没有，没有。”柳雪赶忙笑着否认。

孟雨涛一手揽着柳雪的腰，两人头顶一把伞朝养鸡场大门走去，途中，柳雪侧头看着他笑嘻嘻地问：“她又和你说了些什么？喔，我知道了，旧情人相聚别有滋味在心头。瞧她对你那个亲热劲，我在旁边看了都觉得肉麻，唉，你们是不是要藕断丝连，破镜重圆啊？”

“除非南门大河的水倒起流。”孟雨涛断然地说，还不屑地将那张名片甩在地上。

此时，杨怡秋正站在窗前，表情复杂地看着楼下并肩而行的孟雨涛与柳雪。

柳雪若有所思地又问：“我发觉你现在对她好像很有怨气，是不是还对过去耿耿于怀？”

“没有啊，我只是对她现在这个样子很看不惯。”接着他有些迷惑地喃喃自语，“她原来可不是这德行，怎么出去没多久人就变了味呢？”

“什么味啊？”柳雪笑着明知故问。

孟雨涛想了想，一针见血地说：“一个字——酸！”

柳雪听后开心地笑出声来。

当柳亮听说那个养鸡场的老板是杨怡秋后，他惊愕得嘴巴都张大了，这太令他难以置信，过了好一会儿他才气呼呼地说：“她居然还有脸回来？大哥，她当初把你一脚蹬了，你见了她该狠狠地咬她一口出口恶气噻，你该借这件事好好报复她一下，要是老子遇到了她，即使不抽她的筋、剥她的皮，至少也要狠狠扇她几耳光，把她骂得瓜娃子一样，只有这样才能稍微解点气，唉，真是仇人相见分外眼红啊！”

柳雪不高兴地瞪着柳亮说：“他才不会像你这样失去理智、粗暴无礼，不晓得你咋个对人家有这样的深仇大恨。”

孟雨涛看着柳亮愤愤不已的样子，不禁笑道：“你我是同一条战壕的战友，但我还是不能狭路相逢、分外眼红，更不能残酷斗争、无情打击。”

柳雪听了嘻嘻地笑，柳亮则还是没想通似的摇摇头：“真的是不解心头之恨呐!”

就在这个秋天，孟雨涛的小说《南河往事》出版发行了。

这天傍晚，金沙坝院内的黄桷树下灯火明亮，几张拼在一起的方桌上摆着丰盛的菜肴，余老师夫妇、柳父、柳亮、柳雪、邱军、夏婷、周兮倩、谭立闻以及李三哥等邻居兴高采烈地相聚在此，对孟雨涛的新作出版表示热烈祝贺。

酒桌上，余老师率先站起来致开场白，他满面笑容地望着众人，一边将合拢的折叠扇轻轻敲打着左手心一边缓缓道来：“小涛能创作发表小说，这是我预料之中的事，他还是我的学生时，我从他写的作文就发现他有写作天赋，最难能可贵的是他能在浮躁的社会中保持初心、耐得住寂寞，年轻人能静下心来潜心创作实属不易，这也印证了一句老话——有心人天不负。”

夏婷笑着插话道：“他早就该吃这碗饭，不然大学中文系白读了。”

余老师笑眯眯地看着夏婷：“你说得对，他算是找准了自己的努力方向。”

接着他看着大家，表情很严肃地说：“还有一点也非常重要、非常值得钦佩，不晓得你们看出来没有？不要看小涛经常表面醒二豁三、嬉笑怒骂，其实他内心深处一直崇尚的是真善美，一直向往和追求生活中美好的东西，无论生活中遇到什么样的处境，他始终都能保持这一信念，没有放弃对美好精神世界的追求，我为有小涛这样的学生感到骄傲和自豪。”余老师兴奋喜悦之情溢于言表。

大家对余老师的讲话报以热烈掌声，并向孟雨涛投去赞赏的目光。

夏婷看了眼孟雨涛，然后对余老师说："余老，你不要把他吹得过高了哟，不然有些人会飘飘然地忘乎所以。"

余老将折叠扇往桌上一敲，表情严肃地说："我吹他干啥子？他真情待人、不虚伪，这点大家不会否认吧？当然了，他是不能骄傲自满的，决不能只看到脚尖前的几步路，写一本书只是一个起点，他还要把目光放得更远才行，如果他因这小小的收获就翘屁股，就开始眼睛长在头上变成另外一个人，我会狠狠地打他的屁股，让他重新回到我这来上课。"

孟雨涛红着脸站起来真诚地说："余老，以后千万不要这么表扬我喔，我这人最容易昏了头就做出啥子错事。如果以后我思想起了变化，变得不是以前的我，余老你一定要把我打醒，大家也要毫不留情地指着我的背脊骨骂我。"

众人发出一阵欢笑。

孟雨涛接着说："写一本书算啥子喔，如果说这也算得上成绩，全靠余老师的教育与指点，也离不开我身边的人对我的鼓励，学生我将终身铭记老师的谆谆教诲，也谢谢大家对我的支持与厚爱！"

他说完后向大家深深鞠了一躬。

在热烈的掌声中，周兮倩笑盈盈地望着孟雨涛，心里替他感到由衷的高兴，她握着身边柳雪的手说："小涛有今天，多亏你在他身边。"

柳雪含羞地说："大姐，你对他的关心支持才大呢。"

小院里回荡着欢声笑语。

在说完祝贺小说出版的话题后，大家又把话题转移到了孟雨涛与柳雪身上，都为他俩走在一起感到由衷的高兴，还一个劲地追问他俩好久结婚。

柳雪眼角含笑盯着孟雨涛。

孟雨涛与她交换了一下眼神，然后喜笑颜开地大声宣布："婚期嘛，大约就在明年春季！"

“好！好！”

大家又纷纷叫着、拍掌，还起身举起杯子为孟雨涛与柳雪祝福，使这场聚会的原来主题突然变了样，仿佛现在就是孟雨涛与柳雪的婚宴。

李三哥开玩笑地问孟雨涛：“你经常往我们院子里跑，是不是早就想打我们小雪的主意了？”

孟雨涛瞅了瞅正含笑凝视自己的柳雪，他大大方方地笑道：“我是早有此心，但没有此胆，这个回答你们该满意了吧？”

“啥子叫我们满意？你应该说你自己的阴谋终于得逞了！”谭立闻不依不饶地说。

大家听了，笑成一片。

邱军得意地数落孟雨涛：“我早就预言过他俩的幸福结局，他们两个的感情我早就洞察得一清二楚，之前我就多次劝他赶紧把妹儿娶了，他那时还羞答答地给我拧起，还说我胡说八道、乱弹琴，你们说，我当初的判断正确不正确？”

柳亮立即出来反驳：“你现在说得好像你对完了，当初不晓得哪个胳膊往外拐，憨扎劲地说啥子那个不错，要大哥赶紧下手……”

他一下意识到夏婷在场，赶忙尴尬地捂住了嘴巴。

邱军嘿嘿地笑了笑说：“那时雾大，还看得不是很清楚，有点误判在所难免嘛。”

为了证明自己的远见，他随即又大声地问孟雨涛：“你该清楚地记得我曾经对你说的话噻？我是不是这样说过——如果你和妹儿在一起，到时的幸福绝对不是啥子毛毛雨，而是深深的海洋。”

谭立闻马上眉开眼笑的拍手叫好：“邱所长，你这话说得太精彩了！妙！妙不可言！”

夏婷这晚也喝了不少酒，她听了柳亮的话，知道他是想提她与孟雨涛的旧事，但她不在意地站了起来，端起酒杯，满面笑容地对孟雨涛与柳雪说：“我真为你们感到高兴，你们早就该成双成对了，我真诚地祝你们一生相爱，永远幸福！”

“丁零零、丁零零……”随着一串自行车铃声，一个邮递员骑车进了院坝，他对着聚会的人们大声喊道：“哪个是柳雪？这有一封她的加急电报!”

众人听了一下安静下来，无不惊异地望着邮递员，随后又去看柳雪，不知道发生了什么紧急情况。

“是我。”

柳雪愕然地站起身应道，并走到邮递员身边接收电报。

邮递员离开小院后，在大家关注的目光中，柳雪拆开了电报信封，刚一看电报内容，她原来疑惑的脸上一下展露笑颜，众人悬着的心也顿时放了下来，脸上又恢复了轻松愉悦的表情。

“小雪，是啥子好事啊?”孟雨涛赶忙问道。

还没等柳雪回答，早已走到她身边的邱军一下夺过电报，将电报高举在手里笑嘻嘻地向大家宣布：“这是一封北京来的加急祝贺电报，我这里郑重地宣读贺电内容，大家都安静地听好了——”他看着电报大声宣读起来：“欣闻雨涛大作出版以及与柳雪相好相恋，此双喜临门实可喜可贺！兄不能到场祝贺深感为憾，钟毅在京遥贺!”

众人一阵欢呼。

孟雨涛与柳雪困惑地对视一眼后，他走到邱军旁拿过电报，一头雾水地看了看后忙问这是这么一回事。

邱军如实相告：“以上喜事是我打电话告诉他的，发贺电是他想出的主意。”

“你娃简直莫名堂，尽搞夸张的事。”孟雨涛无奈地摇摇头。

“雨涛你可以喔，北京都给你发贺电了，我看贺电明天还要见报才行。”谭立闻笑嘻嘻地大声说道，把大家逗得哈哈大笑。

“‘谭虾虾’，你就喜欢唯恐天下不乱，巴不得把啥子事情搞大，我今天非把你灌醉不可，你不喝有点𡱁。”

“亮娃，时辰已到，燃放贺喜爆竹!”邱军扯起嗓子喊道。

“要得。”

柳亮兴冲冲地跑进屋，拿出早已系在竹竿上的一大串鞭炮，走到河边点燃放了起来，噼噼啪啪的爆竹声响了好一阵才停息。

孟雨涛笑着埋怨邱军："你今天尽在暗地里搞鬼，完全把我整晕了。"

邱军得意一笑："要的就是惊喜。"

李三哥开心之极地说："我们院坝从来没有这么欢喜、热闹过，简直之爽感、之不摆了！"

在众人嬉闹声中，余老师不停摇着扇子，感慨地对身边的柳亮父亲说："看到今天这个场景，真令人惊喜、高兴啊，这下我就放心了，之前我还为小涛的终身大事担忧呢，几次要给他介绍对象，但他都拒绝了，原来他早就心里有人啊，这个小涛居然还把我蒙在鼓里，看我下来咋个收拾他。老哥子，这两个孩子都是我的学生，我太了解他俩了，他们之间的感情绝对真挚，是天造地设的一对，他们在一起一定会很恩爱、很幸福。"

柳亮父亲乐呵呵地直点头："那是肯定的，肯定的。"

欢快热闹的聚会结束后，孟雨涛与柳雪将余老师夫妇送到小巷口，看到余老师悠然地摇着折叠扇离去的背影，孟雨涛对柳雪说："余老还真有仙风道骨的韵味。"

柳雪轻轻"嗯"了一声，脸上的表情十分陶醉。

"邱军那小子尽做些出人意料的鬼花样，你别说还真是锦上添花呢。"

柳雪点点头："不过那封加急电报当时把我吓了一大跳，不晓得出了啥子不好的事，我当时懵极了。"

柳雪突然有些黯然地说："要是唐婆婆还在，她能看到今天这个场面该多好啊。"

孟雨涛深有同感，他扶着柳雪的肩宽慰道："她在大上会为我们感到高兴的，走，我们回家。"

当孟雨涛与柳雪转过身时，被南大街路口中间走着的一个人吸引住了，路灯照射下，此人蓬头垢面，腰间系着一根绳子，绳子下还吊着一个搪瓷碗，随着走路一摆一跛，吊在他屁股后的一个搪瓷碗晃来晃去。

柳雪不解地问："这个叫花子怎么跑到路中间要饭啊？"

待那人走近些时，孟雨涛觉得很面熟，尤其是那双眼睛……

这不是黄天伟吗？绝对是他！虽然他变化巨大，孟雨涛还是认出了他。

此时的黄天伟披着长发，凌乱的头发又脏又有些花白，他一脸憔悴、胡子拉楂，不晓得咋个还成了瘸子。

孟雨涛暗想：上一次见到他时虽然有些失意、有点落魄，但精神上也没出现什么异样，没想到此时的他已疯疯癫癫地流落街头。

对黄天伟如此凄惨地出现在面前，孟雨涛震惊不已，心里简直无法接受这个凄惨的现实。

孟雨涛赶忙朝站在马路中间的黄天伟走去。

柳雪对孟雨涛的这一举动感到很纳闷，不知他要去做啥子，随即也紧跟了上去。

黄天伟愣了愣，眼睛直直地盯着孟雨涛，但还是认不出眼前的人。

孟雨涛心里一阵苦涩，看到不时有汽车从身边驶过，他对黄天伟说："不要再在马路中间走了，走，到马路边上再说。"

说完他拉着黄天伟的手将他带到人行道上。

一些路人纷纷驻足看着孟雨涛和这个疯子。

孟雨涛对旁人的围观毫不在意，他不断地问黄天伟一些问题，但黄天伟完全是答非所问，驴唇不对马嘴。

有个旁观者好心地对孟雨涛说："他的脑子完全坏了，你咋个跟他说都没用。"

孟雨涛感到的确是这样，他一时发愁地不知该怎样才好。

孟雨涛掏出二百元塞到他的手里。

黄天伟接过钱后拿在手上呆呆看了半天，然后一瘸一拐沿着人行道走了……

柳雪同情地叹息道：“真想不到他会变得这么凄惨，太造孽了。”

望着黄天伟渐渐远去的背影，孟雨涛久久说不出话来，直到黄天伟的身影完全消失在视线中。

孟雨涛无言地揽着柳雪的肩，心情沉重地向老南门大桥走去，走到桥中间，他与柳雪并肩伏在桥栏上，若有所思地望着夜色中滚滚东去的河水，静静地听着桥下河水的喧哗……

柳雪知道孟雨涛此时的心情，她默默地将头依靠在他的肩上，河风轻拂着她的秀发。

过了好一会儿，孟雨涛才深有感慨地说：“一个人，如果找不准自己的路，找不到好的人，人生就不会有好的结局。”

柳雪柔声问：“那你找到了吗？”

孟雨涛真挚地说：“那还用说，尤其是找到了你！”

柳雪清澈如水的眼睛闪着喜悦的泪花，她将头更贴近孟雨涛的脸颊，孟雨涛也将她搂得更紧，两人都沉浸在无言的幸福之中。

孟雨涛静静地望着奔腾不息的流水，若有所悟。

人生就如这桥下的流水，分分秒秒都在流淌，嗯，这河水向下要流经锦江大桥、新南门大桥、安顺桥、九眼桥、望江楼……最后流向它该去的地方。人呢也是如此，每个人在如流的岁月里要经过很多事、遇到很多人，而后才能找到自己真正的归宿。

大千世界里，一个人就是一粒沙、一颗尘埃、一滴水嘛，就像这河里一朵不起眼的浪花，非常渺小、微不足道。个人的命运，只有顺应时代的潮流，与国家、民族的命运紧紧连在一起，才能奏响人生最辉煌的乐章，就像那朵不起眼的浪花，只有与整条河水融汇在一起，才能汹涌澎湃地流向大江大河、流向更加宽阔浩瀚的海洋……

留下一首城市恋歌（代后记）

成都以及成都人本身就是一本韵味厚重、经久耐读的书。

时代发展、城市巨变，这让老成都惊喜之中，也对以前的城市和生活深恋不忘。这种思旧情感在我心里也愈发强烈，遂萌生了创作一部成都味儿十足的小说，从而为这座城市留下一段时代印记。

经过长时间的构思和收集资料，我把小说背景时间选定在上世纪八九十年代，那是一个社会巨变时期。小说描绘了杂志社编辑、警察、报社记者、下岗工人、公司老板、大学生、医生护士、退休教师、三轮车夫、居民婆婆大爷、寺庙住持、台胞等众多人物，通过这些人物之间发生的故事，呈现出他们在面临出国热、经商热、企业改制、感情纠葛等情况下出现的迷惘冲动、喜怒哀乐，他们在现实社会物质与精神碰撞下的不同追求和不同命运。书中弥漫着的亲情、爱情、同学情、同事情、师生情、邻里情、思乡情，渗透在本地语言的叙说里，渗透在南河、河边小院、老街道、老餐馆、老茶铺等场景的再现中……

愿此书能勾起老成都人对往昔美好的回忆，有助于现在的年轻一代以及外地友人进一步了解成都。

诚挚感谢在此书写作、出版期间予以我帮助、支持的人们！

陈　诚

2023 年 3 月 11 日